A Carta Secreta

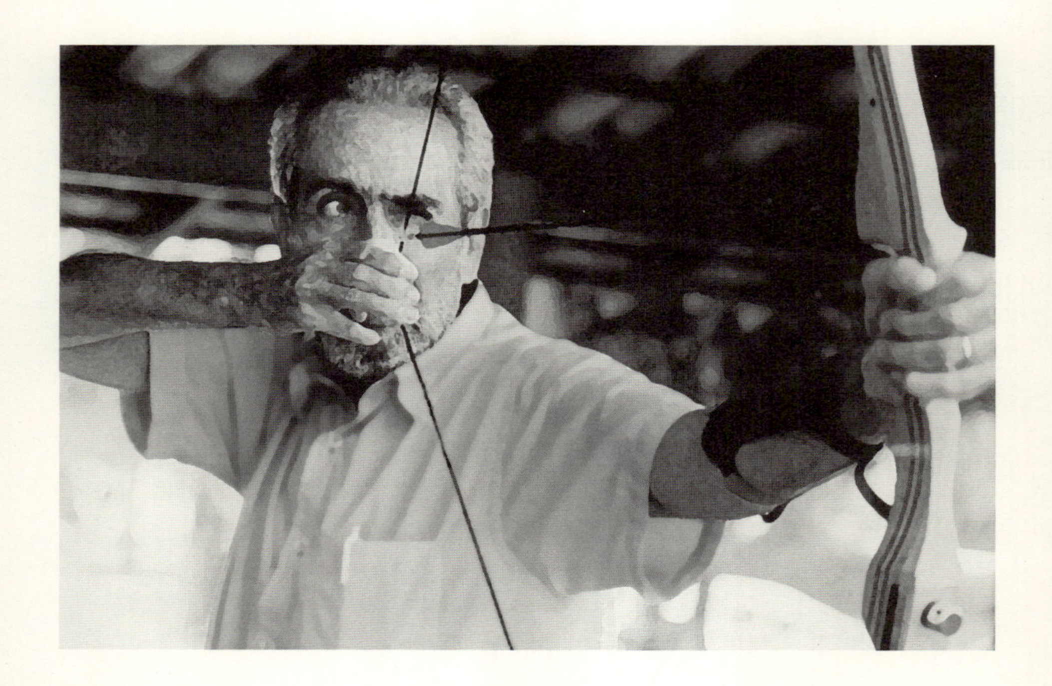

O ARQUEIRO

GERALDO JORDÃO PEREIRA (1938-2008) começou sua carreira aos 17 anos, quando foi trabalhar com seu pai, o célebre editor José Olympio, publicando obras marcantes como *O menino do dedo verde*, de Maurice Druon, e *Minha vida*, de Charles Chaplin.

Em 1976, fundou a Editora Salamandra com o propósito de formar uma nova geração de leitores e acabou criando um dos catálogos infantis mais premiados do Brasil. Em 1992, fugindo de sua linha editorial, lançou *Muitas vidas, muitos mestres*, de Brian Weiss, livro que deu origem à Editora Sextante.

Fã de histórias de suspense, Geraldo descobriu *O Código Da Vinci* antes mesmo de ele ser lançado nos Estados Unidos. A aposta em ficção, que não era o foco da Sextante, foi certeira: o título se transformou em um dos maiores fenômenos editoriais de todos os tempos.

Mas não foi só aos livros que se dedicou. Com seu desejo de ajudar o próximo, Geraldo desenvolveu diversos projetos sociais que se tornaram sua grande paixão.

Com a missão de publicar histórias empolgantes, tornar os livros cada vez mais acessíveis e despertar o amor pela leitura, a Editora Arqueiro é uma homenagem a esta figura extraordinária, capaz de enxergar mais além, mirar nas coisas verdadeiramente importantes e não perder o idealismo e a esperança diante dos desafios e contratempos da vida.

LUCINDA RILEY

A CARTA SECRETA

ARQUEIRO

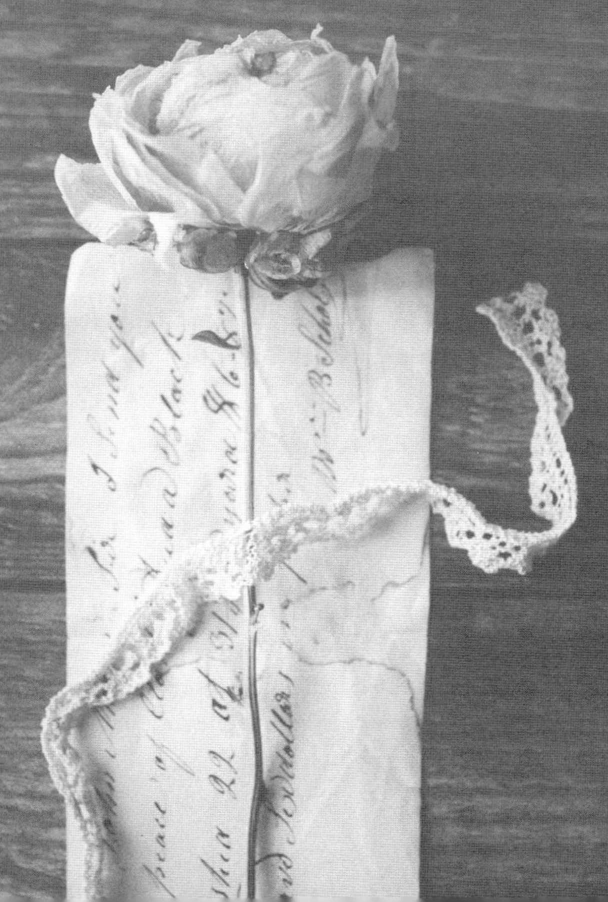

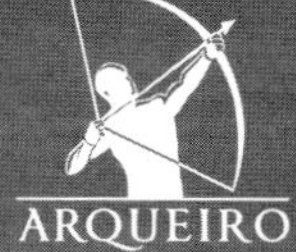

Título original: *The Love Letter*

tradução: Fernanda Abreu

preparo de originais: Diogo Henriques

revisão: Mariana Rimoli e Suelen Lopes

diagramação: Valéria Teixeira

capa: DuatDesign

imagem de capa: © Andrea McClain / Arcangel

impressão e acabamento: Lis Gráfica e Editora Ltda.

CIP-BRASIL. CATALOGAÇÃO NA PUBLICAÇÃO
SINDICATO NACIONAL DOS EDITORES DE LIVROS, RJ

R43c Riley, Lucinda
A carta secreta/ Lucinda Riley; tradução de Fernanda Abreu. São Paulo: Arqueiro, 2019.
480 p.; 16 x 23 cm.

Tradução de: The love letter
ISBN 978-85-8041-940-5

1. Ficção irlandesa. I. Abreu, Fernanda. II. Título.

CDD: 828.99153
19-55111 CDU: 82-3(415)

Rua Artur de Azevedo, 1.767 – Conj. 177 – Pinheiros
05404-014 – São Paulo – SP
Tel.: (11) 2894-4987
E-mail: atendimento@editoraarqueiro.com.br
www.editoraarqueiro.com.br

Para Jeremy Trevathan

Nota da autora

Comecei a escrever *A carta secreta* em 1998 – há exatos vinte anos. Com vários romances de sucesso já publicados, decidi que queria escrever um *thriller* envolvendo uma família real britânica fictícia. Na época, a popularidade da monarquia enfrentava uma baixa histórica após a morte de Diana, princesa de Gales. O ano 2000 marcou o centenário da rainha-mãe, e a celebração oficial no país inteiro ocorreria logo após a data de lançamento prevista para o livro. Olhando em retrospecto, talvez eu devesse ter prestado mais atenção quando uma crítica antecipada sugeriu que o palácio de Saint James não gostaria do tema. Pouco antes da publicação, a divulgação em livrarias, os pedidos de compra e os eventos foram cancelados sem justificava, e a consequência foi que *Seeing Double* – "visão dupla", como o livro foi batizado na época – mal chegou a ver a luz do dia.

Meu editor cancelou o contrato do meu livro seguinte e, embora eu tenha batido em várias portas à procura de outro, todas foram fechadas na minha cara. Na época, foi horrível ver minha carreira virar fumaça da noite para o dia. Por sorte eu era recém-casada e tinha acabado de começar uma família, de modo que me concentrei em criar meus filhos e escrevi três livros pelo simples prazer de fazê-lo. Hoje, quando penso nisso, vejo esse intervalo como uma bênção disfarçada, mas quando meu caçula entrou para a escola eu soube que precisava dar tudo de mim e reunir coragem para mandar meu manuscrito mais recente para um agente. Por segurança, mudei meu sobrenome, e após os anos de exílio fiquei extasiada quando uma editora comprou o título.

Alguns romances depois, meu editor e eu decidimos que estava na hora de *Seeing Double* ter uma segunda chance. É importante lembrar que, até certo ponto, *A carta secreta* é um livro de época. Se eu fosse ambientá-lo no mundo atual, o enredo seria totalmente implausível devido ao progresso tecnológico, em especial com relação às ferramentas de alta tecnologia hoje utilizadas por nossos serviços de segurança.

Por fim, gostaria de reiterar que *A carta secreta* é uma obra de FICÇÃO, não tendo qualquer semelhança com a vida da amada rainha e de sua família. Espero que o leitor aprecie a versão "alternativa", isso SE ela chegar às suas mãos desta vez...

LUCINDA RILEY
Fevereiro de 2018

Gambito do Rei

Movimento de abertura no qual as peças brancas sacrificam um peão e desviam outro, salvando-o das pretas

Prólogo

Londres, 20 de novembro de 1995

– James querido, o que está fazendo?

Ele olhou em volta, desorientado, então avançou cambaleando. Ela o segurou logo antes de ele cair.

– Estava tendo outra crise de sonambulismo, não é? Venha, vamos voltar para a cama.

A voz doce da neta o informou de que ele continuava neste planeta. Sabia que estava de pé por algum motivo, havia algo urgente que precisava fazer e vinha adiando...

Mas agora já não lembrava mais o que era. Desolado, deixou que ela praticamente o carregasse até a cama, maldizendo os membros cansados e frágeis, que o tornavam indefeso como um bebê, e a mente confusa, que mais uma vez o traíra.

– Pronto – disse ela, ajeitando-o na cama. – E a dor, como está? Quer mais um pouco de morfina?

– Não. Por favor, eu...

Era a morfina que estava transformando seu cérebro em geleia. No dia seguinte não iria tomá-la, e então conseguiria se lembrar do que precisava fazer antes de morrer.

– Está bem. Relaxe e tente dormir, então – ela o tranquilizou, afagando sua testa. – O médico já vem.

Ele sabia que não deveria pegar no sono. Fechou os olhos, desesperadamente buscando, buscando... fragmentos de lembranças, rostos...

Então a viu, tão nitidamente quanto no dia em que a conhecera. Tão linda, tão delicada...

– Está lembrado? A carta, querido – sussurrou ela. – Você prometeu devolver...

Mas é claro!

Abriu os olhos, tentou se sentar, e viu o semblante preocupado da neta acima dele. Então sentiu uma picada dolorida na parte interna do braço.

– O médico está lhe dando uma coisinha para acalmá-lo, James querido.

Não! Não!

As palavras se recusaram a se formar em seus lábios, e conforme a agulha penetrava seu braço ele entendeu que agora era tarde, já havia esperado demais.

– Eu sinto muito, sinto tanto – disse, arquejando.

A neta ficou observando enquanto as pálpebras do avô finalmente se fechavam e a tensão abandonava seu corpo. Encostou a bochecha lisa na dele e a sentiu molhada de lágrimas.

Besançon, França, 24 de novembro de 1995

Ela entrou devagar na sala e foi até a lareira. Fazia frio, e sua tosse estava pior. Com o corpo frágil, sentou-se numa cadeira e pegou sobre a mesa a última edição do jornal *The Times* para ler os obituários junto com seu habitual chá inglês do café da manhã. Pousou a xícara de porcelana, fazendo-a tilintar no pires, ao ver a manchete que ocupava um terço da primeira página:

MORRE UMA LENDA VIVA

> Sir James Harrison, considerado por muitos o maior ator de sua geração, morreu ontem em sua casa de Londres, cercado por familiares. Ele tinha 95 anos. Um funeral só para os mais próximos acontecerá na semana que vem, seguido pela celebração de uma missa na cidade em janeiro.

O coração dela ficou apertado, e o jornal estremeceu entre seus dedos com tanta violência que ela mal conseguiu ler o resto. Junto ao texto havia uma imagem dele recebendo da rainha a Ordem do Império Britânico. Com lágrimas borrando sua visão, ela traçou com o dedo o contorno do perfil marcado, da farta cabeleira grisalha...

Será que ela poderia... será que *se atreveria* a voltar? Só uma última vez, para se despedir?

Enquanto o chá matinal esfriava intocado ao seu lado, ela virou a primeira página para continuar a leitura, saboreando os detalhes da vida e carreira de sir James. Sua atenção foi então atraída por outra pequena matéria mais abaixo:

CORVOS SOMEM DA TORRE

Os célebres corvos da Torre de Londres desapareceram. Segundo a lenda, as aves residem no local há mais de quinhentos anos, protegendo a Torre e a família real, conforme decreto de Carlos II. O guardião dos corvos foi alertado ontem no início da noite sobre o sumiço dos pássaros, e uma busca em todo o país encontra-se em andamento.

– Que os céus nos ajudem – sussurrou ela, sentindo o medo invadir as velhas veias.

Talvez fosse uma simples coincidência, mas ela conhecia muito bem o significado daquela lenda.

1

Londres, 5 de janeiro de 1996

Joanna Haslam atravessou Covent Garden correndo a toda velocidade, com a respiração pesada, arfando de tanto esforço. Esquivando-se de turistas e grupos escolares, por pouco não derrubou um artista em plena apresentação, quando, num movimento, sua mochila voou para trás dela. Chegou à Bedford Street bem no momento em que uma limusine parava em frente aos portões de ferro forjado que conduziam à igreja de Saint Paul. Fotógrafos cercaram o carro enquanto um chofer saltava para abrir a porta traseira.

Droga! Droga!

Com seu último resquício de forças, Joanna correu os poucos metros que faltavam até os portões que davam para o pátio calçado, e o relógio na fachada de tijolos da igreja confirmou que ela estava atrasada. Já perto da entrada, olhou de relance para o grupo de paparazzi e viu que Steve, seu fotógrafo, ocupava uma ótima posição, no topo da escada. Acenou e ele fez um sinal de OK com o polegar enquanto ela se espremia para passar pela multidão de fotógrafos aglomerada ao redor da celebridade que acabara de saltar da limusine. Uma vez dentro da igreja, viu que os bancos estavam abarrotados, iluminados pela luz suave dos candelabros pendurados no teto alto. Ao fundo, o órgão tocava uma música soturna.

Após mostrar sua credencial de imprensa ao recepcionista e recuperar o fôlego, ela entrou numa das fileiras de trás e sentou-se agradecida. Seus ombros se moviam a cada arquejo enquanto ela vasculhava a mochila em busca do bloco e da caneta.

Embora fizesse um frio gélido dentro da igreja, Joanna sentiu gotas de suor na testa; a gola rulê do suéter de lã de carneiro que vestira apressada agora grudava desconfortavelmente na pele. Ela pegou um lenço de papel e assoou o nariz. Então, passando uma das mãos pelo emaranhado de cabelos escuros compridos, recostou-se no banco e fechou os olhos para recuperar o fôlego.

Apenas poucos dias depois da virada de um ano que havia começado de modo tão promissor, Joanna estava com a sensação de ter sido jogada do alto do Empire State. Em alta velocidade. Sem aviso.

O motivo era *Matthew*... o amor da sua vida. Ou, melhor dizendo, desde a véspera, o *ex*-amor da sua vida.

Joanna mordeu com força o lábio inferior, tentando não recomeçar a chorar, esticou o pescoço em direção aos bancos da frente, mais próximos do altar, e constatou aliviada que os membros da família que todos aguardavam ainda não tinham chegado. Ao olhar novamente para a porta principal, pôde ver que os paparazzi lá fora acendiam cigarros e mexiam nas lentes das câmeras. As pessoas na sua frente começavam a se remexer nos desconfortáveis bancos de madeira, sussurrando algo para quem estivesse ao lado. Ela correu os olhos rapidamente pela multidão e identificou as celebridades mais importantes a ser mencionadas em sua matéria, esforçando-se para distingui-las pela parte de trás da cabeça, a maioria grisalha ou branca. Enquanto rabiscava os nomes no bloco, imagens do dia anterior tornaram a invadir sua mente...

De maneira inesperada, à tarde, Matthew tinha aparecido à porta do seu apartamento em Crouch End. Depois das intensas comemorações de Natal e Ano-Novo, os dois haviam concordado que cada um ficaria no próprio apartamento para passar alguns dias tranquilos antes de recomeçar o trabalho. Infelizmente, Joanna passara esse tempo com seu pior resfriado em anos. Foi abrir a porta para Matthew abraçada a uma bolsa de água quente do Ursinho Pooh, usando um pijama de tecido térmico antiquíssimo e calçando um par de meias de dormir listradas.

Percebeu na mesma hora que havia algo errado quando ele permaneceu de pé junto à porta, sem querer tirar o casaco, os olhos se movendo depressa para um lado e para o outro, fitando qualquer coisa, *menos* ela...

Ele então lhe disse que andara "pensando". Que não via futuro no relacionamento dos dois. E que talvez estivesse na hora de terminar.

– Já faz seis anos que estamos juntos, desde o fim da faculdade – disse ele, mexendo nas luvas que ela havia lhe dado no Natal. – Sei lá, eu sempre pensei que com o tempo fosse querer me casar com você... unir oficialmente as nossas vidas, sabe? Mas esse momento não chegou... – Ele deu de ombros sem muita convicção. – E, se eu não sinto isso agora, não acho que vá sentir algum dia.

Joanna apertou a bolsa de água quente enquanto observava a expressão culpada e cautelosa de Matthew. Enfiou a mão no bolso do pijama até encontrar um lenço de papel úmido e assoou o nariz com força. Então o encarou diretamente nos olhos.

– Quem é ela?

O rubor se espalhou por todo o rosto e pescoço de Matthew.

– Eu não tinha a intenção de que isso acontecesse – balbuciou ele. – Só que aconteceu, e não posso mais continuar fingindo.

Joanna recordou a noite de réveillon que os dois haviam passado juntos quatro dias antes. Concluiu que ele tinha conseguido fingir muitíssimo bem.

Aparentemente, o nome dela era Samantha. Eles trabalhavam juntos na agência de publicidade. Ela era diretora de contas, ainda por cima. Tudo havia começado na noite em que Joanna estava na cola de um deputado do partido conservador por conta de uma pauta sórdida e não chegara a tempo da festa de Natal da agência de Matthew. A palavra "clichê" ainda rodopiava em sua mente. Mas então ela caiu em si: de onde vinham os clichês, senão dos denominadores comuns do comportamento humano?

– Eu juro, juro que tentei com toda a minha força parar de pensar na Sam – continuou Matthew. – Tentei mesmo, durante todo o Natal. Foi maravilhoso estar com a sua família em Yorkshire. Mas aí estive com ela de novo na semana passada, só para beber alguma coisa rápida, e...

Joanna estava fora do jogo. Samantha estava dentro. Era simples assim.

Tudo que ela conseguiu fazer foi encará-lo, com os olhos ardendo de espanto, raiva e medo, enquanto ele continuava a falar:

– No início eu pensei que fosse só atração. Mas é óbvio que, se eu sinto isso por outra mulher agora, não posso me comprometer com você. Então estou fazendo a coisa certa.

Ele a encarou, quase suplicando para que lhe agradecesse por sua nobreza.

– A coisa certa... – repetiu ela com uma voz apática.

Então irrompeu numa enxurrada de lágrimas congestionadas provocadas pela febre. De algum lugar muito longe, pôde ouvir a voz de Matthew balbuciando mais desculpas. Forçando-se a abrir os olhos inchados e encharcados de lágrimas, viu-o afundar, pequeno e envergonhado, na poltrona de couro gasta.

– Vá embora – disse ela por fim, com voz rouca. – Seu traidor mentiroso, cafajeste, hipócrita maldito! Vá embora daqui! *Vá embora daqui agora!*

Olhando em retrospecto, o que deixou Joanna realmente mortificada foi que Matthew nem sequer relutou. Ele se levantou, murmurando algo sobre diversos pertences deixados no apartamento dela, e sugeriu que se encontrassem para conversar quando a poeira baixasse. Em seguida, praticamente correu em direção à porta.

Joanna havia passado o restante da noite chorando ao telefone com a mãe, com a secretária eletrônica de seu melhor amigo, Simon, e com os pelos cada vez mais ensopados da sua bolsa de água quente do Ursinho Pooh.

Por fim, graças a generosas doses de antigripais e conhaque, apagara, agradecida pelo fato de ter os dois dias seguintes de folga para compensar as horas extras que havia feito na editoria de notícias antes do Natal.

Seu celular então tocou, às nove horas da manhã. Joanna ressuscitou do torpor induzido pelos remédios e estendeu a mão para o aparelho, rezando para que fosse Matthew, arrasado e arrependido pelo que acabara de fazer.

– Sou eu! – bradou uma voz áspera com sotaque de Glasgow.

Joanna disse um palavrão silencioso para o teto.

– Oi, Alec – respondeu, fungando. – O que você quer? Estou de folga hoje.

– Desculpe, mas não está mais. Alice, Richie e Bill mandaram avisar que estão doentes. Você precisa descansar em outro momento.

– Bem-vindos ao clube. – Joanna tossiu alto e de um jeito exagerado. – Desculpe, Alec, mas eu também estou péssima.

– Pense assim: você trabalha hoje, daí quando ficar boa pode aproveitar as folgas a que tem direito.

– Não dá, não dá mesmo. Eu estou com febre. Mal consigo ficar em pé.

– Então vai ficar tudo bem. É um trabalho sentada, na Igreja dos Atores de Covent Garden. Vai ter uma missa em homenagem a sir James Harrison às dez horas.

– Alec, *por favor*, você não pode fazer isso comigo. A última coisa de que eu preciso é ir sentar numa igreja cheia de correntes de ar. Já estou muito gripada. Você vai acabar indo a uma missa em homenagem *a mim*.

– Desculpe, não tem outro jeito. Mas eu pago o táxi de ida e volta. Depois você pode voltar direto para casa e me mandar a matéria por e-mail. Tente falar com Zoe Harrison, está bem? Mandei o Steve para tirar as fotos. Se ela estiver toda produzida, deve entrar na primeira página. A gente se fala depois.

– Droga!

Desesperada, Joanna tornou a afundar a cabeça dolorida no travesseiro. Então ligou para uma empresa de táxi da cidade e cambaleou até o armário a fim de encontrar um traje preto adequado.

Na maior parte do tempo, ela adorava aquele trabalho, *vivia* para aquele trabalho, como Matthew havia comentado muitas vezes, mas nessa manhã se perguntou seriamente por quê. Depois de passagens rápidas por um ou dois jornais regionais, fora contratada um ano antes como repórter júnior pelo *Morning Mail*, sediado em Londres, um dos periódicos de maior circulação no país. Seu cargo, no entanto, conquistado a duras penas, era pouco importante na cadeia alimentar, o que significava que ela não estava exatamente em condições de dizer não. Como Alec, o editor da seção de notícias, sempre fazia questão de lembrá-la, havia um milhão de jovens jornalistas ávidos para substituí-la. Suas seis semanas na redação tinham sido as mais difíceis até agora. Os horários eram cruéis, e Alec – que se alternava entre os papéis de feitor de escravos e profissional realmente dedicado – não esperava nada menos do que ele próprio estava disposto a dar.

– O que eu não daria para trabalhar na editoria de comportamento e estilo de vida... – disse ela, fungando, enquanto vestia um suéter preto não muito limpo, uma meia-calça de lã grossa e uma saia preta, em respeito à ocasião solene.

O táxi chegou com dez minutos de atraso, e depois ela ficou presa num engarrafamento monumental na Charing Cross Road. "Foi mal, não há o que fazer", dissera o motorista. Joanna olhou para o relógio, enfiou uma nota de 10 libras na mão dele e saltou do táxi. Enquanto corria pelas ruas em direção a Covent Garden, com a respiração arquejante e o nariz escorrendo, ficou se perguntando se a vida teria como piorar.

Foi despertada dessa divagação quando as pessoas reunidas na igreja de repente se calaram. Abriu os olhos e se virou bem na hora em que os familiares de sir James Harrison começavam a entrar na nave.

Quem vinha na frente do grupo era Charles Harrison, filho único de sir James, hoje quase na casa dos 70. Ele morava em Los Angeles e era um aclamado diretor de filmes de ação de grande orçamento recheados de efeitos especiais. Joanna se lembrava vagamente de que ele havia ganhado um Oscar algum tempo antes, mas seus filmes não eram do tipo a que ela em geral assistia.

Ao lado de Charles vinha Zoe Harrison, sua filha. Como Alec imaginara, ela estava lindíssima num blazer preto justo com uma saia curta que deixava à mostra as pernas compridas, e tinha os cabelos presos para trás num coque bem-feito que realçava com perfeição sua beleza inglesa clássica. Era uma atriz em ascensão, e Matthew era louco por ela. Sempre dizia que Zoe lembrava Grace Kelly – pelo visto a mulher dos seus sonhos –, o que levara Joanna a se perguntar por que Matthew namorava uma morena alta e magrela de olhos escuros como ela. Sentiu um nó na garganta e apostou sua bolsa de água quente do Ursinho Pooh que aquela tal de Samantha era uma lourinha mignon.

Segurando a mão de Zoe Harrison vinha um menino de 9 ou 10 anos parecendo pouco à vontade de terno preto e gravata: Jamie Harrison, filho de Zoe, assim batizado em homenagem ao bisavô. Zoe tivera o menino com apenas 19 anos, e até hoje se recusava a dizer quem era o pai. Sir James defendera lealmente a neta e suas decisões, tanto a de ter a criança quanto a de guardar segredo sobre a paternidade.

Joanna pensou em como Jamie e a mãe eram parecidos: os mesmos traços elegantes, a pele clara e rosada, os imensos olhos azuis. Zoe Harrison o mantinha o mais afastado possível das câmeras – se Steve tivesse conseguido uma foto de mãe e filho juntos, ela provavelmente sairia na primeira página no dia seguinte.

Atrás deles vinha Marcus Harrison, irmão de Zoe. Joanna o observou quando ele foi se aproximando da fileira em que ela estava. Mesmo ainda pensando em Matthew, precisava admitir que Marcus Harrison era um "gato" de primeira categoria, como diria sua colega repórter Alice. Joanna o reconheceu das colunas de fofoca – nas quais ele aparecera recentemente ao lado de uma socialite britânica loura com três sobrenomes. Tão moreno quanto a irmã era loura, mas com os mesmos olhos azuis, Marcus se movia com uma postura segura e sedutora. Tinha os cabelos quase na altura dos ombros e irradiava carisma com seu blazer preto amarrotado e camisa branca aberta no pescoço. Joanna tirou os olhos dele. *Da próxima vez*, pensou, *vou escolher um cara de meia-idade que goste de observação de pássaros e filatelia*. Esforçou-se para lembrar o que Marcus Harrison fazia da vida – produtor de cinema iniciante, achava. Bem, ele com certeza tinha o físico certo para a profissão.

– Senhoras e senhores, bom dia. – O vigário falava do púlpito no qual estava apoiado um grande retrato de sir James Harrison cercado por coroas de rosas brancas. – A família de sir James lhes dá as boas-vindas aqui hoje e agradece por terem vindo prestar homenagem ao amigo, colega, pai, avô e bisavô, e talvez o melhor ator deste século. Para aqueles dentre nós que tiveram a sorte de conhecê-lo bem, não será nenhuma surpresa saber que sir James fez questão de que esta não fosse uma ocasião triste, mas sim uma celebração. Tanto sua família quanto eu honramos esse desejo. Sendo assim, vamos começar com o hino preferido de sir James, "I Vow to Thee, My Country". Queiram se levantar.

Joanna obrigou as pernas doloridas a se moverem, e agradeceu o fato de o órgão ter começado a tocar bem na hora em que sentiu o peito arquejar e foi obrigada a tossir alto. Ao estender a mão para pegar o folheto com a ordem da liturgia no banco à sua frente, outra mão pequenina e frágil, cuja pele translúcida deixava à mostra as veias abaixo da superfície, chegou antes da sua.

Pela primeira vez, Joanna olhou para a esquerda e examinou a dona daquela mão. Vergada pela idade, a mulher batia apenas na altura das suas costelas. Apoiada no banco, a mão com a qual segurava o folheto tremia violentamente. Era a única parte visível de seu corpo. O restante estava envolto num casaco preto que descia até os tornozelos, com um véu preto encobrindo o rosto.

Sem conseguir ler o folheto devido ao tremor contínuo da mão que o segurava, Joanna se abaixou para falar com a mulher.

– Posso ler junto com a senhora?

A mão lhe estendeu o folheto. Joanna o pegou e pôs numa posição baixa para a velha senhora também conseguir ver. Entoou o hino com uma voz roufenha. Quando a música terminou, a senhora teve dificuldade para se sentar. Joanna lhe ofereceu o braço em silêncio, mas a ajuda foi ignorada.

– Nossa primeira leitura hoje é o soneto preferido de sir James: "Doce rosa da virtude", de Dunbar, lido por sir Laurence Sullivan, um amigo próximo.

Todos se sentaram pacientemente enquanto o velho ator caminhava até a frente da igreja. Então a voz famosa, encorpada, que já enfeitiçara milhares de espectadores em cinemas mundo afora tomou conta do ambiente:

– "Doce rosa da virtude e gentileza, lírio deleitável..."

Joanna foi distraída por um rangido atrás dela e viu as portas dos fundos da igreja se abrirem, deixando entrar uma lufada de ar gelado. Um recepcionista entrou empurrando uma cadeira de rodas entre os presentes e a posicionou no final da fileira oposta à de Joana. Depois que ele foi embora, ela começou a perceber um chiado que fez seus próprios problemas respiratórios parecerem irrelevantes. A idosa ao seu lado dava a impressão de estar tendo um ataque de asma. O olhar se fixava em algum lugar para além de Joanna e, através do véu, seus olhos pareciam grudados na pessoa sentada na cadeira de rodas.

– A senhora está bem? – perguntou Joanna de maneira retórica, enquanto a mulher levava a mão ao peito, ainda sem tirar os olhos da cadeira de rodas.

O celebrante anunciou o hino seguinte e os presentes tornaram a se levantar. De repente, a mulher agarrou o braço de Joanna e apontou para a porta atrás delas.

Joanna a ajudou a se levantar, sustentando-a pela cintura, então praticamente a carregou até o final da fileira. Quando chegaram ao homem sentado na cadeira de rodas, a senhora se encostou no casaco de Joanna como uma criança em busca de proteção. Olhos gelados e cinza como aço se ergueram e se detiveram em ambas. Joanna estremeceu de maneira involuntária, desviou o olhar do homem e ajudou a senhora a percorrer os poucos passos até a entrada, onde havia um recepcionista postado numa das laterais.

– Esta senhora... ahn... ela precisa de...

– Ar! – exclamou a mulher senhora entre um arquejo e outro.

O recepcionista ajudou Joanna a fazer a senhora sair para o dia cinzento de janeiro e descer os degraus até um dos bancos que ladeavam o pátio. Antes que ela pudesse pedir mais ajuda, ele já tinha tornado a entrar na igreja e fechado as portas outra vez. Ainda apoiada em Joanna, a idosa afundou no banco, a respiração entrecortada.

– Quer que eu chame uma ambulância? A senhora não parece nada bem.

– *Não!* – disse a mulher, arquejando, e a força da sua voz desmentiu a fragilidade do seu corpo. – Chame um táxi. Quero ir para casa. *Por favor.*

– Eu acho mesmo que a senhora deveria...

Os dedos ossudos se fecharam ao redor do pulso de Joanna.

– Por favor! Um táxi!

– Está bem, espere aqui.

Joanna saiu correndo pelos portões para a Bedford Street e fez sinal para um táxi que passava. O motorista, educado, saltou e voltou com Joanna até a senhora para ajudá-la a ir até o carro.

– Ela está bem? A respiração da pobrezinha está parecendo fraca – disse ele para Joanna enquanto os dois acomodavam a senhora no banco de trás. – Ela precisa ir para o hospital?

– Ela diz que quer ir para casa. – Joanna se debruçou para dentro do táxi. – Onde é sua casa, aliás? – perguntou à senhora.

– Eu...

O esforço de entrar no táxi obviamente a deixara exausta. Ela ficou sentada sem dizer nada, arfando.

O taxista balançou a cabeça.

– Sinto muito, mas não posso levar essa senhora a lugar nenhum nesse estado, quero dizer, não sozinha. Não quero ninguém morrendo no banco de trás do meu táxi. Seria confusão demais. Posso levá-la se você também vier, claro. Aí a responsabilidade é sua, não minha.

– Eu não a conheço... quero dizer, estou trabalhando... eu deveria estar naquela igreja...

– Sinto muito – disse ele à mulher. – A senhora vai ter que saltar.

A idosa ergueu o véu e Joanna viu seus olhos azuis leitosos e aterrorizados.

– Por favor – articulou ela sem som.

– Tudo bem, tudo bem. – Joanna suspirou resignada e entrou no banco de trás do táxi. – Para onde? – perguntou com delicadeza.

– Mary... Mary...

– Não. Para onde vamos? – tentou Joanna outra vez.

– Mary... le...

– A senhora quer dizer Marylebone? – perguntou o taxista, do banco da frente.

A mulher aquiesceu com um alívio patente.

– Certo.

A senhora ficou olhando ansiosa pela janela enquanto o táxi partia em alta velocidade. Depois de algum tempo, sua respiração começou a se normalizar, e ela recostou a cabeça no encosto de couro preto e fechou os olhos.

Joanna deu um suspiro. Aquele dia estava ficando cada vez melhor. Alec ia crucificá-la se soubesse que ela fora embora cedo. Não iria engolir a história de uma velhinha passando mal. Alec só se interessava por velhinhas se elas tivessem sido espancadas por skinheads atrás do dinheiro da sua aposentadoria e deixadas à beira da morte.

– Estamos quase em Marylebone. Você poderia tentar descobrir o endereço? – pediu o taxista.

– Marylebone High Street, número 19.

A voz de sotaque refinado soou nítida e clara. Joanna se virou surpresa e encarou a senhora.

– Está se sentindo melhor?

– Estou, sim, obrigada. Desculpe ter lhe dado todo esse trabalho. Você deveria saltar aqui. Eu vou ficar bem.

Ela apontou para o sinal de trânsito no qual o táxi havia parado.

– Não. Vou deixar a senhora em casa. Já vim até aqui.

A mulher balançou a cabeça com a maior firmeza de que foi capaz.

– Por favor, para o seu próprio bem, eu...

– Já estamos quase lá. Eu ajudo a senhora a entrar em casa e volto.

A senhora suspirou, afundou um pouco mais para dentro do casaco e não disse mais nada até o táxi parar.

– Chegamos, princesa.

O taxista abriu a porta, e o alívio pelo fato de a velhinha ainda estar viva era evidente na sua expressão.

– Tome aqui.

A mulher estendeu uma nota de 50 libras.

– Infelizmente não tenho troco para tanto – disse ele, ajudando-a a saltar para a calçada e amparando-a até Joanna vir se postar ao seu lado.

– Aqui. Eu tenho. – Joanna entregou ao motorista uma nota de 20. – Me espere aqui, por favor. Volto num segundo.

A senhora já tinha se desvencilhado da sua mão e caminhava com um passo bambo na direção de uma porta ao lado de uma banca de jornal.

Joanna a seguiu.

– Quer que eu abra? – indagou, ao ver os dedos artríticos terem dificuldade para pôr a chave na fechadura.

– Obrigada.

Joanna girou a chave, abriu a porta, e a senhora quase se jogou do outro lado.

– Entre, entre, *depressa*!

– Ahn...

Depois de acompanhar a senhora até sua porta e garantir que ela estava segura, Joanna precisava voltar para a igreja.

– Está bem.

Com relutância, ela entrou. Na mesma hora, a mulher bateu a porta da frente e a fechou.

– Venha comigo.

Ela estava andando na direção de uma porta do lado esquerdo de um corredor estreito. Tateou em busca de outra chave, que por fim inseriu na fechadura. Joanna a seguiu para dentro da escuridão.

– A luz fica logo atrás de você, à direita.

Joanna tateou em busca do interruptor, acionou-o, e viu que estava em um saguão pequeno que recendia a umidade e mofo. Havia três portas à sua frente, e à sua direita um lance de escada.

A senhora abriu uma das portas e acendeu outra luz. Em pé logo atrás dela, Joanna pôde ver que o cômodo estava cheio de caixotes empilhados uns por cima dos outros. No meio do recinto havia uma cama de solteiro com uma cabeceira de ferro enferrujada. Junto a uma das paredes, imprensada entre os caixotes, uma velha poltrona. O cheiro de urina era perceptível, e Joanna teve ânsia de vômito.

A mulher foi até a cadeira e ali afundou com um suspiro aliviado. Apontou para um caixote emborcado ao lado da cama.

– Remédios, meus remédios. Pode me passar, por favor?

– Claro.

Joanna abriu caminho com cuidado pelo meio dos caixotes e pegou os remédios sobre a superfície empoeirada, reparando que as instruções de uso estavam escritas em francês.

– Obrigada. Dois, por favor. E a água.

Joanna lhe passou o copo d'água que estava ao lado dos comprimidos, então abriu a tampa de rosca do frasco, despejou dois comprimidos na mão trêmula e observou a senhora levá-los à boca. E se perguntou se agora poderia ir embora. Estremeceu, sentindo-se oprimida pelo cheiro fétido e pelo ambiente desolado daquele lugar.

– Tem certeza de que não precisa de um médico?

– Absoluta, obrigada. Eu sei o que tem de errado comigo, meu bem.

Um pequeno sorriso surgiu em seus lábios.

– Está certo, então. Infelizmente eu vou ter que voltar para a homenagem. Preciso mandar meu texto para o jornal.

– Você é jornalista?

O sotaque da velha senhora, agora que ela havia recuperado a voz, era refinado e definitivamente inglês.

– Sim. No *Morning Mail*. Num cargo bem júnior ainda.

– Qual é o seu nome, meu bem?

– Joanna Haslam. – Ela apontou para os caixotes. – A senhora está de mudança?

– Pode-se dizer que sim. – Seu olhar se perdeu ao longe, os olhos azuis opacos. – Não vou ficar aqui por muito mais tempo. Talvez seja certo tudo terminar assim...

– O que a senhora está dizendo? Por favor, se estiver doente, deixe-me levá-la até um hospital.

– Não, não. É tarde demais para tudo isso. Agora vá indo, meu bem, volte para a sua vida. Adeus.

A senhora fechou os olhos. Joanna continuou a observá-la até alguns segundos depois ouvir roncos suaves.

Sentindo uma culpa terrível, mas sem conseguir mais suportar a atmosfera daquele quarto, saiu sem fazer barulho e voltou correndo para o táxi.

A homenagem já tinha terminado quando ela chegou de volta a Covent Garden. A limusine dos Harrisons já partira, e apenas algumas das pessoas que haviam assistido à cerimônia continuavam reunidas do lado de fora. Sentindo-se agora realmente péssima, Joanna só conseguiu colher alguns depoimentos antes de chamar outro táxi e tentar esquecer aquela manhã em que tudo tinha dado errado.

2

A campainha estava tocando. O som penetrou a cabeça latejante de Joanna várias vezes, queimando.

– Aaaai, meu Deus – grunhiu ela ao se dar conta de que a pessoa na porta, fosse quem fosse, estava decidida a não ir embora.

Matthew...?

Por uma fração de segundo, ela se animou, então tornou a murchar no mesmo instante. Matthew ainda devia estar comemorando sua liberdade com uma taça de champanhe, numa cama com Samantha em algum lugar.

– Vá embora – gemeu ela, e assoou o nariz na camiseta velha de Matthew.

Por algum motivo, isso a fez se sentir melhor.

A campainha tornou a tocar.

– Saco, saco, saco!

Joanna desistiu, se arrastou para fora da cama e cambaleou até a porta da frente.

– Oi, gatona. – Simon teve a ousadia de dar um sorrisinho para ela. – Que cara horrorosa.

– Oi – balbuciou Joanna, apoiando-se na porta para não cair.

– Venha cá.

Braços reconfortantemente familiares envolveram seus ombros. Joanna era alta, e Simon, que tinha 1,90 metro, era um dos poucos homens que ela conhecia capazes de fazê-la se sentir pequena e frágil.

– Recebi seus recados ontem à noite, assim que cheguei em casa. Sinto muito não ter estado aqui para te consolar.

– Não tem problema – disse ela, fungando no ombro dele.

– Que tal a gente entrar antes que sua roupa comece a congelar? – Ainda com um braço firme ao redor dos ombros da amiga, Simon fechou a porta e a conduziu até a pequena sala. – Nossa, que frio aqui dentro.

– Desculpe, passei a tarde inteira na cama. Estou com um resfriado daqueles.

– Não me diga – brincou ele. – Venha, sente aqui.

Ele jogou no chão jornais velhos, livros e embalagens vazias de macarrão instantâneo, e Joanna afundou no desconfortável sofá verde-limão. Só o havia comprado porque Matthew gostava da cor, e desde então se arrependera da compra. Sempre que ia ao seu apartamento, Matthew se sentava na velha poltrona de couro de sua avó. Aquele safado ingrato, pensou ela.

– Você não está muito bem, né, Jo?

– Não. Além de ter levado um fora do Matthew, o Alec me mandou cobrir uma homenagem póstuma hoje de manhã, quando eu deveria estar de folga. Acabei indo parar na Marylebone High Street com uma velha esquisita que mora num quarto cheio de caixotes.

– Uau. E eu em Whitehall, e a coisa mais empolgante que me aconteceu hoje foi a moça da lanchonete ter se enganado com o recheio do sanduíche que eu pedi.

Joanna mal conseguiu esboçar um sorriso diante do esforço do amigo de diverti-la.

Simon sentou-se ao seu lado e segurou sua mão.

– Eu sinto muito, Jo. De verdade.

– Obrigada.

– Acabou de vez com o Matthew ou você acha que isso é só um percalço no caminho da felicidade conjugal?

– Acabou, Simon. Ele arrumou outra.

– Quer que eu vá dar uns bons socos nele para fazer você se sentir melhor?

– Sinceramente, quero, mas na verdade não. – Joanna levou as mãos ao rosto e esfregou as bochechas. – O pior é que em momentos assim as pessoas esperam que você tenha uma reação digna. Se perguntam como você está, você deve minimizar o assunto e dizer: "Estou ótima, obrigada. Ele não significava mesmo nada para mim, e terminar foi a melhor coisa que me aconteceu. Agora tenho muito mais tempo para mim e para os meus amigos, e comecei até a fabricar cestos artesanais!" Só que é tudo *mentira*! Eu seria capaz de andar sobre carvões em brasa se isso pudesse trazer o

Matthew de volta, para a vida poder prosseguir de modo normal. Eu... eu... eu amo o Matthew. Eu preciso dele. Ele é meu, ele me p-p-pertence.

Simon abraçou-a enquanto ela soluçava. Acariciou seus cabelos de leve e ficou ouvindo o choque, a tristeza e a incompreensão se derramarem de dentro de Joanna. Quando ela acabou de chorar, ele a soltou com toda a delicadeza e se levantou.

– Acenda a lareira enquanto eu fervo água para fazer um chá.

Joanna ligou a lareira a gás e seguiu Simon até a pequena cozinha. Deixou-se cair numa das cadeiras diante da mesa de fórmica de dois lugares que ficava no canto, em volta da qual ela e Matthew haviam compartilhado tantos *brunches* dominicais preguiçosos e tantos jantares íntimos à luz de velas. Enquanto Simon preparava o chá, ficou encarando os frascos de vidro dispostos numa fileira bem-arrumada sobre a bancada.

– Eu sempre odiei tomate seco – murmurou. – O Matthew adorava.

– Bom... – Simon pegou o frasco dos famigerados tomates e o jogou na lixeira. – Então, veja só uma consequência boa disso tudo: você não precisa mais comer tomate seco.

– Na verdade, pensando bem, tinha muitas coisas das quais eu fingia gostar só porque o Matthew gostava.

– Como, o quê por exemplo?

– Ah, ver filmes de arte estrangeiros bizarros aos domingos no Lumière, quando eu teria preferido ficar em casa e tirar o atraso das novelas. E música... tinha isso também. Quer dizer, eu gosto de música clássica em pequenas doses, mas nunca podia pôr para tocar meu *ABBA Gold* nem meus CDs do Take That.

– Detesto admitir, mas estou com o Matthew nessa – disse Simon, rindo, enquanto despejava a água fervente sobre os saquinhos de chá. – Mas quer saber? Para ser bem sincero, sempre achei que o Matthew vivia tentando ser o que ele *pensava* que deveria ser.

– Tem razão. – Joanna suspirou. – Eu não era impressionante o suficiente para ele. Mas é isso que eu sou: uma entediante garota de classe média de Yorkshire, e nada mais.

– Eu juro que você é tudo, menos pouco impressionante. Ou entediante. Honesta, talvez; direta, com certeza. Mas essas são qualidades a serem admiradas. Tome aqui. – Ele lhe passou uma caneca de chá. – Vamos nos descongelar em frente à lareira.

Joanna sentou-se no chão em frente ao fogo e tomou seu chá.

– Ai, Simon, só de pensar em recomeçar a vida de solteira me dá arrepios – disse ela. – Eu tenho 27 anos, estou velha demais para recomeços.

– É, está velha mesmo, praticamente posso sentir o cheiro da morte em você.

Joanna lhe deu um tapa na panturrilha.

– Não brinque com isso! Vou levar anos para me reacostumar a ser solteira.

– O problema de nós, humanos, é que temos medo e não gostamos de nenhum tipo de mudança. Estou convencido de que é por isso que tantos casais infelizes continuam juntos, quando ficariam muito melhor separados.

– Você provavelmente está certo. Olhe só para mim, comendo tomate seco há anos! Por falar em casais, alguma notícia da Sarah?

– Ela me mandou um cartão de Wellington semana passada. Parece que está aprendendo a velejar. Puxa, foi um longo ano longe um do outro. Mas ela volta da Nova Zelândia em fevereiro, então faltam apenas algumas semanas.

– Você foi incrível de esperar por ela.

Joanna sorriu para ele.

– "Se você ama uma pessoa, deixe-a ir." Não é isso que se diz? Na minha opinião, se ela ainda me quiser quando voltar, nós dois vamos saber que é a coisa certa, que é real.

– Não aposte nisso. Eu pensei que Matthew e eu fôssemos "a coisa certa", que fosse "real".

– Obrigado pelas palavras de conforto. – Simon arqueou as sobrancelhas. – Ah, vamos, você tem sua carreira, seu apartamento, e tem a mim. Você é uma guerreira, Jo, vai sair dessa. Espere só e vai ver.

– Isso se eu ainda tiver um emprego. A matéria que eu mandei sobre a missa em homenagem a sir James Harrison ficou uma droga. Com essa história do Matthew, o resfriado, e depois aquela velha esquisita...

– Você disse que ela morava num quarto cheio de caixotes? Tem certeza de que não estava alucinando?

– Tenho. Ela disse que não ficaria ali por muito mais tempo. – Joanna mordeu o lábio. – Estava um cheiro forte de urina lá dentro, eca... Será que a gente vai ficar assim quando for velho? Aquilo me deixou completamente deprimida. Fiquei ali naquele quarto pensando... se é a isso que a vida nos leva, por que diabo lutar tanto para viver?

– Ela deve ser uma daquelas loucas excêntricas que mora num chiqueiro e tem milhões guardados no banco. Ou dentro de caixotes, aliás. Você devia ter dado uma olhada.

– Ela estava bem até ver um senhor numa cadeira de rodas que chegou e se sentou na fileira ao lado da nossa durante a missa. Ela literalmente surtou quando o viu.

– Devia ser o ex-marido. Vai ver eram os milhões *dele* guardados naqueles caixotes. – Simon riu. – Enfim, querida, preciso ir andando. Tenho trabalho para fazer até amanhã.

Joanna o acompanhou até a porta, e ele a puxou para um abraço.

– Obrigada por tudo.

Ela lhe deu um beijo na bochecha.

– Não tem de quê. Se precisar de mim, estou sempre disponível. Ligo para você do trabalho amanhã. Tchau.

– Boa noite.

Depois que ele saiu, Joanna fechou a porta e voltou para a sala sentindo-se mais animada. Simon sempre sabia como alegrá-la. Eram amigos a vida inteira. Ele morava com a família numa fazenda em Yorkshire vizinha à dela e, embora tivesse uns dois anos a mais, o fato de morarem num lugar tão isolado significava que haviam passado boa parte da infância juntos. Como Joanna era filha única e tinha índole de moleca, ficara encantada em ter a companhia de um menino. Simon lhe ensinara a subir em árvores, a jogar futebol e críquete. Nas férias de verão, os dois andavam de pônei pelo campo e faziam longas brincadeiras de índio e caubói. Eram as únicas ocasiões em que brigavam, pois Simon sempre exigia, muito injustamente, que ele vivesse e ela morresse.

– A brincadeira é minha, quem faz as regras sou eu – insistia ele, mandão, com a cabeça quase engolida por um grande chapéu de caubói.

E depois que eles perseguiam um ao outro pelo mato áspero, ele inevitavelmente a alcançava e a capturava por trás.

– *Bang, bang*, você morreu! – gritava, apontando para ela sua arma de brinquedo, e ela cambaleava e caía sobre o capim, onde ficava se revirando num arremedo de agonia até por fim desistir e morrer.

Aos 13 anos, Simon fora enviado para um colégio interno, e os dois passaram a se ver menos. A velha intimidade permaneceu durante as férias, mas ambos naturalmente fizeram novos amigos à medida que foram crescendo. Comemoraram com uma garrafa de champanhe quando Simon conseguiu entrar para o Trinity College, em Cambridge. Joanna foi para a Universidade de Durham dois anos mais tarde, estudar letras.

Suas vidas então se separaram quase por completo; Simon conheceu Sarah em Cambridge e, no último ano em Durham, Joanna conheceu Matthew. Apenas quando ela e Simon retomaram contato em Londres – onde por coincidência moravam a somente dez minutos um do outro – é que a amizade tornou a florescer.

Joanna sabia que Matthew na verdade nunca simpatizara com Simon. Além de ser muito mais alto que ele, Simon, ao sair de Cambridge, recebera uma oferta de emprego para um cargo importante no serviço público. Modesto, dizia sempre ser apenas um burocrata em Whitehall, mas isso era típico dele. O fato é que muito rapidamente ganhara dinheiro para comprar um pequeno carro e um charmoso apartamento de quarto e sala em Highgate Hill. Matthew, enquanto isso, ocupara um cargo subalterno numa agência de publicidade antes de receber um convite para ser sócio júnior, emprego que ainda só conseguia bancar uma quitinete úmida em Stratford.

Talvez Matthew esteja pensando que a alta posição de Samantha na agência vá alavancar a carreira dele, pensou Joanna de repente.

Balançou a cabeça. Decidiu que não ia mais pensar em Matthew naquela noite. Cerrou os dentes, pôs para tocar um CD da Alanis Morissette e aumentou o volume. *Os vizinhos que se danem*, pensou, dirigindo-se ao banheiro para encher a banheira de água quente. Enquanto cantava "You Learn" com sua voz rouca a plenos pulmões e a água jorrava das torneiras, não escutou os passos no curto caminho de acesso à sua porta, nem viu o rosto espiar pelas janelas da sua sala no térreo. Saiu do banheiro bem na hora em que os passos se afastavam outra vez pelo caminho.

Sentindo-se mais limpa e mais calma, preparou um sanduíche de queijo, fechou as cortinas da sala e sentou-se em frente à lareira para aquecer os dedos do pé. E de repente sentiu uma débil centelha de otimismo em relação ao futuro. Algumas das coisas que tinha dito a Simon na cozinha mais cedo haviam soado levianas, mas na verdade eram reais. Pensando bem, ela e Matthew de fato tinham muito pouca coisa em comum. Agora ela era uma alma livre, sem ninguém para agradar a não ser a si mesma, e colocar em segundo plano os próprios sentimentos era coisa do passado. Aquela era a sua chance, a *sua* vida, e em hipótese alguma ela deixaria Matthew estragar seu futuro.

Antes que essa atitude positiva a abandonasse e a tristeza voltasse a dominá-la, Joanna tomou dois comprimidos de analgésico e foi para a cama.

3

– Tchau, meu amor.

Ela o abraçou apertado, sentindo seu cheiro familiar.

– Tchau, mãe.

Ele se aninhou no casaco dela por mais alguns segundos, então se afastou e observou seu rosto em busca de algum sinal de emoção indesejada.

Zoe Harrison pigarreou e piscou para conter as lágrimas. Por mais que passasse por aquilo várias vezes, as coisas não ficavam mais fáceis. Como não podia chorar na frente de Jamie nem dos amigos dele, no entanto, exibiu um sorriso corajoso.

– Venho te buscar para almoçarmos daqui a três semanas, no domingo. Pode chamar o Hugo, se ele quiser.

– Claro.

Jamie ficou parado junto ao carro, pouco à vontade, e Zoe soube que estava na hora de ir embora. Não pôde resistir a estender a mão e afastar do rosto do filho alguns fios de cabelos louros. Ele revirou os olhos e por um segundo ficou mais parecido com o menininho de quem ela se lembrava, e não com o sério rapaz que estava se tornando. Vê-lo daquele jeito, usando o uniforme azul-marinho da escola, com a gravata amarrada à perfeição, exatamente como James havia lhe ensinado, deixava Zoe com um imenso orgulho do filho.

– Tá, meu amor, eu vou indo então. Me ligue se precisar de alguma coisa. Ou mesmo se quiser só conversar.

– Ligo, sim, mãe.

Zoe se sentou ao volante do carro, fechou a porta e deu a partida no motor. Baixou a janela.

– Eu te amo, meu amor. Se cuide, tá? E lembre-se de usar sempre uma camiseta por baixo da roupa e de *não* ficar com as meias do rúgbi molhadas por mais tempo do que for preciso.

O rosto de Jamie ficou vermelho.

– *Tá bom*, mãe. Tchau.

– Tchau.

Zoe então se afastou, vendo Jamie acenar alegremente pelo retrovisor. Ao fazer uma curva, seu filho sumiu de vista. Enquanto atravessava os portões e pegava a estrada principal, Zoe enxugou as lágrimas com um gesto duro e vasculhou o bolso do casaco em busca de um lenço de papel. E pensou consigo mesma, pela centésima vez, que sofria mais naqueles momentos do que Jamie. Sobretudo agora que James não estava mais ali.

Enquanto seguia as placas indicando o caminho até a rodovia que a levaria de volta a Londres num trajeto de uma hora, perguntou-se outra vez se era um erro isolar um menino de 10 anos num colégio interno, principalmente depois da trágica perda do bisavô poucas semanas antes. Mas Jamie amava o colégio, os amigos do colégio, a *rotina* – todas as coisas que ela era incapaz de lhe proporcionar em casa. Ele parecia estar indo muito bem na escola, crescendo e se tornando cada vez mais independente.

Até mesmo Charles fizera um comentário sobre isso na noite anterior, quando ela fora deixá-lo no aeroporto de Heathrow. O peso da morte do pai pairava sobre ele de modo visível, e Zoe havia reparado que o seu belo e bronzeado rosto enfim exibia as marcas da idade.

– Você tem se saído muito bem, querida, deveria se orgulhar de si mesma. E do seu filho – disse ele no seu ouvido ao lhe dar um abraço de despedida. – Leve Jamie para passar as férias comigo em Los Angeles. Nós não nos vemos o suficiente. Tenho saudade de vocês.

– Também tenho saudade, pai – respondeu Zoe, e ficou ali um pouco aturdida, vendo-o passar pela segurança do aeroporto.

Um elogio vindo do pai era coisa rara. Fosse em relação a ela *ou* a Jamie.

Lembrou-se de quando descobrira que estava grávida, aos 18 anos, e quase morrera de susto e consternação. Recém-saída de um colégio interno e com vaga garantida na universidade, a ideia de ter um filho soava ridícula. No entanto, durante todo o bombardeio de raiva e críticas do pai e dos amigos, acompanhado por uma pressão de origem inteiramente diversa, Zoe soube, em algum lugar do coração, que o bebê em sua barriga precisava nascer. Jamie era um presente especial, mágico: produto de um amor. Um amor do qual, mais de uma década depois, ela ainda não havia se recuperado por completo.

Zoe se juntou aos outros carros que seguiam rumo a Londres na rodovia, e as palavras ditas pelo pai vários anos antes ecoaram em seus ouvidos: "Ele vai se casar com você, esse cara que te engravidou? Vou falar uma coisa, Zoe, você agora vai ter que se virar. O erro foi seu, vá lá e conserte!"

Não que algum dia tenha havido qualquer chance de eu me casar com ele, pensou ela com tristeza.

Apenas James, seu amado avô, permanecera calmo; uma presença tranquila a irradiar sensatez e apoio quando todos à sua volta pareciam gritar o mais alto de que eram capazes.

Zoe sempre fora a preferida de James. Quando pequena, não fazia ideia de que aquele velhinho gentil – dono de uma voz grave e encorpada, que se recusava a ser chamado de "avô" porque isso o fazia se sentir velho – era um dos mais celebrados atores clássicos do país. Ela fora criada numa casa confortável em Blackheath com a mãe e um irmão mais velho, Marcus. Quando tinha 3 anos, seus pais já eram divorciados, e ela raramente via o pai, já que Charles se mudara para Los Angeles, de modo que James havia se tornado a figura masculina do seu mundo. A imensa casa de campo – que ficava em Dorset e se chamava Haycroft House –, com seu pomar e seus cômodos aconchegantes no sótão, tinha servido de cenário para as melhores lembranças da sua infância.

Quase aposentado, fazendo apenas viagens ocasionais aos Estados Unidos para gravar alguma participação especial num filme e "poder pôr comida na mesa", como costumava dizer, seu avô estivera sempre ao seu lado. Sobretudo depois que a mãe de Zoe morreu de repente num acidente de carro a poucos metros de casa. Zoe tinha 10 anos e seu irmão Marcus, 14. Tudo que ela conseguia se lembrar do velório era de ficar agarrada no avô e ver seu semblante grave, o maxilar contraído, as lágrimas silenciosas que escorriam pela sua face enquanto eles escutavam o sermão do vigário. Foi uma missa tensa, lúgubre. Ela fora obrigada a usar um vestido preto duro de tão engomado, e a renda irritara seu pescoço.

Charles tinha vindo de Los Angeles para tentar reconfortar um filho e uma filha que mal conhecia, mas foi James quem enxugou suas lágrimas e a abraçou enquanto ela chorava noite adentro. Ele também tentou reconfortar Marcus, mas o menino tinha se fechado e se recusava a tocar no assunto. A dor que Marcus sentiu com a morte da mãe fora trancada bem no fundo do seu coração.

Enquanto o pai levou Zoe para morar com ele em Los Angeles, Marcus permaneceu no colégio interno na Inglaterra. Era como se ela houvesse perdido não só a mãe, mas também o irmão... sua vida inteira de uma vez só.

Ao chegar ao calor seco e efervescente da casa em estilo *hacienda* do pai em Bel Air, Zoe descobriu ter uma "tia Debbie". Tia Debbie pelo visto morava com seu pai, e inclusive dormia na mesma cama que ele. Tia Debbie era muito loura, voluptuosa, e não ficou nada contente ao ver a pequena Zoe entrar na sua vida aos 10 anos.

Ela foi matriculada numa escola em Beverly Hills e odiou cada minuto. Raramente via o pai, sempre ocupado em buscar um lugar ao sol como diretor de cinema. E tinha de suportar o estilo Debbie de criar filhos: jantares em frente à TV e desenhos animados em telas que ocupavam toda a parede. Sentia muita falta das mudanças de estação da Inglaterra, e detestou o forte calor e os sotaques carregados de Los Angeles. Escrevia longas cartas para o avô, implorando que ele fosse buscá-la e a levasse para morar com ele em sua amada Haycroft House, tentando convencê-lo de que saberia se cuidar sozinha. E de que não daria trabalho algum se ele a deixasse voltar para a Inglaterra, que não se preocupasse com isso.

Seis meses depois de Zoe chegar a Los Angeles, um táxi apareceu em frente à casa. Dele saltou James, com um elegante chapéu-panamá na cabeça e um largo sorriso no rosto. Zoe ainda recordava a alegria avassaladora que sentiu ao correr até o carro e se jogar nos braços dele. Seu protetor ouvira seu chamado e fora resgatá-la. Enquanto tia Debbie permanecia emburrada à beira da piscina, Zoe despejou suas queixas nos ouvidos do avô. Ele em seguida ligou para o filho e disse o quanto a neta estava infeliz. E Charles – que na ocasião estava filmando no México – concordou em deixar o pai levá-la de volta para a Inglaterra.

Zoe passou o longo voo de volta sentada alegremente ao lado de James, a mãozinha segurando com força a mão grande do avô. Recostou-se no seu ombro firme e capaz, certa de querer estar onde quer que ele estivesse.

A aconchegante escola em Dorset que passou a frequentar durante a semana foi uma experiência feliz. James sempre recebia os amigos de Zoe de braços abertos, fosse em Londres ou em Haycroft House. Foi só quando notou o assombro e os olhos arregalados dos pais desses amigos quando iam buscar os filhos e apertavam a mão do grande sir James Harrison que ela começou a se dar conta da celebridade que o avô de fato era. Conforme ela foi crescendo, James começou a lhe transmitir seu amor por Shakespeare, Ibsen e Wilde. Os dois iam ver peças com frequência no Barbican, no National Theatre e no Old Vic. Passavam a noite na luxuosa casa de James na Welbeck Street, depois o domingo inteiro em frente à lareira lendo o texto da peça.

Ao completar 17 anos, Zoe já sabia que queria ser atriz. James mandou buscar todos os folhetos das escolas de teatro e eles examinaram cada um, pesando os prós e os contras, até decidirem que Zoe primeiro iria cursar uma boa universidade e tirar um diploma em letras para depois se candidatar a uma vaga numa escola de teatro, quando estivesse com 21.

– Você não só vai estudar os textos clássicos na universidade, o que vai dar profundidade às suas interpretações, como também, quando começar a estudar teatro, estará mais velha e preparada para absorver todas as informações disponíveis. Além do mais, um diploma universitário serve como garantia.

– Você acha que eu não vou dar certo como atriz? – perguntou Zoe, apavorada.

– Não é isso, meu amor, claro que não. Para começo de conversa, você é minha neta – respondeu ele, rindo. – Mas você é tão, tão linda, que, se não tiver uma porcaria de um diploma, ninguém vai levá-la a sério.

Juntos, os dois decidiram que, caso as notas de Zoe no ensino médio fossem tão boas quanto o esperado, ela deveria se candidatar para uma vaga no curso de língua inglesa em Oxford.

E então ela se apaixonou. Bem no meio das provas do ensino médio.

Quatro meses depois, viu-se grávida e arrasada. Seu futuro cuidadosamente planejado estava despedaçado.

Insegura e apavorada com a reação do avô, Zoe deu a notícia à queima-roupa durante um jantar. James empalideceu um pouco, mas meneou a cabeça com calma e perguntou o que ela queria fazer em relação àquilo. Zoe começou a chorar. A situação era tão terrível e complexa que ela não podia nem contar toda a verdade a seu amado avô.

Durante toda aquela semana terrível em que Charles chegou a Londres com Debbie a tiracolo, gritando com Zoe, chamando-a de idiota e exigindo saber quem era o pai da criança, James continuou ali, dando-lhe força e coragem para tomar a decisão de ter o bebê. E nem ao menos uma vez perguntou quem era o pai. Ou questionou a viagem a Londres que deixou Zoe exausta e branca feito um fantasma quando ele foi buscá-la na estação de trem de Salisbury e ela se jogou no seu colo aos prantos.

Se não fosse o amor, o apoio e a fé incondicional do avô na sua capacidade de tomar a decisão certa, Zoe sabia que não teria conseguido ir até o fim.

Quando Jamie nasceu, Zoe viu os olhos azuis opacos do avô se encherem de lágrimas ao fitarem pela primeira vez o bisneto. O trabalho de parto foi prematuro e tão rápido que não houve tempo para Zoe percorrer a meia hora de carro que separava Haycroft House do hospital mais próximo. Então Jamie nasceu na velha cama de baldaquino do avô, sob a batuta da parteira da região. Zoe permaneceu deitada, arfando de exaustão e felicidade, enquanto seu minúsculo filho era posto aos berros no colo de James.

– Bem-vindo ao mundo, rapazinho – sussurrou ele, e então deu um beijo delicado na testa do bebê.

Nessa hora ela decidiu batizar o filho em homenagem ao avô.

Zoe não sabia se o vínculo foi forjado nesse momento ou nas semanas seguintes, em que avô e neta se revezaram para se levantar da cama e ir tranquilizar um bebê choroso e cheio de cólicas. James tinha sido ao mesmo tempo um pai e um amigo para o filho dela. O menino e o velho passavam muitas horas juntos, e James sempre dava um jeito de reunir energia para brincar com o bisneto. Zoe muitas vezes chegava em casa e encontrava os dois no pomar, James lançando a bola de futebol para Jamie chutar. O bisavô também levava o menino para expedições na natureza pelas sinuosas estradas da zona rural de Dorset, e ensinava ao garoto sobre as flores que cresciam nas sebes e no seu esplendoroso jardim. Peônias, lavanda e sálvia disputavam espaço nos canteiros. E em meados de julho o cheiro das rosas preferidas de James entravam pela janela do seu quarto.

Foi uma época linda e tranquila, e Zoe apenas aproveitou a vida na companhia do filho pequeno e do avô. Seu pai estava no auge da fama após ganhar um Oscar, e ela raramente tinha notícias dele. Fazia o possível para não se importar, mas, ainda assim, no dia anterior, no aeroporto, quando ele a abraçara e dissera sentir sua falta, o fio invisível da paternidade se retesara e a deixara comovida.

Ele também está envelhecendo..., pensou, ao virar na rotatória no final da rodovia e tomar a direção do centro de Londres.

Quando Jamie tinha 3 anos, James a convenceu, com toda a delicadeza, a se candidatar a uma vaga na escola de teatro.

– Se você conseguir a vaga, podemos ir todos morar na Welbeck Street – disse ele. – Jamie poderia começar a frequentar a creche algumas manhãs por semana. É bom para uma criança socializar.

– De qualquer forma, tenho certeza de que não vou ser aceita – resmungou Zoe ao concordar finalmente em tentar uma vaga na Royal Academy of Dramatic Art, situada a uma curta distância de bicicleta da Welbeck Street.

Mas ela *foi* aceita e, com o apoio de uma jovem *au pair* francesa que buscava Jamie na creche ao meio-dia e cozinhava para o menino e para James, concluiu o curso de três anos.

Seu avô convocou então o agente e mais uma penca de diretores de elenco para irem assistir ao espetáculo de formatura da neta – "Meu amor, o mundo é feito de nepotismo, pouco importa se você é ator ou açougueiro!". E quando ela terminou a escola já tinha um agente e seu primeiro pequeno papel numa produção para a TV. A essa altura Jamie já frequentava a escola, e a carreira de atriz de Zoe seguiu de vento em popa. Embora, para sua decepção, o grosso dos seus trabalhos fosse no cinema, não no palco – seu primeiro amor.

– Minha querida menina, pare de reclamar – repreendeu-a James certa vez, depois de ela chegar de um dia perdido numa locação na região leste de Londres. Chovera sem parar, e eles não tinham conseguido filmar nada. – Você tem um emprego, o que é o máximo que um jovem ator pode almejar. Eu prometo que a Royal Shakespeare Company vai chegar na hora certa.

Embora Zoe tenha percebido o lento declínio do avô ao longo dos três anos seguintes, notou que ele havia decidido ignorar o fato. Foi só quando ele começou a fazer caretas de dor que ela o convenceu a ir ao médico.

O profissional diagnosticou um câncer de intestino em estágio avançado; a doença já se espalhara para o fígado e o cólon de James. Devido à idade e à saúde fragilizada, um tratamento agressivo com quimioterapia foi descartado. O médico sugeriu um tratamento paliativo, para que ele passasse o tempo que *de fato* lhe restava com uma melhor qualidade de vida, livre de tubos e sondas. Se, conforme James fosse piorando, esse tipo de equipamento se tornasse necessário para o seu conforto, ele poderia usá-lo em casa.

Novas lágrimas inundaram os olhos de Zoe quando foi chegando a hora de entrar na casa vazia da Welbeck Street; uma casa que, apenas dois meses antes, era dominada pelo cheiro agradável do tabaco Old Holborn que James havia fumado em segredo até o dia da sua morte. No último mês ou dois, ele tinha piorado muito e começado a ouvir e a ver mal, e seus ossos de 95 anos imploravam para poder enfim descansar. Mas seu carisma, seu senso de humor e sua *força vital* ainda dominavam a casa.

No verão anterior, Zoe havia tomado a excruciante decisão de mandar Jamie para o colégio interno, para o bem do próprio filho. Ver o amado bisavô se deteriorando bem na sua frente não era algo que ela desejasse para o menino. Como eles tinham uma relação muito próxima, Zoe sabia que precisaria ajudá-lo com delicadeza, e o mínimo de dor possível, a se adaptar a uma vida sem James Grande, como Jamie o chamava. Ele não percebeu os vincos se aprofundando no rosto do bisavô, nem o modo como suas mãos tremiam quando eles jogavam cartas, ou como ele caía no sono na poltrona depois do almoço para só acordar no começo da noite.

Assim, Jamie fora para o colégio interno em setembro, e felizmente se adaptara bem, enquanto Zoe havia feito uma pausa na carreira nascente para cuidar de um James cada vez mais fragilizado.

Em uma gelada manhã de novembro, James segurou a mão da neta quando ela fez menção de recolher uma xícara vazia.

– Onde está Jamie?

– Na escola.

– Ele não pode vir neste final de semana? Preciso falar com ele.

– James, eu não sei se é uma ideia muito boa.

– Ele é um menino inteligente, mais do que a maioria dos que têm a mesma idade. Desde que ele era recém-nascido, eu sabia que não era imortal. Era óbvio que provavelmente não estaria por aqui muito depois dos seus primeiros anos. Eu já o preparei para a minha partida.

– Entendi.

A mão de Zoe que segurava a xícara tremia tanto quanto a do avô.

– Você pode trazê-lo? Preciso falar com ele. Logo.

– Está bem.

Com relutância, Zoe foi buscar o filho no colégio interno naquele mesmo fim de semana. No carro, a caminho de casa, contou-lhe o quanto James

Grande estava doente. Jamie aquiesceu, mas os cabelos que caíam em frente aos seus olhos não permitiram a Zoe ver sua expressão.

– Eu sei. Na verdade ele me contou nas férias de meio de semestre. Disse que mandaria me chamar quando... chegasse a hora.

Enquanto Jamie subia correndo para ver o bisavô, Zoe ficou andando para lá e para cá na cozinha, preocupada com o impacto que a visão de James Grande tão doente teria no seu precioso menino.

Nessa noite, quando estavam os três jantando no quarto de James, Zoe viu que o avô estava consideravelmente mais animado. Jamie passou a maior parte do fim de semana enfiado no quarto do bisavô. Quando ela finalmente subiu até lá e disse ao filho que eles precisavam sair para a escola se quisessem chegar a tempo do toque de recolher de domingo, James abriu bem os braços para o bisneto.

– Tchau, meu rapaz. Cuide-se bem. E da sua mãe também.

– Sim. Eu te amo!

Jamie deu então um abraço apertado no bisavô, com a entrega de que só uma criança é capaz.

Mãe e filho não conversaram muito no caminho de volta ao colégio de Jamie em Berkshire, mas, na hora em que entraram no estacionamento, o menino finalmente falou.

– Eu nunca mais vou ver James Grande, sabia? Ele me disse que vai embora daqui a pouco.

Zoe se virou e olhou para a expressão séria do filho.

– Eu sinto muito, meu amor.

– Não se preocupe, mamãe. Eu entendo.

E, com um aceno, subiu a escada e entrou.

Menos de uma semana depois, sir James Harrison, detentor da Ordem do Império Britânico, morreu.

Zoe parou junto ao meio-fio na Welbeck Street, saltou do carro e ergueu os olhos para a casa, cuja manutenção agora recairia sob sua responsabilidade. Apesar da fachada vitoriana mais recente, a estrutura de tijolos vermelhos estava ali há mais de duzentos anos, e ela viu que as molduras em volta das janelas altas precisavam muito de uma demão de tinta.

Ao contrário das casas vizinhas, aquela tinha a fachada um pouco recurvada para fora, como uma barriga agradavelmente repleta, e se erguia por cinco andares, com as janelas do sótão piscando lá de cima para ela, como dois olhos brilhantes. Ela subiu os degraus, destrancou a pesada porta da frente, que fechou depois de entrar, e recolheu a correspondência de cima do capacho. O vapor de sua respiração era visível no ar frio da casa, e ela estremeceu, desejando poder se refugiar outra vez no reconfortante semi-isolamento de Haycroft House. Mas havia trabalho a fazer. Pouco antes de sua morte, James a incentivara com veemência a aceitar o papel principal numa versão para o cinema de *Tess dos D'Urbervilles* dirigida por Mike Winter, um jovem britânico de carreira promissora. Ela só tinha dado o roteiro ao avô para distraí-lo do tédio durante a doença – recebia muitos roteiros todas as semanas – e jamais imaginara que ele fosse de fato ler.

No entanto, depois da leitura, James havia segurado sua mão.

– Um papel como o de Tess não vai cair no seu colo todos os dias, e este roteiro é excepcional. Recomendo com veemência que aceite, minha querida. Esse filme fará de você a estrela que merece ser.

Ele não precisara dizer que aquele era seu último pedido. Zoe tinha visto isso nos seus olhos.

Sem tirar o casaco, ela seguiu pelo corredor e subiu o termostato. Pôde ouvir os estalos do boiler antigo quando este foi acionado, e rezou para nenhum dos canos congelar nas temperaturas cada vez mais invernais. Foi até a cozinha e viu que junto à pia ainda havia taças de vinho e cinzeiros vazios do misto de festa e velório que ela se sentira obrigada a organizar depois da missa do dia anterior. Havia aperfeiçoado uma graciosa expressão de gratidão à medida que as dezenas de pessoas tinham ido lhe dar os pêsames e se deliciar com histórias do seu avô.

Meio a contragosto, esvaziou alguns dos cinzeiros na lixeira transbordante, sabendo que a maior parte do dinheiro de *Tess* seria gasta na reforma da velha casa – a cozinha em especial precisava desesperadamente de uma modernização.

A luz da secretária eletrônica piscava em cima da bancada. Zoe apertou o "play".

"*Zoe? Zoeeee...??! Tá, você saiu. Me ligue em casa. Agora. Sério. É urgente!*"

Zoe fez uma careta ao ouvir a fala arrastada do irmão. Ficara horrorizada ao ver a roupa com que Marcus aparecera na igreja no dia anterior – nem gravata estava usando –, e ele saíra de fininho depois do velório, tão logo fora possível, sem nem se despedir. Sabia que era porque Marcus estava aborrecido.

Logo após a morte de James, ela, o irmão e o pai tinham comparecido à leitura do testamento. Sir James Harrison decidira deixar praticamente todo o seu dinheiro e a propriedade de Haycroft House sob os cuidados de um fundo de investimento para Jamie até o menino completar 21 anos. Havia também um seguro de vida que bancaria as anuidades escolares e universitárias de Jamie. A casa da Welbeck Street fora legada para Zoe, junto com toda a memorabilia teatral que James guardava e que ocupava a maior parte do espaço no sótão de Haycroft House. No entanto, ele não tinha lhe deixado nenhum dinheiro; Zoe entendia que ele não a queria acomodada, e sim que desse continuidade à carreira de atriz. Havia também uma soma em dinheiro reservada para a criação do "Fundo Sir James Harrison", destinado a pagar os estudos de teatro de dois jovens de talento que de outra maneira não poderiam frequentar uma escola renomada. Ele tinha pedido a Charles e Zoe para organizarem tudo.

James havia deixado 100 mil libras para Marcus; um "gesto simbólico irrisório", segundo Marcus. Após a leitura do testamento, Zoe pôde sentir a decepção do irmão estalando feito eletricidade.

Ligou a chaleira elétrica e pensou se deveria retornar o telefonema de Marcus, sabendo que, caso não o fizesse, era provável que ele lhe telefonasse em algum horário pouco ortodoxo da madrugada, bêbado e sem dizer coisa com coisa. Por mais horrorosamente egoísta que ele pudesse ser, Zoe amava o irmão, e lembrava-se da infância ao seu lado e de como ele sempre a tratara com carinho e gentileza quando ela era mais nova. Fosse qual fosse seu comportamento mais recente, sabia que Marcus tinha uma alma boa, ainda que sua tendência a se apaixonar pelas mulheres erradas e seu péssimo tino para os negócios o tivessem deixado falido e muito deprimido.

Ao sair da universidade, Marcus fora para Los Angeles ficar com o pai e tentar um lugar ao sol como produtor de cinema. Zoe sabia, pelo que Charles e James haviam lhe contado, que as coisas não estavam saindo conforme o planejado. Nos dez anos desde que se mudara para Los Angeles, todos os projetos de Marcus, um a um, tinham virado pó, desiludindo tanto a ele quanto ao pai, seu financiador. E isso deixara Marcus praticamente sem um tostão.

– O problema com esse rapaz é que ele tem bom coração, mas é um sonhador – comentara James certa vez, três anos antes, quando Marcus voltou de Los Angeles para a Inglaterra com o rabo entre as pernas. – Esse novo projeto dele aqui... – James sacudiu o papel com a proposta de filme que Marcus lhe mandara na esperança de obter um financiamento – ... é imbuído de um espírito político e moral muito sólido, mas cadê a história?

Assim, James se negara a financiá-lo.

Mesmo que o irmão não tivesse feito nada para melhorar a própria vida, Zoe sentia certa culpa pelo fato de ela e o filho terem sido os preferidos de James, tanto em vida quanto no recente testamento.

Com uma caneca de chá entre as mãos, ela foi até a sala e olhou em volta para os móveis de mogno riscados, o sofá gasto e as velhas poltronas cujas estruturas visivelmente afundavam de tão velhas. As pesadas cortinas adamascadas estavam desbotadas, e finas fendas verticais se abriam no tecido frágil, como se uma faca invisível o houvesse cortado feito manteiga. Quando estava subindo a escada em direção ao quarto, ela pensou que tentaria tirar os carpetes puídos para ver se o piso de madeira embaixo tinha salvação...

Parou no patamar da escada, em frente à porta do quarto de James. Agora que toda a sombria parafernália da vida e da morte tinha sido removida, o quarto parecia um vácuo. Ela abriu a porta, entrou, e visualizou-o sentado na cama com um sorriso afável no rosto.

Toda a sua força se esvaiu, e ela escorregou até o chão e se encolheu junto à parede enquanto a tristeza e dor se despejavam em soluços que fizeram seu corpo estremecer. Até então não se permitira chorar assim, e mantivera o controle para o bem de Jamie. Mas agora, ali sozinha pela primeira vez, chorou por si mesma e pela morte de seu verdadeiro pai *e* melhor amigo.

O toque da campainha lhe deu um susto. Ela ficou imóvel, torcendo para que a visita indesejada fosse embora e a deixasse em paz para lamber suas feridas.

A campainha tornou a tocar.

– Zoe! – gritou uma voz conhecida pela caixa de correio. – Eu sei que você está em casa, seu carro está aqui fora. Me deixe entrar!

– Marcus, que saco! – reclamou ela entre os dentes, enxugando com raiva as últimas lágrimas do rosto.

Desceu correndo a escada, abriu a porta da frente com um tranco e deu com o irmão encostado no pórtico de pedra.

– Meu Deus, mana! – exclamou ele ao ver seu rosto. – Você está com uma cara tão ruim quanto a minha.

– Obrigada.

– Posso entrar?

– Você já está aqui mesmo, então é melhor, né? – rebateu ela, e se pôs de lado para dar passagem a ele.

Marcus passou pela irmã e foi direto para o armário de bebidas na sala de estar, onde pegou o decânter e se serviu uma generosa dose de uísque antes mesmo de ela fechar a porta da frente.

– Eu ia perguntar como você estava segurando a barra, mas dá para ver na sua cara – comentou ele, e afundou na poltrona de couro.

– Marcus, me diga logo o que você quer. Tenho muita coisa para resolver...

– Não finja que a situação está tão difícil assim quando o velho e bom Jim deixou esta casa para você.

Marcus abriu os braços para indicar a sala, e o uísque chegou perigosamente próximo da borda do copo.

– James deixou muito dinheiro para você – disse Zoe por entre os dentes cerrados. – Eu sei que você está bravo...

– É claro que eu estou bravo, droga! Estou a isto... e digo *isto aqui*... de Ben MacIntyre aceitar dirigir meu novo projeto de longa. Mas ele precisa ter certeza de que eu tenho o capital para começar a pré-produção. Tudo de que eu preciso é de 100 mil pratas na conta da empresa, e imagino que ele vá dizer sim.

– Tenha paciência. Quando o testamento for executado você vai receber o dinheiro. – Zoe se recostou no sofá e massageou as têmporas doloridas. – Não dá para conseguir um empréstimo?

– Você sabe como o meu nome está sujo. E a Marc One Films também não tem o melhor histórico financeiro do mundo. Se eu demorar muito, Ben vai se interessar por outra coisa. Sério, Zo, se você conhecesse esses caras também iria querer participar... vai ser o filme mais importante *da década*, ou quem sabe até do milênio...

Zoe suspirou. Tinha ouvido bastante sobre o novo projeto de Marcus nas últimas semanas.

– E nós daqui a pouco temos de começar a pedir as autorizações para filmar no Brasil. Se pelo menos papai me emprestasse o dinheiro até o testamento ser executado... mas ele não quis.

Marcus a encarou com raiva.

– Você não pode me culpar pelo fato de o papai ter dito não. Ele já te ajudou mil vezes.

– Mas essa agora é diferente, esse projeto vai mudar tudo, Zoe, eu juro.

Ela não disse nada e sustentou o olhar do irmão. Ele realmente tinha se deteriorado muito nas últimas semanas, e ela começava a ficar seriamente preocupada com o seu alcoolismo.

– Marcus, eu não tenho dinheiro vivo, você sabe disso.

– Ah, Zoe, por favor! Você poderia facilmente refinanciar a casa, ou até conseguir um empréstimo num banco para mim só por algumas semanas, até o testamento ser executado.

– Pare! – Ela deu um tapa no braço do sofá. – Chega, chega disso! Você por acaso está se ouvindo? Está mesmo surpreso que James não tenha lhe deixado a casa, quando sabia que você provavelmente a venderia no mesmo instante? E você quase não o visitou quando ele estava doente. Eu fui a única que cuidei dele, que o amei...

Zoe não completou a frase, e engoliu o choro que ameaçava escapar.

– É, bem... – Marcus teve a elegância de adotar uma expressão contrita. Baixou os olhos e tomou um gole de uísque. – Você sempre foi a favorita dele, né? Eu mal conseguia chegar perto.

– Marcus, o que está acontecendo com você? – perguntou ela baixinho. – Eu fico preocupada e quero muito ajudar, mas...

– Você não confia em mim. Igualzinho ao papai e a sir Jim. É esse o verdadeiro motivo, não é?

– Ah, Marcus, não é de espantar, considerando como você tem se comportado ultimamente. Eu não o vejo sóbrio há sei lá quanto tempo...

– Sem essa de "ah, Marcus"! Depois que a mamãe morreu, todo mundo ficou se rasgando para ver quem iria cuidar da preciosa Zoe! E quem deu a mínima para mim, hein?

– Se você vai começar a lavar roupa suja, pode fazer isso sozinho, porque eu estou exausta demais para esse tipo de coisa. – Ela se levantou e fez um gesto em direção à porta. – Me ligue quando estiver sóbrio, pois, enquanto estiver desse jeito, eu não vou conversar.

– Zoe...

– Estou falando sério, Marcus. Eu te amo, mas você precisa tomar jeito.

Ele se levantou pesadamente, deixando o copo de uísque no tapete, e se retirou da sala.

– Lembre que você vai me levar àquela estreia no começo da semana que vem – disse ela enquanto Marcus se retirava.

Não houve resposta, e ela ouviu a porta da frente bater quando ele saiu.

Zoe entrou na cozinha para preparar um chá de camomila, então examinou os armários vazios. Um saco de biscoitos salgados teria de bastar como jantar. Ela folheou a pilha de correspondência não respondida junto ao telefone à procura do convite para a estreia do filme que havia terminado pouco antes de James adoecer de verdade. Enquanto verificava os detalhes para poder mandar uma mensagem de texto lembrando Marcus, o nome no alto do cartão de repente entrou em foco.

– Ai, meu Deus – balbuciou ela.

Então afundou numa cadeira e sentiu o estômago revirar.

4

Marcus Harrison desceu a ruela escura e úmida atrás da casa de apostas 24 horas em North End Road e destrancou a porta do prédio. Recolheu uma pilha de cartas da caixa de correio no hall – todas sem dúvida ameaçando arrancar seus pelos pubianos um a um com pinça se ele não pagasse imediatamente a quantia especificada – e subiu a escada. Fez uma careta ao sentir o cheiro fétido de esgoto, abriu a porta do apartamento, fechou-a depois de entrar e se apoiou nela.

Estava com uma ressaca monstruosa, que ainda não havia passado embora fossem quase seis da tarde do dia seguinte. Após largar as contas em cima da bancada para juntarem poeira com o resto, Marcus tomou o rumo da sala e da garrafa de uísque pela metade. Serviu uma bela dose num copo já usado, sentou-se, bebeu, e sentiu o calor reconfortante fluir por seu corpo. E perguntou-se, entristecido, onde tudo tinha dado errado.

Ali estava ele, primogênito de um pai bem-sucedido e rico e neto do mais elogiado ator do país. Em outras palavras, herdeiro de um reino.

Além do mais, ele era relativamente bonito, ético, gentil – bem, tão gentil quanto podia ser com seu sobrinho nerd e esquisito – e de modo geral o tipo de pessoa que andaria de mãos dadas com o sucesso. Só que não andava. Nem nunca tinha andado.

O que fora mesmo que seu pai tinha lhe dito depois da homenagem a sir James, quando ele havia implorado que lhe emprestasse as 100 mil libras até a execução do testamento? Que ele era um "bêbado preguiçoso" que esperava que os outros resolvessem os seus problemas. Meu Deus, isso tinha doído. Caramba, como tinha doído.

O que quer que o pai pensasse sobre ele, Marcus sabia que sempre tinha feito o melhor possível. Sentira tanta falta da mãe que, pelos dois anos que se seguiram à sua morte, experimentou a perda como uma dor física aguda. Ele fora incapaz de expressar sua tristeza – a simples palavra "mãe" o deixava com um nó na garganta –, e o universo árido de um colégio interno britânico só para meninos não era um lugar onde alguém pudesse se dar ao luxo de parecer fraco. Assim, havia fechado a boca e estudado com afinco – por *ela*. Mas será que alguém tinha reparado? Não, estavam todos ocupados demais se preocupando com a sua irmãzinha. E, quando ele decidira tentar a sorte como produtor iniciante em Los Angeles e escolhera projetos dos quais sabia que a mãe teria gostado por "dizerem alguma coisa sobre o mundo", seus filmes fracassaram, um atrás do outro.

Na época, Charles se mostrou compreensivo com o filho.

– Volte para Londres, Marcus. A cena de Los Angeles não funciona para você. O Reino Unido é bem mais receptivo ao tipo de filme de arte de baixo orçamento que você quer fazer.

Verdade seja dita, Charles tinha lhe dado uma quantia decente para alugar um apartamento em Londres e viver de modo confortável. Marcus foi morar num apartamento arejado em Notting Hill e abriu a Marc One Films.

Então... se apaixonou por Harriet, uma londrina de alta classe, loura e de pernas compridas – ele sempre teve uma queda por belas louras –, que conhecera na exibição de um dos filmes de Zoe. Também aspirante a atriz, ela ficara empolgadíssima de ter seu nome associado a "Marcus Harrison, produtor de cinema e neto de sir James Harrison", como noticiaram os tabloides na legenda de suas fotos nas colunas de fofoca. Marcus gastou todo o dinheiro do pai com o estilo de vida caro de Harriet, mas, ao perceber que ele era um "*loser* que usa o sobrenome como credencial", ela o trocou por um príncipe italiano. Marcus teve de voltar rastejando para o pai, que saldou a alta dívida deixada por Harriet.

– É a última vez que eu salvo a sua pele! – vociferou Charles por telefone de Los Angeles. – Tome jeito na vida, Marcus. Arrume um emprego decente.

Ele então encontrou um velho amigo de colégio, que lhe falou sobre um projeto de filme ecológico que ele e alguns outros caras da City estavam financiando. Ofereceu a Marcus a oportunidade de ser o produtor. Ainda mordido com a avaliação cruel de Harriet sobre ele e sua carreira, Marcus se afundou no cheque especial para conseguir o capital necessário. Em seguida, passou seis meses filmando na Bolívia e se apaixonou pelo isolamento e a grandiosidade da floresta amazônica, bem como pela determinação dos povos que lá viviam havia milhares de anos.

O filme foi um monumental e terrível fracasso, e Marcus perdeu cada centavo do investimento. Olhando em retrospecto, precisava reconhecer que o roteiro não era lá essas coisas, e que, fosse qual fosse o valor moral do filme em si e do que ele "queria dizer", era preciso também uma ótima história – como seu avô certo dia comentara. Assim, alguns meses antes, ao receber um roteiro de um jovem roteirista brasileiro e chorar no final, soube que aquele era o filme com o qual deixaria a sua marca.

O problema era que, devido a seu lamentável histórico de crédito, nenhum banco agora queria vê-lo nem pintado de ouro, e seu pai se recusara terminantemente a "jogar mais dinheiro fora". Todos tinham perdido a confiança nele – bem no momento em que ele começara a perceber o que era preciso para fazer um filme ético, porém lindo, que sem dúvida iria lotar salas de cinema mundo afora e quem sabe até ganhar prêmios. Os espectadores ficariam comovidos com a história de amor central, e no fim teriam aprendido alguma coisa.

Ele não sabia mais o que fazer para que mudassem de atitude em relação a ele, e não sentia a menor vergonha de reconhecer o quanto ficara animado quando o avô finalmente bateu as botas. Muito embora fosse óbvio que todo o afeto de sir Jim fora destinado a Zoe, Marcus afinal de contas era um dos únicos dois netos.

Só que a leitura do testamento não correu conforme o esperado. E, pela primeira vez na vida, Marcus sentiu uma verdadeira amargura. Sua confiança em si mesmo e seu otimismo evaporaram. Ele se sentia um fracasso.

Será que estou tendo algum tipo de colapso?, pensou.

O celular tocou, interrompendo seus pensamentos. Marcus atendeu com relutância ao ver o número na tela.

– Oi, Zo. Olhe, eu sinto muito em relação à outra noite. O que eu falei passou dos limites. Eu... não tenho sido eu mesmo ultimamente.

– Tudo bem. – Ele a ouviu suspirar fundo do outro lado. – Nenhum de nós tem sido. Você recebeu a mensagem de texto que enviei há alguns dias? Lembra que você vai me levar à tal estreia hoje à noite?

– Ahn... não.

– Ah, Marcus! Não vá me dizer agora que não pode ir! Eu preciso de você, de verdade.

– Que bom que alguém precisa.

– Pare de choramingar, tome uma ducha e me encontre no American Bar do Savoy daqui a uma hora. Eu pago.

– Quanta generosidade a sua – brincou ele. – Desculpe – emendou. – É que eu estou meio para baixo, só isso.

– Tá. Nos vemos às sete. Aí a gente conversa. Eu *estava* ouvindo você naquela noite, sabe?

– Obrigado, mana. Até mais tarde – resmungou Marcus.

Nessa noite, com um segundo uísque à sua frente, Marcus estava sentado no balcão do bar *art déco* fracamente iluminado. Quando Zoe enfim entrou, usando um tomara que caia preto de gala e brincos de diamante pendentes nas orelhas, todas as cabeças – tanto de homens quanto de mulheres – se viraram para admirá-la.

– Uau, Zo. Você hoje está um espetáculo – elogiou Marcus, passando inconscientemente a mão na calça de terno amarrotada que havia resgatado no cesto de roupa suja.

– Estou mesmo? – indagou ela, nervosa, dando-lhe um beijo antes de sentar. Levou uma das mãos aos cabelos. – O que você acha? Não estou antiquada demais, estou?

Marcus avaliou os reluzentes cabelos louros da irmã, presos numa espécie de penteado alto e chique.

– Você está parecendo a Grace Kelly, elegante e classuda. Tá bom assim? Já posso parar?

– Já – respondeu ela com um sorriso. – Obrigada.

– Você não costuma ser paranoica em relação ao visual. O que está acontecendo?

– Nada, não é nada. Pode pedir uma taça de champanhe para mim?

Marcus fez o que ela pediu. Zoe levou a taça aos lábios, bebeu metade do champanhe e a pousou na mesa.

– Meu Deus, eu estava precisando.

– Você está parecendo eu, Zo – comentou seu irmão com um sorriso.

– Bom, vamos torcer para que meia taça de champanhe não tenha o mesmo efeito na minha aparência que esse uísque parece ter tido na sua. Marcus, você está um lixo.

– Para ser sincero, estou me sentindo um lixo também. Por acaso você mudou de ideia em relação a me emprestar aquelas 100 mil libras?

– Antes de o testamento ser executado, eu simplesmente não tenho esse dinheiro.

– Mas com certeza poderia pedir um empréstimo com base no que vai ganhar. Por favor, Zo – ele tornou a insistir. – Se eu não arrumar logo o dinheiro, esse projeto vai desaparecer de baixo do meu nariz.

– Eu sei, acredito em você. De verdade.

– Obrigado. Quero dizer, você com certeza deve estar pelo menos um pouquinho chateada com o nosso avô também, não? Foi mal, Zo, mas que serventia tem o que devem ser milhões de libras para um menino de 10 anos? Você consegue imaginar quanto dinheiro isso vai ser daqui a onze anos, quando Jamie fizer 21?

– Eu entendo o quanto você está magoado em relação ao testamento, mas, sério, não é justo pôr a culpa no Jamie.

– Não. – Marcus esvaziou seu copo e pediu outro. – É que eu estou... estou no meu limite, acho que é isso. Tudo está dando errado. Vou fazer 34 este ano. Vai ver é isso... Vai ver eu de repente estou cara a cara com a meia-idade. Perdi até a vontade de transar.

– Meu Deus, isto sim é sério.

Zoe revirou os olhos.

– Sabe de uma coisa... – Marcus sacudiu para ela seu Marlboro Light. – Esse tipo de reação é exatamente o que eu espero da minha família. Vocês todos me olham de cima, me tratam como se eu fosse uma criança.

– E a culpa disso é nossa, por acaso? Vamos admitir que você se meteu em algumas enrascadas ao longo dos anos.

– Sim, mas agora, quando encontrei uma causa com a qual estou cem por cento comprometido, ninguém acredita em mim nem me apoia.

Zoe tomou um golinho de champanhe e verificou o relógio. Faltavam 25 minutos para a estreia – 25 minutos para *ele* estar diante dos seus olhos, em carne e osso... Seu coração acelerou, e ela sentiu um enjoo terrível.

– Olhe aqui, Marcus, temos de ir. Pode pedir a conta?

Marcus fez sinal para um garçom, e Zoe tirou um dos seus cigarros de dentro do maço.

– Achei que você não fumasse.

– Eu não fumo. Não com frequência. Escute. – Zoe tragou, ficou mais enjoada ainda, e apagou o cigarro no cinzeiro. – Eu tive uma ideia sobre como a gente poderia resolver o seu problema. Vou ter que falar com papai a respeito.

– Então não vai adiantar nada. Meu ibope com papai não poderia estar mais baixo.

– Deixe comigo.

– O que é? Me fale, Zoe, por favor. Me deixe dormir hoje à noite – implorou Marcus.

– Não, só depois que eu falar com ele. Obrigada. – O garçom entregou a conta a Zoe, e ela pôs o cartão de crédito dentro da capinha de couro. – Como você está por enquanto? Precisa de algum dinheiro vivo para aguentar?

– Para ser sincero, sim – confessou Marcus, sem conseguir encará-la. – Estou nas minhas últimas libras, e prestes a ser despejado daquele buraco onde moro porque não paguei o aluguel do mês passado.

Zoe pôs a mão dentro da bolsa-carteira e sacou um cheque. Entregou o cheque ao irmão.

– Tome. É um empréstimo, veja bem. Tirei da minha poupança, e quero receber de volta quando o testamento for executado.

– Claro. Obrigado, Zoe. Eu agradeço de coração.

Ele dobrou o cheque e o guardou no bolso do paletó.

– Só não gaste com uísque, por favor. Certo, vamos lá.

Os dois pegaram um táxi até Leicester Square, avançando lentamente pelo engarrafamento em Piccadilly Circus.

– Seu papel no filme é importante? – quis saber Marcus.

– Sou a atriz coadjuvante. Até você talvez goste. É um bom filme... baixo orçamento, bela mensagem – disse ela.

A área em frente ao Odeon de Leicester Square tinha sido isolada. Nervosa, Zoe ajeitou uma mecha de cabelos atrás da orelha.

– Certo. Lá vamos nós.

Ela saltou, estremeceu por causa da garoa fina e correu os olhos pela multidão de observadores ansiosos. Aquela era uma produção sem nenhuma estrela de Hollywood ou efeito especial, mas ela sabia quem eles tinham ido ver. O imenso cartaz em frente ao cinema estava iluminado por vários refletores, e o perfil de Zoe estava parcialmente escondido pelo rosto da atriz principal – a curvilínea Jane Donohue.

– Caramba, eu deveria ter prestado mais atenção quando você estava filmando – brincou Marcus ao erguer os olhos para o cartaz e a protagonista.

– Seja simpático quando a conhecer, sim?

Zoe segurou instintivamente a mão de Marcus quando os dois pisaram no tapete vermelho.

– Quando é que eu *não* sou simpático com mulheres bonitas? – indagou ele.

– Você entendeu. Promete que vai ficar perto de mim hoje?

Ela apertou a mão dele. Marcus deu de ombros.

– Se você quiser.

– Eu quero.

Flashes estouraram quando eles adentraram o saguão do cinema, que fervilhava com a mistura habitual das noites de estreia formada por estrelas de novela, comediantes e celebridades famosas pelo simples fato de serem celebridades. Zoe aceitou uma taça de vinho de uma bandeja e olhou em volta com um ar nervoso. Ele obviamente ainda não tinha chegado.

O diretor, Sam, veio direto até ela e a beijou com entusiasmo.

– Querida, eu sinto muito pelo pobre sir James. Queria ter ido à homenagem, mas fiquei ocupado demais com tudo isto aqui.

– Não tem problema nenhum, Sam. Foi melhor desse jeito. Ele ficou muito mal no fim.

– O luto lhe cai bem, Zoe. – Sam a encarou com admiração. – Você está deslumbrante. O filme está rendendo um bom burburinho, e organizar esta estreia beneficente com a presença da realeza foi um golpe de mestre do pessoal do marketing. Vamos ter uma cobertura gigantesca dos jornais amanhã, principalmente com você nesse vestido. – Ele beijou sua mão e sorriu. – Aproveite, querida. Nos vemos mais tarde.

Zoe se virou. Apesar do pedido dela, Marcus tinha sumido.

– Droga!

Pôde sentir a adrenalina tomar conta do corpo, fazendo sua cabeça girar. E decidiu que tinha todo o direito de se comportar de modo covarde e imaturo. Assim, foi se esconder no banheiro feminino para tentar acalmar o coração aos saltos. Bem na hora em que as luzes do cinema se apagaram, entrou de fininho e foi ocupar seu lugar ao lado de Marcus.

– Onde você se meteu? – sibilou ele.

– No banheiro. Estou com dor de barriga.

– Que graça – disse ele, farejando o ar, e bem nessa hora os créditos começaram a passar na tela.

Zoe assistiu ao filme tonta. Pensar que *ele* estava ali, na plateia, possivelmente a poucos metros dela, respirando o mesmo ar que ela pela primeira vez em mais de dez anos, fazia seu corpo ser percorrido por ondas de emoção tão confusas e intensas que ela duvidava conseguir chegar ao final da exibição sem desmaiar. Depois de todo aquele tempo dizendo a si mesma que aquilo era uma espécie de fixação adolescente, tinha de admitir agora que esses sentimentos intensos e profundos ainda não a tinham abandonado. Havia usado Jamie como desculpa para a falta de namorados em sua vida, pois não queria deixá-lo confuso com uma procissão de homens diferentes. Mas nessa noite entendeu que estava apenas enganando a si mesma.

E como exatamente se faz para exorcizar um fantasma do passado, perguntou-se? *Encarando-o de frente e olhando fundo nos seus olhos.* Se algum dia ela quisesse se libertar daquela amarra invisível, precisava destruir a fantasia que tinha criado na mente ao longo dos anos. Encontrá-lo outra vez, em carne e osso, e estudá-lo em busca de algum sinal de imperfeição era a única esperança de cura. Além do mais, havia grandes chances de ele a essa altura já ter esquecido quem ela era. Fazia muito tempo e ele encontrava muitas pessoas, sobretudo mulheres.

As luzes se acenderam em meio a uma trovoada de aplausos. Zoe agarrou o assento com as duas mãos, segurando-se para não sair correndo. Marcus lhe deu um beijo na bochecha e apertou seu braço com força.

– Você estava maravilhosa, mana, sério. Quer um papel no meu novo filme? – perguntou ele.

– Obrigada.

Zoe continuou sentada, paralisada, enquanto as pessoas em volta começavam a sair do cinema, completamente esquecida da decisão que havia tomado mais cedo.

– Vamos direto para casa? Minha barriga não está nada bem – disse ela quando os dois enfim se levantaram e puseram-se a seguir os espectadores em direção à rua.

– Mas você não precisa fazer um pouco de social? Ouvir uns elogios? Fiquei de papo com a Jane Donohue enquanto esperava você voltar do banheiro, e combinamos de nos encontrar na festa depois da exibição.

– Marcus, você prometeu! Me leve para casa agora, por favor. Não estou me sentindo bem mesmo.

– Tá bom – disse ele com um suspiro. – Deixe só eu encontrar a Jane e explicar.

Zoe ficou parada no meio das pessoas contando os segundos para Marcus reaparecer e ela poder ir embora. Foi então que sentiu alguém tocar seu ombro.

– Zoe?

Virou-se, e sentiu o sangue fluir para o rosto. Ali estava ele, com uma aparência um pouco mais velha, alguns vincos sob os olhos verdes simpáticos, rugas de expressão marcadas na pele dos dois lados da boca. Mas seu corpo parecia tão em forma dentro daquele smoking quanto mais de uma década antes. Ela o encarou, sorvendo avidamente cada detalhe.

– Como vai?

Ela pigarreou.

– Bem, obrigada.

– Você está... maravilhosa. Ainda mais linda do que antigamente. – Ele disse as palavras em voz baixa, inclinando-se para a frente de leve de modo a falar no seu ouvido. Ela sentiu seu cheiro, muito conhecido e assustadoramente embriagante. – E, aliás, gostei muito do filme. Achei sua atuação excelente.

– Obrigada – ela conseguiu responder.

– Senhor...

Um homem de terno cinza apareceu ao lado dele e apontou para o relógio.

– Me dê um minuto e já vou.

O terno cinza tornou a se diluir na multidão.

– Há quanto tempo – disse ele, em tom de nostalgia.

– É.

– Como você tem passado?

– Bem. Eu estou bem.

– Li sobre o seu avô. Quase escrevi para você, mas não sabia qual seria a sua, ahn... situação.

Ele a encarou desconfiado, e ela fez que não com a cabeça.

– Não sou comprometida – disse, então odiou a si mesma por admitir isso para ele.

– Olhe, infelizmente vou ter de sair correndo. Será que eu poderia... ligar para você, quem sabe?

– Ahn...

O terno cinza estava se aproximando mais uma vez.

Ele estendeu uma das mãos para tocar sua bochecha, mas se deteve a 1 milímetro da sua pele.

– Zoe... eu... – Dava para ver a dor nos seus olhos. – Tchau.

Com um aceno resignado, ele desapareceu.

Zoe ficou parada no saguão lotado, alheia a tudo exceto ele se afastando, deixando-a e indo cuidar de assuntos prioritários – como sempre tinha feito e como sempre faria. Mas o seu coração traiçoeiro estava exultante.

Tornou a cambalear até o toalete feminino para recuperar o controle. Ao encarar o próprio reflexo no espelho, pôde ver que a luz em seus olhos, que havia se apagado de modo tão abrupto dez anos antes, recomeçara a brilhar.

Marcus aguardava impaciente no saguão em frente ao banheiro.

– Caramba, você está *mesmo* com problemas. Vai conseguir chegar em casa?

Zoe sorriu e deu o braço ao irmão.

– É claro que vou.

Cavalo Branco

O cavalo, com seus movimentos
em L, é a mais imprevisível das peças

5

Joanna estava atrasada outra vez. Esticou os dois cotovelos para fora e abriu caminho aos cutucões pelo mar de corpos dentro do ônibus, então saltou para a calçada da Kensington High Street um segundo antes de as portas tornarem a se fechar. Passando por executivos anônimos de terno preto e cinza segurando pastas de marca, começou a correr, e sentiu o ar frio e cortante da manhã arder na pele. Olhou para o relógio e apertou o passo. Fazia algum tempo que não corria, optando em vez disso por ficar sentada no sofá comendo sorvete e vendo *EastEnders* na televisão. Em Yorkshire, na casa dos pais, costumava correr 8 quilômetros por dia – em ladeira, ainda por cima – e, embora houvesse tentado manter em Londres essa rotina, simplesmente não era a mesma coisa. Sentia falta do ar puro do campo, da visão fugidia de lebres e falcões-peregrinos. A vida selvagem mais empolgante que se podia ver em Londres era um pombo que ainda tinha as duas patas.

Joanna chegou arfando em frente ao prédio do *Morning Mail*. Passou cambaleando pelas portas de vidro e mostrou o crachá para Barry, o segurança, sentado atrás de sua mesa.

– Bom dia, Jo. Em cima da hora, hein?

Ela fez uma careta para ele e correu para dentro do elevador aberto, torcendo para não estar suando demais. Por fim, dez minutos depois do horário, desabou em frente à sua mesa abarrotada e vasculhou os papéis em busca do teclado. Ergueu os olhos – ninguém parecia ter reparado no seu atraso. Ligou o computador e jogou na bandeja de pendências os jornais, revistas, rascunhos antigos, cartas ainda não respondidas e fotos. Dizendo a si mesma que faria serão alguma noite daquela semana para tentar colocar em dia um pouco de tudo que estava atrasado, tirou uma maçã da bolsa e começou a abrir a correspondência.

Prezada Srta. Haslem...

– Não é assim que se escreve – resmungou.

Queria lhe escrever para agradecer o belo texto que a senhorita escreveu sobre o meu filho que ficou com o aeromodelo colado na bochecha. Fiquei pensando se poderia lhe pedir uma cópia da foto que acompanhou a matéria...

Joanna pôs a carta na bandeja de pendências, deu uma mordida na maçã e abriu a seguinte, um convite para o lançamento de um tipo "revolucionário" de absorvente íntimo.

– Passo – murmurou, jogando aquela também na bandeja de pendências.

A correspondência seguinte era um envelope pardo grande e vincado, endereçado numa caligrafia angulosa e tão ilegível que ela se espantou de sequer ter chegado às suas mãos. Ela o abriu com um rasgo e tirou o conteúdo. Havia outros dois envelopes lá dentro, e um pedaço de papel preso a eles com um clipe.

Prezada Srta. Haslam,

Alguns dias atrás, a senhorita me ajudou a voltar para casa. Gostaria que viesse ao meu apartamento com urgência, pois não me resta muito tempo. Em todo caso, anexei dois envelopes para qualquer eventualidade. Mantenha-os consigo o tempo todo até nos revermos. Tenho mais para lhe mostrar quando a senhorita vier.

Vou lhe dar um aviso: vai ser perigoso, mas sinto que a senhorita é uma moça íntegra, e essa história precisa ser contada. Se eu não estiver mais aqui, fale com a Dama do Cavaleiro Branco. É tudo que posso lhe dizer por ora. Rezo para que venha a tempo.

Estou à sua espera.

Confio em você, Joanna.

A assinatura abaixo do texto era ilegível.

Joanna leu e releu a carta enquanto mastigava pensativamente a maçã. Jogou o miolo no lixo, abriu o envelope pardo menor e tirou de dentro dele uma folha de papel creme grosso que estalou de tão velho quando ela o desdobrou. Correu os olhos pelo papel. Era uma carta escrita a tinta com letra fluida e antiquada. Não havia data nem endereço no cabeçalho.

Meu amado Sam,

Estou sentada aqui, caneta na mão, pensando em como posso sequer começar a expressar o que estou sentindo. Alguns meses atrás eu não conhecia você, não sabia como a minha vida iria mudar, como ficaria irreconhecível depois que eu o encontrasse. Muito embora eu reconheça que não temos futuro – na verdade não temos nem mesmo um passado que qualquer outra pessoa possa descobrir –, anseio pelo seu toque. Preciso de você ao meu lado, me protegendo, me amando de um jeito que só você é capaz de fazer.

Eu vivo uma mentira, e essa mentira vai durar toda a eternidade.

Não sei por quanto tempo mais é seguro escrever, mas deposito minha confiança nas mãos leais que irão lhe entregar minhas palavras de amor.

Responda do jeito de sempre.

Seu verdadeiro amor.

A carta estava assinada com uma inicial. Poderia ser um "B", ou então um "E", um "R" ou um "F" – Joanna não conseguiu decidir. Expirou, sentindo a intensidade das palavras. Para quem seria aquela carta? Quem a teria escrito? Parecia não haver indícios, a não ser de que se tratava evidentemente de um caso de amor clandestino. Joanna abriu então o outro envelope e pegou um antigo programa de teatro.

O Hackney Empire tem orgulho de apresentar
A ÉPOCA DE OURO DO MUSIC HALL

A data era 4 de outubro de 1923. Ela abriu o programa e passou os olhos pelos atos à procura de nomes que conseguisse identificar. Sir James Harrison, talvez, já que fora na homenagem a ele que ela encontrara aquela senhora, ou quem sabe a própria senhora era uma das jovens atrizes. Examinou as fotos em preto e branco desbotadas dos artistas, mas nenhum nome ou rosto chamou sua atenção.

Tornou a pegar a carta de amor e a releu. Supunha estar diante de uma carta escrita por alguém conhecido o suficiente na época para o caso provocar um escândalo.

Como a senhora havia imaginado que aconteceria, aquilo aguçou seu apetite de jornalista. Joanna se levantou da mesa, tirou várias cópias de ambas as cartas e as guardou novamente na segurança do inócuo envelope pardo junto com os originais e o programa, que então enfiou na mochila antes de seguir para o elevador.

– Jo! Aqui!

Alec a interceptou no exato instante em que ela escapava pela porta em direção à liberdade. Ela hesitou antes de voltar em direção à mesa dele.

– Aonde está indo? Tenho um trabalho para você. Ficar de tocaia na porta da Ruiva e do amante dela. E não pense que não vi você chegar de fininho atrasada.

– Foi mal, Alec. Estou saindo para checar uma história.

– Ah, é? Qual?

– Foi uma dica, talvez seja boa.

Ele a encarou, os olhos ainda mal recuperados da ressaca da véspera.

– Já tem algum contato?

– Não, na verdade não, mas meu estômago está me dizendo que eu preciso ir.

– Seu estômago, é? – Ele deu uns tapinhas na pança avantajada. – Um dia, se tiver sorte, o seu vai ficar do mesmo tamanho do meu.

– Alec, por favor... Eu segurei a sua barra no dia da homenagem, quando estava caindo pelas tabelas.

– Tá, então suma daqui. Mas volte antes das duas. Até lá vou mandar Alice ficar de tocaia na casa da Ruiva.

– Obrigada.

Do lado de fora, Joanna chamou um táxi e pediu para ser levada até a Marylebone High Street. Quarenta minutos mais tarde, chegou diante da porta do apartamento da velha senhora. *Eu teria chegado antes se tivesse vindo correndo*, pensou enquanto pagava o taxista, sem esquecer de pedir um recibo para o reembolso, então saltou e foi examinar as campainhas ao lado da porta. Podia escolher entre duas, ambas sem nome. Apertou a de baixo e esperou alguém atender. Como não ouviu nenhum barulho de passos, tentou outra vez.

Nada.

Joanna tentou a campainha de cima. De novo, ninguém veio atender.

Só mais uma vez, para dar sorte...

A porta da frente foi enfim entreaberta uns poucos centímetros.

– Quem é?

Não era a voz da idosa.

– Vim visitar a senhora que mora na unidade do térreo.

– Lamento, mas ela não está mais aqui.

– Sério? Ela se mudou?

– É, pode-se dizer que sim.

– Ah. – Joanna murchou em frente à porta. – A senhora sabe para onde ela foi? Recebi uma carta dela hoje de manhã me pedindo para vir falar com ela.

Uma fresta da porta foi aberta, e olhos femininos espiaram para fora.

– Quem é você?

Uns olhos castanhos de expressão calorosa abarcaram o sobretudo azul--marinho e a calça jeans de Joanna.

– Eu sou... a sobrinha-neta dela – improvisou Joanna. – Estive fora, na Austrália, por vários meses.

Os olhos mudaram de expressão na mesma hora e a estudaram com o que pareceu ser empatia.

– Bem, nesse caso é melhor a senhorita entrar.

Joanna entrou no corredor escuro e seguiu a mulher por uma porta à direita do hall de entrada até um apartamento de planta semelhante ao da velha senhora. Com a diferença de que aquele tinha tudo de um lar de verdade.

– Entre. – A mulher acenou para ela ir até a sala excessivamente aquecida e abarrotada e apontou para um sofá de tecido sintético cor-de-rosa. – Fique à vontade.

– Obrigada.

Joanna ficou observando a mulher enquanto ela se sentava na cadeira junto à lareira a gás. Estava na casa dos 60, calculou, e tinha um rosto agradável e franco.

– A propósito, meu nome é Joanna Haslam – falou, com um sorriso. – E o seu?

– Muriel, Muriel Bateman. – Ela encarou Joanna com intensidade. – Você não se parece em nada com a sua tia.

– Não, bom, é porque... ela era casada com o meu tio-avô de sangue, se é que a senhora me entende. A senhora, ahn, a senhora sabe... onde titia está?

– Sim, querida, lamento saber. – Muriel estendeu a mão e afagou a de Joanna. – Fui eu quem a encontrei, sabe?

– *Encontrou?*

Muriel aquiesceu.

– Ela morreu, Joanna. Eu sinto muito.

– Ah. Ah, não! – Joanna nem precisou se fingir de chocada. – Quando?

– Quarta-feira passada. Uma semana atrás.

– M-mas... eu recebi uma carta dela hoje de manhã! Como ela poderia estar morta e ter mandado isto aqui? – Ela revirou a bolsa e examinou o carimbo do correio na carta da velha senhora. – Olhe, foi postado na segunda-feira desta semana, cinco dias depois de quando a senhora está dizendo que ela morreu.

– Ai, ai. – Muriel corou. – Infelizmente isso foi culpa minha. Rose me deu essa carta para pôr no correio na noite da quinta-feira passada, entende? Aí, é claro, com o choque de a encontrar no dia seguinte, e com a polícia e tudo, eu esqueci completamente. Só pus no correio uns dois dias atrás. Eu sinto muito mesmo, querida. Vou fazer um chazinho, que tal? Você acabou de ter um choque e tanto.

Muriel voltou trazendo uma bandeja com um bule de chá coberto por uma capa laranja, xícaras, leite, açúcar, e um prato de biscoitos de chocolate. Serviu o líquido escuro em duas xícaras.

– Obrigada. – Joanna tomou um pequeno gole do chá enquanto Muriel tornava a se acomodar na cadeira. – Onde a encontrou? Na cama?

– Não. No pé da escada no hall de entrada do apartamento dela. Toda encolhida, feito uma bonequinha... – Muriel estremeceu. – Nunca vou esquecer o terror na expressão da coitada.... Sinto muito, querida. Isso tudo me deixou sem dormir nas últimas noites.

– Imagino. Coitada, coitadinha da titia. A senhora acha que ela pode ter caído da escada?

– Pode ser.

Muriel deu de ombros.

– Se não se importar, pode me dizer como ela lhe pareceu nessas últimas semanas? Com a minha viagem e tudo o mais, infelizmente acabamos perdendo um pouco o contato.

– Bem... – Muriel estendeu a mão, pegou um biscoito e deu uma mordida. – Como você sabe, a sua tia só estava aqui há umas poucas semanas. O apartamento aqui ao lado passou séculos vazio, e de repente, no final de novembro, vi aparecer essa frágil senhorinha. Então, poucos dias depois, todos os caixotes... e ela nunca chegou a desembalar nenhum. Acho que sabia que iria partir muito antes... Eu sinto muitíssimo, querida.

Sentindo uma tristeza genuína pela velha senhora, Joanna mordeu o lábio e esperou Muriel continuar.

– Passei alguns dias sem incomodá-la, pensando que seria melhor ela se acomodar antes de me apresentar como sua vizinha. Mas, como ela parecia nunca sair de casa, um dia bati à porta. Fiquei preocupada, sabe, ela tão frágil e ninguém entrando ou saindo daquele lugar horrível e úmido, mas não tive resposta. Deve ter sido em meados de dezembro que ouvi um grito no corredor. Parecia um filhote de gato, de tão fraco e baixinho. E ali estava ela, no chão do corredor, de sobretudo. Tinha tropeçado na soleira da porta e não conseguia levantar. Naturalmente eu a ajudei, trouxe-a aqui para dentro, a fiz sentar e preparei um chá bem forte para ela, assim como fiz com você hoje.

– Se ao menos eu soubesse o quanto ela estava frágil... – disse Joanna, com alguma dificuldade para fazer a mentira sair. – Ela sempre parecia muito cheia de vida nas cartas que me escrevia.

– Se puder servir de reconforto, todos nós dizemos isso depois que o pior acontece, querida. Eu tive uma briga daquelas com meu Stanley, e no dia seguinte ele caiu fulminado por um ataque cardíaco. Enfim, perguntei à sua tia de onde ela tinha se mudado. Ela disse que tinha passado muitos anos fora, e que acabara de voltar. Perguntei se ela tinha algum parente por aqui, e ela balançou a cabeça para responder que não, e disse que a maioria continuava no exterior. Devia estar se referindo a você, querida. Então eu disse que se ela precisasse que eu fizesse alguma comprinha ou fosse buscar algum remédio para ela, era só pedir. Lembro que ela me agradeceu com muita educação pela oferta e perguntou se eu podia lhe comprar umas latas de sopa. Era isso que ela estava indo fazer quando caiu, sabe?

Muriel balançou a cabeça.

– Perguntei se ela queria que eu chamasse o médico para examiná-la depois da queda, mas ela não quis. Quando chegou a hora de levá-la de volta para o seu apartamento, a pobrezinha mal conseguia ficar em pé. Tive de ajudá-la a cada centímetro do caminho. Bem, quando vi aquele cômodo lúgubre onde ela estava morando, com todos aqueles caixotes e aquele cheiro horrível, vou lhe dizer uma coisa, fiquei chocada.

– Titia sempre foi excêntrica – comentou Joanna, sem saber mais o que dizer.

– É, bem, me desculpe dizer isso, mas acho que ela não tinha bons hábitos de higiene, coitadinha. Eu, é claro, sugeri ligar para o serviço de assistência social para ver se eles poderiam mandar alguém, providenciar umas quentinhas entregues em casa e uma enfermeira municipal para dar banho nela, mas ela ficou tão abalada que pensei que fosse bater as botas ali mesmo. Então deixei pra lá, mas insisti para ela me dar uma cópia da sua chave da frente. Falei: "E se a senhora cair de novo e a porta estiver trancada, e eu não puder entrar para ajudar?" Então ela finalmente aceitou. Eu prometi que só daria uma olhada de vez em quando para ver como ela estava. Ela ficou falando horas sobre a chave, dizendo para eu guardar num lugar seguro e não dizer a ninguém que tinha uma cópia. – Muriel suspirou e balançou a cabeça. – Ela era uma velhinha engraçada, era mesmo. Mais chá?

– Aceito, obrigada. Titia sempre valorizou a própria independência.

Joanna capitulou e estendeu a mão para pegar um biscoito de chocolate.

– É, e veja só aonde isso a levou. – Muriel fungou enquanto tornava a encher a xícara de Joanna. – Bem, a partir de então passei a ir lá dar uma olhada de vez em quando para ver como ela estava. Em geral a encontrava na cama, recostada em almofadas, escrevendo cartas que eu punha no correio para ela, ou às vezes cochilando. Criei o hábito de lhe levar um pouco de chá, ou então uma sopa de caixinha e um pedaço de torrada. Não ficava muito tempo, confesso. O cheiro me incomodava. Aí veio o Natal. Fui visitar minha filha em Southend, mas voltei no dia 26. E em cima da mesa do corredor havia um cartão. Eu o trouxe para dentro e abri.

Joanna se inclinou para a frente.

– Era da titia?

– Era. Um cartão de Natal lindo, sabe, um daqueles caros, vendidos separadamente, não num pacote com vários. O texto estava escrito com caneta-tinteiro naquele seu lindo estilo antiquado. "Muriel, obrigada pela sua amizade. Sempre a guardarei no coração. Rose". – Muriel enxugou uma lágrima. – Eu chorei com aquele cartão, chorei, sim. Sua tia deve ter sido uma dama... muito bem-educada. E vê-la reduzida àquele estado... – Muriel balançou a cabeça. – Fui bater à porta dela para agradecer pelo cartão e a convenci a entrar para se aquecer perto da lareira e comer um pedaço de empadão.

– Obrigada. A senhora foi muito gentil com ela.

– Era o mínimo que eu podia fazer. Ela não incomodava nadinha. Na verdade nós tivemos uma boa conversa. Perguntei de novo sobre a família dela, se ela tinha filhos. Ela ficou branca feito um cadáver, então fez que não com a cabeça e mudou de assunto. Não insisti. Pude ver que durante o Natal ela havia ficado ainda mais fraca. Não restava quase nada, só pele e osso. E aquela tosse horrível tinha piorado. Então, logo depois do Natal, minha irmã de Epping ficou doente e pediu para eu ir passar uma semana lá cuidando dela. Eu fui, claro, e só voltei uns dois dias antes de a pobrezinha morrer.

– E ela lhe deu a carta para pôr no correio?

– É. Na noite em que cheguei fui ver como ela estava. Foi chocante ver o seu estado, toda trêmula, assustada feito um gato num telhado de zinco quente. E os olhos... os olhos tinham uma expressão... eu não sei. – Muriel estremeceu. – Enfim, ela me deu a carta e implorou para eu pôr no correio com urgência. Eu disse que colocaria, claro. Ela então segurou minha mão e apertou, com força mesmo, e me entregou uma pequena caixa. Pediu para eu abrir, e lá dentro havia um lindo medalhão de ouro. Não era o meu estilo, claro, era delicado demais para mim, mas dava para ver que a fabricação era boa e que o ouro era de qualidade. É claro que eu falei na mesma hora que não podia aceitar um presente caro daqueles, mas ela insistiu para eu ficar com o medalhão e ficou muito agitada quando tentei devolver. Isso me afetou, de verdade. Voltei para cá e decidi naquele exato instante que chamaria um médico para vê-la no dia seguinte, pouco importava o que ela dissesse. Só que no dia seguinte já era tarde.

– Ah, Muriel, se eu ao menos soubesse...

– Não se culpe, por favor. Eu é que deveria ter posto a carta no correio assim que ela me pediu. Mas, se isso puder servir de consolo, ela teria morrido antes de o correio entregar. Encontrei-a às dez horas da manhã seguinte caída no pé da escada, como já disse. Aceita um conhaque? Eu bem que tomaria um, preciso confessar.

– Não, obrigada, mas fique à vontade para tomar.

Enquanto Muriel ia até a cozinha se servir da bebida, Joanna refletiu sobre o que havia descoberto até ali.

– Fico pensando o que titia estaria fazendo no pé da escada – divagou Joanna quando Muriel voltou. – Se ela estava tão frágil assim, com certeza não teria condições de subir sozinha, certo?

– Foi o que eu disse para o homem da ambulância quando ele chegou – afirmou Muriel. – Ele imaginou que ela tivesse quebrado o pescoço, e os grandes hematomas na cabeça, nos braços e nas pernas o fizeram concluir que sua tia tinha caído da escada. Eu disse na mesma hora que Rose jamais teria conseguido subir a escada sozinha. Além do mais... – Muriel deu de ombros. – Por que ela iria querer subir? Não havia ninguém lá em cima. – Ela enrubesceu de leve. – Fui dar uma olhada uma vez, só por curiosidade.

Joanna franziu o cenho.

– Que coisa mais estranha.

– Não é? A polícia precisou ser chamada, claro, e eles apareceram aqui e começaram a me fazer uma porção de perguntas, como quem ela era, há quanto tempo morava aqui e coisas do tipo. Isso tudo me deixou bem abalada, de verdade. Depois que eles a levaram embora, eu fiz uma malinha, liguei para minha filha e fui passar uns dias lá... – Muriel estendeu a mão para pegar o conhaque. – Estava só tentando fazer o melhor que podia.

– É claro. A senhora sabe para onde ela foi levada?

– Para o necrotério, imagino, para esperar alguém ir lá fazer a identificação, coitadinha.

As duas ficaram sentadas em silêncio, olhando para o fogo. Joanna ficou tentada a fazer mais perguntas, mas podia ver o quanto Muriel estava abalada. Por fim, tornou a falar:

– Acho melhor eu ir ver o apartamento e decidir o que fazer com as coisas da titia.

– Já foi tudo embora – disse Muriel, abrupta.

– Como assim? Embora para onde?

– Não sei. Eu disse que fui passar uns dias na casa da minha filha depois. Quando voltei, entrei no apartamento dela com a minha chave, principalmente para que sua alma pudesse descansar, e o lugar todinho tinha sido esvaziado. Não tem mais nada lá, nadinha mesmo.

– Mas... quem teria levado tudo embora? Todos aqueles caixotes!

– Pensei que talvez a família tivesse sido avisada e vindo esvaziar o imóvel. Você tem algum parente aqui que poderia ter feito isso?

– Ahn... não, não tenho. Estão todos fora do país, como Rose falou. Na Inglaterra só tem eu... – A voz de Joanna deixou a frase em suspenso. – Por que levaram tudo embora?

– Não faço a menor ideia – disse Muriel. – Eu ainda tenho a chave. Quer ir dar uma olhada você mesma? O cheiro não está mais tão ruim. Quem levou as coisas embora também deu uma boa geral com desinfetante naquilo lá.

Joanna acompanhou Muriel para fora do apartamento até o corredor, e observou-a destrancar a porta em frente.

– Vou ficar feliz quando arrumarem outro inquilino. Uma família jovem seria bom, para dar um pouco de vida outra vez a isto aqui. Você se importa de entrar sozinha? Esse lugar ainda me dá arrepios.

– É claro que não. De toda forma, já incomodei o suficiente. A senhora se importaria de me dar seu telefone, só para o caso de eu precisar de mais algum detalhe?

– Vou anotar para você. Venha pegar quando for devolver a chave.

Joanna entrou no apartamento de Rose e puxou a porta para fechá-la. Acendeu a luz e ficou parada no minúsculo hall de entrada, com o rosto erguido para a escada íngreme e irregular à sua direita. E teve certeza de que a mulher que havia ajudado a voltar da igreja quinze dias antes tinha tanta capacidade de subir aquela escada quanto um bebê recém-nascido. Bem devagar, Joanna subiu os degraus, e todos rangeram alto. No topo da escada havia um pequeno patamar. Logo depois dele ficavam dois cômodos úmidos e vazios, um de cada lado. Ela entrou em ambos, e nada encontrou a não ser quatro paredes e um piso de tábuas. Até mesmo as janelas tinham sido limpas recentemente, e ela olhou para fora e viu um pátio tomado pelo mato nos fundos do prédio. Saiu de lá e ficou em pé no patamar da escada, com os dedos bem na bordinha do primeiro degrau. A escada não devia ter mais de 5 metros, mas dali de cima a altura parecia muito, muito maior...

Tornou a descer e entrou na sala em que Rose havia passado seus últimos dias de vida entre os caixotes. Farejou o ar. Ainda dava para sentir um cheiro levemente desagradável, mas só. Como Muriel dissera, o cômodo tinha sido completamente esvaziado. Joanna ficou de quatro no chão e engatinhou pelas tábuas do piso à procura de qualquer coisa que outros olhos pudessem ter deixado passar. Nada.

Inspecionou o banheiro e a cozinha, então foi se postar mais uma vez ao pé da escada, onde Muriel havia encontrado a pobre Rose.

... não me resta muito tempo... Vou lhe dar um aviso: vai ser perigoso... Se eu não estiver mais aqui...

Um arrepio de medo percorreu o corpo de Joanna quando ela se deu conta de que havia fortes chances de Rose ter sido assassinada.

A pergunta era: *por quê*?

O motor do carro estacionado do outro lado da rua foi ligado no mesmo instante em que Joanna saiu pela porta da frente. O tráfego estava parado em toda a Marylebone High Street. O motorista a observou parada em frente ao prédio por alguns segundos, sem saber muito bem o que fazer, então a viu virar à esquerda e ir embora a pé.

6

Joanna passou uma tarde longa e encharcada sob forte chuva, apinhada em Chelsea junto com outros repórteres e fotógrafos em frente à casa da "Ruiva", como a mulher era apelidada por seus colegas jornalistas.

A supermodelo de cabelos cor de fogo, que ao que parecia estava aconchegada em seu ninho de amor com outra modelo, finalmente tentou sair correndo pela porta da frente de casa. Os flashes espocaram enquanto a Ruiva se desvencilhava da multidão e corria para o táxi que a aguardava.

– Certo. Vou atrás dela – disse Steve, o fotógrafo de Joanna. – Ligo quando descobrir para onde ela está indo. Minha aposta é o aeroporto, então não fique muito esperançosa.

– Tá.

Joanna observou os outros fotógrafos subirem em suas motos, e o aglomerado de repórteres se dispersou sob a chuva. Com um grunhido de frustração, andou na direção da estação de metrô de Sloane Square. Por toda a King's Road, as lojas estavam repletas de cartazes com promoções de final de estação – a rua parecia tão deprimida quanto ela pela exaustão pós-natalina. No metrô, ficou encarando com um olhar vazio os cartazes publicitários no teto do vagão.

Ficar de tocaia na casa de celebridades era uma tarefa ingrata. Toda aquela espera de horas, às vezes dias, quando você sabia que o máximo que iria conseguir da pessoa era um "sem comentários". E aquilo também ofendia seu conceito de dignidade humana básica. Pelo amor de Deus, se a Ruiva quisesse ter um tórrido caso de amor com uma *ovelha*, com certeza isso não dizia respeito a ninguém a não ser a própria, certo? No entanto, como Alec gostava de lembrar-lhe constantemente, na editoria de notícias de um jornal de circulação nacional não havia lugar para moral. O público tinha um apetite insaciável por qualquer coisa sugestiva ou erótica. A foto da Ruiva na primeira página do dia seguinte garantiria a venda de dez mil exemplares a mais.

Em Finsbury Park, Joanna saiu do metrô e seguiu em direção à escada rolante. Lá em cima, checou o celular. Havia uma curta mensagem de voz de Steve: "Eu tinha razão. Ela vai pegar um avião para os Estados Unidos daqui a uma hora. Boa noite."

Joanna guardou o telefone e saiu do metrô, em direção ao ponto de ônibus.

Depois da conversa com Muriel, Joanna tinha ficado ocupada demais no trabalho para refletir sobre tudo que descobrira, e agora queria conversar com Simon para ver o que ele achava. No trajeto de volta, havia anotado no seu bloco tudo de que conseguira se lembrar e rezado para não ter esquecido nada.

Depois de muita demora, o ônibus se aproximou do prédio de Simon. Joanna saltou e foi andando depressa pela rua, tão entretida com os próprios pensamentos que não reparou quando um homem se confundiu com as sombras atrás dela.

Simon morava no último andar de um grande casarão convertido em apartamentos no alto de Highgate Hill, com vistas maravilhosas para os espaços verdes e telhados do norte de Londres. Ele o havia comprado dois anos antes, dizendo que o que faltava de metragem do lado de dentro era mais do que compensado pela sensação de espaço do lado de fora. Morar em Londres era um enorme sacrifício para os dois. Eles ainda carregavam Yorkshire no coração, e ansiavam pela paz, tranquilidade e vazio das charnecas em que tinham sido criados, motivo provável para os dois terem ido parar a apenas dez minutos de ônibus um do outro num bairro londrino arborizado e meio distante do centro. Joanna invejava a vista que ele tinha ali, mas estava satisfeita com seu próprio apartamento meio esquisito situado no sopé do morro, no menos valorizado Crouch End. Era bem verdade que vidros duplos nas janelas e um banheiro decente eram luxos para os quais seu irascível senhorio nunca havia ligado, mas os vizinhos eram educados e silenciosos, coisa que valia bastante em Londres.

Joanna tocou o interfone, e a fechadura automática abriu. Ela subiu os 76 degraus e, ofegante, chegou ao pequeno patamar que precedia o apartamento do amigo. A porta estava aberta, e lá de dentro vinham um cheiro delicioso e o som de Fats Waller tocando no aparelho de CD.

– Oi.

– Entre, Jo – disse Simon da pequena cozinha num dos cantos do espaço sem paredes.

Joanna pôs uma garrafa de vinho sobre o balcão que separava a cozinha da sala. Simon, com o rosto vermelho por causa do vapor que emanava de uma frigideira onde mexia alguma coisa, largou a colher de pau e foi lhe dar um abraço.

– Como estamos?

– Ahn... bem. Estou bem.

Ele a segurou pelos ombros e a encarou.

– Ainda na fossa por causa daquele imbecil?

– É, um pouco. Mas estou muito melhor do que estava. *Mesmo*.

– Ótimo. Alguma notícia dele?

– Nem um pio. Pus todas as coisas dele em quatro sacos de lixo e deixei no hall de entrada. Se em um mês ele não tiver ido buscar, vou jogar tudo fora. Comprei um vinho.

– Fez muito bem, nos dois quesitos – disse Simon com um meneio de cabeça, estendendo a mão a um armário acima dele para pegar duas taças e passando um saca-rolhas a Joanna.

Joanna abriu a garrafa e serviu uma generosa quantidade de vinho em ambas as taças.

– Saúde. – Ela brindou com ele e deu um gole. – E você, tudo bem?

– Tudo. Sente-se, vou servir a sopa.

Ela se sentou à mesa junto à janela e olhou para o espetacular contorno dos prédios que formavam a City de Londres ao sul de onde eles estavam, com seus altos topos iluminados por luzinhas vermelhas cintilando ao longe.

– O que eu não daria para ver as estrelas de verdade outra vez, sem toda essa poluição de luzes.

Simon pôs um prato de sopa na frente dela.

– Não é? Estou pensando em ir passar a Páscoa em Yorkshire. Quer ir também?

– Pode ser. Tenho que ver como vou estar de trabalho. Nossa, que delícia – disse Joanna, tomando com gosto a espessa sopa de feijão preto. – Acho que você deveria desistir da carreira pública e abrir um restaurante.

– Nem pensar. Cozinhar é um prazer, um hobby e uma forma de manter minha sanidade depois de um dia inteiro no hospício. Falando em hospício, como vai o trabalho?

– Bem.

– Não tropeçou em nenhum grande escândalo recentemente? Nem descobriu que uma famosa estrela de novela trocou de perfume?

– Não. – Joanna deu de ombros com bom humor. Sabia que Simon tinha uma antipatia intensa pelos tabloides. – Mas tem uma coisa sobre a qual eu queria conversar com você.

– Ah, é?

Ele foi até a cozinha, pôs as tigelas de sopa na pia e tirou do forno um carré de cordeiro com legumes assados de aspecto suculento que estava descansando lá dentro.

– É. Um pequeno mistério no qual esbarrei por acaso. Pode ser que seja alguma coisa, pode ser que não seja nada.

Ela o observou servir dois pratos e levar a comida fumegante até a mesa, junto com uma molheira cheia de um perfumado caldo de carne.

– *Voilà, mademoiselle.*

Simon se sentou à sua frente. Joanna regou seu cordeiro generosamente com o molho encorpado e levou uma garfada à boca.

– Uau! Que delícia.

– Obrigado. Mas então, qual é a tal história?

– Vamos primeiro saborear a comida? É tudo tão esquisito e complicado que eu preciso de toda a minha concentração para simplesmente saber por onde começar.

– Muito intrigante.

Simon arqueou uma das sobrancelhas.

Depois do jantar, Joanna lavou a louça enquanto Simon fazia um café. Ela então se sentou numa poltrona e recolheu as pernas debaixo do corpo.

– Está bem. Pode falar. Sou todo ouvidos – disse Simon, passando-lhe uma caneca e sentando-se também.

– Lembra do dia em que você foi lá em casa e eu estava arrasada com o fora do Matthew? E disse que tinha ido à missa em homenagem a sir James Harrison e sentado ao lado de uma velhinha que quase caiu dura, e que eu tive de ajudá-la a voltar para casa?

– Sim. A que morava num quarto cheio de caixotes.

– Exatamente. Bom, hoje de manhã no trabalho eu recebi um envelope dela e...

Joanna repassou os acontecimentos do dia do modo mais cronológico e cuidadoso de que foi capaz. Simon ficou sentado escutando com atenção, bebericando de vez em quando seu café.

– Qualquer que seja a perspectiva da qual se olhe a situação, a morte dela só aponta para uma coisa – concluiu Joanna.

– Qual?

– Assassinato.

– Essa é uma suposição bem dramática, Jo.

– Eu não acho que seja. Fui até o topo da escada da qual ela caiu. Não existe a menor hipótese de Rose ter subido aquela escada sozinha. E por que ela iria querer subir? O segundo andar estava totalmente vazio.

– Nessas situações é preciso pensar do modo mais amplo possível. Por exemplo, já cogitou a hipótese de que a qualidade de vida dessa pobre velhinha estivesse tão ruim que ela não conseguiu aguentar mais tempo? Com certeza a explicação lógica é que ela deu um jeito de se arrastar até lá em cima e cometer suicídio, não?

– Mas e a carta que ela me mandou? E o programa de teatro?

– Está com eles aqui?

– Estou.

Joanna revirou a mochila e pegou o envelope. Abriu-o e passou para ele a carta de Rose.

Simon correu os olhos depressa pelo texto.

– E o outro papel?

– Aqui. – Joanna lhe entregou a carta de amor. – Cuidado. O papel é frágil.

– Claro.

Simon tirou a carta do envelope e leu também.

– Ora, ora – murmurou ele. – Fascinante. Absolutamente fascinante. – Ele aproximou a carta dos olhos e a examinou. – Reparou nisto aqui?

– O quê?

Simon lhe passou a carta e apontou para o que tinha visto.

– Tem uns furinhos minúsculos ao redor de toda a borda, olhe só.

Joanna olhou e viu que ele tinha razão.

– Que estranho. Parecem furos de alfinete.

– É. Me dê aqui o programa.

Ela entregou o papel; ele ficou um tempo estudando o documento, então tornou a pousá-lo sobre a mesa de centro.

– Então, Sherlock, qual é a sua dedução? – perguntou Joanna.

Simon esfregou o nariz, como sempre fazia quando estava pensando.

– Bom... existe uma chance de que a senhorinha estivesse lelé. Essa carta pode facilmente ter sido algo que um admirador escreveu para ela, sem importância absolutamente nenhuma. A não ser para ela, claro. Talvez o amante atuasse no *music hall* ou algo assim.

– Mas por que enviar isso para mim? – Joanna soou cética. – Por que dizer que era "perigoso"? A carta de Rose está bem-formulada e bastante inteligível para alguém que supostamente houvesse perdido a razão.

– Só estou tentando sugerir alternativas.

– E se não houver nenhuma outra plausível?

Simon se inclinou para a frente e sorriu para ela.

– Nesse caso, minha cara Watson, me parece que temos um mistério nas mãos.

– Simon, eu estou convencida de que Rose não estava louca. Também tenho certeza de que ela estava morrendo de medo de alguém ou de alguma coisa. Mas que diabo eu faço agora? – Joanna suspirou. – Estava pensando que talvez devesse mostrar isso para o Alec no trabalho e ver o que ele acha.

– Não – disse Simon, firme. – Você ainda não tem material suficiente. Eu acho que a primeira coisa que precisa fazer é descobrir *quem era* Rose.

– E como é que eu faço isso?

– Poderia começar indo à delegacia do bairro e contando a mesma história que contou para Muriel, de que é a sobrinha-neta que acabou de voltar da terra dos coalas. Eles provavelmente vão encaminhar você para o necrotério, isso se ela já não tiver sido enterrada pela família.

– Ela disse a Muriel que todos os seus parentes estavam fora do país.

– Alguém deve ter levado embora aqueles caixotes. A polícia pode muito bem ter localizado os parentes dela – assinalou Simon.

– Mesmo que seja o caso, parece esquisito aquele apartamento ter sido totalmente esvaziado em 48 horas. Além do mais, eu não tenho como ir à delegacia procurar uma tia-avó de quem nem sei o sobrenome.

– É claro que tem. Pode dizer que ela perdeu contato com a família anos atrás, que talvez tenha se casado de novo desde então, e que você não tem certeza do sobrenome que poderia estar usando agora.

– Boa. Tá, vou fazer isso assim que der.

– Topa um conhaque?

Joanna verificou o relógio.

– Não. É melhor eu ir para casa.

– Quer que eu leve você de carro?

– Não precisa, obrigada. Não está chovendo, e uma caminhada vai ser boa para ajudar a queimar esse lauto jantar. – Ela pôs a carta e o programa de volta em seus respectivos envelopes e os enfiou na mochila. Então se levantou e andou em direção à porta. – Mais um triunfo culinário, Simon. E obrigada pelos conselhos.

– Não tem de quê. Mas cuidado, Jo. Nunca se sabe no que você pode ter esbarrado por acidente.

– Duvido que os caixotes da minha velhinha contivessem o protótipo de uma bomba nuclear capaz de dar início à Terceira Guerra Mundial, mas vou tomar cuidado, sim – respondeu ela, rindo, enquanto beijava Simon no rosto. – Boa noite.

Vinte minutos mais tarde, sentindo-se melhor depois da caminhada acelerada até Crouch End, Joanna pôs a chave na fechadura da sua porta da frente. Fechou-a, tateou pela parede à procura do interruptor e acendeu a luz. Entrou na sala, e então deu um arquejo de pavor.

A sala tinha sido saqueada – não havia outra descrição possível. Sua estante, que ia do chão até o teto, fora derrubada, e centenas de livros estavam espalhados pelo piso. O sofá verde-limão tinha sido rasgado a faca, e tanto o tecido que forrava a estrutura quanto as almofadas estavam violentamente estraçalhados. Vasos de planta tinham sido derrubados, espalhando terra pelo assoalho, e sua coleção de antigos pratos Wedgwood jazia aos cacos na lareira.

Contendo o choro, Joanna correu até o quarto, onde se deparou com uma cena parecida. Seu colchão tinha sido rasgado e jogado de lado, o divã que servia de estrado cortado e inutilizado, suas roupas arrancadas do armário e das gavetas. No banheiro, seus remédios, loções e maquiagens tinham sido todos abertos e jogados dentro da banheira, onde formavam uma maçaroca colorida e coagulada que teria causado orgulho a qualquer artista plástico moderno. O chão da cozinha era um mar de leite, suco de laranja e louça quebrada.

Joanna correu de volta para a sala enquanto imensos e guturais soluços subiam de algum lugar dentro dela. Estendeu a mão para o telefone e constatou que o fio tinha sido arrancado da parede. Tremendo violentamente, revirou os destroços até descobrir onde tinha deixado a mochila, e encontrou-a ainda no hall perto da porta. Revirou o interior, achou o celular, e com dedos tão trêmulos que a fizeram digitar o número errado três vezes, finalmente conseguiu falar com Simon.

Ele a encontrou dez minutos depois, em pé no hall de entrada, chorando descontroladamente.

– Jo, eu sinto muito.

Ele a puxou para si, mas ela estava nervosa demais para se deixar reconfortar.

– Entre lá! – gritou. – Veja o que esses filhos da mãe fizeram! Eles destruíram tudo, tudo, *tudo*! Não sobrou nada, nadinha!

Simon entrou na sala e correu os olhos pela devastação antes de seguir até o quarto, o banheiro e a cozinha.

– Meu Deus – murmurou entre os dentes, passando por cima dos destroços para voltar até Joanna no hall. – Você chamou a polícia como eu disse para fazer?

Joanna aquiesceu e afundou sobre a pilha de roupas de Matthew que tinha vazado de um dos sacos de lixo pretos rasgados no canto do hall.

– Reparou se eles chegaram a levar alguma coisa? A TV, por exemplo? – perguntou ele com delicadeza.

– Não, na verdade não.

– Vou dar uma olhada.

Simon voltou dali a poucos minutos.

– Eles levaram a TV, o videocassete, o computador, a impressora... tudo.

Joanna balançou a cabeça, desesperada, bem na hora em que ambos viram as luzes azuis de um carro de polícia piscarem no painel de vidro fosco da porta da frente.

Simon passou por cima dela para abrir a porta e saiu para receber a polícia na entrada do prédio.

– Olá. Meu nome é Simon Warburton.

Ele levou a mão ao bolso e sacou a identidade.

– É esse tipo de ocorrência, então, senhor? – indagou o agente.

– Não, eu sou amigo da vítima e ela... ahn... ela não tem conhecimento sobre o meu cargo – sussurrou ele.

– Certo. Entendo o que o senhor quer dizer.

– Eu só queria dar uma palavrinha antes de vocês entrarem. Foi um ataque muito selvagem e violento. Minha amiga não estava em casa na hora, felizmente, mas eu sugeriria que vocês levassem a ocorrência a sério e fizessem todo o possível para encontrar o culpado, ou os culpados, conforme for.

– Claro. Vá o senhor na frente, então, por favor.

Uma hora mais tarde, depois de Joanna ter sido temporariamente acalmada pelo conhaque que Simon trouxera de casa e de ter prestado à polícia o depoimento mais preciso que sua mente enevoada conseguiu produzir, Simon sugeriu levá-la ao apartamento dele para passar o que restava da noite.

– Melhor deixar para limpar tudo amanhã, acho – disse o policial.

– Ele tem razão, Jo. Vamos, vamos sair daqui.

Simon passou um dos braços ao redor dos ombros de Joanna e a conduziu pela porta, pela entrada do prédio e até o carro. Ela se deixou cair no banco do carona. Simon sentou-se ao volante e ligou o motor. Quando estava se afastando do meio-fio, seu farol iluminou a placa de um carro estacionado do outro lado da rua. *Que coisa mais esquisita*, pensou enquanto virava para a esquerda, e olhou para o interior escuro do carro. Provavelmente devia ser só uma coincidência, pensou, e começou a subir a ladeira em direção à sua casa.

Mas de todo modo iria verificar no dia seguinte.

7

O telefone tocou bem na hora em que Zoe tinha acabado de passar o esfregão no chão.

– Droga!

Ela atravessou correndo a cozinha, deixando marcas de passos no piso frio molhado, e chegou ao telefone logo antes que a secretária eletrônica atendesse.

– Alô – disse, ofegante e esperançosa.

– Sou eu.

– Ah, oi, Marcus.

– Não precisa soar tão feliz por ouvir minha voz.

– Desculpe.

– Enfim, estou só retornando a sua ligação – frisou ele.

– Sim. Quer passar aqui hoje à noite para beber alguma coisa?

– Claro. Você falou com papai?

– Falei.

– E...?

– Depois eu conto – respondeu ela, vaga.

– Tá. Nos vemos lá pelas sete.

Zoe bateu o fone com força e soltou um uivo de frustração. O tempo estava se esgotando. Na semana seguinte, viajaria a Norfolk para começar a filmar *Tess*. Ele só tinha o telefone fixo de Welbeck Street – nenhum dos dois tinha celular naquela época, anos e anos atrás –, e se seu avô tivesse atendido diria se chamar "Sid"; ela não se recordava exatamente por quê, mas isso fazia ambos rirem.

O fato de que ela *não estaria* em Londres para atender, aliado ao fato de que estaria num pequeno vilarejo de Norfolk onde ele ficaria terrivelmente exposto, significava que ele no fim das contas não iria visitá-la. E então as coisas seguiriam o seu curso e o momento iria passar. Zoe não pensava que fosse conseguir aguentar.

– Por favor, *por favor*, toque – suplicou para o telefone.

Olhou para o próprio reflexo no canto de um espelho e suspirou. Estava pálida e com ar abatido. Tinha feito o que sempre fazia em momentos de grande tensão e crise: limpado, esfregado, encerado e espanado feito uma doida, tentando se cansar para não ter de pensar na situação.

E... começara a se dar conta de que estava inteiramente desacostumada a ficar sozinha, o que também não ajudava. Até dois meses antes, James estava sempre por perto para conversar. Meu Deus, como sentia a falta dele. E de Jamie. Seu único consolo era *ter feito* o que James lhe pedira e aceitado o papel de Tess, especialmente porque o telefonema pelo qual tanto ansiava parecia cada vez menos provável a cada dia que passava.

Marcus tocou a campainha às sete e meia da noite, e Zoe foi recebê-lo na porta.

– Oi, Zo.

Ela o encarou.

– Você bebeu?

– Só um ou dois copos, juro.

– Pelo visto foram uma ou duas garrafas. – Zoe o guiou até a sala. – Um café para melhorar?

– Uísque. Se você tiver.

– Tá.

Cansada demais para discutir, Zoe foi até o armário de bebidas, um móvel de nogueira antigo e feio, com pesados pés recurvados nos quais ela vivia tropeçando... e que decerto valia uma fortuna. Ela precisava se lembrar de ligar para um perito e pôr em dia o inventário dos objetos da casa para o seguro, agora que James não estava mais ali. Quem sabe poderia vender alguma das melhores peças para ajudar na reforma? Encontrou o uísque, serviu um quarto de copo e o entregou ao irmão.

– Ah, mana, vamos lá. Essa dose está meio mirrada.

– Sirva-se, então – disse Zoe, passando-lhe a garrafa de uísque e preparando para si um gim-tônica. – Vou só pegar um pouco de gelo. Quer também?

– Não, obrigado.

Ele completou o copo e ficou esperando a irmã voltar.

– Está deixando a casa do seu jeito, é?

Ele indicou com um gesto as diferentes obras de arte na parede.

– Acabei de descer alguns quadros do meu quarto para alegrar um pouco a sala.

– Deve ser bom receber uma herança dessas – resmungou ele.

– Ah, não, de novo não! Detesto ter de lembrá-lo, Marcus, mas papai lhe deu dinheiro suficiente alguns anos atrás para alugar um apartamento muito legal em Notting Hill. Além de ter financiado vários dos seus projetos de filme.

– Tem razão – admitiu Marcus. – Então me diga, sobre o que você e ele andaram conversando?

– Bem... – Zoe se aninhou no sofá. – Embora você tenha sido extremamente deselegante em relação ao testamento, posso entender como se sentiu.

– Muito perceptivo da sua parte, querida irmã.

– Deixe de ironia. Estou só tentando ajudar.

– Eu diria que quem está ironizando é você, querida.

– Meu Deus! Você não tem jeito mesmo! Quer calar a boca por cinco minutos, para eu poder explicar como talvez consiga ajudar?

– Tá, tá bom. Pode falar.

– Para ser honesta, acho que a questão é que você sempre teve a ajuda financeira do papai, enquanto Jamie e eu fomos ajudados por James. E, como eu crio o Jamie sozinha, acho que James quis ter certeza absoluta de que, acontecesse o que acontecesse, nós dois ficaríamos bem.

– Pode ser – grunhiu Marcus.

– Então... – Zoe tomou um gole do gim. – Considerando todo o dinheiro reservado para o Jamie, só existe uma única área do testamento da qual eu posso jurídica e honestamente extrair algum dinheiro para você.

– Qual?

Zoe suspirou.

– Eu acho que você não vai gostar, mas é o melhor que eu posso fazer.

– Vamos lá, fale logo.

– Você se lembra, na leitura do testamento, do pedaço no final sobre o fundo de estudos?

– Vagamente... embora àquela altura eu estivesse quase perdendo as estribeiras.

– Bom, é basicamente uma quantia reservada num *trust* para pagar as anuidades de uma escola de teatro para um ator e uma atriz de talento a cada ano.

– Ah. Você está sugerindo que eu use esse dinheiro e volte a estudar, é isso? – brincou Marcus.

Zoe o ignorou.

– O que papai e eu estamos sugerindo é nomeá-lo responsável pelo *trust* e pagar um bom salário para você organizar e administrar esse fundo.

Marcus a encarou.

– É isso?

– É. Ah, Marcus! – Zoe balançou a cabeça, frustrada. – Eu sabia que você reagiria desse jeito! A gente está oferecendo uma coisa que só vai tomar uns dois meses por ano, no máximo, mas que pelo menos vai lhe proporcionar uma renda estável enquanto você tenta tocar seu filme. Sim, você vai precisar divulgar a existência do fundo e despertar o interesse da mídia para ajudar a incentivar as candidaturas. Depois vai ter de organizar uma ou duas semanas de testes diante de um júri que você vai escolher e do qual terei prazer em participar... e vai haver um pouco de trabalho administrativo, mas sério, é um dinheiro fácil. Você faria isso com o pé nas costas.

Como Marcus não falou nada, Zoe decidiu lançar mão do seu trunfo.

– Isso também vai fazer todo mundo que duvidou de você na indústria do cinema se posicionar e prestar atenção, ajudando a sua reputação *e* o futuro do teatro britânico. Não há motivo algum para você não usar a cobertura da imprensa sobre o fundo para dar uma melhorada no seu próprio perfil e no da sua produtora.

Marcus levantou a cabeça e olhou para ela.

– Quanto?

– Papai e eu pensamos em 30 mil por ano. Sei que não é a quantia de que você precisa – acrescentou ela depressa. – Mas não é mau para algumas semanas de trabalho. E você pode receber o salário do primeiro ano adiantado, se quiser. – Zoe apontou para uma pasta sobre a mesa. – Todos os detalhes sobre o *trust* e a quantia que temos para investir nele estão explicados aí. Leve a pasta para casa e dê uma olhada. Não precisa decidir agora.

Ele se inclinou para a frente e tocou a pasta.

– É muita bondade sua, Zoe. Obrigado por ser tão generosa.

– De nada. – Zoe não sabia se Marcus estava expressando gratidão ou sarcasmo. – Eu realmente tentei encontrar uma solução para você. Sei que não são as 100 mil libras de que você precisa, mas você sabe que esse dinheiro vai chegar alguma hora.

Marcus se levantou, e uma raiva súbita o dominou quando ele encarou a expressão calma e superior da irmã.

– Me diga uma coisa, Zoe. Quando é que você vai descer do salto?

– Ahn?

– Você fica sentada aí me olhando com esse ar *superior*: coitadinho dele, o pecador que perdeu o rumo, mas que pode ser resgatado com um pouco de tempo e paciência. Mas apesar disso, *apesar disso*... – Marcus levantou as duas mãos, num gesto de incredulidade. – Quem fez besteira foi *você*, foi *você* quem engravidou aos 18 anos! Então, a menos que tenha sido uma concepção imaculada, eu imagino que tenha mais pecados do que eu.

A cor se esvaiu do rosto de Zoe. Ela se levantou, tremendo de raiva.

– Como você se atreve a me ofender e a ofender o Jamie desse jeito?! Sei que você está bravo, sei que está desesperado, e muito provavelmente deprimido também, mas eu tentei de verdade fazer tudo ao meu alcance para ajudar. Bom, para mim chega. Já estou por aqui dessa sua vitimização deplorável. Agora *suma daqui*!

– Não se preocupe, já estou indo. – Ele andou em direção à porta. – E pode enfiar a porcaria do seu fundo bem naquele lugar!

Zoe ouviu a porta bater depois de o irmão sair e caiu em prantos. Chorava tanto que mal escutou o telefone tocando. A secretária eletrônica atendeu.

– Ahn, Zoe, oi. Sou eu...

Ela praticamente deu um pulo do sofá e correu até a cozinha para tirar o fone do gancho.

– Oi, Art, estou aqui.

O apelido escapou de sua boca antes que ela conseguisse se conter.

– Tudo bem?

Zoe encarou o próprio reflexo nos armários de vidro da cozinha, o rosto todo molhado de tanto chorar, e respondeu:

– Tudo, tudo ótimo.

– Que bom, que bom. Ahn, eu estava pensando, será que seria grosseiro da minha parte me convidar para ir à sua casa beber alguma coisa? Você sabe como são as coisas para mim, e eu adoraria te ver, Zoe, adoraria mesmo.

– Claro. Quando gostaria de vir?

– Sexta à noite?

– Perfeito.

– Lá pelas oito?

– Para mim está bom.

– Certo, então. Estou ansioso para a sexta chegar logo. Boa noite, Zoe. Durma bem.

– Boa noite.

Ela recolocou o fone no gancho devagar, sem saber direito se continuava a chorar ou se gritava de alegria.

Escolheu a segunda opção. Enquanto fazia uma dancinha irlandesa pela cozinha, começou a planejar mentalmente o dia seguinte, quando passaria se embelezando. Com certeza um salão e roupas novas fariam parte do programa.

Já pensar no *merdinha* do irmão, não.

8

Marcus tinha saído da casa de Zoe na Welbeck Street e ido parar numa boate fuleira da Oxford Street, onde conheceu uma garota que, na hora, lhe parecera a cara da Claudia Schiffer. Ao acordar no dia seguinte e olhar para a mulher ao seu lado, porém, ele se deu conta exatamente do quanto estava fora de si. A maquiagem exagerada havia escorrido pelo rosto dela, e as raízes escuras dos cabelos oxigenados se destacavam sobre o branco do travesseiro no qual ela estava deitada. Com um sotaque carregado, ela balbuciou alguma coisa sobre pedir folga no trabalho para passar o dia com ele.

Marcus foi ao banheiro e, na mesma hora, passou muito mal. Tomou uma ducha para tentar clarear os pensamentos, e grunhiu ao se lembrar exatamente do que dissera à irmã na noite anterior. Ele era mesmo um belo de um babaca, um desqualificado.

Depois de insistir para a mulher deitada na sua cama desistir de matar o trabalho, ele a pôs para fora do apartamento e tomou litros de café, que desceram queimando, sob protesto de seu estômago. Então decidiu ir dar uma volta em Holland Park.

O dia estava gelado e revigorante, e a previsão era de neve. Marcus percorreu num passo acelerado as trilhas margeadas por cercas vivas, passando pelos lagos turvos e serenos sob o sol frio. Puxou o casaco ao redor do corpo, olhando feio para quem quer que cruzasse olhares com ele. Nem mesmo um esquilo se atreveu a chegar perto.

Permitiu que o nó na sua garganta se transformasse em lágrimas. Ele realmente não gostava mais de si mesmo. Zoe estava apenas tentando ajudar, e ele a havia tratado de um jeito horrível. Fora a bebida falando, mais uma vez. E talvez ela tivesse razão – talvez ele estivesse *mesmo* deprimido.

Pensando bem, o que Zoe tinha lhe oferecido de tão ruim? Como ela mesma tinha dito, seria um dinheiro fácil. Ele não fazia ideia do quanto havia no fundo de estudos, mas apostava que devia ser uma quantia significativa. Então se visualizou no papel de generoso benfeitor, não apenas dos estudantes de artes cênicas, mas quem sabe também de teatros em dificuldade e jovens cineastas. Ele se tornaria conhecido na indústria como um homem sensível, comprometido com a causa, e com dinheiro para gastar. E sua mãe certamente teria aprovado esse projeto.

Não havia dúvida de que seria bom ele ter uma renda estável. Talvez isso lhe permitisse controlar melhor as próprias finanças, viver dentro de um orçamento e depois usar a herança de 100 mil libras para investir na sua produtora.

Tudo que precisava fazer era pedir desculpas a Zoe de joelhos. E faria isso com toda a sinceridade.

Após deixar passar uns dois dias para sua irmã se acalmar, Marcus decidiu aparecer sem avisar na Welbeck Street na sexta-feira à noite. Com um buquê de rosas na mão – as últimas que sobravam no florista da esquina –, tocou a campainha.

Zoe atendeu quase na mesma hora. Ficou pasma quando o viu.

– O que está fazendo aqui?

Ele ficou encarando o rosto sutilmente maquiado da irmã, seus cabelos louros recém-lavados que reluziam feito um halo. Ela estava usando um vestido de veludo azul-royal que combinava com o tom dos seus olhos e deixava à mostra uma parte bem grande das pernas.

– Caramba, Zo, está esperando alguém?

– Estou... não... quero dizer, preciso sair daqui a dez minutos.

– Tá, eu não vou demorar, prometo. Posso entrar?

Ela parecia nervosa.

– Desculpe, mas agora não é mesmo uma boa hora.

– Entendo. Vou dizer o que preciso aqui mesmo. Eu fui um baita de um canalha com você na outra noite, e estou realmente, sinceramente arrependido. Não que isso justifique nada, mas eu estava muito bêbado. Passei os dois últimos dias pensando bastante. E percebi que despejei minha raiva e frustração comigo mesmo em você. Prometo nunca mais fazer isso. Eu vou tomar jeito... vou parar de beber. Preciso fazer isso, né?

– É, precisa – respondeu Zoe, distraída.

– Eu percebi os meus erros e adoraria assumir o fundo de estudos, se vocês ainda quiserem. É uma ótima oportunidade, e agora que me acalmei consigo ver como você e papai estão sendo generosos por me confiarem essa responsabilidade. Tome. – Ele pôs as flores na mão da irmã. – São para você.

– Obrigada.

Marcus observou os olhos dela se virarem para um lado e outro da rua.

– Quer dizer que você me perdoa?

– Sim, sim, perdoo, claro.

Marcus ficou estarrecido. Havia previsto uma noite inteira de *mea culpa* pesada enquanto Zoe o fazia se redimir tanto quanto tinha direito.

– Obrigado, Zoe. Eu juro que não vou decepcioná-la.

– Ótimo. – Discretamente, Zoe olhou para o relógio. – Olhe, será que a gente pode conversar numa outra hora?

– Contanto que você de fato acredite que eu vou mudar. Quer que eu passe aqui semana que vem para conversar?

– Sim.

– Tá. Você por acaso está com aquela pasta à mão? Pensei em levar para casa e estudar os documentos durante o fim de semana, para ver se tenho algumas ideias.

– Tá. – Zoe entrou correndo, pegou a pasta sobre a mesa de James e correu de volta até a porta da frente. – Tome.

– Obrigado, Zo. Não vou me esquecer disso. Ligo amanhã para marcar um dia.

– Tá. Boa noite.

A porta foi fechada depressa na sua cara. Marcus deu um assobio de alívio, assombrado com o quanto fora fácil. Afastou-se pela rua cantarolando ao mesmo tempo que os primeiros flocos de neve começavam a cair sobre Londres.

– Boa noite, Warburton. Sente-se, por favor.

Lawrence Jenkins, o chefe de Simon, indicou uma cadeira em frente à sua mesa. Era um homem esbelto e elegante, vestido num terno impecável da Savile Row, e usava uma gravata-borboleta com estampa *paisley* diferente para cada dia da semana. Nesse dia a gravata era vermelha e brilhante. Seu ar de autoridade natural indicava que ele estava naquele cargo havia muito tempo, e que não era alguém que valesse a pena contabilizar. Seu café habitual fumegava de leve à sua frente.

– Então, parece que você talvez possa nos ajudar com um probleminha que surgiu.

– Farei o melhor que puder, como sempre – respondeu Simon.

– Ótimo. Fiquei sabendo que a sua namorada teve um probleminha no apartamento dela algumas noites atrás. Ele foi destruído, certo?

– Ela não é minha namorada, é uma amiga muito próxima.

– Ah. Quer dizer que vocês não...?

– Não.

– Ótimo. Isso torna as coisas um pouco mais fáceis.

Simon franziu o cenho.

– O que exatamente o senhor quer dizer com isso?

– O fato é que nós acreditamos que a sua amiga talvez tenha recebido um... como dizer? Uma informação muito delicada que, se viesse a cair nas mãos erradas, poderia nos causar problemas. – Os olhos de gavião de Jenkins avaliaram Simon. – Você faz alguma ideia do que pode ser?

– Ahn... não, senhor, não tenho ideia. Pode me explicar?

– Nós temos quase certeza de que a sua amiga recebeu uma carta que foi enviada a ela por uma pessoa que nos interessa. Nosso departamento recebeu instruções para recuperar essa carta o quanto antes.

– Entendo.

– É muito provável que ela não compreenda a importância da carta.

– E por que ela é importante? Se me permite a pergunta.

– Infelizmente isso é confidencial, Warburton. Acredite: se ela estiver com a carta, é absolutamente imperativo que a devolva sem demora.

– Imperativo para quem?

– Para nós, Warburton.

– Está dizendo que quer que eu pergunte a ela se ela está com a carta?

– Eu tentaria uma tática menos óbvia. Ela está hospedada na sua casa neste momento, não é?

– Sim.

Simon olhou para o chefe, espantado.

– Nós verificamos o apartamento dela uns dois dias atrás, e a carta não estava lá.

– Destruíram o apartamento dela, o senhor quer dizer.

– Foi necessário, infelizmente. Vamos garantir que a companhia de seguros seja generosa com ela, claro. Mas, se a carta não estava lá, imagino que, se estiver mesmo com a sua amiga, pode muito bem estar fisicamente com ela, talvez no seu apartamento. Em vez de submeter sua amiga a mais episódios desagradáveis, pensei que eu poderia encarregá-lo de recuperá-la para nós. Uma coincidência e tanto, você ser... amigo dela. Imagino que ela confie em você, certo?

– Sim. É essa a base da maioria das amizades.

Simon não conseguiu segurar o sarcasmo, que lhe escapou sem querer.

– Então, por enquanto, vou deixá-lo encarregado disso. Infelizmente, se não conseguir resolver o problema, outros terão de fazê-lo. Diga a ela para deixar esse assunto de lado, Warburton, de uma vez por todas. Seria melhor, para o próprio bem dela, desistir de continuar investigando essa história. Certo, é só isso.

– Obrigado.

Simon saiu da sala zangado e confuso por ter sido colocado naquela posição difícil. Percorreu o labirinto de corredores até seu próprio setor e sentou-se à sua mesa.

– Foi falar com o Jenkins?

Um de seus colegas, Ian, entrou e se encostou no canto da mesa.

– Como você sabe?

– Pelo seu olhar vidrado, o queixo levemente caído. – Ian sorriu com ironia. – Acho que você precisa de um bom gim para ajudar a se recuperar. Os caras estão fazendo uma festinha lá no Lord George.

– Bem que eu estava estranhando isto aqui estar tão deserto.

– É sexta à noite.

Ian vestiu o casaco.

– Talvez eu vá encontrar vocês mais tarde. Tenho umas coisinhas para resolver ainda.

– Está bem. Boa noite.

– Boa noite.

Ian saiu, e Simon suspirou e esfregou o rosto com as mãos. Era bem verdade que a conversa não tinha sido uma surpresa tão grande assim. Ele já sabia que havia algo estranho no roubo ao apartamento de Joanna. No dia anterior, na hora do almoço, fora até o estacionamento, abrira um sorriso encantador para a recepcionista e lhe passara a placa do carro que vira em frente ao prédio de Joanna.

– Eu bati nele, infelizmente. Só de leve, mas vai precisar de um consertozinho. Nada urgente.

– Está bem. – A recepcionista buscou a placa no computador. – Achei. Um Rover cinza, não é?

– Isso.

– Tá, vou lhe passar um formulário. É só preencher e me trazer para darmos prosseguimento.

– Farei isso. Muito obrigado.

O fato de ele ter percebido que a placa pertencia a um carro da sua frota era pura coincidência. Seu próprio carro de serviço tinha a placa N041 JMR. A placa que ele tinha visto na quarta-feira à noite era N042 JMR. Os carros provavelmente tinham sido comprados em grande quantidade ao mesmo tempo, e as placas estavam em sequência numérica.

Simon encarou a tela do computador sem conseguir pensar em nada e resolveu ir para casa. Vestiu o casaco, acenou para os últimos retardatários no escritório que ainda não tinham ido para o Lord George, desceu de elevador e saiu da Thames House por uma porta lateral. Decidiu dar uma caminhada na beira do rio antes de voltar para casa, e ergueu os olhos para o prédio cinza austero, com muitas das janelas ainda acesas, nas salas onde os agentes terminavam de preencher sua papelada. Havia muito tempo que deixara para trás a culpa por mentir aos amigos e parentes sobre o trabalho que fazia. Joanna era a única a demonstrar interesse por sua vida profissional, e ele se esforçava para deixar suas histórias sobre o trabalho em Whitehall o menos interessantes possível, para evitar que ela fizesse mais perguntas.

Considerando o que Jenkins dissera, despistá-la não seria mais tão fácil a essa altura. Se aquilo estava agora sendo administrado pelo seu departamento, ele sabia que, fosse qual fosse a história na qual Joanna havia tropeçado, era muito importante.

E sabia da mesma forma que, enquanto estivesse com aquela carta, ela corria perigo.

Enquanto mexia o molho à bolonhesa no fogão de Simon, Joanna ficou olhando a neve cair em grandes flocos brancos pela janela panorâmica do apartamento. Lembrou-se de como, quando era criança, na região das charnecas, os fazendeiros detestavam a neve, sabendo que ela significava longas e difíceis noites recolhendo os rebanhos de ovelhas e os levando para a segurança dos currais, seguidas alguns dias depois pela triste tarefa de desenterrar as que tivessem ficado pelo caminho. Para Joanna, neve queria dizer diversão e nada de escola, às vezes por vários dias, até as estradinhas em volta da fazenda onde ela morava serem liberadas e ficarem transitáveis de novo. Nessa noite, desejou estar mais uma vez aninhada no seu aconchegante quarto no sótão, segura e sem precisar se preocupar com as pressões da vida adulta.

Na manhã seguinte ao arrombamento, Simon insistiu em telefonar para Alec no jornal antes de sair para o trabalho. Enquanto Joanna aguardava sentada no sofá-cama, enrolada no edredom, esperando Alec insistir para ela aparecer na redação no horário de sempre, Simon explicou sobre o arrombamento. Mas não: Simon desligou e disse que Alec se mostrara muito compreensivo. Chegara até a sugerir que Joanna tirasse os três últimos dias de folga aos quais ainda tinha direito desde antes do Natal e os usasse para se recuperar do baque. E também para organizar o lado prático das coisas, como a questão do seguro e a faxina colossal necessária para tornar seu apartamento habitável outra vez. Aliviada, Joanna passou o resto do dia deitada, se recuperando.

Naquela manhã, Simon se sentou no sofá-cama e puxou o edredom de cima dela.

– Tem certeza de que não quer passar uns dias na casa dos seus pais? – perguntou.

Ela grunhiu e rolou de lado.

– Não, estou bem aqui. Desculpe estar tão apática.

– Você tem todo o direito de estar de baixo-astral, Jo. Estou só querendo ajudar. Talvez sair de Londres ajude.

– Não. Se eu não voltar para casa hoje, isso só vai ficar me assombrando. – Ela suspirou. – É como cair do cavalo. Você precisa montar de novo logo, senão nunca mais monta.

O apartamento não lhe pareceu nada melhor à luz do dia, quando ela finalmente se forçou a ir até lá a pé depois de Simon sair para o trabalho. A polícia a havia liberado, e ela já tinha passado o boletim de ocorrência para a seguradora. Então reuniu coragem para a tarefa, a começar pela cozinha, e pôs-se a limpar a maçaroca malcheirosa que cobria o chão. Na hora do almoço, a cozinha já estava de volta ao normal – com exceção da louça. O banheiro reluzia, e na sala tudo que estava quebrado fora empilhado direitinho em cima do sofá cortado, à espera do perito do seguro. Para sua surpresa, o funcionário da companhia telefônica apareceu sem que ela precisasse ligar, e reconectou a linha no ponto em que o fio fora brutalmente arrancado da parede.

Sentindo-se exausta e desanimada demais para encarar o quarto, Joanna pôs algumas roupas numa bolsa de viagem. Simon tinha dito que ela poderia ficar com ele pelo tempo que quisesse. E por enquanto ela queria. Ao se abaixar para enfiar a roupa íntima dentro de uma gaveta outra vez, ela reparou em algo brilhando no carpete, meio escondido por uma calça jeans que fora arrancada do armário. Pegou o objeto e viu que era uma caneta-tinteiro de ouro, bem fina. Na lateral estavam gravadas as iniciais *I.C.S.*

– Que ladrão mais cheio de classe – resmungou.

Arrependida de ter tocado a caneta e possivelmente contaminado as digitais, envolveu-a em papel de seda e guardou-a com cuidado na mochila para entregar à polícia.

Ao ouvir a chave na fechadura, serviu um pouco de vinho numa taça.

– Oi!

Simon entrou, e Joanna pensou em como ele ficava bonito com aquele terno cinza impecável, de camisa e gravata.

– Oi. Uma taça de vinho?

– Obrigado – disse ele quando ela lhe passou a bebida. – Caramba, tem certeza de que está bem? Você, cozinhando?

Ele riu.

– É só um espaguete à bolonhesa, nada demais. Não vou nem começar a competir com você.

– Tudo bem? – perguntou ele, tirando o casaco.

– Tudo. Fui lá em casa hoje...

– Ah, Joanna, sozinha?

– Eu sei, mas tive de resolver umas coisas para o seguro. E na verdade estou me sentindo muito melhor por ter limpado tudo. A maior parte do estrago foi periférico. Além do mais... – Joanna sorriu e lambeu a colher de pau. – Pelo menos agora vou conseguir um sofá novo confortável.

– É assim que se fala. Vou tomar um banho.

– Tá.

Vinte minutos mais tarde, eles se sentaram para comer o espaguete à bolonhesa, arrematado por quantidades generosas de queijo parmesão.

– Nada mal para uma amadora – brincou ele.

– Obrigada, chef. Uau, agora está mesmo nevando para valer – comentou ela, olhando pela janela. – Nunca vi Londres debaixo de neve.

– Isso só quer dizer que os ônibus, o metrô e os trens vão ficar fora de serviço. – Simon suspirou. – Ainda bem que amanhã é sábado.

– É.

– Jo, cadê a carta da Rose?

– Na minha mochila. Por quê?

– Posso ver?

– Você pensou em alguma coisa?

– Não, mas um amigo meu trabalha no setor de criminalística da Scotland Yard. Ele talvez consiga analisar a carta e nos dar alguma informação sobre o tipo de papel, a tinta, e o ano aproximado em que ela foi escrita.

– Sério? – Joanna fez uma cara espantada. – Demais, esse amigo.

– Eu na verdade o conheci em Cambridge.

– Ah, entendi. – Ela se serviu mais um pouco de vinho e suspirou. – Sei lá, Simon. A Rose me disse especificamente para manter a carta sempre comigo, para não a perder de vista, nem ela nem o programa.

– Está dizendo que não confia em mim?

– É claro que não. Estou dividida, só isso. Quer dizer, seria ótimo conseguir alguma informação sobre a carta, mas e se ela caísse nas mãos erradas?

– Nas minhas, você quer dizer?

Simon fez uma careta exagerada.

– Deixe de ser bobo. Olhe aqui, Simon, a Rose foi assassinada, disso eu tenho certeza absoluta.

– Você não tem prova nenhuma. Uma velhinha meio lelé que caiu da escada, e você já está vendo todo um enredo de espionagem.

– Não estou nada! Você mesmo concordou comigo que a coisa toda parecia suspeita. O que foi que mudou?

– Nada... nada. Tá, por que a gente não faz o seguinte? Você me dá a carta e eu levo para o meu amigo. Se ele descobrir alguma coisa, a gente resolve o que fazer. Se não, eu acho que seria melhor você largar essa história toda e esquecer o assunto.

Joanna tomou um gole de vinho enquanto refletia sobre a situação.

– O fato é que eu não sei se *consigo* largar. Quer dizer, ela confiou em mim. Seria uma traição.

– Você nunca tinha visto essa mulher na vida antes daquele dia na igreja. Não faz a menor ideia de quem ela seja, de onde ela vem ou em que poderia estar envolvida.

– Você acha que ela podia ser a maior traficante de crack e cocaína da Europa, é isso? – Joanna deu uma risadinha. – Vai ver era *isso* que tinha naqueles caixotes.

– Pode ser. – Simon sorriu. – Combinado, então? Eu levo a carta para o trabalho na segunda de manhã e entrego ao meu amigo. A partir de segunda à tarde vou estar num seminário chatíssimo, mas, quando voltar, na outra semana, eu pego a carta de volta e a gente vê o que ele tem a dizer.

– Tá – concordou ela com relutância. – Esse seu "amigo" é *mesmo* de confiança?

– Claro! Vou inventar alguma história sobre uma amiga que quer identificar seus antepassados, esse tipo de coisa. Quer ir pegar a carta, para nenhum de nós dois esquecer até segunda-feira?

– Tá – disse Joanna, levantando-se da mesa. – Tem sorvete de sobremesa. Você pode servir?

Os dois passaram a maior parte do sábado acabando de limpar o apartamento de Joanna. Os pais dela mandaram um cheque para ajudá-la a comprar um computador novo e uma cama enquanto ela esperava o dinheiro do seguro sair. O gesto a deixou tocada.

Uma vez que Simon ia passar a semana seguinte fora no tal seminário "inútil", como ele havia brincado, os dois tinham combinado que ela ficaria no apartamento dele.

– Pelo menos até você ter uma cama para dormir – acrescentara Simon.

No domingo à noite, ele se trancou no quarto depois de dizer a Joanna que precisava organizar uma papelada antes do seminário. Discou um número de telefone, e a chamada foi atendida no segundo toque.

– Estou com a carta, chefe.

– Ótimo.

– Vou estar em Brize Norton amanhã de manhã às oito. Alguém pode ir lá pegar comigo?

– Claro.

– Encontro a pessoa no lugar de sempre. Boa noite.

– Sim. Belo trabalho, Warburton. Não vou me esquecer.

Joanna também não, pensou Simon com um suspiro. Ele teria de inventar alguma desculpa, dizendo que a carta estava tão frágil que se desintegrara durante o processo de análise química. Sentiu-se péssimo traindo a confiança da amiga.

Joanna estava no sofá assistindo a um reality show sobre antiguidades quando ele saiu do quarto.

– Certo. Tudo combinado. E vou deixar um número de telefone com você, para ser usado numa emergência, caso você tenha algum problema enquanto eu estiver fora. Você parece estar atraindo problemas no momento.

Ele lhe passou um cartão.

– Ian Simpson – ela leu.

– Um amigo meu do trabalho. Um cara legal. Estou deixando o número do trabalho e o do celular dele com você, só para garantir.

– Obrigada. Pode pôr ao lado do telefone para eu não perder?

Depois de fazer isso, Simon se sentou no sofá ao lado dela. Joanna o enlaçou pelo pescoço e lhe deu um abraço.

– Obrigada, Simon. Por tudo.

– Não precisa agradecer. Você é a minha melhor amiga. Eu sempre vou te ajudar.

Ela encostou o nariz no dele, saboreando a intimidade daquele contato, e então, do nada, sentiu lá no fundo, dentro de si, uma fisgada súbita e intensa. Aproximou os lábios dos dele e fechou os olhos quando os dois se beijaram superficialmente, depois abriram a boca para um beijo mais profundo. Foi Simon quem interrompeu aquilo, afastando-se e levantando do sofá com um pulo.

– Meu Deus, Jo! O que a gente está fazendo? Eu... a Sarah...

Joanna abaixou a cabeça.

– Desculpe, me desculpe. A culpa não foi sua, foi minha.

– Não. A culpa foi minha também. – Ele começou a andar de um lado para o outro. – Nós somos melhores amigos! Esse tipo de coisa não deveria acontecer, *nunca*.

– É, eu sei. E nunca mais vai acontecer, eu prometo.

– Ótimo... quero dizer, não que eu não tenha gostado... – Ele corou. – Mas detestaria ver nossa amizade estragada por um caso passageiro.

– Eu também.

– Então está certo. Eu vou... vou fazer minha mala.

Joanna aquiesceu e ele saiu da sala. Ela ficou olhando para a televisão, e seus olhos úmidos transformaram a tela num borrão. Devia ser porque ela ainda estava em choque, vulnerável, e com saudades de Matthew. Conhecia Simon desde criança, e embora sempre houvesse reconhecido o quanto ele era bonito, ter qualquer outro tipo de relação com ele era algo que nunca tinha lhe passado seriamente pela cabeça.

E ela prometeu a si mesma que jamais passaria.

9

No sábado de manhã, Zoe ficou deitada na cama sonhando acordada. Olhou para o relógio e viu que eram dez e meia. Era algo inédito ela acordar depois das oito e meia – em geral perdia na preguiça para Jamie, que muitas vezes precisava de um guindaste para tirá-lo da cama nas férias –, mas nesse dia foi diferente.

Ela tomou consciência de que estava entrando numa fase totalmente nova da vida. Até então, primeiro tinha sido uma criança, com as restrições naturais à liberdade que isso acarretava. Em seguida tornara-se mãe, um estado que exigia total entrega de si. E ultimamente havia sido cuidadora, ajudando e reconfortando James em suas últimas semanas de vida. Mas percebeu que, nessa manhã, tirando seu papel de mãe, que nunca terminaria, estava mais livre do que jamais estivera em todos os seus 29 anos de vida. Livre para viver como desejava, tomar as próprias decisões *e* assumir as consequências...

Embora Art tivesse ido embora na noite anterior antes das onze, e seus lábios tivessem se tocado apenas num casto beijo de boa-noite, ela acordara se sentindo envolvida pelo amor, daquele jeito tranquilo e satisfeito que se costuma associar a uma prazerosa noite de sexo. Os dois mal haviam se tocado, mas até o roçar do casaco dele na lateral do seu corpo a fizera formigar de desejo.

Assim que ele chegou, os dois foram se sentar na sala e conversaram – no início tímidos e hesitantes, mas logo relaxando na intimidade natural de duas pessoas que já tinham se conhecido bem no passado. Sempre fora assim com Art, desde o primeiro momento. Enquanto outros em volta dele o tratavam com hesitação e deferência, Zoe tinha visto sua vulnerabilidade, sua humanidade.

Lembrava-se do primeiro encontro dos dois, numa enfumaçada boate da moda em Kensington, onde Marcus insistira para que eles comemorassem os 18 anos dela com sua primeira bebida alcoólica legalmente autorizada. Marcus prometera ao avô tomar conta da irmã e garantir que ela chegasse em casa sã e salva, mas isso só durou até ele lhe comprar um gim-tônica e pôr algumas notas em sua mão – "Para o táxi da volta. Não faça nada que eu não faria!". E ele então desapareceu no meio das pessoas com uma piscadela e um sorriso.

Sem saber o que fazer, ela se sentou num dos bancos do bar e olhou em volta para o bando de gente na pista de dança, todos rindo alto e encostando os corpos uns nos outros, embriagados. James sempre tomara o cuidado de protegê-la enquanto ela estava crescendo, de modo que, ao contrário da maioria das amigas do colégio interno, ela não tinha histórias loucas de saídas noturnas ou experiências com drogas em banheiros mal-iluminados. Segurando com força a nota de 20 libras que Marcus tinha lhe deixado, ela se sentiu tão pouco à vontade que decidiu voltar para casa. Estava se levantando do banco quando uma voz a interrompeu.

– Ah, já está indo embora? Eu ia perguntar se você queria beber alguma coisa.

Ao se virar, ela se deparou com olhos verde-escuros emoldurados por uma franja de cabelos louros escorridos que em nada combinava com a moda de cabelos mais compridos adotada pelos outros garotos da boate. O rapaz lhe pareceu vagamente conhecido, mas ela não conseguiu se lembrar de onde.

– Não, obrigada – respondeu. – Na verdade não sou muito de beber.

– Nem eu. – Ele abriu um sorriso aliviado. – Acabei de me livrar dos meus... ahn, amigos. Eles estavam gostando mais daqui do que eu. Meu nome é Art, aliás.

– Zoe – respondeu ela e, sem jeito, estendeu a mão.

Ele a segurou e a abraçou de leve, fazendo uma onda de calor percorrer seu corpo.

Olhando em retrospecto, Zoe imaginava se, caso o tivesse reconhecido na hora, teria evitado tudo aquilo. Será que teria dito não quando ele a convidou para dançar uma vez, depois outra e mais outra – a sensação do corpo dele encostado no seu provocando-lhe todo tipo de sensações estranhas e maravilhosas...? Então, quando a boate estava fechando, teria deixado que ele a beijasse, que trocassem telefones e combinassem um novo encontro na noite seguinte?

Não, pensou Zoe, decidida. Teria tomado exatamente a mesma decisão.

Na noite anterior, eles tinham evitado falar no passado. Tinham falado, isso sim, de tudo, simplesmente aproveitando a companhia um do outro.

Então Art olhou para o relógio com um ar contrariado.

– Preciso ir, Zoe. Tenho um compromisso em Northumberland amanhã. O helicóptero sai às seis e meia. Você disse que vai estar filmando em Norfolk nas próximas semanas?

– Isso.

– Eu não teria dificuldade em passar uma ou duas noites na nossa casa de lá. Na verdade, que tal no fim de semana que vem? Você já sabe onde vai se hospedar? Posso mandar um carro buscar você na sexta à noite para levá-la até a minha casa.

Zoe foi até a escrivaninha e pegou os detalhes do pequeno hotel onde iria passar as seis semanas seguintes. Anotou as informações num pedaço de papel e entregou a Art.

– Perfeito – disse ele com um sorriso. – Vou lhe dar meu celular também. – Ele tirou um cartão do bolso da frente. – Tome. Por favor, me ligue.

– Tchau, Art. Foi ótimo ver você.

Zoe ficara sem jeito, sem saber direito como encerrar a noite.

– Foi ótimo ver você também. – E ele então havia se abaixado para o mais fugaz dos beijos. – Até o fim de semana que vem. Vamos ter mais tempo. Boa noite, Zoe.

Depois de algum tempo, Zoe se levantou da cama, tomou uma ducha e se vestiu. Foi fazer compras no mercado e voltou sem metade das coisas que saíra para comprar. Num clima sonhador, pôs para tocar um disco da década anterior que desde então não colocava na vitrola. Fechou os olhos enquanto os acordes de "The Power of Love" enchiam o recinto, as palavras ainda tão conhecidas quanto dez anos antes.

No domingo à tarde, foi dar um longo passeio pelo Hyde Park, onde admirou as árvores cobertas de neve e caminhou pelo gramado branco a fim de evitar os traiçoeiros trechos congelados de asfalto. Ao voltar para casa, ligou para Jamie no colégio interno. Pela voz dele, achou-o muito animado, pois acabara de conseguir uma vaga no time principal de rúgbi da categoria sub-10. Ela lhe deu o telefone do hotel no qual ficaria hospedada em Norfolk para que o informasse à encarregada de assuntos domésticos do colégio, em caso de emergência, e perguntou onde ele e seu amigo Hugo gostariam de almoçar dali a quinze dias, quando ela fosse visitá-lo. Nessa noite, tomou muito mais cuidado ao fazer a mala do que em geral teria feito para ir filmar numa locação, levando em conta tudo de que poderia precisar para o fim de semana seguinte.

– Lingerie de boa qualidade – falou, rindo, e pôs na mala o conjunto da La Perla que uma amiga lhe dera de Natal e que ainda não saíra da gaveta.

Nessa noite, na cama, permitiu-se pensar nas consequências do que estava iniciando outra vez. E no simples fato de que, como antes, não havia esperança alguma de futuro.

Mas eu o amo, pensou, sonolenta, virando-se de lado.

E o amor vencia tudo, não?

Na segunda-feira de manhã, Joanna acenou para Simon quando ele saiu para trabalhar, aliviada por ele ir embora. Depois do beijo, o clima descontraído e brincalhão entre os dois tinha desaparecido, e a tensão no ar era palpável. Talvez uma semana separados pudesse ajudar, e ela rezou para os dois conseguirem se readaptar depressa à sua antiga e confortável amizade.

Joanna fechou a mente para o que sentira em relação ao beijo da véspera. As últimas semanas tinham sido muito difíceis, e ela estava vulnerável e ansiosa. Além do mais, havia outras questões a resolver. E ela fora presenteada com a oportunidade perfeita: dois dias inteiros de folga.

Assim que Simon saiu, pegou a mochila e tirou as cópias da carta, do programa e do bilhete de Rose. Ao fazê-lo, tocou num metal frio e puxou a caneta-tinteiro de ouro. Com tudo que havia acontecido, tinha esquecido completamente aquilo.

Virou-a na mão e a estudou. *I.C.S...*

As iniciais lhe pareciam vagamente conhecidas, mas ela não conseguia se lembrar de onde. Ficou sentada de pernas cruzadas no sofá-cama, examinando os papéis. Se Simon pensava que ela iria conter seu interesse por aquela história toda, estava enganado. Além do mais, ele parecera agitado e nervoso na noite de sexta, muito diferente de como normalmente era. Por que fazia tanta questão de que ela não investigasse aquele assunto?

Tornou a examinar as cartas. Quem seriam "Sam" e "o Cavaleiro Branco"? E quem diabo tinha sido Rose, aliás?

Ela fez um café e ficou refletindo sobre os poucos fatos que tinha à disposição. Haveria mais alguém que pudesse saber o sobrenome de Rose? Muriel? Talvez ela tivesse visto cartas endereçadas a Rose. Com certeza Rose teria assinado alguma espécie de contrato de locação ao ocupar o apartamento de Marylebone, não? Joanna pegou seu caderninho e o folheou à procura do telefone de Muriel. Se conseguisse descobrir o sobrenome de Rose, isso tornaria a ida à delegacia do bairro bem mais fácil.

Pegou o telefone e discou o número.

Infelizmente, Muriel não pôde ajudar com a questão do sobrenome. Disse que nunca tinha visto Rose receber correspondência nenhuma, nem mesmo contas da casa. A luz funcionava com um relógio alimentado por moedas, e Rose não tinha telefone. Ela então perguntou sobre o endereço nas cartas que Rose tinha lhe dado para pôr no correio.

– Algumas eram cartas via aérea. Para algum lugar na França, acho – disse Muriel.

Isso pelo menos se encaixa, pensou Joanna, lembrando-se das instruções no frasco de remédio.

O que Muriel conseguiu lhe passar foi o telefone do senhorio de Rose. Joanna ligou para o número e deixou um recado na secretária eletrônica de George Cyrapopolis. Por enquanto, porém, isso significava que ela teria de blefar na delegacia. Pegou a mochila e saiu.

Joanna abriu a porta de vaivém que dava para o balcão principal da delegacia de Marylebone. A área de espera estava deserta e cheirava a café velho, e as luzes frias realçavam a pintura lascada e o piso de linóleo arranhado. Como não havia ninguém no balcão, ela apertou a campainha.

– Pois não, senhorita?

Um agente de meia-idade apareceu do escritório atrás do balcão.

– Oi. Queria saber se alguém aqui poderia me ajudar a descobrir o que houve com a minha tia-avó.

– Certo. Ela sumiu?

– Ahn, não, não exatamente. Na verdade, ela morreu.

– Entendo.

– Foi encontrada faz umas duas semanas no apartamento onde morava, em Marylebone. Caiu da escada. A vizinha chamou a polícia e...

– A senhorita acha que a ligação pode ter sido atendida por algum dos nossos agentes?

– É. Eu voltei recentemente da Austrália. Consegui o endereço dela com meu pai e pensei em fazer uma visita. Mas quando cheguei já era tarde. – Joanna deixou a própria voz embargar. – Se eu tivesse ido lá antes, talvez...

– Entendo, senhorita. Isso acontece muito – disse o agente, gentil, meneando a cabeça. – Imagino que deseje saber para onde ela foi levada, esse tipo de coisa?

– Isso. Só que tem um problema. Eu não faço ideia de qual pode ser o sobrenome dela. Ela provavelmente se casou de novo.

– Bom, vamos tentar encontrá-la pelo sobrenome que a senhorita conhecia. Qual era?

– Taylor.

Joanna tirou um sobrenome qualquer do nada.

– E a data em que ela foi encontrada morta?

– Dia 10 de janeiro.

– E o endereço em que foi encontrada?

– Marylebone High Street, número 19.

– Certo. – O agente digitou os dados no computador sobre o balcão. – Taylor, Taylor... – Correu os olhos pela tela, então balançou a cabeça. – Não, não consta nada. Ninguém com esse sobrenome morreu nesse dia, enfim, pelo menos não que tenha passado pela nossa delegacia.

– O senhor poderia tentar Rose?

– Está bem... Temos aqui uma Rachel e uma Ruth, mas nenhuma Rose.

– Essas mulheres também morreram nesse mesmo dia?

– Sim. E tem mais quatro mortes no bairro listadas aqui. É uma época do ano horrível para os idosos. O Natal que acabou de passar, o tempo frio... Enfim, vou verificar o endereço. Se nós tivermos sido chamados para algum incidente nesse dia, vai estar listado aqui.

Joanna aguardou pacientemente enquanto o agente examinava a tela.

– Humm. – Ele coçou o queixo. – Nada também. Tem certeza de que a data está certa?

– Absoluta.

O policial balançou a cabeça.

– Pode ser que outra delegacia tenha recebido o chamado. A senhorita poderia tentar Paddington Green, ou então, melhor ainda, o necrotério municipal. Mesmo que não tenhamos sido nós a processar o incidente, o corpo da sua tia com certeza foi levado para lá. Vou anotar o endereço, a senhorita deveria dar uma passada por lá.

– Obrigada por toda a ajuda.

– Não há de quê. Espero que a encontre. Ela era rica? – perguntou o policial com um sorrisinho.

– Não faço a menor ideia – respondeu Joanna, sem se alongar. – Até logo.

Joanna saiu pela porta de vaivém, chamou um táxi e pediu ao motorista para levá-la ao necrotério.

O Necrotério Público de Westminster era um prédio de tijolos como outro qualquer situado numa rua tranquila margeada de árvores. Sem saber muito bem o que esperar, Joanna entrou e estremeceu ao recordar a descrição preferida de Alec para aquele lugar: a "fábrica de carne da cidade".

– Posso ajudar?

Uma moça no balcão lhe abriu um sorriso jovial.

Mas que emprego mais deprimente, pensou Joanna enquanto explicava sua história outra vez.

– Então o policial disse que a minha tia-avó deve ter sido trazida para cá.

– Parece provável. Deixe-me dar uma olhada.

A jovem pediu detalhes semelhantes aos do policial na delegacia. Procurou pelo sobrenome, pela data e pelo endereço.

– Não, infelizmente eu não tenho nenhuma Rose nessa data.

– Talvez ela estivesse usando outro nome? – disse Joanna, sentindo as opções começarem a se esgotar.

– Eu digitei o endereço que a senhorita me deu, e também não consta nada. Talvez ela tenha sido trazida um dia depois, embora seja pouco provável.

– Poderia checar mesmo assim?

A mulher o fez.

– Não, nada também.

Joanna deu um suspiro.

– Então, se ela não veio para cá, para onde o corpo dela pode ter sido levado?

A mulher deu de ombros.

– Você poderia tentar algumas das funerárias particulares do bairro. Se algum parente que a senhorita não conhece tiver aparecido, talvez tenha contratado uma empresa particular. Mas, em geral, quando alguém morre e ninguém reclama o corpo, ele vem parar aqui.

– Tá. Muito obrigada.

– Não há de quê. Espero que encontre a sua tia.

– Obrigada.

Joanna pegou um ônibus de volta até Crouch End e passou em casa para pegar a correspondência. Seus dedos tremeram quando ela pôs a chave na fechadura, e ao fechar a porta depois de entrar ela pensou como era triste que aquele lugar, antes o seu refúgio e santuário, agora lhe causasse a sensação oposta.

Depois de ir embora depressa e seguir em direção à casa de Simon, Joanna se perguntou se o melhor seria simplesmente se mudar. Sobretudo agora que Matthew tinha ido embora, duvidava que algum dia fosse tornar a se sentir à vontade naquele apartamento.

Ao chegar, viu que havia um recado na secretária eletrônica. Era de George Cyrapopolis, o senhorio de Rose. Pegou o telefone e discou o número dele.

– Alô? – Ouviu um barulho de louça ao fundo. – Alô, Sr. Cyrapopolis? Aqui é Joanna Haslam. Sou sobrinha-neta da sua inquilina que faleceu.

– Ah, sim, olá. – George Cyrapopolis tinha uma voz ribombante e sotaque grego. – O que a senhora quer saber?

– Eu estava pensando se Rose assinou um contrato de locação com o senhor quando se mudou para o apartamento.

– Ahn... – Fez-se uma pausa. – A senhora não trabalha para a receita federal, trabalha?

– Não, Sr. Cyrapopolis, eu juro.

– Humm. Bem, venha ao meu restaurante para eu poder vê-la. Aí conversamos, está bem?

– Está bem. Qual é o endereço?

– Fico no número 46 da High Road, em Wood Green. Restaurante Aphrodite, em frente ao shopping.

– Ótimo.

– Chegue às cinco, antes de abrirmos, sim?

– Está bem. Até lá. Obrigada, Sr. Cyrapopolis.

Joanna pôs o fone no gancho. Preparou um café, fez um sanduíche de manteiga de amendoim e passou a hora seguinte ligando para todas as funerárias listadas no centro e no norte de Londres. Não havia registro da morte de nenhuma Rose, nem no dia, nem dois dias depois.

– Mas então para onde diabos eles a levaram? – perguntou a si mesma antes de ligar mais uma vez para Muriel.

– Oi, Muriel, é a Joanna. Desculpe incomodar a senhora de novo.

– Não tem problema, meu bem. Teve sorte na busca pela sua tia?

– Não, nenhuma. Só queria verificar quem foi mesmo que levou Rose embora.

– Como eu disse, uma ambulância veio buscá-la. Eles disseram que levariam o corpo para o necrotério do bairro.

– Bom, só que não levaram. Já tentei lá, na delegacia, e em todas as funerárias do bairro.

– Ah. Um corpo perdido, é?

– Parece que sim. E eles não perguntaram se a senhora conhecia algum parente?

– Não. Mas eu disse a eles que a pobrezinha tinha comentado que eles moravam fora do país.

– Humm.

– Mas vou sugerir uma coisa – disse Muriel. – Já tentou o cartório do bairro? Tive de ir lá depois que o meu Stanley faleceu. Alguém deve ter tirado o atestado de óbito de Rose.

– Que boa ideia, Muriel. Vou tentar. Obrigada.

– Disponha, meu bem.

Joanna desligou, então procurou o endereço do cartório do bairro, pegou o casaco e saiu.

Duas horas mais tarde, saiu da subprefeitura de Old Marylebone dominada por uma total incompreensão. Deixou-se cair nos degraus em frente ao prédio e se apoiou numa das grossas colunas. No cartório, havia tentado todas as combinações possíveis que suas informações lhe permitiam. Três Roses haviam morrido nas duas semanas seguintes ao dia 10 de janeiro, mas nenhuma no endereço correto, e certamente não da idade correta. Um bebezinho com apenas quatro dias de vida – o simples fato de ler sobre essa morte deixou-a com um nó na garganta – e duas outras mulheres de 20 e 49 anos, nenhuma delas com a menor possibilidade de ser a Rose que ela estava buscando.

A mulher que a atendeu disse que o prazo para registrar um óbito era em geral de cinco dias úteis, a não ser que o instituto médico-legal não tivesse liberado o corpo. Mas, como não havia registro do corpo de Rose no necrotério, isso parecia improvável.

Enquanto caminhava até o metrô, Joanna balançou a cabeça, aflita. Era como se Rose nunca tivesse existido, mas o corpo dela *tinha* de estar em algum lugar. Será que havia algum caminho que ela ainda não tinha explorado?

Ao sair do metrô, Joanna percorreu a Wood Green High Street – uma barafunda de casas de apostas, restaurantes e lojas de bugigangas – à procura do restaurante Aphrodite. Já havia escurecido, e ela fechou um pouco mais o casaco para se proteger do frio cortante. Viu o letreiro de néon do restaurante e abriu a porta da frente.

– Olá? – chamou, ao se deparar com o interior pequeno e decorado em cores vivas completamente deserto.

– Olá.

Um grego de meia-idade já meio careca surgiu por entre cortina de contas de uma porta nos fundos do estabelecimento.

– Sr. Cyrapopolis?

– Sim.

– Joanna Haslam, a sobrinha-neta de Rose.

– Certo. Quer se sentar?

Ele afastou da mesa duas cadeiras de madeira.

– Obrigada. – Joanna se sentou. – Desculpe incomodá-lo, mas, como expliquei ao telefone, estou tentando encontrar minha tia-avó.

– Como assim? A senhora por acaso perdeu o cadáver?

George não pôde conter um sorrisinho.

– É uma situação complicada. Só queria saber do senhor se minha tia Rose assinou algum contrato de locação. Estou tentando descobrir o nome dela de casada, entende? E pensei que talvez estivesse escrito no contrato.

– Não. Não houve nenhum contrato.

George balançou a cabeça.

– Por quê? Se não se importa de eu perguntar... Pensei que para o proprietário fosse melhor haver um contrato.

– Claro, e eu geralmente faço um.

George tirou um maço de cigarros do bolso da frente da camisa. Ofereceu um a Joanna, que recusou, então acendeu o seu.

– Então por que não fez um com a minha tia-avó?

Ele deu de ombros e se recostou na cadeira.

– Eu pus um anúncio no *Standard*, como sempre faço. A primeira a ligar pedindo uma visita foi uma senhora. Encontrei-a no imóvel naquela mesma noite. Ela me pagou 1.500 libras em dinheiro vivo. – Ele deu um trago longo no cigarro. – Três meses adiantados. Eu sabia que ela era de confiança. Quero dizer, não ia dar festas loucas nem vandalizar o apartamento, não é?

Joanna deu um pequeno suspiro de decepção.

– Quer dizer que o senhor não sabe o sobrenome dela?

– Não. Ela disse que não precisava de recibo.

– Nem sabe de onde ela se mudou?

– Ah! – Enquanto pensava, George ficou batendo com o dedo na lateral do próprio nariz. – Pode ser. Eu estive no prédio uns dias depois de ela se mudar. Vi a van chegando. A inquilina... Rose, a senhora disse? Ela disse aos homens da van para pôr os caixotes de madeira no apartamento. Fiquei em pé na porta ajudando os homens, e reparei que os caixotes tinham adesivos estrangeiros. Em francês, se não me engano.

– Sim. – Pelo menos essa informação, somada ao frasco de remédio e às cartas por via aérea, confirmava de onde Rose viera. – O senhor sabe exatamente quando ela se mudou?

George coçou a cabeça.

– Em novembro, acho.

– Bem, muito obrigada pela sua ajuda, Sr. Cyrapopolis.

– Não há de quê, minha jovem. Quer ficar e comer um pouco de *gyros*? Um cordeiro bem gostoso, suculento – ofereceu ele em meio a uma nuvem de fumaça de cigarro, dando um tapinha na mão dela com a sua, manchada de nicotina.

– Não, obrigada. – Ela se levantou e andou em direção à porta. – Ah, só uma última coisa. – Virou-se para ele. – O senhor mandou esvaziar o apartamento depois que Rose morreu? Para outros inquilinos, quero dizer?

– Não. – George pareceu genuinamente intrigado. – Passei lá uns dois dias depois para ver o que estava acontecendo, e *puf*! Tinha tudo sumido. – Ele encarou Joanna. – Pensei que a família tivesse levado as coisas e limpado tudo, mas não poderia ter sido, não é?

– Não. Bem, obrigada de todo modo pelo seu tempo.

– Disponha.

– O senhor já voltou a alugar o imóvel?

Ele aquiesceu, encabulado.

– Uma pessoa ligou. De nada adianta manter aquilo lá vazio, não é?

– Não, claro que não. Obrigada novamente.

Joanna deu um sorriso débil e saiu do restaurante.

10

Joanna voltou ao trabalho na quarta-feira sentindo-se desanimada. Não tinha conseguido chegar a lugar nenhum nos últimos dois dias, nem obtido qualquer informação sobre Rose diferente das que já tinha no começo, tirando o fato de que ela quase certamente viera da França. *Não é o suficiente para eu falar com Alec afirmando que descobri um escândalo importante*, pensou. Chegara até a dar um pulo na biblioteca de Highgate, onde, por sorte, as biografias de James Harrison estavam expostas nas prateleiras frontais. Havia folheado os quatro grossos livros sobre a vida de sir James, e continuava sem saber qual era o seu vínculo com Rose.

– Bom dia, Jo. – Alec lhe deu um tapinha paternal no ombro quando passou pela mesa dela. – Tudo bem?

– Melhorando, obrigada.

– Já resolveu a confusão em casa? Seu amigo que me ligou disse que o seu apartamento parecia um acidente de trânsito.

– Pois é. Eles fizeram um ótimo trabalho. Não sobrou praticamente nada.

– Ah, bem. Pelo menos você não estava lá na hora, nem entrou enquanto estava acontecendo, aliás.

– É. – Ela lhe deu um sorriso. – Obrigado por ter sido tão compreensivo.

– De nada. Eu sei como isso pode ser assustador.

Caramba, pensou Joanna. *Ele é humano, no fim das contas.*

– O que tem para mim hoje?

– Então, pensei que você poderia voltar aos poucos. Pode escolher entre "Meu rottweiler na verdade é manso feito um gatinho", muito embora o cachorro tenha arrancado um pedaço da perna de um aposentado ontem no parque, ou um agradável almoço com Marcus Harrison. Ele está criando um fundo em homenagem ao avô, o velho sir James.

– Prefiro Marcus – disse Joanna.

– Achei mesmo que fosse preferir.

Ele anotou os detalhes e os passou para ela com um sorriso cúmplice.

– O que foi? – indagou Joanna, sentindo o rosto corar.

– Vamos dizer assim: pelo que ouvi dizer por aí, é mais provável Marcus Harrison te abocanhar e cuspir fora do que o rottweiler. Cuide-se.

Ele lhe acenou enquanto se afastava num passo acelerado.

Joanna foi até sua mesa e ligou para o número de Marcus Harrison a fim de combinar um encontro, satisfeita com a coincidência. Considerando que tudo aquilo havia começado na homenagem póstuma a James Harrison, quem sabe ela conseguiria descobrir se o incensado ator tinha conhecido uma senhora chamada Rose.

Surpreendida pela voz grave e simpática ao telefone, aceitou encontrar Marcus para almoçar num restaurante chique em Notting Hill. Recostou-se na cadeira e pensou que aquela poderia ser uma das pautas mais agradáveis que ela já tinha coberto desde que entrara para a editoria de notícias, e desejou estar usando uma roupa mais glamourosa do que jeans e suéter.

Marcus pediu uma boa garrafa de vinho para o maître. Zoe já tinha dito que cobriria qualquer despesa relacionada ao fundo e tinha dado a ele um cheque de 500 libras. Sentindo-se agradavelmente relaxado, ele tomou um gole do saboroso Bourgogne. As coisas pareciam caminhar bem.

Todas as vezes que ele ligara para Zoe em Norfolk para falar sobre seus planos para o fundo, ela havia se mostrado encantadora e suave, sem aludir sequer uma vez ao seu comportamento execrável da semana anterior. Algo estava acontecendo na vida dela, sem dúvida. Fosse o que fosse o responsável por aquele brilho nos olhos da irmã, Marcus ficava feliz por ela. Aquilo havia facilitado muito a sua própria vida.

Ele acendeu um cigarro e ficou olhando para a porta, à espera de que a jornalista Joanna Haslam aparecesse.

Três minutos depois da uma da tarde, uma moça entrou no restaurante. Usava jeans preto e um suéter branco que acompanhava a curva dos seios.

Era alta e tinha um visual despojado – quase não havia maquiagem em sua pele lisa –, muito diferente do tipo que em geral lhe agradava. Seus cabelos castanhos fartos e brilhantes pendiam pesadamente, e as pontas encaracoladas desciam abaixo dos ombros. Ela acompanhou o maître até a mesa de Marcus, e ele se levantou para cumprimentá-la.

– Joanna Haslam?

– Sim.

Ela sorriu, e ele se pegou atraído pelos expressivos olhos castanhos e pelas covinhas nas bochechas. Levou um segundo para se recompor.

– Marcus Harrison. Obrigado por ter vindo.

– De nada.

Ela se sentou na sua frente, e ele se sentiu momentaneamente abobalhado – Joanna Haslam era uma gata de verdade.

– Aceita uma taça de Bourgogne?

– Sim, obrigada.

– A você.

Ele ergueu sua taça.

– Obrigada. Ahn, ao fundo de estudos – contrapôs ela.

– Claro. – Ele riu, nervoso. – Mas, antes de abordarmos os assuntos profissionais, que tal fazermos o pedido? Assim ficamos livres para conversar.

– Tem toda a razão.

Por trás da segurança de seu cardápio, Joanna ficou estudando Marcus. A imagem que tinha armazenado na mente não estava muito longe da verdade. Nesse dia, em vez da calça e do blazer amarfanhados que usara na missa comemorativa, Marcus vestia uma jaqueta azul-royal de lã macia e um suéter preto de gola rulê.

– Vou querer a sopa e o cordeiro. E você? – indagou ele.

– O mesmo.

– Nada de folhinhas minúsculas arrumadas num prato e batizadas com o nome chique de salada de *radicchio*? Pensei que as garotas só comessem isso hoje em dia.

– Detesto fazer essa revelação, mas nós, "garotas", não somos todas iguais. Fui criada em Yorkshire. Sou uma mulher que gosta de carne quente.

– É mesmo?

Ele arqueou uma das sobrancelhas por cima da taça de vinho, admirando o leve sotaque de Yorkshire na voz melodiosa e suave de Joanna.

– Quero dizer... – Ela enrubesceu. Eu gosto de comida de verdade.

– Valorizo isso numa mulher.

A barriga de Joanna se contraiu de leve quando ela percebeu que ele a estava paquerando. Tentando se concentrar no trabalho, ela levou a mão até a mochila e pegou o gravador, o bloco e a caneta.

– Se importa se eu gravar a conversa?

– Nem um pouco.

– Certo. Quando estivermos comendo eu desligo, senão só dá para ouvir o barulho dos talheres. – Joanna pôs o gravador perto de Marcus e o ligou. – Então, você está criando um fundo de estudos em homenagem ao seu avô sir James Harrison, é isso?

– Sim. – Ele se inclinou para a frente e a encarou com intensidade. – Sabe de uma coisa, Joanna? Você tem olhos maravilhosos, muito incomuns. São meio amarelos, como os de uma coruja.

– Obrigada. Mas me fale sobre o fundo.

– Desculpe, sua beleza está me distraindo.

– Quer que eu cubra a cabeça com um guardanapo?

Apesar dos elogios de Marcus, que faziam bem para o seu ego, Joanna estava começando a ficar impaciente.

– Está bem, vou tentar me conter, mas fique com o guardanapo à mão, sim? – Ele sorriu para ela e tomou um gole de vinho. – Certo, por onde começo? Bem, o vovô, nosso caro sir Jim, ou "Siam", como era conhecido pelos amigos do teatro, deixou uma grande quantia em dinheiro destinada a fornecer duas bolsas de estudos por ano para jovens atores e atrizes sem recursos. Você sabe como as bolsas de estudos do governo andam escassas hoje em dia. Mesmo quem consegue um financiamento muitas vezes precisa trabalhar enquanto estuda artes cênicas para bancar as despesas pessoais.

Enquanto tentava se concentrar, Joanna sentiu o corpo reagir a ele por instinto. Marcus era mesmo incrivelmente atraente. Agradeceu a Deus por estar gravando a entrevista e poder ouvi-la mais tarde – mal tinha escutado uma palavra do que ele dissera. Pigarreou.

– Quer dizer que vocês vão aceitar a candidatura de qualquer jovem ator ou atriz que for aceito numa escola de arte cênicas?

– Exatamente.

– Mas a procura não será extremamente alta?

– É o que eu espero, sem dúvida. Nossa seleção começará em maio, e quanto mais candidatos, melhor.

– Entendi.

A sopa de ervilha com *pancetta* chegou, e Joanna desligou o gravador.

– Que cheiro bom – comentou Marcus, tomando uma colherada. – Mas então, Joanna Haslam, me fale um pouco sobre você.

– Mas sou eu quem está fazendo a entrevista!

– Tenho certeza de que você é muito mais interessante do que eu – incentivou ele.

– Duvido. Sou só uma garota sem frescura de Yorkshire. Meu sonho sempre foi ser uma jornalista respeitada.

– Então o que está fazendo trabalhando no *Morning Mail*? Ao que parece, um grande jornal faria mais o seu estilo.

– Estou ganhando experiência e aprendendo tudo que posso. Um dia, adoraria ir para um jornal de mais respeito. – Joanna tomou um gole de vinho. – O que eu preciso é de um grande furo para ganhar visibilidade.

– Ai, ai. – Marcus deu um suspiro fingido. – Não acho que o meu fundo de estudos vá proporcionar isso.

– Não, mas estou gostando, para variar um pouco, de divulgar alguma coisa que de fato vale a pena, que realmente poderia fazer diferença na vida de alguém.

– Uma jornalista com escrúpulos. – Os olhos de Marcus brilharam. – Que coisa rara.

– Bom, eu já fiquei de tocaia na porta de celebridades e as persegui como todo mundo, mas não gosto da direção que o jornalismo britânico está tomando ultimamente. É intrusivo, cínico, e às vezes destrutivo. Eu acharia ótimo se novas leis sobre privacidade fossem aprovadas, mas isso não vai acontecer, claro. Um número muito grande de editores tem conchavo com os mandachuvas do país. Como o público pode algum dia esperar receber informações neutras e formar a própria opinião quando tudo na mídia tem um viés político ou financeiro?

– Não somos só um rostinho bonito, não é, Srta. Haslam?

– Desculpe, vou descer do meu cavalo de batalha – disse ela, e sorriu. – Na verdade, na maior parte do tempo eu amo o meu trabalho.

Marcus ergueu a taça.

– Bem, a uma nova leva de jornalistas jovens e éticos.

Quando os pratos de sopa foram levados e o cordeiro chegou, Joanna constatou que seu apetite normalmente voraz a havia abandonado. Comeu pouquíssimo, ao passo que Marcus limpou o prato.

– Se importa de continuarmos? – perguntou ela depois que o garçom tirou os pratos.

– Nem um pouco.

– Certo. – Ela tornou a apertar o botão de gravar do aparelho. – No testamento, sir James pediu especificamente para você administrar o fundo?

– A administração ficou a cargo da família, meu pai, minha irmã e eu. Como único neto de sir James, sinto orgulho por terem me confiado a tarefa.

– E sua irmã Zoe naturalmente anda muito ocupada com a carreira de atriz. Outro dia eu li que ela vai interpretar Tess numa nova versão para o cinema. Você e sua irmã são próximos?

– Somos. A nossa infância foi... como dizer? Foi bem atribulada, então nós sempre nos agarramos um ao outro para ter segurança e apoio.

– E você obviamente era próximo de sir James, certo?

– Ah, sim. – Marcus aquiesceu, sem ironia. – Muito.

– Acha que fazer parte de uma família tão ilustre o ajudou ou atrapalhou? Quero dizer, você sofreu pressão para ter sucesso?

Ele fez uma pausa.

– Em *on* ou em *off*?

– Em *off*, se você preferir.

Depois de duas taças de vinho, a resolução de Joanna de manter a entrevista profissional havia em certa medida desmoronado. Ela pausou o gravador.

– Para ser sincero, foi um baita de um fardo. Sei que os outros devem olhar para mim e dizer: *Que cara de sorte*. Mas na verdade ter parentes famosos é difícil. Atualmente, está parecendo quase impossível superar o que meu pai faz, quanto mais o que meu avô fez.

Joanna notou que Marcus adquiriu subitamente uma expressão vulnerável e insegura.

– Posso imaginar – falou, baixinho.

– Pode mesmo? – Ele a olhou nos olhos. – Nesse caso, você vai ser a primeira pessoa a fazer isso.

– Tenho certeza de que isso não é verdade, Marcus.

– Para ser sincero, é, sim. Quero dizer, no papel eu sou um partido e tanto, não? Família famosa, bem-relacionado, as mulheres supõem que eu seja rico... É perfeitamente possível uma mulher nunca ter gostado de mim pelo que eu sou – acrescentou ele. – Eu não tenho exatamente a carreira mais bem-sucedida do mundo, sabe?

– Que tipo de coisa você já fez?

– Bom, a produção sempre foi o meu aspecto preferido da indústria do cinema... as maquinações dos bastidores, entender como todas as várias partes de um filme se encaixam, é disso que eu gosto, para falar a verdade. É também algo que ninguém da família jamais tocou, um nicho que eu de fato posso chamar de meu... não que algum dos meus filmes tenha se saído bem.

Marcus ficou surpreso por estar contando isso a Joanna, mas a simpatia dela facilitava as confissões.

– Será que eu assisti a algum? – perguntou ela, curiosa.

– Ahn. – Ele enrubesceu de leve. – Lembra de *Sem saída*? Acho que não deve lembrar, saiu direto em VHS.

– Desculpe, não ouvi falar. É sobre o quê?

– A gente foi à Bolívia filmar na floresta amazônica.... foi o período mais assustador e mais incrível da minha vida, para falar a verdade. – Ele se animou ao falar, e suas mãos puseram-se a gesticular conforme ia se empolgando com o assunto. – É um lugar espetacular e selvagem. O filme era sobre dois americanos que se perdem nas profundezas da floresta à procura de um suposto veio de ouro. A natureza os engole aos poucos enquanto eles tentam achar uma saída, e os dois acabam morrendo. Meio deprimente, pensando bem, mas tinha uma moral forte sobre a cobiça do Ocidente.

– Certo. E você está trabalhando em algum projeto agora?

– Estou. Minha produtora, a Marc One Films, está tentando conseguir financiamento para um roteiro novo fantástico. – Marcus sorriu, e Joanna pôde sentir a animação se irradiar dele. – É uma história inacreditável. Quando eu estava viajando pela Amazônia, tive a sorte de conhecer alguns índios ianomâmis... é uma tribo que só fez contato com o governo brasileiro nos anos 1940. Você consegue imaginar viver isolado da civilização moderna, e o choque ao descobrir que o mundo é muito maior do que você pensava que fosse?

– Um pouco mais radical do que vir de Yorkshire para Londres, então? – brincou Joanna.

Ela sentiu uma satisfação boba quando ele riu da sua piada, e repreendeu a si mesma por fazer tanta questão da aprovação dele.

– Bem mais extremo, sim – continuou ele. – Os ianomâmis eram um povo muito pacífico... a cultura deles era uma democracia perfeita: nem caciques eles tinham, e tomavam todas as decisões por consenso, com todo mundo podendo dar sua opinião. A história conta como o governo brasileiro, sem aviso, destruiu a aldeia deles com tratores para construir uma rodovia importante.

– Que horror! Eles fizeram mesmo isso?

– Fizeram! – Marcus ergueu as mãos para o céu. – É revoltante. O filme também fala sobre como, nas últimas décadas, uma grande parte da população ianomâmi foi varrida pelas doenças, e sobre as consequências do desmatamento, de garimpeiros assassinos... E também tem uma linda história de amor, com um fim trágico mas comovente, claro, e... – Ele se interrompeu e a encarou, encabulado. – Desculpe, eu sei que me empolgo demais. Zoe sempre fica entediada quando eu falo sobre isso.

– Que nada. – Joanna havia ficado tão envolvida com o que ele dizia que quase esquecera sua pauta. – Parece um projeto incrível e de grande valor. Desejo muita sorte com ele, de verdade. Agora é melhor eu pegar alguns números sobre o fundo de estudos, senão meu editor vai me matar. Pode me dar o prazo para inscrição, o endereço para o qual devem ser mandadas as candidaturas, esse tipo de coisa?

Marcus passou dez minutos falando, e disse a Joanna tudo que ela precisava saber. Ela desejou poder entrevistá-lo sobre o projeto do filme, já que o material sobre o *trust* parecia sem graça em comparação.

– Certo. Obrigada, Marcus, foi ótimo – falou, juntando suas anotações. – Excelente. Ah, uma última coisa: vamos precisar de uma foto de você e Zoe juntos.

– Zoe está filmando em Norfolk. Vai ficar séculos lá. – Os olhos de Marcus brilharam. – Sei que não sou tão famoso nem tão bonito quanto a minha irmã, mas você vai ter de se contentar comigo.

– Tudo bem – disse ela rapidamente. – Se eles quiserem Zoe, podem usar uma imagem de arquivo.

Ela estendeu a mão para desligar o gravador, mas Marcus a impediu, envolvendo seu antebraço com a mão. Uma explosão de eletricidade percorreu sua pele quando ele a tocou. Marcus aproximou a boca do pequenino microfone e sussurrou alguma coisa ali.

Retirou a mão e sorriu para ela.

– Agora pode desligar. Aceita um conhaque, talvez?

Joanna olhou para o relógio e fez que não com a cabeça.

– Eu adoraria, mas infelizmente preciso voltar para a redação.

– Está bem.

Ele pareceu decepcionado ao fazer um sinal para pedir a conta.

– A editoria de imagens vai entrar em contato com relação à foto, e obrigada mesmo pelo almoço.

Ela se levantou e estendeu a mão, imaginando que ele fosse apertá-la. O que ele fez, porém, foi erguer sua mão delicadamente até os lábios e dar um beijo nos seus dedos.

– Até logo, Srta. Haslam. Foi um prazer.

– Tchau.

Ela saiu do restaurante com as pernas bambas e voltou para a redação tomada pelo vinho e pelo desejo. Sentou-se à sua mesa, rebobinou um pouco a fita e apertou o "play".

"*Joanna Haslam, você é linda. Quero te levar para jantar. Por favor me ligue para combinarmos isso o quanto antes. Meu número é...*"

Ela deu uma risadinha. Alice, a repórter que sentava na mesa ao lado, olhou na sua direção.

– O que foi?

– Nada.

– Você foi almoçar com o "Harrison Mão-Boba", né?

– Fui. E daí?

Joanna sabia que estava vermelha.

– Não entre nessa, Jo. Uma amiga minha saiu com ele algumas vezes. Ele é um baita cafajeste sem um pingo de decência.

– Mas ele é...

– Bonito, charmoso... é, nem me fale. – Alice deu uma mordida em seu sanduíche de ovo. – Minha amiga passou um ano se recuperando depois.

– Eu não tenho a menor intenção de me envolver com Marcus. Provavelmente nunca mais vou vê-lo.

– Ah! Quer dizer que ele não te chamou para jantar? Nem te deu o telefone dele?

Sem conseguir se controlar, Joanna ficou mais vermelha ainda.

– É claro que deu! – Alice abriu um sorriso de ironia. – Só fique atenta, Jo. Você já esgotou sua cota recente de decepções amorosas.

– Obrigada por me lembrar. Mas com licença, preciso transcrever essa entrevista.

Irritada tanto pelo comportamento superior de Alice quanto pela sua avaliação provavelmente correta de Marcus, e apesar do seu lado ético, ela pôs o fone de ouvido, conectou-o ao gravador e começou a transcrever a entrevista.

Cinco minutos depois, o rosto de Joanna havia perdido toda a cor. Ela ficou sentada com os olhos grudados na tela, os dedos apertando a tecla de rebobinar do gravador e voltando várias vezes às mesmas palavras que Marcus tinha dito.

Estava tão ocupada babando por ele que nem prestara atenção quando ele dissera aquilo. *Siam*... Pelo visto era esse o apelido de sir James Harrison. Joanna tirou o fone de ouvido e pegou na mochila a cópia agora amassada da carta de amor. Examinou o nome na carta. Seria possível...?

Precisava de uma lupa. Levantou-se da cadeira e percorreu a redação em busca de uma. Depois de algum tempo, tendo surrupiado a de Archie, o repórter esportivo, voltou para a sua cadeira e mirou a lente de aumento na primeira linha.

Meu amado Sam...

Procurou o espaço entre o canto superior direito do "S" e o canto esquerdo do "A". *Sim!* Tornou a estudar esse pontinho, consciente de que poderia ser tinta ou então algum tipo de marca deixado pela copiadora. Não. Com certeza, definitivamente, havia um pontinho entre o "S" e o "a". Joanna pegou uma caneta e copiou do modo mais exato que conseguiu a caligrafia fluida na qual a palavra fora escrita. E então teve certeza: havia um traço a mais de cima para baixo depois do "S" maiúsculo e antes do "a". Colocando um ponto logo acima desse traço, a palavra no mesmo instante se transformava: *Siam*.

Joanna engoliu em seco e sentiu um arrepio de empolgação lhe subir pelas costas. Agora sabia para quem fora escrita a carta de amor.

11

Joanna havia decidido tirar proveito da solidariedade e do bom humor de Alec enquanto ainda era tempo. Nessa tarde, foi até a mesa do seu editor, sobre a qual havia uma imensa pilha com todas as edições dos jornais diários concorrentes – bem como não um, mas três cinzeiros cheios até a borda – por cima de maços de texto. Ele tinha as mangas da camisa arregaçadas, o eterno cigarro Rothman's pendurado num canto da boca, e a testa coberta de suor enquanto xingava a tela do computador à sua frente.

– Alec.

Ela se inclinou por cima da mesa e exibiu um sorriso matador.

– Agora não, princesa. Estamos com o prazo no laço e o Sebastian ainda não ligou de Nova York com a matéria dele sobre a Ruiva. Não vou conseguir segurar a manchete por muito mais tempo. O editor-chefe já está doido.

– Ah! Quanto falta para você terminar? Queria conversar sobre um assunto.

– À meia-noite, pode ser? – disse ele, sem tirar os olhos da tela.

– Entendi.

Alec ergueu os olhos.

– É importante? Tipo uma ameaça à paz mundial, e nós vamos vender cem mil exemplares a mais?

– Talvez seja um escândalo sexual ainda não revelado, sim.

Ela sabia que essas eram palavras mágicas.

A expressão de Alec mudou.

– Tá. Se é sexo, você tem dez minutos. Às seis horas no pub.

– Obrigada.

Joanna voltou para sua mesa e passou as duas horas seguintes colocando a correspondência em dia. Às cinco para as seis, dobrou a esquina e caminhou até o pub, frequentado pelos jornalistas apenas pela proximidade com a redação. Com certeza o lugar não tinha mais nada a seu favor. Ela se sentou numa banqueta manchada junto ao balcão e pediu um gim-tônica, tomando cuidado para não se apoiar demais na superfície pegajosa.

Alec apareceu às 19h15, ainda com as mangas arregaçadas apesar de a noite estar bem fria.

– E aí, Phil? O de sempre – disse ele para o barman. – Tá, Jo, pode mandar.

Joanna então voltou ao início, o dia da missa. Alec tomou sua dose de Famous Grouse num só gole e ficou escutando atentamente até ela terminar.

– Para ser sincera, eu já ia esquecer essa história toda. Não estava chegando a lugar nenhum, mas de repente hoje, por pura coincidência, descobri para quem a carta foi escrita.

Alec pediu mais um uísque. Seus olhos cansados e vermelhos a avaliaram.

– Talvez tenha alguma coisa nisso aí. O que me interessa é que alguém obviamente se esforçou muito para fazer a sua senhorinha desaparecer, e junto com ela os seus caixotes. Está na cara que é para apagar qualquer rastro. Cadáveres não evaporam assim do nada. – Ele acendeu outro cigarro. – Joanna, só por curiosidade, você estava com a carta no dia em que o seu apartamento foi arrombado?

– Estava. Na mochila.

– Não lhe ocorreu que talvez não tenha sido um arrombamento aleatório? Pelo que o seu amigo falou, houve uma dose bem grande de destruição inútil. Eles cortaram seu sofá e sua cama a faca, não foi?

– Foi, mas...

– Talvez alguém estivesse procurando alguma coisa que você pudesse ter escondido?

– Até a polícia pareceu chocada com a destruição – murmurou Joanna em voz baixa. Ergueu os olhos para Alec, compreendendo. – Ah, meu Deus, talvez você tenha razão.

– Jo, você tem muita estrada pela frente antes de virar um velho cínico e desconfiado como eu. Em outras palavras, uma grande farejadora de notícias. – Ele sorriu, exibindo os dentes manchados de nicotina, e afagou a mão dela. – Você vai aprender. Onde está a carta agora?

– Simon levou para o trabalho, para o laboratório de criminalística de lá fazer uns testes.

– Quem é Simon? Ele é da polícia?

– Não, ele trabalha no serviço público.

– Droga, Jo! Acorda! – Alec bateu com o copo no balcão. – Aposto que você nunca mais vai ver essa carta.

– Você está errado, Alec. – Os olhos de Joanna chisparam de raiva. – Eu ponho minha mão no fogo pelo Simon. Ele é meu amigo mais antigo, meu melhor amigo. Só estava tentando ajudar, e sei que não vai me enganar.

Alec balançou a cabeça com um ar condescendente.

– O que é que eu vivo te dizendo? Não confie em ninguém. Especialmente neste ramo. – Ele passou uma das mãos nos olhos e suspirou. – Tá, então a carta de amor já era, mas você disse que tem uma cópia, certo?

– É. E eu fiz uma para deixar com você.

Joanna lhe entregou o papel.

– Obrigado. – Alec o desdobrou. – Vamos dar uma olhada, então. – Ele leu depressa, em seguida examinou o nome no alto. – Com certeza poderia ser "Siam". É. A inicial embaixo está ilegível. Mas a mim não parece um "R".

– Vai ver Rose mudou de nome, ou quem sabe a carta não seja dela. Com certeza tem alguma conexão com o mundo do teatro, mas nem Rose nem sir James aparecem em lugar nenhum desse programa.

Alec olhou para o relógio e pediu mais um uísque.

– Daqui a cinco minutos eu vou ter que ir. Olhe aqui, Jo, eu sinceramente não sei dizer se você tem uma boa história ou não. Você sabe que, sempre que me vi numa situação dessas, segui meu instinto. O que o seu instinto te diz?

– Que isso é uma notícia bombástica.

– E como pretende continuar a partir daqui?

– Preciso falar com a família Harrison, descobrir o que for possível sobre a vida de sir James. Talvez James tenha tido um caso com Rose, simples assim. Mas por que ela mandaria essa carta para *mim*? Eu não sei. – Joanna deu um suspiro. – Se o meu apartamento foi revirado porque achavam que eu estava com a carta, então com certeza há alguém para quem ela é bem importante.

– É. Olhe aqui, eu não posso te dar horas de trabalho para investigar isso...

– Eu poderia fazer um perfil sobre a dinastia do entretenimento britânico – interrompeu ela. – Começando com sir James, depois o filho dele, Charles, depois Zoe e Marcus. Eu teria a desculpa perfeita para conseguir deles o máximo de informação possível.

– Meio fraco para a editoria de notícias, Jo.

– Não se eu descobrisse algum escândalo gigante. Só uns diazinhos, Alec, *por favor* – implorou ela. – Qualquer pesquisa suplementar eu faço fora do expediente, juro.

– Então tá – capitulou Alec. – Com uma condição.

– Qual?

– Quero ser mantido informado a cada passo. Não porque eu não consiga manter meu narigão vermelho fora disso, mas para a sua própria proteção. – Ele a encarou com firmeza. – Você é jovem, inexperiente. Não quero que se afunde tanto a ponto de não conseguir sair. Sem arroubos de heroísmo, tá?

– Prometo que não. Obrigada, Alec. Vou indo, então. Até amanhã.

Por impulso, Joanna lhe deu um beijo no rosto e saiu do pub.

Alec ficou observando Joanna ir embora. Noventa por cento das vezes que um foca vinha procurá-lo com uma pista "quente", ele derrubava a história e a destruía em poucos segundos, e mandava o novato embora com o rabo entre as pernas. Mas dessa vez seu famoso instinto tinha ficado todo ouriçado. Ela havia farejado alguma coisa. Sabe-se lá o que poderia ser, mas era alguma coisa.

Até Marcus ficou surpreso com a rapidez com que Joanna lhe telefonara depois do almoço dos dois. Segundo ela, seu editor queria uma espécie de reportagem sobre a família Harrison inteira para ser publicada junto com a matéria sobre o fundo de estudos, mas ele estava torcendo para que o seu charme também tivesse ajudado a convencê-la. Naturalmente, Marcus aceitara o pedido de Joanna para visitá-lo no seu apartamento na noite seguinte. Por causa da visita, passara o dia inteiro limpando os detritos de sua desorganizada vida de solteiro. Jogara o que estava debaixo da cama direto num saco de lixo, e inclusive trocara os lençóis. Então havia tirado seus livros mais grossos de onde eles estavam – equilibrando uma cadeira com uma perna faltando – e os expusera de modo proeminente sobre a mesa de centro. Já fazia tempo que uma presença feminina não despertava nele algo além de simples desejo. Joanna fora uma das únicas pessoas que de fato haviam *escutado* quando ele falara sobre o projeto de seu filme, e ele agora estava decidido a convencê-la de que merecia mais crédito do que a maioria das pessoas costumava lhe dar.

A campainha tocou às sete e meia. Ele abriu a porta e viu que Joanna tinha se esforçado muito pouco para se arrumar e ainda estava com as roupas do trabalho, jeans e suéter. Sentiu uma pontada de decepção.

Beijou-a nas duas bochechas, demorando-se de propósito.

– Joanna, que prazer revê-la. Entre.

Ela o seguiu pelo corredor estreito até uma sala pequena e mobiliada com peças básicas. Esperava algo bem mais luxuoso.

– Vinho?

– Ahn, eu preferiria um café, se você não se importar – respondeu Joanna.

Estava exausta. Havia passado a maior parte da noite anterior em claro tomando notas sobre as biografias e preparando uma lista de perguntas sobre sir James.

– Estraga-prazeres – disse Marcus, e sorriu. – Bom, eu vou tomar um drinque mesmo assim.

– Ah, então tá. Só uma tacinha.

Marcus voltou para a sala com um copo de uísque para ele e uma taça de vinho para Joanna, e sentou-se bem junto dela no sofá. Quando Joanna virou a cabeça para o outro lado, ele ajeitou com delicadeza uma mecha de cabelos atrás da sua orelha.

– Dia longo, Jo?

Joanna podia sentir o calor da coxa de Marcus junto à dela, e afastou-se um pouco. Precisava se concentrar.

– É, foi.

– Bom, pode relaxar agora. Está com fome? Posso fazer uma massa para a gente.

– Não, por favor, não precisa se incomodar.

Ela preparou o gravador e o pôs sobre a mesa de centro diante deles.

– Não é incômodo nenhum, sério.

– Será que podemos começar e ver como as coisas fluem?

– Claro, como você preferir.

Ela reparou no perfume almiscarado da loção pós-barba dele, no jeito gracioso com que os cabelos se encaracolavam rente ao colarinho... *Não, Joanna, não!*

– Então, como eu disse ao telefone, estou planejando escrever uma grande retrospectiva sobre sir James e a família para publicar junto com o lançamento do fundo de estudos.

– Uau. Obrigado, Jo, obrigado mesmo. Quanto mais divulgação, melhor.

– Claro, mas vou precisar da sua ajuda. Quero descobrir como o seu avô era de verdade, de onde ele veio, e como a fama o afetou e modificou.

– Caramba, não é mais fácil ir atrás de uma das biografias dele?

– Ah, essas eu já peguei na biblioteca. Confesso que até agora só folheei, mas, para ser sincera, isso qualquer um pode fazer. – Ela o encarou, animada. – Quero ver seu avô do ponto de vista da família, conhecer os pequenos detalhes. Por exemplo, Siam, "Sião", o apelido que você disse que os amigos dele do teatro usavam. De onde veio isso?

Marcus deu de ombros.

– Não faço a menor ideia.

– Ele não tinha nenhuma ligação com a Tailândia, por exemplo?

– Não, acho que não. – Marcus esvaziou o copo com um gole só e se serviu outra dose. – Vamos lá, Jo. Você mal tocou no seu vinho. – Ele pôs a mão na coxa dela. – Está muito tensa.

– É, um pouco. – Joanna retirou a mão dele depressa, então pegou a taça para dar um gole. – Essas últimas semanas foram esquisitas, sob todos os aspectos.

– Me conte por quê.

A mão voltou para sua coxa. Ela tornou a retirá-la e virou-se para ele com uma das sobrancelhas erguida.

– Não. Preciso fechar essa matéria até o meio da semana que vem, e você não está ajudando muito. Isso é do seu interesse também, sabia?

– Eu sei. – Ele abaixou a cabeça como um menino que acabou de levar uma bronca na escola. – Desculpe, mas não posso fazer nada se acho você atraente.

– Escute, me dê uma ajudinha, meia hora é tudo que eu te peço, tá?

– Vou me concentrar, prometo.

– Ótimo. Então, o que você sabe sobre sir James? Talvez possa começar pelo começo mesmo, pela infância dele?

– Bom... – Marcus na verdade nunca tinha se interessado muito pela vida do avô, mas vasculhou a mente para tentar se lembrar de tudo que conseguisse. – Na verdade é com Zoe que você precisa falar. Ela o conhecia muito melhor do que eu, já que morava com ele.

– Falar com ela seria ótimo, mas é sempre interessante ter perspectivas diferentes sobre a mesma pessoa. Por acaso você algum dia ouviu seu avô falar em alguém chamado Rose?

Marcus fez que não com a cabeça.

– Não. Por quê?

– Ah, nada demais, foi um nome que surgiu numa das biografias que eu li – respondeu ela, casual.

– Tenho certeza de que James teve muitos amores ao longo da vida.

– Você conheceu sua avó? O nome dela era Grace, né?

– Não cheguei a conhecê-la. Ela morreu no exterior antes de Zoe e eu nascermos. Meu pai tinha poucos anos de idade, se bem me lembro.

– Foi um casamento feliz?

– Muito, pelo que reza a lenda.

– Seu avô por acaso guardou recordações? Quero dizer, programas antigos, recortes de jornal, essas coisas?

– Se ele guardou? – Marcus riu. – Tem um sótão cheio na casa dele em Dorset. Foi tudo deixado para Zoe no testamento.

As orelhas de Joanna ficaram em pé.

– Ah, é? Nossa, eu adoraria examinar esse material.

– É. Há séculos a Zo diz que vai passar o fim de semana lá para organizar tudo. A maior parte deve ser lixo, mas pode ser que haja alguns programas e fotografias que valham bastante agora. Sir James guardou tudo, ele era um verdadeiro acumulador. – Marcus teve uma ideia. – Que tal eu dar uma ligada para Zoe e combinar de você ir a Dorset neste final de semana? Aí podemos dar uma olhada no que tem lá. Tenho certeza de que ela ficaria grata por qualquer ajuda para organizar essas coisas.

– Ahn... tá bom.

Joanna sabia exatamente por que Marcus parecia tão animado com essa ideia, e torceu apenas para a porta do quarto ter boas fechaduras.

No entanto, a chance de pôr as mãos em várias caixas contendo o passado de sir James era tentadora demais, de modo que ela teria de correr o risco.

– A gente poderia ir de carro no sábado de manhã e dormir lá. – Marcus parecia um menininho animado. – Vamos precisar de uns bons dois dias.

– Bom, se você tem certeza... – disse Joanna, hesitante. – Vai perguntar para Zoe, então?

– Vou, claro. Ela também está com pouco dinheiro para reformar a casa que sir James lhe deixou. Quem sabe a venda de algumas das coisas do sótão possa ajudar a levantar algum dinheiro? – improvisou Marcus, sabendo que Zoe jamais venderia nada do seu amado avô em benefício próprio.

– Ótimo. Fico muito agradecida, mesmo.

Joanna guardou o gravador na mochila e se levantou.

– Você não está indo embora, está? E a comida?

– Foi realmente muita gentileza sua oferecer – disse ela, andando em direção à porta. – Mas, sério, se eu não dormir esta noite, amanhã não vou conseguir fazer nada.

– Tá – disse Marcus com um suspiro. – Pode me esnobar e esnobar meu espaguete. Eu não ligo.

Joanna lhe passou um cartão.

– Esse é o meu telefone do trabalho. Pode me ligar amanhã dizendo o que Zoe falou. – Ela lhe deu um beijo no rosto. – Obrigada, Marcus. Fico muito agradecida. Tchau.

Marcus a observou sair. Havia mesmo algo em Joanna que fazia seu coração acelerar. E não era *só* desejo. Ele *realmente* apreciava sua falta de artifícios, sua franqueza e honestidade, que eram traços de caráter muito revigorantes depois da série de atrizes um tanto autocentradas pelas quais ele em geral se interessava.

Ao entrar na cozinha para preparar um macarrão para uma pessoa só, ele completou o copo de bebida, encostou-o na boca, então parou. E com grande esforço despejou o líquido na pia.

– Chega – falou.

Queria ser um homem melhor para Joanna.

Enquanto caminhava pela noite gelada em direção ao metrô de Holland Park, Joanna enfim aceitou que, fosse qual fosse a reputação que Marcus pudesse justificadamente ter, ela sentia uma profunda atração por ele. Os elogios dele tinham feito bem ao seu ego destruído e machucado, e o desejo evidente por ela a fizera se sentir sexy outra vez. Fazia anos que não olhava para outro homem, e os sentimentos que Marcus lhe havia despertado eram empolgantes, ainda que perturbadores. Joanna estava decidida a não ser só mais uma a passar pela cama dele. Um caso rápido poderia até proporcionar satisfação física, mas não preencheria o vazio deixado por Matthew.

Apesar disso, uma onda de prazer a percorreu enquanto ela descia para o metrô e pensava no final de semana: ficar sozinha com Marcus, e ao mesmo tempo talvez – quem sabe – descobrir mais pistas para o mistério. E o fato de Alec – o cínico Alec – pensar que talvez pudesse haver algo naquela história lhe dava confiança para levá-la a sério.

Após sair pela roleta na estação de Archway, ela apertou o cachecol para se proteger do vento frio que entrava pelo acesso à estação. Quando saiu para a escuridão de Highgate Hill, quase deserta àquela hora da noite, suas botas ecoaram abafadas sobre o gelo da calçada, e ela ficou ansiosa para se aconchegar em sua cama improvisada na casa de Simon.

Talvez tenha sido o ar frio descendo cada vez mais pelo seu pescoço, mas ela diminuiu o passo quando começou a sentir que alguém a estava seguindo. Virando-se de leve, tentou ver se era a sombra de uma pessoa ou apenas os galhos oscilantes das árvores se movendo no chão. Por fim, parou e apurou os ouvidos.

Ao longe, ouviu gritos e risadas emergirem para o ar da noite do pub mais abaixo na rua, e o ronco constante dos carros e ônibus agitando as folhas e redemoinhos de lixo. Tomando uma decisão, atravessou correndo a rua e entrou numa lojinha de revistas, onde comprou um pacote de chicletes. Em pé na porta, olhou para a direita e para a esquerda, mas a única silhueta que viu foi a de um homem de sobretudo no ponto de ônibus do outro lado da rua fumando casualmente um cigarro.

Ao retomar seu caminho num passo deliberadamente tranquilo, olhou para trás na direção do ponto. O homem tinha sumido, muito embora nenhum ônibus houvesse passado. Seu coração bateu com força, e ela por instinto fez sinal para um táxi, entrou e deu um jeito de informar aos arquejos o endereço de Simon. O taxista fez cara de irritado diante da corrida de apenas três minutos.

Ao chegar ao prédio de Simon, Joanna subiu a escada correndo o mais depressa que pôde. Desejando que ele estivesse em casa, passou o trinco na porta e encaixou uma cadeira debaixo da maçaneta. Então pegou o taco de beisebol do amigo no armário da entrada e o pôs ao lado do sofá-cama.

Bem mais tarde, caiu num sono agitado, a mão apertando o taco com força.

12

Zoe havia passado a maior parte de sua primeira semana em Norfolk sem nada para fazer e com tempo demais para pensar. Muitas das externas tinham sido interrompidas pela presença de uma grossa camada de neve. Embora fosse linda e criasse uma atmosfera, a neve arruinava a continuidade do filme. Assim, em vez das externas, eles tinham feito o possível no antigo chalé que a produtora alugara para as filmagens. William Fielding, o ator que interpretaria o papel do pai da personagem de Zoe, John Durbeyfield, estava fazendo uma peça infantil em Birmingham e só chegaria ao set na semana seguinte. Ela cogitou voltar para Londres, mas como Art havia combinado de mandar buscá-la ali no fim de semana, parecia inútil fazer a viagem.

Na sexta de manhã, Zoe acordou de repente, pingando de suor, o medo contraindo suas entranhas. Os óculos cor-de-rosa tinham sumido, e com eles o pensamento de que o destino, depois de tanto tempo, os havia reaproximado. Tudo que ela sentia era total incredulidade pelo fato de ter sequer cogitado a possibilidade de um novo relacionamento com ele.

– Ai, meu Deus – murmurou, sentindo o pânico dominá-la. – E o Jamie?

Cambaleou para fora da cama, vestiu a calça jeans, calçou as galochas e foi dar uma volta pelo vilarejo coberto de neve. Estava tão entretida em pensamentos que não prestou a menor atenção naquela beleza pitoresca. Não havia problema algum em se declarar enfim independente, livre dos grilhões que antes a prendiam, mas ela *precisava* ser realista. O que estava prestes a fazer poderia afetar o resto da vida de Jamie. Como ela poderia manter o segredo com Art? Com certeza, quando eles conversassem, quando se conhecessem melhor, ele perceberia – isso se já não tivesse percebido. E nesse caso como ficariam os três?

– Droga! Mas que droga!

Frustrada, Zoe chutou com força um pedaço de neve meio derretida e suja. Tinha vivido com o segredo por muito tempo, mas para os outros aquilo seria um baita choque...

Se ela e Art retomassem um relacionamento e a verdade sobre Jamie vazasse, ela *realmente* seria capaz de submeter seu precioso filho ao furor que iria cercá-lo?

Não.

Jamais.

Onde diabo estava com a cabeça?

À tarde, Zoe pôs as malas no carro e voltou dirigindo para Londres. Ao chegar em casa, desligou o celular e deixou a secretária eletrônica atender todas as chamadas, desejadas ou não. Então, fugindo ao seu costume, tomou uma garrafa inteira de vinho e adormeceu no sofá diante de um filme que não se equiparava nem de longe ao drama da sua própria vida.

Para a ida a Dorset, Marcus havia alugado com seu combalido cartão de crédito um Golf da Volkswagen. Agora, dirigindo pela rodovia M3 com Joanna ao seu lado, pensou que aquilo compensava em muito o extrato devedor que chegaria dali a um mês. Ela exalava um perfume divino, pensou, de maçãs recém-colhidas. Ele só torceu para a chave de Haycroft House estar no lugar no qual lembrava que sempre ficava. Tentara falar com Zoe várias vezes na véspera e pedir permissão para ficar lá, deixara recado tanto no celular quanto na secretária eletrônica, mas a irmã não havia retornado suas ligações. No fim das contas, decidiu que ela não poderia acusá-lo de não tentar, e prosseguiu com o fim de semana conforme o planejado.

Joanna ia sentada ao seu lado sem dizer nada. Ficara genuinamente surpresa quando Marcus lhe telefonara no dia anterior dizendo que estava tudo certo para o fim de semana. Estava convencida de que Zoe recusaria a ideia de uma repórter bisbilhotar a vida particular do avô. Olhou para o perfil perfeito de Marcus e se perguntou se sir James fora tão bonito quanto o neto na juventude.

Depois de algum tempo ele saiu da rodovia, e Joanna olhou pela janela para os campos ao longe, que subiam e desciam suavemente. Aquela paisagem rural não era tão dramática quanto a de Yorkshire, mas ela gostava de não estar imprensada por prédios altos. As plantas e animais estavam escondidos bem no fundo de seus habitats invernais, sob as camadas de neve refletindo o sol que brilhava num céu espetacularmente sem nuvens.

Marcus percorreu uma série de estradinhas rurais ladeadas por sebes altas cobertas de neve. Por fim, passou com o carro por um portão e a casa apareceu. Era uma construção de telhado de sapê grande e obviamente antiga, com dois andares e paredes de tijolos claros. O sapê do telhado estava coberto de musgo – um verde vivo contrastando com os trechos de neve branca –, e pingentes de gelo pendiam delicados dos beirais ao redor das pequenas janelas com estrutura de metal, reluzindo ao sol.

– Pronto, chegamos – disse ele. – Esta é Haycroft House.

– Que linda – sussurrou Joanna.

– É mesmo. Sir James a deixou para Jamie, filho de Zoe. Que sortudo esse menino – acrescentou Marcus com certa amargura, pensou Joanna. – Fique aqui enquanto vou pegar a chave.

Ele saltou do carro e andou na direção do barril de água que ficava nos fundos da casa. Ao cavarem debaixo do lado esquerdo, seus dedos tiveram de romper uma camada de gelo duro antes que ele sentisse a chave grande e antiga que lhes permitiria entrar pela porta da frente.

– Graças a Deus – balbuciou ele, soprando os dedos dormentes de frio e retornando à frente da casa.

Joanna já havia saltado do carro e espiava pelas janelas de metal.

– Achei.

Ele sorriu ao pôr a chave na fechadura da sólida porta de carvalho e girá-la.

Os dois adentraram um saguão escuro com vigas no teto que cheirava a fumaça de lareira. Marcus acendeu a luz, e Joanna levou um susto ao se deparar com a feroz cabeça de urso que a olhava de cima, pendurada na parede.

– Desculpe, eu deveria tê-la avisado sobre o Sr. West – disse Marcus, e ergueu a mão para alisar a pelagem emaranhada do urso.

– Sr. West? – repetiu ela, estremecendo; dentro de casa devia estar mais frio do que lá fora.

– É. Foi Zo quem o batizou, em homenagem a um dos professores que davam medo nela na escola. Não se preocupe, não foi aqui que o mataram – brincou Marcus. – Venha, está gelado aqui dentro. Vamos acender a lareira na sala. Talvez seja preciso um pouco de calor humano também, para evitar a hipotermia, sabe? – provocou ele.

Ignorando propositalmente o comentário, Joanna seguiu Marcus até uma sala aconchegante cheia de velhos sofás com várias almofadas. Uma das paredes estava coberta por prateleiras com livros encadernados em couro e fotos de família. Enquanto Marcus procurava as pastilhas de álcool para acender a lareira, Joanna ficou estudando as fotos com mais atenção. Reconheceu Zoe Harrison menina, toda risonha no colo de sir James. Havia várias fotos dela em diferentes idades, usando o uniforme escolar azul-marinho ou então montada num grande cavalo alazão, e outras com o filho, Jamie, sorrindo de orelha a orelha. Joanna procurou alguma foto de Marcus mais novo, mas não encontrou nenhuma. Antes de poder se virar para perguntar, ouviu-o dar um grito de triunfo.

– Que venha o calor! – declarou ele quando as pastilhas que havia jogado dentro da lareira pegaram fogo e fizeram sombras dançar pelas paredes ásperas de ripas de madeira e gesso. Pôs lá dentro um punhado de gravetos, depois um ou dois pedaços de lenha por cima. – Pronto, isso logo deve esquentar a casa. Agora a calefação.

Joanna o seguiu até uma cozinha repleta de vigas no teto, com piso de pedra cinza e um fogão muito antigo. Marcus abriu uma das pesadas portas de ferro e a encheu de jornal amassado, em seguida acrescentou carvão de um balde e acendeu.

– Pode não parecer grande coisa, e posso garantir que não é mesmo – disse ele, sorrindo. – Ah, quem dera houvesse aqui uma boa e velha calefação central a gás. Papai passou anos insistindo com sir James para instalar um sistema de verdade, mas ele se recusou. Acho que devia gostar ficar congelado. Vou lá fora enfrentar o frio mais uma vez e pegar a comida no carro.

Joanna ficou andando pela cozinha, apreciando seu charme rústico e original. Acima do fogão havia um velho varal, e do teto pendia uma prateleira de condimentos ainda cheia de folhas de louro, alecrim e lavanda secas e esfareladas. A mesa de carvalho esburacada tinha obviamente muitos anos de uso, e os armários sem porta feitos da mesma madeira estavam abarrotados com um conjunto heterogêneo de latas, vidros e porcelana.

Marcus voltou com uma caixa de papelão cheia de comida. Joanna notou duas garrafas de champanhe, iguarias como salmão defumado, que ela detestava, e caviar, que detestava mais ainda, e pensou se preferiria morrer de fome ou de frio naquele fim de semana. Pela quantidade de bebida que ele trouxera, pelo menos poderia morrer embriagada. Ela o ajudou a esvaziar a caixa, então foi se refugiar junto ao calor do fogão.

– Você está muito calada – comentou ele enquanto guardava as comidas frias na geladeira. – Posso fazer alguma coisa? Sei que deve ser um pouco estranho estar numa casa com um homem que mal conhece...

– Não tem problema, é que estou com muita coisa na cabeça, só isso. Coisa de trabalho – esclareceu ela. – Fico muito agradecida mesmo por você ter tirado o fim de semana para me ajudar com a minha pesquisa.

– Por mais que eu queira que você acredite nisso, não sou totalmente altruísta – disse ele. – Estava torcendo para me divertir um pouco com você neste fim de semana.

Ela ergueu uma das sobrancelhas para ele.

– Pare de pensar besteira – disse ele com um ar de choque fingido. – Eu estava me referindo a uma boa conversa, e quem sabe uma passadinha no pub. Mas agora, o que acha de subirmos até o sótão e pegarmos algumas das caixas? Seria melhor trazer tudo aqui para baixo e examinar em frente à lareira.

Ela subiu atrás dele os degraus rangentes de madeira até o patamar protegido por um guarda-corpo. Marcus pegou uma barra de ferro encostada na parede e a prendeu no puxador acima. Um conjunto de degraus de metal empoeirados surgiu quando ele abaixou a barra. Ele subiu e puxou um fiozinho que na mesma hora inundou de luz o sótão lá em cima.

Estendeu a mão para Joanna.

– Quer subir e ver a que exatamente estamos nos propondo?

Ela segurou sua mão e subiu a escada atrás dele. Ao pisar o chão de tábuas corridas do sótão, deu um arquejo. O espaço inteiro, que devia ir de uma ponta à outra da casa, estava tomado por caixotes e caixas de papelão.

– Eu disse que ele era acumulador – falou Marcus. – Aqui tem coisa suficiente para encher todo um museu.

– Você faz ideia se tem alguma ordem cronológica?

– Não, mas eu imagino que as coisas mais próximas de onde estamos, as mais acessíveis, sejam as mais recentes.

– Bom, eu preciso mesmo começar do começo, com as mais antigas que conseguirmos achar.

– Muito bem, milady. – Marcus fingiu tocar o chapéu imaginário. – Vai ter de andar por aí e dizer quais caixas quer que eu desça primeiro.

Joanna andou por entre as caixas e decidiu começar por um dos cantos mais afastados da escada. Vinte minutos depois, havia escolhido três caixas cujos recortes de jornal amarelados sugeriam serem velhas, além de uma mala surrada.

De volta ao térreo, sentou-se em frente à lareira para tentar absorver o que havia de calor.

– Estou c-congelando!

Tremendo sem conseguir se controlar, ela riu.

– Quer que a gente vá primeiro ao pub? Eu bem que tomaria um chope com bastante espuma. Podemos nos aquecer tomando uma sopa.

– Não, obrigada. – Ela foi até a mala velha. – Quero começar logo.

– Certo. Se você não se importar, antes de os meus dedos caírem congelados, vou dar um pulo no pub. Tem certeza de que não quer vir?

– Marcus, a gente nem começou ainda! Vou ficar aqui – respondeu ela, firme.

– Tá. Mas não esconda nada do que encontrar no bolso ou no seu corpo, ou talvez eu precise encontrar mais tarde – disse ele quando estava indo embora.

Ao sair de carro pelo portão, reparou num carro cinza estacionado no acostamento de grama alguns metros depois da casa. Olhou para o interior e viu dois homens sentados lá dentro, ambos usando capas da Barbour e examinando com exagero um mapa de trilhas. Pensou se deveria chamar a polícia. Talvez eles estivessem espionando a casa para planejar um assalto.

Apesar das chamas da lareira agora altas, Joanna ainda estava com frio até os ossos. Não podia correr o risco de sentar perto demais da lareira por causa dos frágeis papéis que estava manuseando. Até agora não havia descoberto absolutamente nada que já não tivesse aprendido nas quatro biografias que lera.

Folheou as anotações que havia feito ao ler os livros. Nascido em 1900, sir James começou a se destacar como ator no final da década de 1920, ao protagonizar uma série de peças de Noël Coward no West End. Em 1929, casou-se com Grace, enviuvando em 1937, quando a mulher morreu tragicamente fora do país, de pneumonia. Segundo os recortes de jornal e entrevistas com amigos em suas diversas biografias, James nunca chegou a se recuperar por completo. Grace havia sido o amor da sua vida, e ele nunca tornou a se casar.

Joanna também reparou que não havia uma única fotografia dele quando criança ou rapaz. O biógrafo atribuía tal fato a um incêndio na casa dos pais de James – em algum lugar ali por perto, ao que parecia – que destruíra todos os seus pertences. A primeira foto que existia era de James com a jovem noiva Grace no dia do seu casamento, em 1929. Pelo que ela pôde perceber na fotografia em preto e branco da festa de casamento, Grace era uma mulher frágil, muito mais baixa que o marido, e Joanna viu como segurava com força o braço dele.

Depois da morte de Grace, James ficou sozinho para cuidar de Charles, seu filho de 5 anos. Um dos biógrafos observava que o menino fora confiado aos cuidados de uma babá, e logo mandado para um colégio interno, aos 7 anos. Pai e filho pelo visto nunca foram próximos, fato que James mais tarde atribuiria à semelhança do filho com a mãe. "Eu sofria pelo simples fato de ver Charles", admitiu ele. "Mantive meu filho distante. Sei que fui um pai ausente, e isso me causou muita dor quando fiquei mais velho."

Na década de 1930, sir James trabalhou no Old Vic e interpretou alguns dos grandes papéis clássicos. Sua atuação como Hamlet, seguida dois anos depois por Henrique V, o alçou à elite dos grandes atores. Foi nessa época que ele comprou a casa de Dorset, pois preferia ficar sozinho lá a circular entre as celebridades da cena teatral londrina.

Em 1955, James se mudou de vez para Hollywood. Passou quinze anos fazendo alguns filmes bons e outros – segundo um crítico – "assustadoramente ruins". Em seguida retornou aos palcos do Reino Unido, em 1970, e em 1976 fez o papel do rei Lear na Royal Shakespeare Company – seu canto do cisne, como anunciou à imprensa. Depois disso, passou a se dedicar à família, especialmente à neta Zoe, que perdera recentemente a mãe. Talvez, como sugeriu um dos biógrafos, estivesse tentando se redimir por ter negligenciado o próprio filho.

Joanna deu um suspiro. Seu colo e o chão estavam cobertos de jornais, fotos e cartas antigas, e nada disso trouxera nenhuma informação esclarecedora adicional, embora "Siam" tenha se confirmado com toda a certeza como o apelido de sir James, já que era usado com regularidade na abundante correspondência guardada por ele. Após ter lido minuciosamente todas as cartas, que falavam sobre pessoas com apelidos como "Bunty" e "Boo", ela havia se cansado das descrições de papéis que ele estava fazendo, de fofocas do mundo teatral em geral e do tempo. Não havia nada incriminatório ali.

Olhou para o relógio. Já eram dez para as três, e ela estava apenas na metade da mala.

– O que estou procurando, de verdade? – perguntou ela ao ar frio e empoeirado.

Amaldiçoando a falta de tempo, prosseguiu até chegar ao fundo da mala, e estava a ponto de jogar todos os papéis de novo lá dentro quando reparou numa fotografia que despontava de dentro de um velho programa. Ao pegá-la, viu os rostos conhecidos de Noël Coward e Gertrude Lawrence – a famosa atriz – e, em pé ao lado deles, um homem que também reconheceu.

Revirou a pilha em busca da foto de James Harrison no dia do seu casamento, e colocou-a lado a lado com a que acabara de encontrar. Com seus cabelos pretos e o bigode que era a sua marca registrada, James Harrison era imediatamente reconhecível em pé ao lado da noiva. Mas com certeza o homem em pé ao lado de Noël Coward, apesar dos cabelos louros e do rosto liso, também era James Harrison. Ou será que não? Joanna comparou o nariz, a boca, o sorriso, e – sim! – eram os olhos que o entregavam. Teve certeza de que era ele.

Teria James tingido os cabelos de louro e raspado o bigode para um papel numa das peças de Coward?, pensou ela.

Pôs a foto de lado às pressas ao ouvir a chave na fechadura.

– Oi. – Marcus entrou na sala, abaixou-se e massageou os ombros dela. – Achou alguma coisa interessante para a matéria?

– Várias, obrigada. Está sendo absolutamente fascinante.

– Ótimo. Aceita um sanduíche de salmão defumado? Você deve estar faminta, e cerveja sempre abre o meu apetite.

Ele andou em direção à porta.

– Salmão defumado não – disse ela enquanto ele saía. – Só um pouco daquele pão lindo que você trouxe, e uma boa xícara de chá quente seria incrível.

– Tenho caviar também. Quer um pouco?

– Não! Mas obrigada.

Joanna voltou à pilha de fotos e papéis, e dez minutos depois Marcus pôs sobre a mesa de centro uma bandeja com um prato de pão coberto de manteiga e um bule de chá fumegante. Abriu-lhe um sorriso encantador.

– Posso ajudar?

– Não, na verdade não. Quero dizer, obrigada, mas eu sei o que estou procurando.

– Tá. – Marcus bocejou e se deitou no sofá. – Me acorde quanto terminar, está bem?

Revigorada pelo chá, Joanna continuou examinando o material até a escuridão já ter alongado havia muito as sombras na sala silenciosa. Espreguiçou os membros doloridos e deu um grunhido.

– Meu Deus, preciso de um bom banho quente de banheira – murmurou, estremecendo ao ver que o fogo havia apagado.

A cabeça de Marcus se ergueu no sofá, e ele se espreguiçou languidamente.

– Sim, o fogão talvez tenha conseguido produzir pelo menos meia banheira de água morna. Venha, vou mostrar onde fica o banheiro e onde você vai dormir.

No andar de cima, Marcus a levou até o quarto grande, mas um tanto decadente, no qual ela passaria a noite. Uma enorme cama de latão coberta por uma velha colcha de retalhos ocupava o centro do cômodo de pé-direito baixo, e um tapete oriental cobria o piso de madeira generosamente salpicado por buracos do tamanho de camundongos. Marcus deixou cair a bolsa de viagem de Joanna sobre uma cadeira bamba ao lado da porta, então tornou a puxá-la pelo corredor até outro quarto, no qual havia uma imponente cama de baldaquino de mogno.

– O quarto de James, onde eu vou dormir. A cama é bem grande... – sussurrou ele no ouvido dela, puxando-a para si.

– Marcus! Pare com isso – disse ela com firmeza, esquivando-se.

Ele afastou uma mecha de cabelos do rosto dela e suspirou.

– Jo, você não faz ideia do quanto eu estou a fim de você.

– Você mal me conhece. Além do mais, eu não curto ficadas rápidas.

– Quem disse que seria uma ficada rápida? Meu Deus, você acha mesmo que é isso que eu quero?

– Não faço a menor ideia do que você quer, mas sei o que eu *não* quero.

– Tá – disse Marcus com um suspiro. – Eu desisto. Você talvez já tenha percebido que a paciência nunca esteve entre as minhas virtudes. Prometo que não vou mais tocar em você.

– Ótimo. Agora eu vou tomar banho, se você puder fazer a gentileza de me mostrar onde fica o banheiro.

Dez minutos mais tarde, Joanna estava deitada na banheira com pés em formato de garra, sentindo-se uma virgem vitoriana ansiosa com a noite de núpcias. Grunhiu ao pensar no autocontrole que fora necessário para se desvencilhar do abraço dele. Por que estava sendo tão antiquada?

Tirando o fato de que dormir com qualquer um nunca fizera o seu estilo, Joanna sabia que estava com medo. Se desse a Marcus o que ambos queriam, será que ele não iria se cansar dela como tinha se cansado das outras? E, nesse caso, quão idiota e usada ela se sentiria?

Bom, não adianta nada ficar analisando demais, pensou ao sair da banheira. Tremendo no caminho de volta até o quarto, pôs seu suéter mais quente e tornou a vestir a calça jeans.

– Joanna!

– O que foi? – gritou ela.

– Estou servindo o champanhe! Desça aqui.

– Já vou.

Ela desceu até o térreo e o encontrou no sofá de couro em frente ao fogo que acabara de ser reatiçado.

– Tome. – Ele lhe passou uma taça quando ela se sentou ao seu lado. – Escute, eu só queria pedir desculpas por ter me comportado feito um dom Juan. Se você não me quer desse jeito, não tem problema nenhum. Tenho certeza de que sou maduro o suficiente para aproveitar sua amizade, se isso for tudo que quiser me oferecer. O que estou dizendo é que vai estar totalmente segura hoje à noite. Prometo não entrar de fininho no seu quarto para incomodá-la. Agora espero que a gente consiga relaxar e ter uma noite agradável. Reservei uma mesa no pub da cidade. Eles servem comida inglesa simples e gostosa, nada dessas coisas sofisticadas e chiques das quais já estou entendendo que você não gosta. Enfim, saúde.

Ele ergueu a taça e sorriu.

– Saúde.

Ela sorriu de volta, sentindo-se aliviada e ao mesmo tempo decepcionada com aquele fervoroso pedido de desculpas e com o fato de ele aceitar ser seu "amigo".

Meia hora depois, eles percorreram os quase 2 quilômetros de estradas sacolejantes e escuras como breu que os separavam da cidadezinha mais próxima. O antiquado pub tinha o pé-direito baixo e um interior aconchegante, todo de madeira escura e com uma lareira imensa. Um gato cochilava sobre o balcão quando Marcus foi pedir dois gins-tônicas e conversou um pouco com o barman antes de se acomodar com Joanna à mesa no salão.

– A propósito, quem está convidando sou eu – disse Joanna enquanto eles examinavam os cardápios. – Para agradecer por você ter organizado tudo isso para mim.

– Não tem de quê. E, como é você quem está pagando, eu vou querer o filé.

– Eu também.

A jovem garçonete veio anotar o pedido, e Joanna escolheu uma garrafa de vinho tinto da carta surpreendentemente extensa.

– Mas me conte sobre a sua infância em Yorkshire – pediu Marcus.

Enquanto Joanna falava, ele ficou escutando com uma boa dose de inveja as descrições de Natais em família, cavalgadas pelo campo, e a comunidade muito unida que se reunia para ajudar os vizinhos a atravessarem os longos e rigorosos invernos.

– A fazenda está na minha família há muitas gerações – disse ela. – Meu avô morreu faz uns vinte anos, e minha avó Dora a passou para o meu pai, mas continuou indo ajudar na época em que nascem os cordeiros até o ano passado, quando a artrite acabou por vencê-la.

– O que vai acontecer quando seu pai se aposentar?

– Ah, ele sabe que eu não estou interessada em administrar a fazenda, então vai ficar com a sede e arrendar as terras para os agricultores vizinhos. Ele jamais a venderia. Vive torcendo para eu mudar de ideia, o que me deixa culpada, mas ser fazendeira não é para mim. Quem sabe um dia eu tenha um filho que se identifique com ovelhas, mas... – Ela deu de ombros. – Tem uma hora em que as dinastias precisam acabar.

– É, bom, o próximo da fila na dinastia dos Harrisons sou eu, e até agora não consegui dar conta do recado – disse Marcus.

– Falando nisso... – Joanna cortou um pedaço do filé. – Separei numa pilha os programas que encontrei. Eles realmente não deveriam ser deixados para apodrecer naquele sótão. Tenho certeza de que o London Theatre Museum, por exemplo, teria interesse em ficar com eles. Ou imagino que você pudesse fazer um leilão, quem sabe arrecadar um dinheiro para o fundo de estudos?

– É uma boa ideia. Mas não sei se a Zoe iria concordar, não sei mesmo. Afinal de contas, essas caixas foram deixadas para ela. Mas enfim, não custa nada sugerir.

– Me perdoe ser tão direta, mas pelo jeito como você descreve a sua irmã ela parece ser osso duro de roer – comentou Joanna.

– Zoe? Que nada. – Marcus balançou a cabeça. – Desculpe se passei a impressão errada, mas você sabe como são as coisas entre irmãos.

– Não sei, não. Eu sou filha única. Quando era mais nova, vivia querendo um irmão ou uma irmã para trocar confidências.

– Não é essa maravilha toda, não – disse Marcus, com um ar sombrio. – Quer dizer, eu amo a Zoe, mas a gente não teve nem de longe uma criação ideal... Imagino que com todas as suas leituras sobre a família você saiba que a nossa mãe morreu quando a gente era bem pequeno, não é?

– Sim – disse ela baixinho ao ver a expressão dele. – Eu sinto muito, deve ter sido horrível para vocês.

– Pois é. – Ele pigarreou – Mas eu sobrevivi, sabe como é. Nós dois tivemos de crescer bem depressa. Principalmente a Zoe, já que o Jamie nasceu quando ela era muito nova...

– Você sabe quem é o pai dele?

– Não. E mesmo que soubesse, jamais diria – arrematou ele, abrupto.

– É claro que não. E eu juro que não estava perguntando isso no papel de jornalista.

– Claro que não. – A expressão dele ficou mais suave. – Além do mais, eu gosto de você em qualquer papel. Enfim, a Zoe é ótima, muito protetora em relação às pessoas que ama, e muito insegura por trás daquela aparente serenidade.

– E não é assim com todos nós? – indagou Joanna num suspiro.

– Pois é. Mas e a sua vida amorosa, Srta. Haslam, a quantas anda? Detectei uma profunda desconfiança em relação ao gênero masculino em algum lugar da sua psique.

– Eu tive um relacionamento longo que acabou logo antes do Natal. Pensei que seria para a vida toda, mas não foi. – Joanna tomou um gole do vinho. – Estou superando aos poucos, mas essas coisas levam tempo.

– Mesmo correndo o risco de levar uma bronca pela cantada, esse cara é um idiota completo, seja lá quem for.

– Obrigada. E a única coisa boa que veio disso tudo é que eu percebi que simplesmente não estou disposta a mudar quem eu sou para me adequar a outra pessoa, se é que me entende.

– Entendo, sim – disse ele. – E tem razão de não deixar isso acontecer... você é linda do jeito que é. – Quando as palavras saíram da sua boca, Marcus sentiu um estranho aperto no coração. – Agora eu estou a fim de uma daquelas sobremesas enormes com quilos de chantilly, calda de chocolate e cerejas glaceadas que ninguém nunca vê nas mesas dos restaurantes da moda em Londres. E você?

Depois do café, Joanna pagou a conta e eles voltaram para Haycroft House. Marcus insistiu para que ela ficasse sentada junto à lareira enquanto ele ia até a cozinha. Voltou poucos minutos depois com uma bolsa de água quente felpuda debaixo do braço.

– Tome. Se eu não posso esquentar você, isto aqui vai ter de quebrar o galho.

– Obrigada, Marcus. Agora eu vou subir, se você não se importar. Não sei por quê, mas estou exausta. Boa noite.

Ela foi até ele e lhe deu um beijo no rosto. Ele também a beijou, bem de leve, mas na boca.

– Boa noite, Joanna – murmurou.

Ficou observando enquanto ela saía da sala, então se sentou no sofá e ficou encarando o fogo. Havia uma chance ínfima, admitiu para si mesmo, de estar de fato se apaixonando por ela.

Joanna entrou no quarto e fechou a porta. Engoliu em seco e tentou acalmar as batidas do coração. Deus do céu, quanto desejo tinha sentido por ele lá embaixo...

Não, isto aqui é um trabalho, falou para si mesma.

Era perigoso se envolver emocionalmente com Marcus. Tirando o fato de que ele poderia magoá-la, o relacionamento certamente prejudicaria sua avaliação sobre tudo e complicaria as coisas.

Ela tirou a calça jeans e subiu na cama espaçosa. Pôs a bolsa de água quente debaixo do suéter, fechou os olhos e tentou dormir.

13

No sábado à noite, Zoe estava em seu quarto no andar de cima separando a roupa lavada quando ouviu a campainha tocar. Decidiu ignorá-la. Não conseguiria encarar ninguém essa noite, fosse quem fosse. Afastando de leve a cortina de renda que a protegia da rua movimentada lá fora, olhou para baixo.

– Ai, meu Deus – sussurrou ao ver a silhueta em pé diante da porta.

Soltou a cortina depressa, mas não antes de ele olhar para cima e a ver.

A campainha tocou outra vez.

Zoe baixou os olhos para a calça de moletom e o suéter velho que usava. Seus cabelos estavam presos de qualquer maneira no alto da cabeça, e seu rosto não tinha um pingo de maquiagem.

– Vá embora – sussurrou ela. – Por favor, vá embora.

No terceiro toque, Zoe se encostou na parede, sentindo a força de vontade evaporar, então desceu para abrir.

– Oi, Art.

– Posso entrar?

– Claro.

Ele entrou e fechou a porta. Mesmo vestido como uma pessoa comum, de calça jeans e suéter, chamava atenção. Zoe não conseguiu se forçar a encará-lo nos olhos.

– O que houve ontem? – perguntou ele. – Por que você foi embora de Norfolk sem me avisar? Meu motorista passou mais de duas horas te esperando.

– Art, eu sinto muito... – Ela finalmente ergueu o rosto e encarou seus olhos verdes expressivos. – Eu fugi. Fiquei muito... assustada.

– Ah, querida.

Ele a tomou nos braços e a segurou bem junto a si.

– Por favor, *não faça isso*, é um erro, *nós* somos um erro.

Ela tentou se desvencilhar, mas ele a segurou firme.

– Quase enlouqueci quando não consegui contato com você, quando me dei conta de que você estava fugindo outra vez. Zoe, minha Zoe... – Ele afastou os cabelos louros do rosto dela. – Eu nunca parei de pensar em você, de desejá-la, de ficar pensando por que...

– Art...

– Zoe, o Jamie é meu filho, não é? Não é? Por mais que você negue, eu sempre soube que era.

– Não... não!

– Não me importo que tenha inventado uma história ridícula sobre outro homem. Eu não acreditei em você na época, e não acredito em você agora. Depois de tudo que tivemos, mesmo sendo tão jovens, eu sabia que você não poderia ter feito isso comigo. Sabia que me amava demais para me enganar assim.

– *Pare com isso! Pare! Pare!*

Ela agora chorava, ainda tentando escapar do abraço dele, mas ele a segurou com força.

– Zoe, eu preciso saber. O Jamie é meu? Ele é meu filho?!

– É! O Jamie é seu! – gritou ela. Com toda a energia exaurida, afundou no abraço dele. – Ele é seu filho.

– Meu Deus...

Os dois ficaram ali no hall abraçados, dividindo o mesmo desespero. Ele então a beijou, primeiro na testa, depois nas bochechas, no nariz, e por fim na boca.

– Você faz alguma ideia de como eu sonhei com este momento, de como ansiei, do quanto rezei por isso...?

Ele acariciou suas orelhas, o pescoço, e então, num movimento fluido, empurrou-a delicadamente para o chão. Depois, quando estavam os dois deitados no hall em meio a um amontoado de roupas espalhadas, Art foi o primeiro a falar.

– Zoe, me perdoe. Eu... – As mãos dele passearam pela pele macia das costas dela, sem conseguir parar de tocá-la, confirmando sua presença ao lado dele. – Eu te amo. Sempre amei e sempre vou amar. Escute, o carro está me esperando lá fora, mas por favor, deixe-me vê-la de novo. Entendo que isso seja impossível para você, para nós dois, mas... *por favor* – ele tornou a implorar.

Ela lhe estendeu a cueca e as meias, saboreando em silêncio a intimidade de vê-lo vestir aquelas peças comuns.

Quando ele acabou de se vestir, levantou-se e a puxou para que ela também ficasse de pé.

– Existe um jeito, querida. Por enquanto simplesmente vamos precisar nos ver em segredo. Sei que não é como deveria ser, mas nós com certeza temos o direito de tentar, não acha?

– Eu não sei. – Ela se apoiou no peito dele e suspirou. – É por causa do Jamie... Tenho tanto medo por ele. Não quero que nada mude na vida dele. Ele não pode ser afetado.

– E não vai, prometo. O Jamie é nosso precioso segredo. E eu estou muito feliz por você ter me contado, Zoe – murmurou ele. – Eu te amo.

Ele lhe deu um último sorriso, então foi até a porta. Soprando-lhe um beijo, abriu-a e foi embora.

Zoe cambaleou até a sala e afundou no sofá. Passou um tempo encarando o vazio, revivendo cada segundo dos últimos 45 minutos. Então os fantasmas ameaçaram invadir sua tranquilidade mental, sussurrando suas dúvidas e alertas sobre as consequências de quebrar a promessa que ela havia jurado manter para sempre.

Não... hoje, não.

Não iria deixar o passado *nem* o presente a torturarem. Iria pegar aquele instante e se refugiar no seu prazer e na sua paz pelo máximo de tempo que conseguisse.

Joanna acordou às oito da manhã no domingo, desacostumada nos últimos tempos com a tranquilidade da zona rural: nada de gritos ou alarmes de carro na rua lá fora, apenas silêncio. Permitiu-se um delicioso espreguiçar na velha e confortável cama antes de levantar e se vestir, então desceu até o térreo, tremendo de frio. Vestiu o casaco que estava pendurado no corrimão lá embaixo e foi cutucar os carvões acesos do fogo da véspera, acrescentando pastilhas de acender, gravetos e lenha para tentar espantar aquele frio danado.

O tempo era tão curto, pensou ao olhar para as caixas, e ainda havia uma montanha intransponível de documentos lá em cima no sótão. Àquele ritmo, precisaria de semanas para examiná-los de modo cuidadoso e sistemático. Recomeçando pela segunda caixa, pôs-se a trabalhar.

Às onze horas, Marcus finalmente apareceu, com a marca dos lençóis no rosto e um edredom em volta dos ombros. Mesmo assim, ainda conseguia ser atraente.

– Bom dia.

– Bom dia.

Joanna olhou para ele e sorriu.

– Está acordada faz tempo?

– Desde as oito.

– Caramba, você madrugou. Pelo visto continua trabalhando.

Ele apontou para a caixa pela metade ao lado dela.

– É. Acabei de achar uns cupons de racionamento de roupas de 1943 não usados. – Ela agitou para ele os pedacinhos de papel. – Será que a Harvey Nichols ainda aceita?

Marcus deu uma risadinha.

– Não, mas os cupons por si só devem valer uns trocados. Acho que a Zoe e eu precisamos examinar logo essas coisas seriamente. Quer um chá? Um café?

– Adoraria um café.

– Tá.

Marcus seguiu em direção à cozinha. Precisando de uma pausa, Joanna foi atrás dele e sentou-se diante da velha mesa de carvalho.

– Eu acho que o seu avô só começou a colecionar coisas em meados dos anos 1930, o que é bem chato, porque todas as biografias são muito vagas em relação à infância e ao início da idade adulta dele. Você sabe alguma coisa sobre essa época?

– Na verdade, não. – Marcus retirou a tampa da boca do fogão e pôs a chaleira no fogo. Sentou-se de frente para ela e acendeu um cigarro. – Pelo que eu sei, ele nasceu em algum lugar aqui perto e fugiu para Londres para tentar a sorte como ator aos 16 anos. Pelo menos assim reza a lenda.

– Fico surpresa que ele não tenha se casado de novo depois que Grace morreu. Noventa e cinco anos é muito tempo para apenas um casamento de oito anos.

– Ah, bem, é isso que o amor de verdade pode fazer com uma pessoa.

Eles passaram um ou dois minutos sentados num silêncio contemplativo, até a chaleira apitar no fogão e Marcus se levantar para pegá-la e despejar água numa caneca.

– Prontinho.

Ele pôs na frente de Joanna um café fumegante, e ela segurou a caneca junto ao peito.

– Coitado do seu pai, perder a mãe tão cedo.

– É. Pelo menos eu tive a minha por perto até os 14 anos. As mulheres da nossa família parecem ter uma tendência a sofrer acidentes, enquanto os homens vivem muito bem e até idades avançadas.

– Não diga isso a Zoe.

Ela bebeu um gole do café.

– Nem a qualquer futura esposa minha, aliás – acrescentou Marcus. – Mas enfim, você vai fazer uma pausa para um almoço tradicional de domingo, ou vou ter que almoçar sozinho?

– Marcus, você acabou de acordar! Como pode sequer *pensar* em almoço?

– Eu na verdade estava pensando em você e na fome que deve estar sentindo.

– Sério? – Ela ergueu uma das sobrancelhas. – Que gentil. Tá bom. De qualquer forma, já tenho o suficiente para escrever um artigo razoavelmente decente. Mas estava pensando se você me permitiria levar uma foto que encontrei para publicar junto com o texto. É de sir James com Noël Coward e Gertrude Lawrence... Reflete bem o clima da época. Achei que a ideia de ter uma foto dele como jovem ator poderia espelhar de um jeito legal o fato de o fundo de estudos ser para jovens atores de hoje em dia. Eu devolvo a foto em seguida, claro.

– Não vejo por que não. Mas preciso confirmar com a Zoe antes de vocês publicarem – respondeu Marcus.

– Obrigada. – Joanna se levantou. – Agora pode me ajudar a descer outra caixa?

À uma da tarde, Marcus ajudou Joanna a se levantar e a fez entrar no carro, ignorando seus protestos.

– Quantas palavras vai ter essa matéria? – perguntou ele. – Você já tem o suficiente para uma porcaria de um livro! Vamos aproveitar o resto do fim de semana.

Joanna se recostou no banco do carro e ficou olhando pela janela, admirando a paisagem rural branca e reluzente. Eles passaram pela cidadezinha de Blandford Forum, com as ruas ocupadas por altas casas em estilo georgiano, e Marcus, com um sorriso gaiato, foi indicando todos os pubs dos quais fora expulso quando adolescente. Parou em frente a um pequeno pub de tijolos vermelhos com uma porta de entrada pintada num tom vivo de verde.

– Este lugar faz o melhor assado em muitos quilômetros... e os maiores *Yorkshire puddings* que você já viu.

– Essa é uma promessa séria para uma garota de Yorkshire – disse ela, rindo. – Tomara que possa cumprir.

O almoço foi delicioso. Foram servidos os bolinhos salgados prometidos por Marcus, crocantes porém esponjosos, além de generosas doses de molho de carne. Após a refeição, Joanna teve de ajudar Marcus a se levantar.

– Certo! Preciso caminhar para gastar esse almoço – disse ela. – Alguma sugestão?

– Sim, vou levar você a Hambledon Hill. Entre, milady.

Marcus abriu a porta do carro para ela.

Eles saltaram dali a alguns quilômetros, e Joanna se deparou com a suave encosta de um morro alto. Eram três da tarde e o sol estava começando a se pôr, os raios dourados se refletindo no aclive coberto de neve. Aquilo a fez pensar em sua Yorkshire natal e ela sentiu um nó na garganta.

– Eu adoro este lugar – disse Marcus, dando-lhe o braço. – Vinha muito aqui quando estava passando férias com meu avô... Apenas me sentava no alto do morro para pensar um pouco e me distanciar de tudo.

Eles subiram de braços dados, e Joanna se maravilhou com a calma e a paz que sua mente estava sentindo ali com ele, tão longe de Londres. Na metade da subida, os dois pararam e se sentaram num toco de árvore para admirar a vista.

– Em que você pensava quando subia aqui? – perguntou ela.

– Ah, você sabe... coisas de menino – esquivou-se ele.

– Não sei, não. Me fale.

– Pensava no que eu faria quando ficasse mais velho – disse ele, com o olhar perdido ao longe. – A minha mãe... ela realmente amava a natureza, e era sua ardorosa protetora. Ela era ativista ecológica, participava de passeatas do Greenpeace e reuniões no Parlamento. Eu queria apenas fazer algo de que ela se orgulhasse, sabe? – Ele se virou para encará-la, e Joanna se viu cativada por aquele olhar. – Alguma coisa importante, que fizesse diferença... – Ele se interrompeu e chutou a neve. – Mas desde então tudo deu errado. Acho que ela teria ficado decepcionada.

– Eu não acho – disse Joanna depois de algum tempo.

Marcus se virou para ela com um sorriso triste.

– Não?

Ela balançou a cabeça.

– Não. Aconteça o que acontecer, as mães sempre amam os filhos. E o principal foi que você tentou. Além disso, o seu novo projeto de filme parece mesmo interessante.

– E é, *se* eu conseguir o financiamento. Vou ser sincero com você, Jo: sou um fracasso com dinheiro. Percebi faz pouco tempo que deixo meu coração mandar na cabeça, me jogo nas coisas porque a ideia me deixa animado e nunca chego a ver os riscos. Sou assim nos relacionamentos também... tudo ou nada, esse sou eu – confessou ele. – Minha mãe era igualzinha.

– Não tem nada de errado em fazer as coisas com paixão, Marcus.

– Tem, sim, quando você está usando o dinheiro dos outros para financiar isso... Andei pensando recentemente que, se eu conseguir viabilizar esse novo projeto, vou ficar na cola do Ben MacIntyre, o diretor, como assistente de direção. Talvez no futuro seja melhor eu me concentrar na "visão" em vez de focar nas finanças.

– Pode ser – concordou Joanna.

– Mas agora eu estou congelando, que tal a gente voltar?

– Vocês, sulistas, não são de nada – disse ela com seu sotaque de Yorkshire mais carregado. – Não conseguem aguentar o frio!

Eles voltaram para o relativo calor de Haycroft House, e enquanto Marcus carregava as caixas de volta até o sótão, Joanna arrumou a cozinha.

– Tudo pronto?

Ele estava no hall quando ela desceu depois de ter ido pegar a bolsa de viagem lá em cima.

– Tudo. Obrigada pelo fim de semana, Marcus. Eu gostei imensamente. Não queria mesmo voltar para Londres.

Marcus tornou a guardar a chave no esconderijo antes de se sentar no banco do motorista ao lado dela e dar a partida no motor. Ao se afastar da casa, captou um lampejo do carro cinza que tinha visto na véspera, e Joanna acompanhou seu olhar.

– Quem são? Vizinhos enxeridos? – perguntou ela.

– Devem ser só uns observadores de pássaros que saíram para virar gelo em troca de ver uns pintarroxos – respondeu ele. – Estavam aqui ontem também. Ou isso, ou então vão roubar tudo de valor que tem na casa.

Joanna se retesou.

– Não acha que seria melhor avisar a polícia?

– Eu falei brincando, Jo! – disse ele ao passar pelo carro parado.

Joanna não se acalmou com a resposta casual. A paz que sentia antes se evaporou, e durante o resto da viagem até Londres ela manteve um olho discretamente no retrovisor, tensionando-se a cada carro cinza que via.

Em Highgate Hill, Marcus estacionou o Golf em frente ao prédio de Simon.

– Obrigada, Marcus. Nem sei dizer o quanto estou grata.

– É só garantir que aquele seu jornaleco dê pelo menos uma página dupla para a família e para mim sobre o fundo de estudos. Escute, Jo. – Ele se inclinou por sobre a caixa de marcha e segurou a mão dela antes que Joanna conseguisse se desvencilhar. – Posso ver você de novo? Quem sabe jantar na quinta?

– Sim – respondeu ela sem hesitar. Inclinou-se também e lhe deu um selinho de leve. – Até quinta. Tchau, Marcus.

– Tchau, Jo – respondeu ele, num tom sonhador, enquanto ela saltava do carro e tirava da mala sua bolsa de viagem.

– Vou sentir saudades – sussurrou quando ela lhe deu um aceno e um sorriso e subiu até a porta da frente do prédio.

Enquanto galgava diligentemente o longo lance de escadas, Joanna decidiu que Marcus Harrison era bem mais do que ela imaginava. Quando girou a chave na fechadura, porém, o calor que sentia pelo corpo foi substituído na mesma hora pelo medo gélido de ter sido seguida outra vez. Por quem? E o que exatamente eles queriam com ela?

Tirou o casaco, sentindo uma gratidão renovada pelo conforto moderno da calefação central, então pôs sobre a mesa de centro a foto que havia pegado em Haycroft House. Foi até a cozinha ferver água para um chá e preparar um sanduíche e sentou-se diante da mesa. Pegou a pilha de biografias, tirou da mochila o programa do *music hall* e a cópia da carta de amor que Rose tinha lhe dado e pôs tudo na sua frente. Releu tanto o bilhete de Rose quanto a carta de amor, então folheou o velho programa do Hackney Empire e estudou as fotos do elenco. Seu coração começou a bater forte quando ela enfim reconheceu um rosto.

Sr. Michael O'Connell! O maior imitador de todos os tempos!, dizia o texto abaixo da fotografia.

Ela pôs ao lado da imagem a foto que trouxera de Dorset e comparou os rostos de James Harrison e de Michael O'Connell. Embora a imagem do programa fosse velha e granulada, restava pouca dúvida. Com seus cabelos louro-escuros e sem bigode, o jovem ator chamado Michael O'Connell era um sósia de James Harrison. A menos que os dois fossem gêmeos, só podiam ser o mesmo homem, não?

Mas por quê? Por que Michael O'Connell teria mudado de nome? Sim, era bem possível que ele tivesse decidido escolher um nome artístico que sentisse ser mais adequado, mas com certeza teria feito isso no início da carreira, não alguns anos depois, certo? Ao casar-se com Grace em 1929, ele pelo visto havia começado a tingir os cabelos de preto e a usar bigode. E nenhuma das biografias mencionava qualquer mudança de nome. Os detalhes mais antigos referiam-se todos à família Harrison.

Joanna balançou a cabeça. Talvez fosse apenas uma coincidência os dois homens serem tão parecidos. Mas isso explicaria enfim o significado do programa, e o motivo de Rose ter lhe mandado aquilo.

Será que sir James Harrison já tinha sido outra pessoa? Alguém com um passado que desejava que os outros esquecessem?

Empate

Um impasse no qual não é possível
nenhum movimento permitido

14

Quando Joanna chegou à redação na manhã seguinte, Alec não estava na sua mesa. Ao vê-lo aparecer uma hora mais tarde, ela o interceptou na mesma hora.

– Alec, descobri uma coisa sobre...

Ele ergueu uma das mãos para interrompê-la:

– Infelizmente eu acho que o nosso acordo melou. Você vai ser transferida para a editoria de Animais e Jardins.

Joanna o encarou.

– Como?

Alec deu de ombros.

– Eu não tenho nada com isso. A ideia é que no seu primeiro ano aqui você trabalhe em todas as editorias do jornal. Seu tempo na editoria de notícias acabou. Você não responde mais a mim. Sinto muito, Jo, mas é isso.

– Mas... faz poucas semanas que eu estou na editoria de notícias. Além do mais, não posso largar essa história. Eu... – De tão chocada, ela não conseguia absorver o que ele tinha dito. – Animais e Jardins, sério?! Meu Deus! Por quê, Alec?

– Olhe, não pergunte para mim. Sou apenas um funcionário. Vá falar com o editor-chefe, se quiser. Foi ele quem sugeriu o rodízio.

Joanna olhou para o carpete puído em frente à sala de vidro no final do corredor, pisado por repórteres nervosos e com medo de serem destruídos pelo chefe. Engoliu em seco com força, sem querer chorar na frente de Alec, nem de mais ninguém na redação, aliás.

– Ele falou o motivo?

– Não.

Alec sentou-se diante da tela do computador.

– Ele não gosta do meu trabalho? De mim? Do meu perfume?! Todo mundo sabe que "cocô de cachorro e adubo" é a editoria menos prestigiosa do jornal. Eu estou sendo literalmente enterrada viva!

– Calma, Jo. Deve ser só por algumas semanas. Se isso a fizer se sentir um pouco melhor, saiba que tentei defender você, mas infelizmente não teve como.

Joanna observou enquanto Alec digitava alguma coisa no teclado. Inclinou-se para a frente.

– Você não acha que...

Ele ergueu os olhos para ela.

– Não. Não acho. Escreva logo a porcaria da matéria sobre o fundo de estudos, depois esvazie sua mesa. O Poderoso Mike vai trocar de lugar com você.

– Poderoso Mike? Na editoria de notícias?!

Mike O'Dricoll era alvo de muitas piadas na redação. Tinha o físico de um gnomo subnutrido e padecia de um caso grave de excesso de sinceridade. Alec só deu de ombros para ela outra vez. Joanna voltou pisando firme para sua mesa e sentou-se.

– Algum problema? – quis saber Alice.

– É, pode-se dizer que sim. Vou trocar de lugar com o Poderoso Mike e ser transferida para Animais e Jardins.

– Caramba, você vazou os detalhes de algum furo para o *Express?*

– Eu não fiz absolutamente nada – gemeu Joanna, cruzando os braços e descansando a cabeça por cima. – Simplesmente não consigo acreditar.

– Se você acha que tem problemas... eu agora vou ter o Poderoso Mike se mudando para a mesa ao lado da minha – disse Alice. – Enfim, acabou essa história de ficar congelando na porta da casa de alguém, agora vão ser só materiazinhas suaves sobre psicologia canina e em que época do ano é melhor plantar begônias. Eu não me importaria com um descanso desses.

– Nem eu, quando estiver com 65 anos e no fim da carreira de jornalista. Meu Deus!

Abalada demais para se concentrar, Joanna começou a digitar feito uma louca. Dez minutos depois, alguém bateu no seu ombro, e Alec lhe entregou um imenso buquê de rosas vermelhas.

– Isto aqui talvez te alegre um pouco.

– Alec, eu não sabia que você se importava – brincou ela num tom áspero enquanto ele voltava para a sua mesa.

– Caramba! – Alice a olhou com inveja. – De quem são?

– De algum admirador secreto, provavelmente – resmungou Joanna ao rasgar o celofane ao redor do pequeno envelope branco e abri-lo.

Para desejar bom-dia. Te ligo mais tarde.
Mil beijos, M.

Apesar do mau humor, Joanna não pôde evitar sorrir com o bilhete de Marcus.

– Vamos lá, desembuche. De quem são? – Alice a encarou. – Não são do...?

Joanna enrubesceu.

– São dele, sim! Você não fez o que eu estou pensando, fez?

– Não, não fiz! Agora dá para calar essa boca?

Joanna terminou sua matéria particularmente pouco inspirada sobre Marcus e o fundo de estudos, sentindo-se culpada por não estar dando o melhor de si apesar das flores e de como ele a tinha tratado bem. Então limpou sua mesa e transportou seus pertences até o outro lado da redação.

Poderoso Mike praticamente dava pulinhos de animação, o que tornou tudo ainda pior. Na verdade, o que o estava deixando animado não era nem tanto a editoria de notícias, mas sim a perspectiva de se sentar ao lado de Alice, por quem vinha nutrindo uma paixonite havia meses.

Pelo menos assim ela sofre um pouco, pensou Joanna, cruel, enquanto se sentava na cadeira recém-liberada de Mike e estudava as fotos dos poodles tosados que ele havia pregado no quadro de cortiça.

Nessa noite, a ideia de voltar para casa e encarar um apartamento vazio foi demais para suportar, então ela foi com Alice até o pub perto do jornal afogar as mágoas com alguns gins-tônicas.

Quarenta e cinco minutos depois, viu Alec entrar no bar. Sentou-se numa banqueta ao seu lado quando ele estava pedindo um uísque.

– Nem comece, Jo. Tive um dia horrível.

– Alec, me responda uma coisa: eu sou uma boa repórter?

– Estava se mostrando bem promissora, sim.

– Tá. – Joanna aquiesceu, tentando organizar os pensamentos e dando o melhor de si para não arrastar a voz. – Quanto tempo exatamente um repórter júnior costuma ficar na sua editoria antes de ser transferido?

– Jo... – grunhiu ele.

– *Por favor*, Alec! Eu preciso saber.

– Tá, uns três meses, no mínimo, a menos que eu queira me livrar dele antes.

– E eu estou lá há apenas sete semanas. Eu fiz as contas. Você acabou de dizer que eu estava me mostrando promissora, então não quis se livrar de mim, quis?

– Não.

Ele engoliu o uísque de uma só vez.

– Portanto, devo deduzir que o meu súbito rebaixamento não tem nada a ver com o meu trabalho, mas com alguma outra coisa na qual eu talvez tenha esbarrado. Correto?

Ele suspirou, então finalmente aquiesceu.

– É. Ouça bem o que vou dizer, Jo: se você algum dia disser que fui eu quem te falou isso, não vai ser Animais e Jardins, vai ser a fila do seguro-desemprego. Entendido?

– Eu não vou dizer nada, juro.

Joanna indicou ao barman tanto seu copo vazio quanto o de Alec.

– Se eu fosse você, me manteria discreto e faria bem o trabalho, e com sorte essa coisa toda logo vai ser esquecida – disse Alec.

Joanna passou-lhe o uísque – qualquer coisa para mantê-lo ali por mais alguns minutos.

– O fato é que eu descobri mais uma coisa no fim de semana. Não diria que é um segredo de Estado, mas é interessante.

– Olhe aqui, faz tempo que eu estou neste ramo... – Ele baixou a voz. – ... e pelo jeito como o pessoal lá de cima está se comportando, pode *muito bem* ser que o que você descobriu seja um segredo de Estado. Desde as gravações da conversa de Lady Di com James Gilbey eu não vejo o editor-chefe ficar tão nervoso. Estou te dizendo, Jo, esqueça essa história.

Ela tomou um gole do gim-tônica e estudou Alec – os cabelos grisalhos sebentos, arrepiados em tufos de tanto ele passar os dedos entre os fios, a barriga estufada por cima de um cinto de couro surrado e os olhos encharcados de uísque.

– Me diga uma coisa. – Ela falou em voz baixa, e Alec teve de chegar mais perto para ouvir. – Se você fosse eu, bem no começo da sua carreira, e tivesse esbarrado em alguma coisa evidentemente tão quente que até mesmo o editor de um dos jornais mais vendidos do país tivesse sido avisado para deixar de lado, você "esqueceria essa história"?

Ele passou um minuto pensando, então ergueu os olhos e sorriu.

– É claro que não.

– Foi o que eu achei. – Ela deu alguns tapinhas na mão dele e desceu da banqueta. – Obrigada, Alec.

– Droga, não vá dizer que eu não avisei. E não confie em ninguém! – disse ele bem alto enquanto Joanna atravessava o pub para ir buscar seu casaco.

Ela viu que Alice estava levando uma cantada de um fotógrafo.

– Já está indo? – perguntou Alice.

– Já. É melhor eu ir fazer meu dever de casa sobre a melhor forma de impedir lesmas de comerem amores-perfeitos.

– Fique tranquila, tem sempre Marcus Harrison para te consolar.

– É. – Cansada demais para discutir, Joanna meneou a cabeça. – Tchau, Alice.

Desejando não ter exagerado tanto no gim-tônica, ela chamou um táxi para levá-la até o apartamento de Simon. Ao chegar, preparou uma caneca grande de café forte, então checou as mensagens na secretária.

Oi, Jo, sou eu, Simon. Você não atendeu o celular. Devo chegar hoje à noite lá pelas dez, então não tranque a porta por dentro. Espero que esteja tudo bem. Tchau.

Oi, Simon, é o Ian. Achei que você já fosse estar em casa, e não consegui falar no celular, mas pode me ligar quando chegar? Aconteceu uma coisa, tá? Tchau.

Joanna anotou o recado no bloquinho, então viu ali em cima da mesa o cartão que Simon tinha lhe dado com o telefone do amigo.

IAN C. SIMPSON

Revirou a mochila, achou a caneta que havia encontrado depois da invasão ao seu apartamento e estudou as iniciais gravadas na lateral.

I.C.S.

– Caramba! – falou bem alto para o apartamento vazio.

Não confie em ninguém...

As palavras de Alec surgiram na sua cabeça. Seriam o gim e o dia horroroso que a estavam deixando paranoica? Afinal, devia haver muita gente com as iniciais I.C.S. Por outro lado, quantos ladrões carregavam uma caneta-tinteiro de ouro gravada com as próprias iniciais enquanto depenavam a casa de alguém?

E a carta de amor...

Ela nunca havia parado para pensar se a oferta de Simon poderia ter segundas intenções. Mas agora, pensando bem, ele havia insistido muito em levar a carta. E o que *exatamente* ele fazia como "servidor público"? Simon era um sujeito formado em Cambridge, inteligente demais para trabalhar com processamento de multas de trânsito. E um sujeito com "amigos" muito úteis num laboratório de criminalística...

– Droga!

Joanna ouviu o barulho de passos subindo a escada. Enfiou o cartão de visita e a caneta na mochila e se jogou no sofá.

– Oi. Tudo bom?

Simon entrou, largou a bolsa de viagem no chão e foi até ela para lhe dar um beijo no alto da cabeça.

– Tudo, tudo bem. – Ela fingiu um bocejo e esticou as pernas. – Devo ter pegado no sono. Tomei umas e outras no pub depois do trabalho.

– O dia foi bom assim?

– É. Foi ótimo. E a viagem, que tal?

– Um monte de apresentações chatas para aguentar. – Simon foi até a cozinha e ligou a chaleira elétrica. – Quer um chá?

– Quero, sim. Ah, aliás – acrescentou Joanna num tom casual –, tinha um recado de alguém chamado Ian para você na secretária quando eu cheguei. É para você retornar.

– Tá. – Simon preparou duas xícaras de chá e foi se sentar ao lado dela. – Mas e aí, como você está?

– Tudo bem. Meu apartamento está quase normal de novo, e já preenchi todos os formulários do seguro e está tudo sendo processado. Minha cama nova chega amanhã, e o cara do computador vai lá instalar tudo. Então vou dar o fora daqui agora que você chegou.

– Pode ir com calma. Não tem pressa.

– Eu sei, mas acho que eu quero ir para casa.

– Claro. – Simon tomou um gole do chá. – E aí, algum avanço na história da velhinha estranha e sua correspondência?

– Não. Eu disse que só ia correr atrás disso se o seu amigo da criminalística descobrisse alguma coisa. – Ela o encarou. – Ele descobriu?

– Infelizmente, nada. Passei no escritório antes de vir para casa e havia um recado dele na minha mesa. Parece que o papel estava frágil demais para ser analisado direito.

– Ah, que pena – disse ela, o mais casualmente que conseguiu. – Você está com a carta? Eu queria guardar mesmo assim.

– Infelizmente, não. Ela se desintegrou durante o processo químico. Meu amigo disse que devia ter mais de 70 anos. Desculpe mesmo, Jo.

– Tudo bem. Não devia ser importante, mesmo. Obrigada por tentar, Simon.

Joanna se orgulhou do seu autocontrole, quando na verdade tudo que queria fazer era derrubá-lo no chão como numa partida de rúgbi e cobri-lo de socos pela traição.

– Não faz mal.

Ele a encarava com uma surpresa patente, diante da sua reação calma.

– Além do mais, parece que agora eu tenho problemas bem mais urgentes para cuidar, em vez de sair atrás de histórias que talvez não deem em nada. Meu amado editor decidiu, por motivos que só ele conhece, me transferir da editoria de notícias para a de Animais e Jardins. De modo que eu preciso me concentrar em tornar minha estadia lá o mais curta possível.

– Ah, que chato. Ele deu algum motivo?

– Não. Enfim, pelo menos eu não tenho mais que ficar de tocaia na casa de ninguém, só passear pela Exposição de Flores de Chelsea usando um vestido esvoaçante e um par de luvas brancas.

Ela ergueu os ombros para ele com tristeza.

– Você parece estar aceitando tudo isso muito bem. Achei que estaria soltando fumaça.

– De que adiantaria? Além do mais, como eu disse, tomei uns gins para aliviar a dor. Você deveria ter me escutado no pub mais cedo. Enfim, se não se importa, vou tomar uma ducha e cair na cama. O choque me deixou exausta.

– Coitadinha. Não se preocupe, um dia você vai ser a editora e vai poder se vingar – disse Simon para reconfortá-la.

– Pode ser. – Joanna se levantou para ir até o banheiro. – Nos vemos amanhã.

– Isso. Boa noite, Jo.

Simon lhe deu um beijo no rosto, e então, depois de ouvir o chuveiro ser ligado, entrou no quarto e fechou a porta. Pegou o celular e digitou um número.

– Ian, é o Simon. Achei que tivesse dito para você não deixar recado no meu fixo de casa... Joanna está hospedada aqui.

– Desculpe, eu esqueci. Como foi o treinamento?

– Difícil, mas vai valer a pena. O que houve?

– Ligue para o Jenkins em casa. Ele vai te dizer.

– Tá. Nos vemos amanhã.

– Boa noite.

Simon digitou o número de cabeça.

– Warburton, chefe.

– Obrigado por ligar. Você disse a ela que a carta tinha se desintegrado, conforme o planejado?

– Disse.

– E ela recebeu bem a notícia?

– Surpreendentemente bem.

– Ótimo. Venha falar comigo amanhã às nove. Tenho uma missão especial para você.

– Sim, chefe. Boa noite.

Simon desligou o telefone e sentou-se na cama para dar um descanso aos músculos cansados. Fora uma semana exaustiva na base da agência nas Terras Altas da Escócia, fazendo simulações para um treinamento de contraterrorismo. Além do mais, nessa noite, ele tinha a sensação de estar sendo obrigado a entrar em águas turvas, como se a sua vida pessoal e profissional estivessem colidindo. E ele estava desesperado para mantê-las separadas a todo custo.

Na manhã seguinte, às 7h45, Simon atravessou a sala às escuras para ir até o chuveiro e percebeu que Joanna já tinha saído. Pegou o bilhete que ela havia deixado sobre a mesa da cozinha.

Fui em casa pegar umas roupas limpas antes do trabalho.
Obrigada por me abrigar. Nos vemos em breve. Beijo

Não tinha nada de errado com o bilhete, mas, conhecendo-a bem como conhecia, ele teve a nítida sensação de que havia algo acontecendo. Na noite anterior, ela se mostrara calma demais em relação ao sumiço da carta.

Simon poderia apostar a própria vida que ela continuava no rastro de Rose.

15

Conforme as filmagens em Norfolk prosseguiram, Zoe mergulhou completamente na personagem de Tess, a mulher que se torna uma pária na própria cidadezinha por ter um filho ilegítimo. Zoe não pôde evitar traçar paralelos entre as vidas delas. E torceu apenas para não ter o mesmo fim trágico.

– Se continuar assim, você vai ganhar um BAFTA, Zoe – comentou Mike, o diretor, ao levá-la de volta para o hotel depois de assistir ao copião do filme. – Está absolutamente brilhante em frente às câmeras. Vá dormir cedo hoje, querida. Teremos um dia longo amanhã.

– Claro. Obrigada, Mike. Boa noite.

Eles pegaram suas chaves na recepção, e Zoe subiu a escada íngreme e rangente até seu quarto. Seu celular tocou dentro da bolsa quando ela estava abrindo a porta. Tateando entre as pastilhas de hortelã, batons e outros objetos, ela finalmente achou o aparelho e fechou a porta antes de atender.

– Sou eu.

– Oi, "eu". Tudo bom? – sussurrou ela com um sorrisinho.

– Ah, tudo um caos, como sempre. E com saudades de você.

Zoe afundou na cama e segurou o telefone bem junto do ouvido, deliciando-se com a voz dele.

– Também estou com saudades.

– Consegue ir a Sandringham neste fim de semana?

– Acho que sim. O Mike me disse que quer fazer alguns planos de manhã cedinho na bruma, mas devo estar liberada na hora do almoço. O problema é que provavelmente vou pegar no sono às sete. Terei de acordar às quatro.

– Contanto que seja nos meus braços, eu não ligo. – Fez-se uma pausa na ligação. Ele então tornou a falar. – Meu Deus, Zoe, como eu queria ser outra pessoa neste momento.

– Eu não. Fico feliz que você seja você – ela o tranquilizou. – Só mais dois dias e vamos estar juntos. Tem certeza de que é seguro?

– Absoluta. Aqueles que precisam saber estão cientes do quanto a situação é delicada. E lembre-se, discrição é o *trabalho* deles. Não se preocupe, querida, por favor.

– Não é por mim, Art, é com o Jamie que eu estou preocupada.

– Claro, mas confie em mim, tá? Vou mandar meu motorista ficar à sua espera na sexta-feira a partir da uma da tarde, em frente ao hotel. Reservei o York Cottage durante o fim de semana, disse ao resto da família que quero um pouco de privacidade. Eles entenderam. Não vão nos incomodar.

– Está bem.

– Estou contando as horas, meu amor. Boa noite.

– Boa noite.

Zoe desligou o celular e ficou deitada na cama olhando para o teto rachado do seu quarto de hotel com um sorriso no rosto. Um fim de semana inteiro com Art era mais do que tudo que já havia tido.

E, mesmo que fosse para o bem de Jamie, não podia recusar.

Depois de tomar um banho quente de banheira, Zoe desceu para jantar. A maior parte do elenco e da equipe tinha ido à cidade vizinha de Holt experimentar um restaurante indiano supostamente excelente, de modo que o pequeno salão de jantar, com suas mesas e cadeiras de madeira escura ao estilo dos chalés rurais, estava agradavelmente vazio. Ela se sentou no canto perto da lareira e pediu à jovem garçonete o ensopado de porco da casa, percebendo que estava faminta.

Assim que a comida chegou, William Fielding, o velho ator que fazia o papel do seu pai, surgiu levemente trôpego na porta do restaurante.

– Oi, meu bem. Está sozinha?

Ele sorriu, e seus olhos bondosos se enrugaram nos cantos.

– Estou – respondeu Zoe, e então, com certa relutância, prosseguiu: – Por que não senta comigo?

– Eu gostaria muito. – William caminhou com dificuldade até ela, puxou uma cadeira e se sentou. – Esta maldita artrite está devorando meus ossos. E o frio aqui não ajuda nada. – Ele se inclinou até tão perto que Zoe pôde sentir o cheiro de álcool no seu hálito. – Mesmo assim, eu deveria ficar feliz por estar trabalhando e fazendo o papel de um homem muitos anos mais novo do que eu. Sinto que tenho idade para ser seu avô, meu bem, não seu pai.

– Que bobagem. A idade é como você se sente por dentro, e você hoje subiu aquela escada pulando feito um jovenzinho – disse Zoe para reconfortá-lo.

– É, e aquilo quase me matou – disse ele, rindo. – Mas não posso deixar nosso sublime diretor pensar que estou velho demais.

A garçonete estava parada perto da mesa com um cardápio.

– Obrigado, meu bem. – William pôs os óculos e examinou a lista de pratos. – Então, o que temos aqui? Vou querer a sopa, o assado do dia e um uísque duplo com gelo para acompanhar.

– Pois não, senhor.

– Eu tomaria uma boa taça de vinho, mas o que eles servem aqui é quase um vinagre – comentou William, tirando os óculos. – Mas estou gostando da comida do almoço. O serviço de bufê nas locações é sempre uma das melhores coisas do set, você não acha?

– Com certeza. Já engordei quase 2 quilos desde que começamos a filmar – confessou Zoe.

– E parece que não lhe caíram nada mal, se me permite dizer. Imagino que ainda esteja superando a morte do querido sir James.

– Na verdade, não acho que um dia vá superar. Ele foi como um pai para mim, mais do que o meu pai de verdade. Sinto falta dele diariamente, e a dor não parece diminuir – admitiu Zoe.

– Mas vai, meu bem. Posso dizer isso porque sou velho e sei das coisas. Ah, obrigado. – William pegou o uísque da mão da garçonete e tomou um grande gole. – Perdi minha mulher faz dez anos para um câncer. Não pensei que fosse conseguir viver sem ela. Mas continuo aqui, sobrevivendo. Sinto falta dela, mas pelo menos agora aceitei que ela partiu. Porém, é uma vida solitária, é, sim. Não sei o que eu faria se não tivesse o trabalho.

– Muitos atores parecem chegar a idades bem avançadas. Eu muitas vezes me perguntei se é porque eles nunca chegam a se aposentar de verdade, simplesmente continuam trabalhando até...

– Até caírem mortos. Pois é. – Ele bebeu todo o uísque e fez um gesto para pedir outro. – Seu avô viveu até os 95, não foi? Um bom placar, se me permite dizer. Isso me inspira a pensar que eu talvez ainda possa ter mais uns treze anos pela frente.

– Você tem mesmo 82? – indagou Zoe com genuína surpresa.

– Para você, meu bem, completei este ano. Para o resto da indústria estou parado em algum lugar por volta dos 67. – William levou um dedo aos lábios. – Só me lembrei exatamente da minha idade porque sabia que sir James tinha treze anos a mais do que eu, treze anos exatos. Nós fazíamos aniversário no mesmo dia. Uma vez comemorei com ele, muitos anos atrás. Ah! A sopa, e o cheiro está uma delícia.

Zoe observou enquanto William levava a colher de sopa à boca com a mão trêmula, fazendo certa bagunça.

– Quer dizer que o senhor conhecia bem o meu avô? – perguntou ela depois que o colega afastou a tigela e pediu outro uísque.

– Sim, muitos e muitos anos atrás, antes de ele virar James Harrison... e digo isso no sentido bem literal.

– Como assim, "bem literal"?

– Bom, como você sem dúvida deve saber, "James Harrison" era o nome artístico dele. Quando o conheci, ele não poderia ser mais irlandês. Vinha de algum lugar em West Cork... chamava-se Michael O'Connell.

Zoe o encarou, estupefata.

– Tem certeza de que estamos falando da mesma pessoa? Sei que ele gostava da Irlanda, dizia que lá era um lugar lindo, principalmente mais para o fim da vida, mas eu não tinha a menor ideia de que ele fosse *realmente* irlandês. E isso não aparece em nenhuma das biografias dele. Pensei que ele tivesse nascido em Dorset, e com certeza nunca escutei nenhum fundo de sotaque irlandês na voz dele.

– Ah! Bom, aí está. Isso só demonstra o ator de talento que ele era. Seu avô tinha um talento brilhante para a imitação... conseguia imitar qualquer sotaque ou voz que lhe pedissem. Na verdade, foi assim que ele começou a carreira... como imitador em *music halls*. Me espanta você não saber, já que era tão próxima dele, mas sem dúvida você tem sangue irlandês nas veias.

– Nossa! Mas me diga, onde conheceu meu avô?

– No Hackney Empire. Eu tinha só 9 anos na época. Michael tinha 22 e estava no seu primeiro trabalho profissional.

– Você tinha 9 anos? – perguntou Zoe, espantada.

– Pois é. Eu praticamente nasci no teatro – disse William com um sorriso. – Minha mãe também trabalhava no teatro de variedades, e pelo visto tinha se perdido do meu pai. Então ela me levava para o teatro quando trabalhava, e eu dormia num armário no seu camarim. Quando fiquei maior, comecei a fazer pequenos serviços para os atores: buscar comida, levar recados, transportar isso ou aquilo por alguns trocados. Foi assim que conheci Michael, mas, como todo mundo, eu costumava chamá-lo de "Siam". O primeiro trabalho dele foi interpretar o gênio da lâmpada numa peça do Empire. Ele raspou a cabeça e escureceu a pele, e ficou igualzinho a umas imagens que eu tinha visto do rei do Sião, com suas calças bufantes e turbantes. O apelido pegou, como tenho certeza de que você sabe.

– Sim.

Zoe aquiesceu; seu jantar ficara esquecido enquanto ela o escutava.

– É claro que ele estava louco para entrar para o teatro de verdade, mas todo mundo precisa começar por algum lugar. Até naquela época ele já tinha carisma. Todas as jovens coristas faziam fila para sair com ele. Devia ser aquele charme irlandês, mesmo que àquela altura ele já falasse com um sotaque tipicamente inglês. Era preciso naquela época, entende? Mas ele gostava de divertir todos nós com suas baladas irlandesas.

William deu uma risadinha. Zoe observou o velho ator com atenção enquanto ele esvaziava mais um copo. Tinha tomado três uísques duplos desde que se sentara com ela. E estava rememorando lembranças de setenta anos antes. Havia grandes chances de ter confundido James com alguma outra pessoa. Ela deu algumas pequenas garfadas no ensopado já meio frio quando o rosbife dele chegou.

– Está dizendo que ele era mulherengo?

– Ah, sim. Mas ele sempre as abandonava com tanto charme que elas acabavam amando-o mesmo assim. Então, um belo dia, no meio da temporada, ele de repente sumiu. Uns dois ou três dias mais tarde, depois que não apareceu para o espetáculo, me mandaram até o lugar onde ele morava para descobrir se ele estava doente ou se simplesmente tinha bebido demais. Todos os pertences dele continuavam lá, mas o seu avô, meu bem, não estava.

– É mesmo? E ele algum dia voltou?

– Voltou, mas foi mais de seis meses depois. Fui várias vezes aos seus aposentos para ver se ele tinha voltado. Seu avô sempre fora generoso com os doces e algumas moedas aqui e ali quando eu fazia pequenos serviços para ele. Então, um dia, quando eu bati na porta, ele apareceu com um corte de cabelo novo e estiloso arrematado por um terno caro. Lembro que ele me disse que era da Savile Row. Ele parecia um cavalheiro de verdade. Sempre foi um pilantra muito bonito.

William deu outra risadinha.

– Uau. Que história. Eu não fazia a menor ideia. Ele nunca comentou nada comigo. Você perguntou onde ele tinha estado?

– É claro que perguntei. Fiquei fascinado. Seu avô me disse que estava fazendo um lucrativo trabalho como ator, mais nada além disso. Disse que ia voltar para o Empire e retomar seu espetáculo, que estava tudo combinado. E, quando ele apareceu, a administração do teatro nem sequer pestanejou. Foi como se ele nunca tivesse ido embora.

– Você alguma vez contou isso para mais alguém? – quis saber Zoe.

– De jeito nenhum, meu bem. Ele me disse para não contar. Michael era meu amigo. Ele confiava em mim quando eu era menino, e eu confiava nele. Mas enfim, ainda não cheguei à parte mais interessante. – Os olhos aquosos de William estavam acesos de empolgação diante do fascínio de sua plateia. – Quer pedir um café e ir sentar naquelas poltronas confortáveis do bar? Estas cadeiras duras já estão deixando meu traseiro dormente.

Os dois encontraram um assento confortável no canto do bar. William deu um suspiro de contentamento e acendeu um cigarro sem filtro.

– Enfim – retomou ele. – Um dia, umas duas semanas depois de reaparecer, seu avô me chamou ao camarim dele. Me deu dois xelins e uma carta, e perguntou se eu podia entregar um recado para ele. Disse para eu ir até a porta da Swan & Edgar... aquela loja de departamentos perto de Piccadilly Circus, sabe? E me falou para esperar ali até uma jovem de vestido cor-de-rosa aparecer e me perguntar as horas.

– E você foi?

– É claro! Naquela época, eu teria ido à lua por dois xelins!

– E a mulher apareceu?

– Ah, apareceu. Com suas lindas roupas e seu sotaque refinado. Eu soube na mesma hora que era uma dama. Digo, uma dama *de verdade*.

– Foi só essa vez?

– Não. Naqueles meses eu a encontrei umas dez, quinze vezes, talvez. Entregava-lhe um envelope.

– E ela lhe dava alguma coisa?

– Embrulhos quadrados envoltos em papel pardo.

– É mesmo? O que acha que tinha lá dentro?

– Não faço ideia. Mas eu bem que tentei adivinhar.

William deu uma batidinha com o cigarro no cinzeiro e abriu um sorriso que fez seus olhos desaparecerem mais um pouco em meio ao rosto inchado.

Zoe mordeu o lábio.

– Você acha que ele estava envolvido em alguma coisa ilícita?

– Pode ser, mas Michael nunca me pareceu o tipo de homem que fosse se meter em nada criminoso. Ele era um homem muito tranquilo.

– Então o que você acha que era?

– Eu acho... bom, sempre pensei que fosse alguma espécie de caso de amor secreto.

– Entre quem? Michael e a mulher que você encontrava?

– Talvez. Mas eu acho que ela era uma mensageira, do mesmo jeito que eu.

– Você não olhou dentro dos embrulhos?

– Não, nem poderia ter olhado. Eu sempre fui um amigo leal, e seu avô era tão generoso comigo que eu não podia trair sua confiança.

Zoe bebericou seu café, sentindo-se cansada, mas fascinada, quer aquela história fosse verdade, ficção ou um pouquinho de cada coisa, embelezada pela passagem do tempo.

– Então o que aconteceu foi que Michael me chamou aos seus aposentos e disse que precisava ir embora outra vez. Me deu dinheiro suficiente para eu comer bem por um ano inteiro, e sugeriu que, para o meu próprio bem, eu esquecesse o que havia acontecido nos últimos meses. Se alguém me perguntasse, principalmente alguma autoridade, eu deveria dizer que não o conhecia. Ou que só o conhecia por alto. – William apagou o cigarro. – E depois disso foi *bon voyage*, Michael O'Connell. Ele literalmente sumiu da face da Terra, meu bem.

– Não tem ideia de para onde ele foi?

– Nenhuma. Quase caí duro quando voltei a vê-lo, um ano e meio depois, e o retrato dele me encarava da fachada de um teatro na Shaftesbury Avenue sob o nome "James Harrison". Ele tinha pintado os cabelos de preto e agora usava bigode, mas eu teria reconhecido aqueles olhos azuis em qualquer lugar.

Zoe o encarava assombrada.

– Então o senhor está me dizendo que ele sumiu *outra vez*, depois reapareceu com os cabelos escuros, um bigode e um nome diferente? William, preciso dizer que estou achando tudo isso difícil de acreditar.

– Bem... – Ele deu um arroto audível. – Eu juro que é tudo verdade, meu bem. É claro que quando eu vi o cartaz em frente ao teatro e soube que era ele, mesmo com outro nome, entrei pela porta dos atores e pedi para vê-lo. Quando ele viu que era eu, me levou para o seu camarim e fechou a porta. Disse que seria muito, muito melhor para o meu bem-estar geral se eu mantivesse distância dele, que ele agora era outra pessoa e que era perigoso eu o conhecer de antes. – William deu de ombros. – Então eu acreditei.

– E depois disso tornou a vê-lo?

– Só das frisas da plateia, meu bem. Escrevi para ele uma ou duas vezes, mas as cartas nunca tiveram resposta. Um envelope chegava para mim a cada aniversário meu, veja bem, com um bolo de dinheiro dentro. Sem bilhete nenhum, mas eu sabia que era dele. Então é isso. A estranha história do seu amado avô em seus primeiros anos, nunca antes repetida por esta boca. Agora que ele não está mais entre nós, não acho que faça mais diferença. E pode ser até que você consiga investigar mais um pouco, se assim o desejar. – William coçou a orelha. – Estou tentando me lembrar do nome da jovem que encontrei todas aquelas vezes em frente à Swan & Edgar. Ela me disse uma vez como se chamava. Daisy...? Não. Violet... Tenho certeza de que era uma flor em inglês...

– Lily? Rose? – sugeriu Zoe.

– Minha nossa, tem razão! Era Rose!

– E você não faz a menor ideia de quem ela era?

– Não posso trair todos os segredos dele, sabe? – William levou um dedo aos lábios. – Eu tenho uma ideia, sim, mas talvez seja melhor isso ficar no túmulo junto com ele.

– Vou ter de subir e dar uma procurada no sótão da casa dele em Dorset, onde ele guardava todas as suas recordações. Para ver se consigo achar alguma coisa relacionada a isso que o senhor me contou.

– Duvido que consiga, meu bem. Se isso se manteve secreto por tanto tempo, acho que jamais saberemos a verdade. Mas ainda assim rende uma história interessante para o jantar – disse ele, sorrindo.

– É. – Zoe disfarçou um bocejo e olhou para o relógio. – William, acho que preciso ir me deitar. Amanhã acordo cedo. Muito obrigada por ter me contado isso tudo. Eu aviso se descobrir alguma coisa.

– Avise, sim, Zoe. – William a observou se levantar. Segurou sua mão e apertou. – Você se parece muito com ele quando jovem, meu bem. Fiquei te observando hoje à tarde, e você tem o mesmo dom. Um dia, vai ser muito famosa e deixar seu avô orgulhoso.

Os olhos de Zoe se encheram de lágrimas.

– Obrigada, William – murmurou ela, e saiu do bar.

16

Joanna passou três dias arrasada na editoria de Animais e Jardins e duas noites desconfortáveis dormindo sobre uma pilha improvisada de cobertores e almofadas no chão do quarto, já que a entrega da cama ainda não havia acontecido. Nessa noite, sairia para jantar com Marcus, e a simples perspectiva de ter uma cama confortável e macia talvez bastasse para convencê-la a passar a noite com ele. Pôs seu único e já bastante gasto vestidinho preto e o arrematou com um cardigã justo e sapatilhas. Então aplicou um pouco de rímel nos cílios, e um pouco de blush e batom. Com os longos cabelos ainda úmidos depois do banho, saiu rumo ao ponto de ônibus.

Enquanto caminhava, tentou manter o andar natural e resistiu ao impulso de olhar constantemente para trás. Manteve o molho de chaves dentro da mão fechada com as pontas afiadas para fora entre os dedos, só para o caso de ser atacada.

Enquanto o ônibus seguia vagarosamente pela Shaftesbury Avenue em direção ao Soho, refletiu sobre a noite que se anunciava. E detestou a si mesma por estar tão animada com a ideia de rever Marcus. Também havia passado os últimos dias pensando se deveria se abrir com ele e lhe contar o que havia descoberto sobre o seu avô. Tivera de tomar a dolorosa decisão de não confiar em Simon, e fizera todo o possível para colocá-lo no "campo do inimigo" – muito embora não soubesse quem era de fato esse "inimigo". Visto o seu rebaixamento de cargo, também precisava tirar Alec do lado confiável. Quando o ônibus parou num ponto perto da Lexington Street, saltou e decidiu que realmente precisava de um aliado. Marcus a esperava no Andrew Edmunds – um restaurante rústico iluminado por velas, mas charmoso.

– Tudo bem?

Ele a cumprimentou com um selinho carinhoso.

– Tudo, tudo, sim.

Ela se sentou na cadeira em frente à dele.

– Você está um escândalo, Jo. Adorei o vestido. – Os olhos dele percorreram seu corpo de cima a baixo. – Uma taça de champanhe?

– Ah, pode ser, se você insiste. Alguma ocasião especial?

– Claro. Nós dois jantando juntos. Isso é especial o suficiente para mim. Sua semana foi boa?

– Na verdade, foi horrível. Além de ter sido rebaixada de cargo no trabalho, minha cama nova ainda não chegou.

– Coitada. Pensei que você estivesse hospedada na casa de um amigo até a cama chegar.

– Estava, mas lá ficou meio... cheio. Simon voltou e o apartamento é pequeno demais para nós dois.

– Ele tentou te agarrar, não foi?

– Meu Deus, não! – Joanna reprimiu um tiquinho de culpa. – Ele é meu amigo mais antigo. A gente se conhece há anos. Enfim... – Ela inspirou fundo. – É uma longa história, vagamente relacionada à sua família, na verdade. Te conto durante o jantar.

Depois que eles pediram a comida e a bebida, Marcus a encarou por cima da mesa com um ar intrigado.

– Pode falar, então.

– Falar o quê?

– Me contar tudo.

Joanna o encarou, subitamente em dúvida.

– Não sei se eu deveria.

– É sério assim?

– A questão é essa, eu não sei. Pode ser alguma coisa ou pode não ser nada.

Ele estendeu a mão por cima da mesa e segurou a dela.

– Joanna, eu juro que nada sairá daqui. Tenho a impressão de que você precisa falar com alguém sobre o assunto.

– Tem razão. Preciso mesmo. Mas vou logo avisando, é bizarro e complicado. Tudo bem, então. – Ela tomou um gole do excelente tinto para tomar coragem. – Tudo começou quando eu apareci na missa em homenagem ao seu avô...

Foi preciso a entrada, o prato principal e a maior parte da sobremesa para Joanna atualizar Marcus em relação ao "Mistério da Velhinha", como havia apelidado a situação. Decidiu não lhe contar sobre os homens desconhecidos que estavam no seu encalço, temendo tornar real o que pensava estar acontecendo.

Ao final da história, Marcus acendeu um cigarro e expirou a fumaça devagar, encarando-a com firmeza.

– Quer dizer que aquele papo todo sobre mim e o fundo de estudos era um disfarce para poder encontrar informações sobre o meu avô e o passado escuso dele?

– Originalmente, sim – reconheceu Joanna. – Desculpe, Marcus. Mas a matéria vai ser usada no jornal, claro.

– Admito que estou me sentindo um pouquinho usado. Me diga sinceramente, Jo, você veio jantar comigo hoje para ver o que mais consegue extrair, ou queria mesmo me ver?

– Eu queria te ver, juro.

– De verdade?

– Sim.

– Então, tirando toda essa história, você gosta de mim? – testou ele.

– Gosto, Marcus, é claro que gosto.

– Tá. – A expressão dele se desanuviou com o que até mesmo Joanna pensou ser um alívio genuíno. – Vamos rememorar os fatos mais uma vez: uma velhinha estranha na missa de sir James, uma carta, um programa de teatro, seu apartamento invadido, você entregando a carta para ser analisada ao seu suposto amigo, que depois diz que ela se desintegrou no processo...

– E sabe o que mais? – interrompeu Joanna. – Eu não consigo acreditar que isso tenha acontecido. Quero dizer, pense nas cartas de centenas de anos atrás ainda inteiras, mas que foram quimicamente analisadas para determinar sua idade? – Ela balançou a cabeça, frustrada. – A questão é: por que Simon mentiu para mim? Ele é o meu melhor amigo.

– Desculpe, Jo, mas acho que você tem razão em desconfiar dele. Então... – continuou Marcus. – Aí você falou com o seu chefe, que disse para você correr atrás da história, mas poucos dias depois voltou atrás e faz você ser transferida para uma editoria inútil do jornal, onde não pode causar problemas. – Marcus esfregou o queixo. – O que quer que você tenha descoberto, é alguma coisa. A questão é: e agora, o que você vai fazer?

Joanna revirou a mochila até encontrar o envelope.

– Esta é a foto que eu peguei na casa de Dorset para ilustrar a matéria. E este é o programa de teatro que Rose me deu. – Ela os dispôs lado a lado. – Está vendo? É ele, não é?

Marcus examinou as duas imagens.

– Com certeza parece ele, sim. Se há alguém que pode saber mais sobre isso, é minha irmã, Zoe. Mas ela está em Norfolk, filmando.

– Eu adoraria falar com Zoe, mas de agora em diante preciso tomar muito cuidado, e me comportar como se tivesse deixado o assunto para lá. Você conseguiria organizar um encontro?

– Pode ser, mas vai ter um custo.

– Qual?

Ele sorriu.

– Um conhaque lá em casa.

Sentada na sala de Marcus, Joanna observou as chamas tremularem na lareira a gás. Sentia-se calma, um pouco inebriada, e reconfortada por ter compartilhado seu segredo com alguém.

– Tome. – Marcus lhe entregou um copo de conhaque e sentou-se ao seu lado. – Então, Srta. Haslam, qual é o próximo passo?

– Bem, você tentar organizar um encontro meu com Zoe e...

Ele encostou um dedo nos lábios dela.

– Não, eu não estava falando sobre isso. Estava falando sobre a gente. – Ele subiu o dedo pela bochecha dela e segurou uma mecha de cabelos. – Eu não quero ser só o Watson, sabe, Sherlock? – Ele tirou o copo da mão de Joanna antes mesmo de ela beber um gole, então se inclinou mais para perto. – Deixe-me beijá-la, Joanna, por favor. Pode me pedir para parar quando quiser, e eu prometo que paro.

A barriga dela se contraiu de expectativa quando Marcus encostou os lábios nos seus. Ela fechou os olhos e sentiu o beijo carinhoso ir ficando mais arrebatado, e a língua dele começar a acariciar delicadamente a sua. Ele a abraçou e ela relaxou junto ao corpo dele enquanto o bom senso e a noção de certo e errado desapareciam em meio a uma névoa de desejo. Ele então se afastou abruptamente.

– O que foi? – murmurou ela.

– Apenas checando se você não quer que eu pare.

– Não quero, não.

– Graças a Deus – sussurrou ele, e puxou-a outra vez para perto. – Ah, Joanna, meu Deus, como você é linda...

Uma hora mais tarde, ela viu o rosto dele junto ao seu com uma expressão repleta de deslumbramento. E abriu-lhe um sorriso satisfeito.

– Joanna, acho que estou ficando apaixonado por você...

Ele envolveu os ombros dela com os dois braços, e ela sorveu o cheiro de seus cabelos recém-lavados e o leve aroma almiscarado da loção pós-barba no pescoço.

– Está tudo bem? – sussurrou ele.

– Sim.

Ele rolou para longe dela e se levantou apoiado no cotovelo.

– Estou falando sério, sabe? Acho que estou ficando apaixonado por você.

– Aposto que você diz isso para todas – respondeu Joanna, abrupta.

– Antes do sexo, talvez, mas nunca depois. – Ele se sentou e estendeu a mão para pegar a calça e o maço de cigarros no bolso. – Quer um?

– Ah, pode ser.

Marcus acendeu dois cigarros e eles ficaram fumando sentados no chão de pernas cruzadas.

– Foi muito bom.

Joanna sorriu para ele.

– O sexo?

– Não, o cigarro.

Joanna apagou o seu num cinzeiro.

– Como você é romântica. Venha cá. – Marcus a abraçou outra vez e lhe deu um beijo. – Desde aquele primeiro almoço eu penso em você o tempo todo, sabia? Quero dizer, será que a gente pode organizar um esquema mais constante?

– Você está me pedindo em namoro? – provocou ela.

– Acho que sim, ainda mais depois desta última hora.

– Ah, Marcus, sei lá – disse Joanna com um suspiro. – Eu já te falei que tive um namoro longo com um fim horrível. Ainda estou muito vulnerável. Além do mais, você tem uma péssima reputação, e...

– Como assim?

– Ah, pare com isso. Todo mundo que eu conheço em Londres me falou como você é um galinha.

– Tá, tá bom, reconheço que saí com algumas mulheres, mas juro que nunca me senti assim antes. – Marcus afagou o cabelo dela. – Juro que jamais faria nada para te magoar. Por favor, Jo, me dê uma chance. A gente pode ir bem devagar, o quanto você quiser.

– Marcus, o que acabou de acontecer não foi devagar.

– Por que você fica tão reativa sempre que eu tento falar sério com você?

– Porque... – Joanna esfregou os olhos, sentindo-se cansada. – Porque eu estou com muito medo.

– Tudo que eu quero é fazer parte da sua vida. Me dê uma chance, e juro que não vou te decepcionar.

– Tá, vou pensar no seu caso. – Joanna deu um bocejo. – Estou exausta.

– Pode passar a noite aqui, já que não tem uma cama em casa.

Ele sorriu.

– Eu tenho dormido perfeitamente bem no chão esses dias.

– Joanna, pare de ficar tão na defensiva. Eu estava brincando. Nada me deixaria mais feliz do que acordar ao seu lado de manhã.

– Sério?

– É sério.

– Tá, obrigada.

Ele se levantou e lhe ofereceu a mão para ajudá-la a ficar em pé. Conduziu-a até o quarto e abriu o edredom na cama.

– Ah, uma cama. Que paraíso.

Joanna subiu e se aconchegou contente enquanto Marcus se deitava ao seu lado e apagava a luz.

– Jo?

– Hum?

– A gente precisa mesmo ir dormir agorinha?

Na manhã seguinte, Joanna foi acordada por Marcus cheirando seu pescoço. Ainda meio sonolenta, despertou enquanto ele a acariciava, e em seguida fez amor com ela outra vez bem devagar.

– Meu Deus, olhe só que horas são! Nove e vinte da manhã! Vou chegar atrasadíssima!

Joanna pulou da cama e correu até a sala para procurar suas roupas. Marcus foi atrás dela.

– Não vá embora, Jo. Fique aqui comigo. Podemos passar o dia na cama.

– Quem me dera. O meu emprego já está por um fio – disse ela enquanto saltitava pela sala tentando vestir a meia-calça.

– Você volta hoje à noite, então?

– Não. Juraram de pés juntos que vão entregar minha cama nova, e preciso ir direto para casa às cinco e meia esperar os entregadores.

Ela passou o vestido pela cabeça.

– Eu poderia ir lá te ajudar a fazer a cama – disse ele, esperançoso.

– Por que a gente não faz assim: eu te ligo do trabalho, pode ser? – Ela vestiu o casaco e pegou a mochila. Então o beijou. – Obrigada por ontem.

– E hoje de manhã – lembrou-lhe ele, abrindo a porta para ela.

– É. Aliás, você me faria o favor de ligar para Zoe?

Ele lhe deu um beijo na ponta do nariz.

– Deixe comigo, senhorita.

Marcus a observou partir, então se espreguiçou, sentindo os músculos deliciosamente doloridos da noite anterior. Arrastou-se de volta para a cama e adormeceu em poucos minutos.

O telefone o acordou à uma da tarde. Ele correu para atender torcendo para ser Joanna.

– Marcus Harrison? – indagou uma voz masculina.

– Sim?

– Você talvez não se lembre de mim, mas eu estava cinco anos na sua frente no Wellington College. Meu nome é Ian, Ian Simpson.

– É... na verdade eu acho que me lembro, sim... Você era representante dos alunos, né? Como vai?

– Bem, eu vou bem. Escute, podemos nos encontrar para beber alguma coisa? Falar sobre os velhos tempos, essas coisas?

– Ahn... Quando você estava pensando?

– Na verdade, hoje à noite. Por que não me encontra no Saint James Club?

– Infelizmente eu não posso. Já tenho compromisso.

Marcus se perguntou por que cargas-d'água Ian Simpson queria beber alguma coisa urgentemente com ele assim, do nada. Não conseguia se lembrar de uma única conversa com ele – na escola, Marcus sempre mantivera distância dele e de suas notórias inclinações sádicas em relação aos meninos mais novos.

– Por acaso não poderia cancelar? Tem um assunto que a gente precisa discutir, e que talvez seja financeiramente vantajoso para você.

– É mesmo? Bem, acho que por volta das sete eu conseguiria.

– Perfeito, contanto que não se importe se eu sair logo em seguida. Até mais tarde, então.

– Ok, tchau.

Marcus pôs o fone no gancho e deu de ombros, sem entender. Mais tarde, logo antes de sair de casa, ligou para Joanna.

– Oi, linda. Sua cama chegou?

– Chegou, graças a Deus. A vizinha de cima pegou os caras bem na hora em que eles estavam indo embora. Eu *disse* aos entregadores para tocarem a campainha do andar de cima se eu não estivesse em casa. Bom, pelo menos a cama está aqui.

– Quer que eu vá te ajudar a testá-la mais tarde? Sou altamente qualificado, posso garantir – disse ele com um sorriso maroto.

– Não tenho dúvidas disso – respondeu Joanna com sarcasmo. – Que tal a gente ir devagar e assistir a um filme? Instalei a televisão nova. Você poderia trazer *Sem saída*.

– Sério, Jo? Eu não comentei como esse filme é deprimente? E se tem alguém que sabe disso sou eu, fui eu quem produziu – disse ele.

– É mesmo? – Ela sorriu consigo mesma ao perceber o quanto ele estava encabulado. – Quero ver o que você ajudou a criar. Eu levo a pipoca. Combinado?

– Combinado, mas vou poder dizer "eu te avisei" quando você odiar.

– Vamos ver. Tchau, Marcus.

– Tchau, querida.

Ao entrar no bar do Saint James Club, Marcus reconheceu Ian Simpson na hora, embora o rosto redondo e o queixo anguloso já tivessem começado a ficar flácidos. *Um beberrão*, pensou Marcus quando Ian veio na sua direção, e seu físico avantajado o fez lembrar que ele tinha sido capitão do primeiro time de rúgbi do colégio, levando a equipe à vitória e não se deixando deter por nada até conquistá-la.

– Marcus, velho amigo, que prazer ver você. – Ian apertou sua mão de modo brusco. – Sente-se. Quer beber alguma coisa?

– Uma cerveja seria ótimo.

Marcus olhou para o uísque na frente de Ian, mas lembrou-se da promessa feita a si mesmo e resistiu.

– Ótimo. – Ian fez sinal para um garçom e pediu um *pint* de chope e outro uísque. Inclinou-se para a frente, pousou os cotovelos sobre os joelhos e uniu as mãos. – Então, como tem passado?

– Ahn, desde que terminei o colégio? Bem. Já faz um tempo, né? Saí de lá dezessete anos atrás.

– E em que você trabalha? – perguntou Ian, ignorando o comentário.

– Tenho uma produtora de cinema.

– Quanto glamour. Eu sou um pobre servidor público, que ganha apenas o suficiente para conseguir viver. Mas imagino que com a sua origem isso tenha sido uma evolução natural.

– Mais ou menos. Eu poderia até dizer que a minha família na verdade tem atrapalhado.

– Ah, é? Fico surpreso com isso.

– É, a maioria das pessoas fica – disse Marcus sem humor. – No momento estou criando um fundo de estudos em homenagem ao meu avô, sir James Harrison.

– Ah, é? – repetiu Ian. – Bom, que coincidência, porque era justamente sobre isso que eu queria falar com você. Obrigado.

O garçom serviu as bebidas.

Marcus encarou Ian desconfiado, e pensou se haveria um dia em que alguém tivesse interesse em encontrá-lo por quem ele era, e não por causa da sua família.

– Saúde.

– É, saúde. – Marcus tomou uma golada de chope e observou Ian terminar seu primeiro uísque e pegar o segundo. – Sobre o que você quer falar?

– É tudo meio sigiloso, e você precisa entender que estamos realmente confiando em você ao lhe contar. A situação é a seguinte: ao que parece, seu avô era meio mulherengo e teve um caso com uma certa dama bastante notória. Ela escreveu algumas cartas bem ardentes para ele. Seu avô devolveu todas essas cartas anos atrás, menos uma. Nós pensávamos tê-la encontrado... ele sempre prometeu que quando morresse a deixaria em testamento para a família da dama. É uma carta mais comprometedora, digamos assim. – Ian pegou o copo e tomou um golinho. – Mas parece que não encontramos a carta certa.

A carta que a velhinha mandou para Joanna, deduziu Marcus.

– Não consigo me lembrar de nada dessa natureza no testamento dele – murmurou Marcus, inocentemente.

– Não. Depois disso a... a família em questão entrou em contato conosco para ver se tínhamos conseguido recuperá-la. Poderia ser tudo muito constrangedor se ela caísse em mãos erradas.

– Entendo. Adianta alguma coisa perguntar que família poderia ser essa?

– Não, mas posso dizer que ela é rica o suficiente para oferecer uma recompensa significativa a qualquer um que encontre a carta. Significativa mesmo.

Marcus acendeu um cigarro e estudou Ian.

– E em que pé estão suas investigações?

– Num pé não muito satisfatório. Ouvimos dizer que você é amigo de uma jovem jornalista.

– Joanna Haslam?

– Isso. Tem alguma ideia do quanto ela sabe?

– Na verdade, não. Não conversamos muito sobre isso, embora eu saiba que ela recebeu uma carta, provavelmente a tal que chegou às suas mãos.

– Sim. Ahn, olhe aqui, Marcus, vou ser bem direto: você por acaso não acha que a Srta. Haslam esteja investindo na amizade com você porque está atrás de mais informações?

Marcus suspirou.

– Imagino que seja uma possibilidade, principalmente depois do que acabo de escutar.

– Um homem prevenido vale por dois, como diz o ditado. E evidentemente esta conversa fica só entre nós. O governo britânico confia na sua discrição em relação a esse tema.

Marcus já estava farto daquela atitude conspiratória de Ian.

– Escute, Ian, vá direto ao assunto e me diga exatamente o que você quer.

– Você tem acesso às casas do seu avô, tanto em Londres quanto em Dorset. O que estamos procurando pode estar em uma delas.

Vai ver era isso que Joanna estava procurando, pensou Marcus com um sobressalto.

– Pode ser, sim. O sótão de Haycroft House está sem dúvida lotado de caixas com objetos do meu avô.

– Então talvez seja uma boa ideia você voltar lá e olhar as caixas de novo.

– Espere aí, como você sabe que eu já olhei? – perguntou Marcus. – Vocês andaram espionando a mim e Joanna?

– Marcus, velho amigo, como eu disse, o governo britânico está apenas tentando resolver a questão com a maior rapidez e discrição possível. Para todos os envolvidos.

– Meu Deus! – Marcus não ficou nem um pouco mais tranquilo com o tom de voz de Ian. – Essa carta vai dar início à Terceira Guerra Mundial?

– Não. – Os traços de Ian se suavizaram num sorriso. – É só um... um deslize de uma jovem senhora, de muito tempo atrás, que a família preferiria manter em segredo. Mas pode ser que haja outros lugares que nós não conhecemos, amigos leais a quem seu avô pode ter confiado a carta. A situação é tão delicada que precisamos manter um círculo fechado. O que eu disse a você hoje é uma informação dada apenas em caso de necessidade. Sendo assim, qualquer conversa entre lençóis com Joanna vai anular nosso acordo e pôr vocês dois numa posição... vulnerável. Nós o escolhemos porque sabemos que você é um homem discreto, com um acesso perfeito e acima de suspeitas a lugares e pessoas que não podemos visitar sem chamar atenção. Como enfatizei antes, você será recompensado pelos seus esforços.

– Mesmo que não encontre a carta?

Ian levou a mão ao bolso e pegou um envelope. Colocou-o sobre a mesa.

– Aqui está um pequeno adiantamento para cobrir qualquer despesa. Por que não leva a bela Joanna para passar um fim de semana fora, jantar bem e tomar um bom vinho, e descobre em que ponto ela está na sua busca? De grão em grão a galinha enche o papo, como diz o ditado.

– É, Ian, estou entendendo – murmurou Marcus, com vontade de dar um soco no nariz arrogante e tantas vezes quebrado de Ian.

– Ótimo. E, se você encontrar o bilhete premiado, o que tem dentro desse envelope vai parecer uns trocados. Agora infelizmente eu tenho de ir. Meu cartão está aí dentro também. Me ligue a qualquer hora do dia ou da noite se tiver notícias. – Ele se levantou e estendeu a mão. – Ah, e a propósito, não quero ser excessivamente dramático, mas preciso alertá-lo de que há muita coisa em jogo. Qualquer vazamento no lugar errado, e você pode ser levado pela correnteza. Boa noite.

Marcus observou Ian sair do bar. Sentou-se abruptamente, um pouco abalado pela última frase do outro. Capitulou e pediu um uísque, sentindo-se especialmente nervoso, mas ao dar um grande gole reconfortou-se ao pensar que no colégio Ian sempre usava táticas amedrontadoras com os meninos mais novos para submetê-los à sua vontade. Apesar disso, os professores o consideravam uma pessoa encantadora e atenciosa. Era óbvio que Ian não tinha mudado, mas Marcus agora era um homem feito, e não iria dar tanta importância assim às ameaças do colega.

Seus dedos coçavam para descobrir quanto dinheiro exatamente continha aquele envelope. E se ele *conseguisse* encontrar a tal carta e entregá-la nas mãos certas? Pelo que Ian dera a entender, poderia praticamente dar seu preço. Aquilo talvez lhe rendesse o suficiente para transformar seu filme em realidade e de fato fazer uma diferença para o mundo...

Então pensou se, apesar do que Ian dissera sobre "vazamentos nos lugares errados", deveria ser honesto com Joanna e lhe contar sobre a conversa que acabara de ter na última meia hora. Eles então poderiam trabalhar juntos – sem segredos desde o início. Mas e se Ian descobrisse? Ele não queria pôr Joanna em risco... Talvez fosse melhor não contar por enquanto, esperar para ver como as coisas andavam e decidir depois.

O que ela não sabe não pode magoá-la, concluiu enquanto terminava a bebida. Como Ian parecia já ter pagado a conta, ele pegou o envelope e desceu até o toalete masculino. Trancou-se num cubículo e contou os grossos maços de notas guardadas lá dentro com o batimento acelerado – 5 mil libras em notas de 20 e 50.

O próximo passo, claro, era encontrar Zoe e descobrir o que ela sabia sobre a tal carta – não mais apenas para agradar Joanna, mas também pelo projeto de seu filme...

Ao chegar de táxi meia hora mais tarde ao apartamento de Joanna, podia sentir o envelope cheio de dinheiro queimando de culpa o bolso do casaco. Descartou depressa o sentimento e deixou que ela o conduzisse até uma sala aconchegante, onde uma lareira a gás já tinha sido acesa e um grande balde de pipoca aguardava sobre a mesa de centro.

– Senti sua falta hoje – disse Marcus, então se abaixou para lhe dar um beijo intenso.

– Você me viu hoje de manhã – falou Joanna, afastando com relutância os lábios dos dele.

– Mas parece que faz séculos – murmurou ele, abaixando-se para um segundo beijo, mas ela se esquivou.

– Marcus, o filme!

Ele pegou a velha fita de VHS que havia desencavado de uma gaveta do seu apartamento.

– Vou repetir, não é um filme favorável a um clima de romance.

Joanna pôs a fita no videocassete e ligou a TV, e os dois se acomodaram lado a lado no sofá novo, ela com a cabeça recostada no ombro dele.

De tão entretido observando o rosto de Joanna e vendo a sua total atenção, concentrada no que ele havia produzido, Marcus mal reparou na primeira meia hora de filme. Sentiu o estômago revirar de ansiedade. E se ela achasse um lixo? E se ela achasse *Marcus* um lixo? E se...

Por fim, quando os créditos começaram a passar na tela, Joanna virou-se para ele com os olhos brilhando.

– Que incrível, Marcus – murmurou ela.

– Você... O que achou? – perguntou ele.

– Achei maravilhoso – respondeu ela. – É um daqueles filmes que fica com a gente, sabe? A fotografia é simplesmente espetacular e cria o maior clima, faz você se sentir de fato dentro da floresta amazônica...

Antes que ela pudesse dizer mais alguma coisa, Marcus lhe deu um beijo. A boca de Joanna tinha um gosto doce com uma pitada de sal por causa da pipoca quando ela retribuiu o beijo. Os créditos continuaram rolando na tela, mas eles não prestaram atenção.

17

Na sexta-feira à tarde, Zoe chegou ao hotel depois das filmagens e subiu correndo até o quarto para pegar sua bolsa de viagem. Com o coração martelando o peito, entregou as chaves na recepção.

– Seu motorista a está aguardando no bar, Srta. Harrison.

– Obrigada.

Zoe foi até o salão principal do pub repleto de moradores da região. Antes que os seus olhos tivessem tempo de percorrer o recinto, um homem surgiu ao seu lado.

– Srta. Harrison?

– Sim.

Ela precisou esticar o pescoço para olhar para ele. Era um homem alto, com uma boa estrutura física, cabelos castanho-claros e olhos muito azuis. Parecia totalmente deslocado com seu terno cinza imaculado, camisa e gravata.

– Olá.

– Posso pegar sua bolsa?

O rosto dele se franziu num sorriso simpático.

– Obrigada.

Zoe o seguiu até o estacionamento do lado de fora, onde um Jaguar preto com janelas cobertas por película escura estava à espera. Ele abriu uma das portas de trás.

– Pronto. Entre, por favor.

Zoe entrou. Ele guardou sua mala no bagageiro e sentou-se ao volante.

– Esperou muito tempo? – perguntou ela.

– Não, só uns vinte minutos.

Ele ligou o motor e deu ré para sair do estacionamento.

Ela se recostou no macio couro amarelo enquanto o Jaguar seguia ronronando pelas estradas rurais.

– É longe?

– Uma meia hora, Srta. Harrison – respondeu o motorista.

Zoe de repente se sentiu pouco à vontade, constrangida diante daquele homem bonito e cortês. Ele devia saber que a estava levando para um encontro com o patrão. Não pôde evitar se perguntar quantas vezes já devia ter feito aquele tipo de coisa para Art.

– Faz tempo que o senhor trabalha para... ahn, para o príncipe Arthur? – perguntou ela em meio ao silêncio.

– Não, é um trabalho novo para mim. A senhorita vai ter de me dar uma nota de 0 a 10.

Ela viu seu sorriso no retrovisor.

– Ah, não, eu não poderia... Quero dizer, essa também é a minha primeira vez... ahn... quero dizer, é a primeira vez que vou a Sandringham.

– Bem, então somos ambos novatos no enclave real.

– Sim.

– Não tenho nem certeza se eu deveria estar falando com a senhorita. Imagino que vou ter sorte de eles não arrancarem minha língua e meu sa... É, bem, a senhorita me entende.

Zoe deu uma risadinha quando a nuca dele ficou levemente rosada.

– Não vou dizer nada se você não disser – acrescentou, sentindo-se muito mais à vontade.

Pouco depois, o motorista pegou um celular e digitou um número.

– Chegando a York Cottage em cinco com o pacote de SAR.

Ele deu seta para a esquerda e passou por um pesado portão duplo de ferro forjado. Zoe olhou para trás enquanto ele se fechava silenciosamente atrás do carro.

– Quase lá – disse ele enquanto avançava por uma estrada larga e lisa.

Faixas de névoa vespertina pairavam sobre a área aberta do terreno, tornando impossível ver qualquer coisa. O carro dobrou à direita e desceu uma estradinha estreita margeada por arbustos de ambos os lados, então parou.

– Chegamos, Srta. Harrison.

O motorista saltou do carro e abriu a porta para ela.

Zoe mal teve tempo de absorver a elegante construção vitoriana aninhada entre as árvores altas antes que Art surgisse pela porta da frente.

– Zoe! Que prazer ver você.

Ele a beijou calorosamente nas duas bochechas, mas de modo um tanto formal.

– Devo levar a bagagem da Srta. Harrison para dentro? – indagou o motorista.

– Não, eu mesmo levo, obrigado – respondeu Art.

O motorista viu o príncipe passar um braço protetor em volta dos ombros de Zoe e a conduzir para dentro. Esperava uma celebridade arrogante e vaidosa com ilusões de grandeza. Em vez disso, encontrou uma moça linda, encantadora e nervosa. Voltou para o carro, entrou, então digitou um número.

– Pacote entregue em York Cottage.

– Certo. Ele insiste na privacidade, quer que a área seja mantida livre. Nós assumimos a partir daqui. Apresente-se ao meio-dia amanhã. Boa noite, Warburton.

– Boa noite, chefe.

Quarenta e oito horas de prazer depois, os dois estavam em pé no hall de entrada de York Cottage, Zoe pronta para retornar a Londres.

– Zoe, foi maravilhoso. – Art a beijou com delicadeza nos lábios. – Passou muito rápido. Quando você vai voltar para Norfolk?

– Na terça. Fico em Londres até lá.

– Eu te ligo, mas talvez consiga dar um pulinho para ver você antes disso. Vou voltar a Londres mais tarde.

– Está bem. E obrigada por esses dias realmente maravilhosos.

Eles andaram juntos até o Jaguar que os aguardava. O motorista já havia guardado a bolsa de Zoe no porta-malas, então abriu a porta para ela.

– Cuide-se.

Art acenou enquanto o motorista dava a partida. Zoe ficou olhando enquanto ele diminuía de tamanho entre as árvores até o carro atravessar os portões da propriedade.

– Vou levá-la para a Welbeck Street. Está correto, Srta. Harrison?

– Sim, obrigada.

Zoe ficou olhando pela janela sem ver nada. As últimas 48 horas a tinham deixado exausta em termos físicos e emocionais. A intensidade da presença de Art durante tanto tempo a tinha exaurido. Ela fechou os olhos e tentou cochilar. Graças a Deus tinha dois dias para se recuperar, para *pensar*. Art havia comentado sobre planos que fizera para que os dois pudessem passar algum tempo a sós. Queria contar à família sobre o seu amor, e depois, quem sabe, ao país...

Zoe deu um suspiro profundo. Eram belos pensamentos, mas como poderia algum dia haver um futuro? Jamie teria de lidar com tanta coisa que poderia ser catastrófico.

O que foi que eu comecei?

– Está quente demais, Srta. Harrison? É só me avisar e eu diminuo a calefação.

– Não, estou bem, obrigada – respondeu ela. – Teve um bom fim de semana?

– Sim, razoável, obrigado. E a senhorita?

– Agradável, sim – disse ela, meneando a cabeça na penumbra do carro.

O motorista permaneceu calado pelo restante do trajeto. Zoe ficou agradecida por ele sentir que ela não estava com disposição para papo furado.

Eles chegaram à Welbeck Street logo depois das três da tarde. O motorista levou a bolsa de viagem até a porta da frente enquanto Zoe a destrancava.

– Obrigada. Qual é o seu nome, aliás?

– Simon, Simon Warburton.

– Boa noite então, Simon, e obrigada.

– Boa noite, Srta. Harrison.

Simon voltou para o carro e observou enquanto Zoe entrava e fechava a porta. Mandou uma mensagem pelo rádio avisando que ela fora entregue em segurança e voltou ao estacionamento para guardar o Jaguar e pegar o próprio carro.

Dizer que ele havia mentido para Zoe quando ela lhe perguntara se tinha passado um bom fim de semana era um eufemismo. Ao chegar de Norfolk ao seu apartamento na sexta à tarde, tinha visto na mesma hora a carta da Nova Zelândia. Ao lê-la, percebeu que em algum lugar bem no fundo de seu coração nunca esperara que Sarah voltasse. Mas nem por isso o fato de ela lhe dizer que não voltaria foi menos devastador. Ela havia conhecido outra pessoa, explicava. Amava esse novo homem – e a Nova Zelândia –, estava noiva dele e ficaria lá. Estava muito triste, é claro, sentia-se culpada... os lugares-comuns de sempre que soavam vazios para o coração destroçado de Simon.

Ele tinha chorado muito poucas vezes na vida. A noite de sexta-feira fora uma delas. Depois de esperar aquele tempo todo por Sarah, resistindo bravamente a outras possibilidades, a amargura que ele sentia com o fato de ela o abandonar logo antes da data prevista para o seu retorno era corrosiva.

A única pessoa que ele queria que o reconfortasse – sua amiga mais antiga – não estava em casa ou então ignorava suas ligações. E, para completar, ele tivera de passar o domingo bancando o chofer para levar uma estrela de cinema apaixonada de volta a Londres.

Que diabo estava fazendo, afinal, bancando a porcaria de um chofer depois de todos os seus anos de treinamento especial? Na semana anterior, quando lhe passaram os detalhes de sua "missão especial" em Thames House, ele fora informado de que estaria "dando uma mãozinha", uma vez que o Departamento de Proteção à Realeza estava com poucos funcionários, mas na verdade não engolira essa desculpa. Se ele estivesse cuidando de um dos membros da família real teria sido outra coisa, mas chamá-lo apenas para servir de motorista à amante do príncipe que era o terceiro na linha de sucessão ao trono parecia ridículo. E os protocolos sobre como se dirigir aos membros da realeza pareciam intermináveis, como se eles não fossem humanos como todo mundo, mas uma espécie totalmente distinta.

Simon entregou o Jaguar – dirigi-lo tinha sido o único prazer dos últimos três dias – e entrou no próprio carro. Torceu apenas para estar "liberado" da sua incumbência especial e poder voltar às suas atribuições normais.

Seguiu para o norte de Londres desejando ardentemente não chegar em casa num apartamento vazio. Por impulso, dobrou à direita no cruzamento e passou pelo apartamento de Joanna. Ao ver as luzes acesas, estacionou na frente do prédio, saltou e foi tocar a campainha.

Viu Joanna espiar pela janela, em seguida abrir a porta da frente.

– Oi – disse ela.

Pôde sentir que ela não estava feliz em vê-lo.

– Apareci numa hora ruim?

– É, um pouco. É que estou escrevendo um texto para amanhã.

Ela ficou parada na soleira, obviamente relutando em deixá-lo entrar.

– Tudo bem. Eu estava só de passagem.

– Você parece cansado – comentou Joanna, dividida entre lhe perguntar por que ele estava com uma cara tão infeliz e não querer que ele entrasse.

– Estou. Tive um fim de semana cheio.

– Bem-vindo ao clube. Está tudo bem?

Ele aquiesceu sem encará-la de todo.

– Tudo, tudo bem, sim. Me dê uma ligada e venha jantar comigo um dia desses. Temos assuntos para colocar em dia.

– Claro. – Joanna o encarou sabendo que havia algo errado e sentindo uma culpa terrível por não convidá-lo para entrar. Mas simplesmente não podia mais confiar nele. – Vou ligar, sim.

– Tchau, então.

Simon enfiou as mãos nos bolsos e tornou a se afastar do prédio.

Zoe estava relaxando na banheira quando ouviu a campainha tocar.

– Droga.

Continuou deitada, torcendo para a pessoa ir embora. Não podia ser Art; ele ainda devia estar voltando de Sandringham, e ela havia falado com Jamie no colégio interno mais cedo.

A campainha tornou a tocar. Resignada, enrolou-se em uma toalha e desceu a escada pingando.

– Quem é? – perguntou através da porta.

– Seu irmão querido, meu amor.

– Entre! Vou vestir um roupão e já desço. – Ela abriu a porta, tornou a subir correndo e voltou para a sala cinco minutos depois. – Você parece bem, Marcus. Além do mais, ainda não se serviu de nenhuma bebida, e já está aqui há cinco minutos.

– O que não faz o amor de uma boa mulher, não é mesmo?

– Entendi. Quem é ela?

– Já te conto. Como vão as filmagens? – perguntou ele.

– Vão bem. Estou gostando.

– Você está esplendorosa, Zo.

– Sério?

– Seria o amor de um bom homem, talvez? – perguntou Marcus, jogando verde.

– Ah! Você me conhece, eu vivo para a minha arte e para o meu filho. – Zoe abriu um sorriso inocente. – Mas me diga, quem é essa mulher que o pôs no caminho da sobriedade?

– Eu não diria tanto, mas acho mesmo que ela talvez seja "a" mulher. O que acha de ir jantar com a gente amanhã no bistrô da esquina da minha casa? É por minha conta. Aí você pode dar uma olhada nela. Sabe que eu sempre confiei na sua opinião.

– Ah, é? – Ela franziu o cenho. – Eu acho que não, mas claro que vou conhecê-la.

O toque de um celular soou em algum lugar na sala. Zoe se levantou e começou a procurar a bolsa. Localizou-a junto à porta e pegou o telefone.

– Alô?

Marcus viu um sorriso suavizar a expressão da irmã.

– Cheguei, sim, obrigada. E você? Eu também. Meu irmão está aqui, falamos mais tarde? Tá, tchau.

– E esse, quem era? – Marcus arqueou uma das sobrancelhas. – O Papai Noel?

– Só um amigo.

– Ah, claro. – Ele a estudou enquanto ela tentava guardar a expressão sonhadora junto com o celular. – Deixe disso, Zo. Você conheceu alguém, não foi?

– Não... sim... ah, meu Deus! Mais ou menos.

– Quem é? Eu conheço? Quer ir com ele ao jantar amanhã?

– Quem me dera – murmurou ela. – É tudo meio complicado.

– Ele é casado?

– É, acho que pode-se dizer que sim. Olhe, Marcus, eu não posso mesmo contar mais nada. Nos vemos amanhã à noite por volta das oito, se estiver bom para você.

– Claro. – Marcus se levantou. – Aliás, o nome dela é Joanna. – Ele foi até a porta. – Seja simpática com ela, tá, mana?

– É claro que sim. – Ela lhe deu um beijo. – Boa noite.

Nessa noite, depois de parar para comprar material de limpeza, Marcus chegou em casa decidido a se livrar do que restava da sujeira de solteiro antes da visita seguinte de Joanna. Assobiando enquanto subia a escada para o apartamento, parou espantado ao perceber que sua porta estava aberta. Antes que pudesse confrontar o candidato a ladrão, um homem de macacão de operário da construção espichou a cabeça pela porta.

– O senhor é o inquilino?

– Sim. E o senhor, quem é? E quem o deixou entrar?

– O seu senhorio... ele é meu amigo. Só vim checar o tal vazamento para ele.

– Que vazamento?

Sem entender, Marcus empurrou o homem e entrou no apartamento.

– Aqui, patrão. – O homem apontou para um pedaço de parede logo acima do batente coberto de gesso fresco. – Seus vizinhos do outro lado reclamaram. Infelizmente, é na sua parede.

– Hoje é domingo à noite! E o meu senhorio não avisou que o senhor vinha.

– Eu sinto muito. Ele deve ter esquecido. Enfim, já está tudo resolvido.

– Ahn, ótimo. Obrigado – disse Marcus, vendo o homem guardar as ferramentas numa caixa.

– Já vou indo, então.

– Certo. Obrigado.

– Boa noite, patrão.

Sem entender nada, Marcus ficou olhando o homem passar por ele e sair do apartamento.

18

Na segunda-feira à noite, usando sua blusa verde-escura preferida e uma calça jeans cujos fios soltos havia cortado às pressas antes de sair de casa, Joanna estava sentada irrequieta ao lado de Marcus no bistrô fracamente iluminado. E bastante apreensiva com a perspectiva de conhecer Zoe Harrison.

– Jo, pelo amor de Deus, vai correr tudo bem! Só não pergunte quem é o pai do Jamie. Ela é paranoica em relação a isso, e quando souber que você é jornalista já vai ficar desconfiada de qualquer maneira.

Marcus pediu uma garrafa de vinho e acendeu um cigarro.

– Talvez ela se acalme quando eu disser que só estou interessada no tipo de begônias que ela planta no jardim – disse Joanna, desanimada. – Sério, não sei mais quanto tempo vou conseguir aguentar no trabalho.

– Você vai estar de volta à *pole position* antes do que pensa, principalmente se desvendar o mistério de sir Jim.

– Duvido. Seja como for, meu editor não vai publicar a matéria.

– Ah, mas sempre haverá algum veículo sensacionalista disposto a isso, querida. – Ele a abraçou e lhe deu um beijo. – Olhe a Zoe ali.

Joanna reconheceu a mulher que andava na sua direção e ficou aliviada por ela também estar vestida de modo casual, com uma calça jeans e um suéter de cashmere que combinava com seus olhos. Os cabelos louros estavam presos no alto da cabeça com um nó, e ela não usava maquiagem – estava longe da estrela glamourosa que Joanna esperava ver.

– Joanna, eu sou Zoe Harrison. – Ela sorriu enquanto Joanna se levantava. – É um prazer conhecê-la.

As duas trocaram um aperto de mão. Joanna, sempre consciente da própria altura, se deu conta de que era muito maior do que a delicada Zoe.

– Tinto ou branco, Zo? – indagou Marcus.

– O que vocês estiverem tomando. – Zoe sentou-se de frente para o casal. – Onde conheceu meu irmão, Joanna?

– Eu... ahn...

– Joanna é jornalista e trabalha no *Morning Mail*. Ela me entrevistou sobre o fundo de estudos. Aliás, quando é que a matéria sai, querida?

– Ah, em algum momento da semana que vem, por aí.

Joanna estava observando o semblante de Zoe. Um tremor de ansiedade acabara de surgir. Marcus passou uma taça de vinho branco para cada uma delas.

– Saúde. É um privilégio ter as duas damas mais lindas de Londres só para mim.

– Como você é sedutor, meu caro irmão. – Zoe ergueu uma das sobrancelhas para Joanna, então deu um gole no vinho. – Sobre que tipo de coisa você escreve, Joanna?

– No momento estou na editoria de Animais e Jardins.

Ela notou o alívio de Zoe ao saber disso.

– Mas não por muito tempo – interrompeu Marcus. – Estou torcendo para esta mulher ser bem-sucedida o bastante para me sustentar na velhice.

– Ela não vai ter escolha – retrucou Zoe devagar. – Você não é exatamente um candidato a diretor do Banco da Inglaterra, não é, Marcus?

– Não preste atenção na minha irmã – disse ele a Joanna, lançando um olhar de alerta para Zoe. – Nós passamos a maior parte da nossa vida nos provocando.

– Com certeza – disse Zoe. – Mas é melhor você ver Marcus como ele realmente é, Joanna. Não queremos nenhum choque ou surpresa no meio do caminho, não é?

Joanna viu Zoe sorrir para ela do outro lado da mesa, e soube que ela estava apenas provocando o irmão, então sorriu.

Depois de o garçom anotar os pedidos, Marcus pediu licença e foi correndo até a loja ao lado do restaurante comprar um maço de cigarros.

– Eu soube que você está em Norfolk filmando *Tess* – disse Joanna.

– É.

– Está gostando?

– Muito. É um papel maravilhoso. – O rosto de Zoe se iluminou. – Só espero estar à altura.

– Tenho certeza de que estará. É ótimo ver uma atriz inglesa nesse papel – disse Joanna. – Eu sempre adorei os livros de Hardy, principalmente *Longe da multidão*. Estudei esse livro na escola, e eles nos faziam assistir ao filme sempre que o tempo estava chuvoso demais para jogar bola. Não dizem que todo homem é Gabriel Oak, ou então o sargento Troy? Eu era louca para ser a Julie Christie, para poder beijar Terence Stamp de uniforme de soldado!

– Eu também! – Zoe deu uma risadinha. – Homens de uniforme têm um charme especial, não têm?

– Vai ver eram todos aqueles botões lustrosos.

– Não, o que sem dúvida me ganhou foram as costeletas – disse Zoe com um sorriso. – Nossa, a gente pensa em algumas das pessoas de quem era a fim e sente um calafrio. Simon Le Bon era outro com quem eu sonhava à noite.

– Pelo menos ele era bonito. Não, o meu era muito pior.

– Quem era? – quis saber Zoe. – Ah, conte!

– O Boy George, do Culture Club.

Joanna enrubesceu e baixou os olhos.

– Mas ele é...

– Eu *sei*!

Quando Marcus voltou com os cigarros, as duas estavam aos risinhos.

– Minha irmã estava te contando algum detalhe engraçadíssimo sobre a minha infância?

– Por que os homens sempre partem do princípio de que estamos falando sobre eles? – disparou Zoe em resposta.

– Porque eles têm uma noção exacerbada da própria importância.

– Não é mesmo?

Ambas reviraram os olhos e riram.

– Será que vocês duas conseguiriam se controlar o suficiente para começar as entradas? – disse Marcus, emburrado, quando o garçom apareceu na mesa.

Duas garrafas de vinho depois, Marcus estava se sentindo excluído. Embora estivesse feliz por ver que Zoe e Joanna haviam se dado bem, tinha a sensação de ter invadido uma noite entre amigas conforme elas trocavam histórias de adolescência que ele nem achou tão engraçadas assim. Além do mais, aquilo não estava levando a lugar nenhum em relação ao que ele precisava saber. Zoe estava embaladíssima contando sobre um trote no colégio interno envolvendo uma professora odiada e um preservativo cheio d'água.

– Obrigada, Marcus – agradeceu Joanna quando ele serviu mais vinho na sua taça.

– De nada, minha senhora. Meu objetivo é agradar – resmungou ele.

– Marcus, pare de ficar emburrado! – Zoe assumiu um ar conspiratório e se inclinou por cima da mesa até junto de Joanna. – Uma dica de quem o conhece bem: quando ele franze os lábios e fica um pouco vesgo, é sinal de que está tendo um ataque de mau humor.

Joanna piscou.

– Mensagem recebida e entendida.

– Então, maninho, como vai o fundo de estudos? – perguntou Zoe.

– Ah, vai indo, sabe como é. Estou organizando o lançamento no National Theatre para daqui a umas duas semanas, e no momento estou montando o painel de avaliadores. Pensei que ele deveria ser formado por um diretor de uma escola de artes cênicas, um diretor de teatro, um ator e uma atriz de renome. Estava pensando se você não gostaria de ser a atriz, Zo, já que é o fundo de sir James.

– Com certeza. Vários rapazes lindos de 18 anos que vou ter de levar para jantar e beber vinho para ter certeza de que têm o que é preciso...

– Posso ficar com os que você não quiser?

– Joanna! – exclamou Marcus.

– Uma espécie de Miss Universo alternativo – completou Zoe.

– Você deveria pedir para eles se apresentarem de sunga – disse Joanna, rindo.

– Enquanto recitam um discurso de *Henrique V*...

Desesperado, Marcus balançou a cabeça enquanto as duas riam histericamente.

– Desculpe, Marcus – disse Zoe, enxugando os olhos com o guardanapo. – Ah, por falar em atores, tive uma conversa fascinante com William Fielding, que está interpretando meu pai em *Tess*. Pelo visto ele conhecia James desde que era criança.

– É mesmo? – indagou Marcus num tom casual, apurando os ouvidos.

– É. – Zoe tomou um gole de vinho. – Ele me contou uma história inacreditável sobre como James não era "James" quando o conheceu. Ao que parece ele era irlandês, de Cork, e se chamava Michael... O'Connell, acho que era esse o sobrenome. Estava atuando num espetáculo de *music hall* no Hackney Empire, e de repente sumiu de uma hora para outra. Ah, e William também falou alguma coisa sobre cartas que foram escritas, uma espécie de caso que James estava tendo com uma mulher.

Joanna escutou aquilo espantada. Ali estava a confirmação absoluta da sua teoria de que os dois homens eram a mesma pessoa. Um arroubo de empolgação percorreu seu corpo.

– Como ele poderia saber sobre as cartas? – perguntou Marcus com o máximo de calma de que foi capaz.

– Porque ele era o mensageiro de Michael O'Connell. Tinha de ficar parado em frente à Swan & Edgar à espera de uma mulher chamada Rose. – Zoe revirou os olhos. – Vou dizer a vocês, William é um fofo, mas isso tudo me soa bastante improvável.

O coração de Joanna estava começando a martelar no peito, mas ela permaneceu calada, rezando para Marcus fazer as perguntas certas.

– Talvez seja verdade, Zo.

– Em parte, sim. William evidentemente o conheceu no passado, mas acho que a passagem do tempo bagunçou suas lembranças, e talvez ele tenha confundido James com outra pessoa. Embora de fato parecesse muito certo em relação aos detalhes.

– Você nunca escutou nada do seu avô sobre isso? – perguntou Joanna, sem conseguir se conter.

– Nunca. – Zoe fez que não com a cabeça. – E, para ser sincera, se houvesse uma história para contar, tenho certeza de que James teria me contado antes de morrer. Nós tínhamos poucos segredos um com o outro. É bem verdade que mais para o final, quando a morfina estava afetando seu cérebro, ele resmungou alguma coisa sobre a Irlanda, sobre uma casa num lugar... – Zoe vasculhou a memória. – Não consigo me lembrar do nome exato, mas acho que começava com "R".

– Eu li algumas biografias do seu avô. Fico surpresa que nada disso esteja mencionado nelas – comentou Joanna.

– Eu sei. É por isso que acho tão difícil acreditar nessa história. William me disse que no final James comentou com ele que era melhor cada um seguir o seu caminho e rompeu o contato.

– Uau. Com certeza valeria a pena investigar isso, não? – disse Marcus.

– Ah, eu vou investigar quando tiver tempo. Aquele sótão de Haycroft House precisa mesmo de uma arrumação. Quando terminar a filmagem vou passar um fim de semana lá e ver o que consigo encontrar.

– A menos que você queira que eu faça isso, Zo.

– Ah, Marcus... – Zoe ergueu uma das sobrancelhas para o irmão. – Eu não consigo imaginá-lo revirando caixas cheias de cartas e recortes de jornal velhos e empoeirados. Ficaria de saco cheio logo na primeira e jogaria tudo na lareira.

– Nisso você tem razão. – Joanna revirou os olhos. – Ele foi para o pub e me deixou procurando sozinha. Acho que seria preciso uma semana ou mais para olhar tudo. Eu só consegui examinar umas duas caixas.

– Você estava olhando as coisas de James? O que esperava encontrar exatamente? – perguntou Zoe, com a testa franzida de preocupação.

– Ah, só uma ou duas fotos de sir James quando jovem, para ilustrar a matéria do fundo de estudos – respondeu Joanna depressa, percebendo nesse instante que Zoe não tinha dado permissão para Marcus em relação à sua recente caça ao tesouro.

– Escutem, meninas, tive uma ideia outro dia – interrompeu Marcus, obviamente querendo mudar de assunto.

– Qual? – perguntou Zoe, desconfiada.

– Bom, para dizer a verdade quem teve a ideia foi Joanna – corrigiu-se ele. – Quando fomos lá, umas duas semanas atrás, ela teve a ideia de leiloar algumas coisas para angariar dinheiro para o *trust*, ou então entregar as peças para o Theatre Museum. Mas isso significa que tudo vai ter de ser examinado e catalogado.

Zoe hesitou.

– Não tenho certeza se quero me separar das coisas.

– Está tudo apodrecendo lá em cima, Zoe, e se você não tomar logo uma providência não vai ter mais nada que valha a pena guardar.

– Vou pensar no assunto. Mas quer dizer que você não achou nada de importante quando vasculhou as coisas?

– Infelizmente, não. O máximo que fiz foi revelar os segredos dos ácaros de Dorset – resmungou Joanna.

– O ator de quem você estava falando é William Fielding? – perguntou Marcus, para confirmar.

– E a mulher com quem ele se encontrava se chamava Rose? – arrematou depressa Joanna.

– Sim e sim. – Zoe olhou para o relógio. – Desculpe ser estraga-prazeres, pessoal, mas eu preciso do meu sono da beleza. Volto para Norfolk amanhã. – Ela se levantou. – A comida estava incrível, e a companhia melhor ainda.

– Quer ir comigo ao National Theatre amanhã? – perguntou Marcus. – Vou me encontrar com os organizadores do evento para conversar sobre os detalhes do lançamento às duas e meia.

– Eu adoraria, mas a essa hora já vou estar em Norfolk filmando. Desculpe, Marcus – respondeu Zoe, então virou-se para Joanna. – Você e eu precisamos marcar de ir fazer compras. Vou levá-la àquela loja sobre a qual comentei.

– Eu adoraria, obrigada.

– Ótimo. – Zoe pegou seu casaco no encosto da cadeira e o vestiu. – Sábado que vem, que tal? Ah, mas Jamie vai vir passar o fim de semana prolongado em casa. Vamos fazer o seguinte: por que você e Marcus não passam lá em casa no sábado de manhã? Marcus pode ficar com Jamie enquanto a gente sai.

– Espere aí um instante... eu...

– Você me deve essa, Marcus. – Zoe lhe deu um beijo no rosto. – Boa noite, Joanna.

Com um aceno, ela saiu do bistrô.

– Bem, você com certeza fez um baita sucesso com a minha irmã. Poucas vezes a vi tão relaxada – disse Marcus, segurando a mão de Joanna. – Venha, vamos para o meu apartamento. Podemos tomar um conhaque e conversar sobre o que Zoe disse.

Eles saíram do bistrô e andaram por cinco minutos até o apartamento de Marcus. Ele acendeu uma vela metida a besta que se dera ao luxo de comprar e conduziu Joanna até o sofá. Ela ainda estava atordoada com o que Zoe dissera, e deixou Marcus lhe servir um conhaque e vir se acomodar ao seu lado.

– Parece então que você estava certa sobre Michael O'Connell e sir James serem a mesma pessoa – refletiu Marcus.

– Sim.

– William Fielding conheceu James todos esses anos atrás, com outro nome, levando outra vida, e até o dia da sua morte nunca falou nada. Isso, sim, é lealdade.

– Também pode ter sido por medo – disse Joanna. – Se ele entregou e recebeu cartas para James, e se essas cartas continham informações delicadas, com certeza era obrigatório ele ficar de boca fechada, não? Ele pode muito bem ter sido pago para não dizer nada. Ou quem sabe chantageado.

Joanna bocejou.

– Nossa, Marcus, estou muito cansada de tentar entender o que isso tudo significa.

– Então vamos esquecer o assunto por enquanto e pensar melhor sobre ele de manhã. Vamos deitar?

– Vamos.

Ele a beijou, então a puxou para fazê-la se levantar e lhe deu um abraço.

– Obrigada pelo jantar – disse ela. – Achei Zoe um amor, aliás.

– Humm. Será que você não estava se esforçando *um pouquinho* além da conta por causa dos seus próprios objetivos? Seria muito conveniente para a sua investigação você ficar amiguinha de Zoe.

– Que história é essa?! – Furiosa, Joanna se desvencilhou do abraço dele. – Meu Deus! Eu me esforço para me dar bem com a sua irmã por *sua* causa, descubro que gosto dela de verdade, e você me acusa disso! Meu Deus! Você realmente não me conhece muito bem, não é?

– Calma, Jo. – Marcus levou um susto com aquela raiva súbita. – Eu estava brincando. Foi ótimo ver vocês duas se dando bem. Zoe precisa mesmo de uma amiga. Ela nunca se abre com ninguém.

– Espero que esteja falando sério.

– Estou, sim, de verdade. E, sejamos honestos, você não precisou exatamente torturá-la para ela dizer alguma coisa. Ela falou sem qualquer incentivo.

– É.

Joanna andou em direção ao hall. Marcus foi atrás.

– Para onde você está indo?

– Para casa. Estou brava demais para ficar.

– Joanna, por favor, não vá. Eu já pedi desculpas. Eu...

Ela abriu a porta e suspirou.

– Olhe, Marcus, eu acho que a gente está indo depressa demais. Preciso de um pouco de espaço. Obrigada pelo jantar. Boa noite.

Depois que ela saiu, Marcus fechou a porta arrasado, pensando em como as mulheres eram complexas, então sentou-se para pensar em como poderia interrogar um pouco mais William Fielding sem levantar a suspeita da irmã.

19

William Fielding estava sentado na sua poltrona preferida junto à velha lareira a gás de sua casa. Seus ossos doíam e ele se sentia cansado. Sabia que os seus dias de ator estavam contados, e que teria de desistir e se conformar em ir para algum asilo abominável. E, quando parasse de trabalhar, duvidava que fosse durar muito tempo.

Conversar com Zoe Harrison tinha sido um dos prazeres de fazer *Tess*. E a conversa havia feito seu cérebro voltar com certa relutância ao passado.

William olhou para o grosso anel de sinete de ouro dentro da mão nodosa. Seu estômago ainda se contraía ao pensar nele. Depois de toda a bondade com que Michael o havia tratado, William fora ordinário o bastante para roubá-lo. Só uma vez, quando ele e a mãe estavam desesperados. Ela dissera ter contraído uma forte virose estomacal que a impedira de trabalhar. Mas agora, pensando bem, William desconfiava de um encontro secreto com um açougueiro de fundo de quintal e uma agulha de tricô para remover um indesejado e minúsculo ser humano.

E nesse dia, por acaso, Michael O'Connell o mandara aos seus aposentos para buscar uma muda de roupa. William tinha entrado no quarto e encontrado o anel em cima da pia do banheiro. Levara-o direto para a casa de penhores, conseguindo dinheiro suficiente para manter a si e a mãe longe da miséria durante uns bons três meses. Tragicamente, ela morreu de septicemia apenas umas duas semanas depois. O mais estranho era que Michael nunca o questionara sobre o anel desaparecido, muito embora ele fosse o candidato óbvio a tê-lo roubado. Alguns meses mais tarde, após poupar com afinco, William voltara à casa de penhores e comprara o anel de volta. Mas a essa altura Michael já tinha sumido outra vez.

Tinha decidido dar o anel a Zoe quando tornasse a vê-la em Norfolk. Sabia que ela o considerava um velho inventor de histórias, e quem podia culpá-la? Mas parecia a coisa certa ela ficar com o anel. Nessa noite, deitado na cama com o anel no dedo de modo a não esquecê-lo na manhã seguinte, William ficou pensando se deveria também lhe contar o segredo que havia guardado durante setenta anos. Havia acreditado piamente nos alertas de perigo de James Harrison, porque depois de algum tempo descobrira quem "Rose" de fato era...

– Oi, Simon. A semana tem sido boa?

Ian lhe deu um tapa no ombro.

Por falta de coisa melhor para fazer, Simon tinha ido com os colegas a um pub perto de Thames House.

– Sinceramente? Não, nada boa. Levei um fora da minha namorada e ainda estou de sobreaviso no palácio como motorista de luxo – respondeu ele.

– Minhas condolências em relação à namorada, mas você sabe que não deve questionar as decisões do andar de cima. Quer beber alguma coisa?

– Pode ser. Um *pint* de chope.

– Na verdade é você quem deveria me pagar uma bebida. Hoje é meu aniversário. Estou fazendo quarentinha, caramba, e pretendo tomar um porre daqueles – disse Ian, tentando sem sucesso atrair a atenção do barman.

Pelo aspecto de Ian, Simon imaginou que ele tivesse alcançado seu objetivo. Sua pele estava cinza e suada, e os olhos vermelhos e sem foco.

– Quer dizer que você está em busca de uma namorada nova?

Ian sentou-se em frente a ele.

– Eu acho que vou deixar a poeira baixar antes de entrar de novo na cova dos leões. – Simon tomou um gole do seu chope. – Enfim, vou superar isso, tenho certeza.

– É assim que se fala. – Ian soltou um arroto. – Espero que tenha aprendido a lição. – Ele agitou o dedo para Simon. – Meu lema é: não se apaixone, só leve para a cama.

– Desculpe, Ian, isso não faz o meu estilo.

– Por falar em mulherengos, conheci uma pessoa outro dia. Ele, sim, teria uma coisinha ou duas para nos ensinar. Que idiota! As garotas caem aos pés dele uma atrás da outra.

– Será que estou detectando um quê de inveja no seu tom?

– Inveja de Marcus Harrison? Meu Deus, não! Aquele cara nunca teve um dia de trabalho honesto na vida. Foi precisamente o que eu disse a Jenkins quando ele me pediu para conseguir a ajuda de Harrison com uma investigação: basta lhe oferecer algumas libras e ele é todo seu. Eu tinha razão, claro. Nós pagamos o palhaço para espionar a namorada. E, pelo teor da conversa que os dois tiveram na noite passada, o cara nem percebeu que o apartamento dele foi grampeado.

– Ian, você está falando demais.

Simon lhe lançou um olhar de alerta.

– Praticamente todo mundo aqui neste bar trabalha com a gente, e eu não chego a estar revelando nenhum segredo de Estado, certo? Deixe de ser tão tenso e pague um chope de aniversário para o seu amigo.

Simon foi até o balcão e pensou que era a primeira vez que via Ian daquele jeito. Quer fosse o seu aniversário ou não, Ian andava bebendo muito nos últimos meses. Simon duvidava que fosse demorar muito para ele receber uma advertência. Isso era dito e repetido durante o treinamento. Um único deslize da língua – um único comentário descuidado – poderia significar um desastre.

Simon pagou pelos dois chopes e os levou até a mesa.

– Feliz aniversário, cara.

– Obrigado. Você vem conosco? Vamos comer um curry, depois partir para uma boate no Soho que, segundo Jack, tem uma boa seleção de adolescentes peitudas. Talvez seja exatamente disso que você está precisando, Si.

– Acho que vou passar, mas obrigado mesmo assim.

– Escute, eu sinto muito estar meio estranho hoje, mas tive de organizar uma operação particularmente horrível hoje de manhã. – Ian correu uma das mãos pelos cabelos. – Coitado do velho. Chegou a mijar nas calças de tão apavorado. Meu Deus, a gente não ganha bem o suficiente para essa merda.

– Ian, eu não quero escutar isso.

– Não, tenho certeza que não. É que... caramba, Si, já faz quase vinte anos que eu faço isso. Espere só; você agora está fresquinho, mas vai acabar sentindo a pressão. Não poder compartilhar detalhes da sua existência com a família, os amigos...

– É claro que isso às vezes me incomoda, mas por enquanto estou aguentando. Por que você não conversa com alguém? Vai ver precisa de uma pausa, umas férias.

– Você sabe tão bem quanto eu que, se demonstrar qualquer sinal de fraqueza, pimba! É despachado para cuidar da burocracia no conselho municipal. – Ian bebeu todo o seu chope. – Eu vou ficar bem. Estou preparando uma outra coisa... que vai render frutos muito em breve. O importante são os contatos, não é? – Ian deu uma piscadela conspiratória. – É que foi um jeito bem estranho de passar o aniversário.

Simon segurou o ombro de Ian quando o colega se levantou.

– Não se deixe abater. Divirta-se hoje.

– É, tá bom.

Ian forçou um sorriso e acenou quando Simon saiu do pub.

O telefone tocou às sete da manhã seguinte, no momento em que Zoe fazia as malas para a viagem até Norfolk.

– Zoe? É o Mike.

– Oi, Mike. – A voz grave do diretor fez Zoe sorrir junto ao fone. – Como vão as coisas em Norfolk?

– Receio que não muito bem. William Fielding foi brutalmente atacado em casa ontem de manhã por um bando de arruaceiros. O estado dele é crítico, e os médicos não têm certeza se vai sobreviver.

– Ai, não, meu Deus! Que horror.

– Eu sei. A gente começa mesmo a se perguntar para onde o mundo está indo. Parece que invadiram a casa dele em Londres, roubaram sabe-se lá que reles pertences ele tinha e o deixaram entre a vida e a morte.

– Ai, meu Deus. – Zoe sufocou o choro. – Coitado, coitadinho dele.

– E... desculpe o pragmatismo... mas, como você pode imaginar, isso atrapalhou o nosso cronograma de filmagens esta semana. Pelo visto, mesmo que ele sobreviva, não terá condições de continuar o filme. Estamos dando uma olhada no copião para ver o que temos e o que não temos. Com um pouco de cuidado na edição, acho que estamos quase lá. Enfim, até resolvermos isso, a filmagem está suspensa. Então não precisa vir a Norfolk hoje.

– Claro. – Zoe mordeu o lábio. – Escute, Mike, por acaso você sabe em que hospital o William está? Se eu vou passar os próximos dias em Londres, gostaria de ir visitá-lo.

– Você é mesmo um encanto, Zoe. Ele está no Saint Thomas. Não sei se vai encontrá-lo em boa condição mental ou não. Se for o caso, mande um beijo de todo mundo do set.

– Claro. Obrigada por ter ligado, Mike.

Zoe pôs o fone no gancho e repreendeu a si mesma por ter feito comentários críticos em relação a William com Joanna e Marcus na noite de segunda. Sem conseguir se concentrar em nada em casa, e surpresa com o quanto estava abalada com o ataque sofrido por ele, saiu depois do almoço rumo ao hospital Saint Thomas.

Com seus pouco criativos buquês de flores, uvas e suco de frutas, Zoe foi guiada até a área de cuidados intensivos.

– Vim visitar William Fielding – informou ela a uma enfermeira corpulenta.

– Ele está mal demais para receber visitas que não sejam de parentes próximos. A senhora é da família?

– Ahn, sim, na verdade eu sou filha dele.

Pelo menos no cinema, pensou Zoe.

A enfermeira a levou até um quarto no canto da enfermaria, e ali estava William, com a cabeça toda enfaixada e o rosto coberto por horríveis hematomas azuis e roxos. Tinha o corpo conectado a vários aparelhos que emitiam bipes intermitentes.

Zoe ficou com os olhos marejados.

– Como ele está?

– Muito mal, infelizmente. Fica perdendo e recobrando a consciência – respondeu a enfermeira. – Agora que a senhora apareceu, vou chamar o médico para vir lhe falar sobre a situação dele e perguntar alguns detalhes. Não sabíamos que ele tinha filhos. Vou deixá-la sozinha com ele por um tempo.

Zoe aquiesceu sem dizer nada, e então, depois de a enfermeira sair, sentou-se e segurou a mão de William.

– William, está me ouvindo? É a Zoe, Zoe Harrison.

A cena lhe lembrou tanto estar sentada à cabeceira de James vendo-o partir que novas lágrimas escorreram pelas suas faces.

– Eu sinto muito não termos tido a oportunidade de conversar mais sobre quando você conheceu meu avô. Foi fascinante, de verdade. Algumas das coisas que você estava me dizendo... bom, ele deve mesmo ter confiado em você todos esses anos atrás.

Zoe sentiu um dos dedos de William se mexer dentro da sua palma, e as pálpebras dele estremeceram.

– William, está me ouvindo?

Um dos dedos dele se agitava com tanta força que Zoe teve de soltar sua mão. O indicador que se contorcia violentamente sobre o lençol estava cingido por um grande anel de sinete.

– O que foi? O anel está te machucando? – Zoe reparou que os dedos dele pareciam inchados. – Quer que eu tire?

O dedo tornou a se agitar.

– Está bem – disse ela.

Zoe teve de se esforçar para tirar o anel, que parecia muito apertado.

– Vou pôr no seu escaninho para que não se perca.

Então reparou na cabeça dele balançando lentamente de um lado para o outro.

– Não?

O indicador dele estava apontado para ela.

– Quer que eu guarde para você?

Ele conseguiu a duras penas erguer o polegar.

– Tá, é claro que eu guardo. – Zoe guardou o anel no bolso. – William, você sabe quem fez isso com você?

Ele aquiesceu, de forma lenta porém veemente.

– Pode me dizer quem foi?

Outro menear de cabeça.

Zoe aproximou o ouvido dos lábios do colega enquanto ele se esforçava para formar uma palavra.

A primeira tentativa resultou num sussurro rouco e irreconhecível.

– Pode tentar outra vez? – incentivou ela.

– Pergunte... a Rose.

– Você disse "Rose", é isso?

Ele apertou os dedos dela, então tornou a falar:

– Dama de...

– Dama de quê? – insistiu Zoe, ouvindo a respiração de William ficar mais irregular.

– Com...

William suspirou, sem forças, seus olhos se fecharam e ele perdeu os sentidos. Zoe passou algum tempo sentada ali afagando a mão dele e torcendo para ele voltar, mas ele não voltou. Por fim, levantou-se e saiu da enfermaria, passando rapidamente pelo posto de enfermagem antes que alguém a abordasse e pedisse detalhes pessoais sobre William que ela não podia fornecer.

Ficou parada em frente ao hospital, encarando o tráfego com um olhar vazio. Decidiu que na verdade não queria ir para casa e ligou para Marcus.

– Oi, ainda está no National?

– Estou, sim. Acabei de encerrar a reunião – respondeu Marcus. – Está tudo bem? Você está com uma voz meio estranha.

– Posso ir te encontrar? Ai, Marcus, que coisa mais horrível. Eu estou no Saint Thomas...

– Meu Deus, você se machucou?

– Não, não se preocupe. Foi um amigo...

– O que acha de ir ao Royal Festival Hall? Fica mais perto de onde você está – sugeriu ele. – Te encontro no café de lá daqui a dez minutos.

Zoe atravessou a rua e margeou o rio pela South Bank, com o vento fustigando seu rosto e secando as últimas lágrimas. Marcus a esperava em frente ao Festival Hall com uma expressão preocupada, e ela deixou que o irmão a envolvesse num abraço e então a levasse para dentro.

Eles se acomodaram numa das mesas do café e pediram duas xícaras de chá fumegantes.

– E aí, qual o problema? O que aconteceu? – perguntou Marcus.

– Lembra que eu estava contando sobre aquele ator, William Fielding?

– Sim. O que houve?

– Ele sofreu um ataque brutal ontem. Acabei de visitá-lo no hospital, e parece bem improvável que ele passe desta noite. – Zoe afundou na cadeira, e seus olhos tornaram a se encher de lágrimas. – Fiquei muito abalada.

Não tanto quanto eu, pensou Marcus com uma careta. Estendeu a mão e segurou a dela.

– Vamos, meu amor, ele não era seu parente, né?

– Eu sei, mas era um velhinho tão doce.

– Ele conseguiu falar?

– Não, na verdade não. Quando eu perguntei quem tinha feito aquilo, ele murmurou alguma coisa sobre Rose e uma... dama. – Zoe assoou o nariz. – Acho que ele estava delirando. E eu falando nele ontem à noite mesmo.

Ontem à noite mesmo... Seria coincidência? Mas como eles poderiam ter ficado sabendo? A menos que... Marcus engoliu em seco e sentiu o sangue gelar.

– Você escreveu o que ele disse?

– Não. Deveria?

– Sim. Pode ser que ajude a polícia na investigação. – Ele tateou o bolso do casaco em busca de uma caneta e pegou também uma nota fiscal velha. – Anote exatamente o que ele falou.

– Será que devo levar isso para a polícia? – perguntou ela ao terminar de escrever.

– Vamos fazer o seguinte: como você está muito abalada, deixe que eu levo.

– Está bem, Marcus. Obrigada. – Zoe aquiesceu, agradecida, e entregou-lhe o papel. Seu celular tocou, e o barulho deu um susto em ambos. – Alô? Sim, Michelle, o Mike me ligou hoje de manhã. Pois é, né? Fui lá visitá-lo no hospital e...

Ao terminar de falar, Zoe pôs o celular sobre a mesa e terminou de tomar seu chá.

– Marcus, muito obrigada por me escutar. Preciso ir andando.

– Sem problemas, mana. Me ligue quando quiser – disse ele quando ela se curvou para beijá-lo.

Ele então se recostou na cadeira e ficou olhando os barcos de turismo e barcaças navegarem pelo Tâmisa prateado.

Ocorrera-lhe que talvez seu apartamento tivesse sido grampeado. Aquele operário que tinha aparecido lá... E quando ele telefonara para verificar, o senhorio não sabia nada a respeito... Se fosse isso mesmo, eles tinham escutado sua conversa com Joanna sobre William Fielding.

Se o estavam pagando para descobrir o que pudesse, então sem dúvida iriam querer ter certeza de que seriam os primeiros a saber, ou não? Afinal, de que outra maneira alguém ficaria sabendo tão depressa sobre William Fielding e sua ligação com James Harrison? Não conseguia pensar em nenhuma outra hipótese.

O som de um celular tocando o despertou de seus pensamentos. Intrigado, já que aquele não era o som do seu próprio aparelho, ele percebeu que era o celular de Zoe em cima da mesa. Pegou-o e atendeu.

– Zoe? Sou eu.

A voz soou muito conhecida.

– Ahn, a Zoe não está. Quer deixar recado?

A ligação foi interrompida do outro lado, mas não antes de Marcus ter reconhecido a voz do homem que estava ligando, da noite de estreia do filme da irmã...

Roque

Manobra da torre para defender o rei.
É a única jogada em que duas peças podem
ser movidas ao mesmo tempo

20

– Entre, Simpson, sente-se.

A cabeça de Ian latejava. Ele só torceu para não vomitar em cima da cara escrivaninha de tampo de couro do chefe.

– Pode me explicar por que o trabalho não foi concluído?

– Perdão?

Jenkins se inclinou para a frente.

– O velho ainda está vivo. É provável que morra logo, mas Zoe Harrison já deu um jeito de ir vê-lo no hospital. Só Deus sabe o que ele lhe disse. Mas que droga, Simpson! Dessa vez você pisou mesmo na bola.

– Desculpe, chefe. Eu senti o pulso dele e fiquei convencido de que estava morto.

Jenkins tamborilou os dedos na mesa.

– Estou avisando, mais um deslize desses e você está fora. Entendeu bem?

– Sim, chefe.

A cabeça congestionada de Ian girava. Ele se perguntou se iria desmaiar.

– Mande Warburton entrar. E veja se cura essa ressaca, ouviu?

– Sim, chefe. Desculpe mais uma vez, chefe.

Ian se levantou e caminhou o mais cuidadosamente que conseguiu até a porta.

– Você está bem, cara? Está todo verde!

Simon estava sentado numa cadeira do lado de fora.

– Estou me sentindo mal. Preciso sair rápido daqui. Pode entrar.

Enquanto observava Ian correr na direção do banheiro, Simon se levantou e bateu à porta.

– Entre.

Jenkins sorriu para Simon.

– Sente-se, Warburton, por favor.

– Obrigado, chefe.

– Em primeiro lugar, quero perguntar a você, sem comprometer qualquer lealdade ou amizade que vocês dois possam ter travado, se você acha que Simpson está sentindo a pressão, se acha que seria bom ele ter um... descanso.

– Ele fez 40 anos ontem, chefe.

– Não chega a ser uma desculpa, mas enfim... Eu disse a ele para se recuperar. Fique de olho, sim? Ele é um bom membro da equipe, mas já vi outros irem pelo mesmo caminho. Enfim, chega de falar em Simpson. Você tem uma reunião lá em cima daqui a dez minutos.

– É mesmo, chefe? Por quê?

Simon sabia que, em Thames House, "lá em cima" era reservado às mais altas patentes.

– Eu o recomendei pessoalmente para a missão. É uma situação de extrema delicadeza, Warburton. Não me decepcione, sim?

– Farei o possível, chefe.

– Ótimo. – Jenkins aquiesceu. – É só isso.

Após sair da sala, Simon pegou o elevador, subiu, e foi conduzido pelo corredor acarpetado ao final do qual havia uma recepcionista de idade avançada sentada sozinha.

– Sr. Warburton? – perguntou ela.

– Sim.

A mulher apertou um botão em sua mesa e se levantou.

– Venha comigo.

Ela o conduziu por outro corredor, e por fim bateu a uma grossa porta de carvalho esculpida.

– Entre! – bradou uma voz lá dentro.

Ela empurrou a porta para abri-la.

– Warburton para falar com o senhor.

– Obrigado.

Simon andou em direção à mesa e reparou no imenso candelabro que iluminava a sala espaçosa, nas pesadas cortinas de veludo que pendiam de um lado e outro das janelas altas. A grandiosidade do ambiente fazia um forte contraste com o homem pequenino e muito idoso sentado atrás da mesa, numa cadeira de rodas. Apesar disso, a presença dele dominava o recinto.

– Sente-se, Warburton.

Simon sentou-se numa cadeira de couro de espaldar alto.

Os olhos penetrantes o perscrutaram.

– Jenkins me falou bem de você.

– É gratificante ouvir isso, senhor.

– Li seu dossiê e fiquei impressionado. Gostaria de um dia se sentar onde estou sentado, Warburton?

Simon supôs que ele estivesse se referindo ao contexto do recinto, não à cadeira de rodas.

– É claro que gostaria, senhor.

– Faça um bom trabalho para mim e posso garantir uma promoção imediata. De amanhã em diante, vamos alocá-lo permanentemente no Departamento de Proteção à Realeza.

Simon sentiu o coração pesar de decepção. Estava imaginando uma missão bem mais desafiadora.

– Posso perguntar por quê, senhor?

– Nós achamos que você é a pessoa mais indicada para o posto. Acredito que já tenha conhecido Zoe Harrison. Como tenho certeza de que percebeu, ela e Sua Alteza Real estão tendo um "envolvimento". Você irá acompanhá-la como seu agente de segurança em tempo integral. Receberá instruções de um dos agentes do departamento hoje à tarde.

– Entendo. Se me permite, posso saber por que o senhor considera necessário atribuir a um agente do MI5 como eu um posto de guarda-costas? Sem querer soar grosseiro, esse posto não é exatamente aquilo para o que eu fui treinado.

Um esboço de sorriso surgiu nos lábios do velho.

– Na verdade eu acho que é, sim. – Ele empurrou uma pasta em direção a Simon. – Agora preciso sair para uma reunião. Até eu voltar, você vai ficar nesta sala, ler os documentos desta pasta e decorar seu conteúdo. Ficará trancado aqui enquanto lê.

– Sim, senhor.

– Depois que tiver lido, vai entender exatamente por que eu quero que fique perto da Srta. Harrison. A situação nos convém.

– Sim, senhor.

Simon pegou a pasta grossa.

– Não faça nenhuma anotação. Você será revistado ao sair. – O velho contornou a mesa e atravessou o carpete. – Podemos falar mais sobre o assunto depois que tiver absorvido a informação.

Simon se levantou, foi até a porta e a abriu para permitir a passagem da cadeira de rodas. Depois que o velho saiu, a porta foi fechada e ele escutou a chave girar na fechadura pelo lado de fora. Voltou a se sentar numa cadeira e estudou a pasta. O carimbo vermelho na capa o alertou de que aquilo que estava prestes a ler pertencia à mais alta categoria de informação sigilosa. Poucos olhos a deviam ter visto. Ele abriu a pasta e começou a ler.

Uma hora mais tarde, a porta foi destrancada e aberta.

– Leu e entendeu, Warburton?

– Sim, senhor.

Simon ainda estava sob o efeito do choque.

– Entendeu por que nós achamos que seria adequado que você fosse o guarda-costas de Zoe Harrison no futuro próximo?

– Acredito que sim.

– Escolhi-o porque a sua discrição e competência são tidas em grande conta por Jenkins e seus colegas. Você é um rapaz afável, bastante capaz de travar amizade com uma moça como a Srta. Harrison. Ela será informada pelo palácio de que você vai se mudar para a casa dela a partir deste fim de semana e acompanhá-la aonde ela for.

– Sim, senhor.

– Isso deve lhe dar amplas oportunidades para descobrir o que ela sabe. As linhas telefônicas dela em Dorset e Londres já foram grampeadas. Você também vai receber os equipamentos a serem instalados na casa. Deve entender agora que é da máxima urgência encontrarmos a carta. Infelizmente, sir James parece ter decidido jogar um joguinho conosco do além. A carta que você nos trouxe era uma pista falsa. Sua missão é localizar e obter a carta certa.

– Sim, senhor.

– Warburton, nem preciso lhe dizer que a missão que estou lhe confiando é extremamente delicada. Outros, como Simpson, por exemplo, receberam apenas as informações necessárias. O assunto não deve, sob hipótese *alguma*, ser discutido fora deste recinto. Se houver algum vazamento, é em você que porei a culpa. Mas, se a situação chegar a um desfecho satisfatório, posso lhe garantir que você será muito bem recompensado.

– Obrigado, senhor.

– Quando sair daqui, você vai receber um celular contendo um único número. Vai usá-lo apenas para se reportar diretamente a mim às quatro horas da tarde, todos os dias. Fora isso, no seu papel de guarda-costas pessoal da Srta. Harrison, irá se reportar ao agente de segurança do palácio. – Ele indicou um envelope sobre a mesa, que Simon pegou. – Suas ordens estão aí dentro. Sua Alteza Real deseja falar com você nos aposentos dele no palácio daqui a uma hora. Estou confiando em você, Warburton. Boa sorte.

Simon se levantou, apertou a mão que o outro homem lhe estendia e andou em direção à porta. Então pensou numa coisa e se virou.

– Só uma coisa, senhor. Joanna me disse que o nome da velhinha que lhe mandou a carta era "Rose".

O homem da cadeira de rodas abriu um sorriso frio, e seus olhos brilharam.

– Como você sabe, essa situação já foi resolvida. Digamos apenas que "Rose" não era exatamente quem parecia ser.

– Certo. Boa noite, senhor.

Zoe olhou pela janela e admirou o monumento à rainha Vitória situado em frente ao palácio de um ângulo diferente e muito privilegiado.

– Saia daí, querida. Hoje em dia nunca se sabe quem pode estar trepado numa árvore com uma teleobjetiva.

Art fechou meticulosamente a grossa cortina de tecido adamascado e a conduziu de volta até o sofá.

Os dois estavam na saleta de Art, contígua ao seu quarto de dormir, banheiro e escritório. Zoe se aconchegou nos braços dele, e ele lhe passou uma taça de vinho.

– A nós, querida – brindou ele.

– A nós.

Ela encostou a taça na dele.

– A propósito, achou seu celular?

– Achei. Marcus ligou e disse que eu tinha deixado em cima da mesa quando fui tomar chá com ele mais cedo. Por quê? Você falou com ele?

– Não. Assim que me dei conta, desliguei. Só estava ligando para pedir que você trouxesse uma foto bonita sua, para eu poder pôr num porta-retratos e admirar quando você não estiver aqui.

– Ai, tomara que o Marcus não tenha reconhecido a sua voz – disse Zoe num suspiro, sentindo o pânico dominá-la.

– Duvido. Eu só falei três palavras.

– Bom, ele não comentou que você tinha ligado. Tomara que tenha esquecido isso tudo.

– Zoe, a gente precisa conversar. Você entende que, se a gente continuar a se ver, seria ingenuidade pensar que sua família não vai chegar à conclusão óbvia em relação ao Jamie?

– Não diga isso, Art, por favor! Pense no escândalo se alguém descobrir a verdade, e no efeito que isso teria na vida dele! – Zoe se soltou do abraço e pôs-se a andar pelo recinto, agitada. – Talvez a gente devesse esquecer tudo e pronto. Talvez eu...

– Não. – Ele a segurou quando ela passou. – Nós já perdemos tempo demais. Por favor. Eu juro fazer tudo que puder para garantir que a nossa história continue sendo um segredo, mesmo que isso me mate. Quero você comigo em todos os lugares. Se pudesse, me casaria com você amanhã.

– Ah, Art, eu não acho que uma mãe solteira seja aceitável como namorada para um príncipe da Inglaterra hoje mais do que dez anos atrás, que dirá como esposa.

A ingenuidade dele fez Zoe dar uma risadinha áspera.

– Se estiver se referindo ao pequeno encontro que teve com os caras de terno enquanto eu era levado para uma súbita turnê pelo Canadá dez anos atrás, antes de voltar e encontrar sua carta para o "querido John", eu sei tudo a respeito.

– Sabe mesmo? – Zoe estava pasma.

– Sempre desconfiei que você tivesse sido pressionada a escrever aquilo, a me dizer que estava tudo acabado. Ontem de manhã, confrontei os conselheiros mais graduados dos meus pais. Eles finalmente confessaram ter chamado você e dito que o relacionamento precisava acabar.

– É, foi isso mesmo. – Zoe segurou a cabeça com as mãos. – Eu mal consigo pensar nisso, mesmo depois de tanto tempo.

– Bom, eu não ajudei nada dizendo à minha família que tinha conhecido a moça com quem queria me casar. Como estava com 21 anos e prestes a terminar a faculdade, e como você tinha só 18, eu insisti para o nosso noivado ser anunciado o quanto antes. – Art balançou a cabeça. – Como fui burro... fiz eles entrarem em pânico e agirem como qualquer pai ou mãe normal teria feito. Com a diferença, é claro, de que a gravidade da minha situação foi multiplicada por dez.

– Eu não fazia ideia de que você tinha dito isso a eles – falou Zoe, perplexa com a revelação.

– Desde então, me arrependo todos os dias de ter feito isso. Me sinto inteiramente responsável pelo que aconteceu depois. Se eu não tivesse me precipitado, mas cortejado você por mais alguns anos, as coisas talvez tivessem sido bem diferentes. E você teve de passar por maus bocados.

– É, tive mesmo – concordou Zoe, recordando a dor de escrever a carta, e depois de se recusar a receber as cartas e telefonemas desesperados de Art em resposta. – Não contei para eles sobre o bebê, claro. Mas, mesmo que tivesse contado, sabia que eles sugeririam que eu tirasse. Muitas vezes pensei se teriam ficado sabendo sobre o nascimento de Jamie. Todos os dias tinha medo de que eles aparecessem e o roubassem de mim. Nunca o deixei sozinho nem por um segundo quando ele era pequeno.

Zoe suspirou fundo e recordou o terror que sentira, e o modo como havia se agarrado a Haycroft House e ao anonimato para o bem do seu bebê.

– Quando voltei do Canadá, fui mandado ao exterior para fazer meu treinamento da Marinha, e passei meses sem saber o que estava acontecendo por aqui. Se pelo menos eu *tivesse* sabido na época...

– Não teria feito diferença nenhuma, teria? Eles nunca teriam deixado a gente se casar.

– Não. Mas isso tudo pertence ao passado. Nós agora somos adultos, não mais crianças. Meus pais sabem o que eu sinto por você; não têm como descartar os sentimentos de um homem de 32 anos como fizeram com um rapaz de 21, e estão cientes de que as minhas intenções são sérias.

– Meu Deus. – Zoe gemeu. – E o que eles disseram? Vão me jogar de novo na sarjeta da qual eu vim?

– Não. Eu disse a eles que, se não estivessem preparados para aceitá-la, eu estava igualmente preparado para abdicar do meu direito ao trono. – Art deu um sorriso de ironia. – Quero dizer, isso não tem tanta importância assim, não é? Eu sou o segundo estepe, não é mesmo muito provável que um dia chegue lá.

Zoe o encarou, assombrada.

– Você faria isso por mim? – perguntou, num sussurro.

– É claro que faria. A minha vida é uma farsa. Não tenho nenhum papel específico a desempenhar, e como disse aos meus pais, o povo não está nada feliz com a vida de privilégios dos jovens da família real. É claro que ninguém acha que servir dez anos na Marinha tenha sido um trabalho duro. Estão todos convencidos de que eu tive travesseiros de penas especiais no meu beliche e um edredom de plumas com um brasão, enquanto todos os outros dormiam sobre pedras debaixo de um cobertor de crina... Meu Deus, deve ter sido mais difícil para mim do que para qualquer outra pessoa. – Ele suspirou. – A questão é que eles não podem ter as duas coisas. Se for para eu cumprir o desejo do povo de ser uma pessoa "normal", então eles também precisam respeitar o fato de eu ter me apaixonado por uma mulher que já tem um filho. O que não chega a ser nada tão estranho assim na nossa época.

– Na teoria parece tudo ótimo, Art, mas eu simplesmente não consigo ver uma coisa dessas acontecendo. Como terminou o encontro?

– Bom, eu acho que a atitude do palácio se suavizou nos últimos anos, com todos os divórcios na família. Nós finalmente combinamos que, daqui em diante, você e eu continuaríamos a nos encontrar o mais discretamente possível, sempre que quisermos. Que você poderia vir aqui me ver e ficar o quanto quiser. Que para a família e os conselheiros você seria um segredo conhecido.

– E se o segredo vazar?

Art deu de ombros.

– Ninguém sabe ao certo como o povo iria reagir. Mas desconfiamos que a reação seria mista: alguns diriam que o nosso caso é um escândalo, outros concordariam com a abordagem mais moderna de um relacionamento real. E eu reconheço que vá haver consequências para Jamie, principalmente se descobrirem que sou o pai dele.

– Seria uma caça às bruxas – disse Zoe, e estremeceu. – Art, a gente *precisa* guardar segredo. Jure para mim que ninguém vai falar nada. Se houver algum boato, eu sumo com o Jamie. Me mudo para Los Angeles. Eu...

– Zoe. – Ele foi até ela e segurou suas mãos. – Eu entendo. O que posso dizer? Confie em mim. Farei tudo o que puder para proteger você e o Jamie. E isso me leva a mais uma questão que precisamos discutir.

– Qual?

– Infelizmente, a única coisa em que os poderes superiores insistem, e eu também, para ser sincero, é em pormos um agente de segurança na sua casa com você. Só por garantia.

– Garantia de quê? – Zoe estava indignada. – Na minha casa?

– Querida, calma. Você mesmo disse que prefere que isso continue sendo um segredo nosso pelo máximo de tempo possível. Um agente pessoal de proteção, um guarda-costas, na realidade, também é responsável pela sua primeira linha de defesa. Ele pode ser útil para se certificar de que não tem ninguém à espreita em frente à sua casa, instalando grampos ou escutando os seus telefonemas. Você sabe perfeitamente que, no minuto em que se envolve com um membro da realeza, torna-se um alvo.

– Meu Deus, a coisa só piora... O que é que eu vou dizer para o Jamie? Você não acha que ele pode estranhar quando vier para casa e encontrar um desconhecido dormindo no quarto de hóspedes?

– Se você ainda não estiver pronta para contar a ele sobre a gente, tenho certeza de que conseguiremos inventar alguma história. Mas em algum momento ele vai ter de saber.

– Que você é o pai dele? Ou que a gente é um casal? Sabe o que mais me deixa nervosa nisso tudo? – Zoe torceu as mãos de desespero. – É que se você fosse qualquer outra pessoa seria a coisa mais natural e mais linda do mundo nós ficarmos todos juntos como uma família.

– E você acha que eu não sei?

Art deu um suspiro e fez uma cara tão triste que Zoe se sentiu culpada na mesma hora. Afinal, aquilo não era culpa dele, apenas um acidente de percurso. E ele estava fazendo tudo que podia para ficar com ela.

– Desculpe – sussurrou. – É que é tudo tão complicado quando deveria ser tão simples.

– Mas não é impossível.

Ele a encarou com uma expressão desesperada.

– Não, não é impossível – disse ela.

– Você já conheceu o homem que escolhi: é Simon Warburton, o motorista que a levou e buscou em Sandringham. Falei demoradamente com ele hoje de manhã e ele é um cara legal, muito bem-treinado. Por favor, Zoe, vamos pelo menos tentar. Viver um dia de cada vez. E prometo que vou entender perfeitamente se você achar tudo isso demais e tomar a decisão de terminar.

Zoe se recostou no ombro dele enquanto ele acariciava seus cabelos.

– Eu sei o que você está pensando – disse Art. – *Será que ele vale mesmo a pena?*

– Acho que sim.

– E eu valho?

– Ai, meu Deus – gemeu Zoe. – Eu sei que vale.

21

Joanna encarou a tela do computador, então folheou o dicionário de sinônimos para tentar encontrar maneiras novas e inspiradoras de descrever a alegria no semblante de um cocker spaniel ao devorar ruidosamente a tigela de comida para cachorro que testava. Estava também com dor de dente. Depois do intervalo de almoço, a dor havia piorado o suficiente para ela pedir a Alice o telefone de um dentista com quem pudesse marcar uma consulta de emergência.

Seu ramal tocou e ela pegou o fone.

– Joanna Haslam.

– Querida, sou eu.

– Ah, oi – disse ela a Marcus, baixando a voz para ninguém escutar.

– Já está disposta a me perdoar? Eu praticamente fui à falência com todas essas flores que te mandei.

Joanna olhou para os três vasos cheios de rosas que haviam chegado nos últimos dois dias e reprimiu um sorriso. A verdade era que estava com saudades dele. Mais do que saudades, para dizer a verdade...

– Pode ser que esteja, sim.

– Que bom, porque eu tenho uma informação para você, uma coisa que a Zoe me disse.

– O quê?

– Me dê seu número de fax. Por causa das circunstâncias, não posso mandar por e-mail nem dizer o que é pelo telefone. Quero ver se você vai chegar à mesma conclusão que eu.

– Tá. – Joanna lhe deu o número. – Pode mandar agora, vou ficar ao lado do aparelho.

– Me ligue assim que tiver lido. A gente precisa combinar uma hora para conversar.

– Tá, eu ligo quando chegar. Tchau.

Joanna pôs o fone no gancho e andou depressa até o aparelho antes que outra pessoa na redação pegasse o fax. Enquanto esperava o documento chegar, ficou pensando de novo sobre o que sentia por Marcus. Ele era muito diferente do sério e contido Matthew. E talvez, apesar de todos os defeitos, na verdade fosse exatamente do que ela precisava. Na noite anterior, deitada sozinha em sua cama nova e sentindo falta do braço dele à sua volta, ela havia decidido confiar nele, acreditar quando ele dizia que estava apaixonado, e que se danassem as consequências. Proteger-se e proteger o coração de novas atribulações era o mais seguro, mas será que era viver de verdade?

O aparelho de fax apitou e a mensagem de Marcus começou a aparecer.

Oi, querida. Saudades. Abaixo, segue...

– E a dor de dente, como vai?

Joanna se sobressaltou e viu Alice atrás dela, tentando ler o fax. Puxou a mensagem do aparelho e a dobrou.

– Péssima.

Joanna voltou para sua mesa ansiosa para se livrar de Alice e ler o fax.

A colega a seguiu até sua mesa e cruzou os braços.

– Srta. Haslam, vejo perigo à frente.

– Alice, a gente encara o perigo toda vez que come ovo cru ou entra num carro. Vou ter de arriscar e pronto.

– Verdade. Que saudade da época em que as mulheres se casavam com os filhos dos vizinhos e viviam descalças e grávidas na cozinha! Pelo menos a gente não precisava se preocupar com essa guerra psicológica com os homens. Eles nos cortejavam, depois tinham de se casar se quisessem transar.

– Ah, pare com isso! – Joanna revirou os olhos. – Já eu agradeço às defensoras do voto feminino por terem se acorrentado às grades em prol dos nossos direitos.

– É, assim você pode passar seus dias virando especialista em comida de cachorro, e suas noites ou sozinha ou na cama com um cara que você não sabe se ainda vai estar lá na noite seguinte.

– Uau, Alice. – Joanna observou a colega. – Não sabia que você era tão antiquada.

– Posso até ser, mas quantas das suas amigas solteiras com mais de 25 anos são felizes de verdade?

– Várias, tenho certeza.

– Tá, mas quando é que elas ficam *mais* felizes? Ou *você*, aliás?

– Quando têm um bom dia de trabalho ou então conhecem um ca...

Joanna se interrompeu.

– Viu só? – Alice sorriu, triunfante. – Nada mais a declarar.

– Pelo menos nós temos liberdade de escolha.

– Liberdade demais, se quer a minha opinião. Somos todas exigentes além da conta. Se não gostamos da marca da loção pós-barba do cara, ou do seu hábito extremamente irritante de mudar de canal quando estamos tentando assistir à última minissérie de época da BBC, largamos o sujeito e saímos em busca de carne nova. Achamos que é preciso buscar a perfeição, e é claro que a perfeição não existe.

– Então eu deveria ficar com o cara que está atualmente interessado, mesmo ele não sendo perfeito? – rebateu Joanna.

– *Touché* – concordou Alice, afastando-se da sua mesa. – E se Marcus Harrison pedi-la em casamento, nem discuta, agarre a oportunidade com as duas mãos. Se depois ele te magoar, pelo menos você vai ter metade do que quer que ele faça para se consolar, o que é mais do que conseguiria terminando com algum palhaço com quem tivesse um relacionamento "moderno" e sem compromisso. Tá, de volta ao trabalho. Espero que o meu dentista consiga dar um jeito na sua dor.

Ela deu um aceno e se afastou pela redação.

Joanna suspirou e se perguntou que "palhaço" teria acabado de dar um fora em Alice. Desdobrou o fax de Marcus e leu.

Pergunte a Rose. Dama de... com.

Um pensamento lhe ocorreu. Talvez Rose tivesse sido uma dama de companhia? Ela discou o número de Marcus.

– Matou a charada? – perguntou ele.

– Acho que sim.

– Vamos nos encontrar para debater o assunto.

– Eu adoraria, mas não vou poder. Estou com uma dor de dente horrível e preciso ir ao dentista.

– Depois, então? Tem uma outra coisa que eu preciso realmente te contar, mas não por telefone.

– Tá, mas pode ser que eu não consiga falar. Passe lá em casa.

– Ótimo. Está com saudade de mim? Só um pouquinho?

– Sim. Estou. – Joanna sorriu. – Até mais tarde.

Após guardar o fax no bolso da calça jeans, ela desligou o computador, pegou o casaco e se encaminhou para a porta. Alec estava curvado diante da sua mesa, escondido dela como sempre. Joanna deu meia-volta e foi se postar atrás dele.

– Quando é que a minha matéria sobre Marcus Harrison e o fundo de estudos vai sair? Ele vive me perguntando e está ficando bem constrangedor.

– Pergunte na editoria de matérias especiais. Quem decide são eles – resmungou Alec em resposta.

– Tá, eu vou... – Joanna olhou para a tela de Alec e reconheceu o nome no alto. – William Fielding. Por que está escrevendo sobre ele?

– Porque ele morreu. Mais alguma pergunta?

Joanna engoliu em seco. Talvez fosse isso que Marcus queria lhe contar.

– Onde? Quando? Como?

– Ele foi espancado uns dois dias atrás e morreu no hospital hoje à tarde. O editor-chefe vai aproveitar para lançar uma campanha e tentar pressionar o governo a fornecer equipamentos de segurança gratuitos para os velhos e doentes, e penas mais severas para os delinquentes que cometem esses crimes.

Joanna sentou-se abruptamente na cadeira ao lado de Alec.

– O que houve? Você está bem?

– Ai, meu Deus, Alec. Ai, meu Deus.

Ele olhou nervoso na direção da sala do editor-chefe.

– O que foi, Jo?

Ela tentou organizar o raciocínio.

– Ele... William sabia coisas sobre sir James Harrison. Isso não foi um acidente! Foi planejado, com certeza, igual à morte de Rose.

– Jo, você está falando bobagem – rosnou Alec. – Eles já prenderam um cara.

– Bom, não foi ele, vou logo dizendo.

– Você não tem como saber isso.

– Tenho, sim, Alec. Escute, você quer ouvir ou não?

Ele hesitou.

– Tá. Mas fale depressa.

Quando Jo terminou de expor sua teoria, Alec cruzou os braços para pensar.

– Tá, digamos então que você esteja certa e a morte dele tenha *mesmo* sido premeditada. Como eles descobriram tão rápido?

– Não sei. A menos que... a menos que o apartamento de Marcus esteja grampeado. Ele me mandou um fax alguns minutos atrás, depois deu a entender que não era seguro falar pelo telefone. – Joanna tirou o fax do bolso e o pousou sobre a mesa de Alec. – Segundo ele, William disse estas palavras para Zoe. Talvez ela tenha ido ao hospital falar com ele antes de ele morrer.

Alec leu o fax, em seguida olhou para Joanna.

– Você matou a charada, suponho?

– Sim. William estava tentando dizer que Rose era dama de companhia. Alec... – Joanna torceu as mãos. – Isso está ficando intenso demais. Eu estou com medo, de verdade.

– Regra número um até sabermos com que você está lidando: cuidado com o que diz em casa. Já lidei com situações assim antes, quando estava cobrindo o IRA... grampos são bem chatinhos de achar, mas se eu fosse você faria uma boa busca no seu apartamento. O pior dos casos é se eles tiverem sido instalados quando o seu apartamento foi invadido. Talvez até dentro das paredes.

– E provavelmente no de Marcus também – disse ela com um suspiro.

– Pelo amor de Deus, Jo, eu acho que você deveria largar essa história de mão.

– Eu tenho tentado, mas parece que ela está me perseguindo. – Frustrada, ela correu uma das mãos pelos cabelos. – Não sei o que fazer, não sei mesmo. Eu sinto muito, Alec. Sei que você não quer ouvir. – Ela se levantou e andou em direção à porta. – Ah, a propósito, você tinha razão. Eu nunca recuperei a tal carta. Boa noite.

Alec acendeu outro cigarro e ficou encarando a tela do computador. Restavam menos de dois anos para ele poder se aposentar e encerrar uma bela carreira. Não deveria fazer nada para atrapalhar isso. Mas, por outro lado, sabia que iria se arrepender pelo resto da vida se deixasse aquela história passar.

Por fim, levantou-se, pegou o elevador e desceu até o arquivo do jornal para coletar o máximo de recortes que conseguisse encontrar sobre sir James Harrison, e também para tentar descobrir alguma informação sobre uma dama de companhia chamada Rose.

Duas horas mais tarde, Joanna saiu do dentista na Harley Street com a cabeça latejando por causa da broca e metade do rosto dormente de xilocaína. Desceu lentamente os degraus e saiu pela rua sentindo-se absolutamente zonza. Uma mulher passou roçando nela e a fez ter um sobressalto, e seu coração bater forte demais dentro do peito.

Será que eles estavam escutando naquela noite no apartamento de Marcus? Será que a estavam vigiando agora? Ela começou a suar, e pontinhos roxos surgiram diante dos seus olhos. Ela se agachou em frente a um prédio vizinho, pôs a cabeça entre os joelhos e tentou respirar fundo para desacelerar a respiração. Então se recostou na grade que margeava o edifício e ergueu o rosto para o céu noturno limpo.

– Que droga – gemeu baixinho, desejando que um táxi encostasse a centímetros de onde estava e a levasse para casa.

Levantou-se cambaleando e decidiu que ônibus e metrô não eram alternativas nessa noite. Recomeçou a andar pela rua na esperança de achar um táxi no labirinto de ruas atrás da Oxford Street. Percorreu a Harley Street esticando o braço várias vezes para táxis cheios, dobrou a esquina, e viu que estava na Welbeck Street. Era ali que Zoe morava, lembrou-se – no número 10. Zoe tinha anotado o endereço para ela depois de se encontrarem no jantar.

Joanna parou na rua e constatou que estava quase exatamente em frente ao número 10, só que do outro lado. Uma nova onda de fraqueza a dominou, e ela pensou se seria intrusivo demais bater à porta de Zoe e pedir uma xícara de chá quente com bastante açúcar para ajudá-la a chegar em casa. Pôde ver que havia luzes acesas lá dentro, e resolveu bater à porta da frente.

Quando tentava, aos tropeços, chegar até a casa de Zoe, viu a porta se abrir. De onde estava, viu perfeitamente Zoe espiar pela fresta, e então outra figura saltou de um carro em frente à casa e subiu correndo o curto caminho. Os dois desapareceram no interior, e a porta se fechou.

Joanna sabia que estava com a boca escancarada feito uma idiota. Mas tinha certeza absoluta de que acabara de ver Arthur James Henry, o duque de York – conhecido pela família e pela mídia como "Art" –, príncipe real e terceiro na linha sucessória, entrar na casa de Zoe Harrison.

Quarenta e cinco minutos mais tarde, depois de conseguir finalmente achar um táxi, Joanna se recostou no seu novo e confortável sofá bege e tomou um gole do conhaque que servira para ajudar com a dor de dente. Em busca de inspiração, ficou encarando o teto creme rachado. Cartas de velhinhas estranhas, mortes de atores em idade avançada, complôs e conspirações, tudo fora esquecido... A menos que estivesse imaginando coisas, acabara de testemunhar algum tipo de ligação entre um dos solteiros mais cobiçados do mundo – e mais perseguidos pela imprensa – e uma jovem e bela atriz.

Que tinha um filho.

Joanna sentiu um tremor de animação. Se ela houvesse capturado aquele momento com uma câmera, a essa altura decerto já teria conseguido faturar 100 mil libras de qualquer jornal britânico.

– Zoe Harrison e o príncipe Arthur, duque de York. Que furo! – disse ela num suspiro.

No dia seguinte, pesquisaria um pouco para descobrir se os dois tinham algum passado em comum, ou se deveria descartar o que vira como um encontro de "velhos amigos". Encontraria Zoe no sábado. Talvez conseguisse extrair sutilmente alguma informação. Não havia dúvida de que um furo como aquele a tiraria da editoria de Animais e Jardins mais depressa do que o tempo que alguém levaria para pronunciar a palavra "esterco".

Joanna soltou então um gemido, horrorizada com aqueles pensamentos traiçoeiros. Como podia sequer *pensar* em soar o alarme? Ela estava saindo com o irmão de Zoe – por quem talvez, apenas talvez, estivesse apaixonada –, e ela e Zoe tinham se dado bem o bastante para ela achar que poderia haver base para uma sólida amizade futura. Também se lembrou com gravidade do que tinha dito a Marcus no seu primeiro encontro, sobre ser a favor das leis em defesa da privacidade.

O mais triste era que, se o príncipe e Zoe estivessem *mesmo* tendo um relacionamento, a notícia viria a público num futuro muito próximo quer ela soasse o alarme, quer não. Jornalistas eram capazes de farejar um escândalo antes mesmo de os dois envolvidos darem o primeiro beijo.

Alguém bateu à porta da frente, e com relutância Joanna se levantou do sofá para abrir. Marcus lhe sorriu e estendeu meia garrafa de conhaque.

– Oi, querida, como vai a dor de dente? – murmurou, inclinando-se para um beijo.

– Melhor depois de um conhaque, obrigada. O meu acabou de acabar, então isto aqui é perfeito. Você comentou mais cedo ao telefone que a gente precisava conversar...

Ao ver Marcus levar um dedo aos lábios, ela não completou a frase. Ele então sacou um pedacinho de papel e lhe entregou.

William Fielding foi atacado. Eu acho que nossos apartamentos foram grampeados. Um operário estranho apareceu lá em casa para consertar uma infiltração. Precisamos fazer uma busca antes de conversar. Ponha uma música alta.

Joanna aquiesceu; aquilo confirmava suas suspeitas. Pôs o volume do CD player no máximo, e eles começaram a fazer uma varredura completa do apartamento, tateando em busca de sulcos novos na parede, rente às tábuas do assoalho, debaixo das luminárias e na parte de trás dos armários.

– Que coisa mais ridícula! – disse Joanna com um suspiro após quarenta minutos de uma busca infrutífera. Deixou-se cair no sofá novo, e Marcus foi se sentar ao seu lado. – Já passamos o pente-fino em tudo, a menos que eles tenham escondido alguma coisa dentro das paredes – cochichou ela no seu ouvido, tentando fazer com que ele a escutasse apesar da música que saía aos berros do aparelho de som.

– Pense bem... quem veio aqui desde que essa história toda começou? – cochichou ele de volta.

– Eu, o Simon, você, pelo menos quatro policiais diferentes, três entregadores... – cochichou ela, contando nos dedos, então parou.

Sem dizer mais nada, pulou do sofá e foi até o telefone fixo que ficava sobre uma mesa lateral num canto da sala. Inspecionou o fio e foi tateando por todo o seu comprimento até o ponto em que ele entrava na parede. Apontando para lá, olhou para Marcus com os olhos arregalados. Levou um dedo aos lábios num gesto de cautela, então puxou-o até o hall, pegou seus casacos e o fez sair junto com ela do apartamento.

Os dois foram andando pela rua silenciosa iluminada pela luz dos postes, e Joanna pôde sentir o próprio corpo tremer. Marcus a envolveu num abraço apertado.

– Meu Deus, Marcus... o meu telefone... no dia eu fiquei surpresa que o funcionário da empresa de telefonia tivesse aparecido sem avisar depois que o apartamento foi invadido!

– Não tem problema, querida, vai ficar tudo bem.

– O grampo está lá desde janeiro! Todas as coisas que eles devem ter escutado... Alec me alertou sobre isso. O que a gente vai fazer? Arrancar o fio? Como a gente se livra do grampo?

Ele pensou um pouco, então balançou a cabeça.

– Não, senão eles vão saber que a gente sabe. E simplesmente vão voltar e pôr outro.

– Não consigo suportar a ideia de eles entrarem na minha casa de novo! Deus do céu!

– Jo, escute, a nossa posição é favorável. A gente finalmente está um passo à frente deles...

– Como você pode dizer isso? A gente não sabe onde estão os grampos nem quantos são.

– Só vamos ter de tomar cuidado com o que falamos – disse ele devagar. – E onde falamos. Não sabemos se eles podem transmitir só as suas conversas telefônicas ou todo o som do apartamento. Mas a gente não pode deixar que eles saibam que a gente sabe. Também temos de tomar cuidado quando formos usar o celular... pode ser que eles tenham grampeado também.

Ela aquiesceu, então mordeu o lábio.

– O assassinato de William Fielding não foi coincidência – disse Joanna, por fim. – Acho que isso agora é uma certeza.

– Espere um minuto, o Fielding morreu? Eu pensei que...

Ela assentiu, grave.

– Meu editor estava fechando o obituário quando eu saí da redação. Parece que ele morreu no hospital no final da tarde de hoje. Isso está ficando perigoso... Será que a gente deveria parar de investigar? Deixar isso para lá e pronto?

Marcus parou de andar e a puxou para um forte abraço.

– Não. Vamos resolver isso juntos. Agora vamos voltar para caçar outros grampos.

Ele lhe deu um beijo e os dois voltaram para o apartamento.

Agora ainda mais decidida, Joanna tentou pensar em todos os lugares do apartamento que haviam permanecido intactos em meio ao caos do arrombamento. Ela e Marcus tatearam os rodapés e batentes de porta, até por fim os dedos dela tocarem um pequeno botão de borracha bem no alto da moldura da porta da sua sala. Ela o soltou com todo o cuidado e o levantou para a luz, e Marcus se aproximou para examiná-lo junto com ela.

Ele levou um dedo aos lábios, indicando que ela permanecesse em silêncio, então recolocou o aparelho onde ela o havia encontrado. Em seguida saiu, tocou a campainha, e passou a meia hora seguinte entrando e tornando a sair do apartamento na pele de diversos personagens extravagantes, com uma ampla gama de sotaques. Joanna teve de conduzir conversas imaginárias com um importador jamaicano de rum, um descendente russo do czar e um caçador de animais selvagens sul-africano. Por fim, quem precisou sair foi Joanna, para tentar controlar seus risos àquela altura histéricos. Pensou que Marcus tinha deixado de seguir sua vocação – ele era um ator e imitador maravilhoso. Quando a brincadeira finalmente acabou, Joanna retirou o grampo, embrulhou-o em várias camadas de algodão, e o enfiou sem cerimônia alguma dentro de uma caixa de absorvente íntimo.

Fazia muito tempo que ela não ria tanto – e quando eles finalmente foram para a cama, Marcus fez amor com ela de modo tão carinhoso que as lágrimas lhe brotaram dos olhos pela segunda vez na mesma noite.

Estou me sentindo... feliz, pensou ela.

– Eu te amo – murmurou ele logo antes de os seus olhos se fecharem.

Com Marcus ferrado no sono ao seu lado, Joanna não pôde evitar sentir-se contente e protegida, mesmo com toda a tensão do "Mistério da Velhinha" e da descoberta que eles haviam feito nessa noite. Aconchegando-se junto ao corpo morno dele, pegou no sono, e tentou espantar o pesadelo que era imaginar ouvidos nas paredes pensando que talvez o amasse também.

Simon bateu à porta do número 10 da Welbeck Street às dez da manhã do dia seguinte.

Zoe abriu.

– Oi.

– Olá, Srta. Harrison.
– Acho que é melhor você entrar.
Com relutância, Zoe se afastou de lado para lhe dar passagem.
– Obrigado.
Ela fechou a porta atrás de Simon e os dois ficaram parados no hall.
– Arrumei um quarto para você no último andar. Não é muito grande, mas tem um banheiro privativo – disse ela.
– Obrigado. Vou fazer o possível para não ser invasivo. Me desculpe por isso tudo.
Zoe viu que Simon estava tão pouco à vontade com a situação quanto ela, e sua antipatia se atenuou um pouco. Nenhum dos dois, afinal, tinha qualquer escolha em relação àquele assunto.
– Escute, por que não vai deixar suas coisas lá em cima, depois desce para tomar um café? É a porta à esquerda bem no alto da escada.
– Ok, obrigado.
Ele lhe abriu um sorriso agradecido. Ela o observou subir a escada com sua bolsa de lona, então foi até a cozinha pôr a chaleira no fogo.
– Puro ou com leite? Açúcar? – perguntou quando ele entrou na cozinha dez minutos depois.
– Puro, com um torrão de açúcar, por favor.
Ela pousou a caneca na sua frente.
– É uma linda casa antiga, Srta. Harrison.
– Obrigada. E por favor, se nós vamos morar juntos... quero dizer, sob o mesmo teto... – corrigiu-se depressa – ... acho melhor você me chamar de Zoe.
– Tá. E pode me chamar de Simon. Entendo que a minha presença aqui seja a última coisa que você deseja. Prometo ser o menos invasivo possível. Tenho certeza de que já avisaram que vou ter de acompanhá-la em todas as suas saídas, seja atrás do seu carro enquanto dirige ou, se você preferir, como seu motorista.
– É, eu fui avisada. – Zoe suspirou. – Preciso ir buscar meu filho Jamie no colégio interno hoje à tarde. Com certeza você não precisa ir comigo fazer isso, precisa?
– Infelizmente preciso, sim, Srta. Ha... Zoe.
– Meu Deus! – A calma de Zoe, obtida a duras penas, arriscava-se a ruir e se transformar num pânico explícito. – Eu realmente não pensei nisso direito. Quem devo dizer que você é?

– Talvez seja melhor dizer que sou um velho amigo da família, um parente distante que veio do exterior passar um tempo em Londres, e que estou hospedado aqui com vocês até arrumar um lugar para ficar.

– Você precisa entender que o Jamie é muito inteligente. Ele vai interrogá-lo para saber exatamente de que lado da família você é, e vai querer saber os detalhes. – Zoe passou um tempinho pensando. – É melhor você dizer que é sobrinho-neto da Grace, a finada esposa do meu avô.

– Ótimo. Nesse caso, talvez seja mais fácil eu levá-la até o colégio hoje à tarde. Acho que o seu filho pode achar estranho se notar que eu estou seguindo vocês.

– Tá bom. – Zoe mordeu o lábio. – E a outra coisa é que eu também não quero que outros membros da minha família fiquem sabendo. Não que eu não confie neles, mas...

– Você não confia neles – concluiu Simon no seu lugar, e eles trocaram um sorriso.

– Exato. Nossa, isso vai ser bem difícil. Quero dizer, eu amanhã vou fazer compras com uma amiga. Você precisa ir com a gente também?

– Infelizmente, sim, mas a uma distância discreta, prometo.

Zoe tomou um golinho de café.

– Eu na verdade passei a sentir muito mais empatia pela família real e por todas as pessoas ligadas a ela. Deve ser uma sensação horrorosa não ter privacidade na própria casa nem fora dela.

– Eles foram criados com isso e já aceitaram que faz parte da vida deles.

– Também não deve ser muito divertido para você. Quero dizer, e a sua vida em família? Você tem esposa ou filhos que sentem a sua falta quando está longe?

– Não. Muitos dos caras que trabalham neste ramo tendem a ser solteiros.

– Lamento que você tenha recebido uma missão tão chata. Não consigo ver nenhuma agência internacional de segurança com meu nome na lista de pessoas a eliminar. Quero dizer, ninguém nem sabe ainda sobre Art e eu.

– *Ainda.*

– É, bom, e vai continuar assim enquanto eu puder manter em segredo – disse ela com firmeza, então se levantou. – Com licença, preciso fazer umas coisas antes de ir... antes de *nós* irmos buscar o Jamie.

22

Marcus passou a tarde de sexta virando seu apartamento de pernas para o ar. Investigou o pedaço de parede da sala em que se lembrava de ter visto o "operário" guardando as ferramentas no domingo à noite, e ficava bem ao lado do fio do telefone.

Depois de muito procurar, acabou encontrando um pequeno aparelho preto em formato de botão escondido debaixo da borda da mesa de centro. Retirou-o com cuidado, admirando maravilhado o minúsculo circuito eletrônico lá dentro.

Joanna chegou depois do trabalho, e Marcus levou o dedo aos lábios e mostrou-lhe um vidro de café solúvel, então delicadamente removeu o grampo que havia enterrado no pó marrom-escuro.

– Que tal uma ducha antes de sairmos para jantar, querida? – disse ele em voz alta. – E quando voltarmos vou cobrir você todinha de calda de chocolate e lamber.

Ela tirou uma caneta da mochila e escreveu, em maiúsculas, *MAL POSSO ESPERAR*. Então, arqueando uma das sobrancelhas, pôs a caneta e o bilhete sobre a mesa de centro, bem na frente de Marcus, antes de seguir para o banheiro.

Na manhã seguinte, depois de um café com torradas rápido que Marcus tinha levado numa bandeja até a cama, eles se vestiram e foram andando pela rua para pegar um ônibus até a Welbeck Street. Depois de encontrarem dois lugares, Marcus virou-se para ela com uma expressão séria.

– Eu sei que a gente deu risada com essa história dos grampos, mas fico péssimo quando penso que eles estavam ouvindo cada palavra do que a gente disse.

– Eu sei. Com certeza deve ser contra a lei grampear telefones e instalar escutas, não? Será que a gente liga para as autoridades e denuncia?

– Imagine! Foram as "autoridades" que colocaram esses aparelhos lá, para começo de conversa.

– Ai, Marcus, eu nunca deveria ter arrastado você para essa história. É tudo culpa minha.

– Não é não, querida.

Marcus sentiu uma onda de culpa brotar dentro dele. Baixou os olhos para a cabeça de Joanna recostada no seu ombro e se perguntou se deveria simplesmente lhe contar sobre o encontro que tivera com Ian e todo o dinheiro que recebera.

Não. Já tinha deixado passar tempo demais. Ela ficaria uma fera com ele – e talvez terminasse o relacionamento...

E essa possibilidade Marcus simplesmente não podia suportar.

– Oi, entrem. – Zoe os conduziu casa adentro. – Vamos sair direto? Estou louca para me jogar nas lojas.

– Claro – respondeu Joanna enquanto Zoe levava os dois até a cozinha.

– Jamie está lá em cima no quarto jogando no computador. Isso deve mantê-lo feliz por séculos. Vou só dar um pulinho lá para me despedir e pegar meu casaco, e saímos. – Quando Marcus acendeu um cigarro, Zoe franziu o cenho. – E por favor não fume perto do Jamie.

– Meu Deus! Sou *eu* quem estou te fazendo um favor – disse Marcus, irritado. – Não demore, Jo. Posso pensar em jeitos melhores de passar o sábado do que bancando a babá para o meu sobrinho.

Ele lhe deu uma piscadela.

– E eu não consigo pensar num jeito melhor de passar o sábado do que fazendo compras!

Joanna deu um beijo afetuoso em Marcus.

– Você me deve essa.

– Zoe, eu...

Joanna ouviu uma voz conhecida atrás dela. Virou-se e deu com Simon encarando-a da porta da cozinha, com uma expressão de choque tão grande nos olhos quanto a dela.

Zoe estava atrás dele, já de casaco.

– Eu comentei que o Simon veio passar uns tempos aqui em casa, Marcus?

– Que Simon? – estranhou seu irmão.

– Warburton. Ele é um primo distante que nós temos em Auckland, na Nova Zelândia, do lado da nossa avó Grace. Escreveu dizendo que estava vindo ao Reino Unido e pediu para ficar um tempo aqui – disse Zoe. – Sendo assim, aqui está ele.

Marcus franziu a testa.

– Eu não sabia que a gente tinha um primo distante.

– Nem eu, até a cerimônia em homenagem a James – improvisou Zoe às pressas.

Sem palavras, Joanna viu Marcus apertar a mão de Simon.

– Prazer em conhecê-lo, Simon. Quer dizer que somos parentes distantes?

– É, parece que sim.

Simon recuperou a frieza.

– Vai ficar aqui por muito tempo?

– Um pouco, sim.

– Ótimo. Bom, a gente precisa marcar uma noite entre rapazes em algum momento. Eu te mostro os melhores lugares da cidade.

– Eu adoraria.

– Então vamos, Jo. Vamos indo. Jo? – disse Zoe.

Joanna continuava encarando Simon. Zoe a observou com um ar nervoso.

– Sim, já estou indo. Certo. Tchau, Simon. Tchau, Marcus.

Joanna se virou e saiu atrás de Zoe pela porta da frente.

Simon vestiu o casaco que estava segurando.

– Estou de saída também. Pensei em ir fazer um pouco de turismo. Prazer em conhecê-lo, Marcus.

Zoe e Joanna passaram uma manhã deliciosa na King's Road, então pegaram um ônibus até Knightsbridge. Ficaram zanzando pela Harvey Nichols até seus pés doerem, e em seguida foram se refugiar no café no último andar da loja.

– Eu estou convidando, aliás – disse Zoe, pegando um cardápio em cima do bar. – Qualquer mulher disposta a aturar o meu irmão merece pelo menos um almoço grátis!

– Nesse caso, obrigada – disse Joanna com um sorriso enquanto Zoe pedia duas taças de champanhe.

– Sabe de uma coisa? Eu acho que você está fazendo um bem danado ao Marcus. Ele precisa de uma influência estabilizadora, e realmente se apaixonou por você. Se ele te pedir em casamento, por favor aceite, aí a gente vai poder fazer isto sempre.

Joanna ficou tocada com o quanto Zoe estava disposta a ser sua amiga, e mais uma vez sentiu-se horrivelmente culpada por quaisquer pensamentos traiçoeiros que houvesse tido sobre vendê-la ao jornal. Quando o almoço chegou, Joanna pôs-se a comer com gosto seu delicioso sanduíche aberto, coberto por presunto de Parma e rúcula fresca. Reparou que Zoe mal tocou no dela.

– Que tragédia isso do William Fielding, né? – comentou Joanna, tomando um golinho de champanhe.

– Um horror. Sabia que eu fui visitá-lo no hospital na véspera de ele morrer?

– É, o Marcus comentou.

– Ele estava péssimo. Isso me deixou bastante abalada, principalmente porque tínhamos tido aquela conversa sobre o meu avô só uns poucos dias antes. Ele me deixou um lindo anel de sinete para eu guardar. Está aqui, vou te mostrar.

Zoe tateou o compartimento interno da bolsa fechado por um zíper, pegou o anel e entregou-o a Joanna.

– Uau, pesado. – Joanna virou o anel na palma da mão e examinou a insígnia. – O que vai fazer com ele?

– Levar para o funeral na semana que vem e ver se algum parente dele aparece.

Zoe tornou a guardar o anel bem seguro dentro da bolsa.

– E o filme? Vocês vão continuar?

– Eles avaliaram que temos imagens suficientes para contornar a... ausência do William. Volto para Norfolk na quarta.

– E quanto tempo o seu, ahn, amigo Simon vai ficar? – perguntou Joanna, num tom leve.

– Não sei direito. Ele vai passar um tempo em Londres, e eu disse que pode ficar o quanto quiser. A casa é muito grande, tem espaço de sobra para nós dois.

– Certo.

Joanna não soube mais o que dizer.

– Notei sua expressão quando você o viu lá em casa. Foi quase como se o tivesse reconhecido. Você o conhece?

– Eu... – Sem conseguir mentir, Joanna enrubesceu. – Conheço.

Zoe ficou visivelmente consternada.

– Sabia. De onde?

– Eu conheço o Simon da vida inteira. A gente praticamente cresceu junto em Yorkshire. Não foi em Auckland, aliás!

– Então imagino que você saiba que ele não tem parentesco nenhum comigo? – perguntou Zoe devagar.

– Sim. Ou, se tem, nunca comentou nada.

Zoe a encarou com um ar hesitante.

– Você sabe o que ele faz da vida?

– Ele sempre disse que era um burocrata no serviço público, mas eu acho que nunca acreditei totalmente. O Simon se formou em Cambridge e é muito, muito inteligente. Zoe, sério, não precisa explicar. É evidente que você tem os seus motivos para inventar um passado para o Simon na minha frente e na do Marcus. Acho que foi só um azar eu o conhecer. Não vou dizer nada, juro.

– Ai, Joanna... – Zoe torceu o guardanapo. – Eu estou com tanto medo de confiar em alguém neste momento... E em você mais ainda, por ser jornalista. Desculpe – arrematou ela depressa. – Apesar disso, a minha vontade é te contar. Se eu não conversar com alguém sobre essa situação toda, acho que vou ficar louca.

– Se puder ajudar em alguma coisa, eu acho que já sei – disse Joanna baixinho.

– Já? Como? Ninguém sabe. – Zoe estava horrorizada. – Já vazou na imprensa?

– Não, não se preocupe – disse Joanna, apressando-se em tranquilizá-la. – Nesse caso também foi pura coincidência. Eu vi um... um homem entrar na sua casa na quinta-feira à noite.

– Viu como? Estava me espionando?

– Não – respondeu Joanna, balançando a cabeça com firmeza. – Eu fui ao dentista na Harley Street, fiquei me sentindo tonta depois e vi que tinha ido parar na Welbeck Street enquanto tentava pegar um táxi. Estava a ponto de bater e te pedir uma xícara de chá bem doce e alguns minutos de descanso quando a sua porta da frente se abriu.

Zoe franziu o cenho.

– Joanna, por favor, não minta para mim, eu não iria suportar. Tem certeza de que ninguém no seu jornal tinha te dado nenhuma dica?

– Não! Se tivesse havido alguma dica, ninguém a daria para uma foca da editoria de Animais e Jardins como eu.

– É verdade. Ai, Jo, puxa vida. – Zoe a encarou. – Você viu quem era?

– Vi.

– Então imagino que consiga adivinhar por que Simon está morando na minha casa, não?

– Algum tipo de proteção, imagino?

– É. Eles... *ele* insistiu.

– Bom, você não poderia querer ninguém melhor para te proteger. O Simon é, tipo, o cara mais legal que eu conheço.

Um esboço de sorriso surgiu no semblante de Zoe.

– Tanto assim, é? Será que devo dizer ao Marcus que ele tem um concorrente?

– Meu Deus, não. A gente está mais para irmãos. Sério, somos só bons amigos.

– Falando em Marcus, você não comentou nada com ele sobre o que viu na quinta à noite, comentou? – quis saber Zoe, aflita.

– Não. Eu na verdade sou muito boa em guardar segredos. Tudo bem se não quiser falar sobre o assunto, mas vocês dois estão... Quero dizer, o negócio é sério?

Os olhos azuis de Zoe se encheram de lágrimas.

– Muito. Infelizmente.

– "Infelizmente" por quê?

– Porque eu queria que o Art fosse um contador em Guilford... ou até que ele fosse casado, mas não... bom, não quem ele é.

– Entendo perfeitamente, mas a gente não tem controle sobre por quem se apaixona, Zoe.

– Não, mas você consegue imaginar como isso vai afetar o Jamie quando essa história vazar? Eu estou apavorada.

– É. Eu estava pensando na outra noite mesmo que em algum momento ela vai vazar, especialmente se o negócio entre vocês for sério.

– Eu não suporto nem pensar nisso. O pior é que pelo visto eu simplesmente não consigo me segurar, por mais que saiba que deveria, pelo bem do Jamie. O Art e eu... bom, sempre foi assim.

– Vocês se conhecem faz tempo?

– Sim. Há anos – disse Zoe. – Joanna, eu juro, se algum dia eu ler sobre esta conversa no seu jornal não me responsabilizo pelos meus atos – arrematou, contundente.

– Zoe, eu confesso que *adoraria* ser a repórter a entregar esse furo para o meu editor, mas eu sou uma garota de Yorkshire, e lá é a palavra da pessoa que dá a medida do quanto ela vale. Não vou fazer isso, tá?

– Tá. Meu Deus, preciso de outra bebida. – Zoe fez sinal para o garçom e pediu mais duas taças de champanhe. – Bom, como você já parece saber quase tudo, e como estou desesperada para falar sobre isso com alguém, acho que não custa nada te contar a história toda...

Da sua mesa atrás de uma coluna estrategicamente posicionada, Simon viu que as duas mulheres estavam profundamente entretidas numa conversa. Aproveitou a oportunidade para ir ao toalete e, ao fechar a porta do cubículo, digitou um número no celular.

– Warburton, senhor.

– Sim.

– Houve um problema hoje de manhã. Infelizmente Joanna apareceu de maneira inesperada na casa da Srta. Harrison. É claro que ela me reconheceu. Se ela perguntar alguma coisa, o que eu digo?

– Que você está trabalhando para o Departamento de Proteção à Realeza. O que em última instância é verdade. Instalou as escutas quando chegou?

– Sim, senhor.

– Ótimo. Alguma outra novidade?

– Nada, senhor.

– Está bem, Warburton. Boa sorte.

Marcus estava assistindo a uma partida de rúgbi do País de Gales contra a Irlanda na televisão e consumindo o estoque de cerveja de Zoe. Já eram 16h15 e as duas ainda não tinham voltado. Felizmente, Jamie estava refugiado no quarto, entretido com algum complicado jogo de computador. Marcus tinha ido lá rapidamente, mas depois de Jamie começar a explicar sobre "moedas mágicas" tornara a sair. Não que nunca tivesse feito nenhum esforço ao longo dos anos, pensou consigo mesmo. Chocolates, idas ao jardim zoológico... nada parecia ter deixado Jamie impressionado, e depois de um tempo Marcus tinha desistido. Era como se todo o amor do seu sobrinho estivesse concentrado em "James Grande" e na mãe, e não houvesse espaço nenhum para ele.

– Oi, tio Marcus. – James espichou a cabeça pela porta. – Posso entrar?

– Claro. A casa é sua.

Marcus conseguiu abrir um sorriso.

Jamie entrou na sala e ficou parado com as mãos nos bolsos de frente para a TV.

– Quem está ganhando?

– A Irlanda. O País de Gales está levando uma surra.

– James Grande me contou uma história sobre a Irlanda.

– Foi mesmo?

– Foi. Ele disse que tinha ido passar um tempo lá uma vez, num lugar perto do mar.

– É, bom, grande parte da Irlanda fica à beira-mar.

Jamie foi até a janela e moveu as cortinas de renda para ver se via algum sinal de a mãe estar voltando.

– Ele me disse onde foi, me mostrou num atlas grande. Era uma casa imensa, ele falou, cercada por água, como se estivesse construída no meio do mar. Então me contou a história de como um rapaz se apaixonou por uma linda moça irlandesa. Eu me lembro que a história tinha um final triste. Falei para o James Grande que aquilo parecia dar um bom filme.

Marcus empertigou os ouvidos. Observou Jamie, que continuava olhando pela janela.

– Quando ele te contou isso?

– Logo antes de morrer.

Marcus se levantou e foi até a estante. Correu os olhos pelos títulos até encontrar o velho atlas. Abriu na página da Irlanda e pousou o livro sobre a mesa de centro. Com um aceno, chamou Jamie.

– Onde James Grande disse que ficava esse tal lugar?

Jamie imediatamente pôs o dedo na parte inferior do mapa e indicou um lugar mais ou menos no meio do litoral sul do Atlântico.

– Aqui. A casa fica na baía. Ele disse que eu iria gostar, que era um lugar encantado.

– Humm. – Marcus fechou o atlas e olhou para o sobrinho. – Quer comer alguma coisa?

– Não, a mamãe disse que vai preparar alguma coisa para mim quando voltar. Ela já saiu faz tempo.

– É mesmo, não é? Mulheres...

Marcus revirou os olhos com um ar conspiratório.

– A mamãe falou que a moça com quem ela saiu é sua namorada.

– É.

– Você vai se casar com ela?

– Talvez – respondeu Marcus, sorrindo. – Eu gosto dela de verdade.

– Aí eu vou ter uma tia. Vai ser legal. Bom, vou voltar para o meu quarto.

– Vá lá.

Depois de Jamie sair, Marcus pegou um pedaço de papel e anotou o nome da cidade para a qual o menino havia apontado.

Zoe e Joanna chegaram às cinco e meia com várias sacolas de compras.

– Divertiram-se, senhoras? – perguntou Marcus com a voz plena de ironia ao recebê-las no hall.

– Muito, obrigada – respondeu Zoe.

– Tanto que pensamos em repetir a dose amanhã. Não terminamos tudo que queríamos fazer – disse Joanna com um sorriso.

– Jo, amanhã é domingo!

Marcus estava pasmo.

– É, e atualmente as lojas abrem aos domingos, meu amor.

– Estamos brincando, irmão querido – disse Zoe. – Além do mais, vou ter de dar um descanso de quinze dias num spa para o meu cartão de crédito depois da surra que ele levou hoje.

A porta tornou a se abrir e Simon entrou.

– Oi, pessoal.

– Olá. Visitou alguma atração?

– Sim.

– E que atrações foram essas, Simon?

Joanna não conseguiu resistir.

– Ah, a Torre de Londres, a catedral de Saint Paul, Trafalgar Square... você sabe. – Simon sustentou seu olhar com firmeza. – Nos vemos mais tarde.

Ele meneou a cabeça para todos e subiu.

– Cadê o Jamie? – perguntou Zoe.

– No quarto dele.

– Marcus, você não o deixou ficar sentado naquele computador o dia inteiro, deixou? – perguntou Zoe com o cenho franzido.

– Desculpe. Eu fiz o melhor que pude, mas ele não é lá muito sociável, né? Vamos, Jo, nem precisa tirar o casaco. Vamos nessa.

Zoe deu um beijo em Joanna e em seguida no irmão.

– Até breve. E Jo, obrigada pelo dia divertido.

– Não tem de quê. Eu te ligo durante a semana.

Elas trocaram um pequeno sorriso cúmplice enquanto Marcus guiava Joanna porta afora.

Zoe subiu para ver Jamie e perguntar se queria salsichas com purê ou empadão para o jantar. Jamie escolheu a primeira opção e desceu para conversar com a mãe enquanto ela cozinhava.

– Eu acho que o tio Marcus não gosta muito de mim, sabe? – falou.

– É claro que gosta, Jamie! É que ele não está acostumado com crianças, só isso. Ele te disse alguma coisa hoje enquanto estava aqui, querido?

– Não, nada. Só tomou um monte de cerveja. Talvez a namorada nova o faça se sentir melhor. Ele disse que talvez queira se casar com ela.

– Ah, é? Seria maravilhoso. A Jo é um amor.

– Mamãe, você tem namorado?

– Eu... sim, tem um homem de quem eu gosto muito.

– É o Simon?

– Meu Deus, não!

– Eu gosto do Simon. Ele parece legal. Foi jogar computador comigo um pouco ontem à noite. Ele vai descer para jantar?

– Na verdade pensei que você e eu pudéssemos jantar juntos e conversar um pouquinho.

– É meio chato não chamar ele, né? Quero dizer, ele é nosso hóspede.

– Então tá – disse Zoe, fraquejando. – Vá ver se ele quer comer com a gente.

Cinco minutos mais tarde, com um ar levemente constrangido, Simon entrou na cozinha.

– Tem certeza de que não tem problema, Zoe? Eu posso muito bem pedir uma pizza.

– Meu filho insiste na sua presença, então pode sentar – respondeu Zoe sorrindo.

Durante o jantar, ela deu o melhor de si para se manter séria enquanto Simon deliciava Jamie com histórias sobre a fazenda de criação de ovelhas em que morava na Nova Zelândia.

– Mamãe, a gente pode ir visitar o Simon em Auckland um dia? Parece bem legal!

– Acho que podemos, sim.

– Simon, quer vir ver o novo jogo de computador que a mamãe me deu hoje? É incrível, mas é muito melhor quando tem duas pessoas jogando.

– Jamie, coitado do Simon – disse Zoe com um suspiro.

– Não tem problema. Eu adoraria jogar – disse Simon.

– Então vamos.

Jamie se levantou e indicou que Simon deveria fazer o mesmo. Com um dar de ombros e um sorriso para Zoe, Simon seguiu Jamie para fora da cozinha e escada acima.

Uma hora mais tarde, ela subiu ao som de gritos animados vindos tanto do filho quanto de Simon.

– Você não subiu para me dizer que está na hora de ir para a cama, né? Hoje é sábado, a gente está quase chegando no nível três e *eu* estou ganhando – disse Jamie, sem tirar os olhos da tela.

– Então você pode ganhar amanhã outra vez. Já passam das nove e meia, Jamie.

– Por favor, mamãe.

– Sinto muito, Jamie. Sua mãe tem razão. Amanhã a gente joga de novo, eu prometo. Boa noite.

Simon largou o controle e deu um tapinha no ombro do menino.

– Boa noite, Simon – entoou Jamie ao se retirar.

Zoe ficou arrumando o quarto do filho enquanto o esperava voltar do banheiro, em seguida o pôs na cama.

– Quer fazer alguma coisa amanhã?

– Terminar o jogo.

– Fora isso?

– Não, na verdade não. Ficar na cama até tarde, ver bastante TV, beber bastante Coca, tudo que eu não posso fazer no colégio.

Ele sorriu.

– Tá, combinado, menos a Coca. – Zoe lhe deu um beijo. – Boa noite.

– Boa noite, mamãe.

Simon estava se servindo um copo d'água da torneira quando Zoe chegou ao andar de baixo.

– Desculpe. Essa animação toda me deixou com sede. Vou deixá-la à vontade.

– Eu acho que você merece uma saideira decente depois daquele primor de criatividade na mesa do jantar. Tem certeza de que não tem formação de ator? – perguntou ela com uma desconfiança fingida.

– Na verdade eu tenho mesmo a sensação de conhecer a Nova Zelândia bastante bem. Minha na... quero dizer, minha *ex*-namorada passou o último ano lá.

– Ex?

– É. Ela gostou tanto que resolveu ficar e se casar com um nativo.

– Eu sinto muito. Quer um conhaque? Ou prefere uísque?

– Ahn... contanto que não vá te atrapalhar.

– Não. Você-sabe-quem viajou a trabalho, de modo que estou sozinha o fim de semana inteiro. O armário de bebidas fica na sala. Vamos para lá, eu acendo a lareira. Deu uma esfriada.

Simon ficou sentado na poltrona com seu conhaque enquanto Zoe se esparramava no sofá.

– Você com certeza fez sucesso com meu filho.

– Ele é um menino inteligente. Você deve estar orgulhosa.

– Estou, sim. Marcus vive dizendo que eu o mimo demais.

– Eu acho que ele é um menino extremamente bem-educado e normal.

– Eu tento fazer o que posso, mas nunca é fácil criar um filho sozinha, embora ele pelo menos tivesse o meu avô aqui. Mudando de assunto, Joanna mandou um recado. Disse que é para você ligar para ela. – Zoe estudou a expressão de Simon. – Ela me disse que conhece você há anos e prometeu não deixar Marcus perceber que sabe a sua verdadeira identidade. Será?

– Com certeza. Eu confio de olhos fechados na Jo. Ela conhece a maior parte dos meus segredos.

– Exceto um. Pelo menos até hoje – contrapôs Zoe. – Também contei para ela sobre o Art. Com você aqui e uma outra coisa que viu, ela já tinha adivinhado tudo, de qualquer maneira. Você acha que mesmo sendo jornalista ela não vai dar com a língua nos dentes?

– Jamais.

– Bom, espero que ela e o Marcus fiquem juntos. Ela é uma boa influência para ele.

Simon aquiesceu sem dizer nada enquanto bebia um gole de conhaque.

– Aposto que você sente falta do seu avô.

– Sinto, sim, muita.

– Vocês eram próximos?

– Muito. Sei que o Jamie também sente a falta dele, embora não fale muito. Ele era o homem da casa, a figura paterna para o meu filho. Mas tenho descoberto várias coisas que não sabia sobre ele.

– É mesmo? Como o quê, por exemplo? A vida dele parece ter sido bastante bem-documentada.

– William Fielding me contou na semana passada mesmo, antes de morrer, que meu avô veio originalmente da Irlanda. Na verdade, ele me contou várias coisas sobre James. Se eram verdade ou não, quem pode saber? Quando se volta setenta anos no tempo, os fatos e a ficção se misturam.

– É – comentou Simon, no tom mais casual que conseguiu. – Sir James contou alguma história sobre a juventude dele? Aposto que deve ter aproveitado bastante.

– Aproveitou, sim. As cartas dele estão todas apodrecendo no sótão da casa de Dorset. Quando a filmagem terminar, vou lá arrumar tudo.

Zoe disfarçou um bocejo.

– Você está cansada, vou deixá-la em paz. – Simon terminou seu conhaque e se levantou. – Obrigado pela bebida.

– De nada. Obrigada por entreter meu filho. Boa noite.

– Boa noite, Zoe.

Ao subir a escada até seu quarto, Simon estava mais convencido do que nunca de que Zoe Harrison não tinha a menor noção sobre o passado do avô. E torceu, para o bem de ambos, que continuasse assim.

Apesar de seus apartamentos lhes parecerem inseguros, Marcus e Joanna não tiveram outra opção a não ser dormir em Crouch End naquela noite – como Marcus assinalou, ela pelo menos tinha fechaduras novas na porta.

– O que acha de passar o outro fim de semana, sem ser o próximo, num lindo hotel na zona rural da Irlanda? – perguntou-lhe Marcus na cama depois de puxar um edredom para cobri-los e abafar suas vozes.

– Como assim? Por quê? – perguntou Joanna.

– Porque eu acho que identifiquei o lugar de onde o velho e querido sir Jim pode ter vindo.

– Sério?

– Sim. Jamie e eu tivemos uma conversinha. Ele me disse que sir Jim contou a ele uma história sobre um lugar mágico na Irlanda onde um homem e uma mulher se apaixonaram. Me mostrou no mapa onde fica.

– E onde fica?

– Segundo Jamie, é um pequeno vilarejo em West Cork chamado Rosscarbery. Parece que é uma casa isolada, bem na beira da baía. Vou dar uns telefonemas segunda-feira e pedir para o agente de viagens recomendar um bom hotel. Mesmo que no final das contas seja uma pista falsa, é um ótimo pretexto para uma fugidinha... e para escapar dos nossos apartamentos grampeados. Seria melhor ainda se você pudesse tirar um dia a mais de folga, aí poderíamos ir e voltar sem tanta pressa.

– Vou tentar, mas o meu chefe não está com uma disposição exatamente generosa em relação a mim – disse ela.

– Diga a ele que você vai desvendar um complô do IRA.

– É, um complô paisagístico, talvez – disse Joanna com um muxoxo de desdém.

23

– Recebi um telefonema do palácio. Vou buscar Sua Alteza Real hoje às oito da noite.

– Sim.

Zoe aquiesceu distraidamente para Simon enquanto ele saía com o carro, o olhar ainda fixo na figura cada vez menor de Jamie em pé nos degraus do colégio interno. Os dois haviam dispensado as formalidades, e ela estava sentada no banco do carona. Parecia melhor assim.

– Acho que o Jamie lamentou mais se despedir de você do que de mim, sabia? – disse ela.

– Isso não é verdade, mas a gente se divertiu. No fim das contas este trabalho tem seu lado bom. – Simon entrou na rodovia em direção a Londres. – Zoe?

– Sim.

– Longe de mim querer me meter, mas você não acha que talvez seja mais seguro ir encontrar Sua Alteza Real no palácio em vez de recebê-lo na Welbeck Street?

– Eu sei. Mas é que lá eu fico muito tensa. Sempre acho que vai ter alguém escutando atrás da porta.

– Tá bom. Vou dar uma sumida hoje à noite, claro.

– Obrigada. Ahn, Simon, quando eu for para Norfolk recomeçar as filmagens esta semana, como você vai explicar sua presença lá?

– Ah, vou fazer check-in no hotel, ficar de bobeira no bar, bancar o groupie no set... – Ele lançou um sorriso para ela. – Sei ser bastante discreto quando quero.

– Eu acredito – respondeu Zoe, desanimada.

Em frente ao número 10 da Welbeck Street, o fotógrafo aguardava pacientemente.

~

Após deixar Zoe em casa mais cedo, Simon parou o carro em frente a Welbeck Street pela segunda vez no dia. O príncipe tinha sido um passageiro mais irritante em comparação com a presença tranquilizadora de Zoe. Simon cerrou os dentes ao senti-lo se agitar com impaciência no banco de trás, sem parar de digitar no celular.

– Não se incomode em abrir a porta. Vou saltar direto – disse ele, ríspido, quando Simon fez menção de descer do carro.

– Pois não, Sua Alteza.

Simon o observou subir os degraus, e nenhum dos dois reparou num flash infravermelho do outro lado da rua. Ele deu um suspiro e olhou para o relógio. Os dois poderiam demorar horas, e ele na verdade não queria pensar em como estavam gastando seu tempo. Tirou um livro do porta-luvas, acendeu a luz do teto e começou a ler.

Seu celular tocou às dez para as onze.

– Vou sair daqui a cinco minutos.

– Certo. Estou aqui fora e pronto para partir, Sua Alteza.

Simon guardou o livro e ligou o motor. Exatamente cinco minutos depois, a porta da frente se abriu. Zoe apareceu, olhou para os dois lados, então acenou para seu acompanhante. No hall, ele lhe deu um beijo rápido no rosto e correu até o carro.

A luz infravermelha tornou a se acender.

– Certo, Warburton, vamos para casa, por favor.

– Pois não, Sua Alteza.

~

Na primeira manhã de volta a Norfolk, o clima no set de filmagem de *Tess* foi triste. Todos estavam chocados com a morte de William, e isso havia estragado o clima alegre.

– Graças a Deus falta só um mês – comentou Miranda, a atriz que fazia a mãe de Tess. – Isto aqui está parecendo um velório. Aquele é seu namorado novo? – perguntou ela no mesmo fôlego enquanto estudava Simon, que tomava uma Coca-Cola no bar.

– Não. Um jornalista que mandaram para me cobrir durante uma semana. Vão fazer uma entrevista para coincidir com o lançamento do filme.

Zoe repetiu a história que os dois tinham inventado juntos.

Apesar de ter dito que iria se diluir na paisagem, todos haviam reparado na presença de Simon nos últimos dois dias. Ele era bonito demais para passar "despercebido", como havia sugerido, e todos o tinham notado zanzando pelo set enquanto fingia rabiscar anotações num bloquinho. Zoe tinha achado a presença dele perturbadora, mas pelo menos à noite, devido à pesada carga de trabalho, subia se arrastando para a cama imediatamente após chegar do set, e assim conseguia evitá-lo.

Na quinta de manhã, quando estava estudando o roteiro das cenas a serem filmadas naquele dia, seu celular tocou.

– Oi, mana, sou eu. Como estão as coisas?

– Tudo bem, Marcus.

– Vai voltar a Londres no fim de semana? É que você comentou sobre ir a Dorset para começar a ver as coisas do sótão.

– Acho que não vou poder. Na verdade, vou viajar.

– Entendi. Algum lugar bacana?

– Só uma festa na casa de amigos.

– Que "amigos"?

– Marcus! Me diga logo o que você quer – retrucou Zoe, ríspida.

– Bom, você se importaria se eu e a Jo fôssemos a Dorset dar mais uma olhada nas caixas?

– Não vejo problema. Só não joguem nada fora antes de eu ver. Tá bom?

– Claro. Vou dividir em duas pilhas: "interessante" e "sem interesse".

– Tá. – Zoe não estava com tempo para discutir. – Nos falamos em breve. Mande um beijo para a Jo. Tchau.

Quando estava descendo, Zoe se perguntou por um segundo se era sensato deixar o irmão solto em Dorset, mas em seguida afastou o pensamento. Estava ansiosa para passar um fim de semana tranquilo nos braços de Art.

Marcus pôs o fone no gancho, saiu da cabine telefônica e olhou em volta para ver se tinha alguém olhando. Ian ainda não entrara em contato, mas ele tinha certeza de que fora ele o responsável pelos grampos.

Foi comprar cafés e brioches de bacon na padaria e subiu a escada até seu apartamento, onde Joanna estava saindo do chuveiro, com os cabelos molhados e lustrosos em cima de um dos ombros.

– Liguei para Zoe – disse ele. – Ela deu sinal verde para a gente ir a Dorset dar mais uma olhada naquelas coisas todas do sótão. Você quer ir?

– Ai, Marcus, neste fim de semana eu não vou poder. Estou de plantão no jornal.

Ela começou a secar os cabelos com a toalha.

– Tem plantão de fim de semana na editoria de Animais e Jardins?

– Tem! Muita coisa na zona rural acontece no fim de semana, como exposições caninas, vendas de papoula de inverno e a floração dos galantos.

– Uau, fascinante.

– Bom, algumas pessoas precisam trabalhar, Marcus. Se eu perdesse o emprego, não teria apartamento nem nada para comer.

– Desculpe, Jo. – Marcus pôde ver que a tinha deixado chateada. – Você se importa se eu for a Dorset?

– Por que me importaria? Eu não mando em você.

– Não, mas eu quero que mande. – Ele foi até ela e a tomou nos braços. – Não fique brava. Eu pedi desculpas.

– Eu sei, é que...

– Eu entendo.

Ele puxou a toalha e a beijou, e Joanna esqueceu todo o resto.

Quando o carro chegou à entrada da imponente casa em estilo georgiano, Simon ajudou Zoe e o príncipe a saltarem, em seguida retirou sua bagagem do porta-malas.

– Obrigado, Warburton. Por que não tira o fim de semana de folga? Meu guarda-costas está aqui. Qualquer problema, ligamos para você.

– Obrigado, Sua Alteza.

– Até domingo à noite, Simon.

Zoe deu um sorriso encantador por cima do ombro enquanto o príncipe a guiava para dentro da casa.

Duas horas mais tarde, Simon chegou ao seu apartamento em Highgate com um suspiro de alívio. Fazia mais de uma semana que não ia para casa ou tinha um pouco de tempo para si. Escutou seus recados; quatro eram de Ian, que soava mais bêbado e menos inteligível a cada mensagem, gabando-se de "um golpe" que tinha pregado "neles lá de cima". Simon não entendeu a que ele estava se referindo, e pensou se deveria dar uma palavrinha com a pessoa certa sobre o abuso de álcool e o comportamento instável do colega.

Discou o número de Joanna e deixou um recado sugerindo que ela fosse jantar lá na noite seguinte, para os dois poderem conversar. *Ela deve estar na cama com Marcus Harrison*, pensou ao pôr o fone no gancho. Tomou uma ducha, preparou uma tortilha com salada e sentou-se para assistir a um filme. O telefone tocou poucos minutos depois.

– Simon? Você está em casa?

Era Joanna.

– Estou.

– Pensei que poderia ter voltado para Auckland para tosar umas ovelhas.

– Muito engraçado. Liguei para saber se você está livre para jantar no sábado.

– Não.

– Um encontro ardente com Marcus?

– Não, um encontro ardente com um evento de agricultura em Rotherham. Lançamento de um pesticida revolucionário. Como você pode imaginar, estou empolgadíssima. Devo voltar bem tarde amanhã, mas consigo almoçar no domingo.

– Ótimo, mas à tarde eu vou estar trabalhando, então passe aqui cedo e eu preparo um brunch.

– Tá. Na sua casa, às onze?

– Ótimo. Nos vemos, então.

Simon desligou, pensando em como era triste a sua amizade com Joanna estar passando por uma fase tão fria. Desde que ele deixara de lhe devolver a carta, admitiu. Não havia dúvida de que Joanna estava desconfiada dele, sobretudo agora que sabia que ele não era apenas um reles burocrata do serviço público. E tudo por culpa dele. Por causa do trabalho, ele havia comprometido a confiança dela e a amizade que os unia. Levantou-se, foi pegar uma cerveja na geladeira e tomou um grande gole, tentando amenizar um pouco a sua traição...

Igual a Ian.

Ele ainda não havia matado nenhum homem – ou mulher –, mas se perguntou como iria se sentir após ter feito isso. Com certeza, depois de agir assim, depois de tirar a vida de outra pessoa, tudo poderia acontecer, não? Depois de uma coisa dessas, nada mais pareceria ter relevância moral alguma.

Será que vale a pena...?

Simon foi até a pia e despejou o resto da cerveja no ralo, dizendo a si mesmo que aquilo ainda não havia acontecido. Amava o seu trabalho e a sua vida, mas a situação com Joanna o tinha feito começar a prestar mais atenção nas coisas.

E ele sabia que um dia seria obrigado a escolher.

A campainha da porta da frente tocou. Simon grunhiu e foi até o interfone.

– Quem é?

– Sou eu.

Falando no diabo...

– Oi, Ian. Eu estava indo deitar.

– Posso subir? Por favor?

Com relutância, Simon apertou o botão para abrir a porta. Estudou o colega quando ele entrou cambaleando pela porta. Ian estava com um aspecto deplorável. Tinha o rosto vermelho e inchado, e os olhos eram dois pontinhos pretos rodeados de vasos sanguíneos congestionados. Sempre conhecido pela sua coleção de ternos Paul Smith e Armani, nessa noite parecia um sem-teto, vestido com um impermeável sujo e carregando uma sacola de plástico da qual tirou uma garrafa de uísque pela metade.

– Ei, Simon.

Ian se deixou afundar numa cadeira.

– O que houve?

– Os filhos da mãe me puseram numa licença *para tratar de assuntos de saúde*. Durante um mês. Preciso fazer terapia duas vezes por semana, como se fosse alguma espécie de maluco...

– O que aconteceu?

Simon se sentou na beirada do sofá.

– Ah, eu executei mal um serviço semana passada. Fui tomar umas e outras no pub, perdi a noção do tempo e deixei o alvo escapar.

– Entendi.

– Você sabe que este não é exatamente um trabalho divertido, não é? Por que as coisas ruins sempre sobram para mim?

– Porque eles confiam em você.

– *Confiavam.*

Ian deu um arroto, então bebeu mais um gole de uísque direto da garrafa.

– Parece que você conseguiu umas férias remuneradas. Se eu estivesse no seu lugar, aproveitaria.

– E você acha que eles vão me aceitar de volta? De jeito nenhum. Acabou, Simon. Todos esses anos, o trabalho todo...

Ele então começou a chorar.

– Calma, Ian, você não sabe se isso vai acontecer. Eles não querem te perder. Você sempre foi um dos melhores. Se parar de beber e provar que foi apenas uma fase ruim, tenho certeza de que consegue outra chance.

Ian abaixou a cabeça.

– Não, Si. Se eu tiver sorte, vou distribuir multas de trânsito. Estou com medo, de verdade. Eu sou um risco, né? Bêbado, sabendo todos os segredos que eu sei... E se eles...?

Ian não concluiu a frase, e seus olhos foram tomados pelo medo.

– É claro que eles não vão fazer isso. – Simon torceu para soar convincente. – Vão cuidar de você. Ajudá-lo a ficar bom.

– Porra nenhuma. Você acha mesmo que existe um asilo especial para agentes de inteligência que sofrem um colapso nervoso? – Ian começou a rir. – Eu entrei para o serviço secreto por causa do James Bond. Eu olhava para todas aquelas mulheres lindíssimas e pensava: se elas vierem de brinde, esse é o emprego que eu quero ter.

Simon permaneceu calado, sabendo que havia pouca coisa que poderia dizer.

– É isso, fim da linha. – Ian deu um suspiro. – E o que eu ganhei pelos anos de serviço fiel? Uma quitinete em Clapham e um fígado em frangalhos.

Ele sorriu com ironia do próprio triste resumo.

– Vamos lá, cara. Eu sei que as coisas agora parecem sombrias, mas tenho certeza de que se você parar de beber por um tempo tudo vai melhorar.

– A bebida é minha única maneira de continuar. Enfim... – Os olhos de Ian se acenderam de repente, embora Simon não soubesse dizer se era de raiva ou de remorso. – Pelo menos tenho um dinheiro guardado. E o meu último pequeno "bico" rendeu uma boa quantia. Eu na verdade estava me sentindo meio culpado em relação a isso, sabe? – Ian cambaleou ao caminhar em direção a Simon. – Você disse que ela é uma boa pessoa, ao que parece, e foi uma coisa ruim de se fazer com alguém legal. – Ele deu um soluço. – Agora estou feliz por ter feito.

– Ian, de quem você está falando?

– Nada. Nada... Desculpe ter vindo te incomodar. Preciso ir andando. Não quero que você seja prejudicado por causa disso. – Ele cambaleou em direção à porta, então agitou o dedo para Simon. – Você vai longe, cara. Mas não se esqueça de tomar cuidado, e diga àquela sua mocinha jornalista para dar o fora da cama do Marcus Harrison. É perigoso, e além do mais, pelo que ouvi nos fones de ouvido, ele é péssimo de cama.

Ian conseguiu abrir um arremedo de sorriso, então desapareceu pela porta da frente.

No domingo de manhã, depois de um sábado tranquilo vendo partidas de rúgbi e lendo, Simon acordou de seu primeiro sono reparador em dias. Viu que o relógio marcava 8h32 – bem depois de seu alarme interno das sete da manhã, em geral infalível. Após ligar o rádio e deixar a cafeteira preparando o café, estava prestes a descer para recolher sua pilha habitual de jornais dominicais quando o telefone tocou.

– Alô?

– Problemas. Apresente-se imediatamente na Welbeck Street. Vamos telefonar com mais instruções.

– Entendi. Por que a mudança?

– Leia o *Morning Mail*. Você vai entender. Tchau.

Dizendo um palavrão, ele desceu correndo até a entrada principal do prédio e catou o *Morning Mail* da pilha sobre o capacho. Ao ler a manchete, deu um grunhido.

– Meu Deus! Coitada da Zoe.

Com o estômago embrulhado de raiva e preocupação, tornou a subir correndo e vestiu o terno às pressas. *Maldita Joanna*, pensou, é assim que ela se vinga de mim, traindo Zoe para ganhar uns trocados...

Estava prestes a sair quando sua campainha tocou. Tinha convidado Joanna para o brunch, mas ainda estava cedo. Tentando controlar a raiva, apertou o botão para deixá-la subir. *Todo mundo é inocente até que se prove o contrário*, lembrou a si mesmo enquanto punha o paletó.

– Oi – disse ela descontraída ao entrar, dando-lhe um beijo no rosto e lhe entregando meio litro de leite. – Sei que você nunca tem leite em casa, e pensei que...

Ele lhe passou o jornal.

– Você viu isto aqui?

– Não, eu sabia que você recebe os jornais de domingo, então nem me dei o trabalho de comprar. Eu... – O olhar dela recaiu sobre a manchete. – Ai, droga. Coitada da Zoe.

– É, coitada da Zoe – arremedou ele.

Joanna estudou a fotografia do duque de York com o braço em volta dos ombros de Zoe, e outra dele a beijando no alto da cabeça. Os dois poderiam ser qualquer casal de namorados jovens e atraentes dando um passeio pelo campo.

– "O príncipe Arthur e seu novo amor, Zoe Harrison, curtem o fim de semana juntos na casa do honorável Richard Bartlett e sua esposa Cliona" – leu Joanna em voz alta. – Você não os levou até lá?

– Sim. Deixei os dois lá na sexta. E agora tenho de ir.

– Ah, quer dizer que o brunch melou?

– É, melou. – Ele a fulminou com os olhos. – Joanna?

– Sim?

– Você viu qual jornal está cobrindo a história?

– É claro que eu vi. O nosso.

– Pois é, o *seu*.

A ficha caiu quando ela encarou a expressão zangada de Simon.

– Espero que você não esteja pensando o que eu *acho* que está pensando.

– Tem todas as chances de eu estar pensando isso, sim.

Joanna enrubesceu, não de culpa, mas de ultraje.

– Meu Deus, Simon! Como você pode sequer sugerir uma coisa dessas? Quem diabo acha que eu sou?

– Uma jornalista ambiciosa que viu a oportunidade do furo do ano pendurada diante do nariz.

– Que atrevimento! A Zoe é minha amiga. Além do mais, você está partindo do princípio de que ela me contou.

– Ela me disse que falou com você. Eu tenho passado quase 24 horas por dia com ela, e simplesmente não consigo ver como mais alguém poderia ter ficado sabendo. Talvez essa não fosse a sua intenção, mas você pode não ter conseguido resistir e...

– Simon, não ouse bancar o superior comigo! Eu gosto muito da Zoe. Tá, admito que a ideia me passou pela cabeça...

– Viu?

– Mas é claro que eu jamais iria trair uma amiga! – disparou ela em resposta.

– Jo, a matéria saiu no *seu* jornal! Ela me perguntou se deveria confiar em você, e eu dei nota dez à sua discrição! Agora, preferia não ter feito isso.

– Simon, *por favor*, eu juro que não vazei a história.

– Coitada da mulher. Tem um filho que está tentando proteger e que agora vai ser perseguido. Ela vai ficar destruída e...

– Meu Deus, Simon. – Joanna balançou a cabeça, estupefata. – Você está apaixonado por ela, por acaso? É só o guarda-costas dela. Quem deve reconfortar Zoe é o príncipe, não você.

– Deixe de ser ridícula! E olhe só quem fala. Andando para lá e para cá com aquele babaca do Marcus só para conseguir mais informações sobre a tal carta de amor, pensando que é alguma espécie de Sherlock Holmes moderna e justiceira...

– Chega, Simon! Para seu governo, eu gosto bastante do Marcus. Para ser franca, talvez esteja até apaixonada por ele, não que seja da sua conta com quem eu gasto meu tempo e...

– Como você pôde trair a Zoe assim, com tanta frieza?

– Eu não a traí, Simon, que inferno! E se você não me conhece bem o suficiente para entender que eu jamais trairia uma amiga desse jeito, então fico me perguntando em que consistiram todos os *nossos* anos de amizade. E você também não está tão limpo assim! Mentiu para mim em relação à carta que eu deixei na sua mão. Segundo você, ela se "desintegrou", mas eu sei muito bem que você me usou para recuperar a carta para o seu pessoal lá do MI5!

Simon ficou parado sem dizer nada.

– Foi isso, não foi? – insistiu ela, sabendo que havia acertado o alvo.

– Eu vou embora. – Tremendo de fúria, ele pegou sua bolsa de viagem e andou até a porta, então parou e tornou a se virar. – E suponho que seja meu dever avisá-la que Marcus Harrison está sendo pago pelo "meu pessoal" para dormir com você. Pergunte ao Ian Simpson. Você sabe como sair sozinha.

A porta bateu atrás dele.

Joanna ficou ali parada num silêncio estarrecido. Mal conseguia acreditar no que acabara de acontecer. Em todos os anos que eles se conheciam, mal conseguia se lembrar de terem trocado uma palavra atravessada. Se aquela fora a reação de Simon – um homem que a conhecia havia tantos anos –, então não havia esperança alguma de Zoe acreditar nela. E que besteirada fora aquela que Simon tinha despejado sobre Marcus estar sendo "pago" para dormir com ela? Não podia ser, podia? Marcus não sabia nada sobre o "Mistério da Velhinha" antes de ela lhe contar.

Joanna soltou um gritinho de frustração, sentindo que seu mundo estava se desintegrando aos poucos. Revirou a mochila até achar a carteira. Pegou o cartão de Ian Simpson, pensou por alguns instantes, então foi até o telefone de Simon e tirou o fone do gancho. Sem saber ao certo o que iria dizer, mas sabendo que precisava falar com ele, discou o número.

Foi preciso uma eternidade de toques para a ligação finalmente ser atendida.

– Ei, Simon – disse uma voz sonolenta.

– É Ian Simpson quem está falando?

– Quem quer saber?

– Aqui é Joanna Haslam, amiga do Simon Warburton. Olhe, eu sei que isso pode soar ridículo e não quero meter o Simon nessa história nem nada, mas ele comentou que ao que parece o meu, ahn... o meu namorado, Marcus Harrison, talvez pudesse estar... bem... sendo empregado por alguém para quem o senhor trabalha. É isso mesmo?

Fez-se um silêncio do outro lado da linha.

– Talvez o senhor possa simplesmente continuar sem dizer nada se a resposta for "sim".

Houve uma longa pausa, e ela então ouviu um clique na ligação quando ele desligou.

Joanna pôs o fone no gancho sabendo que Simon tinha dito a verdade. Os pensamentos se precipitaram na sua mente conforme ela tentava se lembrar de cada conversa que havia tido com Marcus. Sorveu uma funda e trêmula inspiração cheia de raiva e mágoa, então sentou-se para planejar seu próximo passo.

Simon tinha saído a toda velocidade, e então, dando-se conta de que estava alterado demais para dirigir com segurança, encostou e desligou o motor para se acalmar.

– Que inferno!

Ele bateu no volante com as duas mãos espalmadas. Era a primeira vez em sua vida adulta que se lembrava de ter perdido completamente o controle. Joanna era sua amiga mais antiga. E ele nem ao menos lhe dera uma chance de se explicar – condenara-a antes mesmo de ela abrir a boca.

A pergunta era: por quê?

Será que a visita de Ian Simpson o tinha deixado desestabilizado? Ou seria porque – como Joanna sugerira – estava se afeiçoando muito mais do que deveria a Zoe Harrison?

– Que inferno – repetiu ele, suspirando, enquanto tentava analisar os próprios sentimentos.

Com certeza não era amor, era? Como poderia ser? Fazia só umas duas semanas que ele a conhecia, e a maior parte desse tempo fora passada à distância. No entanto, havia em Zoe algo que o tocava, uma vulnerabilidade que o fazia querer protegê-la. E não num sentido estritamente profissional, admitiu por fim para si mesmo.

Deu-se conta de que isso poderia explicar a antipatia irracional que sentia pelo príncipe. O homem era razoavelmente decente e sempre havia se mostrado educado com ele, mas o que Simon sentia pelo nobre era animosidade. Espantava-o que a inteligente e carinhosa Zoe pudesse estar apaixonada por aquele homem. Entretanto... ele era um "príncipe". Simon supunha que isso compensasse bastante coisa.

Ele gemeu ao recordar as últimas palavras ditas para Joanna. Tinha violado completamente as regras ao lhe contar que Marcus estava sendo pago para descobrir o que ela sabia.

Ela é uma boa pessoa...

As palavras embriagadas de Ian na sexta-feira à noite de repente flutuaram de volta até ele.

E se...?

– Ah, merda!

Simon socou o volante quando começou a entender o contexto de tudo. Imaginara que Ian estivesse se referindo a Joanna ao falar sobre "ela". Mas o próprio Simon tinha grampeado o telefone e instalado escutas no apartamento da Welbeck Street. Ele *sabia* que eles estavam escutando tudo...

E se Ian estivesse se referindo a Zoe? Ele mencionara ter ganhado algum dinheiro por fora recentemente, e Joanna com certeza não era um alvo da imprensa – alguém sobre quem os jornais gastariam uma fortuna para obter as últimas fofocas.

Mas *Zoe* era...

Ao dar a partida no motor, Simon já tinha percebido que entendera tudo errado.

Chegando à Welbeck Street, encontrou uma turba de fotógrafos, operadores de câmera e repórteres acampada em frente à casa de Zoe. Passou com dificuldade por eles, ignorando seus gritos e perguntas, e entrou com a própria chave. Bateu a porta e passou todos os trincos e chaves que havia.

– Zoe? Zoe? – chamou.

Não houve resposta. Talvez ela ainda não tivesse voltado de Hampshire, embora ele houvesse sido informado de que sim na ligação recebida no carro. Foi olhar na sala, viu a lente comprida de uma câmera por uma fresta nas velhas cortinas de tecido adamascado e correu para fechá-las melhor. Foi à sala de jantar, ao escritório e por fim à cozinha, sempre chamando o nome dela. No andar de cima, verificou a suíte principal, o quarto de Jamie, o quarto de hóspedes e o banheiro.

– Zoe? Sou eu, Simon! Cadê você? – tornou a chamar, agora num tom de urgência crescente.

Subiu correndo a escada até os dois pequenos cômodos no sótão e viu que o seu estava vazio. Abriu a porta do segundo, do outro lado do estreito patamar. Estava tomado por móveis sem uso e alguns dos brinquedos de bebê de Jamie. E lá dentro, encolhida num canto no chão, entre um velho guarda-roupa e uma poltrona e abraçada a um ursinho de pelúcia surrado estava Zoe, com o rosto banhado em lágrimas e os cabelos puxados com força para trás e presos num rabo de cavalo. Vestida com um suéter de moletom antiquíssimo e uma calça esportiva, não parecia muito mais velha do que o filho.

– Ai, Simon! Que bom que você chegou, graças a Deus.

Zoe lhe estendeu a mão, e Simon se ajoelhou ao seu lado. Ela apoiou a cabeça no seu peito e soluçou.

Ele não teve muito a fazer exceto fechar os braços ao seu redor, forçando-se a ignorar o quanto era maravilhoso abraçá-la.

Depois de algum tempo, ela ergueu o rosto para ele, com os olhos azuis arregalados de medo.

– Eles continuam lá fora?

– Infelizmente, sim.

– Quando eu cheguei, um deles estava com uma escada. Espiando o quarto do Jamie, tentando tirar uma foto. Eu... ah, meu Deus, o que foi que eu fiz?!

– Nada, Zoe, só se apaixonou por um homem público. Tome.

Simon lhe ofereceu seu lenço e a observou secar as lágrimas.

– Desculpe ser tão ridícula. É que foi tudo um choque tão grande...

– Não tem por que se desculpar. Onde está Sua Alteza Real?

– Já deve ter voltado para o palácio, imagino. Eles acordaram a gente em Hampshire às cinco e disseram que tínhamos de ir embora. Art saiu num carro e eu vim para cá em outro. Cheguei às oito, e a imprensa já estava acampada lá fora. Pensei que você nunca fosse chegar.

– Eu sinto muito, Zoe. Eles demoraram a me ligar. Teve alguma notícia de Sua Alteza Real desde que chegou?

– Nada, mas tirando isso estou muito preocupada com o Jamie. E se a imprensa tiver ido ao colégio dele como veio para cá, para conseguir uma foto? Ele não sabe de nada... Ai, meu Deus, Simon, como eu fui egoísta! Nunca deveria ter recomeçado essa história e posto em risco a segurança dele. Eu...

– Tente se acalmar. Tenho certeza de que o príncipe vai te ligar e que o palácio garantir que tanto você quanto Jamie fiquem seguros e protegidos.

– Você acha?

– Claro. Eles não vão simplesmente deixar você largada aqui. Escute, que tal eu ligar para eles agora?

– Tá. E você pode pedir para mandarem o Art me ligar? A gente não teve tempo de conversar sobre nada hoje de manhã.

– Se você quiser descer, eu fechei todas as cortinas. Ninguém vai te ver.

Zoe balançou a cabeça.

– Ainda não, obrigada. Primeiro vou me acalmar um pouco.

– Então vou te trazer um chá. Com leite e sem açúcar, né?

– É. – Um esboço de sorriso se insinuou nos seus lábios. – Obrigada, Simon.

Ele desceu até a cozinha, ligou a chaleira elétrica e sentiu-se um merda por reconfortar uma mulher que quase com certeza fora vendida por alguém de sua própria organização – graças a escutas que *ele próprio* havia instalado. Uma organização responsável não apenas por garantir a segurança da Grã-Bretanha, mas também por proteger os necessitados. Ele ligou para o escritório de segurança do palácio.

– Warburton falando. Estou na Welbeck Street e a casa está sitiada. Como devo proceder?

– Por enquanto, não faça nada. Fique onde está.

– Sério? A Srta. Harrison está muito nervosa, o que é compreensível. Tem algum endereço mais seguro sendo providenciado para ela?

– Não que eu saiba.

– Talvez fosse melhor se ela estivesse no palácio.

– Isso não é possível.

– Entendo. E o filho? Ela obviamente está muito preocupada com o efeito que isso tudo vai ter no menino. Ele está no colégio interno em Berkshire.

– Então é melhor ela conversar com o diretor do colégio e ver o que ele pode providenciar em matéria de segurança extra. É só isso?

Simon inspirou para tentar controlar a raiva.

– Sim, só isso, obrigado.

Ele em seguida ligou para o colégio de Jamie, e por fim subiu a escada com duas canecas de chá e um prato de biscoitos doces.

– Falou com eles? – perguntou-lhe Zoe com um olhar esperançoso.

– Falei. – Ele lhe passou uma caneca e se ajoelhou ao seu lado. – Quer um biscoito?

– Obrigada. O que eles disseram?

– Que é para a gente aguentar firme aqui. Ainda estão providenciando as coisas. Ah, e o príncipe mandou um beijo – mentiu ele. – Vai te ligar mais tarde.

O alívio iluminou o semblante de Zoe.

– E o Jamie?

– Falei com o diretor do colégio e eles estão cientes da situação. A imprensa ainda não chegou lá, mas eles vão tomar precauções extras conforme a necessidade. O diretor me disse que o Jamie está bem. Parece que de toda forma eles não deixam aquele "lixo" de jornal entrar na escola. Palavras dele.

– Que bom. – Zoe deu uma mordida pequenina no biscoito. – O que é que eu vou dizer para ele? Como explicar tudo isso?

– Dê um pouco mais de crédito para o seu filho, Zoe. Jamie é um menino inteligente, e lembre-se, ele cresceu sabendo o que é a fama, por causa do seu avô e de você. Vai aguentar o tranco.

– É, acho que você está certo. Será que foi a Joanna quem vazou a história? – indagou ela devagar.

– Não, tenho quase certeza de que não foi ela, mas, na hora em que vi a notícia, ela por acaso estava no meu apartamento e... eu tirei conclusões precipitadas.

– É uma baita coincidência.

– Sim, mas não acho que tenha sido ela. E você também não deveria achar – disse Simon com firmeza. – Eu conheço a Joanna desde sempre, e ela é uma amiga leal. Juro.

– Ela era a única que sabia, Simon. Quem mais poderia ter sido?

– Não faço ideia – ele tornou a mentir. – Nesse tipo de situação, infelizmente até as paredes têm ouvidos.

Literalmente, pensou.

– Quer dizer que estamos ilhados aqui até eles nos dizerem o que fazer.

– É, pelo visto sim.

Ela tomou um gole do chá, então ergueu os olhos para ele e sorriu.

– Simon?

– Humm?

– Que bom que você está aqui.

24

O dia escurecia na Welbeck Street, e nenhum dos dois ainda tivera notícias nem do príncipe nem do palácio. Quando Marcus finalmente ligou, Zoe já havia se acalmado um pouco. Como ele estava em Haycroft House mexendo nas caixas do sótão, só ficara sabendo da notícia quando fora ao pub e se vira cercado por gente da região querendo saber detalhes.

– Mandou bem, Zoe, arrumar um namorado real – disse ele, tentando animá-la. – Eu volto para Londres mais tarde, então, se precisar de mim, você sabe onde estou. Fique calma e ignore o que os idiotas da imprensa vão dizer, daqui a pouco eles perdem o interesse. Te amo, mana.

– Obrigada, Marcus.

Zoe desligara sentindo-se reconfortada pelo apoio do irmão. Decidiu sair de seu esconderijo no sótão e desceu até a sala toda fechada ainda com o ursinho de pelúcia de Jamie no colo.

Por falta de coisa melhor para fazer, Simon percorria a casa verificando metodicamente se havia frestas nas cortinas ou sinais de pés de cabra sob as janelas de guilhotina. Discretamente, também removeu as escutas que havia instalado e as guardou dentro de uma caixa de lenços de papel em seu quarto. Não queria que ninguém do quartel-general ficasse sabendo o quanto Zoe estava abalada. Desejava apenas que eles se apressassem e resolvessem o que iriam fazer com ela, já que até decidirem os dois estavam ilhados dentro daquela casa. Ao descer o corredor, ele ouviu o burburinho de vozes do outro lado da porta de entrada. Foi até a sala e deu com Zoe sentada no sofá, paralisada.

– Aceita um chá? Um café? Alguma outra coisa mais forte? – sugeriu ele.

Ela ergueu os olhos e fez que não com a cabeça.

– Obrigada, mas estou meio enjoada. Que horas são?

– Dez para as cinco.

– Preciso ligar para o Jamie. Sempre ligo aos domingos na hora do chá. – Ela mordeu o lábio. – Que diabo eu vou dizer?

– Fale primeiro com o diretor, veja o que ele recomenda. Se o Jamie ainda não souber de nada, então talvez seja melhor que continue assim.

– É, tem razão. Obrigada, Simon.

Ela pegou o celular no chão e digitou o número da escola.

Simon foi até a cozinha preparar sua enésima xícara de chá, pensando por que o príncipe ainda não havia ligado para Zoe. Se ele dizia amá-la, sem dúvida a primeira coisa que faria seria ter uma conversa breve, porém reconfortante com ela, não? Com certeza não era possível que nem ele nem o palácio fossem resgatá-la, simplesmente deixando-a enfrentar aquela situação sozinha, ou era?

– Ele parecia bem. Obviamente não sabe de nada.

A voz aliviada de Zoe interrompeu seus pensamentos.

Ele se virou e sorriu para ela.

– Ótimo.

– O diretor disse que tem um ou dois jornalistas plantados no portão da escola, mas ele já informou a polícia da região e eles estão de olho. Jamie quis saber como tinha sido a minha semana e eu respondi que tinha sido normal. – Zoe deu uma risada débil. – É claro que não sou burra de achar que vai demorar muito para ele ficar sabendo... Você acha mesmo que é melhor não dizer nada?

– Por enquanto, sim. A ignorância é uma bênção, principalmente quando se tem apenas 10 anos. Ele está seguro lá, e quem sabe, se não houver mais munição, a coisa toda acabe perdendo força.

Zoe sentou-se diante da mesa da cozinha e pousou a cabeça nos braços.

– Ligue, Art, por favor, ligue.

Simon deu uns tapinhas delicados no ombro dela.

– Ele vai ligar, Zoe, você vai ver.

Às oito da noite, Simon instalou o televisor portátil do quarto de Jamie no de Zoe. Havia tentado convencê-la a comer alguma coisa, mas ela se recusou. Ficara sentada na cama, com o rosto tão pálido quanto o luar que entrava pela ampla janela. Ele fechou as cortinas, só para o caso de alguém lá embaixo ter uma escada.

– Olhe aqui, por que você não liga para o Art? Tem o celular dele, não?

– Você não acha que eu *já liguei*? – respondeu Zoe, irritada. – Tipo umas cem vezes hoje? Só cai na caixa postal.

– Certo, desculpe.

– Eu é que peço desculpas. Nada disso é culpa sua, e eu não quero descontar em você.

– Não está descontando – disse Simon. – E, se descontasse, seria compreensível.

Zoe se levantou e pôs-se a andar de um lado para o outro do quarto enquanto Simon conectava a antena e ligava a televisão. A tela piscou ao se acender, e o som saiu aos berros.

"*... que o príncipe Arthur, duque de York e terceiro na linha de sucessão ao trono, tem um novo amor. Zoe Harrison, atriz e neta do falecido sir James Harrison, foi vista passeando com o príncipe nos jardins da propriedade de um amigo em Hampshire.*"

Zoe e Simon ficaram olhando em silêncio enquanto o repórter da ITV fazia a transmissão em frente à sua casa da Welbeck Street. Atrás dele, podiam ver uma horda de fotógrafos que ocupava a calçada inteira e ia até o outro lado da rua. A polícia orientava os carros pelo gargalo do trânsito e tentava controlar a multidão.

"*A Srta. Harrison chegou à sua residência de Londres hoje cedo pela manhã, e até agora evitou falar com a imprensa reunida em frente à casa. Se a Srta. Harrison estiver romanticamente envolvida com o duque, isso causará um dilema para o palácio. A Srta. Harrison é mãe solteira de um menino de 10 anos. Nunca revelou quem é o pai da criança. Resta saber se o palácio dará sua bênção a um relacionamento tão controverso. Um porta-voz de Buckingham divulgou uma nota curta hoje de manhã confirmando que o duque e a Srta. Harrison estiveram juntos numa festa em Hampshire, mas que os dois são apenas bons amigos.*"

Simon vasculhou o rosto de Zoe à procura de uma reação. Não havia nenhuma. Os olhos dela estavam vidrados.

– Zoe, eu...

– Eu já deveria estar preparada – disse ela com uma voz fraca, encaminhando-se para a porta do quarto. – Já passei por isso antes.

Na manhã seguinte, ainda sem ter recebido nenhuma instrução, Simon tornou a ligar para o escritório de segurança.

– Alguma instrução?

– Nenhuma por enquanto. Fique onde está.

– A Srta. Harrison precisa sair hoje, precisa ir a um estúdio aqui em Londres fazer um trabalho de mixagem de som. Como exatamente vou tirá-la de casa sem causar um motim numa rua central da cidade?

Fez-se uma pausa na linha.

– Use os seus anos de treinamento bancados pelo governo britânico. Até logo, Warburton.

– Mas que droga! – praguejou Simon no fone, sabendo que agora estava evidente que o palácio não tinha intenção alguma de apoiar Zoe.

– Quem era?

Zoe estava postada na porta da cozinha.

– Meu chefe.

– O que ele falou?

Simon inspirou fundo. Era inútil mentir para ela.

– Nada. Devemos ficar onde estamos.

– Entendi. Quer dizer que estamos por nossa conta?

– É, infelizmente, sim.

– Então tá. – Ela se virou na soleira. – Vou escrever uma carta para Art.

Zoe entrou no escritório e abriu uma das pequenas gavetas da bela papeleira antiga do avô à procura de sua linda caneta-tinteiro. Ao encontrá-la, tirou a tampa e rabiscou numa velha conta de luz para testá-la. A caneta estava seca. Revirou as gavetas em busca de um cartucho, arrancando contas de seu interior e as jogando no chão. Depois de finalmente encontrar um cartucho, ajoelhou-se para catar as contas e enfiá-las de novo na gaveta. Então reparou no nome da empresa no alto de uma delas.

Investigações Particulares Regan Ltda.
Parcela final a pagar:
Total = £8.600

James havia rabiscado a palavra *Quitada* na conta com a data 19/10/95 logo abaixo. Zoe mordeu o lábio inferior e se perguntou por que diabo seu avô precisaria contratar os serviços de uma agência particular de detetives, sobretudo tão no fim da vida. Pela quantia que havia pago, a investigação devia ter sido importante.

– Está tudo bem?

A voz de Simon a fez se sobressaltar. Ele estava em pé no vão da porta, com uma expressão preocupada no rosto.

– Tudo, sim.

Ela tornou a guardar a conta na gaveta e a fechou.

– A que horas você precisa estar no estúdio?

– Às duas.

– Certo. Então a gente tem de sair por volta da uma. Vou dar um pulo na rua agora. Quero mudar o carro de lugar, pôr numa vaga melhor para uma saída rápida.

– Eu vou ter de enfrentar essa horda lá fora?

– Não se estiver disposta a usar um chapéu ridículo e praticar um pouco de invasão de domicílio. – Ele sorriu. – Vejo você daqui a alguns minutos.

Zoe tornou a se concentrar na carta, tentando deixar de lado o medo e a raiva.

Querido Art, escreveu. *Em primeiro lugar, quero dizer que entendo a posição horrível em que essa situação toda o colocou. Eu sinto...*

Seu celular tocou, interrompendo o fluxo do seu raciocínio.

– Alô? Ah, oi, Michele. – Ela escutou enquanto sua agente falava. – Não, eu não quero aparecer na GMTV, nem dar nenhuma entrevista para o *Mail*, para o *Express*, para o *Times* ou para a porcaria do *Toytown Gazette*! Sinto muito se eles estão importunando você... O que posso dizer a não ser que não tenho *nada* a declarar? Sem comentários... Tá, tá bom. Vou, sim. Tchau. – Zoe cerrou os dentes. O celular tornou a tocar. – O quê?! – vociferou ela.

– Sou eu.

– Art! – Ela deu um pequeno soluço aliviado. – Ai, meu Deus, pensei que você não fosse ligar nunca!

– Eu sinto muito, minha querida. A coisa aqui está um caos, como você pode imaginar.

– Aqui também não está exatamente confortável.

– Não. Eu sinto muito, Zoe. Olhe, a gente precisa conversar.

– Onde?

– Onde, pois é. Warburton está aí com você?

– Está, quero dizer, não neste exato momento. Ele foi mudar o carro de lugar. Isto aqui parece um cerco. Estou me sentindo um animal enjaulado.

Ela se esforçou para não chorar no telefone com ele.

– Deve estar sendo horrível para você, minha querida. Sério, eu entendo perfeitamente. E a casa do seu avô em Dorset? Você não poderia dar uma fugida até lá hoje à noite?

– Provavelmente, sim. E você?

– Eu sem dúvida vou me esforçar ao máximo. Tentarei chegar lá às oito.

– Por favor, tente. Por favor.

– Claro. E tente apenas lembrar que eu te amo.

– Eu te amo também.

– Preciso desligar. Te vejo mais tarde. Tchau, minha querida.

– Tchau.

Zoe sentiu a tensão e a recente decisão de pôr fim ao relacionamento se esvaírem. O simples fato de ouvir a voz dele lhe deu coragem. Olhou para a carta que havia começado a escrever e a rasgou. Ele *ainda* a amava... Talvez *houvesse* um jeito...

A porta da frente se abriu e ela ouviu uma profusão de vozes gritando perguntas para Simon. O clamor diminuiu quando ele bateu a porta depois de entrar, e ela espichou a cabeça para o hall.

– Eles parecem uma matilha de lobos uivando. Com certeza vou acabar na manchete de algum jornal de quinta categoria sugerindo que eu sou o pai do Jamie... – disse ele.

O semblante de Zoe escureceu.

– Tomara que não.

– Desculpe, Zoe. Foi um comentário insensível.

– Mas certeiro – disse ela com sarcasmo.

– Você está com uma cara melhor – disse Simon ao observá-la. – Desabafou um pouco?

– O Art ligou. Ele sugeriu que eu vá para a casa do meu avô em Dorset hoje à noite. Vai tentar se encontrar comigo lá mais tarde. Então nós precisamos sair desta casa de qualquer jeito sem ninguém nos ver. Vou subir e tomar uma ducha.

– Está bem. Mas não leve muita coisa. E não se preocupe, já vasculhei as redondezas e tenho um bom plano.

Simon sorriu e deu uma piscadela.

– Tá.

Ela deu um sorriso débil e subiu. Ao escutar o trinco do banheiro, Simon foi até o escritório e abriu a gaveta que vira Zoe fechar mais cedo. Vasculhou o conteúdo o mais depressa que conseguiu. Ao encontrar a fatura que a tinha deixado tão fascinada, dobrou-a e enfiou no bolso do paletó. Fechou a gaveta, saiu da sala e subiu a escada.

Os dois se encontraram no pequenino pátio dos fundos dez minutos depois. Simon reprimiu um sorriso ao ver a roupa escolhida por Zoe: jeans preto, suéter de gola rulê também preto e um chapéu molenga bem afundado sobre a cabeça loura.

– Tá bom. Vou te ajudar a subir aquele muro ali – disse ele. – Do outro lado, pouco mais de 1 metro abaixo do muro, tem uma saliência na qual você pode pisar. Depois disso a gente pula o muro seguinte, e depois um terceiro. A loja de antiguidades a quatro prédios daqui tem uma porta dos fundos. A gente arromba se precisar, entra na loja e sai pelo outro lado como se fosse um casal de clientes.

– A porta dos fundos não vai ter um alarme?

– Deve ter, mas a gente vê na hora. Vamos.

Lentamente, eles foram escalando os muros que separavam os fundos dos prédios da rua. Simon ficou feliz por Zoe ser jovem e estar em boa forma física, e com a sua ajuda eles pularam sem grandes problemas os muros de 2 metros. Por fim, viram-se diante de uma porta dos fundos protegida por uma grade. Uma luzinha vermelha piscava acima dela.

– Droga. – Simon inspecionou a porta. – Está fechada com um trinco por dentro. – Ele foi até a janelinha ao lado da porta, igualmente protegida por uma grade. Tirando um alicate do bolso, foi cortando até a parte inferior da grade se soltar, revelando uma velha janela de guilhotina. Entre a janela e o peitoril havia uma brecha de 1 centímetro.

– Não sei se esta janela tem alarme, então prepare-se para escalar o muro de volta se eu o fizer disparar – alertou ele.

Zoe esperou num suspense aflito enquanto Simon ficava vermelho de tanto esforço. Por fim, a janela deu um pequeno gemido de aquiescência e deslizou para cima. O alarme não disparou.

Simon deu um muxoxo e a chamou com um aceno.

– As pessoas realmente deveriam ser mais cuidadosas. Não é de espantar que haja tantos roubos. Entre.

Ele indicou que ela deveria se espremer pela brecha de cerca de 50 centímetros de largura e lá de dentro abri-la um pouco mais para ele poder passar. Um minuto mais tarde, tanto ela quanto Simon estavam em pé do outro lado, num depósito cheio de cadeiras antigas elegantes e mesas de mogno.

– Ponha os óculos escuros – ordenou ele.

– Como estou? – perguntou ela com um sorriso.

– Uma graça, parece uma formiga ninja – sussurrou ele. – Agora venha comigo.

Ele a conduziu pelo depósito e abriu sem fazer barulho a porta do outro lado. Espiou lá fora, então deu um aceno para ela e indicou um lance de escada depois da porta.

– Tá, essa escada deve nos levar até a loja – sussurrou. – Estamos quase lá.

Simon subiu a escada, tendo Zoe logo atrás. No alto, girou a maçaneta da porta e espiou lá dentro. Meneou a cabeça para ela, abriu um pouco mais a porta e passou, gesticulando para ela o seguir. Uma vez lá dentro, Simon foi até uma comprida e rebuscada *chaise-longue* no showroom deserto, seguido por Zoe. Algum tempo depois, um homem de idade avançada entrou por outra porta para além da quina da parede.

– Desculpem, não ouvi tocar a sineta da porta.

– Não tem problema. Ahn, minha esposa e eu estávamos interessados nesta espreguiçadeira. Pode me falar um pouco sobre ela?

Cinco minutos mais tarde, após prometerem voltar com as medidas da sua sala, Zoe e Simon saíram para o sol forte de um dia de fevereiro estranhamente primaveril.

– Não olhe para trás, Zoe, continue andando – resmungou Simon enquanto marchava decidido em direção ao carro, estacionado alguns metros à frente na rua.

Uma vez a bordo do Jaguar, Simon acionou a seta e entrou no fluxo do trânsito, pegando a direção do Soho e do estúdio de som. Zoe se virou e viu o amontoado de repórteres ainda em frente à sua porta, a menos de 50 metros dali. Bem na hora em que eles dobraram a esquina, ergueu dois dedos para eles num cumprimento sarcástico.

– Sabe de uma coisa? Eu gostei bastante disso – disse ela com uma risadinha. – E pensar que todos aqueles abutres estão agora sentados esperando em frente a uma casa vazia me alegrou demais. – Ela estendeu a mão, segurou a de Simon e apertou. – Obrigada.

O leve toque de Zoe acabou com a concentração dele.

– Nosso objetivo é agradar. Mas não se engane com a falsa sensação de segurança. Mais cedo ou mais tarde alguém vai se tocar que você não está mais em casa.

– Eu sei, mas vamos torcer para não ser antes de hoje à noite.

Simon a deixou em frente ao estúdio de som na Dean Street, então ligou para fazer seu relatório.

– Desculpe ligar antes do horário de costume, senhor, mas pode ser que fique difícil ligar mais tarde.

– Entendido.

– Achei uma coisa. Pode não ser nada, mas...

Ele leu os detalhes do recibo que tinha pegado na gaveta da escrivaninha.

– Vou cuidar disso, Warburton. Pelo que eu soube, você anda ocupado.

– Sim. Vou levar a Srta. Harrison a Dorset hoje à noite.

– Continue conversando com ela, Warburton. Mais cedo ou mais tarde ela vai acabar deixando escapar alguma coisa.

– Eu realmente não estou convencido de que ela saiba qualquer coisa, mas farei isso, senhor. Até logo.

Simon desligou, saiu com o carro, conseguiu encontrar uma vaga num estacionamento privado da Brewer Street e mandou uma mensagem de texto para Zoe dizendo-lhe para ligar quando tivesse terminado, para ele ir buscá-la em frente ao estúdio. Sentiu uma fome repentina e foi até um McDonald's. Olhou para o pub do outro lado da rua, louco por um chope, mas a imagem de Ian repulsivamente embriagado e choroso o fez mudar de ideia. Comeu o hambúrguer e as batatas fritas insossos e tentou se concentrar no livro que estava lendo, mas as imagens de Zoe não paravam de vir à sua mente quando ele recordava o toque da mão dela na sua.

Controle-se, Warburton, repreendeu a si mesmo. *Primeira regra da operação: jamais se envolva emocionalmente.* Contudo, enquanto aguardava ansioso o telefonema dela, ele soube que já tinha chegado a um ponto sem volta. Não havia nada que pudesse fazer exceto implementar um programa de contenção de danos e ter a certeza de que iria sofrer terrivelmente quando seus serviços não fossem mais necessários e cada um seguisse seu caminho.

Duas horas depois, quando Zoe entrou no carro, Simon reparou que ela tinha passado maquiagem no rosto. Preferia quando estava sem, pois a achava tão linda que isso era completamente desnece...

Pare com isso, Warburton!

Ele ligou o motor e seguiu em direção à M3 para Dorset.

– Tudo bem com a mixagem de som? – perguntou, em tom casual.

– Tudo. É claro que todo mundo estava mais interessado no meu relacionamento com Art do que em qualquer outra coisa. – Zoe passou uma das mãos pelos longos cabelos louros. – Mas o Mike foi bem gentil, o diretor. Ele me disse que tem um apartamento no sul da França e que eu posso usar quando quiser.

– Detesto dizer isso, mas imagino que ele também esteja pensando que ter a nova namorada de um príncipe da Inglaterra como protagonista do seu filme pode dar uma boa turbinada nas bilheterias mundo afora.

– É bem cínico isso, mas você provavelmente tem razão.

Zoe deu um suspiro e olhou para o Tâmisa sob a ponte de Chiswick.

– Enfim, você parece bem mais contente.

– É claro que estou. – Ela se virou para ele com um olhar pleno de afeto. – Daqui a uma ou duas horas vou ver o Art.

Simon encostou em frente à Haycroft House logo depois das seis da tarde. Dentro da casa estava um gelo, como sempre. E, espalhado numa confusão pela sala inteira, estava o conteúdo de uma dúzia de caixas do sótão.

– Mas que inferno, Marcus! – exclamou Zoe, começando a socar as pilhas de papéis velhos de volta para dentro das caixas enquanto Simon tentava acender a lareira. – Eu *sabia* que ele ia perder a paciência no meio do caminho e desistir. Agora está uma confusão ainda maior do que antes.

– Ah, bem, se você vai ficar presa aqui por um tempo, imagino que assim vá ter alguma coisa para fazer.

– Eu tenho a esperança de que Art tenha previsto alguma outra coisa. Talvez ele sugira que a gente passe um tempo fora do país, mas nesse caso o que vai acontecer com o Jamie? Ai, meu Deus, Simon, sei lá. Vou ter de esperá-lo chegar. Por enquanto, pode me ajudar a empilhar essas caixas todas num canto?

Algum tempo depois, com a sala arrumada, a lareira acesa e o fogão da cozinha também aceso para aquecer a casa, Zoe começou a guardar a comida que Simon tinha comprado mais cedo enquanto ela permanecera escondida no carro.

– Graças a Deus ainda tenho algumas roupas no meu armário daqui – disse ela, distraída. – Eu deveria ir me trocar. Ele já vai ter jantado, não acha? Será que devo preparar alguma coisa? Quem sabe deixar uma panela no fogão... assim não importa o horário em que ele chegar.

Sentindo sua tensão, Simon lidou com as perguntas da melhor forma que pôde. Enquanto ela subia para trocar de roupa, saiu da casa com seu binóculo para observar os arredores. Desanimou ao ver dois carros parados do lado de fora do portão, depois uma escada sendo aberta e equilibrada de modo precário na sebe em volta da casa. *Como essa gente faz isso?*, pensou, enquanto reunia coragem para entrar e informar Zoe.

– Ai, meu Deus, não!

Ela estava parada na cozinha com uma expressão desolada no rosto.

– Zoe, infelizmente eu vou ter de avisar à segurança que a imprensa apareceu.

– Por que eles não nos deixam em paz? Por quê? Por quê? Por quê?!

Ela deu vários socos na mesa, cada um mais forte do que o anterior.

– Desculpe, mas tenho de ligar agora.

– Sim. Faça o que quiser.

Ela se deixou cair numa cadeira.

Simon se retirou e foi dar o recado. Ao voltar para a cozinha, encontrou Zoe sentada fumando um cigarro.

– Não sabia que você fumava – comentou.

– Marcus deve ter esquecido o maço aqui, e se tivesse Prozac, ecstasy ou até heroína nesta casa hoje, eu tomaria. – Seus olhos estavam vermelhos de exaustão. – Ele agora não vai mais vir, né?

– Não. Escute, que tal se eu preparar alguma coisa para o jantar? Não vejo você comer desde que cheguei à Welbeck Street ontem de manhã.

– Você é muito gentil, mas eu não conseguiria me forçar a comer.

– Tá. Então vou fazer para mim.

Zoe deu de ombros e se levantou.

– Já deve ter água para um banho quente. Vou tomar um banho de banheira.

Depois que ela saiu da cozinha, Simon começou a reunir ingredientes e picar legumes, assobiando consigo mesmo só para romper o silêncio sepulcral das paredes antigas ao seu redor.

Zoe tornou a descer uma hora mais tarde, vestida com o velho roupão de estampa *paisley* do avô, e sentiu um aroma apetitoso vindo da cozinha.

– O que é isso?

Espiou por cima do ombro de Simon a panela que ele mexia.

– Faz diferença? Você não vai querer, lembra? – Ele apontou para uma garrafa de vinho tinto aberta em cima da mesa. – Sirva-se. Abri só para fins culinários, claro.

– Claro.

Zoe sorriu, serviu uma taça para si, sentou-se e ficou observando Simon cozinhar.

– Isso faz parte do seu treinamento?

– Não. É que eu amo cozinhar, só isso. Tem certeza de que não quer um pouco?

– Ah, então eu aceito, já que você se esforçou tanto.

Simon serviu dois pratos e pôs um na frente de Zoe.

– É carne picante com lentilha. Eu deveria ter deixado a carne marinar algumas horas antes, mas deve estar comestível.

Ele se sentou na frente dele.

Zoe deu uma garfada.

– Está uma delícia.

– Não precisa falar nesse tom de surpresa – disse ele, rindo.

– Você está desperdiçando seus talentos. Deveria abrir um restaurante.

– É o que a Joanna sempre diz.

– Ela tem razão. – Zoe continuou a comer. – Você e Joanna já... você sabe.

– Se a gente já transou? Não, nunca. Eu sempre a considerei uma irmã. Teria parecido meio... incestuoso. Mas...

– Sim?

– Ah, na verdade não foi nada. Umas semanas atrás, ela estava hospedada lá em casa e a gente se beijou. – Simon sentiu o rosto corar. – O namorado tinha acabado de dar um fora nela, mas eu ainda achava que o meu namoro com a minha ex estivesse de pé. Então parei. – Simon se deteve com uma garfada de comida a meio caminho entre a boca e o prato. – Se naquele dia eu soubesse que a minha ex estava prestes a me largar, fico pensando se teria reagido de outro jeito.

– Bom, agora você jamais vai saber.

Zoe deu de ombros.

– Quer mais um pouco? Tem bastante.

Simon fitou seu prato vazio.

– Eu *adoraria* mais um pouco, obrigada, está uma delícia! Você vai fazer isso a vida inteira? – indagou ela enquanto ele punha um segundo prato na sua frente.

– Isso o quê?

– Ser guarda-costas. Subordinar a própria vida à segurança dos outros.

– Quem vai saber?

– Eu acho que você está sendo desperdiçado, só isso. É um trabalho meio sem futuro, né?

– Uau, valeu – disse ele, e riu.

– Não foi isso que eu quis dizer.

Ela corou.

– Não faz mal. Você tem razão, não quero fazer isso a vida inteira.

– Bem... – Zoe ergueu o copo. – Que nós dois encontremos nosso verdadeiro caminho.

Bem nessa hora, o celular de Zoe tocou.

– Com licença.

Ela saiu da cozinha para atender.

Simon cuidou de tirar a mesa e fez um café. Dez minutos depois, Zoe voltou para a cozinha com um sorriso a iluminar o rosto.

– Ai, Simon! Vai ficar tudo bem.

– Vai? Que bom.

– Era o Art. Ele organizou tudo para a gente sair do país. Um empresário amigo dele ofereceu o jatinho particular e a casa de veraneio dele na Espanha. Parece que lá tem uma segurança das mais sofisticadas, então vamos poder relaxar e conversar sobre o futuro totalmente em paz, sem ninguém bisbilhotando.

– Certo, ahn, que ótimo. Vocês viajam quando?

– Amanhã de manhã. Art disse que vai ligar para você, mas eu preciso estar em Heathrow às nove. Vamos nos encontrar na sala VIP do Terminal Quatro. E depois disso, para seu alívio, você vai se ver livre de mim. Art vai levar seus próprios seguranças para cuidarem da gente lá.

– Ok. Café?

– Eu adoraria. Vamos tomar em frente à lareira – disse ela, conduzindo-o até a sala de estar com os cafés. – Vai ser sensacional não ter ninguém nos espionando. A gente precisa desesperadamente de um tempo para conversar.

Zoe se acomodou de pernas cruzadas em frente ao fogo e aninhou a caneca entre as mãos.

Simon se sentou no sofá e tomou um gole do café.

– Então, se ele pedir, vai se casar com ele?

– Você acha que ele vai pedir? Será que ele poderia fazer isso, com toda essa situação?

– Tá, deixe eu fazer a pergunta de outro jeito: você *quer* passar o resto da vida com ele?

Os olhos de Zoe brilharam.

– Ah, meu Deus, quero, sim! Quis isso todos os dias por mais de dez anos.

– *Dez* anos? Caramba, eu estava errado, então. A história levou um tempão para vazar – brincou ele, em tom suave.

– É. – Ela fez uma pausa e puxou um fio solto do tapete. – Eu o conheci mais de dez anos atrás. Era tão novinha... tinha só 18 anos. Não sou ingênua a ponto de pensar que desta vez vai ser tudo tranquilo. A família dele pode me vetar como fez naquela época. Talvez eu esteja indo à Espanha para o Art me dizer do modo mais gentil possível que não vai dar.

Simon não mencionou a conversa que havia escutado em um programa de rádio, sobre se a família real estaria preparada para aceitar uma mãe solteira. As pesquisas de opinião sugeriam que não.

– Tem uma coisa que eu ia te pedir.

Ela o encarou.

– Pode falar.

– Bom, eu não sei direito quanto tempo vou passar fora. Estava pensando... bom...

– Fale logo, Zoe.

– Se você poderia ir visitar o Jamie para mim na escola nesse final de semana? Eu prometi que iria, mas é claro que não vou conseguir. Ele pareceu gostar muito de você, e...

– É claro que eu vou. Pode ficar tranquila.

– Vou avisar à escola onde estarei. Talvez peça a eles para dizer ao Jamie que estou filmando um... comercial na Espanha, ou algo assim. Não quero mentir para ele, mas acho vital que Art e eu tenhamos um tempo juntos para conversar.

– Sim – concordou Simon, desconcentrado, pensando em como ela ficava linda à luz da lareira. Sem querer prolongar ainda mais aquela agonia, ele se levantou. – Vou me deitar. Amanhã a gente sai cedo, e talvez eu precise fazer algumas manobras de pilotagem extremas para despistar esses ratos aí fora.

– Claro. – Zoe se levantou, andou até ele, ficou na ponta dos pés e lhe deu um beijo no rosto. – Obrigada, Simon. Nunca vou esquecer o que você fez por mim nos últimos dois dias. Você me manteve sã.

– Obrigado. – Ele sentiu um aperto no coração. – Boa noite, então – murmurou, e saiu da sala.

– Art!

Na manhã do dia seguinte, em Heathrow, Zoe saiu do lado de Simon e correu para os braços do príncipe.

– Oi, Zoe. – Art a beijou no alto da cabeça. – Certo, vamos indo. Obrigado por toda a sua ajuda, Warburton.

Ele deu um meneio de cabeça protocolar para Simon.

– É, tchau, Simon. – Zoe acenou para ele enquanto Art a guiava até a sala VIP.

Um pequeno séquito de seguranças foi atrás do casal.

Simon retornou pelo labirinto de corredores do aeroporto que tornou a levá-lo até o lado de fora do portão. Seu celular tocou.

– Warburton.

– Pois não, senhor?

– Você está dispensado do trabalho de segurança até a Srta. Harrison voltar. Fique a postos para receber novas instruções.

– Certo. Obrigado, senhor.

Simon levou o Jaguar de volta até o estacionamento e devolveu a chave. Então seguiu para o pub, onde se permitiu pedir um *pint* perfeito e com bastante espuma de chope Tetley Bitter no qual pretendia, de modo pleno e consciente, afogar as mágoas.

O peão isolado

Um peão sem peões aliados nas casas adjacentes. Pode ser visto como um ponto fraco, ou então usado como uma oportunidade para um contra-ataque

25

Sentada à mesa no trabalho, Joanna digitava desanimada um texto sobre as dez principais plantas que podem matar seu animal de estimação. Sentia-se anestesiada, vazia, usada e confusa, a um passo de jogar tudo para o alto, voltar para Yorkshire e passar o resto de seus dias contando carneiros.

Marcus tinha ligado para o seu celular na noite anterior, e até algumas vezes para o fixo grampeado do seu apartamento. Ela não havia retornado as ligações. Na verdade, depois da forma como ele a traíra, estava indisponível para Marcus pelo resto da vida. Estremeceu ao pensar que, em todas aquelas vezes lindas que tinham ficado juntos, ele simplesmente a estava usando para descobrir qualquer coisa que ela soubesse.

Estava contando os minutos para dar cinco e meia e chegar a hora de desligar o monitor. Apesar de não saber por que queria voltar para um apartamento sem namorado nem melhor amigo. O fato de a redação estar em polvorosa com a notícia de Zoe Harrison e o príncipe também não ajudava. Nem o fato de, naquela manhã, Marian, editora das matérias especiais, a ter chamado até a sua baia.

– Você escreveu aquela matéria sobre o irmão de Zoe, Marcus Harrison.

– Sim – respondeu Joanna, com a cara fechada.

– E dizem que está trepando com ele.

Marian nunca fora de medir palavras.

– Estava, mas agora não estou mais.

– Desde quando?

– Desde ontem.

– Que pena. Eu ia sugerir que você tentasse conseguir uma entrevista com ela, já que praticamente faz parte da família.

– Infelizmente, é impossível.

– Que pena. Isso poderia tirá-la da editoria de Animais e Jardins. – Marian mastigou a esferográfica enquanto encarava Joanna. – Tá, Jo, você decide. Se não for você, outra pessoa vai fazer. Está tentando protegê-la?

– Não.

– Ótimo. Porque, se estiver, a melhor coisa que poderia fazer seria conseguir que ela concordasse em falar com você. Pelo menos assim ela teria uma interlocutora solidária.

Marian a dispensara e Joanna se arrastara de volta até sua mesa.

Por fim, passaram-se 29 minutos e 55 segundos das cinco da tarde. Com um grunhido de alívio, Joanna desligou o computador e caminhou em direção à porta. Estava esperando o elevador quando Alec apareceu do seu lado.

– Oi, Jo. Tudo bem?

– Não, Alec, tudo mal.

– Certo, bem, quero dar uma palavrinha com você, mas não aqui. Te encontro no French House daqui a uma hora. Parece que você tinha razão.

Sem lhe dar a oportunidade de recusar, Alec se virou e voltou para a redação.

Como sentia agora não ter mais nada a perder, Joanna passou uma hora zanzando sem rumo por Leicester Square e pelo Trocadero, cada vez mais irritada com os turistas que atrapalhavam seu caminho. Alec já estava num banquinho quando ela chegou ao bar lotado.

– Uma taça de vinho?

– Tá – disse ela, aquiescendo e puxando o banquinho ao lado dele.

– Soube que não foi um dia bom.

– Pois é.

– Marian me disse que você se recusou a tentar conseguir uma entrevista com Zoe Harrison. Você poderia ter usado isso como moeda de troca para voltar para mim.

– Teria sido inútil, Alec. A Zoe já deve mesmo estar pensando que fui eu quem dei com a língua nos dentes, e iria preferir posar seminua para um jornal de sacanagem do que falar comigo.

– Caramba! – A boca de Alec se escancarou. – Você sabia sobre ela e o príncipe?

– Sabia. Ela me contou tudo. Obrigada. – Joanna tomou um gole do vinho. – Com muitos detalhes, eu poderia acrescentar.

– Meu Deus – gemeu Alec. – Quer dizer que você poderia ter dado o furo?

– Ah, sim. E agora eu bem que queria ter feito isso, droga, já que pareço ter levado a culpa.

– Meu Deus, Jo! Você vai ter que endurecer essa couraça. Um furo desses poderia ter impulsionado a sua carreira para sempre.

– E você acha que eu não sei disso?! Passei a maior parte da noite de ontem pensando que talvez essa carreira não seja para mim, porque eu não tenho a falta de fibra moral necessária. Pareço possuir o péssimo e nada jornalístico dom de saber guardar segredo. – Ela terminou seu vinho. – Posso pedir outro?

– Bom, pelo menos você está começando a beber como uma jornalista. – Alec fez sinal para o barman. – Vamos lá, você vai se animar depois da notícia que eu tenho.

– Eu vou voltar para a sua editoria?

– Não.

Joanna se deixou cair para a frente e pousou a cabeça nos braços.

– Então nada do que você disser será capaz de me animar.

– Nem se eu te disser que descobri umas informações quentes sobre a sua velhinha?

Alec acendeu um cigarro.

– Não. Eu já desisti dessa aí. Essa carta estragou minha vida. Pra mim, chega.

– Ótimo. – Ele deu um trago. – Então não vou contar que eu tenho quase certeza de que sei quem ela era. E que logo antes de chegar à Inglaterra ela passou os últimos sessenta anos morando na França.

– Continuo não querendo saber.

– Ou que James Harrison conseguiu comprar a casa da Welbeck Street à vista em 1928. O imóvel pertencia a um político de carreira que antes disso fizera parte do gabinete de Lloyd George. Parece estranho um ator pé-rapado conseguir comprar uma casa luxuosa dessas, não? A menos, claro, que ele tivesse acabado de ganhar uma bolada.

– Desculpe, Alec, continuo sem querer saber.

– Então, por fim, não vou contar que uma certa Rose Alice Fitzgerald trabalhou como dama de companhia numa certa casa real durante a década de 1920.

Joanna o encarou boquiaberta.

– Ah, que se dane! Vamos pedir uma garrafa.

Os dois se transferiram para uma mesa de canto, e Alec lhe contou o que havia descoberto.

– Então o que você está me dizendo é que a minha velhinha Rose e James Harrison, também conhecido como Michael O'Connell, estavam mancomunados chantageando alguém da família real? – indagou ela.

– Foi o que eu supus, sim. E acho que a carta que ela te mandou na verdade era uma carta de amor da própria Rose para James, ou Michael... ou ainda, como está no texto, "Siam"... que não tinha absolutamente nada a ver com a verdadeira trama.

– Então por que Rose fala na carta que não podia ver James?

– Porque a honorável Rose Fitzgerald era uma dama de companhia da realeza. Vinha de uma família escocesa aristocrática. Eu não acho que um ator irlandês pé-rapado teria sido um bom partido para ela. Tenho certeza de que eles tiveram de manter a relação em segredo.

– Que inferno! Por que fui beber tanto? Minha mente está confusa. Não consigo raciocinar direito.

– Então vou raciocinar por você. Em termos simples, eu acho que Rose e sir James...

– Michael O'Connell, na época – interveio Joanna.

– Michael e Rose eram amantes. Rose descobriu alguma coisa apetitosa trabalhando para a família real, contou para Michael, ou melhor, para James, que então começou a chantagear a pessoa em questão. Os embrulhos que segundo você William Fielding costumava ir buscar para Michael/James, bem... eu suponho que contivessem dinheiro. Então Michael desaparece do mapa, possivelmente sai do país, e abandona Rose. Alguns meses mais tarde, ele volta, adota uma nova identidade, compra a casa da Welbeck Street com o dinheiro que arrecadou, casa-se com a esposa Grace e tudo termina às mil maravilhas.

– Tá. Vamos trabalhar com essa hipótese – disse Joanna. – Devo admitir, ela é tão boa quanto qualquer outra em que eu tenha conseguido pensar até agora, e tudo parece se encaixar. Por que o súbito pânico generalizado quando James Harrison morre?

– Bem, então, vamos tentar um pouco de raciocínio transversal. Nós temos certeza de que Rose voltou ao país logo depois de sir James bater as botas, após passar muitos anos no exterior. Seria possível Rose estar planejando revelar tudo depois da morte de sir James? Talvez para manchar o nome dele e dar o troco por ele a ter abandonado tantos anos atrás?

– Nesse caso, por que ela não fez isso antes?

– Vai ver estava com medo. Vai ver James sabia de algum podre sobre ela e a tinha ameaçado. E aí, quando ela soube que estava doente e que o tempo estava se esgotando, decidiu que não tinha nada a perder. Sei lá, Jo, estou só chutando.

Alec apagou uma bituca no cinzeiro e acendeu outro cigarro.

– Mas isso causaria pânico no *establishment*? Alec, o MI5 está metido nessa história. Eu só sei que é algo muito, muito grande – disse Joanna entre os dentes. – Grande o suficiente para o pessoal lá de cima convencer Marcus Harrison a me seduzir com jantares e vinhos e até a me levar para a cama para ver o que eu sabia.

– Quem te falou isso?

– Meu amigo Simon.

– Você tem certeza?

– Ah, tenho.

Alec disse um palavrão entre os dentes.

– Caramba, Jo, que história toda é essa?

– Seguindo a sua hipótese, obviamente o que quer que Rose e Michael tenham descoberto era algo importantíssimo. – Ela baixou ainda mais a voz. – Pelo amor de Deus, Alec, duas pessoas já morreram em circunstâncias esquisitas... eu não quero ser a terceira.

Eles ficaram sentados em silêncio enquanto Joanna tentava desesperadamente clarear os pensamentos anuviados. As velhas palavras de Alec ecoaram na sua mente: *Não confie em ninguém...*

– Alec, por que esse súbito interesse depois de ter me dado um gelo?

Ele deu uma gargalhada que foi quase um latido.

– Se você acha que estou sendo pago para te espionar, não precisa se preocupar, meu bem. Me parece que você precisa de uma ajudinha. Porque essa história não vai simplesmente sumir, né? Todos os outros parecem ter te sacaneado. Eu posso ser um cavaleiro improvável para te salvar, mas vou ter de servir.

– *Se* a gente decidir continuar a investigação.

– É. Qual o próximo passo?

– Marcus e eu íamos fazer uma viagem à Irlanda na semana que vem, antes de eu descobrir a verdade sobre por que ele estava saindo comigo.

William Fielding apontou uma conexão irlandesa, e Marcus parece ter conseguido localizar o lugar de onde Michael O'Connell pode ter vindo originalmente, se é que esse lugar existe.

– Como?

– Segundo ele, o filho de Zoe comentou sobre um lugar na Irlanda no qual o avô falou antes de morrer. Ele pode ter entendido errado, mas...

– Nunca descarte o que uma criança diz, Jo. Eu arranquei alguns dos meus melhores furos de pirralhos.

– Então você não tem escrúpulos mesmo, Alec.

– É isso que faz um bom jornalista. – Ele olhou para o relógio. – Preciso ir andando. A gente nunca teve essa conversa, claro. E eu não vou te aconselhar a ir à Irlanda e sentar no bar da esquina onde se pode ouvir todo tipo de fofoca, nem sugerir que faça isso depressa antes que Marcus chegue lá, ou quem sabe outra pessoa. E com certeza não vou comentar que você não está com uma cara nada boa hoje, e que há fortes chances de que nos próximos dias acabe ficando gripada e sem condições de ir trabalhar. – Alec enfiou os cigarros no bolso. – Boa noite, Jo. Ligue se tiver problemas.

– Boa noite, Alec.

Ela o observou sair do bar e, contra a própria vontade, sorriu. Apesar de tudo, Alec, ou então o vinho, ou então uma mistura dos dois, tinha conseguido animá-la. Chamou um táxi e decidiu pensar até o dia seguinte, digerir as informações antes de bolar um plano.

Havia oito recados de Marcus na secretária eletrônica quando ela chegou em casa. Isso além de outros sete no celular, e das várias ligações que ela havia pedido à telefonista para segurar no trabalho.

– Eles devem ter te pagado um dinheirão, seu sapo pegajoso, seu duas-caras podre nojento – rosnou para o aparelho enquanto ia tomar banho.

A campainha estava tocando quando ela saiu do chuveiro pingando, enrolada numa toalha. Joanna espiou por entre as cortinas e viu que o duas-caras podre nojento estava postado na sua porta.

– Ai, *que inferno*! – exclamou, então ligou a TV, preparada para ignorá-lo pelo tempo que fosse necessário.

– Joanna! – gritava ele pela caixa de correio. – Sou eu, Marcus. Sei que você está aí. Vi você atrás das cortinas. Me deixe entrar! O que foi que eu fiz de errado? *Joanna!*

– Droga! Droga! Droga! – rosnou Joanna, vestindo o roupão e pisando duro até a porta.

Se não o deixasse entrar, ele iria acordar a vizinhança inteira. Ela viu os olhos dele a encará-la pela fenda da caixa de correio.

– Oi. Me deixe entrar, Jo.

– Suma daqui!

– Encantado, igualmente. Pode me dizer o que foi que eu fiz?

– Se você não sabe, não sou eu quem vou dizer. Apenas suma da minha vida e fique sumido para sempre.

– Joanna, eu te amo. – A voz dele se embargou. – Se você não me deixar entrar e conversar sobre qualquer que seja o crime que eu supostamente cometi, vou ser obrigado a passar a noite aqui e... *cantar* meu amor por você.

– Marcus, se você não sair da minha porta em cinco segundos, eu vou chamar a polícia. Eles vão te prender por estar me importunando.

– Tá bom. Eu não me importo. É claro que a gente provavelmente vai sair na primeira página do jornal amanhã, considerando meu status recente de irmão do novo amor do príncipe Arthur, mas tenho certeza de que você não vai se preocupar com isso... eu...

Ele quase se estatelou no chão quando Joanna abriu a porta.

– Ok. Você venceu. – Ela tremia de raiva. Marcus fez menção de tocá-la. Ela se retraiu e recuou. – Não chegue perto de mim. Estou falando sério.

– Tá, tá bom. Então me diga, o que foi que eu fiz?

Joanna cruzou os braços.

– Confesso que achei estranho você se mostrar tão carinhoso, tão explícito no seu afeto. Quero dizer, já tinham me falado que você era um rato fedido e podre. E eu, boba, resolvi te dar uma chance, pensei que talvez o que você sentia por mim fosse diferente do que sentia pelo resto da população feminina de Londres.

– E é, Jo, é, sim. Eu...

– Cale a boca, Marcus, eu estou falando. Aí descubro que os seus sentimentos por mim sequer faziam parte da equação. Quem estava gostando da minha companhia era a sua carteira.

– Eu...

– Fiquei sabendo dois dias atrás que você está sendo pago para me seduzir e me levar para a cama.

Joanna viu o rubor incontrolável se espalhar pelas faces dele. E teve um impulso de lhe dar um tapa bem forte.

– Não, Joanna, quem disse isso entendeu tudo errado. Quero dizer, eu recebi algum dinheiro, mas não para obter informações de *você*. Foi para tentar encontrar a carta sumida. Eu juro que não sabia nada sobre Rose quando você me contou, nem na primeira noite em que a gente transou. Fiquei sabendo uns dois dias depois. Pensei em te contar que tinham entrado em contato comigo para ajudar, mas achei que você fosse ficar com medo e se afastar. E agora você não acredita em mim e...

– *Você* acreditaria em você mesmo?

– Não, claro que não. Mas... – Marcus parecia prestes a cair no choro. – Por favor, você precisa acreditar que eu nunca me senti assim antes, nunca. Não teve nada a ver com dinheiro, exceto pelo fato de eu ter pensado que juntando nossos recursos e o que a gente sabia talvez conseguíssemos encontrar as respostas, e... e eu... mas que droga!

Marcus esfregou as pálpebras com um gesto brusco dos dedos.

Joanna ficou genuinamente surpresa com aquela reação. Imaginara que ele fosse fincar pé, negar tudo, ou então admitir friamente ao se dar conta de que tinha perdido. Mas ela parecia estar diante de uma incompreensão e de uma dor genuínas. Depois de Matthew, porém, de Simon, e agora de Marcus, ela estava farta de ser traída.

– Você aceitou o dinheiro, Marcus, e não comentou nada comigo. Eu deveria ter acreditado em todo mundo que me disse o quanto você é egoísta. E sua irmã? Aposto que foi você quem vazou para o *Mail* sobre ela e o príncipe, não foi? Você sabia que todo mundo poria a culpa em mim, mas tudo que importava para você era fazer um dinheiro rápido!

– Não! – negou Marcus, enfático. – Eu nunca venderia a Zoe desse jeito!

– Mas vendeu *a mim*! Então como é que eu poderia acreditar em você?

Ela agora estava sem ar de tanta raiva.

– Eu não sei o que dizer para fazer você acreditar em mim!

– Não tem mais nada a ser dito. Eu quero que você vá embora.

– Eu só queria te proteger... sei que não faz muito sentido, mas... pode me dar uma última chance?

– Nem pensar. Mesmo que esteja me dizendo a verdade agora, ainda assim você mentiu para mim. Por dinheiro. Você é um covarde, Marcus.

– Tem razão. Eu não te disse nada porque pensei que talvez fosse te perder. Não estou mentindo quando digo que te amo, Joanna, e vou me arrepender disso pelo resto da vida.

– Adeus.

Ela fechou a porta sem dizer mais nada, antes que ele pudesse ver as lágrimas nos seus olhos. Era só cansaço, emoção e tensão, garantiu ela a si mesma enquanto andava até a cama. Marcus era um hábito recém-adquirido que ela poderia facilmente romper. Ficou ali deitada, doida para dormir, e para se impedir de pensar nele voltou-se para o que Alec tinha dito mais cedo. Sua fome parecia uma lebre recém-nascida, pulando de uma informação nova para outra, e ela acabou desistindo e se levantando para ir ligar a chaleira elétrica. Após preparar uma xícara de chá bem quente e forte, sentou-se de pernas cruzadas na cama e tirou da mochila sua pasta de informações intitulada "Rose". Estudou os fatos, então traçou um diagrama preciso que reunia todas as informações colhidas até ali.

Será que deveria tentar mais uma vez? A Irlanda tinha fama de ser um lugar lindo, e os voos e a hospedagem já estavam reservados. No pior dos casos, poderia usar a viagem para um descanso muito bem-vindo de Londres e de tudo que acontecera desde o Natal.

– Que se dane! – disse ela entre os dentes.

Tinha uma obrigação consigo mesma de dar mais um passo. Caso contrário, passaria o resto da vida em dúvida. E realmente não tinha nada a perder...

– A não ser minha vida – resmungou, sombria.

Três dias mais tarde, depois de fazer o check-in no voo para Cork, Joanna sacou o celular enquanto se encaminhava para o portão de embarque.

– Alô.

– Alec?

– Sim?

– Sou eu. Pode avisar ao editor-chefe que estou com uma gripe daquelas? Tão ruim, na verdade, que eu talvez só melhore no meio da semana que vem.

– Tchau, Jo. Boa sorte. E cuide-se. Você sabe onde me encontrar.

– Valeu, Alec. Tchau.

Só quando estava no ar, a caminho de seu destino do outro lado do mar da Irlanda, foi que ela deu um suspiro de alívio.

26

Enquanto Joanna aterrissava no aeroporto de Cork, Marcus estava deitado na cama. Já era meio-dia, mas ele não via muitos motivos para se levantar. Tudo que ele conseguira fazer desde que havia sido enxotado do apartamento de Joanna fora ficar ali deitado. Estava completamente arrasado, tanto pelo fato de a ter perdido quanto por não poder culpar ninguém por isso, exceto a si mesmo.

Arrastou-se para fora da cama e foi até a sala, decidido a pôr seus sentimentos por ela no papel. Pegou uma caneta de ouro sobre a mesa lateral, sentiu o coração se apertar ao perceber que devia ser de Joanna, e começou a lhe escrever uma carta. Ao fechar os olhos, viu-a surgir na sua frente, como já acontecera uma centena de vezes desde que ele havia acordado de manhã. Tinha se apaixonado de verdade pela primeira vez na vida. Não era só desejo, nem obsessão, nem qualquer dos outros sentimentos periféricos que já havia experimentado por mulheres. Aquilo ia bem mais fundo, até o âmago do seu ser. Sua cabeça e seu coração doíam por causa dela como se ele estivesse doente – não conseguia pensar em mais nada. Chegava até a odiar seu precioso projeto de filme – que o tinha feito aceitar o dinheiro daquele idiota do Ian, para começo de conversa...

Mais tarde nessa noite, pegou um ônibus até Crouch End e caminhou até o apartamento de Joanna. Ao ver que estava tudo escuro, pôs a carta que tinha lhe escrito na caixa de correio e rezou para que ela a lesse e entrasse em contato. Então voltou para casa e para a cama com uma garrafa de uísque na mão.

Pouco antes da meia-noite, a campainha tocou.

Marcus pulou da cama feito um coelho liberado de uma armadilha, na esperança de que Joanna houvesse reagido à sua carta sincera. Abriu a porta imaginando que fosse vê-la. Em vez disso, reconheceu a silhueta alta e corpulenta de Ian Simpson.

– O que você quer a esta hora da noite? – perguntou-lhe.

Ian entrou sem pedir licença.

– Onde está Joanna Haslam? – quis saber ele, correndo os olhos pela sala.

– Não aqui, com certeza.

– Onde, então?

Ian andou até ele com sua altura imponente.

– Eu realmente não sei. Quem dera soubesse.

Ian parou tão perto dele que Marcus pôde ouvir sua respiração irregular e sentir o cheiro de bebida que emanava dele. Ou quem sabe fosse o seu próprio fedor de uísque, pensou, reprimindo uma ânsia de vômito.

– Nós estávamos te pagando para ficar de olho nela, lembra? Aí Simon, o amigo dela, foi lá e avisou.

– Si... o quê...?

– Simon, seu idiota! O guarda-costas da sua irmã.

Marcus deu um passo para trás e passou uma das mãos pelos olhos cansados.

– Olhe, eu fiz o que pude para encontrar a tal carta, mas Joanna me deixou na mão e...

Ian agarrou Marcus pelo colarinho da roupa.

– Você sabe onde ela está, não sabe, seu mentiroso de merda?!

– Eu realmente não sei. Eu... – De perto, Marcus pôde ver que Ian tinha os olhos injetados. Estava ensandecido de tanta raiva e bebida. – P-pode me soltar para conversarmos sobre isso racionalmente?

Um soco no estômago o projetou na direção do sofá. Ele bateu com a cabeça na parede e viu estrelas.

– Calma aí, amigo! A gente está do mesmo lado, lembra?

– Eu acho que não.

Marcus se levantou com esforço e ficou olhando Ian andar pela sala.

– Ela foi para algum lugar, não é? – perguntou Ian. – Está seguindo o rastro.

– Que rastro? Eu...

Ian avançou na sua direção e deu um chute no seu saco, o que fez Marcus rolar pelo chão e uivar de dor.

– Seria uma boa ideia você me contar. Eu sei que está escondendo informações para protegê-la.

– Não! Não mesmo. Eu não...

Um chute na altura dos rins provocou novos gritos de dor, e Marcus vomitou.

– O que vocês dois estavam tramando? Me diga.

– Nada. Eu... – Marcus não conseguia mais aguentar aquilo, e vasculhou a mente feito um louco em busca de algo para dizer a Ian que o livrasse dele e o despistasse. Então teve uma iluminação. – Nós íamos passar o fim de semana na Irlanda. Eu disse a ela que era de onde eu achava que sir James tinha vindo originalmente.

– Onde na Irlanda?

– No condado de Cork...

– Que região?

Ian se agachou e examinou o rosto de Marcus, punho em riste.

– Pode ir falando, amigo, porque eu sou capaz de coisa bem pior.

– Ahn... – Marcus fez força para lembrar o nome do lugar. – Rosscarbery.

– Vou dar uns telefonemas. Se descobrir que você está mentindo eu volto, entendeu?

– Entendi – disse Marcus num arquejo.

Ian produziu um muxoxo que poderia ter sido riso, pena, ou uma mistura de ambos.

– Você sempre foi covarde na escola. Não mudou nada, né, Marcus? – Ian mirou a ponta do sapato no seu nariz. Marcus se encolheu quando o pé errou a mira e acertou uma de suas bochechas. – A gente se vê.

Marcus prestou atenção no barulho da porta se fechando depois de Ian sair, então rolou até ficar de joelhos, moveu o maxilar de um lado para o outro e praguejou por causa da dor. Conseguiu se levantar e ficou sentado com as costas apoiadas no sofá e o olhar perdido, enquanto o rosto, as partes íntimas e a barriga latejavam.

– Meu Deus!

Ainda bem que tinha conseguido pensar naquilo sobre a Irlanda. É claro que Ian voltaria ao descobrir que Joanna não estava lá – era o último lugar do mundo ao qual ela iria se pensasse que havia alguma chance de *ele* estar lá –, mas pelo menos Marcus estaria preparado. Talvez devesse ir passar um tempo na casa de Zoe até aquilo tudo se acalmar...

Então uma súbita onda de medo invadiu seu já dolorido peito. E se ela tivesse *mesmo* ido? Não... Afinal, por que ela faria algo assim? Por outro lado, Ian tinha dito que ela continuava seguindo o rastro...

– Que droga!

Será que ele involuntariamente havia atirado Joanna na jaula de um leão instável e bêbado? Marcus correu até a cozinha e revirou a pilha de papéis até achar o telefone do hotel que havia reservado para os dois, então tirou o fone do gancho.

Simon foi assobiando uma canção de Ella Fitzgerald enquanto dirigia pela autoestrada em direção a Berkshire e à escola de Jamie. Os poucos dias que tivera de folga antes de receber novas instruções tinham sido muito bem-vindos. Estava descansado e calmo como não se sentia havia muito tempo, mesmo que os dias de lazer tivessem lhe dado a oportunidade de pensar em Zoe. Pelo lado bom, ele soubera que o fantasma de Sarah tinha sido exorcizado. Pelo lado ruim, sabia que esses sentimentos tinham sido transferidos e multiplicados por mil. O simples fato de que em meia hora veria o filho de Zoe o deixava tomado por um prazer ilícito, pois representava um contato indireto com ela.

Após se certificar de ter encontrado um restaurante com fama de servir excelentes almoços de domingo, Simon levou Jamie até lá passando por pequenas estradas rurais. Sem entender por que estava sendo levado para almoçar por Simon, o menino se mostrou mais quieto do que tinha se mostrado na sua casa de Londres.

– Acho que vou pedir a carne. – Simon examinou o cardápio e olhou para Jamie. – E você?

– O frango, por favor.

Simon pediu a comida, um chope para si e uma Coca-Cola para Jamie.

– Como foi a sua semana?

Não pôde evitar reparar na semelhança de Jamie com a mãe. Os mesmos impressionantes olhos azuis, cabelos louros fartos e traços delicados.

– Tudo bem – titubeou Jamie. – Quanto tempo a mamãe vai passar fora?

– Não sei exatamente. Ela deve voltar semana que vem.

– Ah. Que tipo de trabalho é?

– Um comercial de TV, eu acho. Não tenho certeza.

Jamie tomou um gole da Coca.

– Você vai ficar hospedado na casa de Londres?

– Na verdade resolvi dar uma viajada. Escócia, talvez Irlanda. Como vai o colégio?

Simon mudou de assunto.

– Tudo bem. Quero dizer, igual.

– Certo.

Simon ficou grato pela chegada dos pratos. Jamie comeu pouco do frango e respondeu às tentativas de conversa com monossílabos. Não quis sobremesa, mesmo que fosse torta de maçã caseira com sorvete.

– Eu lembro que sempre devorava tudo quando meus pais iam me pegar na escola para almoçar. Tem certeza de que está tudo bem, rapaz?

– Sim. Existe colégio interno na Nova Zelândia?

– Ahn... sim, claro. Quem mora a muitos quilômetros de qualquer outra coisa, como numa fazenda de criação de ovelhas, precisa ir estudar na cidade – inventou Simon. – Tem certeza de que não quer sobremesa?

– Tenho.

Simon ficou aliviado quando chegou a hora de levar o menino de volta. Jamie foi olhando pela janela do carro e cantarolando baixinho consigo mesmo.

– Que música é essa que você está cantarolando?

– Uma canção de ninar chamada "Ring a Ring o' Roses". James Grande vivia cantando para mim. Quando fiquei mais velho, ele me disse que era sobre as pessoas que morriam de peste negra.

– Você sente falta dele, Jamie?

– Sinto. Mas sei que ele continua cuidando de mim lá do céu.

– Tenho certeza de que continua mesmo.

– E ainda tenho as rosas dele para me lembrar dele aqui na terra.

– Rosas?

– É. James Grande adorava rosas. Tem rosas no túmulo dele agora.

Simon parou o carro em frente à escola e Jamie abriu a porta para saltar.

– Obrigado pelo almoço, Simon. Boa viagem de volta até Londres.

– De nada. Tchau, Jamie.

Simon observou o menino subir correndo a escada e entrar na escola. Com um suspiro, voltou com o carro pelo acesso de cascalho e saiu da propriedade. Uma hora mais tarde, chegando ao seu apartamento, encontrou um recado na secretária.

Apresente-se a mim às oito horas amanhã de manhã.

Sabendo que sua curta folga estava realmente no fim, ele preparou uma salada Caesar, tomou uma ducha e foi se deitar, tentando não imaginar Zoe com seu príncipe na Espanha.

27

Chegando ao aeroporto de Cork, Joanna foi até o balcão de locação de automóveis e alugou um Fiesta. Após se munir de um mapa e de algumas libras irlandesas, foi seguindo as placas da N71 e ficou surpresa com a semelhança entre a estrada do aeroporto e uma das estradinhas de sua Yorkshire natal. Era um dia ensolarado do final de fevereiro, e ela admirou o verde florescente que se expandia depressa pelos morros baixos de ambos os lados da estrada.

Uma hora mais tarde, viu-se descendo uma encosta íngreme até o vilarejo de Rosscarbery. À sua esquerda, um fundo estuário margeado por uma mureta baixa se estendia até o mar ao longe. Casas, chalés e bangalôs salpicavam as duas margens. Chegando ao sopé da encosta, Joanna parou o carro para ver melhor. A maré estava baixa, e aves de todo tipo desciam para pousar na areia enquanto um bando de cisnes flutuava graciosamente numa grande poça d'água deixada pelo mar.

Joanna saltou do carro, foi se apoiar na mureta baixa e inspirou profundamente. O ar tinha um cheiro bem diferente do de Londres: limpo, fresco, com um quê de maresia que indicava a presença do Atlântico a pouco mais de 1 quilômetro dali. Foi então que viu a casa. Ficava situada bem dentro do estuário ao final de uma estradinha elevada estreita, e se erguia sobre um leito de pedras cercado por água em três dos lados. Era uma casa grande revestida de ardósia cinza, e um cata-vento na chaminé girava suavemente com a brisa. Pela descrição que Marcus tinha feito a ela de uma grande casa no meio da baía, certamente devia ser aquela, não?

Uma nuvem tapou o sol e lançou uma sombra sobre a baía e a casa. Ela estremeceu de repente, então voltou para o carro, ligou o motor e foi embora.

Nessa noite, sentada no aconchegante bar do hotel em que estava hospedada, Joanna bebericou um vinho do Porto junto à lareira. Havia semanas que não se sentia tão relaxada, e embora tivesse a cabeça tomada por pensamentos relacionados a Marcus – a reserva estava no nome dele –, havia tirado um cochilo à tarde na grande cama de casal antiga do quarto. Tinha se deitado apenas para estudar o mapa de Rosscarbery, mas quando dera por si já eram sete da noite e o quarto estava às escuras.

É porque me sinto segura aqui, pensou.

– Vai querer jantar no salão ou aqui perto da lareira?

Era Margaret, esposa de Willie, o jovial dono da casa e do hotel.

– Aqui está ótimo, obrigada.

Enquanto comia seu bacon com repolho e batatas, Joanna observou uma fila de moradores das redondezas entrar pela porta. Tanto jovens quanto velhos, todos se conheciam e pareciam estar intimamente a par das minúcias das vidas uns dos outros. Saciada após o jantar, ela foi até o bar e pediu um último Porto quente antes de ir se deitar.

– Então está aqui de férias? – indagou-lhe um homem de meia-idade de macacão e galochas sentado num banquinho em frente ao balcão.

– Mais ou menos – respondeu ela. – Também estou à procura de um parente.

– Claro, vem sempre gente aqui à procura de parentes. Pode-se dizer que o nosso abençoado país conseguiu semear metade do hemisfério ocidental.

O comentário arrancou risinhos dos outros clientes no balcão.

– Mas qual seria o nome do seu parente? – quis saber o homem de macacão.

– Michael O'Connell. Calculo que tenha nascido aqui por volta da virada do século.

O homem esfregou o queixo.

– Com certeza deve haver alguns desses, é um nome bem comum por estas bandas.

– O senhor tem alguma ideia de onde eu poderia verificar?

– No cartório de nascimentos e óbitos que fica na praça ao lado da farmácia. E nas igrejas, claro. Ou então você poderia ir até Clonakilty, onde um sujeito abriu uma empresa para rastrear raízes irlandesas. – Ele bebeu toda a sua cerveja stout. – Ele com certeza vai encontrar no computador algum O'Connell que seja parente seu, contanto que a senhora pague os honorários. – Ele piscou para o homem na banqueta ao seu lado. – É mesmo estranho como os tempos mudam. Sessenta anos atrás, nós éramos uns selvagens do pântano que tinham saído rastejando de baixo de uma pedra. Ninguém queria nos dar nem bom-dia. Agora, até o presidente dos Estados Unidos quer ser nosso parente.

– Verdade, verdade – disse o vizinho, aquiescendo.

– Vocês por acaso sabem de quem é a casa que fica em cima do estuário? A de pedra cinza, com o cata-vento? – indagou Joanna, testando o terreno.

Uma velhinha usando um anoraque antiquíssimo e um gorro de lã estudou Joanna do seu lugar no canto com um súbito interesse.

– Ah, nossa, aquela ruína caquética? – disse o homem do macacão. – Ela está vazia desde que eu vim morar aqui. A senhora teria de perguntar a Fergal Mulcahy, talvez, o historiador aqui destas bandas. Eu acho que ela antes pertencia aos britânicos, muito tempo atrás. Eles a usavam como posto avançado da guarda costeira, mas desde então... Eu diria que tem muitos imóveis aqui por estes lados sem donos para cuidar.

– Obrigada de toda forma. – Joanna pegou o vinho quente em cima do balcão. – Boa noite.

– Boa noite, senhora. Espero que encontre as suas origens.

A velha do canto se levantou logo depois de Joanna sair e se encaminhou até a porta.

O homem do bar cutucou o vizinho ao ver a mulher sair.

– Você deveria tê-la mandado falar com a louca da Ciara Deasy. Ela com certeza teria contado uma história ou duas sobre os O'Connells de Rosscarbery.

Ambos deram risadinhas, e a piada foi tão boa que eles pediram mais uma rodada de cerveja.

Na manhã seguinte, depois de um lauto café da manhã irlandês, Joanna se preparou para sair. O tempo estava horroroso, e a promessa de primavera da véspera fora engolida por uma chuva triste e cinza que envolvia em bruma a baía lá embaixo.

Ela passou a manhã visitando a bela catedral protestante, e falou com o simpático deão que a deixou consultar o registro de batismos e casamentos.

– O mais provável é que a senhora encontre o seu parente registrado na igreja de Saint Mary, a igreja católica mais adiante nesta rua. Nós protestantes sempre fomos minoria por aqui.

Ele deu um sorriso pesaroso.

Na igreja de Saint Mary, o padre terminou de ouvir as confissões, então destrancou o armário onde ficavam guardados os registros.

– Se ele nasceu em Ross, vai constar dos registros. Nenhum bebê naquela época deixava de ser batizado por estas bandas. Estamos falando de 1900, é isso?

– Sim.

Joanna passou a meia hora seguinte percorrendo os nomes de todos os batizados. Não houvera nenhum bebê O'Connell naquele ano. Tampouco nos anteriores ou subsequentes.

– Tem certeza de que o nome é esse? Quero dizer, se fosse O'Connor a história seria outra – disse o padre.

Joanna não tinha certeza de nada. Estava ali por causa das supostas palavras de um velho e do comentário casual de um menino. Agora congelada de frio, ela saiu da igreja, tornou a atravessar a praça e voltou para o hotel a fim de se aquecer com uma tigela de sopa.

– Deu sorte? – quis saber Margaret.

– Não.

– Deveria perguntar para alguns dos mais velhos da cidade. Eles talvez se lembrem do nome. Ou para Fergal Mulcahy, como o seu amigo do bar sugeriu ontem à noite. Ele leciona história na escola para meninos.

Joanna lhe agradeceu e, à tarde, ficou contrariada ao saber que o Cartório de Nascimentos, Casamentos e Óbitos estava fechado. Ao ver que a chuva tinha estiado e precisando de ar fresco e exercício, pegou emprestada uma bicicleta com a filha de Margaret. Partiu do vilarejo em direção ao estuário com o vento fazendo o rosto arder e a bicicleta estremecendo conforme avançava com as marchas emperradas. A estradinha elevada fazia curvas e mais curvas por quase 1 quilômetro até a casa da guarda costeira aparecer. Ao se aproximar da construção, ela encostou a bicicleta na mureta. Mesmo dali, podia ver que o telhado de ardósia estava cheio de buracos, e as vidraças quebradas ou substituídas por tábuas.

Joanna deu um passo em direção ao portão enferrujado. Este se abriu com um rangido. Ela subiu os degraus até a porta da frente e segurou a maçaneta, hesitante. A velha fechadura podia estar enferrujada, mas ainda sabia manter afastados os visitantes indesejados. Com a manga, ela limpou um pouco da sujeira da janela à esquerda da porta. Espiou lá dentro e viu apenas escuridão.

Afastando-se da casa, começou a procurar outro jeito de entrar. Reparou numa vidraça quebrada nos fundos, que dava para o estuário. O único jeito de chegar lá era descer até o leito do estuário e depois escalar o alto e íngreme muro de contenção atrás da casa, que subia do mar. Por sorte a maré estava baixa, então Joanna desceu os degraus escorregadios e verdes por causa das algas até pisar a areia molhada. Calculou que o muro que protegia a casa da água em volta tivesse cerca de 3 metros de altura.

Após conseguir um apoio para os pés nos tijolos danificados, foi subindo o muro com grande esforço até chegar a um parapeito com uns 50 centímetros de largura. Logo acima ficava a vidraça quebrada. Ela se pôs de pé e olhou lá dentro. Embora entrasse pouco vento na casa, pôde escutar seu uivo baixo no interior. O cômodo do outro lado da vidraça devia ser a cozinha; rente a uma das paredes ainda havia um velho fogão preto – enferrujado pelo desuso – e, na outra, uma pia encimada por uma antiga torneira de manivela. Joanna olhou para baixo e viu um rato morto no chão de ardósia cinza.

Uma porta bateu de repente em algum lugar dentro da casa. Joanna se sobressaltou e quase caiu para trás. Virou-se, sentou-se e deixou as pernas penderem para fora do parapeito enquanto se acalmava, então pulou e foi aterrissar na areia macia e molhada lá embaixo. Limpou a areia da calça jeans com as palmas das mãos, voltou depressa para a bicicleta, subiu e pedalou o mais depressa que pôde para longe da casa.

Ciara Deasy observou Joanna da janela de seu chalé. Sempre soubera que algum dia alguém iria aparecer, e que ela finalmente poderia contar sua história.

– Este é Fergal Mulcahy, o homem de que você precisa – anunciou Margaret no dia seguinte, ao conduzir Joanna até o balcão do bar.

– Olá.

Joanna sorriu e tentou impedir que a surpresa transparecesse em sua voz. Imaginara Fergal Mulcahy como um sujeito rançoso de estilo professoral com uma espessa barba grisalha. Mas Fergal na verdade não devia ser muito mais velho do que ela, e estava vestido de modo muito agradável com uma calça jeans e um suéter de pescador. Tinha fartos cabelos negros e olhos azuis, e fez Joanna pensar dolorosamente em Marcus. Então ele se levantou e ela viu que era bem mais alto do que o seu ex-namorado, além de muito mais magro.

– É um prazer conhecê-la. Fiquei sabendo que você perdeu um parente.

Seus olhos se franziram quando ele deu um sorriso gentil.

– Sim.

Fergal deu um tapinha no assento ao seu lado.

– Sente-se, vamos beber alguma coisa e você me conta. Meio *pint* e um *pint*, Margaret, por favor.

Joanna, que nunca tinha provado um chope stout na vida, achou o sabor cremoso e metálico muito gostoso.

– Mas então, como se chamava esse seu parente?

– Michael O'Connell.

– Imagino que já tenha tentado as igrejas.

– Já. Ele não estava em nenhum dos registros de batismo. Nem de casamento. Eu teria tentado o cartório, mas...

– Eu sei, ele não abre nos fins de semana. Bom, podemos resolver isso. O funcionário do cartório por acaso é meu pai. – Fergal balançou uma chave na sua frente. – E ele mora em cima do cartório.

– Obrigada.

– E eu soube que você está interessada na casa da guarda costeira.

– É, mas não tenho certeza de que isso tenha alguma relação com meu parente perdido.

– Aquilo lá já foi uma casa de luxo. Meu pai tem fotos dela em algum lugar. Uma tristeza ter sido abandonada e estar caindo aos pedaços, mas é claro que ninguém no vilarejo quer chegar nem perto.

– Por quê?

Fergal deu um gole no seu chope, que acabara de chegar.

– Você talvez saiba como são as coisas nas cidades pequenas. Mitos e lendas surgem a partir de um grãozinho de verdade e de uma boa dose de fofoca. E, por estar vazio há tanto tempo, aquele lugar teve o seu quinhão de histórias. Imagino que no fim das contas algum americano rico vá aparecer e levar a casa a preço de banana.

– Quais eram as histórias, Sr. Mulcahy?

– Por favor, me chame de Fergal. – Ele sorriu para ela. – Eu sou historiador. Lido com fatos, não fantasias, então nunca acreditei em nenhuma palavra. – Seus olhos brilharam. – Mas ninguém me veria naquela casa perto da meia-noite na véspera de uma lua cheia.

– É mesmo? Por quê?

– Dizem por estas bandas que uns setenta anos atrás, algo assim, uma jovem do vilarejo chamada Niamh Deasy engravidou de um homem que estava hospedado na casa da guarda costeira. O homem foi embora de volta para sua terra natal, a Inglaterra, e deixou a moça grávida. Ela enlouqueceu de tristeza, dizem, e deu à luz um bebê morto dentro da casa antes de morrer também, logo depois. Tem gente aqui no vilarejo que acredita que a casa até hoje é assombrada por ela, e que os gritos de dor e medo de Niamh ainda podem ser ouvidos por lá nas noites de tempestade.

O sangue de Joanna gelou nas veias. Nervosa, ela tomou um gole de chope e quase engasgou.

– É só uma história. – Fergal a encarou, preocupado. – Eu não quis deixá-la abalada.

– Não... Não deixou não, sério. Que fascinante. Setenta anos atrás, você disse? Deve ter gente que estava viva na época e continua por aí até hoje.

– Tem, sim. A irmã mais nova de Niamh, Ciara, ainda mora na casa da família. Mas não tente falar com ela, viu? Ela sempre teve uns parafusos a menos, desde criança. Acredita em cada palavra da história, e ainda acrescenta os próprios toques especiais, devo dizer.

– Quer dizer que o bebê morreu?

– É essa a história, embora haja quem diga que o pai de Niamh o matou. Já ouvi dizer até que o bebê foi raptado por duendes... – Ele sorriu e balançou a cabeça. – Tente imaginar uma época, não faz tanto tempo assim, em que não havia luz elétrica e a única diversão era se reunir para beber, tocar música e contar histórias, verdadeiras ou não. Aqui na Irlanda as notícias sempre foram iguais a um telefone sem fio, cada um competindo com o outro para tornar sua história maior e melhor. Nesse caso, porém, é verdade que a moça morreu. Mas naquela casa, enlouquecida por causa de um amor contrariado? – Fergal deu de ombros. – Duvido.

– Onde Ciara mora?

– No chalé cor-de-rosa com vista para a baía, de frente para a casa da guarda costeira. Uma vista horripilante para ela, poderíamos dizer. Mas, bom, gostaria de dar um pulo agora até o outro lado da rua e dar uma olhada nos registros do meu pai?

– Sim, se for uma hora boa para você.

– É, sim. Mas sem pressa. – Ele apontou para o copo de Joanna. – Vamos quando você terminar.

O pequeno escritório que havia registrado cada nascimento e morte do vilarejo de Rosscarbery nos últimos 150 anos não parecia ter mudado muito nesse tempo, a não ser pela fria luz fluorescente que iluminava a mesa de carvalho fossilizado.

Fergal vasculhou a sala dos fundos em busca dos registros da virada do século.

– Você fica com os nascimentos e eu, com as mortes.

– Tá.

Cada um se sentou de um lado da mesa, e em silêncio eles foram percorrendo os registros. Joanna achou uma Fionnuala e uma Kathleen O'Connell, mas nenhum bebê menino com aquele sobrenome entre 1897 e 1905.

– Alguma coisa? – perguntou ela.

– Não, nada. Mas achei Niamh Deasy... a moça que morreu. A morte dela está registrada no dia 2 de janeiro de 1927. Mas não há nenhuma anotação de que o bebê tenha morrido junto, então vamos ver se alguma outra pessoa registrou o nascimento dele.

Fergal foi pegar outro volume muito antigo encadernado em couro, e os dois se debruçaram juntos sobre as páginas amareladas dos nascimentos.

– Nada. – Fergal fechou o livro, e uma nuvem de poeira se ergueu no ar, fazendo Joanna espirrar violentamente. – Talvez o bebê no fim das contas seja um mito. Mas tem certeza de que Michael O'Connell nasceu aqui em Rosscarbery? Cada cidade ou município tem os próprios registros, sabe? Ele pode ter nascido alguns quilômetros mais à frente na estrada, em Clonakilty, por exemplo, ou então em Skibbereen, e o nascimento estaria registrado lá.

Joanna esfregou a testa.

– Para ser sincera, Fergal, não tenho certeza de nada.

– Bom, talvez valha a pena checar os registros dessas duas cidades. Vou fechar tudo aqui, depois acompanho você até o hotel.

O bar estava mais cheio do que na noite anterior. Outro *pint* de chope escuro apareceu na frente de Joanna, e ela foi atraída para o meio de um grupo com o qual Fergal estava conversando.

– Vá falar com Ciara Deasy, só por diversão! – disse rindo uma jovem de olhos travessos e com uma juba de cabelos ruivos ao ouvir sobre o fascínio de Joanna pela casa da guarda costeira. – Ela aterrorizou todos nós com as suas conversas quando éramos crianças. Eu diria que ela era uma bruxa.

– Deixe disso, Eileen. Não somos mais uns caipiras que acreditam nessas fantasias – repreendeu Fergal.

– Todo lugar não tem suas fábulas? – indagou Eileen, batendo os cílios. – E seus excêntricos? Você sabe que nem a União Europeia pode proibir isso.

Seguiu-se um debate acalorado entre quem era a favor e quem era contra a União Europeia.

Joanna deu um discreto bocejo.

– Foi ótimo conhecer todos vocês, e obrigada pela ajuda. Agora vou dormir.

– Uma moça de Londres como você? Pensei que as pessoas de lá só fossem para a cama de madrugada – disse um dos homens.

– É todo esse ar puro. Meus pulmões não se recuperaram do choque. Boa noite, todo mundo.

Ela tomou a direção da escada, mas foi detida por um tapinha no ombro.

– Estou livre amanhã de manhã até o meio-dia – disse Fergal. – Posso levá-la até o cartório de Clonakilty. É maior do que o daqui, e eles devem ter algum registro de quem é o dono da casa da guarda costeira. Poderíamos dar um pulo na igreja também, ver se descobrimos alguma coisa. Passo aqui às nove.

Joanna sorriu para ele.

– Sim, obrigada. Seria ótimo. Boa noite.

Às nove horas da manhã seguinte, Fergal a esperava no bar deserto. Vinte minutos mais tarde, os dois chegaram a uma repartição municipal grande, localizada em uma construção recente. Ele parecia conhecer a mulher atrás do balcão, e com um gesto indicou a Joanna que ela devia segui-los até um depósito.

– Certo, todas as plantas de Rosscarbery estão ali. – A mulher apontou para uma prateleira abarrotada de pastas. Foi até a porta. – Se precisar de alguma coisa é só chamar, está bem, Fergal?

– Claro, Ginny. Obrigado.

Ao seguir Fergal até a prateleira, Joanna teve a sensação de que aquele rapaz era o sonho de qualquer moça das redondezas.

– Está bem. Pegue aquela pilha ali, e eu pego esta. A casa deve estar registrada aqui em algum lugar.

Eles passaram uma hora folheando papéis amarelados e poeirentos dentro das pastas até Fergal por fim dar um grito de vitória.

– Encontrei a danada! Venha aqui ver.

Dentro da pasta estava a planta da casa da guarda costeira em Rosscarbery.

– A escritura está em nome de um tal Sr. H. O. Bentinck, residente em Drumnogue House, Rosscarbery, 1869 – leu Fergal. – Era um inglês daqui da região que vivia lá na época. Foi embora durante os conflitos, entre 1916 e 1921. Muitos ingleses foram.

– Mas isso não significa que ele ainda seja o dono, né? Quero dizer, já faz mais de 120 anos.

– Bom, a trineta dele, Emily Bentinck, ainda mora em Ardfield, que fica entre Clonakilty e Ross. Ela transformou a propriedade num empreendimento e treina cavalos de corrida. Você deveria ir perguntar se ela sabe mais alguma coisa. – Fergal estava consultando o relógio. – Vou ter de ir daqui a meia hora. Vamos tirar uma cópia desta escritura e correr até a igreja, sim?

Depois de Fergal cumprimentar o padre e conversar um pouco atropelando as palavras, os antigos registros de batismo foram retirados de um armário trancado e abertos para eles.

Joanna correu o dedo depressa pela lista.

– Aqui, olhe! – Seus olhos se acenderam de animação. – Michael James O'Connell. Batizado em 10 de abril de 1900. Não tem como não ser ele!

– Muito bem, Joanna – disse Fergal com um largo sorriso. Olhou para o relógio. – Agora tenho que voltar a Ross. Não posso me atrasar para a aula. No caminho escrevo algumas indicações de como chegar à propriedade dos Bentincks.

– E agora que encontrou quem estava procurando, quais vão ser seus próximos passos? – perguntou Fergal a Joanna enquanto saíam de Clonakilty e pegavam a direção de Rosscarbery.

– Não sei. Mas pelo menos tenho a sensação de que a minha busca não foi totalmente em vão.

Depois de deixar Fergal na escola, Joanna seguiu suas instruções até Ardfield e, após vinte frustrantes minutos de estradinhas rurais exíguas, dobrou no portão de Drumnogue House. Enquanto sacolejava pelo acesso esburacado, uma grande casa branca surgiu na sua frente. Ela estacionou ao lado de um Land Rover enlameado e saltou. A casa tinha uma vista espetacular do Atlântico, que se estendia ao longe mais atrás.

Joanna começou a procurar sinais de vida, mas não viu nenhum atrás das altas janelas em estilo georgiano. Colunas jônicas emolduravam a porta da frente, que ela constatou estar levemente entreaberta quando chegou mais perto. Ao bater e não obter resposta, empurrou-a delicadamente.

– Olá? – chamou e ouviu sua voz ecoar pelo corredor cavernoso.

Sem sentir que devia prosseguir, recuou e deu a volta até os fundos, onde viu um pátio de estábulos. Uma mulher usando um anoraque muito velho e uma calça de montaria escovava um cavalo.

– Olá. Desculpe incomodar, mas estou procurando Emily Bentinck.

– Acabou de encontrar – respondeu a mulher com um sotaque inglês marcado. – Pois não?

– Meu nome é Joanna Haslam. Vim aqui fazer uma pesquisa sobre a minha família. Estava pensando se poderia me dizer se a sua família ainda é dona da casa da guarda costeira em Rosscarbery.

– Está interessada em comprar?

– Não, infelizmente eu não teria recursos para isso – respondeu Joanna com um sorriso. – Estou mais interessada na história da casa.

– Entendo. – Emily seguiu escovando o cavalo com movimentos firmes. – Eu na verdade não sei grande coisa, exceto que o meu trisavô encomendou a construção no final do século XIX em nome do governo britânico. Eles queriam um posto avançado na baía para tentar conter o contrabando que acontecia por lá. Não acho que a nossa família tenha sido algum dia a dona do imóvel de fato.

– Entendo. Sabe como eu poderia descobrir quem era?

– Prontinho, Sargento, muito bem. – Emily afagou a traseira do cavalo e o conduziu de volta até uma das baias. Tornou a sair e olhou para o relógio. – Entre para tomar um chá. Eu já ia fazer um, mesmo.

Joanna se acomodou na imensa e desordenada cozinha enquanto Emily colocava a chaleira no fogão para ferver água. Todas as paredes estavam cobertas por centenas de rosetas de títulos ganhos em competições, tanto na Irlanda quanto no exterior.

– Devo confessar que demorei um pouco para ir atrás da história da família. De tão ocupada que fiquei com os cavalos e pondo esta casa em ordem. – Emily usou um grande bule de aço inox para servir uma xícara de chá para Joanna. – Vovó morou aqui até morrer, e usava apenas dois cômodos do térreo. Dez anos atrás, quando eu cheguei, a casa estava em petição de miséria. Infelizmente algumas coisas se perderam para sempre. A umidade apodrece tudo.

– Mesmo assim, é uma linda casa antiga.

– Ah, é. No auge ela era extremamente valorizada. Os bailes, festas e caçadas daqui eram lendários. Meu bisavô recebia ricos e famosos da Europa inteira, inclusive a realeza britânica. Parece que hospedamos até o príncipe de Gales aqui com a amante. Era um esconderijo perfeito, sabe? Os barcos costumavam circular regularmente da Inglaterra até Clonakilty, e era possível embarcar lá e dar a volta no litoral sem ninguém saber da sua chegada.

– Vai restaurar a casa?

– Estou tentando, pelo menos. Preciso que os cavalos voltem de Cheltenham com algumas vitórias na semana que vem. Isso vai nos ajudar. A casa é grande demais só para mim. Quando mais partes ficarem habitáveis, pretendo fazê-la gerar a própria renda e abri-la para o turismo como uma pousada de alto nível. Mas, veja bem, pode ser que o novo milênio já esteja bem avançado quando isso acontecer. Mas então... – Emily estudou Joanna com seus olhos brilhantes. – O que você faz da vida?

– Eu na verdade sou jornalista, mas não vim aqui para nenhum trabalho oficial. Estou procurando um parente. Antes de morrer ele mencionou Rosscarbery, e uma casa que ficava em cima da baía.

– Ele era irlandês?

– Era. Achei um registro de batismo dele em Clonakilty.

– Qual era o nome dele?

– Michael O'Connell.

– Certo. Onde está hospedada?

– No Hotel Ross.

– Bom, vou dar uma olhada nas velhas escrituras e documentos da biblioteca mais tarde e ver se consigo desencavar alguma coisa sobre a casa. Mas agora, infelizmente, tenho de voltar para os estábulos.

– Obrigada, Emily.

Joanna terminou o chá, levantou-se, e as duas saíram juntas da cozinha.

– Você monta?

– Ah, sim. Fui criada em Yorkshire e passei a maior parte da infância no lombo de um cavalo.

– Se quiser montar enquanto estiver por aqui, fique à vontade. Até mais.

Emily se despediu com um aceno.

Mais tarde, no começo da noite, Joanna estava sentada em seu lugar habitual junto à lareira quando o dono do bar a chamou.

– Telefone para você, Joanna. É Emily, de Drumnogue.

– Obrigada.

Ela se levantou e deu a volta no balcão para atender.

– Alô?

– Oi, Joanna, é a Emily. Encontrei umas coisas interessantes enquanto estava procurando informações para você. Parece que o nosso vizinho deu um jeito de invadir pelo menos 4 hectares de terreno e cercar as terras com árvores enquanto minha querida vozinha não estava prestando atenção.

– Que chato. Dá para recuperar?

– Não. Por aqui, sete anos depois do cercamento, se ninguém pede a terra de volta, ela é sua. Isso explica por que nosso vizinho de terreno foge correndo apavorado toda vez que eu chego perto. Não faz mal, ainda sobraram algumas centenas de hectares, mas eu deveria pensar em cercá-los no futuro próximo.

– Ai, puxa. Conseguiu encontrar algum documento relacionado à casa da guarda costeira?

– Infelizmente, não. Achei uma ou duas escrituras de casebres que a esta altura já não devem passar de ruínas, mas nenhuma relacionada à casa da guarda costeira. Você deveria procurar a escritura no Cartório de Registro de Imóveis em Dublin.

– Quanto tempo leva isso?

– Ah, uma semana, talvez duas.

– Eu poderia fazer isso sozinha?

– Acho que sim, contanto que leve o mapa do terreno. Mas chegar a Dublin é meio chato; são umas boas quatro horas de carro. Pegue o trem expresso de Cork, é mais rápido.

– Nesse caso talvez eu vá amanhã. Nunca estive em Dublin e gostaria de conhecer. Obrigada de toda forma pela sua ajuda, Emily. Fico muito grata, mesmo.

– Espere um instantinho, Joanna. Eu disse que não encontrei nenhuma escritura, mas achei umas outras coisas que podem interessá-la. Em primeiro lugar, e pode ser que seja coincidência, encontrei um livro-caixa antigo, usado para manter o controle dos salários dos empregados domésticos, de 1919. Um homem chamado Michael O'Connell aparece na lista.

– Sei. Então talvez ele tenha trabalhado na casa da sua família muitos anos atrás?

– Sim, é o que parece.

– Em que função?

– Infelizmente o livro-caixa não diz. Mas em 1922 o nome dele desaparece da lista, então suponho que ele deva ter ido embora.

– Obrigada, Emily. Isso é muito útil.

– Em segundo lugar, encontrei uma carta. Foi escrita para o meu bisavô em 1925. Quer dar uma passada aqui amanhã para vê-la?

– Se importa de ler para mim agora? Deixe só eu pegar papel e caneta para fazer umas anotações.

Joanna fez sinal para Margaret pedindo papel e caneta.

– Certo, aí vai. A data é 11 de novembro de 1925. *Caro Stanley...* Stanley era o meu bisavô... *Espero que esta carta o encontre com boa saúde. Lorde Ashley me pediu que lhe escrevesse para informar sobre a chegada na sua região de um cavalheiro, hóspede do governo de Sua Majestade. Ele por enquanto ficará hospedado na casa da guarda costeira, aonde chegará no dia 2 de janeiro de 1926. Se possível, gostaríamos que fosse recebê-lo quando ele desembarcar do navio, que deve atracar no porto de Clonakilty por volta da uma da manhã, e depois o acompanhasse até ele chegar em segurança à sua nova residência. Poderia por favor providenciar alguma mulher do vilarejo para limpar a casa antes da chegada dele? Essa mulher talvez deseje trabalhar para o cavalheiro de modo regular, arrumando a casa e cozinhando para ele.*

A situação relacionada a esse cavalheiro é extremamente delicada. Nós preferiríamos que a presença dele na casa da guarda costeira fosse mantida em sigilo. Lorde Ashley comunicou que entrará em contato posteriormente com mais detalhes em relação a isso. Todas as despesas, é claro, correrão por conta do governo de Sua Majestade. Queira por favor me cobrar as faturas. Por fim, minhas lembranças a Amelia e às crianças. Seu mui fiel, tenente John Moore.

– Aí está, minha cara – disse Emily. – Anotou o básico?

– Sim. – Joanna correu os olhos pelas anotações rápidas que havia feito. – Imagino que não tenha encontrado nenhuma correspondência indicando quem poderia ser esse cavalheiro, certo?

– Infelizmente, não. Enfim, espero que isso ajude na sua busca. Boa sorte lá em Dublin. Boa noite, Joanna.

28

Zoe abriu a persiana e saiu para a larga varanda. O Mediterrâneo cintilava lá embaixo. Não havia uma nuvem sequer no céu azul, e o sol já estava inclemente. Aquele poderia ter sido um dia de julho na Inglaterra; até mesmo a empregada tinha comentado o quanto aquele calor era incomum para o final de fevereiro em Menorca.

A *villa* na qual ela e Art estavam hospedados era simplesmente linda. Propriedade de um dos irmãos do rei da Espanha, seu exterior caiado cheio de pequenas torres ficava aninhado em 16 hectares de um terreno luxuriante. Dentro da *villa*, a brisa morna soprava delicadamente pelas janelas que iam do chão até o teto, e os espaçosos pisos de lajota eram mantidos reluzentes por mãos invisíveis. Como a casa ficava situada bem no alto e de frente para o mar, a menos que os paparazzi estivessem dispostos a escalar 20 metros de um paredão de pedra, ou então a se esquivar dos rottweilers que patrulhavam os altos muros encimados por uma cerca elétrica mortal, Zoe e Art dispunham do conforto de saber que podiam aproveitar a companhia um do outro sem ser incomodados.

Zoe se sentou numa espreguiçadeira e deixou os olhos se perderem ao longe. Art ainda dormia lá dentro, e ela não queria acordá-lo. Para todos os efeitos, aquela última semana tinha sido perfeita. Pela primeira vez não havia nada nem ninguém para separá-los. O mundo seguia seu curso em algum outro lugar, e dava um jeito de continuar girando sem eles.

Art jurava noite e dia seu amor eterno por ela e prometia não deixar nada atrapalhar seu caminho. Ele a amava, queria estar com ela, e se os outros não aceitassem isso, estava preparado para tomar atitudes drásticas.

Era uma situação com a qual Zoe sonhava havia muitos anos. E ela não conseguia entender por que não estava em êxtase de tanta felicidade.

Talvez fosse apenas o estresse das últimas semanas cobrando seu preço; as pessoas muitas vezes diziam que suas luas de mel nunca chegavam a ser perfeitas – a realidade era inferior à expectativa. Ou talvez Zoe tivesse se dado conta de que ela e Art mal se conheciam no cotidiano. Seu breve caso anos antes acontecera quando eram ambos muito jovens; dois seres humanos imaturos, vulneráveis, procurando às cegas um caminho em direção à idade adulta. E nas últimas semanas eles não haviam passado mais de três ou quatro dias juntos, e um número de noites menor ainda.

– Instantes roubados... – murmurou Zoe consigo mesma.

No entanto, ali estavam eles, e em vez de sentir-se relaxada ela estava inegavelmente tensa. Na noite anterior, o chef havia preparado para eles uma *paella* maravilhosa. Quando a comida fora servida, Art tinha feito cara feia e sugerido que, da próxima vez, ele o consultasse em relação ao cardápio. Ao que parecia, detestava qualquer tipo de frutos do mar. Já Zoe tinha comido a *paella* com gosto e elogiado profusamente o chef pela receita, o que deixara Art emburrado. Ele também a acusara de ser "simpática demais" com os empregados.

Várias outras pequenas coisas ao longo dos dias anteriores tinham deixado Zoe irritada. Eles sempre pareciam fazer o que *ele* queria. Não que ele não pedisse primeiro a opinião dela, mas depois a convencia a desistir das próprias ideias, e ela acabava concordando com os planos dele em nome da boa convivência. Zoe também descobrira que eles tinham muito pouco em comum, o que não era de espantar, considerando a enorme diferença entre seus mundos. Apesar da excelente instrução de Art em boas escolas e universidades, do seu vasto conhecimento cultural e da sua compreensão política, ele pouco sabia sobre as coisas normais e rotineiras que preenchiam o dia de uma pessoa comum. Como cozinhar, ver novelas na televisão, fazer compras... atividades simples e prazerosas. Zoe se dera conta de como era difícil para ele relaxar, de como era dominado por uma energia aflita. E, mesmo que ele *tivesse* aceitado assistir a um filme com ela, duvidava que fossem conseguir chegar a um consenso em relação a qual escolher.

Zoe suspirou. Tinha certeza de que qualquer casal que de repente começava a passar 24 horas por dia junto acabava descobrindo a maioria dessas diferenças. Tudo iria se ajeitar, tranquilizou-se ela, e seu romance mágico de antes poderia ser reacendido.

O problema, claro, estava exacerbado pelo fato de eles estarem encarcerados na prisão mais luxuosa que se poderia imaginar. Zoe olhou lá para baixo e pensou no quanto gostaria de sair da casa e dar um longo passeio pela praia sozinha. Mas isso significaria avisar Dennis, o guarda-costas, que então a seguiria de carro, estragando por completo o conceito de estar sozinha. Por algum motivo, porém, o fato de Simon estar sempre ao seu lado não a incomodara, pensou. Achara a presença e a companhia dele tranquilizadoras.

Zoe se levantou, apoiou os cotovelos no guarda-corpo da varanda e recordou as 24 horas que ela e Simon haviam passado juntos na Welbeck Street. Como ele tinha cozinhado para ela, como a tinha consolado quando ela estava abalada. Nesses momentos ela se sentira ela mesma, Zoe. À vontade com seu verdadeiro eu.

Será que com Art ela era o seu verdadeiro eu?

Não sabia dizer.

– Bom dia, querida.

Ele a chamou da cama enquanto ela atravessava o quarto pé ante pé em direção ao banheiro.

– Bom dia – respondeu ela num tom animado.

– Venha cá.

Art lhe estendeu os braços.

Ela foi até a cama e deixou que ele a abraçasse. Seu beijo foi demorado, sensual, e ela se deixou levar.

– Mais um dia no paraíso – murmurou ele. – Estou faminto. Já pediu o café da manhã?

– Não, ainda não.

– Por que não vai falar com a Maria e pedir para ela nos trazer um suco de laranja, uns croissants e umas linguiças? Ela disse que poderia mandar vir ontem, e minhas papilas gustativas estão loucas por elas. – Ele lhe deu um tapinha carinhoso no traseiro. – Enquanto isso, eu vou tomar uma ducha. Nos vemos na varanda lá embaixo.

– Ah, mas eu ia tomar uma du...

– O que foi, querida?

– Nada – disse ela com um suspiro. – Nos vemos lá embaixo.

Eles passaram o resto da manhã tomando sol ao lado da piscina, Zoe lendo um romance, Art os jornais da Inglaterra.

– Escute só, querida. Manchete: "O filho de um monarca deve poder se casar com uma mãe solteira?"

– Sério, Art, eu não quero saber.

– Quer, *sim*. O jornal fez uma pesquisa por telefone, e 25 mil leitores ligaram para dar sua opinião. Dezoito mil disseram que sim. É mais de dois terços. Será que minha mãe e meu pai leram?

– Faria alguma diferença se tivessem lido?

– É claro que sim. Eles são extremamente sensíveis à opinião pública, sobretudo agora. Olhe, tem até um bispo protestante entrevistado aqui no *Times* que está nos apoiando. Segundo ele, as mães solteiras fazem parte da sociedade moderna, e se a monarquia quiser sobreviver no novo milênio precisa se livrar dos seus grilhões e mostrar que também pode se adaptar.

– E aposto que tem algum moralista reclamão no *Telegraph* dizendo que é dever das figuras públicas dar o exemplo, e não usar o comportamento sexual reprovável do público em geral como escapatória – resmungou Zoe, pessimista.

– É claro que tem. Mas olhe, querida. – Art se levantou da cadeira e sentou-se na espreguiçadeira dela. Segurou sua mão e a beijou. – Eu te amo. De toda forma, Jamie é sangue do meu sangue. Qualquer que seja a perspectiva moral que se adote, o nosso casamento é a coisa certa a acontecer.

– Mas ninguém jamais pode saber, não é? O problema é esse. – Zoe se levantou da espreguiçadeira e começou a andar de um lado para o outro. – Eu simplesmente não sei como vou contar para o Jamie sobre nós dois.

– Minha querida, você já abriu mão de mais de dez anos da sua vida por causa dele. O Jamie foi um erro que...

Zoe se virou com os olhos em brasa.

– Não se *atreva* a chamar Jamie de erro!

– Não foi isso que eu quis dizer, querida, calma. Só estou dizendo que ele agora está crescendo, construindo a própria vida. A questão aqui somos você e eu, não é? E as nossas chances de felicidade antes que seja tarde demais.

– Art, não estamos falando de um adulto! Nem de longe. Jamie é um menino de 10 anos. E você faz o fato de eu o ter criado parecer um sacrifício. Não foi nem um pouco assim. Ele é o centro do meu mundo. Eu faria tudo de novo.

– Eu sei, eu sei. Desculpe. Puxa, eu pareço estar fazendo tudo errado hoje de manhã – resmungou Art. – Enfim, tenho uma boa notícia. Combinei de um barco vir nos buscar hoje à tarde. Vamos até o porto de Mallorca buscar meu amigo, o príncipe Antonio, e a mulher dele, Mariella. Depois vamos passar alguns dias navegando em alto-mar. Você vai adorar os dois, e eles estão muito solidários com a nossa situação. – Ele estendeu um braço para ela e afagou seus cabelos. – Vamos, querida, sorria.

Logo depois do almoço, quando a empregada estava pondo as roupas de Zoe na mala para ela pegar o barco, seu celular tocou. Ela viu que era o diretor do colégio de Jamie e atendeu na hora.

– Alô.

– Srta. Harrison? É o diretor West.

– Olá, Sr. West. Está tudo bem?

– Infelizmente, não. Jamie sumiu. Desapareceu hoje de manhã logo depois do café. Já passamos o pente-fino na escola e no terreno, mas até agora nem sinal dele.

– Ai, meu Deus! – Zoe pôde *ouvir* o sangue pulsando em seu corpo. Sentou-se na cama para não desabar no chão. – Eu... ele levou alguma coisa? Roupas? Dinheiro?

– Nenhuma roupa, mas ontem foi dia de mesada, então ele talvez tenha algum dinheiro. Srta. Harrison, não quero assustá-la, e tenho certeza de que ele está bem, mas a verdade é que, considerando as atuais circunstâncias, temo que haja uma pequena chance de Jamie ter sido raptado.

Zoe levou a mão à boca.

– Ai, meu Deus, meu Deus do céu! O senhor chamou a polícia?

– É justamente por isso que estou ligando. Queria sua permissão para chamar.

– Sim, claro, chame! Chame agora mesmo. Vou tomar providências para pegar um avião e voltar o mais rápido possível. Por favor, Sr. West, me ligue assim que tiver alguma notícia.

– Claro. Tente ficar calma, Srta. Harrison. Estou apenas sendo cauteloso. Esse tipo de coisa é relativamente comum: um desentendimento com um amigo, uma reprimenda de um professor... O aluno em geral reaparece em poucas horas. E talvez seja simples assim. Agora vou interrogar todos os meninos da turma dele, para ver se eles conseguem esclarecer alguma coisa sobre o sumiço.

– Sim, obrigada. A-até logo, Sr. West.

Zoe se levantou da cama com o corpo inteiro tremendo, tentando reunir coragem.

– P-por favor, D-deus... qualquer coisa, eu faço qualquer coisa, mas permita que ele esteja bem, permita que ele esteja bem!

– *Señora*? Está tudo bem?

Maria não recebeu resposta.

– Vou chamar Sua Alteza, sim?

Art entrou no quarto alguns minutos depois.

– Minha querida, o que houve?

– É o Jamie! – Ela o encarou com um olhar aflito. – Ele sumiu do colégio. O diretor acha que pode ter sido raptado! – Zoe secou as lágrimas com a palma da mão. – Se alguma coisa tiver acontecido com ele por causa do meu egoísmo, eu...

– Espere um pouco, Zoe. Quero que você me escute. Todos os meninos fogem da escola. Até eu fugi uma vez, deixei os guarda-costas malucos e...

– Sim, mas você *tinha* guarda-costas, não é?! Eu perguntei se o Jamie ia receber algum tipo de proteção, mas você disse que não era necessário, e agora veja só o que aconteceu!

– Não existe absolutamente motivo algum para desconfiar de nada criminoso. Tenho certeza de que Jamie está bem e vai voltar para a escola são e salvo a tempo de jantar, então...

– Se não havia motivo para desconfiar de nada criminoso, por que diabo você pôs um guarda-costas *comigo* e não com o seu próprio *filho*? O seu próprio filho, que é muito mais vulnerável do que eu! Ai, meu Deus! Meu Deus!

– *Zoe!* Quer se acalmar, por favor? Você está exagerando.

– O quê?! Meu filho desaparece e você me acusa de estar exagerando? Me ponha num voo de volta para casa *agora*!

Ela começou a jogar coisas em cima da mala feita pela metade.

– Agora você está mesmo falando bobagem. Se ele não tiver aparecido até amanhã de manhã, nós com certeza mandaremos você para casa, mas hoje vamos para o barco aproveitar o jantar com Antonio e Mariella. Eles estão loucos para conhecê-la. Isso vai ajudar a distrair sua mente.

De tão frustrada, Zoe atirou um sapato nele.

– Distrair minha mente?! Meu Deus, Art! É do meu filho que a gente está falando, não de um animal de estimação da família que foi dar um passeio! O Jamie sumiu! Eu não posso navegar pelo Mediterrâneo curtindo a vida enquanto o meu filho, meu bebê... – ela deu um grande soluço – ... pode estar correndo perigo!

– Você está passando completamente dos limites. – Irritado, Art franziu os lábios. – Além do mais, duvido que possamos fazê-la chegar em casa ainda hoje. Vai ser preciso pegar um voo amanhã.

– Não, você *pode* me fazer chegar hoje, Art. Você é um príncipe, lembra? O seu desejo é uma ordem para todo mundo. Chame um avião *agora* para me levar de volta, senão eu mesma arrumo um!

Zoe agora gritava, sem se importar mais com o que Art fosse pensar a seu respeito.

– Tá, tá bom. – Ele ergueu as mãos enquanto recuava até a porta. – Vou ver o que consigo fazer.

Três horas mais tarde, Zoe estava na pequena sala VIP do aeroporto de Mahon. Pegaria um avião particular até Barcelona, e de lá um voo da British Airways até Heathrow.

Art não a tinha acompanhado até o aeroporto; em vez disso, embarcara para Mallorca. Os dois tiveram uma despedida tensa quando Zoe subiu no carro, e beijaram-se educadamente no rosto.

Ela revirou a bolsa à procura do celular. Seria meia-noite quando pisasse em solo britânico para procurar pelo filho. Enquanto isso, só havia uma pessoa em quem podia confiar totalmente para ajudá-la a encontrá-lo.

Zoe digitou o número e rezou para ele atender. Ele atendeu.

– Alô.

– Simon? Sou eu, Zoe Harrison.

29

Sentada a bordo do trem expresso Cork-Dublin, Joanna observava os filetes de água escorrendo do outro lado da vidraça. Não parava de chover desde a noite anterior. O tamborilar das gotas de chuva a mantivera acordada, e o barulho fraco – como algum tipo de tortura hipnótica – fora aumentando dentro da sua cabeça até se transformar numa ruidosa chuva de granizo. Não que ela fosse conseguir dormir se houvesse silêncio. Estava tensa demais, e passara a maior parte da noite encarando as rachaduras do teto e tentando adivinhar para onde aquelas novas informações iriam conduzi-la.

A situação com esse cavalheiro é extremamente delicada...

O que significava isso? O que significa qualquer coisa neste momento?, pensou Joanna, cansada. Cruzou os braços e tentou dormir nas horas que faltavam.

– Esse lugar está ocupado?

A voz era masculina e americana. Ela abriu os olhos e se deparou com um homem alto, musculoso, de camisa quadriculada e calça jeans.

– Não.

– Ótimo. É tão raro encontrar um vagão para fumantes num trem... Não temos mais vagões assim lá no meu país.

Joanna ficou levemente surpresa por *ter* se sentado num vagão para fumantes. Não teria feito isso normalmente. Mas normalmente não estava tão cansada nem tão confusa.

O homem se sentou do outro lado da mesa diante dela e acendeu um cigarro.

– Aceita um?

– Não, obrigada, eu não fumo – respondeu ela, rezando para que ele não fumasse um cigarro atrás do outro ou ficasse falando pelas duas horas e meia seguintes.

– Quer que eu apague?

– Não, tudo bem.

Ele deu outra tragada enquanto a encarava.

– Inglesa?

– Sim.

– Estive lá antes de vir para cá. Fiquei em Londres. Adorei.

– Que bom – disse ela, seca.

– Mas eu simplesmente amo a Irlanda. Está de férias aqui?

– De certa forma. Férias e trabalho.

– Você escreve sobre viagens ou algo assim?

– Não, na verdade eu sou jornalista.

O homem examinou o mapa oficial de Rosscarbery sobre a mesa na frente dela.

– Pensando em comprar um terreno?

A pergunta foi feita num tom casual, mas Joanna se retesou e observou o homem com atenção.

– Não. Estou apenas investigando a história de uma casa em que estou interessada.

– Vínculos familiares?

– É.

O carrinho de lanches passou ao seu lado.

– Meu Deus, que fome. Deve ser esse ar puro todo. Vou querer um café e um desses doces aqui, senhora, e também um sanduíche de atum. Quer alguma coisa... ahn...?

– Lucy – mentiu Joanna depressa. – Um café, por favor – disse ela para a moça que empurrava o carrinho.

Pôs a mão na mochila para pegar a bolsa, mas o homem lhe acenou com a mão.

– Ora, um café eu posso pagar. – Ele lhe ofereceu a bebida e sorriu. – Kurt Brosnan. Nenhum parentesco com Pierce, antes que você pergunte.

– Obrigada pelo café, Kurt.

Ela dobrou o mapa, mas ele de todo modo parecia ter perdido o interesse e estava entretido desembalando o sanduíche de atum envolto em plástico e dando uma grande mordida.

– De nada – disse ele. – Então acha que tem direito a alguma herança aqui na Irlanda?

– É, pode ser.

Joanna se resignou a desistir do cochilo enquanto Kurt estivesse no trem. Agora que ele mastigava o sanduíche espalhando migalhas pela mesa, repreendeu a si mesma pela paranoia anterior. *Nem todo mundo está atrás de você*, lembrou a si mesma. E de toda forma ele era americano, não tinha nada a ver com tudo aquilo.

– Eu também. Num vilarejozinho no litoral de West Cork. Parece que o meu trisavô era de Clonakilty.

– É a cidade vizinha à cidade onde eu fiquei, Rosscarbery.

– Sério? – O rosto de Kurt se iluminou como o de uma criança, feliz com aquela pequena coincidência. – Estive lá anteontem, na grande catedral. Depois bebi o melhor chope de stout que já tomei até hoje, naquele hotel da cidade...

– O Ross? É onde estou hospedada.

– Não me diga! Então está indo para Dublin?

– Sim.

– Já esteve lá antes?

– Não. Tenho umas coisas para resolver, depois pensei em dar uma passeada pela cidade. Você conhece Dublin?

– Não, é a minha primeira vez também. Talvez fosse bom unirmos esforços.

– Tenho de ir ao Cartório de Registro de Imóveis. Talvez demore horas para descobrir o que preciso saber.

– É lá que eles guardam os registros das casas? – quis saber Kurt, agora atacando um doce.

– É.

– Está tentando descobrir se tem direito a alguma herança?

– Mais ou menos. Tem uma casa em Rosscarbery. Ninguém parece saber a quem pertence.

– Aqui as coisas são um pouco mais relaxadas do que nos Estados Unidos. Quero dizer... – Kurt revirou os olhos. – Ninguém tem alarme no carro, nem fechadura na porta da frente. Ontem fui a um restaurante na cidade e a dona disse que precisava dar uma saidinha e perguntou se eu poderia pôr meu prato na pia e fechar a porta depois de sair! Com certeza é um modo de vida diferente. Mas então... – Kurt apontou para o mapa. – Me mostre a casa.

Apesar da reticência inicial de Joanna, a viagem até Dublin transcorreu de modo bastante agradável. Kurt se revelou uma boa companhia, e a divertiu com histórias de sua Chicago natal. Quando o trem entrou na estação de Heuston, ele sacou do bolso um caderninho e uma caneta de ouro.

– Me dê seu telefone em Rosscarbery. Quando você voltar, quem sabe podemos nos encontrar para beber alguma coisa.

Joanna anotou seu celular num pedacinho de papel e lhe entregou. Ele o guardou no bolso do casaco com um sorriso satisfeito.

– Bem, a viagem com certeza passou depressa com a nossa conversa, Lucy. Quando vai voltar para West Cork?

– Ah, não sei muito bem. Estou deixando em aberto. – Ela se levantou bem na hora em que o trem parou. – Prazer em conhecê-lo, Kurt.

– O prazer foi meu, Lucy. Até breve, quem sabe.

– Quem sabe. Até logo.

Ela sorriu e saltou do vagão atrás dos outros passageiros.

Joanna pegou um táxi até o Cartório de Registro de Imóveis na beira do rio, perto do prédio dos tribunais de Four Courts. Após preencher intermináveis formulários, fez fila no balcão, e por fim recebeu uma pasta.

– Tem uma mesa livre ali, se a senhora quiser examinar as escrituras – disse a moça.

– Obrigada.

Joanna foi até a mesa e sentou-se. Uma decepção a dominou quando ela viu que a propriedade da casa da guarda costeira fora transferida em 27 de junho de 1928 do governo de Sua Majestade para "o Estado livre da Irlanda". Após tirar cópia das escrituras e plantas, ela devolveu a pasta, agradeceu à funcionária e saiu da repartição.

Lá fora chovia a cântaros. Abrindo seu frágil guarda-chuva londrino, ela foi andando até chegar à Grafton Street e à miríade de pequenas ruelas que saíam dela, coalhadas de pubs com ar convidativo. Foi logo entrando no mais próximo e pediu um copo de Guinness. Tirou o casaco, que embora tivesse uma etiqueta que dizia "à prova d'água" não havia correspondido à descrição, e passou uma das mãos pelos cabelos úmidos.

– Dia lindo lá fora, não? – comentou o barman.

– Alguma hora para de chover por aqui?

– Não é muito frequente – respondeu ele sem qualquer ironia. – Depois todo mundo estranha que muitos de nós acabem virando alcoólatras.

Joanna estava prestes a pedir um sanduíche de queijo quando alguém que ela reconheceu entrou pela porta.

Ele a viu, então deu um aceno radiante.

– Lucy! Oi.

Kurt veio se sentar ao lado dela no balcão, e a água que escorreu de seu casaco formou uma poça no chão debaixo dele.

– Uma Guinness, por favor, e outra para a senhora – disse ele ao barman.

– Ahn... eu já pedi uma, obrigada – disse ela, tentando ocultar a incredulidade diante daquela coincidência.

Ele pareceu notar.

– Ah, nem é tão estranho assim. Você está num dos pubs mais famosos de Dublin. O Bailey faz parte da lista de atrações imperdíveis de qualquer turista... James Joyce em pessoa costumava vir beber aqui.

– É mesmo? Não reparei no nome. Só entrei aqui para fugir da chuva.

– Mas e aí, como correu sua pesquisa?

– Não deu em nada.

Ela estendeu a mão para a Guinness.

– Bom, é, a minha manhã foi bem assim também. Chove tanto por aqui que é preciso um par de limpadores de para-brisa para ver alguma coisa. Resolvi desistir de tudo e passar o fim do dia bebendo e a noite nos braços do luxo. Reservei um quarto no Shelbourne, supostamente o melhor hotel da cidade.

– Certo. Vou querer um sanduíche de queijo, por favor – pediu Joanna ao barman.

– Escute, por que não vai jantar comigo hoje lá no hotel? Eu convido, para melhorar o seu ânimo.

– Obrigada pelo convite, mas...

Kurt ergueu as duas mãos.

– Eu juro que o convite não tem nada de impróprio. Só estou pensando que você está sozinha, eu estou sozinho, e quem sabe poderíamos aproveitar melhor a noite se fizéssemos companhia um ao outro.

– Não, obrigada.

Joanna se levantou, agora seriamente incomodada. Kurt até que tinha um semblante razoavelmente sincero, mas ela ainda estava abalada com a sua aparição repentina.

– Tá bom. – Ele pareceu muito decepcionado. – E quando vai voltar para West Cork?

– Ahn... ainda não sei.

– Bom, quem sabe nos vemos quando eu voltar para lá.

– É, quem sabe. Então tchau, Kurt.

~

– Assine aqui – pediu Margaret ao rapaz em pé diante do balcão da recepção.

– Obrigado. – Ele ergueu os olhos para ela. – Por acaso uma jovem inglesa chamada Joanna Haslam passou por aqui nos últimos dias?

– E quem gostaria de saber?

– Eu sou namorado dela – respondeu ele com um sorriso simpático.

– Bem, sim, uma moça com esse nome se hospedou aqui. Mas ela foi para Dublin. Deve voltar hoje à noite ou amanhã – respondeu ela.

– Ótimo. Não quero que ela saiba que eu estou aqui. Amanhã é... aniversário dela, e quero fazer uma surpresa. – Ele levou um dedo aos lábios. – Bico calado, sim?

– Claro, bico calado.

Margaret lhe entregou a chave e observou-o subir a escada. *Ah, os jovens*, pensou, com afeto, então desceu até a adega para trocar o barril de chope.

Captura

Eliminação de uma peça rival do tabuleiro

30

Na manhã seguinte, Simon estava sentado na cadeira em frente à mesa de tampo de couro.

– Simpson sumiu – disse o velho sentado à sua frente.

– Entendo.

– E a sua amiga Srta. Haslam também.

Simon quis brincar e dizer que talvez os dois tivessem fugido juntos, mas achou pouco prudente.

– Será que não poderia ser coincidência?

– Por algum motivo eu duvido, levando em conta as circunstâncias. Acabamos de receber a avaliação do parecer psicológico de Simpson. O psicólogo se mostrou suficientemente preocupado para recomendar um tratamento urgente e imediato. – Ele deu a volta na mesa com a cadeira de rodas. – Ele sabe demais, Warburton. Quero que o encontre, e depressa. Meu instinto me diz que ele talvez tenha ido atrás de Joanna.

– Mas o apartamento dela não estava grampeado? E o de Marcus Harrison também? O pessoal da escuta não deu nenhuma indicação de onde ela possa estar?

– Não. Acho que ela e Harrison encontraram as escutas, pois nada interessante foi ouvido nos últimos dias. Na verdade, o aparelho do apartamento de Harrison não está transmitindo corretamente, mas nossos homens estão preparando uma substituição. No caso da Srta. Haslam, não se ouviu absolutamente nada a não ser ligações frenéticas de Marcus Harrison para o telefone fixo, querendo saber onde ela está.

– E ninguém faz nenhuma ideia de para onde Joanna e Ian podem ter ido?

– Você leu o dossiê, Warburton – respondeu o velho, irritado. – Se fosse

Joanna e quisesse desencavar mais informações sobre o nosso homem, para onde iria?

– Para Dorset, talvez? Prosseguir com a busca no sótão? Dei uma olhada lá em cima na última vez em que estive na casa, e são caixas e mais caixas de material.

– Você acha que nós não sabemos?! Estou com uma dezena de homens trabalhando lá noite e dia desde que Zoe Harrison viajou com Sua Alteza Real para a Espanha. Eles não encontraram nada. – O velho avançou com a cadeira até atrás da mesa. – Harrison continua no apartamento de Londres. Talvez fosse bom você ir dar uma palavrinha com ele.

– Sim, senhor. Vou fazer uma visita a ele.

– Me faça um relatório depois. E veremos como proceder em seguida.

– Farei isso, senhor.

– Soube que você foi visitar o jovem Jamie Harrison ontem?

– Fui, sim.

– Visita profissional ou pessoal?

– Um favor para Zoe Harrison.

– Cuidado, Warburton. Você conhece as regras.

– É claro, senhor.

– Certo, então. Me avise quando houver novidades.

– Avisarei.

Simon se levantou da cadeira e saiu da sala rezando para o velho não ter visto o rubor que lhe aquecia as bochechas. Mesmo que a sua mente e o seu corpo pudessem ser treinados e disciplinados, estava claro que isso não se aplicava ao seu coração.

Após encontrar o apartamento de Marcus vazio, Simon voltara ao escritório e telefonara para os pais de Joanna, que tampouco tinham tido notícias da filha. Ficou convencido de que ela continuava seguindo o rastro. *Talvez tenha ido para a França?*, pensou, então passou duas infrutíferas horas examinando as listas de passageiros de todos os aviões e *ferries* que tinham partido nos últimos dias. O nome dela não constava em nenhuma.

Que outro lugar tinha relação com o mistério que ambos estavam desesperados para desvendar...?

Simon voltou a pensar no dia em que havia decorado o dossiê. Não lhe fora permitido fazer nenhuma anotação. Havia algum outro lugar, tinha certeza...

Então finalmente se lembrou.

Quarenta e cinco minutos depois, já tinha encontrado o nome de Joanna num voo para Cork três dias antes, e na mesma hora reservou uma passagem no voo do fim daquela tarde. Estava a caminho de Heathrow pelo bairro engarrafado de Hammersmith quando seu celular tocou.

– Oi, Zoe. – Simon ficou tão espantado ao ouvir a voz dela que teve de encostar e parar o carro, o que se revelou uma operação complicada no tráfego pesado. – Onde você está?

– No aeroporto de Mahon, em Menorca. Ai, Simon.

Ele a ouviu sufocar um soluço.

– O que houve? Qual é o problema?

– É o Jamie. Ele sumiu. O diretor da escola acha que ele pode ter sido sequestrado ou raptado. Meu Deus, Simon, ele pode estar morto. Eu...

– Espere aí, Zoe. Me conte com calma e com detalhes o que aconteceu.

Ela fez o possível para contar.

– O diretor chamou a polícia?

– Sim, mas Art quer manter a maior discrição possível. Disse que não quer a imprensa envolvida a menos que seja absolutamente necessário, por causa da...

– Para que nem ele, nem você nem Jamie fiquem outra vez sob os holofotes – concluiu Simon por ela. – Bom, talvez ele tenha de aguentar a situação. No fim das contas, o mais importante é Jamie ser encontrado. É sempre mais útil quando se anuncia publicamente o sumiço de uma criança.

– O que você achou do Jamie quando esteve com ele?

– Meio calado, admito, mas bem.

– Ele não disse que estava preocupado com alguma coisa, disse?

– Não, mas fiquei com a sensação de que talvez estivesse, o que também me leva a pensar que ele provavelmente está bem. Talvez só precisasse de um tempo sozinho. Ele é um menino sensível, Zoe. Tente manter a calma.

– Ainda vou levar algumas horas para chegar a Londres. Você me faria um favor?

– Claro.

– Poderia ir à nossa casa em Londres? Ainda tem a chave, não tem? Se ele não estiver lá, tente em Dorset. A chave está debaixo do barril de água nos fundos à esquerda.

– Mas com certeza a polícia...

– Ele te conhece, Simon. Confia em você. *Por favor*. Eu...

A voz de Zoe sumiu.

– Zoe? Zoe? Você está aí? Que droga!

Ele bateu com as mãos no volante. Tinha de ir para a Irlanda imediatamente, ajudar alguém que não percebia o quanto estava vulnerável, alguém que também precisava dele.

Afinal... de que lado estava a sua lealdade?

De um ponto de vista lógico, não restava dúvida. Sua lealdade estava com sua amiga mais antiga e com as obrigações em relação ao governo para o qual trabalhava. Apesar disso, seu coração traiçoeiro estava do lado de uma mulher e de um menino que ele conhecia havia poucas semanas. Ele passou um minuto dividido, então deu seta e tornou a entrar no fluxo do tráfego. Assim que foi possível executar a manobra com segurança, deu um giro de 180 graus com o carro e tornou a tomar o rumo do centro de Londres.

A casa da Welbeck Street estava às escuras, e não parecia haver nenhum sinal de alguém do lado de fora. Simon quase esperava encontrar a imprensa ainda lá, à espera de um fantasma já desaparecido tempos antes. Girou a chave na fechadura e acendeu a luz. Verificou todos os cômodos do térreo, mas sabia, graças a seu instinto altamente treinado, que era uma busca inútil. A casa dava a *sensação* de estar vazia.

Mesmo assim, olhou o quarto de Zoe, depois o de Jamie. Sentou-se na cama do menino e correu os olhos pelo quarto, cuja mistura de ursinhos de pelúcia e carros movidos a controle remoto eram uma prova da fase intermediária em que Jamie se encontrava. As paredes estavam cobertas por diversas imagens infantis; atrás da porta havia um cartaz dos Power Rangers.

– Onde você está, rapaz? – perguntou ele para o ar, encarando com um olhar vazio uma tapeçaria pequena mas intrincada pendurada acima da cama.

Sem receber resposta, subiu mais um andar para investigar o último piso da casa.

Tornou a descer, voltou para a sala e viu um carro parar em frente à casa. Um policial saltou e foi até a porta da frente. Ele abriu antes de o agente ter tempo de tocar a campainha.

– Olá.

– Olá. O senhor mora nesta casa? – indagou o policial.

– Não.

Com um gesto cansado, Simon mostrou a identidade.

– Certo, Sr. Warburton. Imagino que esteja procurando o menino desaparecido, é isso?

– Sim.

– Parece que tudo precisa ser mantido em sigilo por enquanto. O pessoal lá de cima não quer que o sumiço saia nos jornais por causa da mãe do menino e do... namorado dela.

– Sim. Bom, eu olhei a casa e ele não está aqui. O senhor vai ficar, só para o caso de ele resolver aparecer?

– Não, me pediram apenas para verificar a casa, só isso. Posso conseguir alguém para ficar aqui, se vocês quiserem.

– Acho que seria recomendável. Se estiver livre para fazer isso, é provável que o menino volte para casa – disse Simon. – Agora eu preciso ir, mas certifique-se de que haja alguém de guarda aí em frente, sim?

– Certo, senhor, farei isso.

Pouco mais de duas horas depois, Simon estacionou em frente a Haycroft House. Olhou para o relógio e viu que passava pouco das dez. Pegou a lanterna no porta-luvas, saltou do carro e partiu em busca do barril de água com sua chave escondida. Encontrou-a com um arrepio de decepção; Jamie obviamente não estivera ali antes dele. Contornou a casa e abriu a pesada porta da frente.

Após acender as luzes, foi de cômodo em cômodo, e viu ainda no escorredor da cozinha as panelas do jantar que havia preparado para Zoe, e sua cama no andar de cima ainda desfeita da manhã em que ela saíra tão cedo.

Nada. A casa estava vazia.

Ele voltou para o térreo e ligou para o sargento agora postado na Welbeck Street a fim de saber se Jamie tinha voltado. Não. Simon lhe informou que tampouco havia sinal de Jamie em Dorset, e foi até a cozinha fazer um café preto antes de encarar a volta para Londres. Sentou-se diante da mesa e esfregou as mãos com força pelos cabelos, tentando pensar. Se Jamie não tivesse aparecido na manhã do dia seguinte, o palácio que fosse para o inferno. Eles teriam de divulgar a informação. Ele se levantou, colocou um pouco de café solúvel dentro de uma caneca e completou com água fervente, repassando mil vezes na cabeça a última conversa que tivera com o menino.

Depois da terceira caneca, que o deixou empapuçado e enjoado, Simon se levantou e percorreu a casa uma última vez. Acendeu as luzes do lado de fora e abriu a porta da cozinha que dava para o jardim dos fundos. Era um jardim grande e pelo visto dispunha de uma bela variedade de espécies, embora na atual estação não passasse de um esboço esperando para ser pintado. Ele mirou a lanterna na cerca viva que rodeava o jardim. Num dos cantos, decerto posicionada para aproveitar melhor o sol, havia uma pequena pérgula. Debaixo dela, um banco de pedra. Simon foi até lá e sentou-se. A pérgula estava coberta por alguma espécie de trepadeira – ele estendeu uma das mãos para tocá-la e soltou um "ai!" quando um espinho pontudo furou seu dedo.

Uma roseira, pensou. *Que lindo deve ficar isto aqui no auge do verão.*

Uma roseira...

James Grande adorava rosas. Tem rosas no túmulo dele agora...

Na mesma hora, Simon se levantou com um pulo e correu até a porta dos fundos para dar um telefonema.

O cemitério ficava a menos de meio quilômetro da casa, atrás da igreja situada na mesma rua. Simon parou o carro em frente ao portão de ferro. Ao constatar que estava fechado com um cadeado, pulou a cerca e começou a andar no meio das lápides, iluminando cada nome com a lanterna. Involuntariamente, estremeceu. Uma meia-lua surgiu de trás de uma nuvem e banhou o cemitério com uma luz espectral. Na igreja, o som lento e plangente de um relógio reverberou à meia-noite, como em memória das almas mortas que jaziam a seus pés.

Por fim, Simon chegou aos anos 1970, em seguida aos 1980. Bem nos fundos do cemitério, viu uma lápide gravada com o ano de 1991. Aos poucos, as datas foram ficando cada vez mais recentes. Ele agora estava quase no fim do cemitério e restava um último túmulo, separado de todos os outros, com um pequeno arbusto plantado junto à lápide.

SIR JAMES HARRISON

ATOR

1900-1995

Boa noite, doce príncipe,
que legiões de anjos o levem
cantando ao seu descanso.

E ali, todo encolhido em cima do túmulo, estava Jamie.

Simon se aproximou sem fazer barulho. Pelo modo como ele respirava, pôde ver que o menino dormia profundamente. Ajoelhou-se ao seu lado e inclinou a lanterna para poder ver seu rosto sem incomodá-lo. Procurou sua pulsação, que estava firme, então tocou sua mão. Estava fria, mas não a ponto de preocupar. Ele deu um suspiro de alívio e acariciou de leve os cabelos louros de Jamie.

– Mamãe? – disse o menino, mexendo-se.

– Não, sou eu, Simon, e você está em perfeita segurança, rapaz.

Jamie se levantou com um sobressalto e arregalou os olhos, aterrorizado.

– O quê...? Onde eu estou?

Ele olhou em volta, então começou a tremer.

– Você está bem, Jamie. Sou eu, Simon. – Por instinto, Simon puxou o menino para si. – Agora vou pegá-lo no colo, pô-lo no carro e levá-lo para casa, logo adiante na rua. Nós vamos acender um belo fogo na sala, e com uma xícara de chá bem quente você vai me contar o que aconteceu. Tá?

Jamie ergueu os olhos para ele, e sua expressão, no início desconfiada, agora denotava confiança.

– Tá.

Ao chegarem em casa, Simon pegou o edredom na cama de Zoe e enrolou o menino trêmulo em cima do sofá. Acendeu a lareira enquanto Jamie encarava o vazio sem dizer nada. Depois de fazer um chá para ambos, avisar ao sargento da polícia de Londres e deixar recado no celular de Zoe sobre a reaparição de Jamie são e salvo, foi se sentar na outra ponta do sofá.

– Tome aqui, Jamie. Vai te esquentar.

O menino sorveu um golinho da bebida quente com as mãos pequeninas ao redor da caneca.

– Você está bravo comigo?

– Não, claro que não. Ficamos todos preocupados, sim, mas não bravos.

– Mamãe vai ficar uma fera quando souber.

– Ela já sabe que você sumiu do colégio. Está voltando da Espanha e já deve ter pousado. Tenho certeza de que ela vai ligar assim que puder. Você vai poder falar com ela e dizer que está bem.

Jamie bebeu mais um pouco de chá.

– Ela não estava filmando lá na Espanha, né? – perguntou ele devagar. – Estava com ele, não estava?

– Ele quem?

– O namorado dela, o príncipe. O príncipe Arthur.

– Sim. – Simon examinou o menino. – Como você soube?

– Um dos meninos mais velhos pôs uma página de jornal no meu armário.

– Sei.

– Aí o Dickie Sisman, que sempre me detestou porque eu entrei para o time principal de rúgbi sub-10 e ele não, começou a chamar a m-mamãe de p-puta do príncipe.

Simon fez uma careta, mas não disse nada.

– Aí ele me perguntou quem era meu p-pai. Respondi que era James Grande, e Dickie e os outros riram de mim e disseram que ele não podia ser meu pai porque era meu bisavô, e que eu era burro. Eu na verdade sabia que ele não era meu pai, m-m-mas, Simon, ele *era, sim*. James Grande era o meu pai e agora ele m-morreu.

Simon ficou olhando os soluços sacudirem os ombros do menino.

– Ele disse que nunca me abandonaria, que estaria sempre aqui quando eu precisasse, que era só eu chamar e ele atenderia... Mas ele não me atendeu! Porque ele está morto!

Com toda a delicadeza, Simon pegou a caneca da mão de Jamie, sentou-se e puxou-o para um abraço.

– Eu não achava que ele tivesse morrido, não de verdade – continuou o menino. – Q-quero dizer, eu sabia que ele não estava aqui em pessoa. Ele disse que não estaria, mas que sempre estaria em algum lugar. Mas quando eu precisei dele, ele não estava em lugar nenhum! – Novos soluços sacudiram seu peito. – E aí a mamãe também foi embora. E não sobrou ninguém. Eu não consegui mais suportar o colégio. Eu precisava ir embora, então f-fui encontrar o James Grande.

– Eu entendo – disse Simon baixinho.

– O p-p-pior de tudo é que a mamãe mentiu para mim!

– Não foi de propósito, Jamie. Ela fez isso para te proteger.

– Ela sempre me contou tudo antes. A gente não tinha segredos. Se eu soubesse, poderia ter me defendido quando os meninos foram maus comigo.

– Bom, às vezes os adultos avaliam mal as situações. Acho que foi isso que aconteceu com a sua mãe.

– Não. – Ele balançou a cabeça num movimento cansado. – É porque eu não sou mais o número um. O número um é o príncipe Arthur. Ela o ama mais do que a mim.

– Ah, Jamie. Isso não poderia estar mais distante da verdade. A sua mãe te adora. Acredite, ela ficou histérica quando soube. Moveu céus e terra para embarcar num avião e voltar para te encontrar.

– Foi mesmo? – Ele enxugou o nariz, desanimado. – Simon?

– Hum?

– Eu vou ter que me mudar para uma das casas deles?

– Não sei, Jamie. Eu acho que ainda falta muito para esse tipo de decisão.

– Ouvi um dos professores rindo na sala de professores com o instrutor de educação física. Ele disse que não seria a primeira vez que um bastardo se mudaria para um p-palácio.

Simon amaldiçoou entre os dentes a crueldade da natureza humana.

– Jamie, sua mãe vai chegar daqui a pouco. Quero que você me prometa que vai contar para ela tudo que me contou, para no futuro não haver mais nenhum mal-entendido.

Jamie ergueu os olhos para ele.

– Você encontrou *ele*?

– Encontrei.

– Como ele é?

– Legal. Ele é um homem legal. Você vai gostar dele, tenho certeza.

– Acho que não. Os príncipes jogam futebol?

Simon riu.

– Jogam.

– E comem pizza e feijão?

– Tenho certeza de que sim.

– Simon, a mamãe vai casar com ele?

– Acho que isso é algo que só sua mãe pode dizer. – O celular tocou dentro de seu bolso. – Alô. Zoe? Recebeu meu recado? Sim, Jamie está seguro e está ótimo. Estamos em Dorset. Quer falar com ele?

Simon passou o aparelho para o menino e se levantou para sair do cômodo e lhe dar um pouco de privacidade. Ao voltar, após o fim da ligação, viu que as bochechas do menino estavam recuperando um pouco de cor.

– Ela vai ficar muito zangada comigo?

– Estava com a voz zangada?

– Não – reconheceu Jamie. – Estava com uma voz muito feliz. Ela está vindo direto para cá me ver.

– Pronto, então.

Simon sentou-se ao lado dele, e Jamie se aconchegou junto a seu joelho e bocejou.

– Queria que você fosse o príncipe, Simon – disse ele, grogue de sono.

Eu também, pensou Simon.

Jamie levantou a cabeça e sorriu.

– Obrigado por saber onde me procurar.

– Não tem de quê, rapaz, não tem de quê.

Já passava das três da manhã quando Zoe pagou o motorista do táxi e abriu a porta da frente de Haycroft House. Tudo era silêncio. Ela foi primeiro até a cozinha, depois entrou na sala. Jamie estava enrodilhado no colo de Simon, ferrado no sono. A cabeça de Simon descansava no encosto do sofá, e ele também tinha os olhos fechados. Lágrimas brotaram dos olhos de Zoe quando ela viu o filho. E quando viu Simon, que havia ajudado os dois com tamanha generosidade quando parecia que ninguém mais o faria.

Simon abriu os olhos quando ela veio na sua direção. Com muito cuidado, desvencilhou-se de Jamie, pôs uma almofada no lugar da perna e indicou com um gesto que era melhor eles saírem da sala.

Eles foram em silêncio até a cozinha. Simon entrou e fechou a porta.

– Ele está bem? Mesmo?

– Está muito bem, juro.

Zoe sentou-se numa cadeira e segurou a cabeça com as mãos.

– Graças a Deus. Você não imagina o que passou pela minha cabeça durante esse voo interminável.

– Não mesmo. – Simon foi até a chaleira. – Quer um chá?

– Eu adoraria uma infusão de camomila. Tem naquele armário ali. Onde o encontrou?

– Dormindo em cima do túmulo do bisavô.

– Ai, Simon! Eu...

Zoe tapou a boca com a mão, horrorizada.

– Não se culpe, Zoe. Sério. Acho que o que aconteceu com o Jamie foi uma combinação infeliz de algumas provocações maldosas porém naturais na escola, um luto tardio e...

– O fato de eu também não estar por perto.

– É. Aqui está.

Ele pôs a bebida quente na frente dela.

– Quer dizer que ele ficou sabendo sobre o Art pelos outros meninos?

– Infelizmente, sim.

– Que droga! Eu deveria ter contado a ele.

– Todo mundo erra. Eu também errei, lembra? Te aconselhei a não contar. Mas por sorte essa é uma situação que pode ser facilmente consertada.

– Eu sabia que ele tinha ficado calmo demais depois que James morreu. – Zoe tomou um gole de chá. – Deveria ter pressentido uma coisa assim.

– Eu acho que, quando teve problemas, pela primeira vez ele se deu conta de que o homem que adorava, sua figura paterna, tinha mesmo ido embora para sempre. Sobretudo quando os outros começaram a sugerir maldosamente um substituto. Mas ele é um bom menino, vai superar isso. Olhe, agora que você chegou eu infelizmente tenho de ir.

Zoe ficou espantada.

– Para onde?

– O dever chama. – Simon voltou de fininho até a sala para pegar seu casaco na cadeira e foi ao encontro de Zoe no hall. – Jamie ainda está dormindo a sono solto. Acho que uma dose extra de carinho da mãe é o único remédio de que ele precisa.

– Sim. E nós temos assunto de sobra para conversar. – Ela o seguiu até a porta da frente. – Simon, como eu algum dia vou poder te agradecer?

– Não se preocupe com isso, sério. Cuide bem de vocês dois e mande um beijo meu para o Jamie. Diga que eu lamento muito ter precisado ir embora sem me despedir.

– Claro. – Zoe meneou a cabeça com um ar arrependido. – Simon...

Ele se virou e a encarou.

– O que foi?

Ela ficou calada por alguns instantes, então balançou a cabeça.

– Nada.

– Tchau, Zoe.

Simon lhe deu um sorriso leve e tenso, abriu a porta e se foi.

31

Joanna parou seu Fiesta alugado junto ao meio-fio do Hotel Ross e desligou o motor com alívio. Estava exausta depois de mais uma noite sem dormir numa pousada barata em Dublin, sobressaltando-se toda vez que ouvia um rangido. A aparição de Kurt no pub a deixara mesmo abalada. A questão era saber se ele a estava seguindo, ou se ela estava apenas sendo totalmente paranoica.

Ficou alguns instantes sentada dentro do carro, olhando para a chuva que continuava a fustigar a pracinha pitoresca.

– Aquela maldita velhinha... – resmungou consigo mesma.

Se ao menos ela nunca tivesse cruzado o seu caminho... onde poderia estar agora? Em casa, em Londres, ainda trabalhando na editoria de notícias, em vez de sentada debaixo de chuva numa cidade irlandesa perdida no meio do nada.

Para ela, já bastava. Tinha decidido voltar para a Inglaterra o quanto antes, relegar as últimas semanas ao passado e fazer o possível para esquecer tudo aquilo. Mandaria para Simon pelo correio todas as informações que conseguira reunir, e ele faria com elas o que bem entendesse. Imaginava que ele tivesse sido plantado na casa de Zoe Harrison para descobrir o que ela sabia e que segredos a casa abrigava. Bem, ele podia ficar com tudo que Joanna sabia. E seria o ponto final daquela história.

Ela abriu a porta do carro, pegou a bolsa de viagem no bagageiro e se dirigiu à entrada do hotel.

– Olá, boa noite. Fez boa viagem? – quis saber Margaret, aparecendo atrás do balcão.

– Sim. Foi... foi legal, obrigada.

– Que ótimo.

– Margaret, eu vou fazer o check-out agora e voltar para casa. Se conseguir lugar num voo ainda hoje lá de Cork.

– Está certo, então. – Margaret arqueou de leve uma das sobrancelhas. – Alguém deixou um envelope para você enquanto esteve fora. – Ela se virou e pegou-o num escaninho. – Aqui está.

– Obrigada.

– Deve ser um cartão de aniversário, não?

– Não, meu aniversário é só em agosto. Obrigada mesmo assim.

Margaret a observou subir a escada. Passou alguns instantes pensativa, então deu um telefonema para seu sobrinho Sean no posto de polícia ali perto.

– Sabe aquele rapaz sobre quem você me perguntou, Sean, aquele que fez o check-in ontem? Bom, talvez ele afinal não seja quem parece ser. Ele saiu, disse que ficaria fora até por volta das seis... Eu acho melhor, sim.

Joanna destrancou a porta do seu quarto, largou a bolsa de viagem e rasgou o envelope para abrir a carta. Enquanto lia, sentou-se na cama. Levou um tempo para decifrar os garranchos da ortografia incorreta.

Cara sinhorita,

Ouvi a sinhorita no bar falano sobre a caza da guarda coxteira. Eu sei dela. Vem falar comigo e vai saber a verdade. Vou estar no xalé roza na frente da caza da guarda coxteira.

Sinhorita Ciara Deasy

Ciara... O nome lhe pareceu familiar. Joanna vasculhou a memória para se lembrar de quem dissera aquele nome. Fora Fergal Mulcahy, o historiador. Ele tinha dito que Ciara era louca.

Será que adiantava alguma coisa ir vê-la? Com certeza aquilo só a conduziria a mais uma busca infrutífera – histórias vagamente recordadas, com pouca influência numa situação de tempos antes com a qual ela não queria ter mais nada a ver.

Olhe só os problemas que velhinhas meio doidas já me causaram, disse com firmeza para si mesma.

Joanna amassou a carta e jogou-a no cesto de lixo. Pegou o telefone, discou 9 para obter uma linha externa e falou com o setor de reservas da Aer Lingus. Eles podiam colocá-la no voo que sairia de Cork às 18h40. Pagou a passagem com seu já muito combalido cartão de crédito e começou a pôr suas coisas na mochila. Então tornou a pegar o telefone e ligou para Alec no jornal.

– Sou eu.

– Caramba, Joanna! Achei que me ligaria antes.

– Desculpe. O tempo aqui passa sem a gente perceber.

– É, bom, o editor-chefe ficou atrás de mim todos os dias para saber onde tinha ido parar o atestado médico. Mandou alguém ao seu apartamento, e eles sabem que você também não está lá. Eu fiz o melhor que pude, mas a conclusão, infelizmente, é que você foi mandada embora.

Joanna caiu sentada na cama com um nó na garganta.

– Ai, Alec, meu Deus!

– Eu sinto muito, meu bem. Não sei se o estão pressionando, mas é isso.

Joanna ficou ali sentada em silêncio, esforçando-se para não chorar.

– Jo, ainda está aí?

– Eu tinha acabado de resolver desistir dessa confusão toda! Estou voltando para Londres hoje à noite. Se eu voltar e for falar com o editor-chefe amanhã, me prostrar aos pés dele, pedir mil desculpas e me oferecer para fazer o chá até ele me perdoar, acha que eu tenho alguma chance?

– Não.

– Foi o que pensei.

Joanna encarou desanimada o papel de parede florido. As rosas desbotadas dançaram em frente aos seus olhos.

– Então, pelo que está dizendo, você não descobriu nada?

– Praticamente nada. Só que um Michael James O'Connell nasceu a alguns quilômetros daqui, nesta mesma costa, e possivelmente passou seus primeiros anos trabalhando num casarão para o bisavô de uma mulher com quem eu conversei. Ah, e uma velha carta de um oficial do Exército Britânico dizendo que um cavalheiro foi despachado para cá de navio para ficar na casa como convidado do governo de Sua Majestade. Em 1926.

– Quem era?

– Sei lá.

– Não acha que deveria descobrir?

– Não, não acho. Isso está demais para mim. Eu quero... – Joanna mordeu o lábio. – Eu quero voltar para casa e ter minha vida de volta como era antes.

– Bom, como isso é impossível, tem algo a perder continuando a investigação?

– Não vou conseguir, Alec, não mesmo.

– Ah, Jo, vamos lá. Do meu ponto de vista, o único jeito de você relançar sua carreira é conseguindo um furo daqueles e vendendo para quem pagar mais. Você agora não tem fidelidade nenhuma com este jornal aqui. E se não quiserem dar a notícia na Inglaterra, alguém lá fora vai querer. Tenho a impressão de que você está muito perto de algumas respostas. Pelo amor do santo Deus, não tropece na última barreira, Jo.

– Que "respostas"? Nada disso faz sentido algum.

– Alguém vai saber. Alguém sempre sabe. Mas cuidado. Eles não vão demorar a descobrir onde você está.

– Vou desligar, Alec. Te ligo quando voltar a Londres.

– Tá, Jo. Ligue, sim. Cuide-se.

Joanna passou vários minutos sentada na cama, paralisada, pensando que até ali, naquele ano, havia perdido o namorado, a maior parte das coisas que tinha, seu melhor amigo, e agora o emprego. Ao contrário do que Alec pensava, ainda lhe restava muito a perder.

– Como por exemplo a vida – resmungou consigo mesma.

Cinco minutos mais tarde, já tinha pegado a bolsa de viagem, saído e trancado a porta do quarto, e estava descendo a escada.

– Já de partida? – perguntou Margaret atrás do balcão da recepção.

– Sim. – Joanna lhe passou seu cartão de crédito. – Obrigada por tornar minha estadia tão agradável.

– Não há de quê. Espero que volte para nos ver em breve.

Joanna assinou o comprovante do cartão que Margaret lhe passou.

– Prontinho. Tchau, Margaret, e obrigada.

Ela pegou a bolsa e andou até a porta.

– Joanna, você não estava esperando nenhuma visita aqui, estava?

– Por quê? Alguém me ligou?

– Não. – Margaret balançou a cabeça. – Boa volta para casa, e cuide-se bem.

– Pode deixar.

Joanna guardou a bolsa de viagem no porta-malas do Fiesta, saiu da praça e foi descendo em direção ao estuário. Ao dar seta para a esquerda, enquanto esperava um carro passar, reparou num pequeno chalé cor-

-de-rosa que se erguia solitário no lado oposto do estuário em relação à casa da guarda costeira. Menos de 50 metros de bancos de areia separavam as duas construções. Joanna hesitou um instante, balançou a cabeça com resignação, então deu seta para a direita. Se fosse rápida, ainda conseguiria pegar o voo. Não reparou que o carro atrás dela também mudou de direção e a seguiu de alguma distância enquanto ela descia a estradinha estreita.

– Pode entrar – disse uma voz no interior quando ela bateu à porta.

Ela fez o que lhe mandavam. O pequeno recinto no qual se viu era rústico e lembrava uma outra época. Um belo fogo estava aceso no grande braseiro, e acima deste pendia uma chaleira preta. Os móveis de madeira eram poucos e maltratados, e os únicos enfeites na parede eram um grande crucifixo e uma imagem amarelada da Virgem com o Menino.

Ciara Deasy estava sentada numa cadeira de madeira de espaldar alto num dos lados do braseiro. Seu rosto exibia rugas suaves, o que indicava uma idade entre os 70 e 80 anos. Os cabelos brancos estavam cortados muito curtos, e quando ela se levantou para cumprimentar Joanna suas pernas não deram o menor indício de instabilidade.

– A moça do hotel?

Ciara apertou com firmeza a mão de Joanna.

– Joanna Haslam – confirmou ela.

– Sente-se – disse Ciara, e apontou para uma cadeira do outro lado do braseiro. – Mas me diga, por que quer saber sobre a casa da guarda costeira?

– É uma longa história, Srta. Deasy.

– São as minhas preferidas. E pode me chamar de Ciara, sim? "Srta. Deasy" faz parecer que sou uma velha solteirona. O que é verdade, não há como negar – disse ela com uma risada que soou como um cacarejo.

– Bom, eu sou jornalista e vim aqui investigar um homem chamado Michael O'Connell. É possível que depois de voltar para a Inglaterra ele tenha ficado conhecido como alguém inteiramente diferente.

O olhar de Ciara se aguçou.

– Eu sabia que ele se chamava Michael, mas nunca soube o sobrenome dele. E a senhora não está errada quanto a ele ter mudado de nome.

– A senhora sabia que ele usava outra identidade?

– Joanna, eu sei desde que tinha 8 anos de idade. Quase setenta anos é muito tempo para ser chamada de mentirosa, para dizerem que invento histórias. O vilarejo acha que eu enlouqueci desde então, mas é claro que não. Eu sou tão sã quanto você.

– E por acaso sabe se "Michael" tem alguma ligação com a casa da guarda costeira?

– Ele ficou lá quando estava doente. Eles queriam que ele ficasse escondido até melhorar.

– A senhora o conheceu?

– Eu não diria que fui formalmente apresentada a ele, mas estive na casa algumas vezes com Niamh, que Deus a tenha.

A velha se benzeu.

– Niamh?

– Minha irmã mais velha. Ela era linda, tão linda, com seus longos cabelos negros e olhos azuis... – Ciara fitou as chamas do fogo. – Qualquer homem teria se apaixonado por ela, e foi o que aconteceu com ele.

– Michael?

– Era esse o nome que ele usava, sim, mas nós sabemos que não é o nome dele, certo?

– Ciara, por que não me conta a história desde o princípio?

– Eu vou tentar, prometo, mas faz muito tempo que não digo essas palavras. – Ciara inspirou fundo. – Quem sugeriu tudo foi Stanley Bentinck; ele morava no casarão lá em Ardfield. Disse a ela que ia chegar uma visita importante, e Niamh na época era criada dele. Então o Sr. Bentinck organizou tudo para ela cuidar do visitante na casa da guarda costeira, já que ela morava bem pertinho. Ela voltava de lá com os olhos azuis brilhando, voltava, sim, e com um sorriso misterioso. Me disse que o cavalheiro era inglês, mas nunca falou mais nada.

Ciara fez uma pausa e prosseguiu.

– Eu era só uma menina nessa época, é claro, e não tinha idade suficiente para entender o que estava acontecendo entre eles. Fui lá ajudar na limpeza algumas vezes, e numa ocasião os peguei abraçados na cozinha. Mas naquela idade eu não sabia nada sobre o amor, nem sobre as coisas do corpo. Então ele foi embora, sumiu naquela noite no mar, antes que eles viessem pegá-lo...

– Eles? – interrompeu Joanna.

– Os que estavam atrás dele. Niamh tinha lhe avisado, entende, mesmo sabendo que iria perdê-lo, que ele precisava ir embora se quisesse salvar a própria vida. Mas estava convencida de que ele mandaria buscá-la quando voltasse para Londres. Hoje, pensando bem, não havia chance alguma, mas ela não sabia disso.

– Quem estava atrás dele, Ciara?

– Eu conto quando tiver acabado. Depois que ele foi embora, Niamh e meu pai tiveram uma briga feia. Ela gritava feito uma louca, ele gritava de volta. Aí no dia seguinte ela também sumiu.

– Sei. E a senhora sabe para onde ela foi?

– Não. Enfim, só soube meses depois. Algumas pessoas do vilarejo disseram que a tinham visto com os ciganos lá na feira de Ballybunion, outros, que ela fora vista em Bandon.

– Por que ela foi embora?

– Ora, Joanna, pare de fazer perguntas e vai ouvir as respostas. Uns seis meses depois de ela sumir, mamãe e papai foram à missa com minhas outras irmãs, mas eu estava muito resfriada e fiquei em casa. Mamãe não queria que eu ficasse tossindo durante todo o sermão. Foi quando estava deitada na cama que ouvi o barulho. Um barulho terrível, como um animal na derradeira agonia da morte. De camisola, fui até a porta da frente... – Ciara indicou a porta com a mão. – ... e fiquei escutando. E soube que o barulho vinha da casa da guarda costeira. Então fui até lá, aquele barulho horroroso ecoando nos ouvidos.

– Não ficou com medo?

– Fiquei completamente apavorada, mas era como se aquilo estivesse me atraindo, como se o meu corpo não me pertencesse. – Ciara olhou para o outro lado da baía. – A porta da frente estava aberta. Eu entrei e a encontrei no andar de cima, deitada na cama *dele*, com as pernas banhadas em sangue... – Ela escondeu o rosto com as mãos pequeninas. – Ainda hoje posso ver o rosto dela com perfeita nitidez. A agonia naquele rosto me assombrou durante a vida inteira.

Joanna sentiu um frio subir pela espinha.

– Era sua irmã Niamh?

– Era. E caído entre as pernas dela, ainda preso a ela, um bebê recém-nascido.

Joanna engoliu em seco e ficou encarando Ciara enquanto a velhinha se recompunha.

– Eu... eu pensei que o bebê estivesse morto quando o vi, porque ele estava todo azul e não chorava. Peguei-o e usei os dentes para cortar o cordão, como tinha visto papai fazer com as vacas que ele criava. Envolvi o bebê nos braços para tentar aquecê-lo, mas nada o fazia se mexer.

– Ai, meu Deus.

Joanna estava com os olhos marejados.

– Então fui até Niamh, que a essa altura tinha parado de gritar. Ela estava deitada sem se mexer, de olhos fechados, e eu podia ver o sangue ainda escorrendo de dentro dela. Tentei acordá-la, entregar-lhe o bebê para ver se ela conseguia ajudá-lo, mas ela não se mexeu.

Ciara exibia um olhar arregalado e atormentado, e sua mente havia atravessado os anos para reviver mais uma vez aquela cena medonha.

– Então fiquei sentada ali na cama, ninando o bebê sem vida, tentando acordar minha irmã. Por fim, os olhos dela acabaram se abrindo. Eu falei: "Niamh, você tem um bebê. Quer segurá-lo?" Ela acenou para eu chegar mais perto e puxou minha orelha até sua boca para poder sussurrar.

– O que ela disse?

– Que tinha uma carta no bolso da saia dela para o pai do bebê em Londres. Que o bebê deveria ir ficar com ele. Então ela levantou a cabeça, beijou a testa do bebê, deu um suspiro e não falou mais nada.

Ciara fechou os olhos com força, mas mesmo assim as lágrimas escapuliram, e as duas mulheres ficaram sentadas sem dizer nada.

– Que terrível presenciar isso tão nova – sussurrou Joanna por fim. – O que a senhora fez?

– Enrolei o bebê numa colcha da cama. Estava toda molhada de sangue, mas era melhor do que nada. Então pus a mão no bolso de Niamh e peguei a carta. Sabia que tinha de correr até o médico com o bebê, e como não tinha bolso na camisola e estava com medo de perder a carta levantei uma das tábuas do piso e a pus lá embaixo para pegar depois. Levantei-me e cruzei os braços de Niamh sobre o peito como tinha visto o agente funerário fazer com minha avó. Então peguei o bebê e saí correndo para buscar ajuda.

– O que houve com o bebê? – perguntou Joanna devagar.

– Bom, é nessa parte que eu fico meio confusa. Me disseram que eu fui encontrada em pé no meio do estuário gritando que Niamh estava morta dentro da casa. Eu fui uma menina doente por muitos meses depois disso, Joanna. Stanley Bentinck pagou para me levarem até o hospital de Cork. Eu tive pneumonia, e disseram que a minha mente estava inventando tantas histórias que depois que eu fiquei boa eles me puseram no manicômio.

Minha mãe e meu pai foram me visitar lá. Disseram que tudo que eu tinha visto fora um sonho causado pela febre. Niamh não tinha voltado. Não houvera bebê algum. Tudo não passava da minha imaginação. – Ciara fez uma careta. – Passei semanas tentando dizer a eles que ela continuava morta lá na casa e perguntando sobre o bebê, mas, quanto mais eu falava no assunto, mais eles balançavam a cabeça e mais tempo me deixavam naquele lugar maldito.

– Como eles puderam fazer isso? – Joanna estremeceu. – Alguém deve ter tirado o bebê dos seus braços!

– Sim. E eu sabia que o que tinha visto era real, mas estava começando a perceber que, se continuasse a dizer isso, iria passar o resto da vida junto com os outros loucos. Então, depois de um tempo, eu disse aos médicos que não tinha visto nada, e na vez seguinte em que meu pai foi me visitar fingi para ele também que minha crise tinha passado, que eu nunca tinha visto nada e que a febre havia me provocado alucinações. – Ciara sorriu com ironia. – Ele me levou para casa no mesmo dia. É claro que desse momento em diante todo mundo na cidade passou a me ver como louca de pedra. As outras crianças riam de mim, me xingavam... Acabei me acostumando, jogando o jogo delas e assustando-as com conversas estranhas para me vingar – disse ela, cacarejando sua risada.

– E o que a senhora viu nunca tornou a ser mencionado pelos seus pais?

– Nunca. Mas você sabe o que eu fiz, Joanna, não sabe?

– Voltou à casa para ver se a carta ainda estava lá?

– Foi, isso mesmo. Precisava saber que eu estava certa e eles errados.

– E a carta estava lá?

– Estava.

– A senhora leu?

– Na época, não. Não conseguia, eu não sabia ler. Mas depois de aprender eu li, com certeza.

Joanna inspirou fundo.

– Ciara, o que a carta dizia?

A velhinha a encarou com um ar pensativo.

– Pode ser que eu lhe conte isso daqui a pouco. Me escute, ainda não terminei.

Será que ela está dizendo a verdade?, pensou Joanna. Ou seria tudo apenas ilusão, como os outros moradores da cidade pareciam pensar?

– Demorou uns bons anos para tudo fazer sentido. Eu tinha 18 quando descobri por quê. Por que eles tinham mantido tudo em sigilo, por que era algo tão importante que eles estavam dispostos a trancar a filha num hospício e chamá-la de louca por ter dito o que vira...

– Continue – incentivou Joanna.

– Eu estava em Cork com mamãe comprando tecidos para fazer lençóis novos. E vi um jornal, o *Irish Times*. Tinha um rosto na manchete que eu conhecia. Era o homem que eu tinha visto na casa da guarda costeira.

– Quem era ele?

Ciara Deasy lhe contou.

32

Ele subiu saltitando a escada até seu quarto de hotel e descobriu que a porta estava destrancada. Dando de ombros ao pensar que a arrumadeira fora negligente e esquecera de trancar o quarto após a faxina, entreabriu a porta.

Dois policiais uniformizados estavam em pé dentro do quarto.

– Oi. Posso ajudá-los?

– O senhor por acaso seria Ian C. Simpson?

– Não, não seria – respondeu ele.

– Nesse caso, poderia nos dizer por que tem uma caneta com as iniciais dele em cima da sua cama? – perguntou outro policial mais velho.

– Claro. Existe uma explicação simples.

– Excelente. Então vai poder nos explicar. Lá na delegacia vai ser mais confortável.

– O quê? Por quê? Eu não sou Ian Simpson nem fiz nada de errado!

– Excelente, senhor. Nesse caso, se fizer a gentileza de nos acompanhar, tenho certeza de que vamos resolver a situação.

– Eu me recuso! Isso é ridículo! Sou visita aqui no seu país. Com licença, mas eu vou embora.

Ele deu meia-volta e se encaminhou para a porta. Os policiais o interceptaram e o seguraram firme pelos braços enquanto ele se debatia.

– Me soltem! Que diabo está acontecendo aqui? Olhem na minha carteira, eu posso provar que não sou Ian Simpson!

– Tudo no seu devido tempo, senhor. Agora poderíamos sair calmamente? Não queremos incomodar Margaret e seus fregueses lá embaixo.

Ele deu um suspiro e se rendeu aos punhos de ferro dos policiais. Os dois o conduziram pelo corredor.

– Vou entrar em contato com a embaixada britânica para falar sobre isso. Vocês não podem simplesmente arrombar o quarto de uma pessoa, acusá-la de ser alguém que ela não é e arrastá-la para a prisão! Eu quero um advogado!

Os clientes do bar observaram com interesse quando os policiais escoltaram o homem até o lado de fora e o carro que os aguardava.

Simon chegou ao aeroporto de Cork às 16h10 daquela tarde. Thames House o estava bombardeando por não ter conseguido pegar o voo da noite anterior nem o primeiro daquela manhã. A verdade era que ele havia encostado num posto de gasolina na volta de Dorset após constatar que estava pegando no sono ao volante e dormido por quatro horas. Ao acordar, já passava das nove, e ele tivera de pegar o voo da uma, que sofrera duas horas de atraso.

Depois de sair pelo portão de desembarque, Simon deu um telefonema.

– Que bom que você finalmente chegou – comentou Jenkins com sarcasmo.

– É. Alguma novidade?

– A polícia irlandesa acha que conseguiu encontrar o Simpson. Ele estava enfiado no mesmo hotel que a Joanna. Foi levado para a delegacia da região conforme nós solicitamos, e estão esperando você chegar para uma identificação formal.

– Ótimo.

– Ele pelo visto estava desarmado, e não foi encontrada nenhuma arma no quarto dele, mas acho que deveríamos mandar alguns agentes para ajudar você a trazê-lo de volta.

– Claro. E... e a Joanna?

– Segundo nossos colegas irlandeses, ela acabou de fazer o check-out. Pelo visto está voltando para Londres. O nome dela está na lista de passageiros do voo que sai de Cork às 18h40. Como Simpson por enquanto está detido, quero que você espere no aeroporto até ela chegar. Descubra o que ela descobriu, se é que descobriu alguma coisa. Me ligue em seguida para obter novas instruções.

– Sim, chefe.

Simon suspirou fundo, nada alegre com a perspectiva de mais um chá de cadeira de duas horas no aeroporto nem da conversa que teria depois com Joanna. Andou até a banca, comprou um jornal e se acomodou numa cadeira que lhe proporcionava uma visão desimpedida das entradas do saguão de embarque.

Às seis e meia, a última chamada para o voo com destino a Heathrow soou no alto-falante. Como já confirmara no guichê de check-in que a Srta. J. Haslam tinha dado *no show* e entrara na área restrita aos passageiros para passar o pente-fino na sala de embarque, Simon teve certeza de que ela não tinha aparecido. Observou o último passageiro entrar correndo pelo portão e descer a escada até a aeronave que aguardava na pista.

– É isso, senhor. Vamos fechar o voo – disse a jovem irlandesa no guichê.

Simon foi até a grande janela e observou a escada deslizar lentamente para longe do avião e a porta ser fechada. Deu um suspiro resignado e pensou que tudo parecera fácil demais.

Vinte minutos depois, estava num carro alugado rumando depressa para Rosscarbery pela N71.

A sala estava iluminada pelas chamas do braseiro, que projetavam nas paredes sombras trêmulas e espectrais. De tão perdidas que estavam nos próprios pensamentos, as duas mulheres sentadas em silêncio mal perceberam que a noite havia caído.

– Você acredita em mim, não acredita?

Depois de tantos anos sendo rotulada como louca, não era de espantar que Ciara Deasy precisasse ser tranquilizada, pensou Joanna.

– Acredito. – Ela tocou as próprias têmporas. – Mas é que... não estou conseguindo raciocinar direito agora. Tem tantas coisas que eu gostaria de lhe perguntar...

– Nós temos tempo, Joanna, quem sabe amanhã, então podemos conversar. Vá descansar, organize seus pensamentos e volte para falar comigo.

– Ciara, a senhora guardou a carta?

– Não.

Joanna afundou na cadeira de tanta decepção.

– Então não tem como provar o que acabou de me contar.

– A casa tem.

– Como assim?

– Eu deixei a carta lá, debaixo do piso. Achei que era o mais seguro.

– Será que a umidade não a destruiu?

– Não. Aquela casa pode ser velha, mas é seca. Foi construída para suportar o mais rigoroso clima. Além disso... – Os olhos dela luziram. – Eu guardei a carta dentro de uma caixa de metal debaixo da janela do quarto em que ela morreu. De onde dá para ver este chalé.

– Então... será que eu devo ir buscar? Preciso dessa carta se quiser provar que nenhuma de nós duas está louca.

– Cuidado, Joanna. Aquela casa abriga maus espíritos, abriga, sim. Eu às vezes ainda ouço os gritos de Niamh do outro lado da baía...

– Vou tomar cuidado. – Joanna se recusou a ficar com medo. – Que tal eu ir pegar a carta amanhã, quando tiver clareado?

Ciara olhou pela janela, perdida em pensamentos.

– Está vindo uma tempestade. Amanhã de manhã o estuário vai estar cheio...

– Tá bom. – Joanna se levantou, sentindo a escuridão e a conversa sobre tempestades e fantasmas a impelirem a agir. – Obrigada, Ciara, por me contar o que sabe.

– Cuide-se. – Ela apertou a mão de Joanna. – E não confie em ninguém, sim?

– Não vou confiar. Com sorte, volto aqui amanhã com a carta.

O vento agora uivava acima do estuário, e a chuva caía oblíqua. Joanna estremeceu descontroladamente ao ver a forma negra da casa da guarda costeira destacada contra o céu. Destrancou o carro com dificuldade por causa da escuridão, entrou aliviada e bateu a porta para se proteger do vendaval. Ligou o motor para isolar o barulho do lado de fora e saiu dirigindo em direção ao vilarejo. Um vinho do Porto quente e o calor da lareira iriam reconfortar seus nervos abalados, pensou, e proporcionar-lhe uma oportunidade para organizar os pensamentos.

Estava desligando o motor, prestes a entrar no hotel e dizer a Margaret que iria ficar mais uma noite, quando uma silhueta conhecida saiu pela porta da frente de um hotel a alguns metros de onde ela estava. Por instinto, ela se encolheu quando ele pisou na calçada.

Por favor, Deus, não permita que ele me veja...

O sangue pulsou em seus ouvidos nos segundos de agonia em que os faróis do outro carro iluminaram o seu, e então a escuridão voltou. Ela se sentou, pousou a cabeça no encosto e tornou a respirar. Eles obviamente estavam atrás dela, o que significava que lhe restava muito pouco tempo, e que ela não podia esperar até de manhã. Tinha de ir à casa da guarda costeira naquele momento e pegar a carta antes que outra pessoa o fizesse.

Alguém bateu no seu vidro traseiro, e Joanna levou um baita susto. Virou-se e se deparou com outro rosto conhecido a lhe sorrir através da janela. Baixou o vidro com relutância ao mesmo tempo que ele rodeava o carro para ir até ela.

– Oi, Lucy.

– Oi, Kurt – disse ela, cautelosa. – Tudo bom?

– Tudo.

– Legal.

– Achei que me tivesse desencontrado de você. Passei no hotel e disseram que você tinha ido embora. Estava voltando para o meu hotel em Clonakilty quando a vi aqui dentro do carro. – Ele a examinou. – Você está pálida à beça. Algum problema?

– Não, tudo bem.

– Está indo a algum lugar?

– Ahn... não. Acabei de voltar. Vou para a cama agora.

– Claro. Tem certeza de que está tudo bem?

– Tudo, tudo sim. Tchau, Kurt.

– Tá, tchau.

Ele lhe deu um aceno jovial enquanto ela tornava a subir o vidro, esperava até vê-lo se afastar, então enfrentava a chuva para ir até a porta do hotel. Espiando pela janela, esperou o carro de Kurt sumir de vista antes de correr de volta até o seu e dar a partida.

Tornou a percorrer a estrada elevada em direção à casa da guarda costeira, olhando o tempo todo para o retrovisor, mas nenhum outro carro apareceu atrás dela.

Simon foi dirigindo sob a chuva torrencial até a delegacia no outro extremo do vilarejo de Rosscarbery. Dera uma passada no hotel para uma rápida verificação do quarto em que Ian tinha ficado antes de ir identificá-lo. A encarregada do hotel, Margaret, dissera que o quarto já fora revistado pela polícia e todos os pertences de Ian haviam sido levados para a delegacia meia hora antes. Quanto a Joanna, Margaret não a via desde que ela fizera o check-out e saíra para o aeroporto, às quatro da tarde.

Simon parou em frente a uma casinha branca com varanda onde um letreiro luminoso era a única indicação de que se tratava de uma delegacia. A recepção estava deserta. Ele tocou uma sineta, e depois de algum tempo um rapaz surgiu por uma porta.

– Boa noite. Que tempo horroroso esse com que fomos amaldiçoados, não? Em que posso ajudá-lo?

– Meu nome é Simon Warburton. Vim identificar Ian Simpson.

Simon mostrou rapidamente seu crachá.

– Eu sou Sean Ryan e é um prazer ver o senhor. Seu homem tem nos dado trabalho desde que chegou. Não está gostando nada de estar aqui. Não que alguém goste, quero dizer.

– Ele está sóbrio?

– Eu diria que estava, sim. Fizemos com que soprasse um bafômetro e ele estava abaixo do limite.

Isso é novidade, pensou Simon.

– Certo, vamos lá dar uma olhada nele então.

Simon seguiu Sean por um corredor curto e estreito.

– Tive de trancá-lo na sala dos fundos de tão alterado que ele estava. Cuidado, sim?

– Está bem – respondeu Simon na mesma hora em que Sean destrancava a porta e dava um passo para o lado de modo a deixá-lo entrar primeiro.

Um homem estava deitado sobre a mesa com a cabeça apoiada nos braços. Um Marlboro Light queimava até o filtro no cinzeiro. Ele ergueu o rosto para Simon e suspirou aliviado.

– Graças a Deus! Talvez você possa dizer a esses irlandeses ignorantes que eu não sou Ian Simpson porcaria nenhuma!

Simon sentiu um peso no coração.

– Oi, Marcus.

Joanna estacionou o carro num canteiro de grama bem em frente à casa da guarda costeira, desligou o motor e pegou sua lanterna, reunindo o que restava dos nervos em frangalhos para saltar do carro e atravessar a estrada elevada até a casa.

Abriu a porta e acendeu a lanterna, sentindo as pernas fracas. Dirigiu o facho de luz para os bancos de areia e viu que a maré tinha começado a subir e já estava enchendo o estuário. Sabia que o único jeito de entrar na casa era andar pelo meio da água, subir o muro e entrar pela janela da cozinha.

Quando estava descendo os degraus e entrando no mar, cerrou os dentes para suportar o choque da água gelada que subia até abaixo dos joelhos e da chuva torrencial que lhe encharcava a metade superior do corpo. Caminhou pela água até o íngreme muro de contenção nos fundos da casa e mirou a lanterna para cima até localizar a janela da cozinha. Mais alguns metros e chegou logo abaixo dela. Levantou as mãos até o alto do muro e puxou o corpo para cima com as pontas dos dedos, sentindo os músculos se contraírem com o esforço enquanto tentava encontrar um apoio para o pé. Deu um grito de dor quando sua mão escorregou e ela quase desabou para trás na água. Depois de mais três tentativas, seu pé conseguiu encontrar uma reentrância em um tijolo que lhe permitiu se içar até a janela.

Muito ofegante, ela se deitou no alto do muro. Levantando-se cuidadosamente no parapeito escorregadio, acendeu a lanterna e localizou a vidraça quebrada. Ao constatar que o espaço era pequeno demais para ela passar, puxou a manga do casaco para cobrir a mão e socou o canto inferior do que restava do vidro, que se estilhaçou e caiu do outro lado, abrindo espaço suficiente para lhe permitir entrar. Removeu os últimos pedaços de vidro da moldura da janela e se lançou de cabeça para dentro da casa.

O facho da lanterna lhe mostrou que o chão da cozinha ficava 1 metro mais abaixo. Com as pernas ainda dependuradas para fora, ela estendeu a mão e tocou o piso úmido lá embaixo com a ponta dos dedos. Com um grito alto, despencou para a frente, aterrissou no chão duro com um baque e ficou deitada sem se mexer durante alguns segundos, então sentiu algo peludo roçar a lateral do rosto. Levantou-se com um pulo, mirou a lanterna para baixo e viu o rato morto no chão.

– Ai, meu Deus! Ai, meu Deus do céu! – arfou, sentindo o peito se contrair de choque e nojo e o ombro dolorido por causa da queda.

Enquanto estava ali parada, a atmosfera da casa a envolveu. Cada terminação nervosa do seu corpo podia sentir o perigo, o medo e a morte que purgavam daquelas paredes. Seu instinto lhe dizia para sair dali e fugir correndo.

– Não, não – resmungou para si mesma. – Pegue a carta e pronto. Está quase lá agora, quase lá.

Com as mãos tremendo tanto que o facho da lanterna oscilava de modo instável na sua frente, Joanna localizou a porta da cozinha, abriu-a, e se viu num hall de entrada com a escada logo à frente. Subiu devagar, ouvindo a tempestade chegar ao auge do lado de fora. Todos os degraus rangeram e grunhiram sob seu peso. No alto da escada, ela parou, com o senso de direção embotado pelo medo e sem saber para que lado virar.

– Pense, Joanna, pense... Ela disse que era o quarto bem de frente para o chalé.

Depois de se situar, ela dobrou à esquerda, desceu o corredor e abriu a porta no final.

– Que droga, Simon! Dá para me dizer que diabo está acontecendo?

Marcus o seguiu até o carro estacionado do lado de fora e se deixou cair sentado no banco do carona.

– Nós achamos que um... indivíduo indigesto chamado Ian Simpson tivesse vindo para cá atrás da Joanna. Imaginamos que você fosse ele.

– Pelo amor de Deus, Simon, eu sei sobre Ian e sei que ele estava no encalço dela, e foi por isso que vim para cá também! Mas não se preocupe, Joanna voltou para casa, ela está segura. Margaret me falou. Eu estava a ponto de fazer o check-out e voltar para Londres atrás dela quando a polícia me pegou.

– Ela não decolou do aeroporto de Cork. Fiquei esperando lá, e ela não apareceu para pegar o voo.

– Droga! – O medo estava inscrito no semblante de Marcus. – Você sabe onde ela está? E se aquele maldito a tiver pegado... Meu Deus, Simon, ele é um animal!

– Não se preocupe, eu vou encontrá-la. Olhe aqui, vou levar você de volta para o hotel. Quero dar mesmo uma olhada no quarto de Joanna.

– Eu perdi esse tempo todo trancado na maldita delegacia quando poderia estar procurando por ela! Esses idiotas tinham uma pilha inteira de cartões de crédito com o meu nome escrito e nem assim acreditaram que eu fosse eu!

– Você também estava com a caneta de Ian Simpson ao lado da sua cama com as iniciais dele gravadas.

– Jo deixou a caneta no meu apartamento e eu peguei, só isso! Mas que situação...

– Desculpe o mal-entendido, Marcus. O mais importante agora é localizarmos Joanna e o verdadeiro Ian Simpson.

Marcus balançou a cabeça, aflito, enquanto Simon estacionava em frente ao hotel.

– Só Deus sabe onde ela está, mas precisamos encontrá-la antes dele – disse, e os dois entraram.

O pânico atravessou o semblante de Margaret quando ela viu Marcus.

– Ele... está tudo bem?

– Tudo – respondeu Simon, meneando a cabeça. – Um caso de identidade trocada, nada além disso. Será que a senhora poderia me dar a chave do quarto da Srta. Haslam? Estamos preocupados com ela. Ela não embarcou no voo de hoje à noite no aeroporto de Cork.

– Claro. Ainda nem fui lá. O movimento aqui tem sido grande demais.

Margaret passou a chave para Simon.

– Obrigado.

– Vou subir com você – disse Marcus, galgando a escada às pressas na frente de Simon.

Simon destrancou o quarto de Joanna e começou a verificar metodicamente os lugares de sempre enquanto Marcus se punha a revirar objetos a esmo. Sem encontrar nada, ele se sentou na cama e segurou a cabeça com as mãos.

– Vamos lá, Jo, cadê você?

Simon deu com os olhos no cesto de lixo. Esvaziou o conteúdo no chão e pegou um pedacinho de papel bem amassado. Abriu-o e decifrou o texto.

– Ela foi encontrar uma mulher – falou. – Num chalé cor-de-rosa em frente à casa na baía.

– Quem... onde...?

– Marcus, deixe que eu resolvo isso. Fique aqui, não se meta em confusão. A gente se vê mais tarde.

– Espere...

Mas antes que Marcus conseguisse terminar a frase, Simon já tinha saído pela porta e sumido.

Simon pegou a estrada elevada até o estuário como Margaret havia lhe instruído e encontrou o chalé de Ciara Deasy sozinho de frente para os bancos de areia e para a ameaçadora forma negra da casa na baía. Saltou do carro depressa e foi até a porta.

33

Joanna ficou parada dentro do quarto, tão imóvel quanto as paredes à sua volta. O cômodo estava vazio, livrado por mãos desconhecidas de tudo o que um dia contivera.

Ela mirou a lanterna no chão para ver as grossas tábuas do piso, então andou até a janela que dava para o chalé de Ciara. Agachou-se e puxou uma das tábuas com as mãos. A madeira estalou, em seguida se soltou com facilidade. Joanna engoliu em seco ao escutar um arranhão repentino e um tamborilar de pequenas patas fugindo depressa.

Acomodou-se no chão e, com os dedos dormentes de frio, puxou uma segunda tábua apodrecida que pouco resistiu, e o ar úmido se encheu de poeira e farpas. Ao mirar a lanterna no buraco do piso, viu o brilho de uma caixa enferrujada. Pegou-a, e seus dedos trêmulos lutaram para abrir a tampa.

Foi então que ouviu os passos do outro lado da porta. Eram lentos e deliberados, como se o dono daqueles pés estivesse lhes ordenando que se movessem o mais silenciosamente possível. Por instinto, Joanna colocou a latinha de volta no seu esconderijo, apagou a lanterna e ficou imóvel. Não havia onde se esconder, nenhum lugar para onde correr. Suas mãos se esticaram para pegar uma tábua quebrada, e ela respirava em arquejos curtos e fundos quando ouviu a porta se abrir com um rangido.

Simon entrou no chalé cor-de-rosa e viu que a sala estava vazia. O fogo tinha se apagado e deixado apenas uma pilha de brasas acesas. Ele alcançou o trinco da porta que dava para a cozinha e abriu. Havia ali uma pia esmaltada encimada por uma bomba manual e uma despensa contendo uma coleção de legumes em conserva, meio pão, um pouco de manteiga e queijo.

A porta dos fundos o levou até o lado de fora e um tanque. Simon tornou a entrar pela sala e subiu a escada. A porta no alto estava fechada. Ele bateu com delicadeza, temendo matar a velhinha de susto caso ela estivesse dormindo. Bateu com mais força, pensando que ela talvez fosse surda. Mesmo assim, não houve resposta. Simon abriu a porta. O quarto estava escuro.

– Srta. Deasy? – sussurrou ele para o vazio.

Tateou em busca da lanterna no bolso e a acendeu. Ao ver uma forma na cama, foi até lá, inclinou-se e mirou o facho de luz no rosto. A boca estava aberta e flácida, e um par de olhos verdes o encararam sem piscar.

Com o coração pesado de apreensão, Simon achou um interruptor e o acionou. Ao procurar sinais de hematomas ou algum ferimento no corpo, não encontrou nenhum, mas o terror gravado naqueles olhos para toda a eternidade lhe contou a própria história. Aquilo não tinha sido uma morte por causas naturais, mas sim a obra de um especialista.

Joanna ouviu os pés entrarem no quarto. O breu era total, mas pelo peso das passadas ela soube que era um homem que estava se aproximando. De repente, um facho de luz iluminou seus olhos com força. Ela levantou a tábua e a brandiu no ar em frente ao corpo.

– Nossa! Lucy?

Os pés andaram na sua direção enquanto a lanterna lhe queimava a retina. Ela tornou a brandir a tábua.

– Por favor! Pare! Pare com isso! Sou eu, Lucy. Kurt. Calma, não vou machucar você, sério.

Seu cérebro demorou um tempo para atravessar o medo que a cegava e reconhecer que, sim, aquela era uma voz que ela conhecia. Com as mãos tremendo violentamente, ela largou a tábua e levantou a própria lanterna para iluminar o rosto dele.

– O-o quê... o que está f-fazendo aqui?

Ela tremia, e seus dentes batiam de medo e de frio.

– Desculpe ter assustado você, querida. É que eu fiquei preocupado, só isso. Você parecia... meio nervosa quando te vi mais cedo. Então a segui até aqui para me certificar de que estava bem.

– Você me seguiu?

– Nossa, Lu, você está encharcada. Vai acabar ficando doente. Tome. – Kurt pôs a lanterna no chão, levou a mão ao bolso e pegou uma garrafinha. – Beba um pouco disto aqui.

Ele deu um passo à frente, então a segurou de repente pela nuca e forçou a garrafinha contra sua boca. Ela franziu os lábios para impedir a entrada do líquido nojento, que escorreu pela sua camisa.

– Vamos lá, Lu – incentivou Kurt. – É só um pouco de aguardente de fundo de quintal. Vai esquentar você.

Com a lanterna dele agora no chão e a sua abaixada junto ao corpo, ela sentiu os olhos se adaptarem à escuridão e mapeou um caminho até a porta.

– Desculpe, não sou boa com bebidas fortes. – Ela forçou uma risada trêmula e inclinou o corpo em direção à fresta da porta, mas ele a havia encurralado. – O que está fazendo aqui?

Kurt tornou a pegar sua lanterna, e seus dentes pareceram subitamente afiados e brancos quando o facho iluminou seu rosto por um instante.

– Já disse... fiquei muito preocupado com você. E eu poderia te fazer a mesma pergunta. O que exatamente você está fazendo numa casa abandonada no meio da noite?

– É uma longa história. Por que não voltamos lá para fora e eu explico tudo quando chegarmos ao hotel?

– Está procurando alguma coisa que acha que está aqui, né? – Kurt mirou a lanterna nas tábuas arrancadas do piso. – Um tesouro enterrado?

– Sim, é isso, só que ainda não o encontrei. Pode estar debaixo de qualquer uma.

Joanna apontou para as tábuas.

– Ótimo, nesse caso que tal eu te ajudar? Depois nós vamos embora daqui e voltamos para a lareira mais próxima antes que você adoeça.

Joanna revirou na mente estratégias de fuga. Ele era alto demais, largo demais para ela o enfrentar fisicamente. Tudo que tinha a seu favor era o fato de que ele não estaria esperando por isso.

– Tá... vou continuar aqui do meu lado, você pode começar por ali.

Ela meneou a cabeça para o outro canto do quarto, longe de onde a latinha enferrujada se encontrava, escondida junto a seus pés.

– Então a gente se encontra no meio, caramba – disse ele, rindo.

Enquanto ele se inclinava para arrancar mais tábuas, ela se abaixou e discretamente chutou a latinha mais para longe sob as tábuas que ainda restavam.

– Por aqui, até agora, porra nenhuma. Já encontrou alguma coisa? – gritou ele.

– Não. Vamos desistir e voltar! – gritou ela de volta, tentando se fazer ouvir apesar dos uivos do vento.

A casa parecia estar sendo sacudida até os alicerces pela tormenta.

– Não, agora que já estamos aqui, melhor ir até o fim. Acabei o meu lado, vou ajudar você no seu.

– Não, estou quase acabando tamb...

Mas ele já estava ao seu lado, vasculhando debaixo das tábuas quebradas do piso. Retirou a mão com a latinha, os olhos enviesados numa expressão de quem tinha entendido tudo.

– Ora, veja só, Jo – disse ele.

Suas mãos grandalhonas seguraram a latinha e abriram a tampa quase sem esforço. Um envelope flutuou até o chão.

– Espere aí... – disse ela.

– Eu guardo para você, Jo.

– Não, eu...

Com um terror crescente, ela se deu conta de que ele havia usado seu nome verdadeiro. Observou Kurt guardar a carta num dos bolsos da capa impermeável e fechá-lo com o zíper.

– Bem, foi mais fácil do que eu imaginava. – Ele abriu um sorriso desagradável e se moveu na direção dela. Ela cambaleou para trás, esforçando-se para não tropeçar nos buracos do chão. – Vamos parar com a brincadeira, Jo – disse ele, a voz já sem qualquer vestígio da simpatia americana de antes.

Na penumbra, seus traços se destacavam nas sombras, o corpo sólido e ameaçador. Ela se equilibrou, tensa, com o coração batendo depressa.

– Que brincadeira? – Sorriu para ele com o máximo de segurança de que foi capaz. – Olhe, eu também achei uma coisa. Olhe aqui.

Ela apontou a lanterna para o espaço debaixo das tábuas. Quando ele lhe virou as costas para olhar na direção do facho, Joanna projetou todo o peso do corpo para cima dele, e o empurrou para a frente com as duas mãos.

Com um grunhido de surpresa, ele perdeu o equilíbrio e cambaleou, mas sua queda foi aparada pela parede. Recuperando-se, ele tornou a se virar para ela, que desferiu uma violenta joelhada no seu saco.

– Aaaah! Sua cadela! – grunhiu ele, dobrando o corpo ao meio.

Ela correu em direção à porta, percebendo que tinha deixado cair a lanterna e não conseguia ver nada, mas ele a segurou pelo tornozelo e a derrubou. Enquanto ela hesitava para se recuperar da queda, um par de braços a agarrou por trás e se fechou com a mesma força de um torno ao redor da sua cintura. Aos chutes e berros, ela foi arrastada pelo chão até um forte empurrão a fazer despencar pela escada para a escuridão.

Simon ficou parado em frente ao chalé, ainda nauseado com o que havia descoberto no andar de cima. O vento uivava feito um demônio em seus ouvidos, e a chuva lhe castigava o rosto.

– Joanna, pelo amor de Deus, cadê você? – gritou ele para o vento.

Acima dos uivos do vento havia outro som. Uma mulher gritava de medo ou de dor, ele não soube decifrar qual dos dois. Quando a lua surgiu de trás de uma nuvem veloz, Simon voltou os olhos para a grande casa solitária acima do estuário, com as cristas das ondas ao seu redor espumando e se remexendo por causa do vento fustigante. Os gritos vinham lá de dentro. Ao ver que a água à sua frente era funda demais para atravessar, ele correu de volta até o carro e ligou o motor.

Acordada pela chuva molhando seu rosto, Joanna recobrou os sentidos com um gemido de dor. Tinha a sensação de que seu cérebro estava envolto numa espessa névoa, e na sua visão borrada a lua acima parecia uma ilha branca feito neve movendo-se no céu. Ela se sentou e forçou a mente a recobrar os sentidos. Percebeu que estava deitada do lado de fora da casa, em frente à porta de entrada. Inspirou fundo e, ao fazer isso, sentiu uma dor excruciante do lado esquerdo do corpo. Um grito lhe escapou da garganta, e ela tornou a desabar sobre o cascalho áspero conforme uma nova onda de tontura ameaçava lhe roubar a consciência. No mesmo instante, mãos a seguraram pelas axilas e alguém começou a arrastá-la pelo cascalho.

– O quê...? Pare... por favor...

Ela se debateu e tentou chutar o chão, mas restavam-lhe poucas forças e era impossível se desvencilhar das mãos de ferro que a seguravam.

– Menina boba! Achou que fosse muito esperta, né?

À sua frente, ela pôde ver os degraus grosseiros que desciam para dentro do estuário. A água já lambia o primeiro deles, lá embaixo.

– Quem é você? Me solte!

– Não vai dar, gata – disse Kurt, rindo.

Ele a soltou sobre a pedra fria e dura que margeava a água. Virando sua cabeça para baixo, prendeu seus braços com violência nas costas, empurrou-a para baixo e a posicionou de modo a deixar sua cabeça e ombros dependurados acima da água. Os olhos aterrorizados de Joanna fitaram diretamente as ondas iradas mais abaixo. A maré tinha subido, e a forte correnteza deixava a água revolta.

– Você sabe quanto problema causou para todo mundo? Sabe?

Ele puxou sua cabeça para trás pelos cabelos até ela ter a impressão de que o seu pescoço fosse quebrar.

– Para quem você trabalha? – perguntou ela num arquejo. – O que você...

Mal conseguiu dar uma inspiração dolorida antes que o seu rosto fosse mergulhado na água gelada. Lutou para soltar os braços, mas não lhe restava mais ar nos pulmões. Luzes fortes explodiram diante de seus olhos, e ela não teve mais energia para lutar.

Então, bem na hora em que seu último fragmento de consciência estava prestes a abandoná-la, a mão que lhe segurava a cabeça se afastou de modo abrupto. Joanna subiu para respirar e, aos arquejos, e cuspindo água, rolou para longe do mar sem que ninguém a impedisse. Enquanto sorvia grandes golfadas de ar, viu Kurt encarando a casa atrás deles como se estivesse em transe.

– Quem é? – gritou ele. – Quem está aí?

O cérebro de Joanna registrou um ruído agudo distante que acompanhava a própria respiração entrecortada e o barulho da água que o vendaval fazia bater lá embaixo.

Kurt levou as mãos aos ouvidos e começou a balançar a cabeça.

– Parem com esse barulho! *Parem com isso!*

Ele desabou para um dos lados gritando de agonia, ainda com as mãos tapando os ouvidos.

Aquela era sua chance de fugir. *Mas a carta...*

Deixe a carta aí, disse-lhe uma voz, *deixe a carta aí e saia correndo.*

Ao se levantar cambaleando no piso de pedra molhado e escorregadio, sentindo a forte dor na lateral do corpo rasgá-la ao meio, Joanna se deu conta de que o seu único caminho rumo à segurança era pela água lá embaixo. Se ela conseguisse nadar até o muro do estuário e escalá-lo, teria uma chance. Com os pulmões ainda gritando por oxigênio e sentindo muita dor para respirar, mergulhou na água fria como gelo. O choque a fez submergir, e para seu alívio ela encontrou uma base sólida no fundo. A água batia em seu pescoço, mas pelo menos ela podia andar até o muro em vez de nadar.

Vamos lá, Jo, vamos lá! Você consegue, falou para si mesma enquanto uma nova onda de tontura e náusea prenunciavam outro desmaio. Virou-se para ver se Kurt tinha notado a sua partida, e foi então que viu a silhueta no quarto de cima da casa, com os braços estendidos, como se a estivesse chamando. Piscou os olhos e balançou a cabeça, certa de que aquilo era só mais uma alucinação criada por seu cérebro desprovido de oxigênio. Quando abriu os olhos, porém, a silhueta continuava ali. A figura meneou a cabeça, então virou as costas e se afastou da janela.

Enquanto forçava as pernas a seguirem andando, Joanna notou que a força da tempestade tinha diminuído de repente. A água à sua volta estava mais calma, e o vento uivante fora substituído por um silêncio sinistro. Foi se arrastando pela água, aliviada pelo fato de o muro do estuário estar se aproximando.

Vamos lá, Jo, você está quase lá, quase lá...

Um barulho repentino de água chapinhando atrás dela a alertou de que havia outra pessoa ali, e ela forçou o corpo a avançar mais depressa.

Poucos metros agora, só uns poucos metros...

– JOANNA!

Uma voz conhecida gritava o seu nome. Ela parou por alguns segundos e apurou os ouvidos. Então um corpo se jogou em cima dela, e ela tornou a afundar. Seus pulmões se encheram de água fria e salgada enquanto ela se debatia para tentar respirar.

Eu não tenho mais ar...

Debaixo d'água, seu corpo teve um espasmo e estremeceu, e ela então parou de lutar.

Quinze minutos depois de Simon sair, Marcus havia descido até o bar. Tinha tomado um uísque duplo e olhado para o celular pela enésima vez, louco para que tocasse.

Deveria ter obrigado Simon a levá-lo consigo. Se alguma coisa acontecesse a Jo, iria esganá-lo com as próprias mãos.

A garçonete o encarou com um ar solidário e apontou para as janelas completamente escurecidas pela chuva forte.

– Seu amigo é louco de sair numa noite assim. Não faz nem um mês que uma pessoa foi arrastada para dentro do estuário por um temporal. – Ela balançou a cabeça. – Mais um?

– Duplo, por favor. Obrigado.

– E o que o seu amigo quer com aquela louca da Ciara? – perguntou uma voz vinda de uma mesa atrás dele.

– Como é?

Marcus se virou e olhou para o velho que segurava um copo de chope escuro debaixo de um bigode grosso.

– Eu vi o carro dele descendo a estrada na direção do chalé onde ela mora... o que será que ele quer com ela? É melhor deixá-la em paz.

– Não faço ideia, amigo, a gente está só tentando encontrar a minha nam... – Ele se interrompeu e sentiu um bolo na garganta. Joanna tinha sumido, e ali estava ele, sentado sem fazer nada... – Quem é essa Ciara? Onde ela mora?

– A pouco menos de 1 quilômetro daqui, em frente àquela casa grande na beira do estuário. Um chalé cor-de-rosa, não tem como não ver – respondeu Margaret.

– Certo.

Marcus terminou de beber o uísque e tomou o rumo da porta.

– O senhor não vai até lá, vai? – perguntou o velho. – É perigoso em noites assim.

Marcus o ignorou e saiu para o vento uivante. Retesou o corpo para enfrentá-lo, e a chuva o encharcou após alguns poucos passos. O uísque e a aflição o queimavam por dentro, e ele começou a correr, com o coração batendo forte. A luz dos postes se refletia nas poças do chão irregular da estrada, e à sua esquerda ele viu a água negra do estuário subindo e as ondas quebrando no muro de contenção.

Um grito varou a noite e o fez estacar. Ao longe, ele viu uma casa escura e solitária na beira do estuário. Os gritos pareciam estar vindo de lá. Ao chegar mais perto, parou para recuperar o fôlego e apurou os ouvidos. O vento tinha parado de soprar de repente, e o silêncio reinava. Quando recomeçou a correr e chegou mais perto da casa, ele ouviu um barulho forte de algo caindo na água e olhou para baixo. Distinguiu à luz da lua duas silhuetas, e reconheceu os cabelos escuros de Joanna, agora molhados como a pele de uma foca. A segunda silhueta dentro d'água se aproximava dela depressa.

O corpo inteiro de Marcus foi tomado pelo terror. *JOANNA!* Ele correu até o ponto de onde podia pular para mais perto deles e se jogou no mar. Mal sentiu a água gélida enquanto nadava em direção a eles, e viu a segunda figura agarrar Joanna por trás e empurrá-la para dentro d'água. Reconheceu Ian na hora.

– Solte ela! – gritou, ao alcançá-lo.

Ian continuou segurando firme o corpo de Joanna, que havia parado de resistir. Ele começou a rir.

– Pensei que tivesse dado um jeito em você lá em Londres, amigão!

Com um uivo de raiva, Marcus se jogou em cima dele, e os dois afundaram engalfinhados, braços e pernas embolados. Marcus não conseguia ver quase nada, e sentiu os olhos arderem por causa da água salgada enquanto tentava segurar o casaco de Ian e lhe acertar um chute; foi quando viu um brilho de aço e recuou. Ouviu dois tiros ecoarem acima d'água, e sentiu uma dor lancinante reverberar na barriga.

Tentou forçar os membros a lutar contra a dor, mas não conseguiu reunir forças. Piscou e observou a expressão triunfante de Ian enquanto se sentia cair de costas dentro d'água como se fosse uma pedra.

Simon parou o carro e, ao ouvir os tiros ecoarem na noite agora silenciosa, seguiu na direção de onde viera som, até a beira d'água. Mirou ali sua lanterna e viu duas silhuetas. Pulou dentro do estuário e nadou o mais depressa que pôde até elas.

– Não chegue mais perto, Warburton. Estou armado e atiro em você.

– Ian, pelo amor de Deus! O que está fazendo? Quem se feriu?

Simon moveu o facho da lanterna à sua volta e viu um corpo caído nos degraus do estuário e outro boiando de bruços na superfície da água.

– A sua amiga me trouxe direto até aqui, como eu sabia que faria.

– Onde ela está?

Ian meneou a cabeça para os degraus.

– Péssima nadadora – disse ele com uma risadinha. – Mas eu encontrei. Acho que consigo meu antigo emprego de volta na semana que vem, você não acha? Isso vai mostrar a eles que eu ainda dou conta do recado, não é?

– É claro que sim.

Simon aquiesceu sem parar de avançar, e viu a arma que Ian segurava com as mãos trêmulas apontada bem na sua direção.

– Desculpe, Warburton, não posso deixar você roubar...

Simon ergueu o punho e acertou um soco no nariz de Ian, causando um barulho de algo se esmigalhando que lhe deu extrema satisfação e derrubando o outro de costas dentro d'água, o que fez a arma voar da sua mão. Simon a pegou num gesto rápido, e dois outros tiros ecoaram no ar da noite. Alguns segundos depois, Ian desapareceu sob as ondas pela última vez.

Simon andou dentro d'água até Joanna e viu que o mar a tinha levado até uns degraus parcialmente submersos que sustentavam seu corpo. Carregou-a até um lugar seguro mais em cima e verificou sua pulsação. Estava fraca, mas estava lá.

Usando o que aprendera em seu treinamento, ele fechou as narinas dela com dois dedos e fez várias respirações boca a boca antes de começar a reanimação cardiopulmonar.

– Respire, pelo amor de Deus! Respire! – balbuciou, enquanto pressionava freneticamente as mãos espalmadas no peito de Joanna.

Por fim, a água que enchia os pulmões dela saiu de sua boca num jato. Ela tossiu, engasgou, e Simon pensou que nunca tinha escutado um som tão lindo em toda a sua vida.

– Você vai ficar bem, querida – tranquilizou-a enquanto ela começava a tremer descontroladamente.

– Obrigada – articulou ela sem som, e abriu-lhe um sorriso fraco.

– Fique aqui descansando. Tem outra pessoa que precisa de ajuda – disse ele, levantando-se e andando pela água outra vez para ir recolher o outro corpo.

– Marcus... meu Deus do céu!

Simon o arrastou até os degraus e o puxou para fora d'água. O rosto de Marcus estava pálido ao luar, e de sua boca escorria um líquido negro e luzidio. Embora com o pulso mais fraco do que o de Joanna, ele ainda estava vivo. Pouco esperançoso, Simon iniciou a reanimação cardiopulmonar, até que Marcus enfim se mexeu e seus olhos se abriram com as pálpebras trêmulas.

– Quer dizer que levar um tiro é assim – sussurrou ele. – E Joanna?

– Ela vai ficar bem.

Simon ergueu os olhos e viu que Joanna estava ao seu lado. Ela se deixou cair junto a Marcus, exaurida pelos poucos passos dados para chegar até ali.

– Vou correr até o carro para chamar socorro. Fique com ele... continue falando com ele...

Simon desapareceu na escuridão.

– Está tudo bem, Marcus – disse ela baixinho.

– Eu tentei te salvar...

Ele tossiu e gemeu quando mais sangue escorreu da sua boca.

– Eu sei. E conseguiu. Obrigada, mas tente não falar.

– Me d-desculpe por tudo... Eu... eu te amo.

Ele sorriu para ela, e seus olhos tornaram a se fechar.

– Eu também te amo – sussurrou Joanna.

Então ela o envolveu nos braços e pôs-se a soluçar no seu ombro.

Xeque-mate

Quando o rei fica sob ameaça de captura na jogada seguinte do adversário

34

North Yorkshire, abril de 1996

Joanna estava sentada desconfortavelmente na grama áspera. Ergueu os olhos para o céu de Yorkshire e soube que tinha, na melhor das hipóteses, meia hora até que o azul lá em cima desse lugar às nuvens cinza que vinham do oeste. Moveu-se com cuidado, tentando encontrar uma posição mais confortável para se sentar. Respirar ou fazer grandes movimentos ainda doía – os raios X tinham revelado que ela fraturara duas costelas do lado esquerdo ao cair da escada. Estava também coberta de hematomas. O médico lhe garantira que, contanto que ela descansasse um pouco, iria se recuperar plenamente. Joanna sentiu a barriga se contrair de náusea ao pensar nisso. Não conseguia sequer *imaginar* uma recuperação plena.

Imagens da noite em que ela por um triz não perdera a vida a atormentavam dia e noite – lembranças que retornavam sem qualquer ordem específica e assombravam seus sonhos. Só nos últimos dois dias ela tivera a força mental necessária para começar a refletir sobre o que tinha acontecido e tentar encaixar os fatos.

As horas depois de Simon salvar sua vida tinham sido um borrão. Os paramédicos haviam chegado e lhe dado uma injeção contra a dor que a derrubara durante o trajeto até o hospital. Tinha lembranças vagas de aparelhos de raio X, rostos desconhecidos examinando-a e lhe perguntando se isto ou aquilo doía, a espetadela de uma agulha quando uma sonda intravenosa foi posta no seu braço. E então, por fim, depois de a deixarem em paz, um sono bem-vindo.

Depois o despertar desorientado no dia seguinte, quase sem conseguir acreditar que continuava viva... E, apesar da dor, a euforia proporcionada por aquilo, até Simon aparecer do seu lado com um semblante grave. E ela então soube que o pior ainda estava por vir...

– Oi, Jo. Como você está?

– Já estive melhor – brincou ela, estudando o rosto dele à procura de um esboço de sorriso.

– É. Olhe, essa história toda... bom, não vamos falar sobre isso agora. Conversamos quando você estiver mais forte. Eu só sinto muito mesmo você ter se metido nisso. E eu não ter feito o suficiente para te proteger.

Joanna tinha visto os punhos de Simon se fecharem e tornarem a se abrir. Um sinal de nervosismo que ela conhecia havia muitos anos, sempre que ele tinha uma notícia ruim para dar.

– O que foi, Simon? – perguntou. – Fale logo.

Simon pigarreou e olhou para o lado.

– Jo, eu tenho... tenho que te contar uma coisa difícil.

Joanna se lembrava de ter pensando se *alguma coisa* poderia ser mais "difícil" naquele momento.

– Vamos lá então, pode falar.

– Não sei o quanto você se lembra de ontem à noite...

– Eu também não. Simon, fale *logo* – insistiu ela.

– Tá, tá bom. Você lembra que o Marcus estava lá?

– Eu... vagamente – respondeu Joanna. E então viu um flash dele caído no chão, com o sangue a escorrer de um dos cantos da boca. – Ai, meu Deus...

Ela ergueu os olhos para a expressão de Simon ao mesmo tempo que ele balançava a cabeça e cobria a mão dela com a sua.

– Eu sinto muito, muito mesmo, Jo. Ele não aguentou.

Simon continuou a lhe falar sobre os ferimentos internos fatais sofridos por Marcus, disse que ele fora declarado morto ao chegar ao hospital, mas ela não estava escutando.

"Eu te amo...", eu lhe dissera ao fechar as pálpebras, quem sabe pela última vez. Uma pequena lágrima escorreu do canto de um de seus olhos.

JOANNA!

– Ai, meu Deus – murmurou ela ao se dar conta de que a voz que ouvira quando estava atravessando o estuário fora a de Marcus.

Ele havia chegado lá antes de Simon. Ela não vira quem havia tirado seu agressor de cima dela logo antes de perder a consciência... mas de repente tudo ficou claro.

– Ele salvou a minha vida – sussurrou.

– Salvou, sim.

Joanna fechou os olhos e pensou que talvez, se ficasse bem parada, todo aquele pesadelo desapareceria. Só que isso jamais iria acontecer, e Marcus também jamais voltaria para fazê-la se sentir irritada, empolgada e amada, porque ele tinha morrido, ido embora... E agora ela jamais poderia lhe agradecer pelo que ele tinha feito.

Na manhã seguinte, Joanna foi levada de maca até um avião da RAF no aeroporto de Cork e transferida para o hospital Guy's, em Londres. Durante o voo, Simon pedira desculpas por ter de instruí-la em relação à história que eles iriam contar a respeito do que acontecera na Irlanda, mas ela mal o escutou.

Zoe apareceu na sua cabeceira no dia seguinte e pôs a mão pequenina dentro da sua. Joanna ergueu o rosto para encarar os olhos azuis da outra, tão parecidos com os de Marcus e vazios de tanta dor.

– Não consigo acreditar que ele morreu – sussurrou, então estendeu os braços para Joanna e as duas se abraçaram e choraram.

– Simon disse que vocês estavam de férias quando aconteceu – comentou Zoe depois de se controlar.

– É.

Simon a instruíra a dizer que tinha sido um acidente: caçadores de patos no estuário, mas eles não tinham conseguido pegar o atirador. Ela fora derrubada dentro d'água e quase se afogara no mar traiçoeiro, e por fim conseguira chamar Simon, que havia organizado um jatinho da Royal Air Force para levá-los de volta à Inglaterra. Joanna mal conseguia imaginar como alguém seria capaz de acreditar naquilo, mas enfim, quem acreditaria na *verdade*, afinal?

– Ele te amava de verdade, Jo – disse Zoe baixinho. – Podia ser muito egoísta, como você bem sabe, mas eu acho mesmo que estava tentando mudar. E você o ajudou com isso.

Joanna ficou sentada sem dizer nada, anestesiada de choque e de dor, sem querer contribuir mais ainda para a rede de mentiras que parecia tão bem tramada e tão inescapável. As mentiras eram como uma pressão física no seu peito, e ela duvidava que algum dia fossem se soltar.

Não havia comparecido ao funeral de Marcus, alguns dias mais tarde. Simon tinha lhe dito que seria melhor se manter discreta. Tivera alta do hospital e fora de carro até Yorkshire ficar com os pais. Sua mãe havia lhe preparado infindáveis sopas caseiras, ajudado-a a tomar banho e se vestir, e aproveitado de modo geral o fato de poder mais uma vez cuidar da filha como se ela fosse uma criança.

Zoe lhe telefonara para contar que o funeral fora uma coisa pequena, só para os parentes e uns poucos amigos. Marcus tinha sido enterrado no jazigo da família, em Dorset, ao lado do avô.

Agora mais de um mês havia se passado desde aquela noite terrível. Mas na lembrança de Joanna o horror daqueles momentos não perdia a força. Talvez no dia seguinte algumas das suas perguntas fossem respondidas. Simon telefonara avisando que iria passar alguns dias na casa dos pais, e apareceria para lhe fazer uma visita. Ao que parecia, ele havia passado um tempo de licença, motivo pelo qual até agora não aparecera em Yorkshire.

Joanna olhou para as centenas de pontinhos brancos na encosta do morro. Era a época do ano em que nasciam os cordeiros, e a encosta parecia uma creche superlotada e felpuda.

– O ciclo da vida – murmurou ela, e engoliu o bolo na garganta; no momento, tendia a chorar por qualquer bobagem. – Marcus não completou o dele por minha causa... – resmungou, engolindo o choro.

Fora incapaz sequer de *começar* a processar a morte dele, e o fato de ele ter feito o derradeiro sacrifício *por ela* a assombrava noite e dia. E como estava errada ao chamá-lo de covarde na última vez que o vira... Na verdade, ele tinha se revelado justamente o contrário.

– Jo! Como você está?

Simon entrou na cozinha da fazenda, queimado de sol e com um aspecto saudável.

– Bem.

Ela deu de ombros enquanto ele a beijava nas duas bochechas.

– Que bom. E como vai, Sra. Haslam?

– Vou como sempre, Simon querido. Nada muda muito por aqui, como você sabe. – Laura, a mãe de Joanna, lhe abriu um sorriso com a chaleira na mão. – Quer um chá? Um café? Uma fatia de bolo?

– Talvez mais tarde, obrigado. Mas agora, Jo, que tal a gente ir almoçar num pub?

– Eu preferia ficar em casa, se você não se importar.

– Vá, querida – incentivou Laura, lançando um olhar aflito para Simon. – Você não sai desde que chegou.

– Mãe, eu fui caminhar todas as tardes.

– Você entendeu, Jo. Lugares com gente, não ovelhas. Agora vá lá e divirta-se.

– Assim eu também posso pedir uma cerveja com bastante espuma. Lá em Londres não tem o mesmo sabor – disse Simon enquanto Joanna se levantava e, relutante, ia pegar seu casaco no vestíbulo. – Como ela está? – perguntou a Laura em voz baixa.

– O corpo está se curando, mas... eu nunca a vi tão calada. Essa história toda com aquele pobre rapaz a deixou realmente abalada.

– Com certeza. Bom, vou fazer o possível para alegrá-la.

Eles atravessaram o campo até Haworth e decidiram almoçar no Black Bull, um pub que costumavam frequentar quando eram adolescentes.

Simon pôs na mesa uma cerveja e um copo de suco de laranja.

– Saúde, Jo – disse, brindando a ela. – Que bom te ver.

– Saúde.

Ela bateu com o copo no dele sem muito ânimo.

Simon cobriu a mão dela com a sua.

– Estou muito orgulhoso. Você sobreviveu a uma provação horrorosa. Lutou muito, e o que aconteceu com o Marcus...

– Ele nunca teria ido lá se não fosse por mim, Simon. Aquela noite toda está muito... confusa na minha cabeça, mas eu lembro da cara dele ali deitado. Ele disse que me amava... – Ela enxugou uma lágrima do olho com um gesto brusco. – Não consigo suportar ter causado a morte dele.

– Jo, nada disso é culpa sua. Se alguém é culpado, esse alguém sou eu. Eu deveria ter chegado a você antes. Sabia do perigo que estava correndo.

Simon também era assombrado pelo instante em que tinha dado meia-volta em Hammersmith para ajudar Zoe a encontrar Jamie.

– Mas se eu nunca tivesse ido falar com Ciara naquela noite, se tivesse embarcado no avião e pronto, nem tivesse ficado tão obcecada com essa história toda, para começo de conversa, quando você me disse para desistir... uma "Sherlock Holmes justiceira", como você me chamou...

Ambos conseguiram dar um sorriso débil ao recordar aquilo.

– Eu também lamento ter perdido a paciência com você naquele dia lá em casa depois que a história entre o príncipe e Zoe vazou. Deveria ter confiado na sua integridade.

– É, deveria mesmo – respondeu Joanna com firmeza. – Não que isso tenha importância agora. Não é nada comparado com a morte de Marcus.

– Não, não é. Bom, apenas tente se lembrar de que não foi você quem apertou o gatilho.

– Não, foi o "Kurt" – disse Joanna, sombria. – Simon, por favor, me diga, isso está me enlouquecendo desde que eu acordei no hospital. Quem era ele?

– Um colega meu. Chamado Ian Simpson.

Joanna ficou alguns segundos calada.

– Meu Deus. Aquele mesmo que revirou meu apartamento?

– Ele com certeza estava lá na ocasião, sim. – Simon suspirou. – Olhe aqui, Jo, eu entendo como está se sentindo; é lógico que você quer saber e entender tudo, mas às vezes, como você mesma descobriu, é melhor deixar as coisas como estão.

– Não! – Os olhos dela chisparam. – Eu sabia que ele estava trabalhando para o seu pessoal, tentando me impedir de chegar à verdade. Aí, quando eu estava quase descobrindo, quis que eu morresse e deu um tiro no Marcus!

– Jo, o Ian a essa altura não estava mais trabalhando para "o nosso pessoal". Ele tinha sido afastado de licença médica por causa de problemas mentais diversos, exacerbados pela bebida. Estava fora de controle, perigoso, e queria se cobrir de glória e recuperar o emprego. Também foi ele quem vazou a notícia sobre Zoe e o príncipe para o *Morning Mail*. Como a casa da Welbeck Street estava sob escuta, Ian sabia de tudo. Ao que parece, ele vinha recebendo "propinas" de jornalistas há anos, como costumava chamá-las. Encontramos mais de 400 mil libras na conta bancária dele, sendo que o depósito mais recente era de 70 mil, feito um dia depois de a história sair na primeira página. Em suma, os valores morais dele estavam totalmente deturpados.

– Ai, Simon! – Joanna levou as mãos às faces em chamas. – Eu falei para o Marcus que estava desconfiada *dele*... Eu...

– Eu sinto muitíssimo.

Simon segurou a mão dela enquanto seus olhos tornavam a marejar. Poderia facilmente ter chorado por ela também.

– Cadê esse filho da mãe agora? – perguntou ela.

– Ele morreu, Jo.

Ela empalideceu.

– Naquela noite?

– Sim.

– Como?

– Levou um tiro.

– Quem atirou?

– Eu.

– Ai, meu Deus. – Ela escondeu o rosto com as mãos. – É isso que você faz da vida?

– Não, mas essas coisas acontecem durante o serviço, como para quem trabalha na polícia. Na verdade, foi a primeira vez que tive de fazer algo assim, mas antes ele do que você. Vou pegar outra bebida para a gente. Um gim-tônica, dessa vez?

Joanna deu de ombros e observou Simon ir até o bar e voltar com a segunda rodada. Tomou um golinho do gim e o encarou.

– Eu sei qual era a história, Simon.

– Sabe, é?

– Sei. Não que isso agora tenha qualquer importância. A carta que eu encontrei deve estar no fundo do mar junto com o Ian. E, se não estiver, foi parar num lugar em que eu nunca vou conseguir encontrar.

– Na verdade eu peguei a carta, mas não adiantou muito. Tinha virado uma papa encharcada.

– Quem está dizendo isso é o Simon, amigo mais antigo da Joanna, ou o Simon, agente secreto de primeira linha?

Joanna o encarou.

– Ambos. – Ele levou a mão ao bolso e pegou um envelope de plástico. – Eu sabia que você iria perguntar, então trouxe os restos para você ver.

Joanna pegou o envelope e olhou para os pedaços desintegrados de papel que ele continha.

– Olhe mais de perto – instou Simon. – É importante você acreditar em mim.

– De que adianta? Seria fácil de forjar. – Ela acenou para Simon com o envelope. – Quer dizer que essa confusão toda, a vida de Marcus... tudo por causa disso?

– Eu não sei o que dizer – sussurrou ele. – Para ser sincero, nada teria acontecido se não tivéssemos um agente desertor e enlouquecido solto por aí. Pelo menos isso fez os meus superiores acordarem e prestarem atenção. Eles esquecem o preço psicológico que uma carreira como a nossa pode ter. Os agentes não podem simplesmente ser cuspidos depois de usados e informados de que os seus serviços não são mais necessários. Sei que você não quer ouvir isso, mas quando entrei para o departamento eu admirava o Ian. Ele foi um agente brilhante na sua época... um dos melhores.

– Eu sei. Mesmo enlouquecido, em pé no meio de um mar revolto, conseguiu dar tiros perfeitos. E levou junto com ele a vida do Marcus – murmurou Joanna. – E você, vai terminar do mesmo jeito?

– Meu Deus, tomara que não. Posso dizer que essa história toda me fez pensar muito no meu futuro.

– Ótimo. Pelo menos é um resultado positivo disso tudo.

– Só fico feliz por você estar viva, e tudo ter acabado. Agora vamos pedir alguma coisa para comer, você está pele e osso.

Ele pediu um ensopado de cordeiro para os dois. Simon devorou o prato, enquanto Joanna mal tocou no seu.

– Não está com fome?

– Não. – Ela se levantou e fez uma careta por causa da dor que ainda sentia nas costelas. – Vamos sair daqui. Quero saber de uma vez por todas se entendi tudo direito, e estou tão paranoica que quero fazer isso num lugar onde tenha certeza de que ninguém está nos escutando. Aí quem sabe posso começar a recolocar minha vida nos trilhos.

Eles subiram o morro devagar, com Joanna se apoiando em Simon, até passarem pela igreja de Haworth e chegarem à charneca atrás do vilarejo.

– Preciso me sentar – disse ela, ofegante, acomodando-se com cuidado na grama áspera. Recostou-se e tentou relaxar e acalmar a respiração. – Tem muita coisa que não se encaixa – prosseguiu, algum tempo depois. – Mas acho que entendi a maior parte. – Joanna inspirou fundo. – A minha velhinha dos caixotes trabalhava para a família real. Era uma dama de companhia chamada Rose Fitzgerald, que tinha conhecido e se apaixonado por um ator irlandês chamado Michael O'Connell. Ou sir James Harrison, como o conhecemos agora. O relacionamento foi clandestino por causa do status dela. A carta que ela me mandou era dela para ele, mas, se eu estiver certa, era uma pista falsa, porque com certeza não era a que vocês estavam procurando, certo?

– Certo. Continue.

– E se Michael, quando estava visitando parentes na Irlanda, tivesse ouvido falar num cavalheiro inglês hospedado na casa da guarda costeira lá perto, que estava tendo um caso com uma moça das redondezas, e o tivesse reconhecido?

– E quem era esse cavalheiro, Joanna?

– Ciara Deasy me contou. Ela viu a foto dele dez anos depois na primeira página do *Irish Times*, no dia da coroação. – Joanna deixou o olhar se perder ao longe. – Era o duque de York. Aquele que iria se tornar rei da Inglaterra depois que o irmão abdicasse.

– Isso. – Simon aquiesceu devagar. – Muito bem.

– Aí Michael descobre que a moça está grávida. E na verdade eu só consegui chegar até aí. Você poderia... preencher as lacunas? Como soube da carta escrita por Niamh Deasy, em que revelava tudo sobre o caso dela com o duque? Além, é claro, da sua gravidez. Posso apenas supor que Michael O'Connell tenha ficado sabendo da existência da carta e a usado como chantagem para proteger a si mesmo e a família até o dia da sua morte, não? Ela teria provocado um verdadeiro escândalo se tivesse vindo a público, principalmente depois que o duque virou rei.

– É. O acordo era que a carta deveria ser devolvida ao nosso departamento depois da morte de Michael/James. Quando isso não aconteceu, todo mundo entrou em pânico.

– Mas por que não foram procurar na casa da guarda costeira, onde Niamh tinha morrido? Com certeza lá era o lugar mais óbvio.

– Às vezes as pessoas não veem as coisas que estão bem debaixo do seu nariz, Jo. Todo mundo imaginou que Michael fosse manter a carta próxima, bem junto de si. – Simon a olhou com orgulho. – Bom trabalho! Quer o meu emprego?

– Nem pensar. – Ela abriu um sorriso fraco. – Ciara me disse que o bebê morreu. Imagina se tivesse vivido? Afinal, ele era filho do futuro rei da Inglaterra. Meio-irmão da nossa rainha!

– Pois é. – Simon passou alguns instantes calado. – Nem posso imaginar.

– E disseram que a pobre Ciara Deasy estava louca. Preciso escrever para ela, quem sabe ir visitá-la para lhe dizer que a carta foi destruída, que tudo finalmente acabou.

Simon cobriu a mão de Joanna com a sua e apertou.

– Infelizmente Ciara também morreu naquela noite, Jo. Ian a matou.

– Ai, meu Deus, não! – Joanna balançou a cabeça e pensou se conseguiria lidar com mais horror. – Que coisa medonha, tudo isso. Algo que aconteceu há mais de setenta anos destruir tantas pessoas.

– Eu sei, e concordo. Mas, como você mesma disse, se a carta tivesse vazado, teria causado um enorme escândalo, mesmo setenta anos depois.

– Ainda assim... – Joanna inspirou fundo, sentindo-se ofegante de tanto falar. – Tem coisas que ainda não parecem se encaixar. Por exemplo, por que diabo o palácio mandaria o duque de York para a Irlanda logo depois da Partilha? Quero dizer, os ingleses eram odiados, e o filho do rei devia ser um alvo importante para o IRA. Por que não a Suíça? Ou pelo menos algum lugar quente?

– Não sei dizer ao certo. Talvez por ser o último lugar em que alguém pensaria em procurar por ele. Ele estava doente e precisava de tempo para se recuperar completamente, em paz. Seja o que for, agora está na hora de fechar o livro – disse Simon com um suspiro.

– Alguma coisa continua não encaixando. – Joanna esmagou um tufo de grama com a bota. – Mas enfim, você vai ficar feliz em saber que estou oficialmente desistindo. Me sinto muito... muito amargurada, e muito zangada.

– Você tem todo o direito de se sentir assim. Mas isso vai passar... a tristeza, a raiva... um dia você vai acordar e esses sentimentos não vão mais te controlar – garantiu ele. – E tenho uma boa notícia para você, afinal. – Simon pescou uma carta no bolso do casaco e entregou a ela. – Vamos, abra.

Joanna abriu. A carta era do editor-chefe do seu jornal, que lhe oferecia seu emprego de volta na editoria de notícias com Alec assim que ela estivesse em condições de retornar. Ela olhou para Simon, com a boca escancarada de surpresa.

– Como você conseguiu isso?

– Me passaram essa carta para te entregar. Obviamente a situação foi explicada para quem precisava saber e tudo foi retificado. Quanto a mim, só lamento que você não possa voltar coroada de glória com o furo do século. Afinal, foi você quem chegou ao pote de ouro antes da gente. Certo, vamos indo. Não quero que você pegue um resfriado. – Ele a ajudou delicadamente a se levantar e lhe deu um abraço cuidadoso. – Senti sua falta, sabia? Detestei o período em que a gente não foi amigo.

– Eu também.

Eles desceram o morro de braços dados.

– Simon, tem uma última coisa que eu queria te perguntar sobre aquela noite.

– O quê?

– Bom, parece muito bobo, e você sabe que eu não acredito nesse tipo de coisa, mas... você ouviu um grito de mulher vindo da casa?

– Ouvi. Para ser sincero, pensei que fosse você. Foi isso que me alertou para onde você estava.

– Bom, não fui eu, mas acho que o Ian ouviu também. Ele estava com a minha cabeça debaixo d'água, aí de repente me soltou e tapou os ouvidos com as mãos, como se estivesse escutando alguma coisa insuportável. Você... você não viu um rosto de mulher numa janela do andar de cima, viu?

– Não, Jo, não vi. – Simon sorriu para ela. – Eu acho que você teve uma alucinação, querida.

– Pode ser – admitiu Joanna enquanto entrava no carro. Suspirou ao ver o rosto da mulher na imaginação, claro como o dia. – Pode ser.

Uma hora mais tarde, Simon saiu com o carro da fazenda e deu um último aceno para Joanna e os pais dela. Antes de voltar para a casa de seus próprios pais, do outro lado da estrada, deu um telefonema.

– Senhor? Sou eu, Warburton.

– Como foi?

– Ela chegou perto, mas não perto o suficiente para nenhum pânico.

– Graças a Deus. Você a incentivou a esquecer a história toda, não?

– Nem precisei – tranquilizou-o Simon. – Ela desistiu. Embora tenha me dito uma coisa que eu acho que o senhor deve saber. Algo que William Fielding disse a Zoe Harrison antes de morrer.

– O quê?

– O nome completo da mensageira da nossa "lady". Acho que nós talvez tenhamos feito confusão em relação a isso.

– Pelo telefone não, Warburton. Use o protocolo habitual, e nos vemos no escritório amanhã às nove.

– Certo, senhor. Até amanhã.

35

Na véspera do dia em que deveria voltar a Londres para juntar os caquinhos da sua vida, Joanna pegou o carro e foi visitar a avó paterna, Dora, que morava ali perto, na cidade de Keighley. Aos 80 e poucos anos, mas dona de uma mente afiada como uma faca, Dora vivia num confortável apartamento num condomínio residencial com serviços especiais para idosos.

Ao ser abraçada e recebida com grande efusão e um prato de *scones* recém-saídos do forno, Joanna sentiu-se imediatamente culpada por não visitar a avó com mais frequência. Dora sempre tinha sido uma constante na sua vida, já que morava a pouco mais de 6 quilômetros do filho e da família deste até cinco anos antes. Joanna tratava seu aconchegante chalé como se fosse uma segunda casa, e a avó como uma segunda mãe.

– Então, mocinha, pode me contar exatamente como foi parar no hospital? – Dora sorriu ao servir chá em duas xícaras de porcelana fina. – E eu sinto muitíssimo pelo seu namorado. – Seus olhos castanhos afáveis estavam cheios de preocupação. – Você sabe que o seu avô morreu aos 32 anos na guerra. Isso partiu meu coração, sem dúvida.

Joanna deu a explicação genérica que Simon tinha lhe passado para dar a todos que perguntassem.

– Foi o que seu pai me disse. Que você quase se afogou. – Os olhos inteligentes de Dora a estudaram. – Mas a mim você não consegue enganar. Eu lembro de todas as medalhas e troféus de natação que você ganhou na escola, mesmo que seus pais já tenham esquecido. Quando ouvi isso, pensei: Dora, tem mais coisa aí do que parece. Então, amor... – Ela tomou um gole de chá e encarou a neta. – Quem tentou te afogar?

Joanna não conseguiu conter um sorriso débil – sua avó era mesmo uma velhinha astuta.

– É uma história muito, muito comprida, vó – murmurou ela enquanto terminava de comer o segundo *scone*.

– Eu adoro uma boa história. E quanto mais longa, melhor – encorajou ela. – Infelizmente, tempo é uma coisa que eu tenho tido de sobra.

Joanna avaliou mentalmente a situação. Então, pensando que não havia ninguém na face da Terra em quem confiasse mais e querendo traduzir em palavras seus pensamentos ainda confusos, começou a falar. Dora foi a ouvinte perfeita. Fez raras interrupções, e só deteve Joanna quando seu ouvido esquerdo prejudicado deixou escapar alguma coisa.

– Então na verdade é isso – concluiu Joanna. – Mamãe e papai não sabem nada, claro. Não queria que eles ficassem preocupados.

Dora apertou as mãos da neta dentro das suas.

– Ah, meu amor... – Ela balançou a cabeça; seus olhos exprimiam um misto de raiva e empatia. – Que orgulho de você por ter se saído tão bem. Que coisa mais horrorosa. Mas puxa, que história! A melhor que ouço em muitos anos. Me leva de volta à guerra e a Bletchley Park. Passei dois anos lá operando aparelhos de código Morse durante o conflito.

Era uma história que Joanna já tinha ouvido muitas vezes. A julgar pelo que Dora dizia, foram os seus talentos na decodificação de mensagens que levaram à vitória na Segunda Guerra Mundial.

– Deve ter sido um período incrível.

– Eu poderia te contar tantas coisas que aconteceram atrás de portas fechadas, meu amor... Só que assinei a Lei de Segredos Oficiais, e vou levar tudo comigo para o túmulo. Mas isso me fez acreditar que qualquer coisa é possível, que o público jamais vai saber toda a história. Mais chá?

– Eu faço.

– Eu te ajudo.

As duas foram até a cozinha impecável. Joanna pôs a água para ferver enquanto Dora passava uma água no bule.

– O que você vai fazer, então? – perguntou-lhe a avó.

– Em relação a quê?

– À sua história. *Você* não assinou nenhuma Lei de Segredos. Poderia torná-la pública e ganhar um bom dinheiro.

– Não tenho provas suficientes, vó. Além do mais, pessoas importantes estão dispostas a matar outras pessoas para proteger esse segredo, como eu sei por experiência própria. Gente demais já morreu.

– O que você tem como prova?

– A carta original que Rose me mandou, uma cópia xerox da carta de amor que ela escreveu para Michael O'Connell e um programa de teatro do Hackney Empire que parece ter pouca relevância para a história a não ser por retratar James Harrison usando um nome diferente.

– Está com essas coisas aqui?

– Sim. Estão na minha mochila, e passam a noite debaixo do meu travesseiro. Até hoje vivo olhando para trás para ver se há alguém à espreita nas sombras. Elas não têm mais serventia para mim. Por acaso gostaria de guardá-las junto com suas outras recordações sobre a realeza?

A coleção de velhos recortes de jornal e fotografias de Dora, que traía sua condição de ardente monarquista, era motivo de piada na família.

– Vamos dar uma olhadinha, então.

Dora voltou para a sala com o bule de chá, serviu outra xícara para ambas e se acomodou na sua poltrona preferida.

– Me espanta você se permitir pensar que um dos seus preciosos reis pode ter tido um caso fora do casamento, principalmente sendo casado com a sua integrante preferida da família real – comentou Joanna, pondo a mão na mochila para pegar o envelope pardo.

– Os homens são todos iguais – retrucou Dora. – Além disso, até recentemente, todos os reis e rainhas tinham amantes. É sabido que pairam dúvidas quanto ao parentesco de um bom número de monarcas. Naquela época não existiam métodos contraceptivos, meu amor, você sabe. Eu tinha uma amiga em Bletchley Park cuja mãe fora empregada em Windsor. As coisas que ela me contou sobre Eduardo VII... Ele teve uma fieira de amantes e, ao que parece, engravidou pelo menos duas. Obrigada, meu amor. – Dora estendeu a mão para o envelope e removeu seu conteúdo. – Então, o que temos aqui?

Joanna observou a avó estudar as duas cartas, em seguida abrir o programa de teatro.

– Eu vi James várias vezes no palco. Mas ele aqui está diferente, não é? Pensei que tivesse cabelos pretos. Neste retrato aqui ele está louro.

– Ele pintou o cabelo de preto e começou a usar bigode quando virou James Harrison e assumiu sua nova identidade.

– E isto, o que é?

Dora estava examinando a foto que Joanna havia encontrado no sótão de Haycroft House.

– São James Harrison, Noël Coward e Gertrude Lawrence. Pela roupa de gala, imagino que devam estar em alguma espécie de noite de estreia.

Dora estudou a fotografia com atenção, então olhou para a outra imagem de James Harrison no programa de teatro.

– Meu Deus! – Ela deixou escapar um suspiro e balançou a cabeça, assombrada. – Ah, mas não é, mesmo.

– Não é o quê?

– Esse homem em pé ao lado de Noël Coward com certeza não é James Harrison. Espere só um minutinho que vou provar para você.

Dora se levantou e saiu da sala. Joanna ouviu o ruído de uma gaveta sendo aberta seguido por um farfalhar que lembrava papel, e Dora então voltou com os olhos cintilando de triunfo. Sentou-se, pousou sobre a mesa uma pilha de recortes de jornal amarelados e chamou Joanna com um aceno. Apontou para uma foto desbotada e granulada, depois para as outras. Então pôs ao lado delas a foto de Joanna.

– Está vendo? É a mesma pessoa. Não há dúvida alguma em relação a isso. Temos aqui um caso de identidade trocada, meu amor.

– Mas... – Joanna ficou sem ar e sentiu uma leve náusea enquanto o seu cérebro tentava processar o que estava vendo. Apontou para o rosto no programa, o rosto do jovem Michael O'Connell. – Com certeza este aqui não pode ser ele também, pode?

Dora tirou os óculos do nariz e olhou para a neta com atenção.

– Eu duvido que o segundo na linha de sucessão fosse estar se apresentando num espetáculo no Hackney Empire, você não concorda?

– Está dizendo que esse homem em pé ao lado de Noël Coward é o duque de York?

– Compare essa foto dele com estas daqui: no dia do casamento, com o uniforme da Marinha, no dia da coroação... – Dora cravou o dedo no rosto da imagem. – Estou dizendo, é ele sim.

– Mas a foto de Michael O'Connell no programa de teatro... quero dizer, eles parecem a mesma pessoa.

– É como se estivéssemos vendo duplo, não é? Ah, e eu trouxe mais uma coisinha para você ver. – Dora pegou outro recorte. – Achei estranho quando você falou sobre o tal "visitante" que tinha chegado à Irlanda no início de janeiro de 1926. Veja, esta imagem aqui mostra o duque e a duquesa numa visita à catedral de York Minster em janeiro de 1926. Meus pais foram lá, acenar com a multidão. De modo que é bem improvável o duque ter estado no sul da Irlanda nessa época; a viagem era longa. Além do mais, a duquesa estava aos seis meses de gestação do primeiro filho. Pelo que eu sei, o casal não saiu da Inglaterra até o ano seguinte, quando fez uma visita à Austrália.

Joanna levou as mãos à cabeça enquanto seu cérebro se esforçava para computar tudo aquilo.

– Quer dizer que... no fim das contas, não poderia ter sido o duque de York lá na Irlanda?

– Naquela época muita gente famosa usava sósias, sabia? – disse Dora devagar. – Monty ficou conhecido por fazer isso, e Hitler também, claro. Por isso ninguém conseguia pegá-lo. Eles nunca saberiam se tinham matado o homem certo.

– Você está dizendo que Michael O'Connell pode ter sido usado como sósia do duque de York? Mas por quê?

– Eu é que vou saber? Mas veja bem, o duque nunca teve a saúde muito boa. Vivia adoentado quando era menino. E sempre gaguejou muito. Teve crises de bronquite a vida inteira.

– Mas certamente alguém teria percebido, não? Com todas as fotos nos jornais...

– A qualidade não era como a de hoje em dia, meu bem. Não havia essas lentes modernas apontadas bem para o seu nariz, e não havia televisão. As pessoas viam a realeza de longe, se tivessem sorte, ou então os ouviam no rádio. Imagino que, se houvesse algum motivo para eles precisarem de um sósia, se o duque estivesse doente, digamos, e eles não quisessem que o país soubesse... teriam conseguido isso fácil, fácil.

– Tá, tá bom. – Joanna tentou absorver essa nova informação. – Então, se for isso, e Michael O'Connell tiver sido usado como sósia do duque de York, por que essa histeria toda?

– Não pergunte para mim, meu bem. A jornalista investigativa é você.

– Meu Deus! – Joanna balançou a cabeça, frustrada. – Eu achei que tivesse entendido a história toda, mas, se o que você acabou de assinalar estiver correto, voltei à estaca zero. Por que todas as mortes? E que diabo tinha naquela carta que eles estavam tão desesperados assim para pegar? – Ela deixou o olhar se perder ao longe, sentindo o coração bater com força dentro do peito. – Se... *se* você estiver certa, o Simon me traiu totalmente.

– Talvez ele tenha achado melhor fazer isso a deixar você correr o risco de saber a verdade – retrucou Dora, sensata. – Simon é um típico homem de Yorkshire, e você é como uma irmã para ele. O que quer que ele tenha feito, fez para te proteger.

– Você está errada. O Simon pode até ter carinho por mim, mas nas últimas semanas eu descobri a quem ele é realmente leal. Ai, vó, que droga. Estou tão confusa... Pensei que tivesse tudo acabado, que eu talvez fosse poder esquecer isso tudo e tocar a minha vida.

– Bom, meu amor, é claro que pode. Tudo que a gente fez foi descobrir uma semelhança entre um rapaz e outro...

– Semelhança? Nessas fotos qualquer um teria dificuldade para ver a diferença! É uma coincidência grande demais. Vou ter que voltar a Londres e repensar tudo. Posso pegar esses recortes emprestados?

– Com prazer, contanto que devolva.

– Obrigada.

Joanna recolheu os recortes e os guardou na mochila.

– Me avise o que acontecer, meu amor. Meu instinto me diz que você agora está na pista certa.

– O meu também. Tomara. – Ela deu um beijo afetuoso na avó. – O que vou dizer agora pode soar excessivamente dramático, mas, vó, não comente *nada* com ninguém sobre o que conversamos hoje. As pessoas metidas nessa história têm o péssimo hábito de acabarem machucadas.

– Pode deixar, embora metade dos velhinhos que moram por aqui estejam gagás demais até para lembrar que dia é hoje, que dirá uma história como essa.

Dora deu uma risadinha.

– Não precisa me levar na porta.

– Está bem. Cuide-se, Joanna. E, apesar do que você me disse, se for confiar em alguém, confie no Simon.

Joanna acenou do hall, abriu a porta da frente e andou até o carro. Quando estava indo embora, ficou pensando que Dora talvez a tivesse conduzido sem querer até a verdade, mas que as suas últimas palavras em relação a Simon estavam inteiramente equivocadas.

36

Ao chegar de volta ao escritório, Simon notou um leve aroma de perfume caro pairando em volta da antiga mesa de Ian, e reparou que seus cinzeiros abarrotados e canecas de café pela metade tinham sido substituídos por um vaso de orquídea. Uma bolsa Chanel pendia do encosto da cadeira pela elegante alça de corrente.

– Quem é a novata? – perguntou a Richard, o administrador de sistemas e fofoqueiro de plantão do departamento.

– Monica Burrows. – Richard arqueou uma das sobrancelhas. – Emprestada pela CIA.

– Sei.

Simon se sentou diante da própria mesa e ligou o computador para checar o e-mail. Havia passado a maior parte do mês anterior fora do escritório. Olhou de relance para a mesa de Ian e foi tomado por toda uma gama de emoções misturadas. Uma culpa lancinante por ter sido *ele* a pôr fim à vida do colega...

Nenhuma palavra que ele jamais pudesse escrever seria capaz de traduzir no papel seus sentimentos, nem nada que ele pudesse dizer seria capaz de explicá-los. Simon era o próprio juiz e o próprio júri – jamais seria julgado diretamente por aquele crime, mas como jamais seria perdoado nem condenado passaria o resto da vida num limbo moral. E cada vez mais em dúvida se aquela era a carreira adequada para ele.

Tentou se controlar. Monica não tinha culpa de ter herdado a mesa de um homem que não existia mais...

"A vida humana é como um balde cheio d'água. Se você tira um copo, ele torna a se encher", dissera-lhe alguém certa vez.

Deixando de lado seu devaneio, ele olhou que horas eram e seu deu conta de que só tinha quinze minutos antes de se apresentar para a reunião.

– Oi – falou nas suas costas uma voz que ele não conhecia.

Simon se virou e deu de cara com uma morena alta usando um conjunto de saia e paletó bem-cortado. A mulher não tinha um fio de cabelo fora do lugar – parecia ter feito escova da cabeça aos pés. Estendeu-lhe a mão.

– Monica Burrows, muito prazer.

– Simon Warburton.

Ele apertou a mão dela e reparou que o sorriso era simpático, mas os olhos verdes maquiados com perfeição eram frios.

– Pelo visto vamos ser vizinhos de mesa – ronronou ela, sentando-se e cruzando as pernas compridas e longilíneas. – Quem sabe você me ensina os macetes.

– Claro, mas infelizmente agora estou de saída.

Simon se levantou, meneou-lhe a cabeça e tomou o rumo da porta.

– Nos vemos por aí – ouviu-a dizer enquanto saía.

Vida que segue... pensou ele ao saltar do elevador no último andar e percorrer o corredor acarpetado.

– Mesmo quando não segue – resmungou, e foi se apresentar à fiel recepcionista que reinava sozinha no último andar, sentada em sua cadeira.

O forte sol da manhã entrava pelas janelas altas. Ao adentrar o recinto, Simon pensou como aquele homem tinha um aspecto frágil, com a luz brilhante acentuando as fundas rugas gravadas em seu rosto.

– Bom dia, senhor – cumprimentou, andando até a mesa dele.

– Sente-se, Warburton. Antes de mais nada, me diga: descobriu alguma coisa sobre a tal agência de detetives particular contratada por James Harrison?

– O sujeito de lá com quem falei me disse que James Harrison tinha lhe pedido para investigar o que havia acontecido com Niamh Deasy na Irlanda anos atrás.

– A culpa nos estágios finais da vida – disse o velho com um suspiro. – Imagino que eles não tenham descoberto nada?

– Só que ela e a criança morreram no parto, senhor.

– Bem, posso me reconfortar pensando que pelo menos *nesse ponto* o serviço de segurança da Grã-Bretanha conseguiu esconder suficientemente os próprios rastros. E suponho que a situação relacionada a Marcus Harrison tenha sido contornada?

– Sim, o caso foi declarado um acidente de caça, e duvido que alguém cave mais fundo. O funeral foi no mês passado.

– Ótimo. Agora, esse nome que a Srta. Haslam passou para você é interessante, muito interessante mesmo. Sempre me perguntei em quem a nossa "lady" confiaria tanto a ponto de entregar as malditas cartas. Deveria ter pensado nela há muito tempo, claro. Ela com certeza era uma amiga próxima da nossa "lady", embora, se não me falha a memória, já tivesse ido embora para se casar quando tudo aconteceu. Tenho alguns homens investigando isso, mas acho que ela provavelmente já deve ter morrido, de qualquer maneira.

– É provável, senhor, mas a esta altura vale investigar todos os caminhos.

– Nós já verificamos cada maldito pedacinho de papel naquele sótão. Você consegue pensar em mais algum esconderijo, Warburton?

– Infelizmente, não, embora esteja começando seriamente a me perguntar se ele não destruiu a carta, se ela simplesmente não existe mais. Para mim é evidente que a família Harrison não sabe nada sobre o passado de sir James.

– Mas veja como essa tal de Joanna chegou perto de descobrir a verdade. Nossa sorte foi o caso irlandês de Harrison ter proporcionado a cortina de fumaça perfeita. – O velho deu outro suspiro. – Ele deve ter guardado a maldita carta, e não vou conseguir descansar até ela ser encontrada e destruída. Escreva o que estou dizendo: se não a encontrarmos, outra pessoa irá encontrar.

– Sim, senhor.

– Como parece não haver muitas alternativas, vou recolocá-lo a serviço de Zoe Harrison. O palácio está remanchando para decidir como lidar com a situação. Sua Alteza Real continua resistindo a qualquer tentativa de racionalização. Por enquanto, todos estão sendo obrigados a fazer o que ele quer e torcer para o relacionamento perder força.

Simon encarou as próprias mãos e sentiu o coração pesar.

– Sim, senhor.

– Sua Alteza Real está insistindo também para que a Srta. Harrison e ele comecem a ser vistos juntos em público. O palácio autorizou que ela o acompanhe à estreia de um filme daqui a umas duas semanas. Ele também está ansioso para que ela se mude, mas o palácio tem resistido. Ela tirou umas férias curtas com o filho e passou a última semana fora, mas foi avisada para aguardá-lo na Welbeck Street na segunda-feira de manhã.

– Sim, senhor. Uma última coisa: Monica Burrows, da CIA... Jenkins me disse que ela vai trabalhar conosco. Calculo que não saiba de nada?

– Absolutamente nada. No que me diz respeito, desaprovo essa promiscuidade com outras agências de inteligência, o compartilhamento de métodos e a fusão de ideias. Jenkins vai incumbi-la de um serviço de vigilância leve, e ela deve acompanhar outros integrantes do departamento, segui-los, esse tipo de coisa. Obrigado, Warburton. Nos falamos no horário de sempre amanhã.

Simon saiu da sala pensando como o velho parecia cansado. Mas ele tinha carregado o segredo sozinho por muitos e muitos anos, afinal. E esse fardo por si só bastava para minar as forças da mais robusta das constituições.

Com certeza estava minando as *dele*.

– Joanna!

Braços grossos e peludos rodearam seus ombros e a estreitaram num abraço de urso.

– Oi, Alec.

Ela ficou surpresa com aquela demonstração de afeto.

Ele a soltou e recuou um passo para observá-la.

– Como vai, querida?

– Vou bem.

– Você parece um caco, menina. Está pele e osso. Tem certeza de que está bem?

– Tenho. Sério, Alec, tudo que eu quero é trabalhar um pouco e tentar esquecer essas últimas semanas.

– Certo, bom, te encontro para um sanduíche no pub à uma da tarde. Preciso te atualizar sobre algumas coisas. Algumas... mudanças que ocorreram desde que você foi embora. Vamos, volte para sua antiga mesa e vá olhar seus e-mails.

Ele piscou para ela e voltou para o computador.

Joanna percorreu a redação respirando o cheiro de fumaça. Por mais que a administração pendurasse placas de NÃO FUME, uma nuvem de fumaça de cigarro ainda pairava permanentemente sobre as mesas. Aliviada pelo fato de a cadeira de Alice ao lado da sua estar vazia – queria um tempo para se acomodar sem uma enxurrada de perguntas –, Joanna sentou-se e ligou o computador.

Ficou olhando para a tela sem ver nada, ainda repassando na cabeça os fatos novos. Desde o encontro com Dora, havia comparado outras fotos do jovem duque com a do jovem Michael O'Connell no programa. Quaisquer diferenças entre os dois eram praticamente imperceptíveis.

Assumindo como verdadeira a ideia de Dora sobre um "sósia", Joanna fizera um vago esboço do que poderia ter acontecido: um jovem ator, muito parecido no aspecto e na idade com o duque de York, fora escolhido para representar o papel de sua vida. Como o duque não poderia ter estado na Irlanda na época em questão devido a compromissos oficiais e ao fato de sua mulher estar grávida, Michael O'Connell é que teria ficado hospedado na casa da guarda costeira. Fora, portanto, Michael O'Connell quem tivera o caso com Niamh Deasy. Dez anos depois, ao ver a fotografia do duque de York na manchete do *Irish Times* no dia da coroação, a pobre Ciara havia pensado, de modo compreensível, que fora *ele* o hóspede na casa do outro lado da baía, que fora *ele* quem tivera um caso com sua irmã morta. A carta escondida por tantos anos sob as tábuas da casa, pensou Joanna com pesar, decerto continha apenas as últimas palavras tristes de uma mulher à beira da morte para Michael, o homem que ela amava.

Nesse caso, por que Michael O'Connell havia mudado de identidade? O que ele sabia que tinha lhe proporcionado uma casa enorme como a da Welbeck Street, além de dinheiro, uma esposa aristocrata e imenso sucesso como ator? E a carta de amor para "Siam" escrita pela misteriosa dama... a que dera início a toda aquela sua busca, para começo de conversa? Será que Rose a havia escrito, como ela pensava antes, ou teria sido outra pessoa...?

Joanna deu um suspiro de frustração. Muito embora a semelhança entre os dois homens fosse incrível, o fato era que não havia rigorosamente prova alguma de nada.

Ela olhou ao redor para tentar se transportar de volta à realidade. Era bem provável que, se desse o menor indício para quem quer que fosse de que continuava "interessada" naquela história, eles fossem atrás dela na mesma hora. Só tinham lhe dado sua vida de volta porque achavam que o que ela sabia era seguro. A grande pergunta era: será que ela dispunha da força e da coragem necessárias para seguir buscando a verdade? Embora não tivesse nenhuma resposta sólida, seu instinto lhe dizia que estava perigosamente perto de descobri-la.

Apesar dos protestos de Joanna, Alec a empurrou para dentro do pub perto do jornal à uma da tarde em ponto, ansioso para escutar a história toda.

– Então, pode contar tudo.

Alec a encarou por cima do seu *pint*.

– Não tem nada para contar – disse Joanna. – Tinha um pessoal caçando patos, e Marcus e eu ficamos presos no meio do fogo cruzado. Ele levou um tiro. Eu saí correndo, caí no mar, aí fui levada pela correnteza e quase morri afogada – repetiu ela como se fosse um mantra.

– Um pessoal caçando patos! – Alec deu um muxoxo. – Jo, faça-me o favor! É *comigo* que você está falando. O que foi que você descobriu que te obrigou a lutar pela própria vida? E fez Marcus perder a dele?

– Nada, Alec, sério – disse ela, cansada. – Nenhuma das minhas pistas deu em nada. No que me diz respeito, esse capítulo está encerrado. Consegui meu amado emprego de volta, e pretendo me concentrar em desencavar podres de supermodelos e astros de novela, em vez de me deixar levar e ficar imaginando enredos fantásticos adubados por velhinhas.

– Joanna, você mente muito mal, mas aceito que o pessoal lá de cima tenha feito um bom trabalho e de fato te metido medo e feito você desistir. O que é uma pena, porque eu, da minha parte, cavei mais um pouco.

– Alec, eu não me daria esse trabalho se fosse você. Essa estrada não leva a lugar nenhum.

– Minha querida, eu não gosto muito de usar minha superioridade hierárquica, mas estou neste ramo há mais tempo do que você está no planeta, e posso farejar um escândalo a quilômetros de distância. Quer escutar ou não?

Joanna deu de ombros de modo casual.

– Na verdade não quero, não.

– Ah, vamos, vou te contar mesmo assim. Andei lendo uma daquelas autobiografias de sir James, e uma coisa me pareceu esquisita.

Joanna se concentrou em parecer desinteressada enquanto Alec seguia falando.

– O texto relembra o quanto ele era próximo da esposa, Grace. O quanto seu casamento era sólido, e como ele ficou arrasado quando ela morreu.

– Sim. E daí?

– Parece que Grace morreu na França. Quero dizer, se a sua amada morre fora do país, com certeza você vai querer buscar o corpo e mandar enterrá-la perto de você, não? Para algum dia vocês poderem repousar juntos pela eternidade? E sabemos que sir Jim está enterrado em Dorset. Sozinho – arrematou Alec.

– Pode ser. Marcus com certeza foi trazido da Irlanda. – Joanna engoliu em seco. – Mas eu estava mal demais para ir ao funeral.

– Eu sinto muito por isso, querida. Mas então. Por que sir James não fez o mesmo com a sua amada? Seria possível que ela no fim das contas não tivesse morrido?

– Não sei. Posso pedir meu sanduíche? Estou morta de fome.

– Claro. De queijo está bom?

– Está.

Alec gritou mais alto que o forte burburinho do bar para pedir o sanduíche e duas outras bebidas.

– Enfim, ela agora teria para lá de 90, então as chances de estar viva ou gozando de suas plenas faculdades mentais são poucas.

– Você acha mesmo que ela ainda poderia estar viva? Que também estava metida nessa história toda?

– Pode ser, Jo, pode ser.

Alec sorveu um ruidoso gole de chope.

– Alec, isso tudo é muito interessante, mas, como eu já disse, cheguei ao fim da linha.

– Bom, querida, você é quem sabe.

– Além do mais, como você tentaria localizar alguém que supostamente morreu sessenta anos atrás?

– Ah, Jo, esses são os truques da profissão. Tem sempre um jeito tirar essas pessoas da toca, é só escolher as palavras certas.

– Palavras de quê?

– De um anúncio publicado na página dos obituários. Toda velha lê esses anúncios para ver se algum conhecido bateu as botas. Vá lá, Jo, coma seu sanduíche. Ganhar uns quilinhos não te faria mal.

Nessa noite, Joanna entrou no apartamento sentindo-se totalmente exaurida e foi encher a banheira. Voltar do ar puro de Yorkshire fazia Londres parecer suja, e ela própria também. Depois de tomar um banho, vestir o roupão e calçar seus chinelos felpudos, foi se sentar no sofá da sala. Perguntou-se então se teria voltado cedo demais – pelo menos em Yorkshire sentia-se segura e amparada, e nunca tão sozinha quanto estava se sentindo agora.

Estendeu a mão para a pilha de correspondência que havia se acumulado na sua ausência e começou a abrir os envelopes. Havia uma carta encantadora de Zoe Harrison dando-lhe as boas vindas de volta a Londres, e pedindo que ela lhe telefonasse para as duas poderem marcar um almoço. Havia também uma quantidade assustadora de contas a pagar, e Joanna sentiu-se grata por ter conseguido seu emprego de volta. Quando estava dividindo a correspondência em duas pilhas, "importante" e "lixo", um fino envelope branco escorregou até o chão. Ela o pegou, e ao ver que era um bilhete manuscrito apenas com seu nome, abriu.

Querida Jo,

Por favor, não rasgue esta carta ainda. Eu sei que fui um merda total. Quando vi como você tinha ficado brava e magoada, sério, nunca me odiei tanto quanto estou me odiando agora.

Passei a vida inteira culpando os outros pelos meus problemas, e hoje me dou conta de que sou um covarde. Um covarde por não ter te contado a verdade sobre o dinheiro. Eu nunca te mereci.

Desde o instante em que te vi naquele restaurante eu soube que te queria. Que você era especial, diferente. Você é uma mulher incrível, e com sua força e coragem faz com que eu me sinta a criatura lamentável que sou.

Sei que você deve estar balançando a cabeça enquanto lê isto – se é que já não jogou a carta no lixo. Eu não sou a pessoa mais articulada nem a mais romântica do mundo, mas estou abrindo meu coração. É verdade. Joanna Haslam, eu te amo. Não há nada que eu possa fazer para mudar o passado. Mas espero poder mudar o futuro.

Se você for capaz de me perdoar, eu quero ser um homem melhor para você. E te mostrar quem posso ser.

Mais uma vez, te amo.

Marcus

P.S.: A propósito, não fui eu quem contei aos jornais sobre a Zoe. Ela é minha irmã. Eu nunca faria isso com ela.

– Ai, meu Deus, ai, Marcus, meu Deus... – Lágrimas escorreram dos olhos de Joanna. – Mas você me mostrou, querido, *mostrou, sim*!

Ela chorou mais um pouco, sentindo o terrível caráter definitivo da morte atingi-la com força ao ler aquelas últimas palavras que ele lhe escrevera – o fato de que jamais poderia lhe agradecer pelo que havia feito por ela. Deu-se conta de que, apesar dos seus defeitos, nunca na vida alguém a amara tanto quanto Marcus. E agora ele se fora.

– Eu não sou forte nem corajosa – murmurou, enquanto andava até o quarto para procurar na mochila os remédios para dormir que o médico tinha lhe dado quando ela saíra do hospital.

Com toda a certeza precisaria deles nessa noite.

Pegando também os velhos recortes de jornal de sua avó e o envelope contendo todas as suas "provas", Joanna subiu na cama e examinou a pilha. Mais uma vez foi impelida a comparar as fotos, e mais uma vez sua mente pôs-se a buscar respostas.

– O avô era *seu*, Marcus – sussurrou ela para o quarto vazio enquanto engolia um comprimido e tentava encontrar uma posição confortável no colchão novo.

– Quem *era ele*? – perguntou para o vazio.

Uma hora mais tarde, ainda sem conseguir dormir, apesar do remédio, Joanna sentou-se na cama. Com certeza... *com certeza* devia a Marcus descobrir a verdade, já que ele tinha perdido a vida buscando por ela, não?

Seguindo o conselho de Alec quanto a pôr um anúncio na seção de obituário, Joanna pôs-se a trabalhar no computador. Encontrou mais de uma dezena de diários franceses de circulação nacional listados, além de diversos jornais locais. Resolveu começar com o *Le Monde* e o *The Times*, que, por ser de origem inglesa, Grace talvez pudesse comprar para se manter em contato. Caso não tivesse sorte com os anúncios nesses jornais, passaria aos dois seguintes e assim por diante. Afinal, não havia garantia alguma de que Grace continuasse morando na França. Ela poderia muito bem ter ido embora logo depois de sua falsa "morte", tantos anos antes.

Mas como formular o anúncio dando a entender a Grace que era seguro se identificar? E ao mesmo tempo sem alertar ninguém que pudesse estar observando, à espera? Joanna ficou sentada de pernas cruzadas na cama até bem tarde da noite, e a pilha de pedacinhos de papel descartados – que ela sabia que deveria queimar até virarem cinzas antes do amanhecer – foi crescendo à medida que ela se esforçava por encontrar as palavras certas.

Quando o dia raiou, ela digitou o anúncio, então o apagou assim que o imprimiu. Chegando no trabalho, usou o fax da redação para mandar o texto, com um recado dizendo para ambos os jornais o publicarem assim que possível. Os anúncios sairiam dali a dois dias. Era uma chance remota, ela sabia, e tudo que podia fazer agora era esperar.

Na hora do almoço, Joanna estava na biblioteca da Hornton Street, perto da redação, com a mesa cheia de livros sobre a história da família real. Estudou mais uma foto do jovem duque de York e sua noiva. Então, baixando os olhos pela imagem, reparou num anel num dos dedos da sua mão esquerda. Embora ele estivesse parcialmente na sombra, o formato e a insígnia lhe pareceram conhecidos.

Ela fechou os olhos e vasculhou o próprio cérebro. Onde tinha visto antes aquele anel? Dizendo um palavrão em voz alta por não conseguir lembrar, olhou para o relógio e se deu conta de que o seu horário de almoço tinha acabado.

Às quatro da tarde, quando estava tomando uma xícara de chá, deu um tapa de exultação na mesa.

– Mas claro!

Tirou o fone do gancho e discou o número de Zoe.

– Como você está?

Na mesma noite, Zoe abriu a porta da casa da Welbeck Street, verificou a rua rapidamente, então puxou Joanna para dentro e lhe deu um abraço afetuoso.

– Bem... estou bem.

– Tem certeza? Você está muito magra, Jo.

– É, acho que sim. E você, como anda?

– É, bom... tudo na mesma, sabe como é. Quer um chá? Um café? Um vinho? Eu vou tomar um vinho, acho que o horário já permite.

– Eu te acompanho – disse Joanna, seguindo-a até a cozinha.

Zoe pegou uma garrafa já aberta e serviu o vinho em duas taças sem muita cerimônia.

– Você também não está com uma cara muito boa – comentou Joanna.

– Para ser sincera, estou me sentindo um lixo.

– Somos duas.

– Saúde.

Elas brindaram numa celebração de mentira e sentaram-se diante da mesa da cozinha.

– Como tem sido estar de volta a Londres? – perguntou Zoe.

– Difícil – admitiu Joanna. – E ontem à noite achei isto aqui na minha correspondência – disse ela baixinho, entregando a carta a Zoe. – É do Marcus. Ele deve ter escrito depois da nossa briga... Eu achei que... bom, achei que você talvez pudesse querer ler.

– Obrigada. – Zoe abriu o envelope. Joanna ficou observando enquanto ela lia, e pôde ver as lágrimas cintilarem nos seus olhos azuis. – Obrigada por me mostrar isto. – Ela segurou a mão de Joanna. – O fato de o Marcus ter te amado tão profundamente significa muito para mim. Achei que ele não fosse viver isso nunca, e fico muito feliz que tenha vivido, mesmo que por um tempo tão curto.

– Eu só queria ter acreditado que ele me amava, mas com o comportamento e a reputação pregressa dele isso era muito difícil. A gente também teve uma discussão. Estou me sentindo péssima. Eu o acusei de ter vendido você e o Art para os jornais.

Pelo menos era uma meia-verdade.

– Sei. Pensei que talvez tivesse sido você, mas o Simon jurou que você não faria isso.

– Que legal ele ter dito isso. Enfim, no caso não fomos nem eu, nem ele.

– Então quem foi?

– Quem vai saber? Um vizinho, talvez, que viu Art entrar e sair da sua casa? Meu Deus, Zoe, que vergonha de ter acusado o Marcus.

– Bom, pelo menos vocês fizeram as pazes na Irlanda.

– É, fizemos, sim – mentiu Joanna, detestando o fato de nunca poder contar a Zoe que Marcus tinha salvado a sua vida. – Sinto uma saudade terrível dele.

– Eu também. Embora ele fosse irritante, dado a excessos, e um zero à esquerda em matéria de dinheiro, ele era muito *apaixonado*. E cheio de vida. Mas agora vamos mudar de assunto antes de acabarmos as duas aos prantos outra vez. Você disse que queria ver o anel do William Fielding?

– Isso.

Zoe pôs a mão na bolsa, pegou uma caixinha de couro e entregou para Joanna, que a abriu e examinou o anel lá dentro.

– Então? Foi esse que você viu no catálogo sobre o qual comentou no telefone mais cedo? A tal herança perdida da Rússia czarista? Um anel de valor inestimável roubado direto do dedo de um arcebispo assassinado durante a Reforma?

– Não tenho certeza absoluta, mas é muito provável que ele seja valioso... Você me emprestaria por uns dias para eu poder verificar? Prometo não perdê-lo de vista.

– É claro que empresto. De toda forma, ele nem é meu. O coitado do William não tinha parentes vivos. Eu perguntei no funeral, mas todos lá eram velhos amigos atores, ou então outras pessoas que o conheciam do trabalho. Se o anel valer alguma coisa, acho que ele ia gostar que o dinheiro fosse doado para o Fundo Beneficente dos Artistas.

– Que boa ideia. – Joanna fechou a caixinha e a guardou na mochila. – Te aviso assim que descobrir com certeza. Mas me conte sobre o seu príncipe.

– Ele vai bem.

Zoe tomou um bom gole de vinho.

– "Bem", só isso? Não é uma palavra muito condizente com o amor da sua vida, o relacionamento de conto de fadas da década, o...

– Faz um tempo que não o vejo. Tenho ficado mais com o Jamie durante as férias de Páscoa. Ele ainda está abalado com o que aconteceu, e nervoso de ter que voltar para o colégio e ser alvo de chacota por causa da mãe.

– Coitado do Jamie. Eu sinto muito, Zoe. Estive fora por muitas semanas, então meio que perdi o contato.

– Bom, ele sofreu umas zombarias no colégio por causa do meu relacionamento com o Art. Eu não tinha contado para ele, e enquanto Art e eu estávamos fora na Espanha ele fugiu do colégio. Na verdade quem o encontrou foi o Simon, dormindo em cima do túmulo do bisavô. – A expressão de Zoe se suavizou. – Ainda fico abismada por Simon conhecer Jamie tão bem a ponto de saber onde procurá-lo. Ele é um homem tão bom, Joanna. Jamie o adora.

– Mas você e Art continuam firmes, não?

– Para dizer a verdade, fiquei muito brava com ele quando fui embora da Espanha. Ele simplesmente não parecia compreender o quanto eu estava assustada, nem ligar para o fato de o Jamie ter sumido, para ser sincera. Mas ao voltar para Londres mandou buquês de flores e tal, pediu mil desculpas por ter sido insensível, e prometeu garantir que Jamie tivesse uma proteção melhor dali em diante.

– Então agora está tudo bem outra vez?

– Em teoria, sim. O Art está movendo mundos e fundos para fazer os pais e o resto da família dele me aceitarem. Mas... – Zoe girou um dedo ao redor da base da taça de vinho. – Muito cá entre nós, estou começando a questionar seriamente o que eu mesma sinto por ele. Fico desesperada para acreditar que o que senti durante tanto tempo é real. Durante anos o Art foi tudo que eu desejei, e agora que eu o tenho... bem. – Zoe balançou a cabeça. – Estou começando a achar defeitos nele.

– Isso me parece bastante compreensível, Zoe. Ninguém poderia estar à altura do príncipe imaginário dos seus sonhos.

– É o que eu vivo repetindo para mim mesma, mas a verdade é que eu não sei o quanto a gente tem em comum. As coisas que eu considero engraçadas ele nunca acha nem remotamente divertidas. Na verdade, para ser franca, ele quase nunca ri. E ele é tão... – Zoe procurou a palavra. – ... tão rígido. Não tem espontaneidade absolutamente nenhuma.

– Com certeza isso deve ter mais a ver com a posição dele do que com a personalidade, não?

– Pode ser. Mas sabe quando você não se sente você mesma com um homem? Quando parece que está sempre interpretando um papel? E nunca consegue relaxar?

– Sei muito bem. Eu vivi assim por cinco anos, mas só percebi quando ele me largou. O Matthew, o meu ex, simplesmente não me fazia ser a melhor pessoa que eu podia ser. A gente raras vezes se divertia.

– É exatamente isso, Jo. Art e eu passamos a vida tendo conversas intensas sobre o futuro, e nunca paramos para simplesmente aproveitar o presente. E eu ainda não criei coragem para apresentá-lo ao Jamie. É que tenho a terrível sensação de que o meu filho não vai gostar dele. Ele é tão... tenso. – Além disso tudo... – Zoe suspirou – ... fico pensando em como vou passar o resto da vida sendo vigiada. Com a mídia analisando cada um dos meus passos, e uma câmera apontada para o meu nariz aonde quer que eu vá.

– Tenho certeza de que se o seu amor pelo Art for suficiente, ele pode te ajudar a passar por isso tudo. O que você precisa ter claro na mente são os seus *sentimentos* por ele.

– O amor vence tudo, você quer dizer?

– Exato.

– Bom, acho que é esse o xis da questão. Eu me sinto um pouco que nem o Ursinho Pooh preso dentro do buraco do Coelho; estou tão lá dentro que fico pensando como é que vou conseguir sair. Meu Deus, é nessas horas que eu queria muito que o meu avô ainda estivesse vivo. Ele com certeza teria alguma coisa equilibrada e sensata para dizer sobre o assunto.

– Vocês eram mesmo chegados, né?

– Muito. Eu queria que vocês tivessem se conhecido, Jo. Você o teria adorado, e ele a você. Ele adorava mulheres de fibra.

– Sua avó era uma mulher de fibra? – testou Joanna.

– Não sei muito bem. Sei que ela vinha de uma família inglesa rica. Os Whites eram muito refinados... minha avó era uma dama de verdade, uma lady. Perdeu o título quando se casou com meu avô, claro. Um partido e tanto para um ator, ainda mais um ator com origens supostamente irlandesas.

Joanna sentiu o coração acelerar.

Fale com a Dama do Cavaleiro Branco...

– O sobrenome de solteira da Grace era White? Por isso "Branco"...

– Era. Ela era bonita mesmo... pequena e delicada.

– Como você.

– Pode ser. Talvez fosse por isso que James gostava tanto de mim. E por falar em esposas mortas, tem mais uma coisa que eu queria te contar. Me convidaram para fazer o papel de uma.

– Como assim?

Joanna se forçou a se concentrar no que Zoe estava dizendo.

– A Paramount vai fazer um grande e multimilionário remake de *Uma mulher do outro mundo*. Querem que eu faça a Elvira.

– Caramba, Zoe. Hollywood, é isso mesmo?

– Com certeza, e o papel é meu se eu quiser. Eles viram um corte preliminar de *Tess*, me chamaram para uma leitura rápida, e ontem entraram em contato com meu agente com uma proposta que beira o obsceno.

– Zoe, que fantástico! Meus parabéns! Você merece demais.

– Ah, Jo, pare com isso. – Zoe revirou os olhos. – Eles provavelmente acham que o público americano vai se acotovelar para assistir a um filme estrelado pela namorada de um príncipe da Inglaterra. Longe de mim ser cínica, mas não acho que essa proposta teria se materializado se a minha cara não estivesse estampada em todos os jornais dos Estados Unidos com Art do lado.

– Zoe, não se diminua – repreendeu Joanna. – Você é uma atriz de enorme talento. Hollywood teria acabado vindo bater na sua porta, com ou sem Arthur.

– É. Mas eu não posso aceitar, né?

– Por quê?

– Caia na real, Jo. Se eu me casar com Arthur, o máximo que vou fazer é comer canapés e apertar a mão de um sem-fim de gente em eventos de caridade, isso *se* eles não conseguirem que algum integrante mais importante da família compareça.

– Os tempos estão mudando, Zoe, e talvez você seja exatamente aquilo de que a família real está precisando para finalmente entrar no novo milênio. As mulheres hoje em dia têm carreiras. Ponto final.

– Pode ser, mas não carreiras nas quais precisam tirar a roupa ou beijar o par romântico.

– Não me lembro de nenhuma cena de nudez em *Uma mulher do outro mundo* – disse Joanna com uma risadinha.

– Não, mas você entende o que eu estou querendo dizer. Não... – Zoe deu um suspiro. – Se eu me casar com ele, teria de dar adeus à minha carreira. Quero dizer, olhe o que aconteceu com a Grace Kelly.

– Zoe, isso foi na década de 1950! Já conversou com o Art?

– Ahn, não, ainda não.

– Então sugiro que converse. Rápido, ou alguém vai vazar a informação para a imprensa.

– É justamente disso que eu estou falando! – Os olhos azuis de Zoe chisparam. – Minha vida não me pertence mais. Os paparazzi me seguem na rua quando eu saio para comprar meio litro de leite. Enfim, tenho quinze dias para resolver se aceito o papel. Vou levar Jamie de volta para o colégio domingo agora, depois vou passar uns dias em Dorset para tentar organizar os pensamentos.

– Sozinha?

– É claro que não. – Zoe arqueou uma das sobrancelhas. – Essa época já passou faz tempo. O Simon vai comigo. Não que eu ache a presença dele ruim. Ele na verdade é um ótimo cozinheiro. E um excelente ouvido.

Joanna olhou para os olhos de Zoe e viu como a expressão deles tinha se suavizado de repente.

– Sabe, eu acho que o mais importante nisso tudo é se você ama Art o suficiente para abrir mão de tudo por ele. Se a sua vida perderia o significado caso ele não estivesse do seu lado.

– Eu sei. E é essa a decisão que eu preciso tomar, Jo. Você amava o Marcus?

– Eu acho que com certeza estava me apaixonando por ele, sim. O problema foi que, depois de eu conseguir confiar nele, ignorar a fama que ele tinha e acreditar que ele *de fato* sentia alguma coisa por mim, já era tarde. Eu só queria que a gente tivesse tido mais tempo juntos... ele era um homem muito especial.

– Ai, Jo. – Zoe estendeu uma das mãos por cima da mesa. – Que tristeza. Com você ele era a melhor versão de si mesmo.

– Ele me fazia rir, nunca levava as coisas a sério demais, tirando seus preciosos filmes, claro. Com ele eu era totalmente eu mesma e sinto uma saudade terrível – reconheceu Joanna. – Enfim, é melhor eu ir andando. Tenho... trabalho para fazer lá na redação.

– Tá. E sinto muito ter pensado sequer por um minuto que tinha sido você a vender Art e eu para o jornal.

– Não se preocupe. Para ser sincera, eu pensei *sim* em fazer isso por *pelo menos* um minuto! – Ela sorriu ao se levantar e deu um beijo em Zoe. – Você sabe onde me encontrar se precisar conversar.

– Sei, sim. E você também sabe onde eu estou. Pode ir ao lançamento do fundo de estudos no final da semana? Eu vou falar no lugar do Marcus.

Zoe lhe entregou um convite de uma pilha sobre a bancada.

– Claro.

– E será que você viria jantar aqui no próximo fim de semana, quando eu voltar de Dorset? Acho que está na hora de o Art conhecer alguns dos meus amigos. Aí você vai poder julgar por si mesma. Eu bem que estou precisando de uma segunda opinião.

– Tá. Me dê uma ligada durante a semana. Cuide-se.

Joanna saiu da casa, e ao ver um ônibus encostando no ponto do outro lado da rua se esquivou do tráfego e embarcou. Achou um lugar nos fundos do segundo andar, sentou-se e abriu a mochila. Pegou a foto que havia estudado com tanto afinco na noite anterior, e seus dedos tremeram quando ela abriu a caixa que continha o anel.

Não havia absolutamente nenhuma dúvida. O anel que ela estava segurando era o mesmo que o duque de York um dia tinha usado no mindinho.

Joanna ficou olhando pela janela conforme o ônibus avançava lentamente pela Oxford Street. Seria aquela a prova de que precisava? Aquele anel bastaria para garantir o que sua querida e velha avó tinha de forma tão inocente assinalado ser a verdade? Que Michael O'Connell fora usado como sósia do adoentado duque de York?

E havia mais uma coisa além disso...

Joanna guardou o anel de volta bem guardadinho dentro da caixa e na mochila, então tornou a pegar a carta de Rose e a releu.

Se eu não estiver mais aqui, fale com a Dama do Cavaleiro Branco...

James tinha o título de cavaleiro do Império Britânico. Grace, sua esposa, não era apenas uma dama, uma lady, mas também uma White.

Joanna sentiu o estômago revirar de ansiedade. Pelo visto, Alec tinha acertado na mosca.

37

A campainha da frente tocou e Zoe foi atender. Sorriu ao ver quem era.

– Oi, Simon. – Ficou na ponta dos pés quando ele entrou e deu um beijo no seu rosto. – Que bom te ver. Como tem passado?

– Bem. E você?

– Segurando as pontas – disse ela com um suspiro enquanto Simon se encaminhava para a escada com sua bolsa de viagem. – O Jamie ficou triste por desencontrar de você – acrescentou, subindo a escada atrás dele. – Levei-o de volta para o colégio ontem. Coitadinho, estava extremamente nervoso, mas tive uma boa conversa com o diretor e ele prometeu ficar de olho. – Zoe observou Simon pôr a bolsa em cima da cama e pegou um cartão com um desenho feito a pilot de duas pessoas jogando um jogo de computador para lhe entregar. – É do Jamie, para te dar as boas-vindas de volta. Ele não gostou do cara que veio te substituir enquanto você esteve fora... segundo ele, não era tão divertido quanto você.

Simon sorriu ao ler as palavras escritas dentro do cartão.

– Que graça.

– Mas, enfim, instale-se, depois desça para beber alguma coisa. Eu fiz o jantar, já que estou te devendo um.

– Zoe, eu sinto muito ser estraga-prazeres, mas já jantei e tenho uma tonelada de trabalho para fazer hoje. É muita gentileza sua, mas quem sabe outro dia, tudo bem?

A expressão dela se desfez.

– Passei a tarde inteira cozinhando. Eu... – Ela se calou ao ver o semblante fechado dele. – Ah, enfim. Deixa pra lá.

Simon não respondeu, mas se concentrou em tirar da bolsa de viagem os seus poucos pertences.

– Tudo bem se formos para a casa de Dorset amanhã? – perguntou ela para o silêncio. – Preciso de um tempo para pensar numas coisas. Tenho que estar de volta a Londres para o lançamento do fundo de estudos na quinta, mas podemos ir e voltar no mesmo dia, não?

– Claro. Como preferir.

Zoe teve a forte sensação de que a sua presença não era necessária.

– Bom, vou deixar você à vontade então. Desça para tomar um café quando tiver acabado de trabalhar.

– Obrigado.

Zoe fechou a porta do quarto de Simon ao sair, sentindo-se desapontada. Desceu a escada em direção ao cheiro apetitoso que vinha da cozinha. Serviu-se uma taça de vinho da garrafa que havia escolhido mais cedo na coleção de vinhos antigos da adega e sentou-se diante da mesa.

Passara o dia tomada por uma energia frenética, correndo pela casa para arrumar tudo, indo fazer compras no mercado da Berwick Street de modo a ter ingredientes frescos para o jantar, e chegando em casa com braçadas de flores para deixar a primavera entrar.

Deu um grunhido quando a realidade a atingiu com clareza pela primeira vez. As suas ações nesse dia tinham sido as de uma mulher empolgada para receber um homem de quem gostava muito...

Simon não apareceu mais tarde para tomar café. Zoe deixou no prato a maior parte da *moussaka* e da salada grega, preferindo afogar as mágoas na excelente garrafa de vinho.

Art ligou às dez, disse que a amava e que estava com saudades, e lembrou que ela iria sair com ele em público pela primeira vez dali a uma semana e que deveria providenciar um vestido – que não devia ser muito "revelador", como ele disse –, o que só fez aumentar ainda mais seu estresse. Ela lhe desejou um boa-noite tenso e foi se deitar.

Na cama, sem conseguir dormir, repreendeu a si mesma por ter deixado a imaginação correr solta em relação a Simon, exatamente como tinha feito com Art durante todos aqueles anos. Pensara que Simon gostasse dela, pensara ter sentido o carinho dele durante todo aquele tempo que os dois tinham passado juntos. Mas nessa noite ele havia se mostrado frio e distante... e deixado claro que estava lá para fazer seu trabalho e nada além disso. Lágrimas de frustração rolaram por suas faces quando ela se deu conta com toda a certeza de que não era o amor da sua vida que ansiava por ter ao seu lado, mas sim o homem que dormia a apenas poucos metros dela, no quartinho no último andar.

A viagem até Dorset no dia seguinte transcorreu praticamente em silêncio. Zoe, de ressaca e tensa, foi sentada no banco de trás, tentando ao mesmo tempo se concentrar no roteiro de *Uma mulher do outro mundo* e tomar uma decisão.

Após pararem para comprar comida no supermercado de Blandford Forum, eles seguiram para Haycroft House. Depois de levar para dentro a bolsa de viagem dela e as compras, Simon lhe perguntou, sucinto, se ela precisava de mais alguma coisa, então desapareceu escada acima em direção ao seu quarto.

Às sete horas da noite, quando ela estava sentada espetando com o garfo uma costeleta de porco bem mais ou menos coberta por um molho embolotado, ele entrou na cozinha.

– Se importa se eu fizer um café para mim?

– Claro que não – respondeu ela. – Deixei uma costeleta de porco e batatas no forno para ficarem aquecidas, se você quiser.

– Obrigado, Zoe, mas não tem por que você cozinhar para mim. Não é responsabilidade sua, então sério, daqui para a frente não precisa se incomodar.

– Ah, Simon, deixe disso, você cozinhou para mim. E eu precisava comer alguma coisa, de toda forma.

– Bom... obrigado. Vou levar lá para cima, se não se importar.

Zoe o observou pegar o prato dentro do forno.

– Eu fiz alguma coisa errada? – perguntou, com uma voz sentida.

– Não.

– Tem certeza? Porque parece que você está tentando me evitar.

Ele não a encarou nos olhos.

– De jeito nenhum. Entendo que já é bem difícil ter um desconhecido hospedado na sua casa invadindo a sua privacidade sem que ele fique se impondo quando você quer passar um tempo sozinha.

– Você está longe de ser um desconhecido, Simon. Eu o considero antes de mais nada um amigo. Depois do que você fez pelo Jamie, bom... como poderia ser diferente?

– Tudo em nome do dever, Zoe. – Simon pôs o café e o prato em uma bandeja e se encaminhou para a porta. – Você sabe onde eu estou se precisar de mim. Boa noite.

A porta da cozinha se fechou atrás dele.

Zoe afastou para o lado a refeição intocada e apoiou a cabeça nas mãos.

– Tudo em nome do dever – balbuciou tristemente.

– Boas notícias. Nossa "mensageira" ainda está viva.

– Conseguiram encontrá-la? – perguntou Simon ao celular enquanto andava de um lado para o outro pelo quarto.

– Não, mas localizamos o lugar em que ela costumava morar. Ela se mudou há muitos anos, quando o marido morreu. Houve três proprietários desde então, e os de agora não têm um endereço atualizado. Mas acho que até amanhã conseguimos localizá-la. Aí talvez façamos algum progresso. Warburton, eu quero que você pegue um avião para a França. Entro em contato assim que tivermos identificado o paradeiro dela.

– Certo, senhor.

– Ligo para você de manhã. Boa noite.

– Mexa esse seu traseiro até o South Bank. Hoje é o lançamento do fundo de estudos em homenagem a James Harrison no saguão do National.

– Eu sei, Alec. Eu já ia mesmo dar uma força para a Zoe – respondeu Joanna, tensa.

– A gente vai publicar amanhã a entrevista que você fez com o Marcus Harrison, como suíte do obituário dele. Como foi você quem escreveu o texto, pode aproveitar que estará lá e cobrir o lançamento.

– Alec, por favor... Eu preferiria realmente ir só como amiga. Amiga de... deles dois.

– Por favor, Jo.

– De todo modo, pensei que a minha entrevista com o Marcus tivesse sido engavetada. Por que publicá-la agora?

– Porque a família Harrison de repente virou notícia outra vez, meu amor. Uma foto da Zoe falando no lugar do irmão morto no lançamento vai ficar ótima na primeira página.

– Alec, pelo amor de Deus! Você não tem coração? – Joanna balançou a cabeça, desalentada.

– Desculpe, Jo, eu sei que você está sofrendo. – Alec moderou o tom. – Com certeza não iria querer alguém que não o conhecia escrevendo isso, iria? O Steve vai te acompanhar para as fotos. Nos vemos mais tarde.

O saguão do National Theatre estava abarrotado de jornalistas e fotógrafos, além de uma ou outra câmera de TV. Era um público imenso para um evento que, em tempo normal, teria merecido um punhado de focas com um interesse quase nulo.

Joanna pegou um copo de champanhe com suco de laranja de um garçom que passava e tomou um gole. Depois de um mês em Yorkshire, estava desacostumada com aquela multidão de pessoas ruidosas e efusivas. Viu Simon do outro lado do saguão. Ele a cumprimentou com um leve meneio de cabeça.

– Graças a Deus você veio – sussurrou uma voz no seu ouvido.

Ela se virou, espantada. Era Zoe, elegante num vestido azul-turquesa.

– Não imaginei que fosse ser um evento tão grande – comentou Joanna depois de lhe dar um abraço.

– Nem eu, e não acho que ninguém esteja aqui para homenagear Marcus ou James... mas sim na esperança de que você-sabe-quem faça uma aparição. – Zoe franziu o nariz de repulsa. – Enfim, *eu* estou aqui pelo meu irmão e pelo meu avô.

– É claro que sim, e pelo menos vou poder escrever uma bela matéria sobre o Marcus e a paixão dele pelo fundo de estudos.

– Obrigada, Jo. Seria ótimo. Me espere e podemos ir tomar alguma coisa depois.

Enquanto Zoe conversava com outros jornalistas, Joanna ficou examinando as fotografias de sir James Harrison que tinham sido ampliadas e expostas em cartazes pelo saguão. Ali estava ele como Lear numa pose dramática, as mãos erguidas para o céu, com uma pesada coroa dourada na cabeça.

A arte imita a vida, ou a vida imita a arte?, filosofou ela.

Entre as fotografias havia uma imagem de Marcus, sir James e Zoe posando juntos no que devia ter sido a estreia de um filme. Joanna reprimiu o impulso de correr os dedos pela expressão descontraída de Marcus, que encarava a câmera com um olhar confiante. Virou-se e viu uma mulher atraente mais ou menos da sua idade em pé a poucos metros de distância. Quando seus olhares se cruzaram, a mulher lhe sorriu, então afastou-se.

Já eram duas horas quando o último jornalista deixou Zoe em paz. Sentada tranquilamente num canto do saguão vazio, Joanna fazia anotações sobre o lançamento tiradas do discurso breve e emocionado de Zoe e do release de imprensa que havia recebido.

– Eu fui bem? Passei o discurso inteiro segurando o choro.

Zoe se deixou cair ao lado de Joanna numa das poltronas roxas.

– Foi perfeita. Imagino que você e o fundo de estudos vão ter uma enorme cobertura de imprensa amanhã.

Zoe revirou os olhos.

– Pelo menos é tudo por uma boa causa.

Quando elas estavam saindo do teatro, Joanna reparou na mulher que tinha visto mais cedo lendo um folheto sobre futuras produções do teatro.

– Quem é ela? – perguntou para Zoe enquanto as duas saíam para o sol morno de uma tarde primaveril no South Bank, com o Tâmisa a cintilar mais embaixo.

Zoe se virou para olhar.

– Não faço ideia. Deve ser jornalista.

– Não estou reconhecendo. E os poucos jornalistas de jornal que eu conheço usam ternos caros de marca.

– Só porque você passa a vida de jeans e suéter não quer dizer que para os outros a moda não seja uma prioridade – brincou Zoe. – Venha, vamos beber alguma coisa.

De braços dados, as duas margearam o rio e pararam num bar de vinhos. Zoe se virou para Simon, que caminhava alguns metros atrás dela.

– Infelizmente é um papo entre mulheres. Não vamos demorar.

– Vou ficar ali.

Ele apontou para uma mesa quando eles entraram no bar.

– Uau – murmurou Joanna enquanto elas se sentavam a uma mesa e pediam duas taças de vinho. – Mesmo sendo o Simon, ser seguida o tempo todo me deixaria maluca.

– Entende do que estou falando?

Zoe pegou um cardápio e se escondeu atrás dele.

Joanna viu que todos os olhos dentro do bar tinham se virado para encará-la. Observou Simon andar até os fundos do estabelecimento e desaparecer cozinha adentro.

– Aonde ele está indo?

– Ah, ver se tem uma rota de fuga, só para garantir. Ele tem uma fixação por portas dos fundos. Quero dizer...

As duas estavam aos risinhos quando as duas taças de vinho chegaram trazidas pelo atencioso garçom.

– Falando sério, Jo... – Zoe se inclinou para a frente. – Eu não sei mesmo se consigo fazer isso. Enfim, saúde.

– Saúde – repetiu Joanna.

Já passava das quatro quando Joanna se despediu de Zoe e pegou um ônibus de volta até a redação.

– Isso lá são horas de chegar? – rosnou Alec quando ela saiu do elevador.

– Consegui uma exclusiva com a Zoe Harrison, tá bom, Alec?

– Ah, garota!

Quando ela se sentou e ligou o monitor, Alec lhe entregou um pequeno embrulho.

– Chegou hoje para você na recepção.

– Ah. Obrigada.

Ela pegou o pacote e o pôs junto do teclado.

– Não vai abrir? – indagou ele.

– Vou, sim, já, já. Quero digitar este texto antes.

Joanna voltou sua atenção para a tela.

– Me parece ser um pequeno artefato explosivo.

– O quê?! – Ela viu que ele estava sorrindo, então suspirou, resignada, e lhe entregou o embrulho. – Então abra você.

– Tem certeza?

– Tenho.

Alec rasgou a aba do pacote para abri-lo e tirou lá de dentro uma caixinha e uma carta.

– Quem mandou? – perguntou Joanna sem parar de digitar. – Está fazendo tique-taque?

– Até agora não. A carta diz: "*Prezada Joanna, tenho tentado entrar em contato com você, mas não tinha nenhum endereço ou número de telefone. Então ontem vi seu nome no crédito de um texto no jornal que costumo ler.*

Dentro do embrulho está a medalha que sua tia Rose me deu no Natal passado. Eu estava fazendo uma faxinazinha de primavera e encontrei dentro de uma gaveta. E fiquei pensando que isso pertence a você, mais do que a mim, já que você não ficou com nada que era dela. Poderia me avisar se recebeu direitinho? Passe aqui para tomar um chá um dia desses. Seria bom ver você. Espero que tenha encontrado sua tia, que Deus a tenha. Um beijo, Muriel Bateman."

Alex passou a carta para Joanna.

– Aqui está. Quer que eu abra?

– Não, pode deixar que eu abro, obrigada.

Joanna abriu a tampa e retirou a camada de algodão protetora, revelando a medalha de ouro com sua delicada filigrana e sua grossa e pesada corrente de ouro rosa. Retirou-a com cuidado da caixa e a pousou na palma da mão.

– Que linda.

– É vitoriana, eu acho. – Alec examinou a medalha. – Deve valer uma fortuna, principalmente a corrente. Quer dizer que isso pertencia à misteriosa Rose?

– Pelo visto, sim.

Joanna manuseou o fecho que abria o relicário.

– Se tiver alguma coisa aí dentro, meu palpite é que deve ser uma foto de sir James – comentou Alec enquanto as pontas dos dedos de Joanna tentavam vencer a guerra contra o pequeno fecho.

Alec a observou encarar o que havia lá dentro. As sobrancelhas dela se enrugaram, e a cor lhe fugiu das faces.

– Jo, está tudo bem? O que foi?

Quando ela enfim ergueu a cabeça para olhar para ele, seus olhos castanho-claros brilhavam no rosto pálido.

– Eu... – Sua voz ficou embargada, e ela tentou firmá-la. – Eu descobri, Alec. Meu Deus, eu descobri.

38

– Infelizmente eu a perdi.

Sentada diante da mesa em frente a Jenkins, Monica Burrows mexia na caneta como se tivesse um tique nervoso.

– Onde? A que horas?

– Eu a segui até em casa ontem à noite depois do trabalho, e até Kensington ontem de manhã. Ela entrou no prédio do jornal e não reapareceu.

– Deve ter virado a noite trabalhando em alguma matéria.

– Claro, foi o que eu também pensei, mas hoje de manhã fui até a recepção do jornal e pedi para falar com ela. Me disseram que ela não estava no prédio, que estava de folga, doente.

– Tentou o apartamento dela?

– Claro, mas está vazio. Não sei como ela saiu, Sr. Jenkins, mas ela com certeza deu um jeito de escapulir da rede.

– Eu não preciso dizer a você que isso não é nada bom, Burrows. Redija seu relatório, e eu desço assim que tiver falado com meu colega.

– Sim. Eu sinto muito, Sr. Jenkins.

Monica saiu da sala, e Lawrence Jenkins ligou para o último andar.

– É o Jenkins. Joanna sumiu outra vez. Como o senhor disse que era um serviço de vigilância leve, coloquei Burrows atrás dela, e ela a perdeu ontem à noite. Sim, senhor, vou subir agora mesmo.

Simon foi até a janela do seu quarto em Haycroft House e olhou para o jardim lá embaixo. Zoe estava sentada no caramanchão de rosas, com um chapéu de palha na cabeça e o lindo rosto erguido na direção do sol. Eles tinham voltado de Londres duas noites antes, bem tarde, e Simon subira direto para o quarto. Ele suspirou fundo. Os últimos dias haviam sido um horror. Aprisionado junto com ela 24 horas por dia, e a própria natureza do seu trabalho impedindo qualquer tipo de escapatória ou trégua da proximidade com a mulher que ele agora sabia amar e que, no entanto, era intocável. De modo que ele tinha feito o que pensara ser melhor para preservar a própria sanidade e se isolara, recusando todas as gentilezas de Zoe e odiando a si mesmo pela incompreensão e mágoa que podia ver nos olhos dela.

Seu celular vibrou dentro do bolso e ele o pegou.

– Pois não, senhor?

– Teve notícias de Joanna?

– Não. Por quê?

– Ela entrou de novo na lista dos desaparecidos. Achei que você tivesse dito que ela havia sido despistada.

– E, senhor. Acha mesmo que ela está sumida de propósito? Pode ser uma ausência perfeitamente inocente.

– Nada nessa situação é inocente, Warburton. Quando você volta para Londres?

– Vou levar a Srta. Harrison de volta aqui de Dorset hoje à tarde.

– Entre em contato assim que chegar.

– Sim, senhor. Alguma notícia da "mensageira"?

– A casa que tínhamos conseguido rastrear estava vazia. Segundo os vizinhos, ela foi fazer uma longa viagem de férias. Ou é coincidência, ou ela está em movimento. Estamos fazendo o possível para encontrá-la, mas mesmo hoje em dia o mundo é um lugar grande.

– Entendo – respondeu Simon, sem conseguir disfarçar a decepção na voz.

– Joanna farejou alguma coisa, Warburton, tenho certeza. É melhor descobrirmos logo que porcaria foi.

– Sim, senhor.

A linha ficou muda.

Joanna largou o cardápio e olhou para o relógio. O quarteto de cordas no salão de chá Palm Court começou a tocar a primeira dança. Das mesas à sua volta, senhoras e cavalheiros de idade avançada, vestidos com uma elegância que remetia a uma época mais graciosa, levantaram-se e ocuparam a pista.

– A senhora gostaria de pedir?

– Sim. Um chá da tarde para dois, por favor.

– Pois não, senhora.

Nervosa, Joanna mexeu na medalha em volta do pescoço, sentindo-se pouco à vontade com o vestido sem mangas que havia comprado com dinheiro vivo naquela manhã para ir ao célebre salão de chá do Waldorf. Havia se posicionado de modo a ter uma visão perfeita e desimpedida da entrada. Eram três e vinte da tarde. A cada minuto que passava, sua confiança diminuía e seu coração acelerava mais um pouco.

Meia hora mais tarde, o Earl Grey já tinha esfriado no bule de prata reluzente. Os cantos dos sanduichinhos de cream cheese com pepino, intactos no prato de porcelana fina, começavam a se curvar. Às quatro e meia, o nervosismo e o fato de ela ter tomado várias xícaras de chá estavam tornando uma ida ao banheiro uma necessidade urgente. A dança no salão terminaria dali a meia hora. Ela precisava aguentar até lá, só para ter certeza.

Às cinco, após aplausos calorosos para os músicos, o público começou a se dispersar. Joanna pagou a conta, pegou a bolsa de mão e seguiu para o toalete feminino. Ajeitou os cabelos, que tinha prendido no alto da cabeça com pentes sem grande destreza, e tornou a passar um pouco de batom.

É claro que as chances eram remotíssimas, admitiu para si mesma. Grace Harrison decerto estava morta fazia tempo. E, ainda que não estivesse, a probabilidade de ver o anúncio *ou* reagir a ele era minúscula.

De repente, tomou consciência de um rosto atrás de si, encarando o espelho. Um rosto que, apesar da idade, ainda exibia os traços de uma linhagem nobre. Cabelos grisalhos penteados de modo impecável, maquiagem aplicada com esmero.

– Fiquei sabendo que o Cavaleiro já ficou hospedado no Waldorf uma vez – disse a mulher.

Joanna se virou devagar, encarou os olhos verdes descorados, porém inteligentes, e aquiesceu.

– E a sua Dama de Branco veio com ele.

A mulher a fez subir diversas escadas e percorrer um corredor forrado por um carpete grosso até elas chegarem à porta do seu quarto. Joanna destrancou a porta com a chave que ela lhe ofereceu, então a fez entrar, fechou e trancou a porta atrás delas. Na mesma hora foi até a janela, com vista para a movimentada rua londrina lá embaixo, cheia de espectadores de teatro e turistas, e fechou as cortinas.

– Por favor, sente-se – disse a mulher.

– Obrigada... Ahn, posso chamá-la de Grace?

– Pode, sim, meu bem, claro, se for do seu agrado.

A mulher produziu um som suave na garganta, então se acomodou numa das confortáveis poltronas da rebuscada saleta.

Joanna se sentou de frente para ela.

– A senhora é *mesmo* Grace Harrison, nascida White? Esposa de sir James Harrison, morta na França mais de sessenta anos atrás?

– Não.

– Então quem é a senhora?

A velha mulher lhe abriu um sorriso.

– Eu acho que, se for para sermos amigas, coisa que tenho certeza de que vamos ser, você deveria simplesmente me chamar de Rose.

Assim que chegou a Londres com Zoe, Simon subiu correndo para o seu quarto, fechou a porta e verificou o celular. Ao ver que tinha quatro chamadas perdidas, ligou de volta para o número.

– Acabei de falar com o editor do jornal de Joanna – disse Jenkins num tom ríspido. – Pelo visto não foi só ela que sumiu. O responsável pela editoria de notícias também... um tal de Alec O'Farrell. Ele disse ao chefe que tinha um furo grande e precisava de um ou dois dias para apurar. Eles sabem o que nós fizemos, Warburton.

Simon pôde ouvir o pânico mal-disfarçado na voz do chefe.

– Vou pôr todos os homens disponíveis nesse caso a partir de agora – continuou Jenkins. – Se conseguirmos encontrar O'Farrell, nos certificaremos de que ele nos diga para onde Joanna foi.

– Mas com certeza eles não vão poder dar a notícia, vão? Vocês conseguem controlar isso?

– Warburton, existem dois ou três editores subversivos que bateriam palmas de alegria para ter uma notícia dessas, sem contar os jornais estrangeiros. Pelo amor de Deus, é a história da porcaria do século!

– O que o senhor quer que eu faça?

– Pergunte à Srta. Harrison se ela teve notícias de Joanna. Elas se encontraram no lançamento do fundo de estudos e saíram juntas depois para tomar alguma coisa. Joanna voltou para a redação, e então Burrows a perdeu. E fique onde está. Entro em contato mais tarde.

Joanna encarou a mulher.

– Mas a senhora não pode ser "Rose". Eu conheci Rose numa homenagem a James Harrison. E ela não era a senhora. Além do mais, ela morreu.

– Rose é um nome bastante comum, principalmente na minha época. Você está certa, meu bem. Conheceu mesmo uma Rose. Só que a que você conheceu era Grace Rose Harrison, a esposa morta há muito tempo de sir James Harrison.

– Aquela senhorinha era Grace Harrison? A falecida esposa de James Harrison? – perguntou Joanna, assombrada.

– Sim.

– Por que ela estava usando o nome do meio em vez do primeiro?

– Uma tentativa pífia de se proteger. Ela insistiu para vir à Inglaterra depois que James morreu. Então, algumas semanas depois, me escreveu de Londres para dizer que iria à missa em homenagem a ele. Ela estava muito doente, entende, e tinha muito pouco tempo. Achou que era a oportunidade perfeita para ver pela última vez o filho Charles e pela primeira os netos, Marcus e Zoe. Eu sabia que aquilo causaria problemas, que era perigoso, mas ela estava decidida. Não achava que nenhum dos presentes a reconheceria, que a esta altura estariam todos mortos e enterrados. Estava enganada, claro.

– Eu estava sentada ao lado dela no banco da igreja quando ela viu o homem da cadeira de rodas. Rose... quero dizer, Grace teve uma espécie de piripaque. Não conseguia respirar, e tive de ajudá-la a sair da igreja.

– Eu sei. Ela me contou tudo na última carta que me escreveu, e sobre as pistas que tinha deixado com você. Imaginei que fosse ter notícias suas antes, embora soubesse que você talvez levasse um tempo para entender tudo. Grace não podia lhe dar muita coisa, entende, caso contrário nos poria em risco, a você e a mim.

– Como a senhora sabia que eu estava à sua procura? Eu tinha redigido meu anúncio especialmente para Grace.

– Porque eu sabia de tudo, meu bem. Desde o começo. Quando vi seu anúncio no jornal pedindo à "Dama de Branco" para ir encontrar seu "Cavaleiro" no chá do Waldorf, sabia que aquilo era para mim.

– Mas a pista na carta de Grace... "Fale com a Dama do Cavaleiro Branco"... De que modo isso se referia à senhora?

– Porque eu me casei com um conde francês, meu bem. O nome dele era Le Blanc, e...

– *Blanc* é "branco" em francês. Ai, meu Deus! Eu entendi tudo errado.

– Não entendeu, não. Eu estou aqui e está tudo bem – disse Rose com um sorriso.

– Mas por que Grace me escolheu para contar?

– Ela disse que você era uma moça inteligente e gentil, e que ela não tinha muito tempo. Sabia que era o fim, entende, no minuto em que ele a viu. Que ele iria encontrá-la e matá-la. – Rose deu um suspiro. – O que eu realmente não sei é por que ela precisou remexer nisso tudo outra vez. Ela sentia uma amargura tão grande... Acho que foi um ato de vingança.

– Eu acho que sei por que ela sentia tanta amargura – disse Joanna em voz baixa.

Rose a encarou com um ar intrigado.

– Sabe mesmo? Você deve ter feito uma investigação bem cuidadosa desde que a pobre Grace morreu.

– Sim. Daria para dizer que isso tomou conta da minha vida.

Rose pousou as mãos pequeninas graciosamente sobre o colo.

– Posso perguntar exatamente o que vai fazer com as informações que juntou?

Não era hora para mentiras.

– Publicar.

– Entendo. – Rose ficou calada enquanto digeria a informação. – Foi esse o motivo que levou Grace a lhe escrever no começo de tudo, claro. Era o que ela queria. Se vingar daqueles que tinham destruído sua vida, jogar uma bomba no *establishment*. De minha parte, bem, digamos que ainda me resta alguma lealdade, embora seja um mistério por quê.

– Está dizendo que não vai me ajudar a encaixar as peças? Eu acho que vão nos oferecer um dinheirão por essa história. Isso a deixaria rica.

– E o que uma velha como eu faria com o dinheiro? Compraria um carro esporte? – Rose riu baixinho e balançou a cabeça. – Além do mais, eu já sou rica o suficiente. Meu finado marido me deixou em excelente situação financeira. Meu bem, você não se perguntou por que tanta gente ao meu redor morreu? E apesar disso aqui estou, ainda viva para contar a história. – Ela se inclinou para a frente. – O que me manteve viva foi a discrição. Eu sempre soube guardar um segredo. É claro que não imaginava proteger o segredo mais bem-guardado do século, mas assim é a vida. O que estou dizendo é que, por Grace, posso conduzir você até lá, mas, por mim, não posso lhe contar diretamente.

– Entendo.

– Como Grace confiou em você, eu também devo confiar, mas faço questão absoluta de anonimato. Se o meu nome ou a minha visita aqui algum dia forem mencionados, a minha morte subsequente vai pesar na sua consciência. A cada segundo que eu passo aqui na Inglaterra com você, nós duas corremos grande perigo.

– Então por que a senhora veio?

Rose deu um suspiro.

– Em parte por causa de James, mas principalmente por causa de Grace. Eu posso ter feito parte do *establishment* por um acidente de berço, mas isso não significa que aprove as coisas que eles fizeram, o modo como a vida de outras pessoas foi destruída para manter o silêncio. Sei que terei de encontrar meu criador daqui a poucos anos. Gostaria que Ele soubesse que eu fiz o melhor que pude por aqueles de quem gostei nesta terra.

– Eu compreendo.

– Por que não pede uma bebida para nós duas? Eu gostaria de uma boa xícara de chá. Depois o melhor é você me dizer o que sabe, e partimos daí.

Uma vez o serviço de quarto recebido e dispensado, Joanna levou quase uma hora para contar tudo a Rose – em parte por descobrir que sua companheira era um pouco surda, bem como porque Rose quis confirmar duas vezes cada fato descoberto por ela.

– E quando o relicário chegou na redação e eu vi a foto da duquesa lá dentro, tudo se encaixou.

Joanna deu um suspiro e tomou um gole de seu vinho branco, sentindo--se ofegante de tanta tensão.

Rose aquiesceu com uma expressão judiciosa.

– Foi a medalha no seu pescoço, é claro, que me convenceu de que você era a jovem que tinha posto o anúncio. Só poderia ter conseguido essa joia com a própria Grace.

– Na verdade ela deu a medalha para Muriel, sua vizinha de porta, como um presente por ter sido tão gentil.

– Então devia saber que eles estavam indo atrás dela. A medalha era minha, entende, um presente da duquesa. Grace sempre amou essa joia. Eu lhe dei quando ela veio para Londres, como um amuleto. Por algum motivo, sempre senti que a medalha tinha me protegido. Infelizmente, como sabemos, a magia não funcionou com Grace...

Mais tarde nessa noite, Simon desceu até a cozinha. Sentada à mesa, Zoe fazia uma lista e tomava uma taça de vinho.

– Olá – disse ele.

– Oi.

Ela não ergueu o rosto.

– Tudo bem se eu fizer um café?

– É claro que sim, Simon. Você sabe que não precisa perguntar – respondeu ela com irritação.

– Desculpe.

Simon foi até a chaleira.

Zoe largou a caneta e encarou as costas dele.

– Me desculpe também. Estou tensa, só isso.

– Você está com muita coisa na cabeça. – Ele pôs um pouco de café solúvel e de açúcar numa caneca. – Teve notícias de Joanna ultimamente?

– Não, não desde o lançamento. Deveria ter tido?

Ele deu de ombros.

– Não.

– Simon, tem certeza de que você está bem? Quero dizer, eu não fiz nada para te chatear, fiz?

– Não, de forma alguma. É que... é que eu tenho tido de lidar com uns problemas, só isso.

– Problemas de mulher?

Ela tentou manter o tom leve.

– É, acho que se poderia dizer assim.

– Ah. – Desconsolada, Zoe tornou a encher a taça. – O amor. Ele torna a vida difícil à beça, né?

– É.

– Quero dizer... – Ela o encarou de frente. – O que você faria se tivesse de estar apaixonado por uma pessoa, depois descobrisse que na verdade estava apaixonado por outra?

– Posso saber quem?

O modo como ela o encarava fez o coração de Simon começar a bater com força.

– Pode. – Ela corou e baixou os olhos. – É...

O celular de Simon tocou no seu bolso.

– Sinto muito, Zoe, vou precisar atender lá em cima.

Ele saiu correndo da cozinha e fechou a porta atrás de si.

Zoe teria sido capaz de chorar.

Dez minutos mais tarde, ele tornou a descer, de paletó.

– Infelizmente eu preciso ir. Minha substituta temporária vai chegar a qualquer momento. Monica é uma boa moça, americana. Tenho certeza de que vocês duas vão se dar bem.

– Tá bom. – Zoe deu de ombros. – Tchau então.

– Tchau.

Simon mal conseguiu se forçar a encará-la nos olhos quando estava saindo da cozinha.

39

A pedido de Rose, Joanna tinha pegado no minibar duas garrafinhas de uísque, servido a bebida em dois copos e completado com gelo.

– Obrigada, meu bem. – Rose tomou um golinho. – É animação demais para uma velhinha como eu.

Ela se recostou de modo mais confortável na cadeira, com o copo de uísque aninhado entre as duas mãos.

– Como você já sabe, eu passei um tempo trabalhando como dama de companhia para a duquesa de York. As nossas famílias se conheciam de muitos anos, então foi natural eu vir da Escócia com ela quando ela se casou com o duque. Os dois eram muito felizes, e dividiam seu tempo entre as casas de Sandringham e de Londres. Então a saúde do duque começou a se deteriorar. Ele tinha um problema nos brônquios que, devido aos problemas de saúde da infância, inspiravam certo cuidado. Os médicos recomendaram repouso completo e ar fresco por vários meses para ajudá-lo a se recuperar. Mas havia o problema do que dizer ao país. Naquela época, a família real era sob certos aspectos considerada imortal, entende?

– Então foi aventada a ideia de um sósia para assumir o lugar dele durante a sua ausência? – confirmou Joanna.

– Sim. Isso costumava ser bem comum entre pessoas públicas, como tenho certeza de que você sabe. Uma noite, por coincidência, um dos conselheiros sêniores do palácio por acaso foi ao teatro. E lá viu um jovem ator que pensou poder se fazer passar pelo duque de York de modo perfeitamente adequado em eventos oficiais, inaugurações de fábricas e coisas do tipo. O rapaz, um certo Michael O'Connell, foi chamado, e passou algumas semanas recebendo "aulas de duque", como a duquesa e eu costumávamos dizer, rindo. Depois de ele passar no "teste", o verdadeiro duque foi despachado imediatamente para convalescer na Suíça.

– Ele era um sósia perfeito – disse Joanna. – Fiquei totalmente convencida de que os dois eram a mesma pessoa.

– Sim. Michael O'Connell já era um ator de extremo talento. Sempre tinha sido bom em imitações... era essa a sua especialidade na época. Ele perdeu completamente o sotaque irlandês, e chegou até a aperfeiçoar a leve gagueira. – Rose sorriu. – E ele literalmente *virou* o duque, meu bem. Foi devidamente instalado na residência real, e tudo funcionou de modo perfeito.

– Quantas pessoas sabiam disso?

– Só quem tinha necessidade absoluta de saber. Tenho certeza de que alguns dos criados achavam esquisito quando ouviam o "duque" cantar baladas irlandesas ao fazer a barba de manhã, mas eles eram pagos para serem discretos.

– Foi nessa época que a senhora e Michael ficaram amigos?

– Sim. Ele era um homem muito gentil, muito ansioso para agradar, e lidou muito bem com a situação toda. Apesar disso, sempre tive uma certa pena dele. Sabia que ele estava sendo usado e, quando não fosse mais necessário, seria pago e dispensado sem a menor dor na consciência.

– Só que não foi exatamente assim que aconteceu, foi?

– Não – disse Rose com um suspiro. – O fato é que Michael tinha um grande carisma. Ele era o duque, só que com uma dimensão extra. Tinha um senso de humor enorme, e costumava fazer a duquesa ter acessos de riso logo antes de eles precisarem comparecer a algum evento. Sempre tive certeza de que ele a levou para a cama rindo, se me perdoa a expressão de mau gosto.

– Quando a senhora percebeu que eles eram amantes?

– Só muito tempo depois. Eu pensei, assim como todas as outras pessoas que a conheciam, que a duquesa estivesse fazendo o seu papel como a moça bem-comportada que era. Então o duque voltou para casa alguns meses depois, em boa forma e saudável, e Michael O'Connell foi despachado de volta para sua vida. E teria sido o fim não fosse o fato de... – Rose parou para tomar fôlego.

– De quê?

– A duquesa acreditava que tinha se apaixonado perdidamente por Michael. Na época, eu já tinha deixado o palácio e ido preparar meu casamento com François. Voltei um dia para visitá-la, e ela perguntou se eu estaria disposta a ajudá-la, se aceitaria ser sua "mensageira" para ela e Michael poderem manter contato. Estava bastante desesperada. O que mais eu poderia ter feito senão aceitar?

– Então a senhora começou a se encontrar com William Fielding em frente à Swan and Edgar?

– Era esse o nome dele? O menino do teatro, enfim – esclareceu Rose.

– Ele também se tornou um ator bastante conhecido.

– Não na França – rebateu Rose com um quê de arrogância. – Na época, é claro, eu estava loucamente apaixonada por François, então o fato de a duquesa também estar muito apaixonada criou um vínculo entre nós. Éramos as duas tão jovens... – Rose suspirou. – Acreditávamos no romantismo. E o fato de Michael e a duquesa terem sido postos juntos, depois separados à força sem qualquer possibilidade de futuro, tornava a situação mais dolorosa ainda.

– Eles se viram depois que ele parou de trabalhar para a casa real?

– Só uma vez. A duquesa estava muito preocupada com ele, com a sua segurança, principalmente quando o seu... segredo, por assim dizer, veio a público.

– Alguém descobriu sobre o caso?

Os olhos de Rose brilharam.

– Ah, sim, meu bem. Mais de uma pessoa.

– Foi aí que eles mandaram Michael O'Connell para a Irlanda ficar hospedado na casa da guarda costeira?

– Sim. Viu? Você já conhece a maior parte da história. A duquesa veio me procurar um dia aos prantos, dizendo que ele tinha escrito e dito que estava sendo mandado de volta para a Irlanda. Como ele não queria comprometer a situação delicada dela, tinha achado melhor concordar e sair do país como queriam que ele fizesse. Naturalmente... – disse Rose, arqueando as sobrancelhas. – ... ele nunca mais deveria voltar.

– Como assim?

– Você não entende que aquilo era perfeito para eles? Michael voltava para a Irlanda, exibindo uma semelhança extraordinária com o duque de York. Lembre-se, a Partilha tinha acabado de acontecer. Os irlandeses detestavam os ingleses. Tudo que eles precisavam fazer era espalhar pela região que um membro da família real britânica estava hospedado por ali, e o resto aconteceria naturalmente. Era o "escalpo" perfeito para o movimento republicano irlandês da época.

– Quer dizer que o *establishment* o queria morto?

– Claro. Nas circunstâncias, era importante eles o tirarem do caminho de modo permanente. Mas precisavam fazer isso com discrição, e apresentar o fato à duquesa de um modo que ela não fosse capaz de questionar. Ninguém sabia muito bem como ela iria reagir, entende, dado o seu... – Rose se corrigiu. – ... dada a sua disposição na época.

– O que aconteceu, então?

– Quem salvou Michael da morte certa foi sua amante irlandesa... acho que o nome dela era Niamh. Parece que ele a conheceu quando ela foi cuidar da casa para ele lá. Ao que parece, certa noite ela escutou o próprio pai, altamente republicano, devo acrescentar, conspirando e planejando matar Michael. Então os dois, Niamh e Michael, organizaram a fuga dele num navio de algodão de volta para a Inglaterra.

– Eu sei quem era Niamh. Conheci a irmã dela em Rosscarbery, Ciara. Niamh Deasy morreu. No parto, junto com o bebê – acrescentou Joanna.

– Ai, ai. – Uma lágrima brotou no olho de Rose. Ela pôs a mão dentro da manga, pegou um lenço e enxugou os olhos. – Mais uma morte trágica nessa rede perversa de mentiras. Michael nunca parou de se perguntar o que teria acontecido com ela depois de ele ir embora da Irlanda. Esperava que ela o seguisse até a Inglaterra, mas é claro que não podia lhe escrever para saber quando. Nem registrar por escrito onde estava. Só que ela nunca apareceu. Agora eu sei por quê. Ele gostou muito dela, embora eu duvide que fosse amor. Mas veja bem, nunca o ouvi mencionar bebê nenhum.

– Talvez ele não soubesse – ponderou Joanna. – Talvez Niamh nunca tenha lhe contado.

– E talvez ela própria só tenha percebido quando viu um calombo aparecer na barriga. – Rose suspirou. – Aquela era uma época bem mais inocente. Na verdade ninguém ensinava para nós meninas nenhum detalhe sobre os fatos da vida. Principalmente não para as meninas católicas.

– Pobre Niamh, e pobre bebê. Ela era tão inocente... não fazia ideia do homem complexo por quem tinha se apaixonado. Por favor, continue – pediu Joanna.

– Bem, Michael voltou para Londres e conseguiu entrar em contato com a duquesa. Eles se encontraram na minha casa de Londres. Ele lhe contou como o *establishment* tinha tentado orquestrar sua morte. A duquesa, compreensivelmente, ficou fora de si de tanta raiva. Depois de passar uma noite em claro tentando pensar em como poderia protegê-lo, voltou para me visitar. Quando ela me disse o que ia fazer, falei que ela estaria colocando tanto a si mesma quanto sua família numa posição muito comprometedora caso aquilo algum dia viesse à tona. Mas ela não quis escutar. Era preciso proteger Michael O'Connell e ponto final. Afinal de contas, não havia mais ninguém para protegê-lo. Ele tinha sido usado e jogado fora. E a duquesa, por amor e por escrúpulo, queria fazer a coisa certa.

– O que ela fez?

– Escreveu outra carta para ele, que fui entregar pessoalmente nos seus aposentos, ocultada do modo habitual.

– Entendi. – Joanna estava dando o melhor de si para computar os fatos à medida que eles iam sendo ditos. – E Michael O'Connell usou o que quer que houvesse nessa carta para comprar a própria segurança. Uma nova identidade, uma casa de respeito e um futuro brilhante?

– Na mosca, minha jovem. Duvido que ele fosse ter pedido alguma coisa se eles não tivessem tentado de maneira tão óbvia se livrar dele. Michael nunca foi um homem ganancioso. Mas... – Rose deu um suspiro. – Ele pensou que, quanto mais exposto estivesse, mais seguro ficaria. Além disso, mereceu o sucesso que alcançou. Tinha interpretado um dos maiores papéis do século XX.

– Tinha, mesmo. E imagino que seja bem mais fácil assassinar um zé-ninguém do que um rico ator de sucesso. Pelo visto você o conhecia bem, Rose.

– Conhecia, sim, e sinto que fiz o melhor por ele, que era um homem bom. Enfim, depois disso tudo pareceu se acalmar. A duquesa aceitou que ele tinha ido embora, que ela havia feito o melhor possível para protegê-lo, e ela e o verdadeiro duque retomaram sua relação.

– Se me permite dizer, Rose, foi exatamente isso que me deixou intrigada nos últimos dias – falou Joanna. – O casamento do duque e da duquesa sempre foi considerado uma das histórias de maior sucesso da monarquia.

– E eu realmente acredito que fosse. Existem tipos diferentes de amor, Srta. Haslam – disse Rose. – O relacionamento entre Michael e a duquesa é o que se poderia chamar de um caso breve, porém arrebatado. Se teria durado além daqueles poucos meses, nós jamais saberemos. O fato é que, depois de ter certeza de que ele estava seguro, a duquesa permaneceu ao lado do duque durante todas as agruras e atribulações que se seguiram. Nunca tornou a pronunciar o nome de Michael.

– Mas quando ele depois ficou famoso como James Harrison seus caminhos devem ter se cruzado, não?

– Sim, mas a essa altura por sorte ele já tinha encontrado Grace. Por total coincidência, ela era minha velha conhecida. Nós debutamos juntas na corte. Ela *sempre* foi louca de pedra, mas James caiu de amores por ela.

– Então foi um casamento por amor?

– Totalmente. Eles se idolatravam. Grace precisava de James para protegê-la contra um mundo no qual nunca tinha se sentido muito à vontade.

– Como assim?

– Como eu disse, Grace White era emocionalmente instável. Sempre tinha sido. Se ela não fizesse parte da aristocracia, teria sido internada num hospício anos antes. Os pais dela ficaram felizes pelo simples fato de outra pessoa assumir responsabilidade pela filha. Mas com James ela pareceu desabrochar. O amor dele estabilizou suas... características pessoais um pouco erráticas. Eles tiveram seu filho, Charles, e estava tudo correndo bem para os dois... até o rei abdicar.

– Claro. O duque se tornou rei, a duquesa rainha. Imagino que a partir de então tenha se tornado ainda mais vital o caso secreto nunca ser descoberto.

– Ah, sim, meu bem, com certeza. A confiança na família real nunca estivera tão baixa. O velho rei tinha feito o impensável, e aberto mão do trono da Inglaterra para se casar com uma americana.

– Cabendo ao seu irmão, o duque de York, assumir seu lugar – refletiu Joanna.

– Isso. Muito embora eu estivesse na França nessa época, pois já tinha me casado com François, até mesmo lá pude sentir o choque reverberar. Nem o duque nem a duquesa jamais tinham imaginado que algum dia fossem ser coroados rei e rainha da Inglaterra. E tampouco, o que talvez fosse ainda mais importante, aqueles que tinham trabalhado nos bastidores e sabiam exatamente o que havia acontecido dez anos antes.

– Então o que eles fizeram?

– Você se lembra do senhor de cadeira de rodas, o que assustou tanto Grace durante a missa?

– Como poderia esquecer?

Joanna recordou os olhos frios que haviam observado Grace quando as duas estavam deixando a igreja.

– Ele era um altíssimo funcionário do Serviço Secreto de Inteligência britânico. Incumbido na época de proteger a família real. Ele foi até a casa dos Harrisons e, pelo bem do futuro da monarquia, exigiu que James entregasse a carta que a duquesa tinha lhe escrito. Compreensivelmente, James se recusou. Sabia que sem a carta ficaria desprotegido. Infelizmente, Grace estava ouvindo atrás de portas fechadas e escutou o grosso da conversa.

– Ai, não.

– Poderia não ter sido tão ruim se ela não fosse uma pessoa tão neurótica e carente, mas ela se sentiu traída pelo único ser humano em quem havia depositado toda a sua confiança. Ali estava a prova absoluta de uma relação anterior de seu marido com outra mulher, e obviamente uma relação forte. Com uma mulher com quem Grace jamais poderia ter qualquer esperança de rivalizar. Ela o acusou de guardar segredos, de ainda ser apaixonado pela duquesa. Você precisa entender, Joanna, que não estamos falando de uma mulher racional. Essa descoberta deixou Grace completamente desatinada. Ela sempre tinha gostado de beber, e começou a fazer alusões em público quando estava bêbada a um segredo que *tinha* de ser mantido a qualquer custo. Em suma, ela se tornou um risco.

– Ai, meu Deus. Que horror. O que James fez?

– Ele me contou depois que Grace ficou absolutamente fora de si depois do encontro. Confrontou o marido e exigiu ver a carta. Quando ele disse não, começou a destruir a casa na tentativa de descobrir onde ele a tinha escondido. James então fez a única coisa que podia fazer, e tirou do esconderijo uma das cartas que a duquesa tinha lhe mandado. É claro que não era a carta que eles queriam de volta, mas sim uma outra, para despistar.

– Mas Grace pensou que fosse a carta que eles queriam?

– Sim.

– Foi a que ela me mandou?

– Sim. – Rose deu um suspiro. – É claro que a carta não dizia nada de realmente importante, mas Grace não tinha como saber. Recusou-se a devolver a carta para James, e disse que a guardaria para sempre como prova da sua infidelidade. Essa carta ficou com ela pelo resto da vida. Onde a escondeu quando estava no sanatório até hoje permanece um mistério, mas ela com certeza me mostrou a carta logo antes de vir para a Inglaterra, em novembro passado.

– Mas esse caso foi anos antes de James sequer conhecer Grace!

– Eu sei, meu bem, mas como eu disse ela estava completamente enlouquecida. James escreveu para mim na França me confidenciando seus medos, pois sabia que eu era amiga de Grace e uma das únicas pessoas que também conheciam a verdade. Sabia que não demoraria muito para o nosso amigo da cadeira de rodas e seus capangas ouvirem dizer que Grace sabia, ou tomarem conhecimento do seu comportamento indiscreto. A essa altura, ela também já tinha tentado acabar com a própria vida, e posto a culpa dessa tentativa de suicídio em James e no seu caso com a duquesa. Ele ficou desesperado, pois tinha consciência do ponto a que ela poderia chegar, e de que nem mesmo a carta que tinha em mãos poderia salvar uma mulher capaz de entornar o caldo. Então decidiu agir antes deles.

– Como ele a afastou do perigo?

– Levando Grace para a França. Eles passaram um tempo comigo enquanto James tomava providências para interná-la numa instituição confortável perto de Berna, na Suíça. Tenho certeza de que hoje em dia a coitadinha teria sido diagnosticada como maníaco-depressiva ou algo assim, mas eu lhe garanto que, na época, era a atitude mais bondosa a se tomar. Ela ficou conhecida lá como "Rose White", pois James havia usado seu nome do meio. Poucos meses depois, ele então informou às pessoas na Inglaterra que Grace havia tirado a própria vida durante umas férias comigo, sua amiga mais antiga. Na época, a maioria de Londres conhecia sua instabilidade. A história ficou verossímil. Nós organizamos um funeral em Paris com um caixão vazio. – O olhar de Rose se perdeu ao longe. – Vou lhe dizer uma coisa, meu bem: ela poderia muito bem ter estado lá dentro, para James não fez diferença nenhuma. Nunca vi um homem tão arrasado. Para a segurança da própria Grace, ele sabia que nunca mais poderia vê-la.

– Meu Deus. – Joanna balançou a cabeça com tristeza. – Não é de espantar que ele nunca tenha tornado a se casar depois disso. A mulher dele ainda estava viva.

– Exatamente, só que ninguém mais sabia. Aí veio a guerra, claro. Os alemães invadiram a França, e meu marido e eu nos transferimos para nossa casa na Suíça. Ficava perto do sanatório, e eu visitava Grace sempre que podia. Ela vivia protestando aos altos brados, perguntando onde estava James e me suplicando sem parar que a levasse para casa. Meu marido e eu torcíamos até, para o bem dela mesma, para sua saúde falhar, pois aquilo não era vida, mas Grace sempre havia tido uma constituição robusta, pelo menos fisicamente falando.

– Ela passou todos esses anos na instituição na Suíça?

– Sim. Admito que parei de ir visitá-la tanto quanto antes, pois aquilo tudo me parecia um tanto inútil, além de me deixar terrivelmente abalada. Então, certa manhã, sete anos atrás, recebi uma carta. Era de um dos médicos da instituição me pedindo para ir falar com ele. Quando cheguei, ele me disse que Grace tinha melhorado. Meu palpite é que, com todo o progresso da medicina, eles tenham encontrado um remédio capaz de estabilizar o quadro dela. Ela estava tão melhor que ele sugeriu que tinha condições de dar um passo no mundo aqui fora. Reconheço que duvidei, mas fui vê-la e conversei com ela, e não havia dúvida absolutamente nenhuma de que ela estava de fato melhor. Conseguia falar de modo racional sobre o passado e o que havia acontecido. E me implorou para ajudá-la a pelo menos passar seus últimos anos de vida com algum semblante de normalidade. – Rose ergueu os braços e deu de ombros com elegância. – O que eu poderia ter feito? Meu amado marido tinha morrido alguns meses antes. Eu vivia zanzando sozinha por um imenso *château*. Então decidi comprar uma casa menor e levar Grace para morar comigo. O médico e eu combinamos que, se houvesse qualquer piora, ela voltaria direto para a instituição.

– Como é que ela conseguiu lidar com o mundo aqui fora depois de tantos anos trancafiada? – murmurou Joanna, mais consigo mesma do que para Rose.

– Ela ficava absolutamente encantada com tudo. O simples luxo de tomar as próprias decisões quanto ao que iria comer de café da manhã e a que horas a deixavam empolgadíssima. Depois de todos aqueles longos anos, Grace tinha a sua liberdade, que Deus a tenha.

Joanna sorriu.

– É.

– Então nós duas nos acomodamos numa vida juntas; duas velhas senhoras gratas pela companhia uma da outra, cujo passado em comum nos unia de modo estreito. Então, mais ou menos um ano atrás, Grace começou a ter uma tosse que não passava. Levei meses para convencê-la a ir ao médico... você pode imaginar o medo que ela sentia de chegar sequer perto de um. Quando ela finalmente foi, os exames revelaram um câncer no pulmão. O médico quis interná-la, claro, e fazer uma cirurgia, mas você pode imaginar como ela reagiu. Disse um não categórico. Acho que essa foi a parte mais trágica de toda a história. Depois de tantos anos confinada, encontrar enfim um pouco de paz, um pouquinho de felicidade, e depois ter um ano de vida pela frente. – Rose tateou em busca do lenço e enxugou os olhos. – Desculpe, meu bem. Ainda está tudo muito fresco na minha cabeça. Eu sinto uma falta imensa dela.

– É claro que deve sentir.

Joanna observou Rose se recompor antes de prosseguir.

– Uns poucos meses depois disso, Grace viu a matéria sobre a morte de James no *The Times* inglês. E cismou de querer voltar para a Inglaterra. Eu sabia que ela iria morrer se fizesse isso. A essa altura, ela já estava muito doente.

– Sim, e a senhora deveria ter visto a pocilga em que ela estava morando. Que diabos havia dentro daqueles caixotes?

O comentário fez um sorriso se estampar no rosto de Rose.

– A vida dela, meu bem. Ela era uma larápia terrível; roubava colheres de restaurantes, rolos de papel higiênico e sabonetes de toaletes, e chegava a esconder comida da nossa cozinha debaixo da cama no quarto. Talvez fosse por causa da privação material no sanatório, mas ela acumulava tudo. Quando foi embora da França, insistiu para os caixotes serem despachados junto com ela. Quando lhe dei um beijo de despedida, eu... já sabia que nunca mais iria vê-la. Mas entendi que ela sentia que não tinha nada a perder.

Joanna observou Rose afundar na cadeira, soterrada pelo pesar. Pelo modo como a energia da velhinha diminuía a olhos vistos, Joanna soube que era agora ou nunca.

– Rose, a senhora sabe onde está a carta?

– Eu não posso mesmo continuar falando antes de ter feito uma boa refeição. Vamos pedir um serviço de quarto – decretou ela. – Seja um anjo e me passe o cardápio, sim?

Joanna o fez, sabendo que havia muitas outras perguntas que desejava fazer. Obrigou-se a ter paciência enquanto Rose revirava a bolsa em busca dos óculos e estudava o cardápio com atenção. Ela então se levantou, movendo-se com cansaço, e foi até o telefone junto à cama.

– Olá. Poderiam por favor mandar subir dois bifes de contrafilé mal-passados com molho *béarnaise* e uma garrafa de Côte-Rôtie? Obrigada. – Ela pôs o fone no gancho, sorriu para Joanna, então uniu as mãos como uma criança empolgada. – Ah, eu amo comida de hotel, você não?

Se fosse possível andar mentalmente de um lado para o outro estando imobilizado numa cadeira de rodas, era exatamente isso que o velho estava fazendo. Ele não estava atrás de sua mesa; na verdade, moveu a cadeira na direção de Simon quando ele abriu a porta, reconfortado pela visão do único outro ser humano capaz de compartilhar sua aflição.

– Alguma novidade?

– Não, senhor. Vamos tentar de novo amanhã.

– Amanhã talvez seja ser tarde, maldição! – disparou o velho.

– Nenhum sinal de Joanna nem de Alec O'Farrell do seu lado? – indagou Simon.

– Conseguimos uma pista quanto ao paradeiro de O'Farrell, que está sendo seguida neste exato momento. Meu palpite é que eles estão enfiados num hotel qualquer, provavelmente planejando a venda do século da sua sórdida historiazinha. Pelo menos eles com certeza não saíram do país. Mandei meu pessoal esmiuçar as listas de passageiros nos aeroportos e estações de barcas. A não ser, é claro, que eles tenham saído com passaportes falsos.

Ele suspirou.

– E a sua "mensageira"? Rose Le Blanc, *née* Fitzgerald?

– Nenhum voo para a Inglaterra confirmou uma passageira com esse nome, mas é claro que isso não quer dizer nada. Ela poderia facilmente ter vindo de carro ou de trem. Vamos encontrá-la se ela estiver aqui, mas se Joanna chegar a ela primeiro... Droga! Tenho certeza de que madame Le Blanc sabe onde está a maldita carta.

– Senhor, até que eles a tenham de fato nas mãos, não dispõem de prova nenhuma.

Ele não parecia estar escutando.

– Eu sempre soube que estávamos rumando para um desastre, que aquele tolo jamais entregaria a carta. O desgraçado chegou a conseguir um título de cavaleiro com essa promessa!

– Senhor, eu acho que vamos ter de jogar a rede mais longe e avisar outras pessoas sobre o que estamos procurando.

– Não! Eles precisam trabalhar às cegas. Nós simplesmente não podemos correr o risco de mais vazamentos. Estou confiando em você, Warburton. Quero que você fique exatamente onde está. Meu instinto sempre me disse que, se essa carta estiver em algum lugar, é numa das casas dos Harrisons. Se Joanna descobrir onde está, irá buscá-la. Ambas as casas estão sob forte vigilância. Se ela aparecer, será preciso dar um jeito nela. Sob hipótese alguma deixe a emoção prejudicar seu discernimento. Me diga agora caso se sinta incapaz de concluir o serviço.

Houve uma pausa antes de Simon dizer:

– Não, senhor, eu dou conta.

– Se não der, outra pessoa dará. Espero que você entenda isso.

– Entendo, senhor.

– Certifique-se de se comportar de maneira normal. Não quero nem Joanna nem O'Farrell desconfiados de que estamos atrás deles. Deixe que eles nos levem até a carta, entendido?

– Entendido, senhor.

Ele virou a cadeira de rodas de frente para o rio. Após um longo silêncio, suspirou fundo.

– Você entende que se isso vazar vai ser o fim da monarquia na Grã-Bretanha, não entende? Boa noite, Warburton.

Angustiada com tanto suspense, Joanna ficou observando Rose mastigar com uma lentidão excruciante tudo que havia em seu prato. Ela própria tinha engolido a comida sem sequer registrar o sabor, mas sabendo que precisava se alimentar.

Por fim, Rose deu algumas batidinhas nos lábios com o guardanapo.

– Agora sim. Acho que um café enquanto conversamos seria bom, meu bem.

Tentando controlar a frustração, Joanna ligou para o serviço de quarto mais uma vez.

Por fim, quando o café chegou, Rose recomeçou a falar.

– É notório que os membros da realeza sempre tiveram amantes, desde que a monarquia existe. O fato de a duquesa de York ter se apaixonado pelo sósia do marido não era o que o palácio queria, lógico, mas podia ser administrado. Até mesmo o fato de ela insistir em lhe escrever cartas de amor perigosas, uma das quais você mesma viu, podia ser contido. Na época, era improvável ela um dia vir a ser rainha, ou seu marido rei. – Rose fez uma pausa e abriu um pequeno sorriso. – Por ironia, a história foi mudada da noite para o dia pela força mais simples, porém mais potente do mundo.

– O amor.

– Sim, meu bem. O amor.

– E ela *se tornou* rainha.

Rose aquiesceu e tomou um gole de café.

– Então se pergunte, Joanna, o que pode ter acontecido entre Michael O'Connell e a duquesa de York com potencial para se transformar no segredo mais bem guardado do século XX? E o que aconteceria caso a prova desse segredo estivesse contida numa simples carta? Escrita de propósito por uma mulher que, no meio de uma paixão, desejou salvar seu amado? Depois escondida em algum lugar, e usada por James como única forma de se proteger do imenso arsenal daqueles que desejavam e precisavam que ele morresse?

Joanna examinou o ar, em seguida correu os olhos pelo recinto em busca de uma resposta. Então o barulho do tráfego na rua lá fora sumiu no instante em que ela compreendeu.

– Ai, meu Deus do céu! Não pode ser.

– Pode, sim.

Foi a vez de Rose servir um uísque para uma Joanna chocada e trêmula.

– Que ninguém jamais diga que eu lhe contei. Foi você quem adivinhou. – Rose balançou a cabeça. – Eu só vi esse tipo de choque em um outro rosto, e foi quando confirmei para Grace o que ela havia escutado pela porta do escritório na Welbeck Street.

– Com certeza teria sido melhor mentir para ela, não? Fazê-la acreditar que tinha ouvido errado? Meu Deus. – Joanna engoliu o uísque. – Eu me considero uma pessoa perfeitamente sã, mas agora que descobri enfim a verdade... estou um caco.

– Tenho certeza de que está mesmo. E sim, eu pensei em tentar convencer Grace de que ela havia entendido mal, mas é claro que sabia que ela não deixaria aquilo por isso mesmo. Havia uma chance de ela ir direto à fonte, e falar com o homem com quem ouvira James conversar naquele dia no escritório. Um homem que posteriormente se tornou sir Henry Scott-Thomas, chefe do MI5. Um homem capaz de destruir tanto ela quanto James caso descobrisse que ela sabia. Um homem que depois ficou paraplégico num acidente de montaria.

– O homem da cadeira de rodas...

Joanna tinha a sensação de que o seu cérebro estava congelado. Vasculhou as névoas cinzentas, pois sabia haver mais perguntas que precisava fazer.

– A carta... ela confirma... isso que acabamos de mencionar?

Joanna não conseguiu se forçar a pronunciar as palavras.

– Eu posso ter entregue a carta, mas ela já estava bem escondida dentro do embrulho quando o fiz. No entanto, se ela manteve James vivo durante todos esses anos e lhe permitiu juntar fama e fortuna bem debaixo dos narizes daqueles que o queriam morto, então sim, acredito que confirme.

– E por que eles nunca a pegaram? Afinal, era a senhora quem entregava as cartas.

– Àquela altura eu já estava noiva do meu amado François e tinha deixado o palácio. Casei-me e fui morar na região do rio Loire somente depois de o pacote ser entregue. Ninguém jamais soube do meu envolvimento. – Rose riu baixinho. – A duquesa era muito esperta, até não conseguir mais esconder seu segredo.

Joanna se deu conta com um sobressalto de que ela própria tinha dito a Simon o nome da "mensageira" em Yorkshire apenas duas semanas antes.

– Rose, você está mesmo correndo um baita perigo! Eu disse seu nome para uma pessoa recentemente. Ai, meu Deus, lamento muitíssimo. – Joanna se levantou. – Tanta gente já morreu. Eles não vão se deixar deter por nada... a senhora precisa ir embora agora mesmo!

– Eu estou segura, meu bem, pelo menos por enquanto. Afinal, sou a única pessoa que sabe onde a carta está. Além do mais, meus antigos documentos falsos da Segunda Guerra Mundial se revelaram uma dádiva dos deuses depois de todos esses anos. François pagou muito dinheiro a um especialista para garantir que ficássemos conhecidos como madame e monsieur Levoy, dois cidadãos suíços. Ele tinha um pouco de sangue judeu pelo lado da mãe, entende? Eu sempre mantive um passaporte com esse nome, só por garantia. François insistiu. – Rose abriu um pequeno sorriso. – E foi assim que entrei no país, e é por esse nome que sou conhecida aqui no hotel.

Joanna encarou com admiração aquela mulher extraordinária, que havia guardado o segredo durante tanto tempo e estava pondo a vida em risco por amor a uma velha amiga.

– A senhora comentou mais cedo que tinha entregue um pacote, não uma carta?

– Isso.

– O que havia no pacote?

– Minha nossa. – Rose deu um bocejo. – Estou ficando com muito sono. Bem, a questão era que obviamente as cartas eram muito sensíveis, e aquela em especial. Se tivessem caído nas mãos erradas, poderia ter sido um desastre. Então a duquesa bolou um jeito muito esperto de disfarçá-las.

– Como?

– Você viu a carta que Grace lhe mandou. Embora fosse antiga, devia ter algo esquisito que você reparou nela, não?

Joanna vasculhou a própria mente.

– Ahn... sim. Se bem me lembro, tinha uns furinhos minúsculos ao redor das bordas.

Rose aprovou com um leve meneio de cabeça.

– Agora, como o nosso tempo está se esgotando, talvez eu deva ajudá-la com a última peça do quebra-cabeça. Lembre-se, só estou fazendo isso por causa da pobre Grace.

– Claro.

Joanna meneou a cabeça, cansada.

– A duquesa tinha duas paixões na vida. Uma delas era o cultivo das mais esplêndidas rosas no seu jardim; a outra eram lindos bordados. – Ela olhou para Joanna, que a encarou de volta sem entender. – Agora eu acho que já passou da hora de ir para a cama. Pretendo ir embora da Inglaterra em breve, me hospedar com uns amigos nos Estados Unidos até isso tudo passar. Achei melhor ficar meio sumida nos próximos meses, até a poeira baixar.

– Rose, por favor! Não faça isso comigo! Me diga onde a carta está! – suplicou Joanna.

– Meu bem, eu *acabei* de dizer. Você agora só precisa usar esse seu cérebro arguto e seus belos olhos.

Joanna soube que de nada adiantava implorar mais.

– Vou ver a senhora de novo?

– Duvido, você não? – Os olhos de Rose cintilaram. – Tenho certeza absoluta de que você vai encontrar.

– Eu não! Rosas, bordados...

– Sim, meu bem. Agora, assim que pegar a carta, eu deveria sair da Inglaterra *tout de suite*. Você vai mesmo publicá-la e que se dane todo o resto, como se diz?

– É essa minha intenção, sim. Tanta gente morreu por causa disso. E eu... eu devo isso a alguém.

Os olhos de Joanna ficaram espontaneamente marejados.

– Alguém que você amou?

– Ahn... sim – respondeu ela com um suspiro. – Mas ele morreu tentando salvar a minha vida. E tudo por causa da carta.

– Bem, a vida é assim. O amor nos faz tomar as decisões mais temerárias, e muitas vezes equivocadas, como você já constatou.

– Sim.

Rose se levantou e pousou delicadamente uma das mãos no ombro de Joanna.

– Deixo a questão a cargo da sua consciência. E do destino. Adeus, meu bem. Se você sobreviver para contar a história, terá deixado sua marca no mundo seja lá como for, disso não resta dúvida. Saia sozinha, sim?

Rose andou em direção ao quarto e fechou a porta depois de entrar.

Fim de jogo

Estágio do jogo em que restam poucas peças no tabuleiro

40

– Oi, Simon – disse Zoe ao aparecer na hora do almoço do dia seguinte na cozinha de Welbeck Street.

– Oi. Tudo bom?

– Tudo. – Zoe pensou que ele estava com um ar tenso e exausto. – A Srta. Burrows foi embora agora que você voltou?

– Sim, saiu quando eu cheguei. Por algum motivo eu não estava a fim de dividir o quarto com ela.

– Certo. – Zoe mergulhou o dedo no molho que estava mexendo no fogão. – Ela é uma moça bonita.

– Não faz meu tipo, infelizmente – respondeu Simon, seco, enquanto enchia uma caneca com café solúvel e água quente. – O que está preparando?

– O que se prepara para um príncipe? – respondeu ela, e deu um suspiro. – Optei pelo meu prato clássico de jantares entre amigos: estrogonofe. Não é exatamente lagosta ao thermidor, mas vai ter de servir.

– Meu Deus, claro! O seu jantar é hoje! Tinha esquecido completamente.

– O Art me ligou ontem. Disse que estaria esperando você em Sandringham no final da tarde para trazê-lo até aqui. Deixei recado pedindo à Joanna para chegar às oito, de modo que os horários devem se encaixar. Infelizmente, duas das minhas amigas cancelaram, então vamos ser só nós três.

Simon sentiu o coração dar um pulo.

– A Joanna vem?

– Vem, mas nem ela respondeu ao meu recado. A gente ficou bem próxima, e eu adoraria saber o que ela pensa do Art.

– Você não acha que deveria ligar de novo para ela e descobrir?

– É, imagino que sim. – Ela limpou as mãos no avental. – Continue mexendo, tá?

Ela voltou dali a alguns minutos.

– Direto na secretária – falou, enquanto observava Simon vasculhar seus armários.

Ele se virou com uma garrafinha na mão.

– Ponha um pouco de tabasco, dá um toque a mais no molho.

Mais tarde nesse dia, o celular de Simon tocou.

– Localizamos O'Farrell. Sabíamos que ele não poderia passar muito tempo sem uísque. Ele assinou um recibo de cartão de crédito para se abastecer numa loja de bebidas na região de Docklands.

– Certo.

– Demos uma verificada nos seus conhecidos, e parece que ele tem um amigo jornalista nos Estados Unidos que tem um apartamento perto da loja. Meus homens foram lá olhar, e há sinais de vida no apartamento. Agora montaram uma vigilância pesada lá. Conseguimos o telefone do imóvel. Se ele entrar na internet para mandar a matéria, podemos impedir na hora.

– E Joanna?

– Nem sinal.

– Ela foi convidada para jantar aqui hoje, embora eu duvide que vá aparecer. Seria mais ou menos como entrar na cova dos leões. Continuo como de costume, por enquanto?

– Sim. Caso não surja nada, vá buscar Sua Alteza Real em Norfolk conforme o planejado. Burrows vai estar lá enquanto você faz isso. Só se certifique de vocês dois estarem armados, Warburton. Manterei contato.

Logo antes das cinco da tarde nesse dia, Simon chegou em frente à linda e isolada residência na propriedade de Sandringham e parou o carro. Abriu a porta, saltou, e viu que o mordomo já estava abrindo a porta da frente.

– Sua Alteza Real vai se atrasar um pouco, infelizmente. Como ele demorará, sugeriu que o senhor talvez preferisse aguardar dentro de casa e tomar um chá.

– Obrigado.

Simon seguiu o mordomo para dentro da casa, atravessou o hall e adentrou uma sala de estar pequena, porém ricamente mobiliada.

– Earl Grey ou Darjeeling?

– Tanto faz.

– Muito bem, senhor.

O mordomo se retirou, e Simon pôs-se a andar pela sala perguntando-se por que cargas-d'água, nesse dia dentre todos, o duque precisava se atrasar. Cada segundo que ele passava fora de Welbeck Street o deixava mais nervoso.

O mordomo trouxe seu chá e tornou a sair. Simon ficou tomando a bebida enquanto andava distraidamente para lá e para cá pelo recinto. Foi quando uma coisa na parede, pendurada inocentemente entre inúmeros outros quadros de valor decerto incalculável, chamou sua atenção. Pareceu-lhe semelhante a algo que ele vira recentemente. Ele chegou mais perto para examinar melhor, e sua mão que segurava a xícara pôs-se a tremer.

Tinha quase certeza de que era idêntico, em todos os detalhes.

Simon pegou o celular para fazer uma ligação, mas bem nessa hora o mordomo chegou.

– Sua Alteza Real está pronto para ir agora.

A xícara de chá foi retirada com firmeza da sua mão e ele foi conduzido para fora da sala.

De seu posto de observação dentro da cabine telefônica do outro lado da Welbeck Street, Joanna ligou para um número de celular.

– Steve? É a Jo. Não me pergunte onde estou, mas, se quiser uma bela foto, mexa esse seu traseiro até a casa de Zoe Harrison. O duque vai chegar daqui a pouco. Sim, é sério! Ah, e tem uma entrada dos fundos se você quiser uma imagem do interior, embora vá ter de escalar alguns muros para chegar. Aí fique esperando em frente à casa até eu entrar em contato. Tchau.

Ela ligou para outro número, em seguida para outro, até informar todas as editorias de imagem de todos os diários londrinos sobre o endereço do compromisso de jantar nessa noite do príncipe Arthur, duque de York. Agora tudo que precisava fazer era esperar eles chegarem.

Um dos fotógrafos viu o carro assim que Simon entrou na Welbeck Street, logo antes das oito da noite.

– Ah, que inferno! – praguejou o duque ao ver a barreira de câmeras posicionada em frente à casa de Zoe.

– Prefere seguir, Sua Alteza Real?

– É meio tarde para isso, não? Vamos lá, vamos em frente.

Joanna ficou olhando a porta do Jaguar se abrir e os fotógrafos se amontoarem ao redor do carro. Então atravessou correndo a rua, entrou no meio da multidão e apareceu bem em frente ao duque e a Simon. Como sabia que iria acontecer, a porta se abriu como por magia e ela entrou cambaleando na casa.

– Jo! Você veio, no fim das contas! – exclamou Zoe, cumprimentando-a de modo distraído e olhando nervosa para Art enquanto Simon batia a porta com força e a trancava atrás de si.

– É – disse ela, ofegante, tirando o chapéu molenga e sacudindo os cabelos para soltá-los. – Tem uma turba aí fora.

– Que vestido mais lindo. Eu até hoje só te vi de calça jeans.

– É porque eu só uso calça jeans. Mas hoje pensei que valia a pena um esforço.

– E esses óculos caem muito bem. Você fica com um ar diferente.

– Que bom – disse Joanna, e estava sendo sincera.

Zoe lhe deu um beijo no rosto, em seguida voltou sua atenção para Art, em pé atrás dela.

– Olá, querida. Tudo bem? – começou a dizer, então todos se sobressaltaram quando a fenda do correio foi aberta e a ponta de uma teleobjetiva surgiu pelo buraco.

Na mesma hora, Simon fechou a aba com força, e eles ouviram um gratificante estalo de plástico se quebrando quando a câmera recuou.

– Sugiro vocês irem todos para a sala. Me deem alguns segundos para fechar as cortinas – disse Simon para o príncipe contrariado.

– Obrigado, Warburton.

Art o seguiu pelo corredor enquanto Zoe punha uma das mãos no braço de Joanna.

– Vou te apresentar oficialmente para o Art num instante – sussurrou ela.

– Eu devo fazer uma mesura? Como devo chamá-lo? – perguntou Joanna.

Zoe reprimiu uma risadinha.

– Basta ser você mesma. E ele vai te dizer como chamá-lo. Mas talvez seja melhor você não comentar que é jornalista – disse ela, com um quê de ironia.

– Entendido. Por hoje eu vou ser adestradora de cachorros – comentou Joanna, meneando a cabeça enquanto as duas se encaminhavam juntas para a sala. Na porta, virou-se para Zoe. – Com licença, preciso só ir ao banheiro.

E subiu correndo a escada antes de Zoe conseguir responder.

– Simon, você se importaria de trazer o champanhe? – pediu Zoe quando ele surgiu vindo da sala. – Está no gelo na cozinha.

– Claro.

Simon foi rapidamente até a cozinha e pegou o champanhe, que depositou sobre a mesa da sala.

– Vou deixar vocês à vontade.

Então saiu e subiu os degraus da escada dois a dois.

Monica Burrows o aguardava no primeiro andar.

– Ela está aqui. Acabei de ver, no quarto do menino. Entrou no banheiro ao lado quando me viu – sussurrou ela.

– Tá. Deixe comigo. Desça lá e fique a postos na porta da frente.

– Claro. Grite se precisar de mim.

Simon observou Monica descer correndo a escada. Então acomodou-se em frente à porta do banheiro para esperar Joanna sair.

Da cozinha veio um grito de Zoe.

– Simon! – berrou ela. – Na cozinha!

– Warburton! – chamou a voz do duque, juntando-se à dela.

Simon desceu correndo os dois lances de escada, passou pelo hall e entrou na cozinha.

– Tire ele daqui! – gritou Zoe, olhando consternada para o homem em pé na porta dos fundos da cozinha, que continuou estoicamente a tirar fotos mesmo quando Simon o derrubou no chão e arrancou sua câmera.

– Estou só fazendo o meu trabalho, parceiro.

O fotógrafo fez uma careta quando Simon empurrou a câmera de volta para suas mãos com força, agora sem o filme, e o escoltou pela casa até a porta da frente. Puxou a carteira do homem do bolso do seu jeans e anotou o nome escrito na habilitação.

– Você vai ser processado por invasão de domicílio. Agora se mande daqui.

Simon abriu a porta, jogou o fotógrafo para fora e tornou a batê-la. Abalada, Zoe estava sendo reconfortada pelo duque na cozinha.

– Você está bem? – perguntou ele.

– Estou. A culpa foi minha. Esqueci de trancar a porta dos fundos.

– Não, não foi. O responsável por cuidar das questões de segurança é Warburton. Que mancada a sua.

– Peço desculpas, Sua Alteza.

– Art, não ponha a culpa no Simon. Ele vive me lembrando de trancar tudo. Tem sido absolutamente maravilhoso, não sei o que eu faria sem ele – disse Zoe, na defensiva.

– Atenção, atenção! Que cara incrível ele é, não é mesmo, Simon?

Joanna entrou na cozinha atrás dele.

Simon se virou, e soube então, nesse exato instante, que ela havia encontrado a carta.

– Bem, eu gostaria de me acomodar e prosseguir com a noite – comentou o duque num tom de irritação. – Nós chamamos se precisarmos, está bem, Warburton?

– Sim, Sua Alteza.

Simon saiu da cozinha e subiu até o quarto de Jamie. Foi como havia imaginado. Não estava mais ali. Ele entrou no banheiro e viu a moldura vazia dentro do cesto de lixo. A linda cantiga de ninar bordada, abrigada debaixo de um vidro durante todos aqueles anos guardando inocentemente o seu segredo, tinha desaparecido.

– Um dia a casa cai – resmungou Simon entre os dentes enquanto saía do banheiro e subia a escada até seu quarto.

Tateando o bolso às pressas em busca do celular, ele digitou um número.

– Ela está aqui, senhor, e encontrou a carta.

– Onde ela está?

– Lá embaixo, aproveitando um agradável jantar com o terceiro na linha de sucessão ao trono. Não podemos tocá-la e ela sabe disso.

– Nós nos certificamos de que O'Farrell não vai ajudá-la. Achamos a matéria no computador dele. Ele estava só esperando a carta. E mandamos cercar Welbeck Street. Ela não vai conseguir fugir desta vez.

– Não, mas no momento, com Sua Alteza Real na casa, tem muito pouca coisa que nós possamos fazer.

– Então precisamos tirá-lo daí imediatamente.

– Sim. E, se o senhor me permite, eu tenho uma ideia.

– Pode falar.

Simon falou.

– Esta noite só fez me provar o que eu já sabia, Zoe. Você não pode continuar morando aqui. Vou transferi-la para o palácio imediatamente, lá pelo menos você vai estar segura. – Art uniu o garfo e a faca. – Estava uma delícia, aliás. Agora com licença, senhoras, preciso ir ao toalete.

Joanna e Zoe observaram-no sair da sala.

– Então, o que achou? – perguntou Zoe.

– Do quê?

– Do Art, claro! Jo, você está bem nervosa hoje. Mal disse uma palavra durante o jantar. Está tudo bem?

– Está, sim, desculpe, estou só cansada. Eu achei o seu príncipe... muito simpático.

– Sério? Sua voz não soa convicta – disse Zoe, franzindo o cenho.

– Bom, ele é meio... meio régio, e tal, mas não é culpa dele – disse Joanna, sem prestar muita atenção.

– Não é? – Zoe deu uma risadinha hesitante. – Eu... eu realmente não tenho mais certeza – sussurrou ela.

– Por quê?

– Ah, sei lá.

– Tem alguma outra pessoa?

Joanna decidiu testar seu palpite. Já tinha visto o modo como Zoe olhara para Simon naquela noite.

– É... pode ser que tenha, mas eu não tenho nem certeza se ele gosta de mim.

– Bom, não sei quem vai ficar mais decepcionado se você terminar: Art ou o seu galante protetor – disse Joanna, num tom casual.

– Como assim?

Joanna olhou para o relógio, aflita.

– Ahn... nada, nada. O Simon gosta muito de você.

– É mesmo?

Uma luz surgiu nos olhos de Zoe.

– É, e eu acho que você deveria fazer o que manda o seu coração. Eu hoje queria ter tido mais tempo com o Marcus. Não perca o seu – sussurrou Joanna no seu ouvido ao mesmo tempo que Art reaparecia. – Certo, minha vez de ir ao banheiro. Volto num instante.

Os olhos de Joanna se encheram de lágrimas inesperadas quando ela se levantou, deu uma última olhada na direção de Zoe, então sumiu da sala.

Quando Joanna passou por ela no hall e subiu a escada, Monica fez sinal para Simon, postado atrás da porta da sala. Ele aquiesceu e pegou o celular.

– Agora, senhor.

Trancada no banheiro, Joanna digitou freneticamente o número de Steve.

– Sou eu. Vou daqui a dois minutos. Deixe a bicicleta pronta, tá? E não fique por perto para fazer perguntas.

Tinha acabado de destrancar a porta do banheiro quando ouviu as sirenes apitarem e uma voz bradar num megafone.

– Aqui é a polícia. Temos um alerta de bomba na Welbeck Street. Todos os moradores queiram por favor deixar suas casas imediatamente. Repetindo, todos os morad...

Desesperada, Joanna socou a parede.

– Merda! Merda! Merda!

Simon entrou na sala.

– Temos de sair agora. Sua Alteza Real, Srta. Harrison, por favor.

– O que foi? O que aconteceu? – indagou Zoe, levantando-se.

– O que está acontecendo lá fora? – perguntou o duque, irritado.

– Alerta de bomba, Sua Alteza. Infelizmente vamos ter de evacuar a casa. Queira por favor vir comigo, já tem um carro esperando lá fora.

– Cadê a Joanna? – perguntou Zoe enquanto ela e Art seguiam Simon.

– Lá em cima, no banheiro. Eu a acompanho – disse Monica Burrows do alto da escada.

– Temos de esperar por ela – falou Zoe.

Lá em cima, Joanna sentiu o contato duro do aço frio nas costas.

– Diga a eles para irem embora – sussurrou a mulher.

– Te vejo lá fora, tá, Zoe? – disse Joanna com uma voz alta e trêmula.

– Tá! – ouviu Zoe gritar, e a porta da frente então bateu e a casa ficou silenciosa.

– Não se mexa. Tenho ordens de atirar para matar.

Monica a guiou até o quarto de Jamie, mantendo a arma encostada na base das suas costas. Simon juntou-se a elas poucos minutos depois.

– Solte-a, Monica, ela está sob controle. – Simon levantou o braço, e Joanna viu sua arma.

O cano encostado nas suas costas foi afastado, e Joanna se deixou cair sentada na cama. Olhou para a mulher e a reconheceu do lançamento do fundo de estudos.

– Joanna.

Ela o encarou.

– O quê?

– Por que não desistiu dessa história enquanto tinha oportunidade?

– Por que você mentiu para mim?! Toda aquela bobajada lá em Yorkshire! Eu... você me fez acreditar que eu estava certa.

– Porque eu estava tentando salvar sua vida.

– Chegou tarde, de todo modo – disse Joanna num tom de bravata que não era genuíno. – O Alec sabe de tudo. A esta altura ele já deve ter enviado a matéria. E se alguma coisa acontecer comigo ele vai saber.

– O Alec está morto, Joanna. Eles o encontraram no apartamento do amigo dele nas Docklands e o impediram a tempo. Infelizmente eu acho que a brincadeira acabou.

Joanna deu um arquejo horrorizado.

– Seu filho da mãe! Mas... eu estou com a carta e você não – arrematou ela, num tom desafiador.

– Burrows, reviste-a.

– Me largue!

Enquanto Joanna tentava se desvencilhar da outra mulher, o barulho de um tiro ecoou da arma de Simon. Joanna e Burrows se viraram e viram que a bala tinha atingido a parede e se alojado no reboco. Um medo visceral se estampou no rosto de Joanna quando ela viu o olhar frio e duro de Simon. E a arma na sua mão apontada direto para ela.

– Jo, em vez de fazer você passar pela indignidade de uma revista íntima, por que simplesmente não nos dá o que queremos? Aí ninguém se machuca.

Joanna aquiesceu, derrotada, sem confiar em si mesma para dizer nada. Levou a mão ao bolso do vestido e pegou um pequeno quadrado de tecido. Entregou-o para Simon.

– Pronto. Vocês finalmente conseguiram o que queriam. Quantos você teve que matar para recuperar isso, hein, Simon?

Ele a ignorou, indicou com um gesto para Burrows assumir o controle de Joanna com sua arma e se concentrou no quadrado de tecido em sua mão.

Ring a Ring o' Roses...

As palavras – e sua temática – estavam lindamente bordadas no tecido. Simon virou o bordado e, apesar do medo que a consumia, Joanna ficou fascinada com o fato de que, após tantos anos, a verdade seria enfim revelada. Ficou olhando Simon remover com todo o cuidado o forro do bordado, e ali, costurada no verso do trabalho em si, havia uma folha de um grosso papel de carta cor creme, idêntico ao da outra carta que Grace tinha lhe mandado.

Simon sacou um canivete e desfez o alinhavo caprichado. O papel finalmente se soltou. Ele o leu e passou-o para Monica.

– É esta.

Dobrando a carta com cuidado e guardando-a no bolso do paletó, tornou a mirar a arma em Joanna.

– Então, o que vamos fazer com você? Me parece que você sabe um pouco demais.

Ela não conseguiu mais encarar aqueles olhos que tinham virado fragmentos duros de aço.

– Com certeza você não vai ser capaz de me matar a sangue-frio, vai, Simon? Meu Deus, a gente se conhece há anos, somos melhores amigos quase desde sempre. Eu... me dê uma chance de fugir. Eu... eu sumo. Você nunca mais vai me ver na vida.

Monica Burrows viu Simon hesitar.

– Deixe comigo – disse ela.

– Não! Essa tarefa é minha.

Simon deu um passo à frente ao mesmo tempo que Joanna recuava, com o coração disparado e a cabeça rodando.

– Simon, pelo amor de Deus! – gritou ela, encolhendo-se no canto do quarto. Ele se inclinou até ficar com o rosto bem junto ao dela, a arma apontada para o seu peito. – Por favor, Simon! – suplicou ela.

Ele balançou a cabeça.

– Lembre-se, Joanna. A brincadeira é *minha*, quem faz as regras sou *eu*.

Ela o encarou, e o medo fez sua voz sair rouca.

– Eu me rendo.

– *Bang, bang,* você morreu!

Ela mal teve tempo de gritar quando ele disparou dois tiros à queima-roupa, então desabou no chão.

Simon se ajoelhou e tomou seu pulso, em seguida escutou o coração.

– Está morta. Ligue e avise que a missão foi cumprida sob todos os aspectos. Eu limpo tudo aqui e a levo até o carro.

Burrows olhou de onde estava para o corpo caído de Joanna.

– Você a conhecia há muito tempo?

– Sim.

– Nossa – sussurrou ela. – Haja coragem.

Chegou mais perto do corpo e se abaixou, prestes a tomar o pulso de Joanna. Depois se virou para encará-la.

– Você conhece as regras da profissão, Burrows. Não há espaço para sentimentalismos. Só por garantia.

Então disparou outro tiro.

Quinze minutos mais tarde, a Welbeck Street estava deserta quando a porta da frente se abriu. A equipe de vigilância do outro lado da rua ficou monitorando Warburton e Burrows enquanto os dois carregavam o corpo em direção a um carro estacionado alguns metros mais à frente na rua.

– Estão a caminho agora – disse um deles no walkie-talkie.

Dez minutos depois, com um carro de proteção a segui-los um pouco mais atrás, eles pararam numa rua que margeava um terreno industrial rodeado por uma cerca. Transferiram o corpo de um carro para outro, estacionado a alguns metros, então embarcaram num terceiro e foram embora à toda. Vinte minutos depois, o barulho de uma imensa explosão estilhaçou a paz das ruas ao redor.

41

Simon levou a mão ao bolso e tirou a carta. Entregou-a por cima da mesa.

– Aqui está, senhor. Sã e salva, enfim.

Sir Henry Scott-Thomas leu o papel sem nenhum indício de emoção.

– Obrigado, Warburton. E o corpo dela foi transferido com sucesso?

– Sim.

Sir Henry estudou Warburton.

– Você parece exausto, rapaz.

– Admito que tive de fazer algo extremamente indigesto, senhor. Ela era minha amiga de infância.

– E eu lhe garanto que isso não será esquecido. Esse tipo de lealdade é raro, garanto a você. Vou recomendá-lo para uma promoção imediata. Também vai haver um bônus polpudo na sua conta bancária no final do mês, em reconhecimento a todo o seu trabalho árduo.

– Acho que preciso ir para casa dormir um pouco. – Simon sentiu o estômago revirar. – Amanhã vai ser outro dia difícil quando descobrirem exatamente quem morreu na explosão da bomba.

Sir Henry aquiesceu.

– Depois do funeral, sugiro que você tire um curto período sabático; pegue um avião e vá para algum lugar quente e ensolarado.

– Estava pensando em fazer justamente isso, senhor.

– Só mais duas perguntas antes de você ir: e Burrows, como reagiu?

– Ficou bastante abalada depois. Tive a sensação de que nunca tinha visto de perto ninguém ser morto antes.

– Esse tipo de coisa tende a separar os homens de verdade dos garotos, por assim dizer. Ela viu o conteúdo da carta?

– Não, senhor. Posso lhe garantir que ela não fazia ideia do que estava acontecendo – respondeu Simon.

– Muito bem, rapaz. Você fez um belo trabalho, Warburton, um belo trabalho. Agora boa noite.

– Boa noite, senhor.

Simon se levantou e andou em direção à porta. Então parou e se virou.

– Só mais uma coisa, senhor.

– Sim?

– Pode ser que eu esteja sendo sentimental, mas o senhor por acaso sabe onde estão os restos mortais de Grace? Estive pensando que, depois disso tudo, talvez fosse a coisa certa reuni-la com seu amado marido.

Fez-se uma pausa antes de o velho responder:

– Tem razão. Vou providenciar. Boa noite, Warburton.

Simon conseguiu a duras penas se segurar até chegar ao banheiro masculino um pouco mais adiante no corredor. Lá, vomitou, então escorregou até o chão, enxugando a boca na manga e se solidarizando completamente com o que tinha feito Ian Simpson passar para o outro lado.

Jamais iria esquecer o medo nos olhos dela, nem sua expressão de traição quando ele havia puxado o gatilho. Segurou a cabeça com as mãos e chorou.

No carro a caminho de Dorset bem cedo no dia seguinte, sir Henry Scott--Thomas examinou a curta matéria na página 3 do *The Times*.

JORNALISTAS MORREM EM EXPLOSÃO DE BOMBA

> Uma bomba explodiu num carro perto de um complexo industrial em Bermondsey ontem à noite, matando tanto a motorista, uma jornalista de 27 anos, quanto seu editor. A explosão ocorreu após uma noite de denúncias falsas que fez parte do West End ser interditado ao tráfego durante duas horas devido a alertas de bomba. Acredita-se que as vítimas sejam Joanna Haslam, funcionária do *Morning Mail*, e Alec O'Farrell, responsável pela editoria de notícias do mesmo jornal. A polícia desconfia que eles estivessem perto de desmascarar um complô do IRA. Depois do atentado a bomba de Canary Wharf, em fevereiro, a polícia está em alerta máximo...

Ele foi passando pelas outras matérias do jornal até dar de cara com um texto curto ao pé da página 14.

CORVOS VOLTAM À TORRE

> Foi anunciado nesta manhã pelos guardas da Torre de Londres que os mundialmente famosos corvos voltaram para casa. As aves, que pela tradição protegem a Torre há novecentos anos, tinham desaparecido misteriosamente seis meses atrás. Seguiu-se uma caçada nacional sem resultados. Embora durante a Segunda Guerra Mundial as perturbações causadas pelos bombardeios da Luftwaffe tenham reduzido seu efetivo a apenas um indivíduo, em momento algum a Torre ficou sem um corvo para guardá-la. Protegidas pelo decreto real de Carlos II, reza a lenda que, se essas aves algum dia abandonarem de vez a Torre, a monarquia cairá.
>
> Foi com um alívio considerável que o guardião dos corvos encontrou Cedric, Gwylum, Hardey e o resto das aves de Tower Green na noite passada. Após elas fazerem uma boa refeição, o guardião declarou que estavam em excelentes condições físicas, mas não soube explicar seu sumiço temporário.

– Chegamos, senhor.

– Obrigado.

O motorista executou as manobras necessárias para desembarcar sir Henry e sua cadeira de rodas.

– Para onde, senhor?

Sir Henry apontou na direção do local.

– Pode me deixar aqui e vir me buscar daqui a dez minutos.

– Pois não, senhor.

Depois que o motorista se foi, sir Henry encarou o túmulo na sua frente.

– Então, Michael, nos encontramos outra vez.

Foi preciso toda a sua energia para girar a tampa da urna que segurava.

– Descanse em paz – murmurou ele ao despejar sobre o túmulo o conteúdo da urna. As partículas pareceram dançar à luz do sol matinal, e muitas delas se assentaram na roseira que crescia por cima.

Sir Henry viu que suas mãos nodosas tremiam, e teve consciência de uma dor insistente e cada vez mais forte no peito.

Pouco importava. Finalmente tinha acabado.

42

Zoe observou o caixão ser baixado na cova e tentou conter as lágrimas. Olhou para os semblantes pálidos e exaustos dos pais de Joanna, em pé na sua frente perto da cabeceira do túmulo, e para Simon, cujo rosto era uma verdadeira máscara de dor.

Quando acabou, as pessoas começaram a se dispersar, algumas em direção ao chá que seria servido na fazenda dos Haslams, outras direto de volta para Londres e suas redações. Zoe caminhou lentamente em direção ao portão da igreja, pensando como era lindo e tranquilo aquele lugar, escondido no limiar do pequeno vilarejo no meio das charnecas.

– Olá, Zoe. Como vai?

Simon a alcançou.

– Algo entre mais ou menos e péssima – respondeu ela com um suspiro. – Eu simplesmente não consigo acreditar. Lembro-me dela me dando um abraço na cozinha, e agora... ai, meu Deus, agora ela não está mais aqui. Nem o James, nem o Marcus... Estou começando a me perguntar se a nossa família está amaldiçoada.

– Você pode se martirizar para todo o sempre, mas nada vai trazer Joanna de volta, nem o seu avô ou Marcus.

– Sei que os jornais disseram que ela estava prestes a revelar um complô terrorista com seu editor. Ela nunca comentou nada comigo.

– Bom, não é de espantar.

– É, não mesmo. Então... – As emoções deixaram sua boca seca, e Zoe engoliu em seco. – Como você está?

– Bem para baixo também, para ser sincero. Não paro de repassar aquela noite na cabeça e de querer ter esperado ela sair com a gente, como você sugeriu. – Simon parou junto ao portão e olhou para trás em direção ao túmulo, onde o forte sol de Yorkshire batia na terra fresca que o cobria. – Pedi um período sabático, quero tirar um tempo para pensar na vida.

– Para onde você vai?

– Não sei. Talvez eu viaje um pouco. – Ele sorriu com tristeza. – Não sinto que haja nada me prendendo aqui na Inglaterra.

– Quando vai?

– Daqui a um dia ou dois.

– Vou sentir saudades.

As palavras lhe escaparam da boca antes de ela conseguir contê-las.

– Eu também. – Ele pigarreou. – Como vão o príncipe e a vida no palácio?

– Tudo bem – respondeu ela. – Acho que foi sensato eu me mudar para lá depois do que aconteceu. Para ser sincera, não me instalei direito, mas está muito no começo ainda. Tenho meu primeiro compromisso público com ele amanhã. Uma estreia de filme, veja você.

Ela sorriu.

– A vida é mesmo irônica – disse Simon, e deu de ombros.

– Com certeza.

– Vai tomar um chá lá na casa dos pais da Joanna? – perguntou ele. – Posso te apresentar para minha mãe e meu pai. Eles ficaram muito impressionados com o fato de eu te conhecer.

– Infelizmente não vai dar. Prometi ao Art voltar assim que acabasse. Meu novo motorista está esperando. – Ela apontou para o Jaguar parado no pequeno estacionamento. – Então, tá. Acho que a gente se despede aqui. Muito obrigada por tudo. – Ela se esticou e lhe deu um beijo no rosto.

Ele apertou sua mão com força.

– Obrigado. Tchau, Zoe. Foi um prazer imenso cuidar de você.

Ela se afastou depressa, sem querer que ele a visse chorando. Ao ouvi-lo murmurar alguma coisa entre os dentes, parou e se virou com uma expressão esperançosa.

– Falou alguma coisa?

– Não. Só... boa sorte.

– Tá. Obrigada. – Ela sorriu com pesar. – Tchau.

Ele a observou subir no Jaguar.

– Meu amor – acrescentou, vendo o carro se afastar e sumir de vista.

Na tarde seguinte, Simon seguiu pelo corredor do último andar de Thames House, forrado com seu grosso carpete, em direção à recepcionista de idade avançada.

– Olá. Tenho hora com sir Henry às três – falou, mas ela não respondeu. Em vez disso, ficou com os olhos marejados.

– Ah, Sr. Warburton!

– O que foi?

– Foi sir Henry. Ele morreu ontem à noite, em casa. Um enfarte fulminante, ao que parece. Ninguém pôde fazer nada.

O rosto dela desapareceu dentro do lenço de renda ensopado.

– Entendo. Mas... mas que tragédia. – Simon conseguiu por pouco impedir a palavra "ironia" de lhe escapar da boca. – Uma pena eu não ter sido avisado.

– Ninguém foi avisado. Eles vão dar a notícia hoje no noticiário das seis. – Ela fungou. – Mas todos nós recebemos ordens para trabalhar normalmente. O Sr. Jenkins está à sua espera na sala de sir Henry. Pode entrar.

– Obrigado.

Ele foi até a pesada porta de carvalho entalhado e bateu.

– Warburton! Entre, meu velho.

– Olá, chefe. – Simon não se espantou ao ver Jenkins sorrindo para ele como um menino em idade escolar do outro lado da mesa imensa. – Que coisa encontrá-lo aqui.

– Quer beber alguma coisa? O dia tem sido uma espécie de montanha-russa, como você pode imaginar. Eu sinto muito o velhinho ter partido, mas devo admitir que estamos todos um pouco aliviados lá embaixo. Sir Henry não largava o osso. Todos nós fazíamos as suas vontades, claro, mas na verdade quem vem fazendo o trabalho dele há anos sou eu. Não que eu queira que isso saia desta sala, naturalmente. Tome aqui. – Jenkins lhe passou um copo de conhaque. – À nossa saúde.

– Ao seu novo cargo?

Simon arqueou a sobrancelha com uma expressão interrogativa enquanto eles brindavam.

Jenkins deu uma piscadela para ele.

– Você vai ter que esperar o anúncio oficial.

– Parabéns. – Simon olhou para o relógio. – Sem querer apressá-lo, chefe, eu saio hoje para o meu período sabático e ainda nem passei em casa para fazer as malas. Por que o senhor queria me ver?

– Vamos sentar. – Jenkins apontou para as cadeiras de couro num dos cantos da sala. – O negócio é o seguinte: não resta dúvida de que você fez por merecer essas férias depois daquele pequeno, ahn, percalço. Mas acontece que nós talvez tenhamos um serviço para você enquanto estiver fora. E não quero alertar mais ninguém quanto à situação, visto a sua natureza delicada.

– Chefe, eu...

– Monica Burrows sumiu. Sabemos que ela pegou um avião de volta para os Estados Unidos no dia seguinte aos eventos na Welbeck Street, porque o controle de passaportes em Washington tem um registro de entrada. Só que ela até agora não apareceu no trabalho.

– Com certeza, se ela voltou para os Estados Unidos, não é mais responsabilidade nossa, é? Não podemos ser cobrados pelo fato de ela ter decidido voltar.

– É verdade, mas tem certeza absoluta de que ela não sabia o que estava acontecendo?

– Tenho – respondeu Simon, firme.

– Mesmo assim, considerando as circunstâncias, fico desconfortável que informações de natureza tão sensível vazem para o outro lado do Atlântico. A última coisa de que precisamos depois dessa história toda são pontas soltas.

– Entendo, mas pode ficar descansado, não existe ponta solta nenhuma.

– Além do mais, a CIA quer saber o que houve com Monica. Num gesto de conciliação, eu prometi mandar você lá para falar com eles. E como você vai mesmo estar por lá, não vejo por que isso seria um problema.

– Como o senhor sabe? Eu só fiz a reserva para Nova York hoje de manhã!

– Não vou nem me dignar a responder a essa pergunta. – Jenkins ergueu uma das sobrancelhas. – Mas então, como Washington fica a um pulo de Nova York de avião, tanto pelo bem da CIA, com quem pretendo manter um relacionamento bem mais estreito do que o meu antecessor, quanto pela desagradável situação que você manejou com tanta habilidade para nós, eu preciso mandar alguém. Sob todos os aspectos, seria melhor que fosse você. Eles vão querer um relatório completo sobre o que aconteceu naquela noite, a disposição mental de Burrows, etc. A boa notícia é que, assim, todo o seu período sabático ficaria por nossa conta, tudo em primeira classe. Já fiz upgrade da sua passagem, e vai demorar dois ou três dias no máximo para aplacá-los.

– Certo. – Simon engoliu em seco. – Para ser sincero, eu só queria passar um tempo afastado. Sem trabalhar – acrescentou, com firmeza.

– E vai passar. No entanto, uma vez agente, sempre agente. Você conhece as regras da brincadeira, Warburton.

– Sim, chefe.

– Ótimo. Pegue um cartão de crédito corporativo na saída. Não esbanje demais.

– Vou me esforçar ao máximo para isso.

Simon pôs o copo sobre a mesa e se levantou.

– E quando você voltar haverá uma bela promoção à sua espera. – Jenkins se levantou e apertou sua mão. – Até logo, Warburton. Mantenha contato.

Jenkins ficou olhando Warburton se retirar. Ele era um agente de talento, e tanto sir Henry quanto ele próprio previam que fosse ter muito sucesso. O rapaz com certeza tinha mostrado de que era feito na saga envolvendo Joanna. Quem sabe um sabático de luxo pudesse aliviar sua dor. Jenkins se permitiu uma segunda dose do decânter de sir Henry e, satisfeito, correu os olhos por seus novos domínios.

Zoe olhou para o próprio reflexo no espelho. Puxou os cabelos, presos bem apertados numa trança embutida pela cabeleireira que fora aos seus aposentos no palácio.

– Apertado *demais* – resmungou ela, irritada, enquanto tentava soltar e suavizar o penteado.

Como a maquiagem também estava excessivamente carregada, esfregou o rosto para tirar tudo e recomeçou do zero. Pelo menos o vestido – um mar de chiffon azul-petróleo assinado por Givenchy – era de cair o queixo, ainda que não fosse algo que ela teria escolhido.

– Sinto-me uma boneca sendo emperiquitada – sussurrou desanimada para o próprio reflexo.

Para completar, Art tinha lhe telefonado uma hora antes para dizer que havia se atrasado num outro compromisso. Ou seja, eles teriam de se encontrar dentro da sala de cinema. O que, por sua vez, significava que ela teria de encarar a imprensa sozinha ao sair do carro. E, pior, Jamie tinha ligado com uma voz péssima. Simplesmente não estava conseguindo se adaptar no colégio interno, e achava as provocações dos outros meninos difíceis demais de suportar.

Além disso tudo, ela só tinha 24 horas para dizer não a Hollywood, e ainda não havia contado para Art...

– James, Joanna e Marcus estão mortos e o Simon foi embora! – gritou ela, então deixou-se cair no chão, desalentada, lembrando-se de quando tinha visto Simon na véspera...

Também vou sentir saudades.

– Ai, meu Deus do céu! Eu te amo, droga! – gemeu, sabendo que estava se entregando à autocomiseração quando ninguém no mundo teria sentido por ela outra coisa que não inveja.

No entanto, sua sensação atual era de ser a pessoa mais sozinha da face da Terra...

Seu celular tocou. Ela se levantou do chão, viu que era Jamie e agarrou o aparelho.

– Oi, meu amor – disse, no tom mais animado que conseguiu. – Tudo bem?

– Ah, tudo. Só estava pensando: o que a gente vai fazer nas miniférias da semana que vem?

– Ahn... bom, o que você gostaria de fazer?

– Sei lá. Sair do colégio. E da Inglaterra.

– Tudo bem, meu amor. Então sim, vamos reservar alguma coisa.

– Você consegue? Agora que está morando no palácio?

– Ahn... – Era uma boa pergunta. – Vou descobrir.

– Tá. Pelo menos o Simon pode ir buscar a gente, não pode?

– Jamie, o Simon não está mais aqui.

– Ah. – Zoe pôde ouvir a voz do filho embargar. – Vou sentir saudades dele.

– É. Eu também. Escute, vou conversar com o Art e ver o que a gente pode fazer.

– Tá – repetiu Jamie, soando tão desanimado quanto ela. – Eu te amo, mamãe.

– Eu também te amo. Nos vemos na sexta que vem.

– Tchau.

Zoe encerrou a ligação e foi até as janelas que davam para os gloriosos jardins do palácio. Sua vontade era abrir a porta, descer correndo sabe-se lá quantos lances de escada e incontáveis corredores forrados por tapetes de valor incalculável, e fugir para dentro deles. Nos últimos dez dias, quase enlouquecera de claustrofobia – o que parecia ridículo, uma vez que o palácio era imenso. Era a mesma sensação daquele dia em que havia ficado presa dentro da casa da Welbeck Street. Exceto que naquele dia estava com Simon, que tinha feito tudo ficar bem.

Como ansiava por estar fora daqueles muros altos, poder sair pela porta da frente e andar pela rua até uma loja qualquer, sozinha, para comprar meio litro de leite... Ali, cada desejo seu era uma ordem para os funcionários – qualquer coisa que quisesse, podia ter. Menos liberdade para ir e vir como lhe aprouvesse.

– Eu não consigo fazer isso – sussurrou ela para si mesma, então ficou chocada por ter pela primeira vez dito em voz alta o que sentia. – Vou ficar maluca. Ai, meu Deus, eu vou ficar maluca...

Afastou-se da janela, então pôs-se a andar de um lado para outro do imenso quarto, tentando pensar no que fazer.

Será que amava Art o suficiente para sacrificar todo o resto daquilo que era? Quanto mais a felicidade do seu filho? Que vida seria aquela para Jamie? Já sabia, após dez dias no palácio, que a posição da "família" era que o menino deveria ser mantido bem longe dos holofotes. Tinha tentado perguntar a Art o que isso significava de fato.

– Ele vai passar mais oito anos no colégio interno de qualquer maneira, querida. E podemos resolver as férias conforme elas forem chegando.

– Ele é seu filho – dissera ela num sibilo.

Alguém bateu na porta.

– Já vai! – gritou ela para o outro lado.

Enfiando o celular na minúscula bolsa que a consultora de estilo tinha selecionado para combinar com o vestido, Zoe inspirou fundo e andou até a porta.

Simon quase não chegou a tempo no portão.

– Pode embarcar agora, Sr. Warburton? Seu embarque já está sendo encerrado.

– Claro.

Simon estava mostrando o cartão de embarque e o passaporte quando ouviu o celular tocar.

Olhou para o identificador de chamadas e viu que era Zoe. Atendeu na hora. Não conseguiu evitar.

– Zoe, tudo bem?

– Tudo péssimo. – Ele a ouviu dar um soluço. – Eu fugi.

– Fugiu de onde?

– Do palácio.

– Por quê? Como...? Onde você está?

– Escondida no banheiro de um café no Soho.

– Como é que é?!

Simon mal conseguia escutá-la.

– Eu estava a caminho de uma estreia e disse para o motorista que precisava ir ao banheiro urgentemente antes de chegar. Não consigo fazer isso. Simplesmente... *não dá*. Simon, o que eu faço agora?

Enquanto a ouvia chorar, ele ignorou os gestos ansiosos dos funcionários do portão de embarque.

– Eu não sei, Zoe, mesmo. O que você quer fazer?

– Eu quero...

Houve uma pausa na ligação, e a mulher do portão fez o gesto de quem corta a própria garganta ao mesmo tempo que apontava para a porta que levava ao avião.

– Quer o quê? – insistiu ele.

– Ai, Simon, eu quero ficar com você!

– Eu... – Ele engoliu em seco. – Tem certeza?

– Tenho! Por que mais eu estaria dentro de um banheiro fedido usando um vestido que vale milhares de libras? Eu... eu te amo!

A mulher do portão balançou a cabeça, deu de ombros e fechou o portão. Simon lhe deu um sorriso.

– Então... – continuou ele. – De onde você precisa ser resgatada desta vez?

Zoe contou onde estava.

– Tá – disse ele, refazendo o caminho pelos corredores que levavam à saída. – Tente achar uma entrada dos fundos... em geral fica depois da cozinha. Me avise quando encontrar.

– Eu sei, e aviso, sim. Obrigada, Simon.

Zoe sorriu para o aparelho.

– Devo estar aí em menos de uma hora. Ah, e aliás...

– O que foi?

– Eu também te amo.

Peão vira rainha

Promoção de um peão que, ao chegar à oitava casa, transforma-se na peça mais poderosa do tabuleiro: a rainha

43

La Paz, México, junho de 1996

Simon entrou no Cabana Café, cujo nome exótico não condizia com seu aspecto de pé-sujo. As ruas por que acabara de passar de táxi seguiam ao largo do belo passeio à beira-mar e das áreas turísticas até uma zona mais mal-afamada daquela bela cidade, com pichações no muro em frente ao bar e um grupo de rapazes encostados ali à espera de algum delito para cometer. Apesar disso, a praia na sua frente era deslumbrante, e o Pacífico reluzia verde-água após uma faixa de areia branquinha, salpicada por alguns turistas se bronzeando ao sol forte.

Ele pediu um *espresso* duplo ao mexicano suado atrás do balcão e foi se sentar em frente a uma mesa perto da janela aberta.

Olhou em volta, mas a única mulher presente era uma loura alta com um corpo esguio e a pele dourada de uma californiana. Ele a observou descer da banqueta em frente ao balcão.

– Tem alguém sentado aqui? – perguntou ela com um sotaque americano após cruzar o recinto até ele.

– Não, mas estou esperando uma pessoa.

Ela se sentou, e com um forte sotaque de Yorkshire disse:

– Sim, Simon, seu bocó. Está esperando por mim!

Simon ficou embasbacado com a transformação dela. Ele a conhecia desde que ela era bebê, mas por nada nesse mundo a teria identificado. As únicas coisas que restavam do seu eu anterior eram os olhos castanho-claros.

Os dois saíram do café logo em seguida, caminharam pela praia e sentaram-se na areia. Como de costume, ela quis saber tudo nos mínimos detalhes.

– Meu funeral foi bom?

– Sim, muito comovente. Todo mundo se acabou de chorar. Eu inclusive.

– Que bom que eles se emocionaram – brincou ela. – Para ser sincera, eu preciso rir, senão começaria a chorar.

– Todo mundo se emocionou, juro.

– E minha mãe e meu pai, como estavam?

– Resposta sincera?

– Claro.

– Arrasados.

– Ai, Simon, meu Deus, eu... – Sua voz ficou embargada, e ela chutou longe os chinelos e enterrou os pés na areia. – Eu queria... – Ela balançou a cabeça. – Queria poder contar para eles.

– Joanna, era o único jeito.

– Eu sei.

Os dois ficaram sentados em silêncio olhando para o mar.

– Como você está... sobrevivendo? – perguntou ele.

– Ah, estou conseguindo levar, mas é bem difícil ser uma pessoa sem nome. Fiz o que você pediu e joguei fora o passaporte e os cartões de crédito da Monica Burrows assim que cheguei a Washington, depois fui para a Califórnia e paguei uma bolada àquele contato que você me deu para ele me fazer passar a fronteira. Há umas duas semanas estou trabalhando num bar aqui perto, mas meu dinheiro está acabando depressa.

– Bom, pelo menos assim você conseguiu sair viva do Reino Unido.

– É, embora parte de mim tenha começado a se perguntar se não teria sido melhor morrer. Ai, Simon, como é difícil... Estou tentando não desistir, mas...

– Venha cá.

Ele a puxou para um abraço, e ela soluçou com toda a angústia que sentia. Ele ficou afagando seus cabelos suavemente, sabendo que teria feito o que quer que fosse para que as coisas não tivessem acabado daquele jeito.

– Desculpe... – Joanna se endireitou e enxugou os olhos com um gesto brusco das costas da mão. – É porque eu vi você. Vou ficar bem agora, prometo.

– Meu Deus, Jo, não precisa pedir desculpas. Você foi incrível, incrível mesmo. Eu te trouxe uma coisa. – Ele sacou um envelope. – Conforme prometido.

– Obrigada. – Joanna pegou o envelope e tirou lá de dentro uma certidão de nascimento americana, um passaporte dos Estados Unidos e um cartão com um número. – Margaret Jane Cunningham – leu. – Nascida em Michigan, 1967... Ei, Simon! Você me envelheceu um ano! Valeu mesmo.

– Desculpe. Foi o mais próximo que consegui chegar com um kit de identificação "pronta-entrega". Isto aqui é seu número da segurança social, deve resolver seus problemas de trabalho.

– Tem certeza de que é tudo legítimo?

– Joanna, confie em mim, é tudo legítimo, mas falta pôr uma foto. Deixei o plástico aberto para você fazer isso. Que bom que eu deixei aberto, porque você agora parece uma personagem do *Baywatch*. Estou te achando bem gata assim.

– Bom, resta saber se as louras se divertem mais – retrucou Joanna com um muxoxo. – Falando em louras, como vai a Zoe?

– Feliz e contente com o Jamie numa casa superconfortável com piscina em Bel Air. Tudo bancado pela Paramount.

– O quê?! Ela largou o Art?

– Largou. Você não leu nos jornais?

– Meu Deus, não, passei as últimas semanas tão apavorada que sequer tive coragem de encostar num jornal. Ficava achando que iria ver minha foto na primeira página escrito "Procura-se!". – Ela deu uma breve risada. – Mas eu sabia que a Zoe estava hesitando em relação ao Art. Foi a proposta do filme que finalmente a fez se decidir?

– Teve isso e, bom, teve mais uma coisa também.

Joanna observou o conhecido rubor incontrolável subir pelo pescoço do amigo.

– Não está querendo dizer que...?

Simon sorriu.

– Estou, sim. E a gente está superfeliz junto.

– Fico felicíssima por vocês! Sua velha amiga Margaret Cunningham pode ir ao casamento? – pediu Joanna. – Por favor? Ninguém iria me reconhecer... nem *você* me reconheceu...

– Jo, você já sabe a resposta. Nós dois aprendemos o fardo que carregar um segredo pode significar. Me perdoe se eu estiver soando duro, mas é assim que tem de ser.

– Eu sei. Mas é que... eu sinto saudades dela. E de todo mundo que eu amava. – Joanna se deitou na areia e fitou o céu azul. – Bom, com a graça de Deus toda essa saga horrorosa teve pelo menos um final feliz. Tanta gente morreu e foi embora por causa dela... Coitado do Alec, também.

– Sabe de uma coisa? De um jeito estranho, eu acho que ele teria considerado esse um fim adequado para a própria vida. Afinal de contas, ele foi para o túmulo depois de revelar o maior escândalo do século XX. Foi um excelente jornalista até o fim.

– Desculpe, Simon, mas eu não consigo relativizar a morte de ninguém por causa desse escândalo.

– Não, é claro que não.

– Ainda tenho pesadelos com a noite em que *eu mesma* "morri". – Joanna estremeceu. – Eu tinha certeza absoluta, até o último segundo, de que você iria me matar.

– Eu precisava fazer aquilo parecer real, Jo, e convencer Monica Burrows. Precisava de uma testemunha que ligasse para o departamento e dissesse que eu tinha feito o trabalho sujo.

– Todas aquelas brincadeiras bobas de caubói e índio que a gente fazia nas charnecas quando era criança... – relembrou ela. – "A brincadeira é *minha*, quem faz as regras sou *eu*", e aí eu tinha que dizer "*Eu me rendo*", e você dizia...

– "*Bang, bang*, você morreu" – completou Simon por ela. – Enfim, eu agradeço a Deus por essas brincadeiras. Elas me proporcionaram o modo perfeito de te avisar para "morrer".

– Quando você deu aquele tiro na parede do quarto do Jamie, a bala era de verdade, não era?

– Com certeza. – Simon aquiesceu. – E vou te dizer uma coisa: embora as duas balas seguintes fossem de festim, eu estava suando em bicas, porque não tivera tempo de fazer todos os rigorosos procedimentos habituais. Precisei carregar a arma enquanto subia a escada para o quarto do Jamie. Se não tivesse agido depressa, a Monica teria te matado, e esse risco eu não podia correr.

– E como você a matou?

– Eu acho que ela não estava concentrada na própria arma quando se aproximou para tomar seu pulso. Eu a arranquei da mão dela e a matei com um tiro antes que ela percebesse o que estava acontecendo.

– Meu Deus, Simon, ela era mais nova do que eu...

– O fato de ela ser tão inexperiente salvou sua vida, Jo.

Joanna se levantou apoiada nos cotovelos e estudou o amigo.

– E pensar que eu duvidei de você. O que você fez por mim naquela noite... eu nunca vou conseguir te agradecer o suficiente.

– Bom, só espero que, quando chegar o Juízo Final, Deus me perdoe. O fato é que era ou ela, ou você.

– E o seu chefe, ficou feliz de pôr as mãos no pote de ouro depois de tanto tempo? – indagou Joanna.

– Muito. Pode soar bobo o que eu vou dizer, mas no fim eu cheguei a sentir empatia por ele. Estava só fazendo o seu trabalho. Tentando proteger aquilo em que acreditava.

– Não, Simon, eu nunca, jamais conseguiria derramar nenhuma lágrima. Pense em todas as pessoas que morreram... Grace, William, Ciara, Ian Simpson, Alec, o pobre do Marcus...

– Mas não foi ele quem causou tudo isso, né?

– É, acho que não.

– Bom, o velho teve um enfarte fulminante um dia depois de eu devolver a carta para ele.

– Não espere que eu me compadeça.

– Não. Mas o mais estranho foi que, só uma ou duas horas antes de você aparecer na Welbeck Street, eu de repente me dei conta de onde a carta estava escondida.

– Como?

– Eu estava esperando o duque de York para levá-lo de volta para Londres, e vi um bordado emoldurado na parede. Era quase idêntico ao que eu tinha visto pendurado acima da cama do Jamie algumas semanas antes. Se eu tivesse chegado lá antes, tudo isso poderia ter sido evitado. – Ele se deitou na areia outra vez. – Eu sei como você descobriu onde a carta estava.

– Ah, sabe?

– Sei. Uma velhinha muito astuta, ao que parece.

Os olhos de Simon brilharam.

– Ela está bem?

– Acho que sim. Sã e salva nos Estados Unidos, pelo que ouvi dizer.

– Que bom. Ela é uma mulher e tanto – disse Joanna baixinho. – Imagino que você já tenha pensado na ironia disso tudo, né? Quero dizer, no fato de o ex-namorado da Zoe ter o mesmo nome que ele?

– Já. Esquisito, né? Parece que o atual duque ficou arrasado quando a Zoe o largou... A história se repete, poderíamos dizer.

– Sem sombra de dúvida – concordou Joanna. – Além do mais, você já deve ter entendido por que o palácio era tão contrário ao relacionamento entre Zoe e o duque. Quero dizer, eles na verdade são parentes por causa de James. São primos, o que significa que o Jamie é...

– Nem fale nesse assunto, Jo. – Simon estremeceu. – Tudo que eu posso dizer é que não é raro os membros da aristocracia se casarem com parentes consanguíneos. A maioria dos membros da realeza europeia tem parentesco.

– Que zona – disse Joanna com um suspiro.

– É. Enfim, mudando de assunto, você já resolveu o que vai fazer agora?

– Não, tirando o fato de que com certeza vou fazer os outros me chamarem de "Maggie"... Sempre detestei "Margaret". – Joanna deu um sorriso triste. – Pelo menos agora que eu sou uma cidadã americana de verdade posso começar a pensar nisso. Você vai rir, tenho certeza, mas eu sempre quis escrever um romance de espionagem.

– Jo...

– Estou falando sério, Simon. Quero dizer, convenhamos, ninguém acreditaria mesmo nessa história, então por que não? Eu mudaria os nomes, claro.

– Estou te avisando, não faça isso.

– Vamos ver. Mas enfim, e você? – perguntou ela.

– Zoe e eu decidimos ficar em Los Angeles por enquanto. Achamos que era sensato recomeçar do zero, e parece que ela vai ficar soterrada de propostas de trabalho depois da estreia de *Uma mulher do outro mundo*. Fomos ver uma escola para o Jamie uns dois dias atrás. Ele foi muito infeliz no colégio interno, mas lá os pais e as mães de todo mundo são celebridades, e ele é apenas um menino normal.

– E o seu trabalho?

Simon deu de ombros.

– Ainda não resolvi. O departamento propôs me transferir para cá, mas a Zoe encasquetou com uma ideia maluca de eu abrir um restaurante. Ela quer me financiar.

Joanna riu.

– Bom, a gente sempre falou nisso. Mas você acha que poderia deixar sua antiga vida para trás?

– A verdade é que eu não sou um matador. O fato de ter tirado vidas durante essa história toda vai me assombrar para sempre. – Simon balançou a cabeça. – Deus me ajude se a Zoe um dia descobrir o que eu fiz, ou o Jamie.

Joanna cobriu a mão dele com a sua.

– Você salvou minha vida, Simon, foi isso que você fez.

– É. – Ele segurou a mão dela e apertou. – Joanna, você sabe que, para o seu próprio bem, eu não posso tornar a te ver.

– Eu sei – disse ela, e deu de ombros tristemente.

– Aliás, tenho mais uma coisa para te dar.

Do bolso do short, ele tirou outro envelope e lhe passou.

– O que tem dentro?

– São 20 mil libras em dólares americanos... o bônus que eu recebi por ter encontrado a carta. Ele é seu por direito, e talvez te ajude a começar.

Os olhos de Joanna se encheram de lágrimas.

– Simon, eu não posso aceitar.

– É claro que pode. A Zoe está ganhando uma fortuna, e meu chefe insistiu em bancar todas as minhas despesas enquanto eu estiver nos Estados Unidos investigando o desaparecimento da Monica.

– Obrigada, Simon. Prometo usar bem este dinheiro.

– Tenho certeza disso.

Ele a observou dobrar o envelope e guardá-lo na mochila.

– Tem mais uma coisa aí dentro também, algo que eu pensei que você deveria pelo menos ter a satisfação de ler. Então... – Ele a puxou para colocá-la de pé. – Acho que agora infelizmente temos de nos despedir.

Deu-lhe um abraço apertado.

– Ai, meu Deus. – Ela chorou no ombro dele. – Não suporto pensar que nunca mais vou te ver.

– Eu sei. – Ele enxugou suas lágrimas delicadamente com o dedo. – Até mais ver.

– Cuide-se.

Com um pequeno aceno, ele virou-lhe as costas. Foi só quando ele saiu da praia que ela pegou a mochila e andou até a beira do mar.

Ajoelhando-se na areia, achou um lenço de papel para assoar o nariz que escorria. Então pôs a mão dentro do envelope que ele tinha lhe dado, pegou a folha de papel e a desdobrou.

York Cottage
Sandringham
10 de maio de 1926

Meu amado Siam,

Entenda que é apenas o meu amor por você que me leva a escrever esta carta, o medo de que os outros possam querer machucá-lo, igno-

rando o cuidado comigo ou o bom senso. Com a graça de Deus, que ela lhe seja entregue sem incidentes pelas mãos seguras que a estão levando.

Preciso lhe dar a feliz notícia da chegada de nossa filhinha. Ela já tem os seus olhos, e talvez o seu nariz. Ainda que o sangue que corre nas veias dela não seja real, a sua filha é uma princesa de verdade. Como eu queria que seu verdadeiro pai a pudesse ver, segurar a filha no colo, mas é claro que isso é impossível, cruel tristeza com a qual terei de viver pelo resto dos meus dias.

Meu amor, eu lhe imploro, guarde esta carta num lugar seguro. A ameaça da existência dela, para os poucos que sabem a verdade, deve bastar para garantir sua segurança até o fim da vida. Confio que você a jogará fora quando chegar a hora de partir deste mundo, pelo bem da nossa filha, e para que a história jamais tenha registro do que está escrito aqui.

Não posso mais escrever, meu amor.

Sua para sempre.

A carta estava assinada com o célebre floreio, e a cópia xerox não diminuía a magnitude do que Joanna acabara de ler.

Uma menina nascida princesa, numa família real, cujo verdadeiro pai, devido a circunstâncias extraordinárias, era um plebeu. Um bebê que, ao nascer, era a terceira na linha de sucessão ao trono, com poucas chances de vir a ocupá-lo. Mas então, por uma reviravolta do destino que também fez outros colocarem o amor à frente do dever, a bebê princesa tinha virado rainha.

Joanna se levantou com a carta na mão, e a tentação de se vingar pela sua vida e pelas outras vidas destruídas a fez segurá-la com força. A raiva a abandonou com a mesma rapidez com que tinha surgido.

– Acabou, enfim – sussurrou ela para os fantasmas que porventura estivessem escutando.

Andou até a beira do mar, rasgou o papel e ficou observando os pedacinhos saírem voando com o vento. Então virou as costas e tornou a andar até o Cabana Café para afogar as mágoas na tequila.

Segurando seu copo de bebida sobre o balcão, Joanna se deu conta de que a sua nova vida começava naquele dia. De alguma forma, precisava encontrar forças para abraçá-la – seguir em frente e deixar o passado para trás.

Em geral isso se fazia com o apoio de amigos e parentes. Ela estava totalmente sozinha.

– Como é que eu vou conseguir fazer isso? – resmungou, pedindo uma segunda bebida e percebendo que tinha usado a visita iminente de Simon como uma boia salva-vidas.

Agora que ele se fora, o fio que a ligava a tudo que ela já conhecera estava rompido para sempre.

– Ai, meu Deus – sussurrou, dando-se conta da enormidade daquela situação.

– Oi. Tem fogo?

– Desculpe, eu não fumo.

Joanna ignorou a voz masculina com forte sotaque americano. Ali no México os homens pairavam à sua volta feito abelhas atraídas pelo mel.

– Tá, queria um isqueiro e um suco de laranja, por favor – ela ouviu a voz dizer ao barman, e de esguelha observou um homem se sentar no banco ao lado do seu diante do balcão do bar.

– Aceita outra?

– Ahn?

Joanna se virou para o homem ao lado. Ele tinha a pele castanho-escura queimada de sol e estava usando um short colorido, uma camiseta de malha e um chapéu de palha bem enterrado sobre os cabelos escuros compridos. Foi só quando viu seus olhos – cujo azul estava realçado pelo forte bronzeado – que ela o reconheceu.

– Eu não te conheço? – Ele sorriu. – Você não é a Maggie Cunningham? Acho que estudamos um ano juntos na NYU tempos atrás.

– Eu...

Joanna gaguejou, sentindo o coração esmurrar o peito. Seria aquilo algum tipo de alucinação bizarra provocada pela tequila? Ou um teste de Simon para ver se ela iria estragar o disfarce? Mas ele a tinha chamado de "Maggie"...

Joanna sabia que o estava encarando com a boca escancarada, querendo absorver tudo que seus olhos lhe diziam que ela estava vendo, mas...

– Vou pedir outra mesmo assim. – Ele fez sinal para o barman tornar a encher seu copo. – Depois, que tal a gente ir pôr a conversa em dia?

Enquanto o seguia para fora do bar, ela decidiu que o melhor era manter a boca fechada, porque aquilo não podia... simplesmente *não podia* ser verdade.

Quando ele a estava conduzindo até uma mesa afastada na varanda de madeira precária, ela reparou que ele andava mancando muito. Sentou-se abruptamente.

– Quem é você? – murmurou, séria.

– Você sabe quem eu sou, Maggie – disse ele no seu inglês britânico marcado de sempre. – Saúde.

Ele encostou o copo no seu.

– Ahn... Como chegou até aqui?

– Do mesmo jeito que você, imagino. Aliás, meu nome é Casper. Lembra-se do Gasparzinho? Muito prazer, seu fantasminha camarada de estimação. – Ele a encarou e sorriu. – E não estou brincando.

– Ai, meu Deus do céu – disse ela num arquejo, e ao mesmo tempo esticou uma das mãos para tocá-lo, precisando confirmar que ele era real.

– E meu sobrenome é "James". Achei adequado. Eu tenho sorte... pude escolher meu próprio nome, ao contrário de você.

– Como? Onde? Por quê...? Marcus, eu achei que você tivesse...

– Morrido, pois é. E por favor, me chame de Casper – murmurou ele. – Como você bem sabe, as paredes costumam ter ouvidos. Para ser bem sincero, eles pensaram que eu fosse *mesmo* bater as botas... Tive falência múltipla dos órgãos, e fiquei um tempo em coma depois da cirurgia. Aí, quando de fato voltei a mim, eles já tinham anunciado a minha morte para a família e a imprensa.

– Por que fizeram isso?

– Desde então eu entendi: provavelmente porque não sabiam o quanto eu sabia, então me despacharam para um hospital particular e me mantiveram sob vigilância 24 horas por dia. Não podiam correr o risco de eu acordar e dar com a língua nos dentes para algum médico ou enfermeira que por acaso estivesse por perto na hora. Como eles evidentemente queriam que parecesse um acidente de caça de verdade, que não levantasse nenhum questionamento, e estavam convencidos de que eu ia morrer mesmo, anteciparam meu falecimento. De modo que, quando eu acordei e meu corpo voltou a funcionar, eles ficaram com um probleminha.

– Fico abismada que não tenham te matado logo de uma vez – murmurou Joanna. – É o que em geral eles fazem.

– Eu acho que o seu amigo Simon... ou será que eu deveria dizer meu primo distante desaparecido tempos atrás? – Marcus ergueu uma sobrancelha. – Ele teve bastante coisa a ver com isso. Depois ele me disse ter comentado com seus superiores que eu tinha arrancado a carta da mão de Ian Simpson e a escondido em algum lugar antes de nós dois cairmos n'água.

E que era por isso que o filho da mãe não tinha me matado. Então eles precisavam me manter vivo por um tempinho depois que eu acordasse para descobrir se eu tinha mesmo feito isso. Entendeu?

– O Simon te protegeu...

– É. E aí ele me deu a carta... ou o que restava da carta, para que eu pudesse devolver. E me mandou dizer que eu não sabia nada... que Ian Simpson simplesmente tinha me dado um dinheiro para encontrar a carta. Ato contínuo, Simon me disse que eu estava oficialmente morto, e me perguntou como eu gostaria de me chamar na minha nova vida.

– Você recusou?

– Maggie – disse Marcus, e suspirou. – Você provavelmente vai me chamar de covarde outra vez, mas aquela gente... caramba, eles não recuam diante de nada. Eu tinha acabado de ver a morte, e não estava particularmente a fim de repetir a experiência.

– Você não é covarde, Marcus... quero dizer, Casper. – Ela estendeu uma das mãos, hesitante, e a pôs sobre a dele. – Você salvou minha vida naquela noite.

– E tenho certeza de que o Simon salvou a minha. Ele é um cara legal, mesmo, embora eu ainda não faça a menor ideia de que diabos estava acontecendo. Quem sabe um dia você me conta.

Marcus acendeu um cigarro, e Joanna viu que sua mão esquerda não parava de tremer.

– Quem sabe.

– Então aqui estou eu – disse ele, e sorriu.

– Onde estava morando?

– Num centro de reabilitação em Miami. Ao que parece, os tiros que eu levei na barriga passaram de raspão pela coluna, e eu acordei com a parte inferior do corpo paralisada. Agora estou melhor, mas levei um tempão para reaprender a andar. E infelizmente não posso mais beber uísque. – Ele indicou o copo de suco na sua frente. – Mas esse lugar em que o Simon me colocou é bom à beça, com tudo pago...

Ele sorriu.

– Que bom.

Eles passaram um tempo em silêncio, apenas se olhando.

– Que surreal isso tudo – disse Marcus por fim.

– Nem me fale – retrucou Joanna.

– Pensei que o Simon estivesse de brincadeira comigo quando ligou para dizer que iria me levar ao México para encontrar alguém que eu conhecia. Eu... eu não consigo mesmo acreditar que você está aqui.

Ele balançou a cabeça, maravilhado.

– É... especialmente nós dois estando "mortos".

– Talvez isto seja a vida após a morte... – Ele gesticulou em direção à praia. – Se for, estou gostando bastante. E você sabe que eu sempre tive um fraco por louras...

– Mar... Casper, comporte-se, por favor!

– Bom, tem coisas que nunca mudam. – Ele sorriu para ela, segurou sua mão e apertou. – Estava com saudade, Jo – sussurrou ele. – Muita.

– Eu também.

– E agora, para onde a gente vai? – perguntou ele.

– Para onde a gente quiser, acho. O mundo nos pertence... com exceção da Inglaterra, claro.

– Que tal o Brasil? – sugeriu ele. – Eu sei de um projeto de filme excelente.

Joanna riu.

– Bom, até o MI5 vai ter dificuldade para encontrar a gente na Amazônia. Eu topo.

– Ótimo, vamos lá – disse ele, e se levantou. – Antes de planejarmos o resto do nosso futuro juntos, por que não ajuda o que sobrou de mim a descer até a praia? Estou com uma vontade louca de deitar na areia e te beijar todinha. Mesmo sem calda de chocolate.

– Tá bom.

Joanna sorriu e se levantou também.

De onde estava, acima da praia, Simon observou o jovem casal caminhar vagarosamente pela areia, de braços dados, rumo à sua nova vida.

Epílogo

Los Angeles, setembro de 2017

Simon encontrou Zoe deitada numa espreguiçadeira ao lado da piscina. Olhou para seu corpo ainda tonificado e para a pele levemente bronzeada, que não pareciam ter envelhecido nada em vinte anos e após duas gestações.

Beijou-a no alto da cabeça.

– Cadê as crianças?

– Joanna foi ao aniversário de 18 anos de uma amiga... com a minissaia mais curta que eu já vi, devo acrescentar... e Tom está num jogo de basquete. Você chegou cedo. Estava calmo hoje lá no restaurante?

– Não, lotado, mas voltei para resolver uma papelada. Nem na minha sala eu consigo me concentrar quando estou lá... As pessoas não param de me interromper. O que é isso que você está lendo? – perguntou ele, espiando por cima do ombro dela.

– Ah, um *thriller* novo que saiu semana passada e sobre o qual todo mundo por aqui anda comentando. Como tem a ver com segredos da família real britânica, achei que eu poderia ver se gostava – respondeu ela, sorrindo.

Com o coração batendo como não batia desde que ele havia abandonado seu antigo emprego, Simon baixou os olhos para a capa:

A carta secreta

de

M. Cunningham

Joanna, não!

– Certo – disse ele.

– Na verdade prende bastante, mas é totalmente inverossímil, claro. Quero dizer, esse tipo de coisa não acontece, né? Ou será que acontece, Simon? – indagou ela.

– Não, é claro que não. Tá bom, vou lá dentro pegar algo para beber. Quer alguma coisa?

– Um chá gelado seria ótimo.

Suando em bicas, Simon andou até a casa. Entrou no seu escritório, largou as pastas com as contas do restaurante em cima da escrivaninha, então verificou seus e-mails no iPhone.

l.jenkins@thameshouse.gov.uk
Assunto: Urgente

Me ligue. Surgiu um problema.

CONHEÇA A SAGA DAS SETE IRMÃS

"O projeto mais ambicioso e emocionante de Lucinda Riley. Um labirinto sedutor de histórias, escrito com o estilo que fez da autora uma das melhores escritoras atuais. Esta é uma série épica." – *Lancashire Evening Post*

"Lucinda Riley criou uma série que vai agradar a todos os leitores de Kristin Hannah e Kate Morton." – *Booklist*

Com a série As Sete Irmãs, Lucinda Riley elabora uma saga familiar de fôlego, que levará os leitores a diversos recantos e épocas e a viver amores impossíveis, sonhos grandiosos e surpresas emocionantes.

No passado, o enigmático Pa Salt adotou suas filhas em diversos recantos do mundo, sem um motivo aparente. Após a sua morte, elas descobrem que o pai lhes deixou pistas sobre as origens de cada uma, que remontam a personalidades importantes. Assim é que começam as jornadas das Sete Irmãs em busca de seus passados.

Baseando-se livremente na mitologia das Plêiades – a constelação de sete estrelas que já inspirou desde os maias e os gregos até os aborígines –, Lucinda Riley cria uma série grandiosa que une fatos históricos e narrativas apaixonantes.

Conheça a série:

As Sete Irmãs (Livro 1)
A irmã da tempestade (Livro 2)
A irmã da sombra (Livro 3)
A irmã da pérola (Livro 4)
A irmã da lua (Livro 5)
A irmã do sol (Livro 6)
A irmã desaparecida (Livro 7)
Atlas (Livro 8)

LEIA UM TRECHO DO PRIMEIRO LIVRO

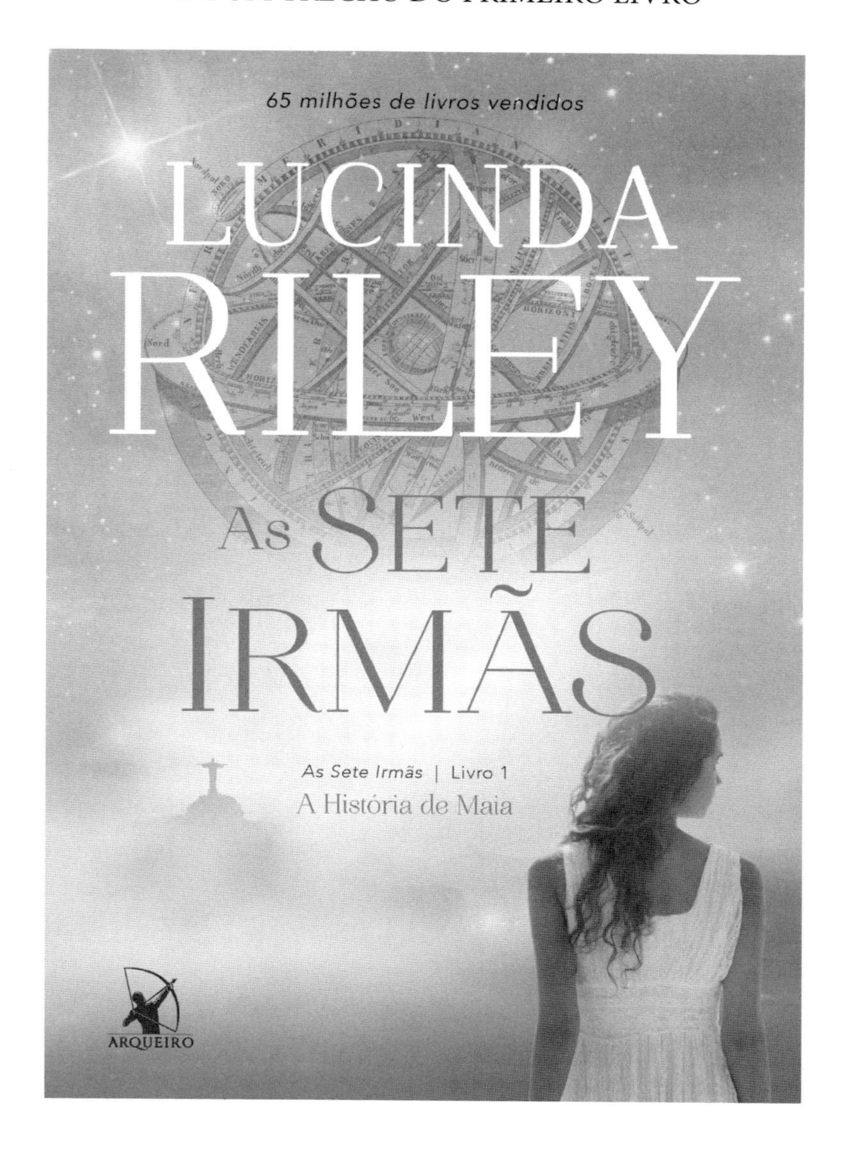

"Todos estamos deitados na sarjeta, só que alguns estão olhando para as estrelas."

OSCAR WILDE

Personagens

ATLANTIS

Pa Salt – *pai adotivo das irmãs [falecido]*
Marina (Ma) – *tutora das irmãs*
Claudia – *governanta de Atlantis*
Georg Hoffman – *advogado de Pa Salt*
Christian – *capitão da lancha da família*

AS IRMÃS D'APLIÈSE

Maia
Ally (Alcíone)
Estrela (Astérope)
Ceci (Celeno)
Tiggy (Taígeta)
Electra
Mérope [não encontrada]

Maia

Junho de 2007

Quarto crescente

13; 16; 21

1

Sempre vou lembrar exatamente onde me encontrava e o que estava fazendo quando recebi a notícia de que meu pai havia morrido.

Estava sentada no lindo jardim da casa da minha velha amiga de escola em Londres, com um exemplar de *A odisseia de Penélope* aberto no colo, mas sem nenhuma página lida, aproveitando o sol de junho enquanto Jenny buscava seu filho pequeno no quarto.

Eu estava tranquila e feliz por ter tido a bela ideia de sair de casa um pouco. Observava o florescer da clematite. O sol, tal qual um parteiro, a encorajava a dar à luz uma profusão de cores. Foi quando meu celular tocou. Olhei para a tela e vi que era Marina.

– Oi, Ma, como você está? – falei, esperando que ela conseguisse notar o calor em minha voz.

– Maia, eu...

Marina fez uma pausa e, naquele instante, percebi que havia algo terrivelmente errado.

– O que houve?

– Maia, não existe uma maneira fácil de dizer isto. Seu pai teve um ataque cardíaco aqui em casa, ontem à tarde, e hoje cedo ele... faleceu.

Fiquei em silêncio, enquanto um milhão de pensamentos diferentes e ridículos passavam pela minha mente. O primeiro era o de que Marina, por alguma razão desconhecida, tivesse resolvido fazer uma piada de mau gosto.

– Você é a primeira das irmãs para quem estou contando, Maia, já que é a mais velha. Queria saber se você quer contar para suas irmãs ou prefere que eu faça isso.

– Eu...

Eu ainda não conseguia fazer nada coerente sair dos meus lábios, agora que começava a me dar conta de que Marina, minha querida Marina, o mais próximo de uma mãe que eu conhecera, nunca me falaria algo assim *se não fosse verdade*. Então tinha que ser verdade. E, naquele momento, meu mundo inteiro virou de cabeça para baixo.

– Maia, por favor, me diga que você está bem. Esta é a pior ligação que já tive que fazer, mas que opção eu tinha? Só Deus sabe como as outras garotas vão reagir.

Foi então que ouvi o sofrimento na voz *dela* e percebi que Marina precisava me contar aquilo não apenas por mim, mas também para dividir aquela tristeza. Então passei à minha zona de conforto usual, que era tranquilizar os outros.

– É claro que conto para minhas irmãs se você preferir, Ma, embora não tenha certeza de onde todas estão. Ally não está longe de casa, treinando para uma regata?

E, enquanto falávamos sobre a localização de cada uma de minhas irmãs, como se tivéssemos que reuni-las para uma festa de aniversário e não para o enterro de nosso pai, a conversa foi me parecendo cada vez mais surreal.

– Quando você acha que deve ser o funeral? Com Electra em Los Angeles e Ally em algum lugar em alto-mar, com certeza não podemos pensar nisso até semana que vem – disse eu.

– Bem… – Ouvi a hesitação na voz de Marina. – Talvez seja melhor conversarmos sobre isso quando você estiver em casa. Não há nenhuma pressa agora, Maia, por isso, se preferir passar seus últimos dias de férias em Londres, não tem problema. Não há mais o que fazer por ele aqui… – Sua voz falhou, tomada pela tristeza.

– Ma, é claro que vou estar no primeiro voo para Genebra que eu conseguir! Vou ligar para a companhia aérea imediatamente e depois vou fazer o máximo para entrar em contato com todas elas.

– Sinto tanto, *chérie* – disse Marina com pesar. – Sei como você o adorava.

– Sim – eu disse, a estranha tranquilidade que eu sentira enquanto debatíamos o que fazer me abandonando como a calmaria antes de uma tempestade violenta. – Ligo para você mais tarde, quando souber a hora que devo chegar.

– Por favor, cuide-se, Maia. Você passou por um choque terrível.

Apertei o botão para encerrar a ligação e, antes que as nuvens em meu coração derramassem uma torrente e me afogassem, subi até meu quarto para pegar minha passagem e entrar em contato com a companhia aérea.

Enquanto esperava ser atendida, olhei para a cama em que eu tinha acordado naquela manhã para mais *um dia como outro qualquer*. E agradeci a Deus por os seres humanos não terem o poder de prever o futuro.

A mulher intrometida que acabou atendendo não era nem um pouco prestativa, e eu sabia, enquanto ela falava sobre voos lotados, multas e detalhes do cartão de crédito, que minha barragem emocional estava prestes a se romper. Finalmente, quando consegui que me garantisse, com muita má vontade, um lugar no voo das quatro horas para Genebra – o que significava ter que jogar tudo na minha mala imediatamente e pegar um táxi para Heathrow –, sentei-me na cama e olhei por tanto tempo para a ramagem que decorava o papel de parede que o padrão começou a dançar diante dos meus olhos.

– Ele se foi... – sussurrei. – Se foi para sempre. Nunca mais vou vê-lo.

Esperando que dizer essas palavras fosse provocar uma torrente de lágrimas, fiquei surpresa em ver que nada aconteceu. Em vez disso, permaneci ali sentada, paralisada, a cabeça ainda cheia de questões práticas. Seria horrível ter que contar às minhas irmãs – a todas as cinco –, e revirei meu arquivo emocional para decidir para qual ligaria primeiro. Tiggy, a segunda mais jovem de nós e de quem eu sempre fora mais próxima, foi a escolha inevitável.

Com dedos trêmulos, toquei a tela para achar seu número e liguei. Quando caiu na caixa postal, não soube o que dizer além de algumas palavras confusas lhe pedindo que me ligasse de volta com urgência. Ela estava em algum lugar das Terras Altas, na Escócia, trabalhando em uma reserva para cervos selvagens órfãos e doentes.

Quanto às outras irmãs... Eu sabia que as reações iam variar, pelo menos externamente, da indiferença ao choro mais dramático.

Como não sabia bem para que lado *eu* penderia na escala de emoção quando falasse de fato com alguma delas, escolhi o caminho covarde de mandar para todas uma mensagem pedindo que me ligassem assim que pudessem. Então arrumei apressadamente a mala e desci a escada estreita que levava à cozinha para escrever um bilhete para Jenny explicando por que tive que partir tão de repente.

Resolvi arriscar a sorte e pegar um táxi na rua, então saí de casa andando rapidamente pela verdejante Chelsea Crescent como qualquer pessoa normal faria em qualquer dia normal de Londres. Acho que cheguei a dizer oi para um cara com quem cruzei, que passeava com um cachorro, e até consegui esboçar um sorriso.

Ninguém poderia imaginar o que tinha acabado de acontecer comigo, pensei enquanto entrava num táxi na movimentada King's Road, instruindo o motorista a seguir para Heathrow.

Ninguém poderia imaginar.

❋ ❋ ❋

Cinco horas depois, quando o sol descia vagarosamente sobre o lago Léman, em Genebra, eu chegava a nosso pontão particular na costa, de onde eu faria a última etapa da minha viagem de volta.

Christian já esperava por mim em nossa reluzente lancha Riva. Pela expressão em seu rosto, dava para ver que ele já sabia o que acontecera.

– Como você está, mademoiselle Maia? – perguntou, e percebi a compaixão em seus olhos azuis enquanto ele me ajudava a embarcar.

– Eu... estou feliz por ter chegado aqui – respondi sem demonstrar emoção.

Caminhei até a parte de trás do barco e me sentei no banco de couro cor de creme que formava um semicírculo na popa. Normalmente eu me sentava com Christian na frente, no banco do passageiro, enquanto atravessávamos as águas calmas na viagem de vinte minutos até nossa casa. Mas, naquele dia, queria um pouco de privacidade. Quando ele ligou o potente motor, o sol cintilava nas janelas das fabulosas casas que ladeavam as margens do lago. Muitas vezes, quando fazia esse trajeto, sentia que entrava num mundo etéreo, desconectado da realidade.

O mundo de Pa Salt.

Notei a primeira vaga evidência de lágrimas arder em meus olhos quando pensei no apelido carinhoso de meu pai, que eu tinha criado quando era mais nova. Ele sempre adorou velejar e, às vezes, quando voltava para nossa casa à beira do lago, cheirava a mar e ar fresco. De alguma forma, o nome pegou e, à medida que minhas irmãs mais novas foram chegando, passaram a chamá-lo assim também.

Conforme a lancha ganhava velocidade, o vento quente passando pelo meu cabelo, pensei nas centenas de viagens que eu tinha feito para Atlantis, o castelo de conto de fadas de Pa Salt. Como ficava em um promontório particular, atrás do qual se erguia abruptamente uma meia-lua de montanhas, inacessível por terra: só se podia chegar lá de barco. Os vizinhos mais próximos ficavam a quilômetros de distância pelo lago, então Atlantis era nosso reino particular, isolado do resto do mundo. Tudo o que havia naquele lugar era mágico, como se Pa Salt e nós – suas filhas – tivéssemos vivido ali sob algum encantamento.

Cada uma de nós tinha sido adotada por Pa Salt ainda bebê, vindas dos quatro cantos do mundo e levadas até lá para viver sob sua proteção. E cada uma de nós, como Pa sempre gostava de dizer, era especial, diferente... éramos *suas* meninas. Ele tirara nossos nomes das Sete Irmãs, sua constelação preferida. Maia era a primeira e a mais velha.

Quando eu era criança, ele me levava até seu observatório com cúpula de vidro no alto da casa, me levantava com suas mãos grandes e fortes e me fazia olhar o céu noturno pelo telescópio.

– Ali está – dizia enquanto ajustava a lente. – Olha, Maia, aquela é a linda estrela brilhante que inspirou seu nome.

E eu a *via*. Enquanto ele explicava as lendas que eram a origem dos nomes das minhas irmãs e do meu, eu mal escutava, simplesmente desfrutava da sensação de seus braços apertados à minha volta, completamente atenta àquele momento raro e especial quando o tinha só para mim.

Com o tempo percebi que Marina, que eu imaginava enquanto crescia que fosse minha mãe – eu até encurtara seu nome para "Ma" –, era apenas uma babá, contratada por Pa para cuidar de mim porque ele passava muito tempo fora. Mas é claro que Marina era muito mais do que isso para todas nós, garotas. Era ela quem secava nossas lágrimas, nos repreendia pelo mau comportamento à mesa e nos orientara tranquilamente durante a difícil transição da infância para a idade adulta.

Ela sempre estivera por perto, e eu não a teria amado mais se tivesse me dado à luz.

Durante os três primeiros anos da minha infância, Marina e eu moramos sozinhas em nosso castelo mágico às margens do lago Léman enquanto Pa Salt viajava pelos sete mares cuidando de seus negócios. E então, uma a uma, minhas irmãs começaram a chegar.

Normalmente, Pa me trazia um presente quando voltava para casa. Eu escutava o motor da lancha chegando e saía correndo pelos vastos gramados e por entre as árvores até o cais para recebê-lo. Como qualquer criança, eu queria ver o que ele tinha escondido em seus bolsos mágicos para me encantar. Em uma ocasião especial, no entanto, depois de me presentear com uma rena de madeira primorosamente esculpida, assegurando que vinha da oficina do Papai Noel no polo Norte, uma mulher uniformizada apareceu saindo de trás dele, e em seus braços havia um pequeno embrulho envolto em um xale. E o embrulho se mexia.

– Desta vez, Maia, eu lhe trouxe o mais especial dos presentes. Agora você tem uma irmã. – Ele sorrira para mim enquanto me pegava nos braços. – E não vai mais ficar sozinha quando eu tiver que viajar.

Depois disso, a vida mudou. A enfermeira que Pa trouxera com ele foi embora em algumas semanas, e Marina assumiu os cuidados da minha irmãzinha. Eu não conseguia entender como aquela coisinha vermelha que berrava e que por vezes cheirava mal e desviava a atenção de mim poderia ser um presente. Até que, certa manhã, Alcíone – que recebeu o nome da segunda estrela das Sete Irmãs – sorriu para mim de sua cadeira alta no café da manhã.

– Ela sabe quem eu sou – falei fascinada para Marina, que lhe dava comida.

– É claro que sabe, querida. Você é a irmã mais velha, aquela que ela vai admirar. Caberá a você lhe ensinar tudo que ela não sabe.

À medida que crescia, ela ia se tornando minha sombra, seguindo-me para todos os lugares, o que me agradava e me irritava em igual medida.

– Maia, me espere! – pedia gritando enquanto cambaleava atrás de mim.

Apesar de Ally – como eu a apelidara – ter sido originalmente um acréscimo indesejado à minha vida de sonho em Atlantis, eu não poderia ter desejado uma companhia mais doce e adorável. Ela raramente chorava e não tinha os ataques de pirraça das crianças de sua idade. Com seus cachos ruivos caindo pelo rosto e os grandes olhos azuis, Ally tinha um encanto natural que atraía as pessoas, incluindo nosso pai. Quando Pa Salt voltava de suas viagens longas ao exterior, eu notava como seus olhos se iluminavam quando ele a via, de uma maneira que eu tinha certeza que não brilhavam por mim. E, enquanto eu era tímida e reticente com estranhos, Ally tinha um jeito sempre receptivo, sempre disposta a confiar nos outros, e isso encantava todos.

Ela também era uma daquelas crianças que parecem se sobressair em tudo – especialmente na música e em qualquer esporte que tivesse a ver com água. Lembro-me de Pa ensinando-a a nadar na nossa ampla piscina. Enquanto eu lutava para me manter na superfície e odiava ficar embaixo d'água, minha irmãzinha parecia uma sereia. E, enquanto eu não conseguia me equilibrar direito nem no *Titã*, o imenso e lindo iate oceânico de Pa, quando estávamos em casa Ally implorava que ele a levasse para dar uma volta no pequeno Laser que mantinha atracado em nosso cais particular. Eu me agachava na popa estreita do barco, enquanto Pa e Ally assumiam o controle e cruzávamos rapidamente as águas cristalinas. Aquela paixão comum por velejar os conectava de uma forma que eu sentia que nunca conseguiria.

Embora Ally tenha estudado música no Conservatório de Genebra e fosse uma flautista altamente talentosa, que poderia ter seguido carreira em uma orquestra profissional, desde que deixara a escola de música tinha escolhido ser velejadora em tempo integral. Agora participava regularmente de regatas e representara a Suíça em diversas competições.

Quando Ally tinha quase três anos, Pa chegou em casa com nossa próxima irmã, a quem deu o nome de Astérope, como a terceira das Sete Irmãs.

– Mas vamos chamá-la de Estrela – disse Pa, sorrindo para Marina, Ally e para mim, que observávamos a recém-chegada deitada no berço.

Naquela época, eu tinha aulas todas as manhãs com um professor particular, por isso a chegada da minha mais nova irmã me afetou menos do que a de Ally havia afetado. Então, apenas seis meses depois, outra bebê se juntou a nós, uma garotinha de doze semanas chamada Celeno, nome que Ally imediatamente reduziu para Ceci.

Havia uma diferença de apenas três meses entre Estrela e Ceci e, desde que me lembro, as duas forjaram uma estreita ligação. Pareciam gêmeas, conversando em uma linguagem de bebê só delas, e continuavam se comunicando desse jeito. Elas viviam em seu próprio mundo particular, que excluía todas nós, suas outras irmãs. E mesmo agora, na casa dos 20 anos, nada havia mudado. Ceci, a mais nova das duas, era sempre a chefe, atarracada e morena, em contraste com Estrela, pálida e muito magra.

No ano seguinte, outra bebê chegou – Taígeta, que apelidei de "Tiggy", porque seu cabelo escuro e curto nascia em ângulos estranhos de sua cabecinha e me fazia lembrar do porco-espinho da famosa história de Beatrix Potter.

Eu tinha então 7 anos e me liguei a Tiggy desde o primeiro momento em que coloquei os olhos nela. Ela era a mais delicada de todas nós e, na infância, enfrentara uma doença atrás da outra, mas, mesmo ainda bem pequena, fora sempre serena e complacente. Depois que Pa trouxe para casa, alguns meses mais tarde, outra neném, que recebeu o nome de Electra, Marina, exausta, muitas vezes me perguntava se eu me importaria de ficar com Tiggy, que continuamente tinha febre ou tosse. Depois que a diagnosticaram como asmática, raramente a tiravam do quarto para passear em seu carrinho, de modo que o ar frio e a névoa pesada do inverno de Genebra não atingissem seu peito.

Electra era a mais nova das irmãs, e seu nome combinava perfeitamente com ela. Eu já estava acostumada com bebês e toda a atenção que exigiam, mas minha irmã mais nova era, sem dúvida, a mais desafiadora de todas. Tudo relacionado a ela *era* elétrico. Sua habilidade natural de mudar em um instante da água para o vinho e vice-versa fazia nossa casa, antes tão tranquila, reverberar diariamente com seus gritos agudos. Os ataques de pirraça ressoavam na minha cabeça de criança e, quando ela cresceu, sua personalidade impetuosa não se suavizou.

Ally, Tiggy e eu tínhamos, secretamente, nosso próprio apelido para ela: nossa irmã caçula era chamada entre nós três de "Difícil". Todas pisávamos em ovos perto dela, tentando não fazer nada que pudesse deflagrar uma repentina mudança de humor. Sinceramente, havia momentos em que eu a odiava por toda a perturbação que trouxera a Atlantis.

Porém, quando Electra sabia que uma de nós estava em apuros, ela era a primeira a oferecer ajuda e apoio. Assim como era capaz de um enorme egoísmo, sua generosidade em outras ocasiões era igualmente marcante.

Depois de Electra, toda a família esperava a chegada da Sétima Irmã. Afinal, tínhamos recebido nossos nomes em homenagem à constelação preferida de Pa Salt e não estaríamos completas sem ela. Até sabíamos seu nome – Mérope – e nos perguntávamos como ela seria. Mas um ano se passou, depois outro, e outro, e nosso pai não trouxe mais nenhum bebê para casa.

Lembro-me claramente de um dia em que estava com ele no observatório. Eu tinha 14 anos, e entrava na adolescência. Esperávamos para assistir a um eclipse, que, explicara Pa, era um momento seminal para a humanidade e geralmente trazia alguma mudança.

– Pa – disse eu –, o senhor nunca vai trazer para casa nossa sétima irmã?

Ao ouvir isso, sua figura grande e protetora pareceu congelar por alguns segundos. De repente, parecia que ele carregava o peso do mundo nos ombros. Embora não tivesse se virado, pois estava ajustando o telescópio para o eclipse que ia acontecer, percebi instintivamente que o que eu dissera o deixara angustiado.

– Não, Maia, não vou. Porque eu nunca a encontrei.

✺ ✺ ✺

Quando pude enxergar Marina de pé no cais, perto da cerca viva de abetos que escondia nossa casa de olhares curiosos, finalmente senti o peso da verdade inexorável que era a perda de Pa.

Então percebi que o homem que tinha criado o reino em que todas havíamos sido princesas não estava mais lá para conservar o encantamento.

CONHEÇA OUTROS LIVROS DA SÉRIE

A irmã da tempestade

Ally D'Aplièse é uma grande velejadora e está se preparando para uma importante regata, mas a notícia da morte do pai faz com que ela abandone seus planos e volte para casa, para se reunir com as cinco irmãs. Lá, elas descobrem que Pa Salt – como era carinhosamente chamado pelas filhas adotivas – deixou, para cada uma delas, uma pista sobre suas verdadeiras origens.

Apesar do choque, Ally encontra apoio em um grande amor. Porém, mais uma vez seu mundo vira de cabeça para baixo, então ela decide seguir as pistas deixadas por Pa Salt e ir em busca do próprio passado. Nessa jornada, ela chega à Noruega, onde descobre que sua história está ligada à da jovem cantora Anna Landvik, que viveu há mais de cem anos e participou da estreia de uma das obras mais famosas do grande compositor Edvard Grieg. E, à medida que mergulha na vida de Anna, Ally começa a se perguntar quem realmente era seu pai adotivo.

A irmã da sombra

Estrela D'Aplièse está numa encruzilhada após a repentina morte do pai, o misterioso bilionário Pa Salt. Antes de morrer, ele deixou a cada uma das seis filhas adotivas uma pista sobre suas origens, porém a jovem hesita em abrir mão da segurança da sua vida atual.

Enigmática e introspectiva, ela sempre se apoiou na irmã Ceci, seguindo-a aonde quer que fosse. Agora as duas se estabelecem em Londres, mas, para Estrela, a nova residência não oferece o contato com a natureza nem a tranquilidade da casa de sua infância. Insatisfeita, ela acaba cedendo à curiosidade e decide ir atrás da pista sobre seu nascimento.

Nessa busca, uma livraria de obras raras se torna a porta de entrada para o mundo da literatura e sua conexão com Flora MacNichol, uma jovem inglesa que, cem anos antes, teve como grande inspiração a escritora Beatrix Potter. Cada vez mais encantada com a história de Flora, Estrela se identifica com aquela jornada de autoconhecimento e está disposta a sair da sombra da irmã superprotetora e descobrir o amor.

A irmã da pérola

Ceci D'Aplièse sempre se sentiu um peixe fora d'água. Após a morte do pai adotivo e o distanciamento de sua adorada irmã Estrela, ela de repente se percebe mais sozinha do que nunca. Depois de abandonar a faculdade, decide deixar sua vida sem sentido em Londres e desvendar o mistério por trás de suas origens. As únicas pistas que tem são uma fotografia em preto e branco e o nome de uma das primeiras exploradoras da Austrália, que viveu no país mais de um século antes.

A caminho de Sydney, Ceci faz uma parada no único local em que já se sentiu verdadeiramente em paz consigo mesma: as deslumbrantes praias de Krabi, na Tailândia. Lá, em meio aos mochileiros e aos festejos de fim de ano, conhece o misterioso Ace, um homem tão solitário quanto ela e o primeiro de muitos novos amigos que irão ajudá-la em sua jornada.

Ao chegar às escaldantes planícies australianas, algo dentro de Ceci responde à energia do local. À medida que chega mais perto de descobrir a verdade sobre seus antepassados, ela começa a perceber que afinal talvez seja possível encontrar nesse continente desconhecido aquilo que sempre procurou sem sucesso: a sensação de pertencer a algum lugar.

A irmã da lua

Após a morte de Pa Salt, seu misterioso pai adotivo, Tiggy D'Aplièse resolve seguir os próprios instintos e fixar residência nas Terras Altas escocesas. Lá, ela tem o emprego que ama, cuidando dos animais selvagens na vasta e isolada Propriedade Kinnaird.

No novo lar, Tiggy conhece Chilly, um cigano que altera totalmente seu destino. O homem conta que ela possui um sexto sentido ancestral e que, segundo uma profecia, ele a levaria até suas origens em Granada, na Espanha.

À sombra da magnífica Alhambra, Tiggy descobre sua conexão com a lendária comunidade cigana de Sacromonte e com La Candela, a maior dançarina de flamenco da sua geração. Seguindo a complexa trilha do passado, ela logo precisará usar seu novo talento e discernir que rumo tomar na vida.

Escrito com a notável habilidade de Lucinda para entrelaçar enredos emocionantes e nos transportar para épocas e lugares distantes, *A irmã da lua* é uma brilhante continuação para a aclamada série As Sete Irmãs.

CONHEÇA OUTRO LIVRO DA AUTORA

A casa das orquídeas

Quando criança, Julia viveu na grandiosa propriedade de Wharton Park, na Inglaterra, ao lado de seus avós. Lá, a tímida menina cresceu entre o perfume das orquídeas e a paixão pelo piano.

Décadas mais tarde, agora uma pianista famosa, Julia é obrigada a retornar ao local de infância na pacata Norfolk após uma tragédia familiar. Abalada e frágil, ela terá que reconstruir sua vida.

Durante sua recuperação, ela conhece Kit Crawford, herdeiro de Wharton Park, que também carrega marcas do passado. Ele lhe entrega um velho diário que trará à tona um grande mistério, antes guardado a sete chaves pela avó dela.

Ao mergulhar em suas páginas, Julia descobre a história de amor que provocou a ruína da propriedade: separados pela Segunda Guerra Mundial, Olivia e Harry Crawford acabaram influenciando o destino e a felicidade das gerações futuras.

Repleto de suspense, *A casa das orquídeas* viaja da conturbada Europa dos anos 1940 às paisagens multicoloridas da Tailândia, tecendo uma trama complexa e inesquecível.

CONHEÇA OS LIVROS DE LUCINDA RILEY

A garota italiana
A árvore dos anjos
O segredo de Helena
A casa das orquídeas
A carta secreta
A garota do penhasco
A sala das borboletas
A rosa da meia-noite
A luz através da janela
Morte no internato
Beleza oculta

SÉRIE AS SETE IRMÃS

As Sete Irmãs
A irmã da tempestade
A irmã da sombra
A irmã da pérola
A irmã da lua
A irmã do sol
A irmã desaparecida
Atlas

Para descobrir a inspiração por trás da série e ler sobre as histórias, lugares e pessoas reais deste livro, consulte www.lucindariley.com.